Barbara & Stephanie Keating

IL SOGNO STRAPPATO

Traduzione di
Alessandra Padoan

SONZOGNO EDITORE

La mappa a pag. 7 è disegnata da
Wumps Sawyer

Titolo originale:
Blood Sisters

ISBN 88-454-1355-1

I edizione Sonzogno: settembre 2006

Per i Kanisa

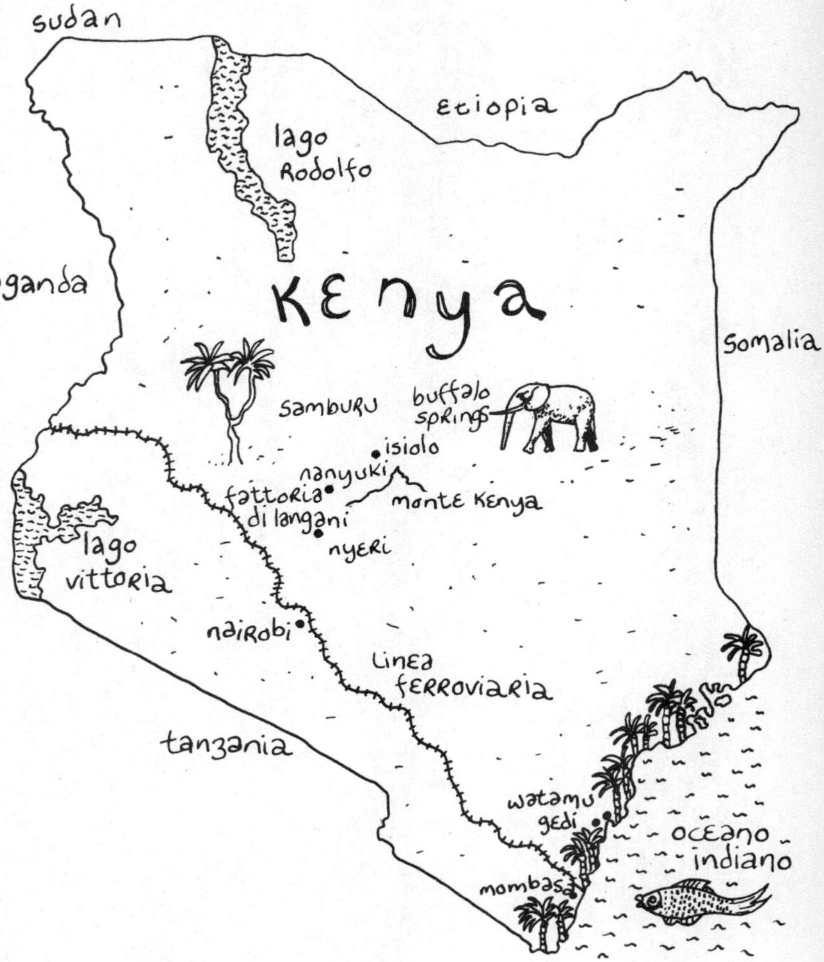
sudan
Etiopia
lago
Rodolfo
uganda
KEnya
Somalia
Samburu
buffalo
springs
isiolo
nanyuki
fattoria
di langani
monte Kenya
nyeri
lago
vittoria
nairobi
Linea
ferroviaria
tanzania
watamu
gedi
oceano
indiano
mombasa

Prologo

Stava correndo da più di due ore, il fiato entrava e usciva, in respiri affannosi e irregolari. Il suo corpo era madido di sudore: colava a rivoli lungo il torso unto di grasso, si diramava fra le incrostazioni di sangue secco, insinuandosi sotto le perline degli ornamenti da polso e braccio, le cavigliere di rame e il perizoma di pelle che era tutto il suo abbigliamento. La selva attorno a lui frusciava di creature a caccia di cibo. La notte africana risuonava del cupo richiamo di un leone alla ricerca della compagna e degli schiamazzi striduli di una iena nella pianura alle sue spalle. In lontananza c'era il frastuono dei bufali che si muovevano in branco tra i pascoli e il corso sinuoso del fiume. Il guerriero non udiva niente di tutto questo. Sentiva soltanto il proprio respiro – la sega e il raschio, dentro e fuori – e le grida che ancora gli echeggiavano nella testa.

Ci sarebbe dovuta essere una sola persona sul luogo dell'uccisione, un solo uomo a gridare, a supplicare, a implorare pietà. Ma lui era rimasto in silenzio fino all'ultimo. Gli occhi avevano parlato dichiarando il suo disprezzo per il carnefice, finché il guerriero non aveva più potuto sopportarne l'accusa e il suo coltello insanguinato aveva eseguito la condanna. Non si era aspettato così tanto sangue, né che l'odore dolce e maturo gli persistesse per tutto quel tempo nelle narici. Il suo corpo sembrava lasciarsene dietro la scia mentre correva. Ogni predatore nella boscaglia doveva essere in grado di fiutarlo. Come la iena. Era venuta per il sangue, balzellando ingobbita e strisciando tra la vegetazione con il suo alito rancido e il suo ispido pelo macchiettato. Attirata dall'odore della morte, dalla promessa di carne da dilaniare, di ossa da spolpare.

Avrebbe dovuto lasciare che la iena uccidesse la donna, apparsa inaspettatamente. Era disarmata, gli occhi sbarrati dall'intuizione. In quella frazione di secondo la iena era scattata all'attacco. Il guerriero aveva scagliato la lancia, l'aveva vista colpire il bersaglio, aveva guardato la creatura cadere riversa sul fianco. Poi anche la donna si era accasciata a terra, e quando erano iniziati gli strilli lui sapeva che cosa aveva visto. Poteva vederlo anche lui, non importava da che parte voltasse la testa. Il corpo dell'uomo era picchettato al suolo, le braccia e le gambe divaricate, i genitali amputati e infilati nella muta smorfia di agonia della sua bocca, il ventre squarciato così che i suoi visceri ne fuoriuscivano rovesciandosi sul terreno, le orbite vuote rivolte nell'oscurità verso la luna. Il guerriero ancora aveva quella visione davanti agli occhi, ancora aveva le grida nelle orecchie due ore dopo essere fuggito dal luogo del sacrificio. Aveva lasciato la lancia conficcata nel collo della iena ed era sgusciato nella boscaglia circostante, coprendo i segni del proprio passaggio alla maniera della sua gente, cosciente che i battitori sarebbero stati presto alla sua ricerca, setacciando tutta l'area attorno al crinale per trovare segni della direzione che aveva preso.

In quei primi momenti era stato in preda a un'euforia selvaggia, si era sentito invincibile. Aveva portato a termine la sua missione, onorato il giuramento. Poteva sentire la forza del *bhang* che aveva preso prima del rituale scorrere ancora attraverso il suo corpo, facendogli balenare davanti agli occhi scene di colore e mistero. Era al di là del dolore mentre aspirava l'aria nel condotto infuocato della gola. Gli colmava il petto di ossigeno rovente, per poi uscire sibilando tra i denti serrati in spruzzi di saliva schiumosa. I tonfi del suo cuore smorzavano i suoni che si lasciava appresso, rendendoli un confuso brusio alla periferia della coscienza. Giunse a una zona densa di arbusti e rovi, e corse rasentandone i margini, deviando dopo qualche minuto per arrampicarsi su una sporgenza di roccia dove le sue impronte sarebbero andate perdute a chiunque lo inseguisse. Poi tornò lentamente sui suoi passi, ripassando con cura sulle proprie orme finché arrivò a un'altra sezione della macchia. Si acquattò e scivolò nella sterpaglia, incurante delle spine che gli laceravano la pelle. La droga gli dava una visione alterata, come se stesse guardando una scena distante da una grande altezza, e poteva vedere se stesso muoversi sotto gli arbusti, zigzagando come un serpente, finché emerse dall'altra parte del fitto sottobosco. Il sangue sgorgava dalle ferite inferte dai rovi, si mescolava al sangue della sua vittima che già gli imbrattava il corpo. Non si curò di asciugarlo.

Aveva dato la sua prova di valore, ucciso il nemico. Il grande dio Kirinyaga sarebbe stato placato. Gli spiriti degli antenati si sarebbero acquietati; lo spirito di suo padre avrebbe trovato requie. Si rialzò in piedi e si tuffò nella foresta, svanendo nell'intrico della vegetazione, evitando le piste degli animali, finché raggiunse una radura distante dal crinale. Là si fermò, certo di avere dissimulato a sufficienza le tracce. Le mani gli tremavano mentre liberava un piccolo sacchetto di pelle dal laccio di cuoio che portava intorno alla vita; si versò sul palmo della mano un po' della polvere scura che conteneva e la inalò profondamente con entrambe le narici. Un'altra violenta scarica di adrenalina diede al suo corpo una frustata di forza e potenza che gli scosse le membra. Riprese a correre a lunghi balzi attraverso la notte e fuori dalla foresta, lungo il margine della pianura, diretto all'altro luogo sacro. Fece ancora due soste per aspirare nuova energia dal sacchetto, ma la polvere era finita. Gli restava ancora una grande distanza da coprire per raggiungere la destinazione.

Le grida avevano ripreso a esplodergli nella testa, e lampi di ricordi gli confondevano la vista, facendolo incespicare sulle asperità del terreno. L'odore del sangue dell'uomo ucciso gli invadeva i polmoni, e aveva la sensazione di inalare la morte della sua vittima a ogni respiro. Ora cominciava a scorgere delle forme nelle ombre circostanti. Iene. Correvano dietro di lui, seguivano la sua pista. Gli sembrava di poterle persino fiutare, ma forse era l'odore dell'animale che aveva trafitto con la lancia, o quello del sangue della vittima sacrificale irrancidito dal calore del suo corpo. Per un momento pensò di avere visto un fuoco guizzare poco più avanti. Nella sua immaginazione, delle figure si muovevano nella luce rossastra; e le narici si saturarono del tanfo di carne bruciata. Cambiò bruscamente direzione: non voleva vedere chi aveva acceso il fuoco, o che cosa vi ardeva. L'immagine svanì.

L'oscurità cominciava a dissiparsi e nel limbo tra la notte e l'alba, quando tutto è grigio e nebuloso, non era più sicuro di che cosa fosse reale. Temeva di essere inavvertitamente sconfinato nel mondo degli spiriti e non riuscire più a trovare la strada per tornare. Non avrebbe dovuto uccidere la iena. Era venuta per divorare lo spirito dell'uomo, e lui le aveva impedito di svolgere il suo compito. Ora la iena e l'uomo morto vagavano sul sentiero degli spiriti, cercandolo. Potevano fiutare il sangue su di lui. Ebbe un soprassalto di panico e cercò di correre più veloce. Un ramo gli sferzò la faccia, gli cadde il copricapo, ma non si fermò a raccoglierlo. Ormai era un vero guerriero, che portasse o no l'ornamento di piume e perline.

Poté udire un nuovo urlo sovrapposto al primo, e seppe che scaturiva dalle sue stesse labbra quando vide di nuovo il fuoco. Stavolta era proprio davanti a lui. Stavolta era reale. C'era un uomo in piedi, lì accanto, brandiva il *panga* col quale stava scuoiando un'antilope. Il guerriero scorse la lama scintillare nel bagliore delle fiamme. Si fermò, ansimante. Nessuno doveva vederlo né sapere che era passato di lì. L'uomo aveva fatto un passo indietro, lo guardava allarmato. Un cacciatore. Aveva spaccato della legna e acceso un fuoco per proteggersi dagli animali selvaggi, ma ora si trovava di fronte un nemico ben più pericoloso. Una corta lancia era impiantata nel terreno. Terrorizzato, si chinò ad afferrarla, e nello stesso istante il guerriero gli si slanciò contro, digrignando i denti, vibrando il colpo per primo col suo pugnale.

In lontananza il branco di iene guaì e sghignazzò, passandosi la notizia. Sangue. Presto ci sarebbe stato di che banchettare. La prima luce si stava spargendo sul paesaggio quando si fecero avanti: l'aria si colmò del suono di ringhi e zuffe per la posizione migliore, schiocchi di mandibole e scricchiolii di ossa, mentre affondavano il muso nella carcassa fresca.

1

Kenya, luglio 1957

La campanella della scuola suonò, ma la ragazza rimase dov'era, a metà del viale. Presto o tardi qualcuno si sarebbe accorto che non era rientrata. Di nuovo nei guai. Forse l'automobile avrebbe varcato il cancello prima che la sua assenza venisse notata e tutto sarebbe andato bene. Era stata di vedetta per l'intera mattinata dalla finestra della classe, finché la suora l'aveva sgridata. Dopo le lezioni era sgusciata lungo il viale, appostandosi dove non poteva essere vista dagli edifici scolastici. Era un pomeriggio radioso, con nuvole alte che filavano nel cielo azzurro e terso, lavato dalle forti piogge del giorno prima. Forse il fango sulle strade aveva rallentato il traffico.

Sarah Mackay fissò il nastro di terra rossiccia ancora umida. Attorno a lei la fila di alberi della gomma ondeggiava e fremeva conversando col vento. Amava quelle alte sentinelle dalla corteccia argentea che vigilavano sull'altopiano, crescendo lassù a oltre duemila metri sopra il livello del mare. Di notte le ascoltava bisbigliare e sospirare dal suo stretto lettuccio nel dormitorio, e immaginava di essere a casa, a Mombasa, sulla costa lontana quasi ottocento chilometri da lì.

Il cortile della scuola rimase deserto dopo il richiamo della campanella. Sarah si sentiva avvolta da un curioso senso di abbandono, come se il mondo le fosse sfuggito, proseguendo sulla sua orbita senza di lei. Sarebbe sopravvissuta per secoli in una distorsione temporale aspettando una macchina che non sarebbe mai arrivata. Cominciò a cantare, cercando di tenere a bada il disagio. Era una ragazza robusta con la faccia rotonda e gli occhi nocciola, piccola di statura per i suoi tredici anni; aveva ereditato la corporatura tarchiata e l'aspetto disordinato del padre, e malgrado ogni sforzo i suoi vestiti apparivano sempre sgualciti. Cantare la aiutava a respingere l'ansia e la solitudine finché non le sentiva più. Sapeva di avere un talento naturale per il canto: talvolta intonava canzoni conosciute, ma spesso componeva parole e melodie segrete, soltanto per se stessa. Era come volare, senza sapere se alla prossima strofa ti saresti librata in alto o lanciata in picchiata, oppure saresti planata su una di quelle note lunghe e soddisfacenti che riconoscevi come la conclusione perfetta. Ma questa particolare canzone, si rese conto Sarah, stava rifiutando di risolversi. Si interruppe per imitare il richiamo di un oriolo appollaiato su un ramo dell'acacia al margine del viale. Fu compiaciuta di udirlo rispondere con un fischio, poi però l'uccello non volle prolungare lo scambio e volò via in cerca di insetti. Le piaceva parlare con gli animali. Sorridendo tra sé, emise diversi grugniti in un'immaginaria conversazione con un facocero.

Il sole calava, rinfrescando l'aria che portava l'odore dei fuochi accesi per la notte. Sarah cominciava a sentire fame. La strada oltre la scuola si snodava attraverso chilometri di grano e campi aperti fino alla fascia scura degli alberi sull'orlo della scarpata. Quando era fuori a cavallo amava protendersi dalla sella a raccogliere manciate di semi e bacche che più tardi avrebbe infilato su un pezzo di filo metallico per creare un braccialetto o un girocollo. Erano molto richiesti quei suoi monili; al momento ne stava realizzando uno speciale che intendeva donare come regalo di compleanno a Camilla Broughton-Smith. Era la sua migliore amica, sebbene fosse diametralmente il suo opposto, così impeccabile e organizzata, sempre la prima della classe, e molto popolare. Anche suo padre era importante e popolare. Forse queste cose erano nel patrimonio genetico. Le due ragazze avevano iniziato il collegio insieme, e la prima sera Sarah aveva pianto sconsolata per ore dopo che l'auto dei genitori era scomparsa in fondo al lungo viale. Nei giorni seguenti la malinconia si era fatta sempre più acuta. Le altre ragazze si prendevano gioco della sua nostalgia di casa, dell'orlo sbilenco della sua divisa, e delle scarpe nuove comprate apposta per la scuola che erano troppo lucide. Ma Camilla era venuta in suo soccorso, mettendo sprezzantemente al loro posto quelle bulle, offrendosi di aiutarla con i compiti e di dividere con lei il suo sensazionale guardaroba da weekend. La penna di Camilla non perdeva mai inchiostro, non le macchiava le dita o la gonna della divisa scolastica. I suoi quaderni erano lindi e ordinati e lo stesso il suo armadietto. Risolveva con la massima disinvoltura problemi che facevano piangere altre alunne. Le insegnanti talvolta dicevano che la ragazza era innaturalmente dura per l'età, che un giorno la sua corazza si sarebbe spezzata con conseguenze disastrose. Ma Sarah avrebbe tanto voluto avere la medesima scorza.

Alzò lo sguardo al cielo che andava imbrunendo. Sarebbero stati guai seri se avessero dovuto mandare qualcuno fuori a cercarla dopo la ricreazione. Forse addirittura seri quanto la volta in cui aveva catturato una biscia nel prato, liberandola poi in classe durante la lezione. Era stata Hannah van der Beer a tradirla, guardando direttamente verso di lei e coprendosi la larga bocca ilare con una mano mentre suor Evangelis strillava e balzava via dalla sedia. Hannah, con i suoi folti capelli color paglia, la voce stentorea e l'accento piatto. Sarah invidiava segretamente i modi imperiosi della giovane *afrikaner*. Ti faceva sentire inadeguata, una debole. I boeri, le aveva spiegato sua madre, erano gente di origine olandese proveniente dal Sudafrica. Erano arrivati agli inizi del secolo, arrancando sui loro carri coperti per raggiungere gli altipiani del Kenya e strappare le loro fattorie alla savana.

I pensieri di Sarah si frantumarono alla vista della distante scia di polvere dietro un'automobile in avvicinamento. L'eccitazione sbocciò in gioia straripante appena la macchina comparve, incedendo come una cometa seguita dalla sua coda polverosa. Sì! Una Mercedes grigia, e stava rallentando per imboccare il viale. Il viso tondo della ragazza era raggiante, gli occhi splendenti, le braccia tese in un festoso benvenuto mentre correva incontro a sua madre. Aveva contato le ore che ci sarebbero volute per arrivare da Nairobi, dove Betty Mackay aveva passato la notte. La scuola era a metà strada tra la loro casa sulla costa e la capitale dell'Uganda, dove suo padre, Raphael, si trovava per una conferenza medica. Sarah aveva avuto il permesso di stare al Country Club con la mamma per due notti, rientrando a scuola al mattino per le lezioni come un'allieva esterna. Proprio come Hannah van der Beer.

"Mamma! Mamma!" gridò esultante. L'automobile si era fermata. La portiera si aprì e una figura scese dalla macchina. Sarah si bloccò, confusa. Quella non era sua madre.

"Mamma?" Aveva il sole negli occhi. Non riusciva a vedere distintamente. La voce che le rispose era caratterizzata dalle vocali aperte del Sudafrica.

"Temo di non essere la persona che aspettavi, cara. Io sono la madre di Hannah van der Beer. Sai se è qui in giro? Ho fatto un po' tardi."

Sarah notò con imbarazzo che Hannah si stava già avvicinando alla macchina. Un'auto esattamente uguale a quella dei Mackay, eccetto che questa aveva un altro numero di targa, e un'ammaccatura su un parafango. Che la ragazza boera fosse stata lì tutto il tempo mentre lei cantava quelle sciocche melodie e faceva versi di animali? Sentì le guance diventare scarlatte. Che figura! Si mise a farfugliare, sforzandosi di impedire che l'avvilimento si tramutasse in lacrime.

"Mi scusi. Oggi deve venire mia madre. Dalla costa. Da casa. Ha lo stesso tipo di macchina. Pensavo che lei fosse... voglio dire, che fosse lei..."

L'umiliazione la rendeva incapace di guardare in faccia sia la signora van der Beer sia sua figlia. Tornò in fretta verso l'edificio scolastico. Nel cortile interno si fermò e stette lì appoggiata contro il muro, il ritratto dell'infelicità. Hannah avrebbe raccontato a tutte quel che era accaduto e l'intera classe avrebbe riso di lei. Ne era sicura. Ma la prima regola di sopravvivenza era non far mai sapere a nessuno che poteva ferirti. All'improvviso si accorse che qualcuno era accanto a lei, le stava parlando.

"Mi hai sentita? Ti ho cercata dappertutto", ripeté Camilla Broughton-Smith. "Dove ti eri cacciata?"

"Aspettavo..." Sarah cercò di riemergere dallo sconforto.

"Be', ha telefonato tua madre. Un sasso le ha incrinato il parabrezza della macchina. Lo sta facendo riparare a Nakuru, e sarà qui domani per l'ora di pranzo. Dai, non è la fine del mondo, santo cielo."

Sarah abbozzò un pallido sorriso. Sarebbe stato impossibile spiegare il suo scoramento quando non lo capiva bene nemmeno lei. Si era resa ridicola e il giorno dopo Hannah van der Beer avrebbe dato in pasto le sue stramberie a tutte le compagne. Forse sarebbe stato meglio che raccontasse lei stessa l'umiliante errore, cercando di riderci su. Fissò Camilla, impotente; si strinse nelle spalle.

"Grazie del messaggio. Meglio che vada a fare i compiti."

La Mercedes grigia oltrepassò i cancelli del convento. Hannah van der Beer guardò attraverso il finestrino i campi da gioco e gli alberi della gomma scorrere via tra vividi squarci di luce e cielo e pensò a Sarah Mackay che poteva ballare e cantare davanti ad altre persone, che era brava a disegnare e sapeva fare cose bellissime.

"E guarda me, invece", rimuginò. "Una grossa, sgraziata campagnola *afrikaner* con il trentanove di piedi. Lo so che tutte mi chiamano *yaapie* dietro le spalle. Nessuno mi considera mai un'italiana come mamma."

Carlotta van der Beer veniva da una famiglia italiana di Johannesburg; il marito era un *afrikaner* che l'aveva sempre chiamata Lottie. Hannah si girò a lanciare un'occhiata al profilo regolare della madre, i capelli scuri raccolti in un crocchia, le dita abbronzate e irruvidite curve sul volante. La madre di Sarah Mackay era bionda e graziosa. Indossava bei vestiti e aveva le mani lisce di chi non fa mai lavori di casa.

"Chi era quella ragazza?" domandò Lottie.

"Una mia compagna di classe."

"Abita lontano?"

"Mombasa. Hanno una casa sul mare", rispose Hannah. Potevano uscire dal giardino e ritrovarsi direttamente su una spiaggia bianca ornata di palme. Hannah era stata alcune volte in vacanza sulla costa con la famiglia e non se ne sarebbe mai voluta andare.

"È molto distante." Il tono di Lottie era pensoso. "Non dev'essere facile per lei stare così lontana da casa. Non sarebbe carino invitarla a pranzo un fine settimana?"

"Alla fattoria, vuoi dire? A pranzare a casa nostra?" Hannah era un'allieva esterna. Una outsider, in effetti. Sarah stava in convitto e i suoi genitori erano inglesi, o forse irlandesi; europei, comunque. Appartenevano ad ambienti differenti. Gli agricoltori *afrikaner* non familiarizzavano molto con la classe coloniale britannica o la comunità rurale inglese. E suo fratello avrebbe potuto punzecchiare Sarah e farle qualche scherzo pesante, anche se sarebbe rimasto colpito delle sue imitazioni di uccelli e animali. D'altra parte anche lei aveva un fratello, quindi probabilmente c'era abituata. Ma se avesse trovato la fattoria troppo alla buona per i suoi gusti, lo avrebbe spifferato a tutta la classe, e allora Hannah sarebbe stata più emarginata che mai. Sospirò. Era una decisione difficile.

"Allora?" Lottie era sorpresa del lungo silenzio della figlia. "Che ne pensi?"

"Potremmo chiederglielo, immagino. Ma non so se verrebbe."

Tre settimane dopo Hannah non aveva ancora trovato il momento adatto per fare l'invito. Sarah Mackay, per qualche ragione, le parlava a malapena e sembrava addirittura evitarla. In realtà, sebbene Hannah frequentasse la scuola già da due anni, non aveva stretto una vera amicizia con nessuna delle ragazze. Queste sembravano far parte di un mondo nel quale la figlia di agricoltori *afrikaner* di terza generazione non aveva speranze di inserirsi. Le sue compagne venivano da famiglie le cui radici affondavano in luoghi remoti come Londra o Dublino, o qualche posto a lei ignoto che chiamavano le "Home Counties"; da eleganti case di città o residenze di campagna alle quali un giorno sarebbero tornate.

Finalmente, un pomeriggio Hannah notò Sarah da sola nell'aula di educazione artistica; era intenta a finire un disegno a carboncino.

"È bello, Sarah", commentò. "Vorrei saper disegnare come te."

"Non sta venendo come dovrebbe." Sarah corrugò le sopracciglia senza alzare la testa dal foglio. Aveva uno sbaffo nero sulla guancia e le sue mani erano impazienti mentre usava i polpastrelli per ottenere una migliore ombreggiatura.

"Ti piace disegnare paesaggi? Dal vivo, intendo... nella prateria, con alberi e animali, come alla nostra fattoria?"

"Non proprio." Sarah nemmeno la guardò. "Sto cercando di concentrarmi sui ritratti, per ora. Come puoi vedere."

Hannah si sentì snobbata. Avrebbe dovuto trovare un'altra occasione per tirare fuori l'invito. A volte si domandava perché mai sua madre avesse voluto mandarla per forza a studiare al convento, quando tutte le altre figlie di agricoltori *afrikaner* andavano alla Kikoma School, laica, e in cui c'erano classi miste. Suo padre era stato contrario. Hannah ricordava di aver sentito i genitori discutere mentre stava seduta sulla sua panchetta preferita sotto la finestra, nascosta dai pesanti tendaggi.

"No, Jan." La voce di Lottie era ferma. "Abbiamo fatto come volevi tu per l'istruzione di Piet. È andato alla Kikoma e ci ha dato delle soddisfazioni. Lui ha un carattere forte, è sveglio e molto indipendente. Ma Hannah non è così, nonostante le apparenze. E io non sono una *afrikaner* come te. Voglio che nostra figlia frequenti tipi diversi di gente, che veda oltre i paraocchi dei tuoi tetri riformisti luterani."

"Piet non ha i paraocchi. E non è tetro."

"Lui passa tutto il suo tempo libero con noi." Lottie aveva liquidato il commento con impazienza. "Devi tenere presente che Piet è stato figlio unico per cinque anni, finché è arrivata Hannah. Ha avuto tutta la nostra attenzione, e noi siamo di mentalità più aperta della maggior parte dei nostri vicini."

"Quindi, possiamo fare in modo che anche Hannah cresca con una mentalità aperta. Senza spendere i risparmi di una vita per quella scuola."

"No, Janni. Per Hannah il convento è la scelta migliore. Le suore educano le ragazze con una raffinatezza che la Kikoma di certo non le darebbe. Tutti chiamano quel posto un *boma* per giovenche, e temo ci sia del vero."

"Meglio non farti sentire dalla tua amica Katja van Rensburg dire questo delle sue figlie", aveva riso Jan. La moglie era bella quando si accalorava: la sua carnagione olivastra si tingeva di rosa, il sangue italiano le lampeggiava negli occhi mentre gesticolava per enfatizzare la propria opinione. "Quello è un collegio, Lottie. Di sicuro non vorrai che Hannah viva lì, con la sua casa a pochi chilometri di strada?"

"No, certo che no. Prendono anche allieve esterne. Ce ne sono forse venti della zona che..."

"Sono figlie di *britisher*... commissari distrettuali, medici, uomini d'affari e agricoltori inglesi. Sì, lo so che hai amiche tra le loro mogli. Ma la nostra famiglia è differente." Jan fumava la pipa. "Hannah avrà difficoltà a inserirsi. Tutti hanno bisogno di appartenere a un ambiente, in particolare alla sua età. Lei non passerà la vita con i *britisher*, o con la tua famiglia a Johannesburg. È una *afrikaner* e voglio che ne sia fiera."

"Dovrebbe sentirsi a proprio agio con entrambi i lati del suo retaggio, Janni, ed essere libera di trarne vantaggio, ovunque lei vada a finire." Lottie si era chinata sulla sedia del marito per dargli un bacio sulla fronte. "Voglio che vada al convento. Voglio che tu la iscriva subito, e venga con me a un colloquio con la madre superiora. È deciso, per quel che mi riguarda."

"E da dove tireremo fuori il denaro?" era stata l'obiezione del marito. "Il convento è molto costoso. Dovremmo intaccare quel che abbiamo messo da parte. E se poi capitasse una siccità, o un'epidemia di peste bovina tra il bestiame, che cosa faremo?"

"Nostra figlia è più importante di un trattore nuovo", aveva ribattuto Lottie. "Non possiamo privarla della migliore istruzione per paura di qualcosa che potrebbe non verificarsi mai."

Jan aveva ceduto. "Puoi prendere gli accordi tu stessa. Io non andrò a nessun colloquio con nessuna madre superiora. E questo è tutto da parte mia."

Due anni più tardi, Hannah aveva la sensazione che suo padre potesse avere avuto ragione. Era fuori posto al convento, e ancora non si era mai fatta una vera amicizia. Però eccelleva nello sport, e il pomeriggio del campionato interscolastico di hockey fu il suo turno di brillare quando mise a segno quattro dei cinque punti che portarono la sua squadra in testa alla classifica. Al termine dell'incontro era accaldata per lo sforzo e il trionfo. Quando Sarah Mackay si avvicinò per congratularsi Hannah ebbe un'impennata di coraggio e buttò fuori di getto le parole che aveva provato così tante volte nella propria testa.

"Buon lavoro di squadra, Sarah. Oh, ecco mia madre. Vuole sapere se ti andrebbe di venire a pranzo da noi un fine settimana." Mentre lo diceva, vide sopraggiungere Camilla Broughton-Smith. "Anche tu, Camilla."

Fu sorpresa lei per prima di quel che stava dicendo, ma c'erano maggiori probabilità che accettassero invitandole insieme.

"Anch'io... che cosa? A proposito, complimenti! Hai giocato magnificamente. Hai proprio dato la biada alle giovenche del *boma*!" Camilla passò un braccio diafano intorno alle spalle di Sarah.

"Mia madre avrebbe piacere che veniste entrambe a pranzo da noi il prossimo fine settimana. O un altro, fa lo stesso. Se ne avete voglia, s'intende."

Il coraggio evaporò rapidamente e lei cominciò a sentirsi imbarazzata. Non avrebbe mai dovuto sollevare l'argomento. Sarah Mackay la stava fissando a bocca aperta.

"Che idea favolosa!" Camilla diede di gomito alla sua amica. "Certo, saremmo felici di venire. Non è vero, Sarah? Non sono mai stata in una fattoria qui attorno. Avete vacche e pecore? Magari anche cavalli?"

"Mamma, questa è Sarah Mackay." Hannah non ebbe altra scelta che andare avanti. "L'hai già incontrata, ricordi? E lei è Camilla Broughton-Smith. Verrebbero entrambe volentieri a pranzo. Come avevi suggerito."

"Bene. Prenderò subito accordi con suor Evangelis." Lottie sorrise alla figlia. "Si potrebbe organizzare per il prossimo weekend, se per voi ragazze va bene. Possiamo fare un *breiflies* se il tempo è buono. E sarà a casa anche Piet. Portatevi il costume da bagno se volete. C'è una pozza dove si può nuotare, ma vi avverto, l'acqua è fredda."

Langani Farm era di proprietà dei van der Beer dal 1906, quando la famiglia era arrivata in Kenya via mare dal Sudafrica, portando con sé carri coperti carichi di masserizie. Nell'agglomerato di baracche che un giorno sarebbe diventato la città di Nairobi avevano comprato una coppia di buoi ancora da addestrare e alcuni generi di prima necessità, quindi si erano messi in viaggio verso le foreste dell'altopiano, inerpicandosi a fatica con tutti i loro averi nell'aria sempre più rarefatta, arrancando attraverso chilometri di fango scivoloso che li risucchiava indietro a ogni passo, a tratti costretti ad aprirsi un varco nel folto della vegetazione, a tratti immersi nella nebbia, tremanti per il freddo pungente e l'umidità, per raggiungere la nuova terra promessa e gli acri a loro assegnati. Per anni avevano lottato col terreno ostile, per strappare nuovi germogli al suolo riluttante, patendo il tormento di veder morire capi di bestiame, di scoprire spighe di grano attaccate dalla ruggine, di arsure soffocanti e piogge torrenziali e invasioni di cavallette che distruggevano le messi quasi mature, facendo sfumare il sogno del raccolto. Ma la perseveranza era il punto di forza degli *afrikaner*. Un po' alla volta, con la caparbietà che li contraddistingueva, avevano domato l'ambiente piegandolo al loro volere.

La prima immagine del giardino di Lottie a Langani Farm sarebbe rimasta per sempre vivida nella mente di Sarah. La casa era lunga e bassa, costruita in pietra locale con muri spessi e alti comignoli. Un tetto spiovente di ferro ondulato era sostenuto da colonne di sasso rivestite di tralci aggrovigliati di caprifoglio e buganvillea. La profonda veranda si affacciava su un prato di velluto e aiuole curvilinee di fiori variopinti; oltre gli alberi e i cespugli curati amorevolmente si estendeva la prateria, punteggiata di acacie e abitata da branchi di zebre, giraffe, gazzelle, elefanti e bufali. Una siepe ben potata era tutto ciò che separava il giardino dalla landa incolta, un fragile baluardo contro l'invasiva vegetazione selvatica e le incursioni degli animali da preda. In lontananza, al di là delle pianure, i picchi innevati del monte Kenya si innalzavano scintillanti nella volta del cielo.

Per quella prima visita alla fattoria, Jan van der Beer preparò un barbecue; pranzarono tutti insieme all'aperto sotto gli alberi, poi Lottie accompagnò in macchina le ragazze giù al fiume. L'acqua era davvero gelida: un torrente alimentato dallo scioglimento dei nevai scendeva a precipizio dalla montagna e si gettava in una conca, dando origine a un laghetto. Sarah saltò incautamente dalla sponda nella pozza ai piedi della cascata, e urlò per lo choc. Hannah, al sicuro sulla riva, rise a crepapelle guardandola boccheggiare nello sforzo di riprendere fiato e dibattere furiosamente braccia e gambe per riattivare la circolazione.

"Noi ti avevamo avvertita", le gridò. "Peggio per te che non ci hai dato retta."

"Be', non startene lì a ridere come un babbuino. Entra in acqua, se pensi sia così divertente. E anche tu, Camilla. Non vorrai rimanere sdraiata sull'erba cercando di sembrare una diva del cinema!"

Hannah scese sdrucciolоni lungo la sponda.

Si udì un'altra voce. "Forza, donnicciole patetiche! Entrate, o vi aiuterò io!"

Piet van der Beer, alto e allampanato, apparve sull'argine e si sfilò la camicia kaki, gli stivali, i calzettoni, quindi saltò in aria con un urlo, raccolse le ginocchia contro il petto e si tuffò. Riemerse dopo qualche secondo accanto a Sarah, scrollandosi l'acqua di dosso, lisciandosi all'indietro i capelli biondi con le dita abbronzate, gli occhi sorridenti tra le ciglia imperlate di gocce d'acqua. All'improvviso un senso di calore pervase il corpo gelato della ragazza. Per la prima volta in vita sua, Sarah fu consapevole dei suoi piccoli seni sotto il semplice costume olimpionico della scuola, delle gambe e le braccia, leggermente paffute. Lui la sbirciò, strizzando gli occhi nella luce intensa, ammiccò, poi rise a gola spiegata rovesciando indietro la testa, la faccia rivolta verso il sole caldo. Fu un momento di rivelazione che le cambiò la vita per sempre.

2

Kenya, novembre 1962

Il gracidare basso e ritmico delle rane toro si interruppe di colpo al rumore dei passi di Sarah, e riprese solo quando lei si fermò a respirare l'aria fresca dell'altopiano. Il sole africano aveva iniziato a calare oltre la linea dell'orizzonte; la ragazza si appoggiò contro il palo della veranda ad ammirare la sua maestosa ritirata nella terra. Si udì un suono scoppiettante quando il generatore entrò in funzione, un lento crescendo che portò con sé il bagliore di lampade accese dentro la casa. L'oscurità calava in fretta, spruzzando il cielo di stelle. Il profumo del gelsomino si mescolava all'aroma del fuoco, mascherando l'odore diurno di polvere e alberi della gomma. Al di là della protezione del giardino risuonò il verso acuto di una zebra. L'eco di voci e risate si propagava nella sera, sovrapponendosi allo stridio di grilli e rane arboricole. Dai quartieri della servitù giunse il suono flebile e metallico di una radio che trasmetteva musica africana. Sarah rientrò nella camera da letto, rendendosi conto che sarebbe stata l'ultima a presentarsi per la cena.

Era tornata dalla passeggiata a cavallo carica di eccitazione. Erano partiti tutti insieme nel primo pomeriggio, procedendo in un boschetto di alberi di jacaranda i cui fiori color lavanda caduti ricoprivano il terreno. Oltre gli alberi, l'erba ispida tremolava nell'afa baluginante. Si erano seduti per un po' al margine della pianura, lasciando che i loro occhi si adattassero al bagliore. Poi Piet aveva fatto segno di rimontare in sella, e avevano cavalcato nel pomeriggio sfolgorante rasentando i confini delle riserve tribali.

Sparse lungo le pendici della collina c'erano le *shamba* dei braccianti. I loro poderi terrazzati erano coltivati a granturco, le pannocchie appese goffamente ai loro gambi segmentati, le larghe foglie scolorite scostate dal fusto a scoprire le soffici infiorescenze. Ogni *boma* aveva il suo gregge di capre e un gruppetto di galline macilente e chioccianti che razzolavano nel cortile di arida terra battuta attorno alle capanne. Donne avvolte in *kanga* sgargianti erano accovacciate all'aperto a pestare chicchi di mais per fare il *posho*, la base della loro alimentazione. Bambini nudi giocavano e si rotolavano nella polvere. Cani dalla coda arricciata sonnecchiavano nella calura pomeridiana, facendo giusto lo sforzo di aprire un occhio e ringhiare svogliatamente. Il cantilenare di voci femminili era sospeso nell'aria arroventata.

"I bambini non si sentono piangere quasi mai", aveva osservato Sarah. "A meno che siano malati o qualcosa del genere."

"Guardali." Piet aveva fatto un cenno con il frustino. "I *toto* sono o appesi alla schiena della madre, o davanti con la bocca contro la mammella, pronti per attaccarsi. Che bisogno hanno di piangere? È tutto lì, a loro disposizione." Aveva riso forte, notando il disagio di Sarah. "Non è una descrizione delicata per voi signorine del collegio? Senza offesa, ma quando vivi in una fattoria la nutrizione dei cuccioli, che abbiano quattro zampe oppure due gambe, è una parte naturale del processo."

Aveva spronato il suo cavallo, e i due si erano lanciati nella pianura steppica a un galoppo sfrenato. Le montagnole a spirale dei termitai spuntavano dall'erba; un branco di gazzelle di Thompson innervosito dal rumore degli zoccoli si era dato alla fuga nel *veld*, svanendo nella foschia tremolante. Uno struzzo maschio era emerso dall'erba alta e passato di corsa di fronte a loro, le piume nere scintillanti al sole. Era così vicino che Sarah ne aveva vedute le lunghe ciglia, e la peluria sul collo biancastro, prima che scomparisse nel folto di una macchia di alberi. La ragazza galoppava al fianco di Piet, tenendo il passo senza fatica, resa euforica dal suono martellante degli zoccoli e dall'odore della terra rossa e delle erbe selvatiche. Avevano lasciato indietro Hannah e Camilla ed erano corsi a briglia sciolta, fermandosi infine in un turbine di polvere ai margini di un boschetto. Piet si era proteso in avanti a prendere le redini del cavallo di Sarah. Aveva spinto indietro il cappello e l'aveva guardata, senza fiato e sorridente. La sua ammirazione era palese.

"Niente male, ragazza. Ci sai fare. Non come mia sorella e lady Camilla. Quelle due dormono in sella."

Sarah non aveva nascosto quanto le avesse fatto piacere quel commento. “Certo che con te è più divertente. Quando lo stalliere viene con noi, non ci lascia galoppare così. E tuo padre non ci permette di andare per conto nostro.”

“Papà è responsabile di te e Camilla quando siete fuori dalle grinfie delle suore. Non può lasciarvi scorrazzare da sole per il *bundu*. Comunque, Kipchoge è un uomo fantastico. Sai, lui e io cavalchiamo insieme da quando eravamo due *toto*”, aveva detto Piet. “Suo padre era lo stalliere capo di papà. Una volta correva e addestrava cavalli per la scuderia di lord Delamere, ma si ubriacava sempre dopo le corse. Quando alla fine fu licenziato tornò a casa, e se ne stava tutto il giorno a guardare le mogli lavorare nella sua *shamba*. Adesso governa le nostre stalle da quel despota che è, ma per lo più è Kipchoge, il suo figlio maggiore, a occuparsi delle bestie.”

“E conta di avere una scuderia tutta sua dopo l’Indipendenza?” aveva domandato Sarah. “Stando alle promesse dei nuovi politici, i neri potranno avere tutto quello che hanno i bianchi una volta che gli inglesi se ne saranno andati.”

“Non penso che Kipchoge abbia un’opinione molto alta dei politici. Tra l’altro, per lo più sono Kikuyu, e lui è un Nandi, quindi c’è già una radicata diffidenza tribale di base. Secondo me qui sono destinati a sorgere maggiori problemi tra le varie tribù locali di quanti ce ne siano tra le diverse razze. Ma il trasferimento di potere e proprietà dai bianchi ai neri sarà lento. Kipchoge e io siamo cresciuti insieme, e io lo considero come un fratello. La nostra generazione lavorerà insieme, bianchi e neri, per costruire un nuovo Paese.”

“Che cosa pensa tuo padre al riguardo?” aveva indagato Sarah, sorniona.

“Papà ha idee antiquate, però è buono di cuore”, aveva risposto Piet con un sorriso. “Ha sempre conosciuto nativi privi di istruzione, senza alcun interesse per l’agricoltura così come la intendiamo noi. Ma nonostante le sue fosche predizioni, penso sia segretamente ottimista.” Si era voltato sulla sella e aveva agitato un braccio. “Oh, ecco il resto della banda. Possiamo fare un’altra uscita domani, se ti va. Noi due soltanto, al mattino presto prima che mia sorella e lady Camilla si alzino. Vieni, scendiamo al fiume ad abbeverare i cavalli.”

Piet aveva fatto strada tra i rami spinosi delle acacie da cui pendevano i nidi tondi e oscillanti degli uccelli tessitori. Sarah aveva cavalcato al suo fianco inebriata di felicità, mentre gli sbirciava i peli dorati e ricciuti sull'avambraccio, e ascoltava la cadenza del suo marcato accento *afrikaans*: trovava una meravigliosa musicalità in ogni frase, accompagnata dai nitriti sommessi dei cavalli, dal cigolio del cuoio delle selle e dal frinire dei grilli. Erano smontati sotto una tettoia di rami, e Piet aveva tirato fuori un pacchetto dalla sua bisaccia da sella e un coltello dal fodero appeso alla cintura.

"Possiamo bere anche noi dal fiume. L'acqua arriva direttamente dal monte Kenya, pura e limpida come appena sgorgata dalla sorgente. E ho portato del *biltong*: lo abbiamo fatto papà e io."

Si erano spruzzati l'acqua gelata sul viso e avevano bevuto dalle mani. I cavalli si erano dissetati, poi erano andati a pascolare lungo la riva erbosa. Piet si era disteso all'ombra, le mani intrecciate dietro la testa. Sarah e Hannah si erano sedute a gambe incrociate accanto a lui, Camilla aveva poggiato la schiena contro il tronco di un albero e disteso le lunghe gambe in bella mostra, davanti a sé.

"Questa roba è salatissima", aveva commentato con una smorfia masticando una scura striscia di carne secca.

"Che ne vuoi capire tu, lady Camilla?" l'aveva canzonata Piet. "Non masticate *biltong* ai ricevimenti al palazzo del governatore, scommetto."

"No davvero. E se mi vedesse mangiarlo, mia madre mi trascinerebbe dal medico per controllare se ho i vermi, e pure dal dentista." Camilla lo sbirciava attraverso una cascata di capelli biondi. "Ma mentre tu eri via a imparare teorie inutili al college, noi abbiamo beneficiato dell'apporto di Hannah alla nostra formazione interculturale. Ci porta regolarmente il *biltong* a scuola. Parte del nostro pacco viveri, assieme alla crostata di melassa di tua madre. E non chiamarmi lady Camilla."

Piet era rimasto seduto nell'ombra a osservare la sorella e le sue amiche, così dissimili nell'aspetto, e con un retroterra così differente.

"Ho sempre trovato strana l'amicizia tra voi tre", aveva detto. "Siete come sorelle in un certo senso, in sintonia sebbene siate agli antipodi. Vi ascolto parlare e mi pare che abbiate un vostro codice segreto. Sembra quasi che ciascuna sappia in anticipo quel che le altre due pensano o stanno per fare."

"E questo è ancora niente", aveva commentato Camilla, e aveva riso forte, come persa nei ricordi. Loro tre avevano condiviso castighi e premi, finito l'una i compiti dell'altra, erano sopravvissute a cadute da cavallo e colpi di bastoni da hockey, lezioni di religione e nervosismo prima di esami e balli scolastici. Orribili boyfriend, anche, imbranati e brufolosi, o furbetti impomatati che insistevano per ottenere qualcosa di cui vantarsi con gli amici. "Ti sei perso tanti di quei divertimenti, Piet, standotene in Sudafrica. E hai anche ignorato l'invito di Sarah a raggiungerci sulla costa, l'anno scorso. Troppo occupato a giocare a rugby o qualcosa di altrettanto avvincente. Pessima scelta."

"Mi piacerebbe vedere il Sudafrica", era intervenuta Sarah.

"È molto bello. Ma non mi piace il modo in cui trattano gli africani e i coloured. È uno stato di polizia, e prima o poi ci saranno spargimenti di sangue", aveva brontolato Piet con rammarico. "Purtroppo, gli *afrikaner* ne saranno i maggiori responsabili. Siamo fortunati a stare qui in Kenya, malgrado i timori di papà per l'*Uhuru*. E poi, qui siamo a casa nostra, giusto?"

"Immagina... poter definire tutto questo casa tua. Dio, che patrimonio." Il tono di Sarah era reverenziale.

"I nostri bisnonni hanno creato questa fattoria dal niente, dove prima c'era solo natura selvaggia." Piet aveva indicato il fitto intrico di arbusti e alberi che formava una muraglia sulla riva opposta del fiume. "All'inizio vivevano in capanne di fango e paglia, finché hanno potuto usare i carri trainati dai buoi per trascinare quassù tronchi di quercia e cedro del Libano con cui costruire le case. Poi i loro figli e nipoti sono andati avanti, lavorando come bestie per fare quel che abbiamo adesso. Dopo papà toccherà a me, e ci sono tante cose che ho in mente di fare."

"Davvero?" Sarah era sorpresa. "A me sembra già perfetto. Ma forse è perché tuo padre sta sempre dietro a tutto."

"Una fattoria non rimane mai nelle stesse condizioni da un giorno all'altro. Ma a parte lavorare con papà e mandare avanti l'allevamento e i campi di frumento, voglio trasformare una parte della proprietà in un'area destinata alla preservazione della fauna. Gliene ho parlato, e la trova anche lui una buona idea."

"Come un parco nazionale, vuoi dire?" Sarah l'aveva guardato perplessa. "E come faresti? Non puoi recintare la zona, no?"

"No. Sarebbe troppo costoso. Ma potremmo vietare la caccia in tutta l'area. Mi piacerebbe riservare parte della pianura settentrionale e la foresta sul lato ovest della fattoria soltanto agli animali. Ce ne sono in abbondanza lì... leopardi, bufali, elefanti, selvaggina di pianura. Persino bonghi, anche se sono le più timide di tutte le creature della foresta ed è difficile vederne. Addestrerò alcuni dei nostri braccianti come scout e ranger. E ho intenzione di costruire un posto di osservazione, un rifugio dove passare la notte e guardare gli animali. Come Treetops, però molto piccolo. Non vorrei invasioni di gente quassù a rovinare l'ambiente."

"Io voglio aprire una clinica", era intervenuta Hannah. "Non come il dispensario di mamma per i braccianti e i loro *toto*. Il mio sarebbe per animali feriti o rimasti orfani, come cuccioli di antilope o iloceri che hanno perso la madre, o qualche zebra azzoppata. Ricordi la giraffa neonata che era stata abbandonata, Piet? La mia clinica darà ricovero a tutte quelle bestiole che hanno bisogno di cure."

"Che nobili propositi! Io farò un salto ad ammirare il vostro impegno quando sarò famosa. Naturalmente, ovunque io vada a vivere, avrò sempre una casa qui. Sulla costa, penso." Camilla aveva sollevato una mano elegante. "A Kilifi o Watamu, proprio sul mare. Tutti in Europa lo troveranno così esotico, e faranno carte false per essere invitati. Voi potrete venire ai miei scandalosi party. Piet, tu sarai il fascinoso ranchero. Tutte le signore americane si innamoreranno follemente di te e cercheranno di infilarsi nella tua tenda durante i safari mentre i loro mariti vecchi e ricchi dormono della grossa ubriachi di gin."

"E che cosa ti renderà così famosa?" Piet stava mordicchiando uno stelo d'erba, sorridendo dell'immagine che lei aveva tratteggiato.

"Scuola di recitazione, per cominciare. Poi sarò scoperta da un brillante impresario che da un giorno all'altro farà di me una star del palcoscenico e del grande schermo, col mio nome a lettere luminose fuori dai maggiori cinema e teatri. Tornerò in Kenya per girare un film, come Grace Kelly in *Mogambo*. E tu porterai me e le altre star a guardare gli animali dal tuo rifugio sugli alberi."

"E tu, Sarah?" Piet le si era avvicinato e l'aveva solleticata con un filo di erba ruvida. "No, lasciami indovinare. O le suore ti rinchiuderanno in clausura, o diventerai un medico come tuo padre. Ecco, ci sono! Sarai un medico missionario in qualche luogo sperduto, attorniata da nativi riconoscenti ai quali avrai insegnato a recitare le preghiere."

"Non so perché tu debba considerarmi il tipo del missionario." Sarah era infastidita dalla visione che Piet aveva di lei, così lontana dall'immagine di successo e glamour decadente che aveva accettato per Camilla. "Comunque, mio fratello studia medicina. Due medici in famiglia possono bastare. Se supero gli esami, andrò a seguire corsi di zoologia all'università di Dublino. Poi tornerò qui a fare delle ricerche sugli animali migratori nel Mara e nel Serengeti, forse, o sui bonghi nella tua foresta che nessuno vede mai. O sui facoceri. Io amo i facoceri."

"Sarete il terrore del Kenya, voi tre. Come un trio di leonesse", aveva commentato Piet. "Sorelle nello spirito, se non di sangue."

"Ma potremmo essere sorelle di sangue." Sarah si era sporta verso di lui. "Dammi il tuo coltello, Piet. Ci faremo ognuna un taglio sulla mano, poi mescoleremo il sangue e prometteremo di restare unite per sempre, di sostenerci a vicenda nella buona e nella cattiva sorte. Qualunque cosa accada. Saremo sorelle di sangue alla maniera tradizionale dei Kikuyu e dei Maasai."

"Io non voglio saperne niente." Piet aveva scosso la testa. "È un'idea assurda per delle signorine perbene che studiano in convento. Soltanto i guerrieri fanno questo genere di cose. E se papà dovesse scoprirlo..."

"Non so immaginare chi potrebbe dirglielo", aveva replicato Camilla con soavità.

"Non so, Sarah. Questo è un rito tribale che fanno i *watu*. È un'idea sinistra." L'espressione di Hannah era turbata. Aveva guardato Camilla, aspettandosi il suo appoggio.

"Oh, Dio. Sei sempre così teatrale, Sarah. È la maledizione di essere irlandese." Camilla si era tirata su a sedere e aveva teso la mano col palmo verso l'alto. "Penso sia un'idea grandiosa. Una delle tue trovate migliori. Facciamolo."

Sarah si era alzata. "Accenderò un fuoco. Piet, tu lava il coltello, poi passeremo la lama sulla fiamma per sterilizzarla. Farò io i tagli, se Camilla e Hannah sono troppo impressionabili." Gli aveva lanciato un'occhiata oltre la spalla. "Questo coltello è molto affilato. Se non me lo dai userò il mio vecchio temperino smussato e lascerò dei segni pazzeschi. Allora sì che i tuoi genitori avranno qualcosa da dire."

Hannah era ancora seduta, immobile, la faccia seria; Camilla l'aveva guardata senza parlare, limitandosi a inarcare le sopracciglia.

"E va bene. Ci sto. Faremo il nostro patto di sangue." Hannah si era voltata verso il fratello. "E tu non credere di svignartela, Piet, sarai il testimone. Dammi il tuo accendino."

Presto i ramoscelli avevano cominciato a crepitare. Sarah aveva preso il coltello di Piet e l'aveva passato sopra le fiamme. Poi si era alzata, tenendolo puntato in avanti, la lama scintillante nel sole del pomeriggio. "Comincerò io."

Aveva visto Piet farsi avanti per protestare, ma l'aveva ignorato, e si era praticata una rapida incisione alla base del pollice.

"Adesso io." Camilla non aveva distolto lo sguardo mentre la lama le tracciava un piccolo solco sul palmo.

Hannah aveva teso la mano, guardando in silenzio le goccioline vermiglie stillare dalla sottile fenditura nella sua pelle.

"Avvicinati, Piet", aveva ordinato Sarah. "Adesso viene il momento cruciale. Devi assistere mentre mescoliamo il sangue. A proposito, il sangue di Camilla non è blu. Spero che questo non sia uno choc per nessuno."

"Dovremmo formulare adesso le nostre promesse", aveva suggerito Camilla. "Qualcosa che ci leghi per sempre, non importa quanto ci allontaneremo da questo momento e questo posto."

"Prometto di non dimenticare mai, di tenere fede per sempre alla nostra amicizia. Di essere sempre presente per le mie sorelle." Gli occhi di Sarah brillavano mentre parlava, il suo volto era compunto.

Piet aveva guardato Hannah, le lacrime sui suoi occhi mentre ripeteva le parole. Camilla invece aveva sorriso, il palmo premuto contro quello delle amiche, e aveva fatto la propria promessa.

Il ritorno alla fattoria era stato silenzioso. Nelle stalle Sarah si era poggiata contro Chuma, il castrone sauro, e aveva chiuso gli occhi, rivedendo nella mente il rituale che avevano appena eseguito, e l'espressione di Piet, le grinze agli angoli dei suoi occhi e la curvatura della sua bocca quando rideva. Quando l'aveva presa per la vita tirandola giù dalla sella, posandola a terra, le era corso un fremito a fior di pelle. Al polso lui portava un braccialetto di peli d'elefante intrecciati. Come talismano, le aveva detto. Sarah poteva sentire l'odore della sua pelle e vedere la striscia di sudore sulla sua fronte, appena sotto il bordo del cappello di cuoio. La sua consapevolezza di lui era così snervante che non era nemmeno riuscita a ringraziarlo mentre la aiutava a togliere la sella e le briglie al cavallo.

"Ci vediamo a cena, piccola. Vado a fare due chiacchiere con papà." Le aveva dato una tiratina ai capelli e se n'era andato a riporre i finimenti.

Nella camera degli ospiti, Sarah aveva trovato Camilla intenta a mettersi lo smalto sulle unghie.

"Dove diavolo eri finita? Io mi sono già fatta il bagno e lavata i capelli. Dovevo riprendere sembianze civili dopo quella cerimonia selvaggia di oggi pomeriggio."

"Dio, sei quasi pronta per la cena." Sarah aveva ignorato l'accenno alla loro promessa: non voleva dissacrare l'evento parlandone con leggerezza. "Mi spieghi com'è che stai sempre a laccarti le unghie o a metterti la crema sulle gambe mentre io striglio i cavalli o..."

"Intendo dedicare la mia vita al perseguimento del glamour", aveva replicato Camilla in tono sbarazzino. "Fortunato, quel Piet, con il suo grande progetto già in via di attuazione. È per questo che hai fatto tardi? Ti sei trattenuta con il ragazzo d'oro per un piccolo privato *je ne sais quoi*?"

"Non dire scemenze." Sarah si era sentita il viso in fiamme, e tremava, quando si era voltata per cercare la busta con la sua spazzola e la spugna. "Che cosa mi dovrei mettere? Tu come ti vesti?"

Camilla aveva già scelto una gonna e un golfino che sua madre le aveva comprato in Italia, e un paio di scarpe col tacco alto. Era scivolata nei suoi vestiti, si era messa sulle guance qualcosa di rosato e aveva steso sulle labbra un velo di rossetto, rendendole piene e lucide.

"Andrò a fare due chiacchiere con Hannah", aveva annunciato. "Puoi prendere la mia camicia azzurra, se vuoi. È un colore che ti dona. Non ti preoccupare, starai benissimo. Però devi trovare il modo di impedire alla tua faccia di diventare paonazza. È un indizio un po' troppo rivelatore."

Sarah era andata in bagno. L'acqua piovana, lieve sulla sua pelle, aveva un vago sentore di affumicato. Prima di uscire aveva visto i *toto* in cucina ammucchiare ciocchi di legna sul fuoco sotto la cisterna che conteneva e scaldava l'acqua per la casa. Rosea dopo la doccia, si era sbirciata nello specchio. Il generatore non si era ancora avviato e non si sentiva sicura a truccarsi alla luce fioca. Aveva provato a mettere un po' di fondotinta, spalmandolo con gesti inesperti. Era necessario un po' di fard sulle guance? Aveva applicato il mascara senza fare pasticci, e constatato con gioia che i suoi occhi nocciola sembravano più grandi, quasi dorati. Camilla aveva lasciato una pila di vestiti sul letto; Sarah aveva pescato la camicetta di seta azzurra, ma aveva esitato a indossarla. Hannah si sarebbe accorta di sicuro che non era sua. Se avesse capito che il motivo di tutta quell'insolita attenzione all'aspetto era suo fratello, non le avrebbe dato pace, e anche Camilla poteva essere piuttosto spietata.

"Oh, al diavolo", aveva esclamato. "Mi sono sorbita tante di quelle volte i loro problemi con i ragazzi. Stavolta è il mio turno." Quando era uscita sulla veranda, era ragionevolmente certa di apparire sofisticata.

Appena il generatore entrò in funzione e si accesero le luci, corse dentro per un'ultima verifica. Camilla si sarebbe accorta se avesse messo un goccio del suo profumo? Qualcosa di femminile e seducente al posto della sua fresca acqua di colonia. Premette l'interruttore e scorse la propria immagine riflessa nello specchio. Sembrava si fosse dipinta la faccia coi colori di guerra. Ci mancava giusto qualche piuma... Si precipitò in bagno e afferrò la pezzuola di spugna, ringraziando il cielo di essersene accorta in tempo. Eliminò il trucco e restò lì a guardarsi, la pelle lucida e chiazzata. Gemette e ricominciò daccapo, stavolta solo con un leggero velo di fondotinta, un tocco di mascara e un accenno di rossetto. Infine uscì sul vialetto tra il cottage degli ospiti e la casa padronale.

Quando entrò in salotto, Jan van der Beer era già sulla sua poltrona favorita accanto al focolare di pietra, un boccale di birra in mano. C'era una pelle di leopardo drappeggiata sullo schienale della poltrona, e i suoi tre rhodesian ridgeback stavano allungati ai suoi piedi. Era un uomo grande e grosso dalla faccia rubiconda, scaltra e segnata dalla vita all'aria aperta, il fisico possente; i muscoli di gambe e braccia guizzavano sotto i vestiti, e l'ampio torace era trattenuto a stento nella camicia. Alzò gli occhi a guardare Sarah con affetto e le rivolse un cenno del capo senza parlare.

"Che cosa ti andrebbe di bere, cara?" Lottie le sorrise e suonò il campanello per chiamare il domestico. "Abbiamo dello sherry che arriva dal Capo. O birra e gazzosa, forse?"

Nei precedenti weekend alla fattoria alle ragazze erano state offerti limonata o ginger ale, e solo nell'ultimo anno un occasionale bicchiere di birra chiara. Ma quella era la loro ultima visita prima di lasciare la scuola e iniziare una nuova vita in luoghi lontani, e per l'occasione la padrona di casa aveva portato su sherry e vino dalla cantina, e raccolto il meglio dell'orto. Sarah sorseggiò lo sherry e lo sentì immediatamente andarle alla testa. Si guardò in giro impacciata. Hannah era seduta su uno sgabello accanto alla poltrona del padre, le gambe forti ripiegate sotto di sé, i capelli biondi raccolti in una treccia che le ricadeva su una spalla. Il suo viso splendeva di salute.

"Stai molto bene, Sarah! Sei diversa. Sono curiosa di sentire che cosa dirà il resto della compagnia."

"Pensavo che fossi annegata nella doccia. Stavo per venire a cercarti." Camilla, seduta sul divano, alzò gli occhi a guardarla, volgendo il viso alla luce ed esibendo una pelle impeccabile. I lucenti capelli erano pettinati a caschetto, e si era messa il golfino sulle spalle. Teneva il bicchiere in una mano che sembrava fluttuare in aria.

"Siediti e non fare caso a queste due." L'espressione di Lottie era gentile, ma anche perspicace, si rese conto Sarah. "Hannah ha ragione, sei davvero carina. In effetti, siete tutte e tre incantevoli stasera. Come perfetti nuovi boccioli nel mio giardino. Fiori fatti di luce, come dice la poesia."

"Sei molto romantica", commentò il marito. "Finirai per mettere strane fantasie in testa a queste ragazze e non riusciranno più a concentrarsi sugli esami. Meglio riportarle alla realtà."

"Non c'è niente di male a stare tra le nuvole per qualche minuto, mentre aspettiamo Piet. Sarà questione di poco, perché se conosco mio figlio a quest'ora avrà sicuramente i crampi per la fame. Di solito non ci mette così tanto a prepararsi per la cena."

"Di solito non ha tre belle ragazze sedute a tavola con lui." Jan sollevò il boccale di birra verso la figlia e le sue amiche. "Il che deve avere qualcosa a che fare anche con la sua rinuncia a passare il weekend a Nanyuki a giocare a rugby."

"Buona sera a tutti."

Piet si presentò con un paio di pantaloni kaki ben stirati e una camicia verde col colletto slacciato. Nella luce guizzante del fuoco, a Sarah sembrò un dio. Lo osservò bere un sorso di birra ed ebbe l'impulso immediato di togliergli con un dito la schiuma dal labbro superiore. Assaggiarla, forse. Si sentì avvampare per l'imbarazzo. Lui la scrutava con un sorriso. Poteva leggerle nella mente, vedere i pensieri ridicoli che le frullavano per la testa? Si terse piano la bocca con il dorso della mano. Sarah buttò giù una sorsata di sherry e cominciò a tossire. Piet le fu subito al fianco, battendole con forza la mano sulla schiena.

"Scusate. Mi è andato di traverso!"

Annaspava, gli occhi le lacrimavano. Il mascara che aveva applicato con tanta cura le stava senza dubbio colando lungo le guance. Si sforzò di controllare il respiro, frugando nelle tasche in cerca di un fazzoletto. Dio, che figura da imbranata!

"Ehi, guarda che non sto morendo!" protestò.

Piet le tenne la mano posata sulla spalla, e la pressione incoraggiante delle sue dita sembrò marchiarle a fuoco la pelle. Il suono provvidenziale del gong chiamò a tavola i convitati. Sarah si alzò in piedi, scossa.

Lottie aveva acceso delle candele; al centro del tavolo c'era un vaso di boccioli rutilanti dell'albero fiamma. Gli ospiti e i padroni di casa presero posto e chinarono la testa quando Jan recitò una breve preghiera di ringraziamento. La porta della cucina si aprì e Mwangi, il domestico, in *kanzu* bianco, entrò con una grande zuppiera.

"Da dove salta fuori quel vecchio mascalzone?" domandò Jan quando Mwangi si fu nuovamente ritirato in cucina. "Non doveva andare alla sua *shamba* per qualche giorno?"

"Mi aveva detto che avrebbe raggiunto il fratello che era in punto di morte", spiegò Lottie, un luccichio divertito negli occhi scuri. "Voleva un anticipo sul salario e una settimana di permesso. Quando gli ho chiesto il nome del fratello, ha risposto che si chiamava Kariuki... dimenticandosi di avere preso un permesso per il funerale del povero Kariuki lo scorso anno. Così gli ho detto che poteva avere la metà di quel che chiedeva, cinque giorni di permesso non retribuiti, e che gli avrei detratto l'acconto dalla paga alla fine del mese. Questo è successo ieri, e pare che il fratello sia miracolosamente guarito."

"Ci si aspetterebbe che ormai il vecchio stupido abbia smesso con questi giochetti", commentò Jan. "È con noi da più di vent'anni, e ancora ci crede una manica di *domkopf*. Immagino che l'acconto gli servisse per pagarsi una nuova moglie. Che cosa c'è in questa zuppa per essere così buona?"

"Piselli freschi del mio orto, e rametti di menta. E Janni ha pescato la trota." Lottie posò uno sguardo affettuoso sul marito. "La parte maggiore però viene da Piet. A voi ragazze piace la selvaggina?"

"Io adoro la carne di cervo", rispose Camilla. "E la faraona. Quando siamo a casa in vacanza papà va sempre a caccia nella tenuta di un amico in Scozia."

"Be', stasera abbiamo un cosciotto di giovane impala. Lo ha preso Piet. È un buon cacciatore, il mio ragazzo." Jan guardò il figlio con orgoglio. "E Lottie prepara la salsa migliore del mondo. Non c'è niente come una cena casalinga, vero?" Si rivolse a Camilla. "Tuo padre va a caccia anche qui?"

"Non ne ha avuto il tempo, ultimamente. Sembra ci siano sempre dozzine di politici, funzionari e giornalisti che vogliono vederlo. La mamma si lamenta perché non hanno mai un weekend tutto per loro. Ci sono continuamente riunioni che si prolungano fino a tarda notte e cambiamenti di programma all'ultimo momento."

"Di certo appare piuttosto spesso sui giornali, nel bene o nel male." L'espressione di Jan era torva. Lottie gli lanciò un'occhiata ammonitrice e suonò il campanello perché il domestico venisse a ritirare i piatti.

"Allora, voi ragazze sarete molto impegnate nelle prossime settimane." Jan cambiò discorso. "Mia moglie dice che non vi vedremo più finché non avrete finito gli esami."

"Niente più weekend liberi", annuì Camilla, iniziando a mangiare la trota in punta di forchetta. "Dicono che gli anni della scuola siano i più belli nella vita di una persona. Ma forse il futuro ci riserva qualcosa di altrettanto bello, o addirittura di più."

"Certo che sì!" Lottie era sorpresa della tristezza nella voce della ragazza. Era troppo giovane per essere altro che ottimista, piena di entusiasmo per la vita che aveva davanti. "Con un retroterra come il tuo avrai così tante opportunità, mia cara. Niente potrà fermarti, Camilla. Vorrei avere avuto la tua stessa libertà quando ho terminato gli studi."

"Meglio così." Jan si era alzato per disossare il cosciotto di impala, e ora stava porgendo a Mwangi i piatti carichi di carne arrostita e irrorata di salsa perché li servisse in tavola. "È un bene che sia arrivato io a prenderti sotto la mia ala protettrice. Avevi già idee abbastanza matte di tuo."

"È solo che mi domando se tornerò ancora qui." Camilla non sembrava avere notato il tentativo di Jan di fare dello spirito. Il bicchiere di vino che stava bevendo troppo in fretta le scioglieva la lingua. "Una volta lasciata la scuola sarà tutto così lontano. Fuori dalla mia portata, in ogni caso. Non ho alcuna certezza di tornare. Voi siete qui da generazioni, e ci resterete. E i genitori di Sarah rimarranno dopo l'Indipendenza. Purtroppo mio padre, il prossimo anno, potrebbe essere spedito all'altro capo del mondo."

"Papà ci ha sempre messi in guardia che non apparteniamo realmente al Kenya, che siamo qui solo per qualche bellissimo anno." Sarah era scioccata alla vista di Camilla prossima alle lacrime. "Ma gli è stato chiesto di restare, e ne è felice. E sebbene mio fratello stia studiando medicina in Irlanda, non sarei sorpresa se tornasse anche lui. Quindi forse apparteniamo davvero a questo posto, alla fine. Io di certo tornerò a lavorare in Kenya. E potresti farlo anche tu, Camilla, se lo volessi. Non hai idea di dove tuo padre sarà assegnato al prossimo incarico?"

"A volte persone come mio padre passano un anno o due al Ministero degli Esteri a Londra dopo un incarico come questo."

"Io non mi lamenterei di stare a Londra." Il tono di Hannah era sognante. "I teatri e i concerti, i musei e i negozi... E dopo potresti andartene a vivere in qualche posto esotico di cui non hai mai nemmeno sentito parlare."

"Probabilmente papà un giorno verrà nominato governatore o alto commissario, e mandato in qualche colonia remota. Nel frattempo, mamma si sarà innamorata di Londra, se davvero andremo a finire lì. Sarà nel suo elemento ad Ascot e Henley, e a organizzare tavoli di bridge." C'era una punta di disprezzo nella voce di Camilla.

"Se andrai a Londra verrò a trovarti", le disse Hannah. "Dopo di che avranno del filo da torcere per trovare il modo di trattenermi alla fattoria."

"Mia figlia viaggerà, sicuro. Ma vorrà sempre tornare qui", affermò Jan. "Di questo possiamo stare certi."

"Sapete, questo è il posto in cui sono stata più felice e ho vissuto i giorni più belli di tutta la mia vita." La voce di Camilla ebbe un tremito. "Niente sarà mai come Langani e il tempo che ho trascorso qui, dove sono parte della famiglia."

Ci fu un silenzio impacciato. Lottie si era domandata spesso perché i genitori di Camilla non si fossero mai fatti vedere ad alcun evento scolastico in tanti anni. E sebbene le tre ragazze avessero amato trascorrere le vacanze alla fattoria e nella casa dei Mackay sulla costa, non erano mai state invitate alla residenza dei Broughton-Smith a Nairobi. Camilla era sempre vaga quando le si chiedeva della sua famiglia.

"Essere figlia unica è diverso", diceva. "I miei genitori non erano fatti per occuparsi di bambini. Papà è sempre impegnato col governatore e le sue questioni ufficiali, ma mi scrive lettere meravigliose che io conservo. Per quanto riguarda mia madre... be', è una donna nervosa. Ipersensibile, dice papà. Non potrebbe mai guidare fin qui da sola come fa tua madre, Sarah. E ha troppo da fare a Nairobi, tra tutti i ricevimenti e le serate di beneficenza."

Col crescere della loro amicizia, sia Hannah sia Sarah avevano imparato a non fare domande sulla situazione famigliare di Camilla. Lei era in imbarazzo per non essere in grado di ricambiare la loro ospitalità, e l'unica occasione in cui aveva tentato di farlo non era stata un gran successo. George Broughton-Smith stava accompagnando il governatore in un giro sugli altopiani e si era organizzato in modo da pranzare con la figlia e le sue due amiche nella vicina città di Nanyuki. Aveva fatto del proprio meglio per fare conversazione con le tre ragazze, ma l'atmosfera era stata pesante, il pranzo punteggiato da sprazzi di chiacchiere e risate forzate, seguite da silenzi interminabili. Alla fine George aveva dato a ciascuna di loro venti scellini per comprarsi qualcosa nei *duka* indiani mentre lui leggeva il giornale in un caffè vicino. Il viaggio di ritorno a scuola su una magnifica Bentley era stata la sola parte della giornata che le ragazze ricordavano con un certo piacere.

"Be', che ti piaccia o no, lady Camilla, io farò una capatina da te ogni tanto nella vecchia amena Inghilterra", promise Piet.

"Hai intenzione di andare in Inghilterra?" Hannah fissò stupita il fratello.

"Non proprio in Inghilterra. Papà sta pensando di mandarmi per un anno alla scuola superiore di agraria ad Aberdeen." Sorrise, gustandosi la sorpresa sulla faccia della sorella. "Ma forse è un po' troppo cara per noi, quindi potrei andare a lavorare in una fattoria in Scozia, invece. O in una proprietà di certi parenti dei Mackenzie di Mau Narok, e..."

Hannah si girò a guardare la madre e vide l'espressione compiaciuta del suo volto. Dunque era a conoscenza di quella decisione, probabilmente vi aveva avuto un ruolo determinante. Tutti lo sapevano eccetto lei. Non poté nascondere di esserci rimasta male.

"È stato stabilito soltanto un paio di giorni fa, Han. E a condizione che papà riesca a trovare qualcuno che lo aiuti mentre sono via." Piet ritenne opportuno cambiare discorso. "Domani uscirai a cavallo con noi, mamma? Pensavo che potremmo andarci prima di colazione e vedere se troviamo la famiglia di ghepardi che ho visto la scorsa settimana."

Sarah si sentì delusa. Piet le aveva detto che sarebbero usciti insieme: una perfetta opportunità per passare un po' di tempo da sola con lui, avere la sua completa attenzione senza dover dividere neppure un prezioso momento con qualcun altro.

"Ho un impegno per domani mattina", rispose Lottie. "Tuo padre e io andremo a una riunione alla fattoria dei Murray. Non so se torneremo in tempo per il pranzo, ma sarò senz'altro qui per riaccompagnare voi ragazze a scuola prima di sera."

"Nessuno riesce a tenere dietro alle intenzioni del governo di questi tempi." Jan aggrottò le sopracciglia. "Un giorno parlano di proteggere noi minoranze quando verrà l'Indipendenza, e il successivo corre voce che ci confischeranno le terre. Potremmo essere costretti ad andarcene, le nostre fattorie soggette a vendita forzosa e spezzettate in piccoli lotti che verranno distribuiti ai *kaffir.*" Scosse la testa disgustato. "Nessuno potrà avere raccolti redditizi su appezzamenti di dieci acri. Riusciamo a stento a far rendere le coltivazioni con l'estensione di terreno che abbiamo adesso. E se i nostri braccianti sono un esempio, lasceranno marcire il frumento e lo rimpiazzeranno col mais, che a questa altitudine non cresce bene. Finiranno in rovina. È un pessimo piano, ve lo dico io, e andrà anche peggio. Vogliamo discutere quel che possiamo fare per salvaguardarci nel caso il governo non ci voglia tutelare."

"Non parliamo di queste cose a tavola, Jan." La moglie cercò di passar sopra a quelle fosche predizioni. "E dovresti smettere di usare il termine *kaffir*. Non è più accettabile."

"Lottie, sorgeranno dei problemi, ed è bene che ne siamo tutti consapevoli." Stavolta Jan non si lasciò mettere a tacere. "Nessuno è stato attaccato qui a Langani durante gli anni del Mau Mau, e la maggior parte dei nostri braccianti non è stata coinvolta nel giuramento. Ma i prossimi due o tre anni saranno duri, specialmente se i *britisher* ci volteranno le spalle."

"Non sono d'accordo", replicò Lottie con calma. "Io non penso che l'Indipendenza cambierà tutto in modo così drastico. I nostri *watu* sono contenti. Nessuno si lamenta a Langani."

"Non è trascorso troppo tempo da quando ho combattuto fianco a fianco con i nostri vicini inglesi durante gli anni dell'emergenza", sospirò Jan. "Allora avevano bisogno di noi *afrikaner*, ma adesso se ne sono dimenticati."

"Dobbiamo lasciarci quegli anni dietro le spalle." L'espressione di Lottie si fece tesa. "Non dobbiamo vivere nel passato, caro. E il futuro del Kenya può essere luminoso per noi tutti."

Jan scosse la testa, assorto nei ricordi. Aveva visto il fratello morire in un'imboscata sulle Aberdare Mountains durante la rivolta di Mau Mau. La loro unità si era nascosta per mesi nella gelida umidità della foresta, patendo la scarsezza di cibo, i corpi fetidi mentre seguivano le tracce delle bande di terroristi. Gli uomini avevano strisciato nel sottobosco in notti fredde e buie inseguendo i guerrieri Kikuyu che, vincolati dall'atroce giuramento, seminavano morte, terrore e distruzione nelle fattorie dei bianchi. Molti dei suoi vicini inglesi e *afrikaner* se n'erano andati, rifugiandosi in Rhodesia o in Sudafrica, o tornando in Inghilterra.

"È vero, i nostri *kaffir* hanno vitto, alloggio, assistenza medica e istruzione", continuò rivolto alla moglie. "Ma in fondo ritengono che occupiamo la loro terra, Lottie. Anche se non c'era nessuno qui quando siamo arrivati, e non vi cresceva altro che arbusti spinosi. Adesso possono vedere il potenziale del terreno. Dopo che noi abbiamo fatto tutto il duro lavoro, vogliono rivendicarlo per sé."

"Abbiamo documenti legali rilasciati dagli inglesi a comprovare che questa fattoria è nostra dal 1906. Nessuno può contestarcene la proprietà." Piet si sporse in avanti, battendo il cucchiaio sul tavolo. "Io diventerò un cittadino del Kenya dopo l'Indipendenza, e allora sarò tale e quale a Kipchoge, a Mwangi o a Kamau, con gli stessi loro diritti."

"Non essere mai tanto sciocco da crederti uno di loro, Piet. Questi sono sogni pericolosi."

"Ti sbagli, papà. Io ho dei veri amici tra gli africani. Kipchoge è come... be', noi apparteniamo alla nuova generazione. Ci rispettiamo l'un l'altro e collaboreremo su un piano di parità. Nello spirito di *Harambee*, come dice Kenyatta. Io sto andando incontro al cambiamento da una posizione differente."

"Ragazzo mio, ci sono in giro tante teste calde che ci vedono come il fumo negli occhi, non importa quel che facciamo. Guarda quel pazzo di Odinga. I suoi discorsi grondano odio per noi imprenditori agricoli bianchi. Se dovesse andare al potere distruggerà qualunque forma di governo democratico che gli inglesi si lasceranno dietro." Jan agitò un dito in direzione del figlio. "Parlano di nazionalismo africano, ma è solo un altro nome per comunismo. Guardati attorno. Non vedi quanti dei nostri vicini stanno vendendo? Caricano tutti i loro averi sui camion e se ne vanno a sud."

"Janni, molti di loro sono indebitati. Le loro fattorie rischiano la bancarotta, e l'*Uhuru* è solo un paravento dietro cui si nascondono per far fagotto e andarsene salvando la faccia."

"E in che cosa siamo diversi, noi? Non hai letto la lettera della banca?"

"Quale lettera?" domandò Piet, allarmato. "Abbiamo qualche problema?"

"Janni! La nostra situazione è completamente diversa." Lottie si agitò vedendo l'espressione spaventata di Hannah. "Va tutto bene, e noi continueremo a condurre la fattoria proprio come abbiamo fatto finora. Inoltre, gli inglesi non permetterebbero mai..."

"Gli inglesi se ne laveranno le mani dell'intero Paese", la interruppe il marito, rosso in viso per l'ira. "Si scrolleranno di dosso le loro responsabilità, e nasconderanno ogni problema futuro sotto il tappeto. Proprio come i belgi hanno piantato in asso la loro gente in Congo, permettendo omicidi, stupri ed espropri. Odinga potrebbe arrivare qui un mattino e confiscare Langani per spartirla tra i suoi amici, e non ci sarebbe niente che potremmo fare per impedirglielo! Dobbiamo prepararci a combattere se vogliamo sopravvivere a quel che ci aspetta."

"Papà, questo di sicuro non può succedere." Hannah era prossima alle lacrime. "Ci saranno ancora inglesi qui ad assicurarsi che sia mantenuta la pace, e in più ci sono buoni africani in politica. Lo hai detto tante volte tu stesso."

"Non sarà come immagina papà, Han." Piet era teso. "Il Ministero delle Colonie inglese sosterrà gli agricoltori che vogliono restare e tenersi le loro terre. Tuo padre partecipa a tutte le conferenze governative a Londra, non è vero, Camilla? E stanno parlando di indennità di rimpatrio per i coloni bianchi che invece decidono di andarsene."

"Non tutti i bianchi, figliolo", lo corresse Jan. "Soltanto gli inglesi."

"Fa lo stesso. Nella nostra famiglia abbiamo avuto tutti quanti il passaporto inglese da quando siamo arrivati qui." Piet si rilassò soddisfatto sulla sedia, certo di avere avuto l'ultima parola.

"E come pensi che li abbiamo ottenuti? Hanno concesso a quei primi *afrikaner* i passaporti inglesi e le loro terre perché erano stati collaboratori durante la Guerra Boera, contro la nostra stessa gente. Lo sapevi questo? No, eh? Gli uomini che hanno portato quassù le famiglie sessant'anni fa stavano fuggendo perché erano stati informatori. I passaporti inglesi sono stati il compenso per il tradimento dei propri compatrioti. Se fossero rimasti a sud sarebbero stati impiccati."

"Non è vero!" Piet era incredulo.

"E invece sì, anche se nessuno nella comunità *afrikaner* si scomoda mai ad ammetterlo. E i *britisher* non ci considereranno mai dei loro, non importa che cosa ci abbiano concesso, e perché. Se ne infischieranno di noi quando verrà l'*Uhuru*." Jan non tentò nemmeno di nascondere il proprio scetticismo.

"Sono sicura che si sbaglia." Camilla era molto pallida. "Mio padre sta lavorando proprio alla questione degli assegnamenti di terreni e cittadinanza. Si assicurerà che tutti abbiano un trattamento equo."

"Noi siamo boeri, cara. Gli inglesi non hanno alcuna simpatia per noi, e non gliene importa un accidente se restiamo o andiamo, al di là di quello che c'è scritto sui nostri passaporti. E dove ci rimpatrierebbero, poi? In Olanda, nel Regno Unito? Non potremmo mai andare là. Sudafrica? Non ci daranno sovvenzioni per insediarci in un Paese dove vige l'apartheid. Ci volteranno le spalle, e saranno ben contenti di essersi sbarazzati di noi!"

"Non ti avevo mai sentito parlare così, papà." Hannah era sgomenta.

"E non è questo il momento per cominciare", intervenne Lottie, furiosa.

"Sono sicura che non vi accadrà niente di tutto questo." Camilla fece per alzarsi dalla sedia, il colorito acceso dal turbamento. "Mio padre lavora direttamente per il ministro responsabile delle colonie. Di certo il suo ufficio è consapevole di tutti questi problemi. Non tratteranno mai nessuno come lei sta insinuando."

"Sembra che seguirai le orme di tuo padre nella carriera diplomatica, signorinella", commentò Jan con pesante sarcasmo.

"Sta' calma." Piet si protese verso Camilla, facendole segno di rimettersi a sedere. "Io sono cresciuto con tutti i giovani Kikuyu e Maasai e Nandi della zona. Mi hanno persino reso loro fratello di sangue un paio di anni fa, proprio come... Abbiamo pescato insieme, cacciato insieme, mangiato insieme da quando ero un *toto*. Per noi non è come per la generazione di papà. Noi giovani abbiamo un rapporto diverso con..."

"Non puoi fidarti di nessuno di quei *munts*. Non ragionano come noi. Non hanno i nostri stessi valori. Ti ho già messo in guardia da questo in passato, Piet. Sei uno sciocco, figlio mio, se ti illudi che non sia così. Non provocherà altro che disastri."

"Adesso basta!" Lottie batté il pugno sul tavolo, facendo tintinnare vetri e porcellane. "Piet, versa del vino a tutti. Janni, ora brinderemo ai nostri meravigliosi figli e le loro amiche. E a un luminoso, felice futuro per noi tutti."

Jan tacque, rimpiangendo di essere stato così brusco con Camilla. Era soltanto una ragazza di diciotto anni, come sua figlia. La moglie aveva ragione. Non avrebbe dovuto intavolare quella discussione. Brindarono, ma Hannah aveva gli occhi lucidi, e Sarah sentiva un groppo in gola che le rendeva difficile deglutire. Quando posarono i bicchieri la mano di Piet cercò quella di Camilla sotto il tavolo e le diede una stretta. Dopo la cena si sedettero intorno al focolare e giocarono ai mimi. I goffi tentativi di Jan furono accolti con scrosci di risate. Sarah vinse senza fatica, quindi divertì la compagnia con le sue imitazioni di animali. Infine Jan si alzò ad abbracciarla.

"Basta così, pazzerella. È ora di andare a letto. Domattina dovrò uscire presto a controllare dei pascoli, visto che Piet ha disertato il lavoro in favore della compagnia di belle ragazze. E poi andrò alla riunione dai Murray. Buona notte a tutti."

"Le luci si spegneranno tra una mezz'ora, ragazze." Lottie le abbracciò, sfiorando con tenerezza la guancia di Camilla. "Non state su tutta la notte a parlare."

Nella stanza di Hannah il *kaross* che copriva le coltri era stato ripiegato su un baule ai piedi del letto. Lei amava la morbidezza delle pelli di animali che suo padre aveva conciato per farle una coperta quando era piccola. Si sedette e batté la mano sul letto per invitare Sarah a raggiungerla, mentre Camilla si adagiava di traverso sulla panca nella rientranza della finestra affacciata sul giardino. La luna era piena e il cielo notturno sembrava offrire una quieta, remota bellezza che non poteva essere deturpata da incomprensioni, avidità o violenza.

"Non riesco a digerire quell'uscita di papà stasera", confessò Hannah. "Ma forse è soltanto triste perché questo posto ormai non sarà più il centro del mondo per noi."

"Non fa niente. Ho toccato un tasto dolente con quelle sciocchezze sul non potere ritornare qui." Camilla sembrava avere recuperato la consueta compostezza.

"Non erano sciocchezze. Abbiamo passato giorni così felici qui negli ultimi cinque anni, e fa uno strano effetto pensare che Langani non sarà ad appena mezz'ora di strada, che aspetta di accoglierci nei weekend", osservò Sarah. "Almeno sarà ancora il centro del mondo per te, Hannah. Tu e Piet un giorno manderete avanti la fattoria. Lui creerà la sua riserva naturale e il suo rifugio da cui osservare gli animali e..."

"So che questa è casa mia, e la amo. Però a volte sembra così isolata da tutto."

"Isolata da che cosa, santo cielo?"

"Dalla gente, da tutto quel che c'è di nuovo nel mondo! Per voi è bello. Venite a stare qui solo per brevi visite. Ma se doveste viverci sempre con soltanto i vostri genitori..."

"E Piet. Non puoi lamentarti di averlo attorno, no? Io sarei contenta di avere un fratello maggiore come lui." Camilla distolse lo sguardo dal giardino immerso nella luce della luna.

"Una volta pensavo che mi sarei divertita un mondo quando i suoi amici fossero venuti a trovarlo." Hannah roteò gli occhi. "Ma quelli non fanno altro che bere birra, o parlare di agricoltura, politica e rugby, e delle ragazze che hanno conosciuto a Nairobi o Nanyuki. Nemmeno si accorgono di me."

"Neppure gli amici di mio fratello mi hanno mai considerata un essere umano", annuì Sarah. "Comunque un giorno ti vedranno con occhi diversi, e cambierà tutto."

Hannah scosse la testa. "Sono troppo grossa, pesante e sgraziata come i buoi di papà. Non so perché non sono minuta, fine e bruna come la mamma, invece. Forse avrebbero dovuto mandarmi davvero al *boma* delle giovenche, alla fine!"

"Tu sei alta, non grossa. Hai bellissimi capelli biondi, folti, e corri come il vento. In più sai giocare a tennis e cavalchi bene. Sembravi così imponente oggi sul tuo cavallo."

"Imponente? Non suona molto lusinghiero."

"Non possiamo avere tutte l'aspetto di Camilla, purtroppo", si rammaricò Sarah. "Non è giusto che lei abbia una figura perfetta, gli occhioni blu e la pelle come porcellana, e persino un cervello!"

Camilla non replicò. Sembrava stesse scrutando qualcosa oltre la finestra. Si protese a battere lievemente la mano sul vetro, quindi si volse, riappoggiò i piedi a terra e sorrise alle amiche.

"Vai a letto?" le domandò Sarah.

"Tra un po'. Tu comincia ad andare. Ti raggiungo."

Sarah uscì nella notte. L'aria fredda della montagna le spirava attorno; udì un suono rauco in lontananza, appena oltre il limitare del giardino. Un leopardo! Se Piet fosse stato lì, assieme sarebbero potuti andare a cercarlo, usando la potente torcia che lui teneva sempre a portata di mano per guardare gli animali selvatici che si aggiravano col buio.

La luna proiettava un fascio di luce bianca nella stanza; non c'era bisogno di accendere la lanterna o una candela. Sarah si lavò i denti con l'acqua gelida e si infilò nel letto, pensando con un fremito di impazienza alle ore che mancavano al mattino, quando sarebbe uscita a cavallo con Piet. Come poteva aspettare fino a domani per rivederlo, come sarebbe riuscita a dormire? Ma la cavalcata del pomeriggio si combinò con l'effetto del vino e dello sherry, e la fece scivolare nel sonno quasi immediatamente.

Per un momento non seppe bene che cosa l'avesse svegliata, finché il suono di una voce sommessa e qualcosa che sembrava una risata soffocata si insinuarono nella sua coscienza, destandola. Perplessa, si tirò su a sedere e guardò verso il letto di Camilla. Era vuoto. Sarah infilò i piedi nelle pantofole e andò alla finestra. La veranda era soffusa del chiarore bianco e freddo della luna. Ombre in netto rilievo custodivano i segreti della notte. Al margine dell'oscurità Camilla era appoggiata contro la ringhiera di legno; si sporse un po' più verso la luce con una lieve, bassa risata, mormorando parole che Sarah non poté udire. L'aria pungente bisbigliò tra gli alberi della gomma e soffiò nelle pieghe della camicia da notte di Sarah, facendola rabbrividire. Poi Piet uscì dalle ombre e prese Camilla tra le braccia. Sarah vide gli occhi dell'amica brillare nella luce lunare. Guardò la mano di Piet sollevarsi a toccare la curva del seno di Camilla, da sopra il golfino, la schiena di lei piegarsi all'indietro, la sua faccia ridente rivolta verso quella di lui.

Rimase impietrita nel buio, colpita da un dolore acuto come una coltellata. Si costrinse ad allontanarsi dalla finestra, ma anche chiudendo gli occhi e tirandosi le coperte sopra la testa non riuscì a scacciare l'immagine delle dita di Piet sul viso di Camilla mentre si chinava a baciarle le labbra.

3

Kenya, dicembre 1962

Erano raggruppate sul marciapiede lungo il binario nella foschia mattutina. Ridevano e piangevano, abbracciavano le suore che non si erano mai sognate di abbracciare in tanti anni di scuola, si promettevano di tenersi in contatto, di scriversi, di scambiarsi visite. Hannah era andata alla stazione per i saluti e stava accanto a Camilla, impacciata, cercando di dissimulare la tristezza con battute malriuscite. Sarah si allontanò, incapace di nascondere le lacrime. Una parte della sua vita era conclusa e si sentiva destabilizzata, diretta verso uno spazio vuoto senza linee guida o facce familiari.

Il capostazione indiano apparve sulla banchina, interrompendo gli addii commossi e invitando le ragazze vocianti a salire a bordo. Sbatté le porte delle carrozze e gridò ordini al capotreno, ai macchinisti, al personale dei vagoni-letto. Le ragazze si sporsero dai finestrini, agitando le braccia negli ultimi saluti mentre il treno usciva dalla stazione lasciandosi dietro un fischio lugubre, portandole via dagli anni della loro fanciullezza.

Quando il treno entrò nella stazione di Nairobi, nel tardo pomeriggio, gruppi di genitori erano in attesa al binario, già sorridenti. L'aria risuonò di richiami festosi mentre i passeggeri e i loro bagagli si riversavano sul marciapiede. I facchini spinsero carrelli carichi di bauli di corredo scolastico verso le automobili. Sarah guardò le donne tra la folla, provando a indovinare quale potesse essere Marina Broughton-Smith.

"Saidi, *jambo.*" Camilla si rivolse a un giovane uomo in uniforme da chauffeur. "Il nostro bagaglio è laggiù. Questa è la mia amica, *memsahib* Sarah: sarà nostra ospite."

"Dove sono i tuoi genitori?" Sarah sapeva d'istinto che non

avrebbe dovuto chiederlo, ma le parole le uscirono di bocca prima che potesse considerarne le implicazioni.

"Chi lo sa? Avranno avuto da fare, immagino. Li vedremo anche troppo presto."

Saidi guidò attraverso le ampie strade cittadine verso la zona residenziale di Muthaiga, dove viali alberati bordavano acri di prati ben curati e aiuole fiorite. C'era una fredda formalità nella casa dei Broughton-Smith che metteva a disagio, e il silenzio intimorì Sarah non appena ebbe varcato la soglia. Le dava la sensazione di un posto senz'anima, un imponente ammasso di pietre privo di alcuna somiglianza con una casa così come lei l'intendeva. Non vide traccia dei genitori di Camilla mentre seguiva il cameriere nell'ala del piano superiore destinata agli ospiti. Nella sua stanza c'erano un letto a baldacchino, un divano foderato di velluto con una poltrona coordinata, e un bagno annesso. Era troppo pretenziosa, troppo grande, e le diede un senso di solitudine. Non aveva mai visto la suite di un hotel di lusso, ma immaginava che dovesse essere qualcosa di molto simile. Dava su un vasto tappeto erboso incorniciato da cespugli e un roseto. Sarah aprì la finestra e respirò l'aria fresca pervasa del dolce profumo di fiori.

In tanti anni di scuola nessuna compagna di Camilla era stata a casa sua; lei aveva accettato l'invito con entusiasmo e curiosità. Ma la vista di Piet e dell'amica al chiaro di luna aveva incrinato il loro rapporto. L'uscita a cavallo del mattino dopo era stata una tortura. Sarah si era sforzata di sembrare allegra, di chiacchierare con Piet come se nulla fosse successo, aveva fatto del proprio meglio per nascondere il dolore e il risentimento. Poi, al ritorno a scuola, aveva covato in silenzio il suo senso di tradimento, aspettando che Camilla tirasse fuori l'incidente e offrisse qualche spiegazione; ma lei era parsa ignara del suo atteggiamento distaccato e, sebbene ci fossero momenti in cui Sarah si sentiva ribollire, era riluttante ad affrontarla direttamente. Finché una sera, non riuscendo a trovare gli appunti di biologia, la situazione era precipitata.

"Li ho presi io in prestito ieri", le aveva confessato Camilla. "Sapevo che non ti sarebbe dispiaciuto."

Fu come se avesse strappato la spoletta alla granata, e la rabbia di Sarah era esplosa. "Sì che mi dispiace! Ti credi in diritto di prendere tutto quello che vuoi senza nemmeno disturbarti a chiedere solo perché fai finta di essere mia amica. Tu non sei mia amica, e tanto meno mia sorella, e quando ce ne andremo di qui non voglio rivederti mai più!"

Camilla la guardava attonita, sul punto di protestare, ma ormai Sarah era lanciata a sfogare tutta la sua infelicità repressa. L'altra aveva cercato di scusarsi, giurando che non era stata lei a cominciare con Piet. E Sarah era infuriata sempre di più.

"Non me ne importa un accidente di chi ha cominciato!" aveva urlato. "Tu sapevi quel che provavo per lui. Adesso sta' lontana da me. Voglio soltanto finire gli esami e tornarmene a casa."

Camilla si era seduta, pallida e scioccata, senza alcuna traccia del suo caratteristico aplomb. "Ma tu devi venire a Nairobi", aveva mormorato. "Eravamo d'accordo che saresti venuta da me. È già tutto organizzato."

All'improvviso era scoppiata in un pianto dirotto, e Sarah era ammutolita per lo stupore. Non aveva mai visto Camilla piangere. Nessuno l'aveva mai vista piangere. E ora era lì, la faccia nascosta nelle mani, a supplicarla tra i singhiozzi.

"Ti prego, Sarah. Ti prego. Devi venire con me. Non posso andare a casa da sola. Non puoi voltarmi le spalle, ti prego. Ho bisogno che tu venga a Nairobi. Tu e Hannah siete tutto quello che ho, e adesso che la scuola sta finendo dobbiamo restare unite. Dobbiamo. Lo abbiamo promesso."

Era stato il giuramento che alla fine aveva fatto vacillare la determinazione di Sarah, convincendola ad andare a Nairobi nonostante tutto.

La sera del suo arrivo incontrò Marina Broughton-Smith per la prima volta, e le risultò subito evidente da dove venisse la bellezza di Camilla: madre e figlia avevano lo stesso viso ovale incorniciato di capelli biondo cenere, gli stessi occhi azzurri e la pelle di porcellana, il naso diritto e la bocca perfettamente disegnata. Sembrava un ritratto del Botticelli, pensò Sarah, ma triste. Le mani di Marina erano in costante movimento, svolazzando ovunque, sfiorando brevemente vasi di cristallo e libri rilegati, posandosi per un fuggevole momento sui suoi capelli chiari, tastandosi le perle intorno al collo. La sua presenza sembrava permeare la stanza, propagando increspature di incertezza. La sua voce era sottile e leggermente sfiatata; sorrideva molto, eppure c'era qualcosa nei suoi occhi che suggeriva un animo fragile.

"Spero davvero che ti piaceranno questi pochi giorni a Nairobi, mia cara. Sono lieta che Camilla abbia portato un'amica a stare con lei. Sally Mackay, vero?" Marina si sporse in avanti e a

Sarah vennero in mente le foto della regina mentre si china ad accettare un mazzo di fiori. "Abbiamo degli amici scozzesi che si chiamano Mackay, a Blairgowrie. Forse sei loro parente? Sai, noi andiamo lì a caccia. O almeno, ci andavamo, prima che George ci confinasse qui tutto l'anno."

"Sarah. Il mio nome è Sarah. E non siamo imparentati con quella famiglia. I miei genitori sono irlandesi. Non hanno mai vissuto in Scozia, anche se forse andando indietro negli anni..."

"Oh, capisco. Irlandesi. Gente affascinante, gli irlandesi. Così pieni di charme, e sanno incantare con le parole." Il sorriso di Marina si fece più luminoso e raggiunse i suoi occhi. Per qualche inesplicabile ragione sembrava sollevata. "Abbiamo amici in Irlanda, nel circuito delle corse ippiche. Forse i tuoi genitori conoscono la scuderia degli O'Dwyer, nella contea di Kildare? È una tenuta meravigliosa."

"Mia madre è originaria di Sligo, e mio padre viene dalla contea di Monaghan." Sarah notò l'interesse attenuarsi sul volto di Marina con lo sfumare della probabilità di un punto di incontro. "Non penso abbiano mai avuto a che fare con l'allevamento di cavalli. Ma può essere..."

"Il padre di Sarah è un medico", intervenne Camilla. "Si occupa di persone, mamma, non di cavalli. Niente che possa appassionarti particolarmente."

Il sorriso di Marina svanì del tutto e ci fu un improvviso scintillio nei suoi occhi. Sarah distolse lo sguardo, imbarazzata dal commento pungente, consapevole che Camilla aveva offeso sua madre. Marina si voltò come un animale ferito.

"La contea di Monaghan. Cittadine tetre su quel confine turbolento. Una zona così grigia e desolata. Ma sono passata per Sligo una volta, e devo dire che l'ho trovata pittoresca, con un fascino particolare, e i richiami a Yeats e via dicendo... Piuttosto piacevole, nel complesso." Toccò fugacemente il braccio di Sarah, visibilmente ansiosa di andarsene. "Bene, ora devo proprio scappare, mie care. Devo essere al club per le sette. Saidi può accompagnarvi al cinema più tardi, se volete."

Col trascorrere della settimana Sarah fu intrigata dalla routine della casa. La maggior parte dei giorni non c'era segno di Marina finché appariva in salotto verso le sei, agghindata raffinatamente per un cocktail party o una cena, con un drink in mano.

Sorseggiava dal suo bicchiere e fumava molte sigarette, sfogliando una rivista o un libro mentre aspettava il marito. Lui, al suo arrivo, le dava un bacio lieve, informandosi sulla sua giornata con una strana, antiquata formalità che Sarah conosceva soltanto per averne letto sui romanzi. Ma con Camilla, Broughton-Smith era diverso, tra loro c'era un reale legame affettivo. Quando si trovavano a tavola per la colazione abbracciava la figlia con calore e mostrava interesse autentico nei suoi riguardi. Era un uomo grande, di bell'aspetto, un po' troppo corpulento eppure sempre molto elegante in completi di ottimo taglio. I capelli folti e ondulati erano ormai quasi del tutto bianchi, ma la faccia abbronzata non aveva una ruga, come se qualcuno ne avesse spianato le grinze con un ferro da stiro. Portava al dito un grosso anello con sigillo sul quale era inciso uno stemma. Sarah era affascinata dalle sue mani lisce, con unghie perfette e levigate. Probabilmente si faceva fare la manicure. Camilla lo guardava con espressione dolce e fiduciosa, e le piaceva prenderlo sottobraccio o tenergli la mano mentre gli parlava.

I Broughton-Smith passavano raramente una serata in casa, e non appena George si era cambiato usciva con la moglie per partecipare a un evento sociale. Marina non scendeva mai per la colazione. Sarah, ben dopo essere andata a letto, udiva il leggero ticchettio dei suoi tacchi mentre si ritirava nelle proprie stanze, seguita molto più tardi da George, i cui passi pesanti su per le scale suonavano stanchi, forse anche svogliati.

"Certo che sono molto impegnati, i tuoi genitori", osservò Sarah la seconda sera della sua permanenza. "Quando riuscirai a parlare con loro di quello che intendi fare?"

"Mi hanno iscritta a un corso di storia dell'arte a Firenze, lo sai. Uno di quei posti dove vanno le ragazze bene quando non hanno altro da fare. E poi dovrò frequentare un'orribile scuola a Londra dove insegnano dattilografia, stenografia, portamento e maquillage. È per signorine di buona famiglia che vogliono fare le segretarie per un minuto e mezzo prima di sposarsi. Spaventoso. Dopo di che potrò fare domanda all'accademia di arte drammatica... una volta che mi sarò costruita una qualche sorta di rete di sicurezza."

Sarah era costernata. "Perché non vai al college ed entri in un gruppo di teatro? Ci sono sempre dei talent scout alle rappresentazioni."

"Non voglio passare altri tre o quattro anni a studiare cose che non ho bisogno di sapere." L'espressione di Camilla era calma, ma Sarah si accorse che le sue mani intrecciate erano contratte, e la postura era rigida. "Continuano a ripetermi che non posso aspettarmi di diventare un'attrice solo perché ho partecipato a qualche recita a scuola e qui a Nairobi. Non che siano mai venuti a vedermi, eccetto una volta, giusto perché era un'iniziativa di beneficenza e mamma era coinvolta nell'organizzazione."

"Be', immagino che con tutti i loro impegni..." Sarah lasciò la frase in sospeso.

"Non disturbarti a inventare scuse per loro. Ignorano le mie ambizioni sperando che col tempo mi scoraggerò o che si tratti solo di un capriccio passeggero. Invece non è così. Ho tutte le intenzioni di diventare una brava attrice, e niente mi distoglierà dal mio obiettivo."

"Forse, se provi a discuterne di nuovo adesso che la scuola è finita, riuscirai a convincerli che iscriverti subito all'accademia non è un'idea così cattiva."

"Loro vedono soltanto quello che vogliono vedere, e non mi va di perdere altro tempo litigando. Papà è deluso perché non intendo intraprendere la carriera diplomatica, e mamma è interessata unicamente alle mie eventuali prospettive matrimoniali. Mi hanno offerto un compromesso accettabile, tutto sommato, e poi potrò andare avanti con la mia vita."

"Ma sono i tuoi genitori. Forse non hanno capito che per te è davvero importante, che fai sul serio."

"Oh, lascia perdere, Sarah. A loro non importa un bel niente di quello che voglio. Dai, adesso usciamo da questo obitorio e andiamo a divertirci."

Passarono la mattinata al Muthaiga Club, oziando a bordo piscina. Sarah era stesa al sole, lieta di essere fuori da quella casa silenziosa e opprimente. Camilla se ne stava seduta sotto un ombrellone, un cappello dalla tesa larga in testa. Camerieri andavano e venivano con drink ghiacciati e vassoi di cibo, facendo firmare a Camilla foglietti bianchi e rosa. Una sfilza di amici e conoscenti arrivò a scambiare pettegolezzi, a organizzare partite a tennis e discutere inviti che tutti avevano ricevuto agli stessi party e balli. Sarah si sentì esclusa e un po' intimidita mentre ascoltava i protagonisti della scena mondana di Nairobi parlare degli eventi sociali della settimana. A pranzo, Camilla bevve grandi bicchieri gelati di Pimm's, e quando furono pronte per andarsene l'amica notò che era incerta sulle gambe.

“Sei sbronza?” si preoccupò.

“Probabile. Ma oggi pomeriggio ci dormirò su, e sarò in perfetta forma per l’ora dell’ispezione, prima che i miei escano.”

L’autista era sempre disponibile per accompagnarle in centro, dove Camilla sembrava passare buona parte del tempo. Si sedettero a un tavolo all’aperto del Thorn Tree Café e ordinarono caffè freddo con gelato alla crema. Camilla conosceva tutti, e sembrava interessata a ogni aspetto della loro vita, informandosi su figli e nipoti, fratelli e amanti, handicap al golf e punteggi al bridge.

“Come fai a ricordare tutti gli amici e i parenti di quella gente, e i loro vari peccatucci?” si meravigliò Sarah.

“Tutti hanno una storia. Anche un vecchio macilento con i denti gialli e un frusto giacchino scamosciato ha qualcosa di interessante da raccontare. Ho imparato osservando papà. Lui lo fa in continuazione nel suo lavoro, ed è molto apprezzato. E il vantaggio è che ho sempre qualcuno con cui parlare.”

Le sue parole erano una così franca ammissione di solitudine che Sarah distolse lo sguardo per nascondere il senso di pietà. L’idea che per l’amica quei passanti fossero un surrogato di famiglia le attraversò la mente, ma la scacciò come una congettura sciocca e stiracchiata.

“Però non racconti mai niente di te”, osservò mentre Camilla si accendeva un’altra sigaretta.

“Tutti conoscono i miei affascinanti genitori e pensano che io sia destinata a essere esattamente come loro.” Camilla stava guardando le jeep dei safari che venivano caricate di bauli metallici, costose valigie di cuoio e scatole di legno contenenti fucili e munizioni. “Guarda quelle montagne di bagagli... Che se ne faranno di tutta quella roba, là in mezzo al niente?”

“A me piacerebbe essere ricca e andarmene nel mio padiglione da safari. Cacciatore bianco, fascino rude, grosso fucile, leoni ruggenti nella notte.”

“Primitivo, e c’è da sudare. Non fa per me. Però ti ci vedrei bene. Quando Piet avrà la sua riserva potrai andare con lui.” Camilla fece in tempo a scorgere il guizzo di dolore negli occhi dell’amica prima che distogliesse lo sguardo. “Oh, santo cielo, Sarah! Ti ho già detto dozzine di volte che mi dispiace!”

Sarah esitò. Avrebbe voluto controbattere, ma era restia a lasciare riemergere l’amarezza mentre era sua ospite a Nairobi. Rimase lì seduta in silenzio, mentre Camilla scoccava un sorriso abbagliante a qualcuno, guardandolo da sotto in su tra le lunghe ciglia.

"Anthony! Sei in partenza per un safari?"

"Vado come scorta con uno dei cacciatori di Ker & Downey. Quattro clienti, tre sparano. Uno sembra un po' scosso stamattina. Credo che si sia scolato una bottiglia di scotch la notte scorsa al Long Bar. Staremo via per circa un mese. Vieni con me?"

"Per carità. Non ci tengo a impantanarmi in qualche accampamento con dei tizi sconosciuti."

"Io non sono uno sconosciuto. C'è posto nella mia tenda."

"Non essere ridicolo, Anthony." Camilla stava ridendo. "Questa è la mia amica Sarah Mackay. Anthony Chapman."

Lui si sedette con loro e ordinò birre Tusker per tutti e tre. Sarah fu istantaneamente colpita dalle sue maniere schiette e dal modo diretto in cui la fissava. Aveva palpebre pesanti che ricadevano sugli occhi marroni, e il naso aquilino gli dava un'aria un po' distaccata; il suo sorriso enfatizzava una bocca sensuale. I capelli rossicci erano un po' troppo lunghi e si arricciavano sul colletto della camicia dietro la nuca, la faccia e le mani abbronzate erano spruzzate di lentiggini. Stava immobile mentre ascoltava, come un animale selvatico, usando ogni senso e l'istinto per cogliere e decifrare i suoni attorno a lui e le loro implicazioni, ma quando parlava era spigliato, e la sua risata era priva di inibizioni. Sarah gli fece una raffica di domande sulla sua vita nella natura selvaggia, ascoltandolo con rapita attenzione descrivere le giornate all'accampamento.

"Ho partecipato a qualche safari con i miei", disse Sarah. "Alloggiavamo in *banda* a Tsavo e Amboseli, e non sarei mai tornata a casa. La parte della caccia sembra triste, però. Crudele anche. Mi sorprende che tu riesca a sparare agli animali, visto che dici di amarli."

"La caccia è severamente regolamentata. Non si può andare lì e sparare a qualunque cosa si muova. Non uccidiamo animali a casaccio."

"Ma li uccidete comunque." Sarah non voleva polemizzare con lui, ma l'argomento era attinente ai suoi progetti per il futuro. "Voi abbattete elefanti, leoni, bufali e leopardi. Di fatto, potete far fuori qualunque cosa vi piaccia e farne una decorazione per la parete della vostra libreria, non è vero?"

"Non è così." Anthony spense la sigaretta, spazientito davanti a tanta ignoranza. "Devi richiedere una licenza per ogni singolo trofeo, che sia un bufalo, un kudu o un leopardo. In genere i clienti vogliono portarsi a casa almeno due delle cinque grandi prede, è vero, ma non sempre ci riescono."

"Le probabilità sono tutte contro gli animali, però. Loro sono praticamente indifesi di fronte a uomini armati di potenti fucili da caccia grossa e veicoli veloci, e volontà di uccidere."

"Noi non spariamo da mezzi veloci. E nemmeno da mezzi lenti. Ci sono norme precise sulla distanza che bisogna tenere dal veicolo, dall'animale stesso, e così via." Tutt'altro che irritato, Anthony ora stava godendosi lo scambio. "Devi startene lì sulle tue gambe. Ogni passo è un segnale che un bufalo o un leone nascosto nell'erba alta possono captare ben prima che tu ti avvicini. E a parte i trofei autorizzati, spariamo solo per procurarci da mangiare. Niente più di quel che è necessario per il campo."

"Resta il fatto che fate strage di animali", ribadì ostinatamente Sarah.

"Anche il tuo macellaio, se è per questo", replicò lui, sorridendole.

"Mi pare di ricordare di avere visto Sarah mangiare di gusto una coscia di impala recentemente", intervenne Camilla, divertita. "Ed era piena di ammirazione per la persona che aveva ucciso la povera bestiola innocente per portarla in tavola."

Sarah cominciò ad arrossire.

"Sembra ti stia cadendo l'aureola", commentò Anthony inarcando le sopracciglia. "Abbiamo una popolazione che si espande troppo in fretta, Sarah, e c'è un enorme aumento della richiesta di terreni da coltivare per soddisfare le necessità alimentari. La preservazione indiscriminata di tutta la selvaggina non è funzionale."

"Questo lo so. Abbiamo amici che hanno un'azienda agricola, e a volte devono abbattere un leopardo che ha ucciso del bestiame o sbarazzarsi di un bufalo che ha fatto irruzione nelle *shamba* dei braccianti. Posso capire la necessità di stabilire un equilibrio. Ma non è la stessa cosa di uccidere per divertimento."

"Immagino ci sia una linea di confine molto sottile. Comunque il denaro ricavato dalla caccia permette di pagare i ranger che sorvegliano le riserve e i parchi. In teoria, almeno."

"Più probabilmente finisce nelle tasche di qualche politico per comprarsi una nuova Mercedes o una nuova moglie", ribatté Camilla in tono brillante.

"Non ci si può permettere di essere completamente cinici da

queste parti", obiettò Anthony. "Parte del denaro raggiunge l'obiettivo a cui era destinato, il che è sempre meglio di niente. E i cacciatori professionisti sono bravi ranger essi stessi. Sono i primi a denunciare le attività illegali alle autorità competenti, e spesso prevengono la caccia di frodo a rinoceronti ed elefanti."

"Quindi stai dicendo che da un male, tipo impallinare magnifici vecchi elefanti, per esempio, nascerebbe un bene?" Sarah era molto scettica.

"Ancora una volta, in teoria, sì." Anthony spinse indietro il cappello di cuoio e scolò il bicchiere di birra. I suoi occhi non ridevano più. "Ci sono parecchi loschi intrallazzi politici, è vero. E dopo l'Indipendenza probabilmente andrà anche peggio se la corruzione diventa un problema serio, come è facile che accada. Dio solo sa cosa succederà allora."

"Che scenario fosco", mormorò Sarah. "Spero ci sarà ancora gente come te in giro a difendere la causa della sopravvivenza della fauna selvaggia."

"Sembri interessata all'intera questione."

"Lo è", confermò Camilla. "Sai, lei è il tipo da crociate, come te. Ha intenzione di studiare zoologia, e quando avrà conseguito la laurea tornerà qui a lavorare per la salvaguardia dell'ambiente. È decisa a fare la sua parte per salvare il Paese."

"Brava ragazza! Chissà, forse un giorno ci ritroveremo a lavorare insieme. Ho un amico che sta progettando di creare una riserva privata nei terreni della sua fattoria. Costruirà un piccolo lodge dove la gente potrà osservare gli animali in un ambiente che non sia invaso da orde di turisti chiassosi. Mi piacerebbe investirci un po' di denaro, quando riuscirò a mettere qualcosa da parte."

"Dove sarebbe?" Sarah si sporse in avanti, incredula.

"Un posto chiamato Langani Farm. Non lontano da dove voi due eravate incarcerate. Il ragazzo che se ne occuperà è mio amico da tanti anni. Piet van der Beer." Anthony ascoltò le loro esclamazioni di stupore, sorpreso per la coincidenza. "Be', l'idea è ottima, anche se non sarà facile trovare i fondi. Ma Piet è un tipo in gamba, e se qualcuno può farcela, è lui." Rivolse la sua attenzione a Camilla. "Allora, che mi racconti di nuovo?"

"Il solito." La ragazza si strinse nelle spalle. "I miei sono sempre convinti che la carriera che mi sono scelta sia troppo bohémien, qualunque cosa intendano con questo. Dubito che tra tutti e due abbiano mai visto qualcosa di bohémien. Così ho acconsentito a ottenere un pezzo di carta che per loro abbia un qualche valore prima di iniziare la scuola di recitazione. Non parliamone più. Sta' sicuro che un giorno non lontano sarò bella, brillante e famosa."

"Be', sei già la maggior parte di queste cose." Anthony socchiuse gli occhi mentre le sfiorava il polso, e Sarah scorse una rivelatrice pelle d'oca apparire sul braccio nudo dell'amica. "Vado a raggiungere i miei clienti. È stato un piacere conoscerti, Sarah. Comportati bene, Camilla. Ho i miei informatori, quindi ti controllerò a distanza. Forse verrai con me alla festa per l'ultimo dell'anno al Muthaiga? I miei clienti probabilmente vorranno venire in città per un paio di giorni in quel periodo."

"Forse." L'evidente piacere nel sorriso di Camilla smentì il tono noncurante della risposta. "È stata una vera sorpresa sapere che sei a conoscenza del grande progetto di Piet."

"Noi bravi ragazzi dobbiamo stare uniti. *Salaam* a entrambe."

Sarah lo guardò allontanarsi a grandi passi, gli arti assurdamente lunghi, le movenze elastiche e aggraziate. Quando fu certa che non potesse udirla, si girò verso l'amica.

"Hai un ammiratore."

"È un figlio della savana." Gli occhi di Camilla seguirono Anthony mentre saliva sulla Land Rover e partiva. "Fa una certa figura a cavallo, devo ammettere. L'ho visto anche giocare a polo, ma è più adatto a una jeep impolverata sferragliante in mezzo al niente."

"È molto più di questo! Intelligente, appassionato in quello che fa. E per giunta è anche attraente."

"Troppo magro e rossiccio. C'è di meglio in giro."

"Oh, raccontala giusta, Camilla. Secondo me ti ha mandato il cuore su di giri."

"Non mi lascerò fuorviare da un cowboy del Kenya. Ho progetti nei quali lui non rientra assolutamente. Forza, torniamo al Muthaiga a farci una nuotata. Fa troppo caldo qui."

"Cara!" Marina era in salotto quando le ragazze tornarono a casa nel tardo pomeriggio. "Saremo fuori per cena, ma tuo padre è rientrato presto. Scenderà tra un minuto. Beviamoci un drink tutti insieme."

"Tieniti forte", bisbigliò Camilla a Sarah. "Stai per assistere a una farsa della famiglia felice come non ne hai mai viste."

George Broughton-Smith le raggiunse e preparò i drink, il tintinnio del ghiaccio nei bicchieri amplificato dal silenzio nella stanza; e Sarah pensò al soggiorno di Langani, dove tutti parlavano e ridevano e si scambiavano opinioni. Si chiedeva da quanto tempo Camilla vivesse in quell'atmosfera desolata e se i suoi genitori fossero sempre stati così distanti.

"Che novità dalla café-society di Nairobi?" domandò George guardando la figlia con affetto.

"Il solito. Abbiamo incontrato Anthony Chapman. Batte sempre sul chiodo della conservazione dell'ambiente e dei fondi per i parchi nazionali, il suo cavallo di battaglia."

"Abbiamo bisogno di giovani come lui da queste parti. Specialmente adesso."

"Lui pensa che la corruzione e il bracconaggio peggioreranno dopo l'Indipendenza."

"Purtroppo, credo che abbia ragione. Vorrei poterlo contraddire, però i segnali sono già piuttosto consistenti."

"Ci sarà pure del buono", obiettò Camilla.

"Certo. Ma è un fatto comune che dei politici nuovi al potere perdano la testa davanti a tangenti e all'accesso a quantità inimmaginate di denaro."

"Non guastiamoci i drink parlando di politica, George", intervenne Marina. "Ci sono tanti altri argomenti che sarebbero di sicuro più ameni per le ragazze." Le dita pallide sfiorarono brevemente il braccio della figlia. "Mi stavo chiedendo se vi piacerebbe venire a pranzo a Limuru domani. Non sarebbe simpatico?"

"Ci siamo già accordate per farci accompagnare da Saidi al Parco Nazionale di Nairobi domattina, e pensavamo di fare un picnic. Con un po' di fortuna potremmo imbatterci in un leone, o persino un rinoceronte."

"Oh, cara!" L'espressione di Marina era di infantile disappunto. "Ho invitato Chantal Dubois dell'ambasciata francese a unirsi a noi. Porterà anche sua figlia che ha la vostra stessa età. Sono sicura che piacerebbe anche a Sarah."

"Sarah è più interessata alla fauna selvaggia, e a persone come Anthony Chapman", replicò Camilla. "O i van der Beer." Si rivolse a suo padre: "Papà, in che modo il governo britannico intende risarcire gli agricoltori le cui terre verranno date agli africani dopo l'*Uhuru*?"

In quel momento entrò il cameriere in livrea portando un vassoio di elaborate, minuscole tartine assortite. Sarah sentì una fame improvvisa, un bisogno di sfuggire alla tensione che la circondava. Ne ammucchiò parecchie su un piatto, poi si rese conto che nessun altro si stava servendo e abbassò gli occhi a fissarle imbarazzata.

"Come mai ti occupi di queste cose?" George Broughton-Smith guardò sorpreso la figlia. "Tua madre non sarà contenta se cominci a esprimere un interesse per le questioni politiche."

Camilla guardò distrattamente il vassoio di tartine.

"Hai incontrato la mia amica Hannah una volta, papà. Lei, Sarah e io siamo come sorelle. La sua famiglia è proprietaria della fattoria dove Sarah e io abbiamo trascorso tutti i nostri weekend di libertà. È il mio posto preferito al mondo, il posto dove sono sempre stata veramente felice."

Sarah lesse il dolore sul viso di Marina, e avrebbe voluto trovare un modo per prendere in mano la conversazione, dirigerla altrove. Ma Camilla aveva l'attenzione di suo padre, ed era determinata ad approfittarne.

"Vogliono restare dopo l'Indipendenza e diventare cittadini del Kenya. Però temono che saranno costretti a vendere per un'elemosina, o a cedere la loro azienda in cambio di qualche piano di ricollocazione."

"Non penso tu debba prenderti a cuore le preoccupazioni della comunità agricola keniota, mia cara", commentò Marina. "Hanno avuto molti anni fruttuosi. Sono certa che quelli che valgono qualcosa saranno riusciti a mettere via un gruzzolo considerevole. La maggior parte ha dei conti bancari all'estero. Non c'è bisogno di impietosirsi." Chiuse gli occhi come per arginare ulteriori accenni ad agricoltori o politica.

"Questa è un'illazione ampiamente ventilata, tesoro, ma la verità è un'altra", ribatté George. "Alcuni di quegli agricoltori si troveranno in gravi difficoltà con l'arrivo dell'Indipendenza."

"Andranno a zappare la terra altrove", replicò Marina con indifferenza. "In Inghilterra, o magari in Australia."

"Tu non capisci il problema, mamma. Questi sono *afrikaner* di terza generazione. La loro vita è qui, in Kenya. Sarebbe terribile sradicarli."

"Boeri! Che gente singolare. Ho sentito dire che portano sempre vestiti e cappello nero, e vanno ancora in giro su carri trainati da cavalli. Un po' come quei tipi bizzarri in Pennsylvania che vivono in fienili senza elettricità. Qualcuno gradisce un altro drink? Sally?"

"Si chiama Sarah, non Sally", disse irosamente Camilla. "E non stiamo parlando di bizzarri americani, ma dei van der Beer, la mia seconda famiglia."

"Per me nient'altro da bere, grazie." Adesso che qualcuno le aveva finalmente rivolto la parola, Sarah si affrettò a inserirsi nella conversazione. "Sono persone meravigliose, davvero. Una famiglia eccezionale. Si dedicano alla loro azienda con totale abnegazione, e il figlio spera che un giorno tocchi a lui mandarla avanti. Hanno acri di terra coltivati a frumento e una grossa mandria. Camilla e io abbiamo passato giorni bellissimi alla fattoria."

"Sul serio? Non riesco a immaginare mia figlia nei panni della contadinella che munge le vacche, sebbene lei ci assicuri di poter interpretare qualunque ruolo." Marina sorrise e sollevò il suo bicchiere di vino con mano tremante.

"Jan van der Beer ci ha insegnato a pescare le trote a Langani, e siamo state a camminare nella savana, imparando a riconoscere le tracce degli animali e a identificare gli uccelli", continuò Sarah. "Abbiamo cavalcato per la pianura in compagnia di zebre e gazzelle. È un posto straordinario... Sarebbe tragico vedere tutto questo andare in rovina."

"Non ho mai apprezzato particolarmente le fattorie." Il viso di Marina si era indurito. "Mosche ovunque quando si ha del bestiame." Si rivolse al marito: "George, penso che dovresti chiamare la macchina, caro".

"Quegli agricoltori avranno due anni dopo l'Indipendenza per decidere se vogliono diventare cittadini del Kenya." George ignorò la richiesta della moglie. "È rischioso, naturalmente, e alcuni saranno sottoposti a vendita forzosa dal governo britannico. Allora i loro terreni verranno ridistribuiti a lotti alla gente del luogo su basi cooperativistiche."

"Sì, però Jan e Lottie non vogliono vendere", insisté Camilla. "E pensano che li liquiderebbero con una cifra irrisoria, comunque."

"La questione dell'entità del risarcimento è controversa", ammise suo padre. "E c'è molto scontento per la vastità delle aree che si stanno designando alla ridistribuzione... Si parla di oltre un milione di acri. Personalmente non credo che quelle enormi aziende agricole possano essere suddivise in piccoli appezzamenti e rimanere vitali. Ma sarà l'inizio di una nuova classe di proprietari terrieri locali. Questo di per sé potrà prevenire esplosioni di violenza in futuro."

"La famiglia di Hannah è boera, papà. Che cosa ne sarà di loro?"

"In effetti, questo rende la loro posizione un po' più complicata. Alcuni potranno tornare in Sudafrica, o forse in Rhodesia. Altri chiederanno la cittadinanza keniota. Ma le loro richieste potrebbero non essere accolte molto favorevolmente. Gli agricoltori *afrikaner* non si sono fatti benvolere né dalla comunità britannica né da quella africana nel corso degli anni. Non hanno mai fatto un reale tentativo di integrazione. Un po' come gli asiatici, sebbene sia gli uni sia gli altri detesterebbero essere equiparati."

"Tu però potresti interessarti alla situazione dei van der Beer? Informarti sulle probabilità che la loro azienda sia soggetta a un'offerta di acquisto da parte del governo? Forse potresti anche incontrare Jan e parlarne con lui." Il tono di Camilla diventò supplichevole. "È stato così gentile con Sarah e me. Lottie è la nostra seconda madre. Magari potresti invitarli qui la prossima volta che verranno a Nairobi."

"Non possiamo davvero trovare il tempo di intrattenere le tue conoscenze rustiche, Camilla." Gli occhi di Marina luccicavano come vetro. "Tuo padre è già fin troppo impegnato. Sono certa che ci siano canali ufficiali, tesoro, e non penso sia opportuno un nostro coinvolgimento."

"Mamma, i van der Beer hanno reso i miei anni di scuola qualcosa di meraviglioso. Hanno trattato Sarah e me come figlie. Quando andavo alla fattoria mi sentivo a casa, parte della famiglia. Una famiglia che tu non riusciresti nemmeno a immaginare."

Marina batté le ciglia e si portò una mano al viso, come se avesse ricevuto uno schiaffo. "La tua famiglia è qui, Camilla. E noi abbiamo le nostre tradizioni."

"Siamo entrambi grati ai van der Beer per la loro ospitalità e la gentilezza nei tuoi confronti", disse in fretta George. "Cercherò di informarmi sulla situazione delle fattorie in quell'area. Ora però dobbiamo proprio andare, Marina."

Sarah accolse con sollievo l'uscirta dei genitori di Camilla; non vedeva l'ora che quel soggiorno a Nairobi finisse per poter tornare alla normalità di casa sua. Le ragazze cenarono, quindi tornarono in salotto per una feroce partita a Scarabeo, e a Sarah tornò il buonumore.

"Una tipica serata amena in casa Broughton-Smith." C'era

rassegnazione nella voce di Camilla. "Mamma vive in un mondo immaginario nel quale papà non riesce a penetrare. Ma forse è meglio così. Se mia madre dovesse affrontare la vita reale potrebbe disintegrarsi."

"Non sembrate avere molta facilità a comunicare tra voi", osservò Sarah con cautela.

"C'è una cosa che mi sono ripromessa..." Camilla si alzò bruscamente; aveva i pugni serrati, notò Sarah. "Giuro che non sarò mai come loro. Mai. Farò qualunque cosa pur di essere diversa. Vieni, andiamo a letto."

Stavano mettendo via il tabellone dello Scarabeo quando udirono la porta d'ingresso aprirsi e un mormorio di voci nel corridoio.

"Non farti sentire", bisbigliò Camilla. "Altrimenti resteremo incastrate in un altro battibecco."

"Mi berrò un brandy", stava dicendo George. "Mi fai compagnia?"

"Forse. Se la smetti di farmi la predica."

I Broughton-Smith entrarono nello studio, lasciando la porta aperta; Camilla e Sarah non avevano modo di raggiungere le scale senza essere viste.

"Non ti sto facendo la predica, Marina. Le amiche di nostra figlia sono molto importanti per lei, e questo è qualcosa che non sembri avere afferrato bene." Il tono di George era conciliante. "Penso dovresti essere meno sprezzante nei riguardi dei van der Beer. In fondo, sei stata ben contenta di lasciare che si occupassero di Camilla durante i weekend e le vacanze scolastiche per tutti questi anni."

"Non avrei potuto guidare fin lì su quelle orribili strade fangose. Le mie emicranie..."

"Ti avrebbe accompagnata Saidi."

"E stare in quello squallido club, a parlare con zotici zappaterra e le loro sciatte mogli malvestite con quelle ridicole permanenti fitte fitte?"

"Avresti potuto provare a parlare con tua figlia, invece."

"Camilla non sarebbe mai dovuta andare a scuola con gente come..."

"Oh, santo cielo, Marina! Il mondo è pieno di gente genuina e normale alla quale tu non ti degni nemmeno di rivolgere la parola."

"Genuina e normale come te, suppongo." Le parole uscirono

come acido. “Ho visto abbastanza del mondo dalla tua angolazione, George, e ho deciso che sono più al sicuro dietro i muri protettivi che mi sono costruita.”

“Ma tu non pensi mai a Camilla. Mai. Abbiamo una sola figlia, Marina, e...”

“Difficilmente avrei potuto avere altri figli, George. Hai provveduto tu a questo. E io ho fatto del mio meglio con Camilla. All’inizio mi sono impegnata tanto.” Marina ora stava piangendo. “Non volevo mai perderla di vista un istante. Tu però mi criticavi anche per quello.”

“La soffocavi. Per te era un’ossessione, non una figlia. Non la lasciavi mai giocare con gli altri bambini. Era come se il resto del mondo avesse qualche orribile malattia contagiosa. Per quel che ti riguardava, Camilla sarebbe potuta crescere in un reparto d’isolamento.”

Sarah si mise le mani sulle orecchie e guardò implorante l’amica. Ma non c’era via di uscita, ormai. Se fossero andate verso le scale sarebbe stato chiaro che erano state lì a origliare. Camilla scosse la testa, gli occhi velati di infelicità. Alzò le spalle in un impotente gesto di scusa.

“Avevo il terrore che potesse succederle qualcosa.” Il tono di Marina era sulla difensiva. Udirono lo scatto dell’accendino e il rumore del suo respiro mentre aspirava una boccata di fumo.

“E poi l’hai abbandonata. Uscivi ogni giorno e la lasciavi con la bambinaia. Per via del tuo nuovo amico, senza dubbio.”

“Non nominarmelo nemmeno.” Marina alzò la voce. “Non ti provare a pronunciare il suo nome o sollevare questo argomento, George. Sono stata chiara?”

“Oh, Dio!” George sospirò. “Che senso ha parlarne ancora? Ti ho dato una scelta. Penso che per te sarebbe meglio. Praticamente qualunque cosa potrebbe essere meglio di questo.”

“Dovrei accettare la separazione, secondo te? Per poi andarmene a vivere da sola in qualche deprimente paesino del Sussex dove il massimo della mondanità sarebbe entrare a far parte di un circolo femminile, mentre tu viaggi per il mondo e fai i tuoi comodi? Oh, non credo proprio, George. Dovrai propormi di meglio.”

“Non posso permettermi una casa a Belgravia o Knightsbridge, con il tipo di entourage che tu hai in mente. Questo devi mettertelo bene in testa, Marina. Nel frattempo, le tue scappatelle stanno diventando un po’ troppo sfacciate, e troppo frequenti.”

"Sempre più accettabili delle tue sordide relazioni. Sono io quella che tiene insieme la tua carriera, in fin dei conti, e non sei certo nella posizione per sindacare su..."

"Ne abbiamo già parlato mille volte, dannazione!" George stava cercando di controllare la collera, che trapelò ugualmente dalla sua voce. "Sai che non possiamo affrontare uno scandalo, e non intendo dimettermi proprio adesso. Questo è un punto di svolta nella mia carriera."

"E perciò io sono intrappolata qui, in questo continente dimenticato da Dio. Io sto morendo qui, George!" Il tono di Marina divenne stridulo. "Sto morendo nella prigione che tu hai costruito per me. Avevi promesso che avresti fatto un turno soltanto, invece siamo qui da sei interminabili, maledetti anni, lontano da chiunque e qualunque cosa si possa definire civile... No, non mi toccare! Non farlo!"

Camilla si lasciò cadere sul divano e si prese la testa tra le mani. Sarah rimase in piedi, accanto alla porta, muta e sgomenta.

"Ce ne andremo dopo l'Indipendenza. Su questo non c'è dubbio", affermò George. "Per il momento, non rovinare questo legame che Camilla ha con le sue amiche. Andare a quella scuola è stato un bene per lei. E siamo in debito con i van der Beer."

"Avrebbe dovuto studiare a Cheltenham, come me. Invece tu hai scelto un conventuccio per piccolo borghesi nel cuore dell'Africa. Che cosa farà l'anno prossimo in Europa, dove non conosce nessuno nell'ambiente giusto? E guarda le sue amiche, santo cielo!"

"Che cos'hanno che non va?"

"Ci siamo appena sorbiti per una settimana quella ragazzina insulsa figlia di qualche medico di provincia. Un nessuno. Posso solo ringraziare Dio che non ci sia stata imposta anche la ragazza della fattoria. Se non altro Camilla ha avuto il buon senso di non chiedermi il permesso di invitarla. Ma ora pretenderebbe che tu corressi in soccorso di un boero che probabilmente non parla nemmeno un inglese comprensibile e non ha mai letto un libro in vita sua. Così non va proprio, George."

"Cristo santo, Marina! Dubito ci sia al mondo qualcuno intollerante quanto te."

"Di certo non ho idee abbastanza liberali per i tuoi discutibili gusti. Non sei mai disposto ad ammettere quando sia disgustoso il tuo..."

"Taci!" La voce di George uscì come un ringhio tra i denti e si udì il tonfo di un pugno sul tavolo. "Taci, oppure lasciami una buona volta, almeno smetteremo di torturarci a vicenda. Sto facendo tutto quello che posso, e ho già sopportato fin troppo per stanotte. Io vado a letto."

"No, George. Per favore non andartene." Ora il tono di Marina era isterico. "Tu sei un esperto a prendere e andartene. Non cerchi mai di risolvere i nostri..."

"Non esiste soluzione, Marina. Non ti arrenderai mai? Dio ti maledica, strega spietata! Non capirai mai né mi darai un attimo di pace, non vivi che per la vendetta." George sembrava prossimo alle lacrime, e per qualche attimo ci fu un disperato silenzio. "Controlla l'agenda per domani e decidi a che cosa vuoi presenziare."

Marina girò sui tacchi e lasciò la stanza. George si lasciò cadere pesantemente su una poltrona e rimase lì seduto per un momento, indeciso. Poi si alzò e uscì nel corridoio.

"Marina?" chiamò in direzione delle scale. "Marina, mi dispiace. Adesso salgo. Devo solo trovare gli occhiali."

Mentre si voltava per tornare nello studio colse un movimento con la coda dell'occhio e deviò verso il salotto. Si trovò faccia a faccia con sua figlia e con Sarah, entrambe impietrite.

"Oh, Dio! Non è proprio mai finita." Si passò una mano tra i capelli, l'espressione triste e sconfitta. "Camilla, tesoro, mi dispiace tanto. Non sapevo. Io non... Dio, che maledetto disastro!"

4

Kenya, dicembre 1962

La strada che portava all'attracco del ferryboat era poco più di un sentiero sterrato lungo i dirupi. Emergendo da un boschetto di cocchi e anacardi, Sarah vide il battello avanzare lentamente attraverso il canale navigabile che separava l'isola di Mombasa dalla terraferma e l'abbagliante biancore dell'ampia striscia di spiaggia che orlava la costa meridionale. Sbirciò suo fratello esaminarsi nello specchietto retrovisore e lisciarsi i capelli ricci. Il battello si fermò sferragliando contro il pontile e dondolò sulle onde; pian piano cominciarono a sbarcare automobili, biciclette e passeggeri a piedi. Povero Tim! Non aveva alcuna chance con Camilla.

Al terminal dell'aeroporto i due ragazzi si sedettero su una panca sotto le polverose pale di legno di un ventilatore da soffitto. Quando finalmente l'aereo atterrò, Sarah guardò il fratello prendere nota di ogni dettaglio della disinvolta eleganza di Camilla mentre scendeva sulla piazzola asfaltata: i pantaloni kaki ben stirati, la cintura di pelle intrecciata intorno alla vita sottile, la camicetta color crema; i piedi delicati nei sandali di pelle con le unghie laccate di rosso. Sarah era consapevole del contrasto con il proprio aspetto: la sua camicetta era spiegazzata, le scarpe di tela logore a forza di camminare, i capelli crespi per averli lasciati asciugare al vento, e il naso scottato dal sole si stava spellando.

Tim gravitava attorno a Camilla; le aveva preso la borsa, aperto la portiera dell'auto, si preoccupava che fosse comoda, e per un secondo aveva posato la mano sul suo braccio nudo. Proprio come Piet. Sarah scacciò il pensiero; non voleva rivangare attriti che avrebbero potuto guastare quell'ultima vacanza insieme, prima che venissero mandate a proseguire gli studi in luoghi lontani. Salì in macchina, cedendo come al solito il posto davanti all'amica. Il sole stava sprofondando dietro le palme da cocco mentre attraversavano l'isola, e l'aria rosea del crepuscolo era aromatizzata dal profumo dei fuochi e della vegetazione tropicale. I negozianti avevano illuminato i loro *duka* con lanterne al kerosene o lampadine spoglie e penzolanti, e la musica delle radioline diffondeva un pulsare ritmato di percussioni. Camilla si rilassò sul sedile, godendosi il tepore, l'odore di alghe e lo sciabordio delle onde.

Il clangore delle catene accompagnava i canti dei marinai mentre abbassavano le passerelle. La casa dei Mackay era situata sul promontorio sovrastante il canale e l'imbocco del porto di Mombasa. Era fatta in blocchi di corallo, e sormontata da un tetto di tegole. La sezione centrale a due piani aveva lunghe finestre riparate da persiane scure e porte arabe intagliate con cardini e borchie di bronzo. Le ali ai due lati ospitavano le camere da letto, con verande affacciate sul giardino dove Betty Mackay lottava col sole spietato per mantenere una parvenza di prato. La proprietà era delimitata da un muro costruito dagli arabi secoli prima e ora ricoperto di un tripudio di buganvillee porpora e arancione. La sera era pervasa del profumo di fiori. Betty era sui gradini ad attenderli, la figura massiccia di Raphael stagliata nel vano della porta alle sue spalle. Entrambi diedero il benvenuto a Camilla con un sorriso radioso.

"Alle sette tutti qui per un brindisi", annunciò Betty. "Raphael sta minacciando di stappare una bottiglia di champagne in onore di voi ragazze."

Fuori della finestra della camera degli ospiti, oleandri e frangipani emanavano la loro fragranza inebriante mentre i grilli suonavano le loro canzoni. Le onde si rompevano sulla scogliera, annunciando l'alta marea. Camilla gettò gli abiti da viaggio nel cesto della biancheria da lavare e si fece la doccia; canticchiava tra sé, godendosi la dolcezza dell'aria della costa, la sensazione che il tempo avesse rallentato, il calore con cui era stata accolta.

Dal salone, attraverso un intrico di alberi fiamma, si intravedeva l'oceano. Tutte le porte e le finestre erano aperte e una brezza leggera muoveva l'aria notturna. Un vecchio ventilatore a soffitto ronzava. In vece di tavolini c'erano bauli di legno provenienti da Zanzibar, le borchie di ottone scintillanti. Gli sterminati pavimenti rossi incerati risplendevano, punteggiati qua e là dai tappeti persiani che Raphael Mackay aveva comprato dai mercanti nel vecchio porto. Veniva spesso chiamato a curare i marinai provenienti dal Golfo Persico, e gli piaceva sedersi a gambe incrociate sul ponte, dispensando consigli e medicine, bevendo caffè dolce e denso e mercanteggiando sul prezzo di qualunque tappeto di cui si fosse incapricciato. Due grandi giare di argilla erano posate su una credenza araba finemente lavorata. Il grammofono suonava un concerto per pianoforte di Mozart.

Camilla arrivò a piedi scalzi, fluttuando nella stanza in un *sarong* con un top senza maniche. Aveva raccolto i capelli sulla nuca e si era messa orecchini d'oro indiani. Sarah si unì alla compagnia alcuni minuti più tardi: indossava una camicetta annodata sotto il seno.

"Carina questa cosa del nodo", commentò Tim con un gentile fischio di ammirazione.

"Venite qui, tutti quanti." Raphael stava distribuendo cocktail allo champagne. "È ora di augurare fortuna e successo a queste giovani donne che stanno per avviarsi verso una nuova fase della loro vita. A Sarah e Camilla! Che tutte le vostre speranze e i vostri sogni si possano realizzare."

"E Hannah, anche", aggiunse Betty. "I van der Beer arriveranno domani sera per cena. Sono giù a Diani Beach."

"Abbiamo prenotato un tavolo per tutti al Mombasa Club per il cenone di Capodanno", disse Raphael. "L'ultimo anno come colonia. I tuoi genitori che programmi hanno, Camilla?"

"Veramente, saranno anche loro qui sulla costa. Da alcuni amici a Nyali Beach."

"Pensa un po'!" esclamò Betty. "Dobbiamo invitarli a cena con Jan e Lottie domani. Sarebbe splendido."

"Così Jan potrebbe parlare col padre di Camilla della situazione di Langani", osservò Sarah con entusiasmo.

"Sarah", la ammonì Raphael corrugando le sopracciglia. "Dubito che il poveretto abbia voglia parlare di lavoro quando è in vacanza."

"Sarebbe una perfetta opportunità. Sono sicura che a tuo padre non dispiacerebbe, non è vero, Camilla?" E non ricevendo risposta, Sarah ritentò: "Camilla?"

L'amica aveva la stessa espressione impenetrabile dietro la quale si nascondeva in presenza dei genitori. "Sarebbe carino trovarci tutti insieme." Le parole suonarono lievi, ma Sarah si accorse che aveva le mani contratte, le nocche bianche per la tensione. "Dopo cena vi darò il loro numero."

"Sai, ho incontrato tuo padre a una conferenza qualche settimana fa, Camilla." Raphael ruppe il silenzio che era calato.

"Avevamo bisogno di fondi per il nuovo reparto pediatrico all'ospedale e ci è stato di grande aiuto. Sarebbe un vero piacere se tutti noi genitori potessimo trovarci qui. Forse potremmo anche convincerli a unirsi a noi per l'ultimo dell'anno."

Dopo cena si trasferirono in veranda per il caffè. La notte era quieta, immobile.

"Credo che lasceremo voi giovani da soli." Betty si era stancata di combattere con i minuscoli insetti che continuavano a posarsi sulle sue braccia, sul viso e tra i capelli. "Raphael ha avuto un'altra crisi di malaria il mese scorso, e ce la stiamo prendendo con molta calma. Questa è la prima volta che rimane alzato per l'aperitivo e una vera cena. Buona notte a tutti."

"Sono davvero preoccupata per quella ragazza", confessò al marito quando furono nella loro stanza, mentre si sdraiava al suo fianco posandogli la testa sulla spalla. "C'è decisamente qualcosa che non va. Sarah ha detto che quella casa è un posto angosciante. Sembra che il padre sia piuttosto gradevole, ma la madre è una donna difficile. Forse non dovremmo invitarli."

"Certo che dovremmo", replicò Raphael prendendola tra le braccia. "Sembrerebbe strano se non provassimo a contattare i Broughton-Smith sapendo che sono sulla costa."

"Non so, caro. Trovo singolare che Camilla non ci abbia detto spontaneamente che sono qui anche loro."

"Penso comunque che dovresti chiamarli come prima cosa domattina. È un preavviso molto breve, ma almeno avrai fatto il gesto. George Broughton-Smith ti piacerà. E se sua moglie è un po' problematica, non sarà la prima *memsahib* infelice che incontriamo. Inoltre, avremo il nostro intrigante ospite ghanese. Sarà un mix interessante."

"Questo è un altro problema. Pensi che dovrei avvertire il personale che ci sarà..."

"Abbiamo avuto spesso ospiti non europei a cena in passato. E l'*Uhuru* è alle porte. È solo questione di mesi, poi sedersi a tavola tutti insieme sarà all'ordine del giorno in questo Paese."

Betty passò la mattinata nei preparativi per la cena. Con sua sorpresa, i Broughton-Smith avevano accettato l'invito; e lei, mentre lucidava argenti e cristalli, rastrellava il giardino e apparecchiava la tavola con le porcellane migliori, era percorsa come da una vaga apprensione. La casa era quieta. Tim aveva accompagnato le ragazze dai van der Beer alla loro casa in affitto sulla spiaggia, e non sarebbero stati di ritorno fino al tardo pomeriggio. Quando diede un ultimo sguardo alla tavola per valutare l'effetto d'insieme, Betty fu compiaciuta di constatare che aveva fatto un buon lavoro.

Alle sette e mezzo la sala da pranzo sfavillava alla luce delle candele. Dal grammofono proveniva una musica da ballo; i camerieri indossavano *kanzu* bianchi inamidati con alte fasce di stoffa scarlatta intorno alla vita. Agli occhi di Sarah, padre e fratello si erano tramutati in esseri divinamente affascinanti con le loro giacche da smoking bianche e i farfallini neri, mentre sua madre sembrava una creatura uscita dalle pagine di una delle riviste di moda che arrivavano ogni mese con la posta marittima dall'Inghilterra.

"Sei incantevole." Raphael non si era ancora abituato al fatto che sua figlia non fosse più una scolaretta. Il tempo si era portato via la sua infanzia, e lui non aveva visto la bambina paffuta svanire, non aveva passato abbastanza ore con lei a guardarla sbocciare in una giovane donna dalla pelle levigata, le forme femminili, gli occhi splendenti. Le porse un bicchiere di sherry, i lineamenti ingentiliti dall'affetto. "Sono molto orgoglioso di te."

Camilla si era presa cura dell'amica, trasformando i suoi capelli ribelli in una acconciatura che le incorniciava il viso e truccandola divinamente. Il vestito verde pallido di Sarah aveva un corpino accollato che lasciava scoperte le spalle e la schiena, e la gonna fluttuava a ogni movimento.

"Tieni, metti questi orecchini: io non userò gioielli stasera." Camilla l'aveva guardata soddisfatta. "Oh, perfetto! Aspetta che arrivi Piet, ragazza mia! Bisognerà legarlo a una sedia."

Sarah si sentiva una Cenerentola trasformata dalla fata madrina.

"Dov'è Camilla?" domandò Raphael alla figlia.

"Mi ha aiutata a prepararmi, così ritarderà di qualche minuto."

"Gesù!" L'esclamazione di Tim fece voltare tutti quanti.

Camilla comparve in un vestito nero senza spalline trattenuto in vita da una cintura alta ornata con un piccolo bouquet, la gonna aderente sulle gambe; aveva puntato altri fiori dietro un orecchino di perle. Sarah vide suo fratello guardarla trasognato. Inutile contare sull'appoggio di Tim, quella sera: sarebbe stato a stento in grado di darsi un contegno. Lei gli fece l'occhiolino, abbassando lentamente una palpebra truccata ad arte e sorridendogli con esagerata complicità mentre da fuori giungeva il rumore di un'auto sulla ghiaia.

"Bene, ci siamo." Betty si toccò la collana e poi diede una breve stretta alla mano del marito prima che lui andasse alla porta.

"Betty, mia cara, ti presento il dottor Winston Hayford, del Ghana." Raphael pilotò il primo degli invitati nel salone. "Ha trascorso l'ultimo anno a Londra con una borsa di studio per svolgere ricerche scientifiche, e ora si trova qui per la conferenza."

"Dottor Hayford, sono lieta che abbia potuto unirsi a noi", lo salutò Betty.

"E io sono molto felice di vedere che Raphael si è ripreso dalla malaria", replicò lui.

Sarah era affascinata dall'alto africano. Le sue voluminose vesti erano stampate a motivi geometrici dai colori vivaci – giallo, verde, marrone, scarlatto – e portava un berretto ricamato sulla grossa testa. Gli occhiali cerchiati di corno sul naso largo apparivano troppo comuni e fuori posto. Parlava un inglese perfetto con un accento che doveva essere il risultato di una costosa istruzione oltreoceano, o di ore di ascolto della BBC. Sarah non aveva mai visto un nero come quello prima d'ora, così distinto e di bell'aspetto. Mentre gli stringeva la mano vide Moti uscire dalla cucina con il primo vassoio di antipasti e bloccarsi, e fissare a bocca spalancata l'imponente ghanese prima di girare sui talloni e ritirarsi con insolita celerità oltre la porta dalla quale era arrivato. Raphael versò un whisky e soda all'ospite e lasciò il gruppo sentendo giungere la seconda macchina. Betty girò attorno lo sguardo cercando il vassoio dei canapè: non c'era segno del cameriere. Sospirò e diede una voce a Moti prima di andare a ricevere i Broughton-Smith.

"George probabilmente le ha detto che lui e io ci siamo già incontrati." Raphael scortava Marina verso il salone. "Ma eravamo così impazienti di conoscerla. Le nostre figlie hanno già fatto diventare noi tutti una sorta di famiglia allargata. Siamo davvero felici che siate potuti venire."

Camilla posò il bicchiere e attraversò la stanza per abbracciare il padre e sfiorare con un bacio la guancia della madre. Betty tirò un sospiro di sollievo. Raphael completò le presentazioni e servì da bere ai nuovi arrivati.

"Molto lieta." La voce di Marina era spigliata, il suo sorriso brillante mentre salutava l'alto africano tenendo il bicchiere nella mano sinistra e lisciando la stola di chiffon sulle spalle con la destra prima di accettare il suo palmo teso. "Che magnifico costume. Non avevo mai visto niente di simile. È qualcosa di cerimoniale che usate nel vostro villaggio? Per occasioni speciali, forse?"

George Broughton-Smith si affrettò ad avvicinarsi. Betty trattenne il respiro. Posò una mano sul polso del ghanese e si ritrovò a stringere il pesante bracciale di un orologio d'oro.

"Per la verità, non ho mai vissuto in un villaggio", rispose il dottor Hayford in tono divertito. "Sono nato ad Accra e ho passato lì la mia prima infanzia. Quindi questi sono i miei abiti da città. Ma in parte lei ha ragione... questa particolare veste è per le occasioni speciali."

"Molto caldo, polvere e caos, immagino. Anche se credo ci sia ben di più nella storia della sua vita che sgambettare in giro per Accra." Marina lo fissava con intensità, gli angoli della bocca incurvati in su, flirtando apertamente con lui.

"Direi di sì. Sono stato mandato in collegio in Inghilterra, poi ho studiato medicina a Londra."

"Oh, è così meraviglioso! Deve dirmi anche del suo cappello. Il ricamo è talmente intricato! Non si riuscirebbe a trovarne uno simile qui o sulla costa orientale. O a casa. Venga a sedersi accanto a me, dottor Hayford." Marina lo prese sottobraccio. "Voglio sapere tutto della sua vita. Non la truculenta parte medica, naturalmente, ma la sua vita vera. Ha una moglie? O molte, forse, che le creano problemi e bisticciano? E dozzine di figli, immagino?"

"Oh, Dio!" Camilla si allontanò, rivolgendosi sottovoce a Sarah. "Deve avere bevuto qualche drink di troppo."

In cucina, Betty trovò i domestici a cincischiare nervosamente; tutti avevano il muso lungo e gli occhi bassi.

"C'è qualche problema? Dov'è il vassoio con gli..."

"*Memsahib*, non possiamo servire." Moti spostò il peso da una gamba all'altra, in difficoltà.

"Che cosa c'è che non va col cibo?" Il cuore di Betty prese a martellare.

"*Memsahib*, il cibo è buono." Il cuoco si grattò la testa ingrigita. "Ma non possiamo servire quel nero. Non va bene."

"Che tipo di *shauri* è mai questo?" Betty sentì il panico montarle dentro. "Quell'uomo viene da un'altra parte dell'Africa, molto lontana da qui. È un capo importante, un medico proprio come *bwana* Mackay."

"È un nero, *memsahib*. I nostri amici e famigliari rideranno di noi se lo serviamo."

"È ridicolo! Il dottor Hayford è nostro ospite proprio come tutti gli altri." Betty fissò con severità il vecchio cuoco che l'aveva servita fedelmente per quindici anni, ma lui rifiutò di incontrare il suo sguardo. "Molto bene, Johannes. La carne è in forno? Ottimo. Ne parleremo domani. Potete andarvene nei vostri quartieri. *Memsahib* Sarah e io ci occuperemo della cena."

Betty girò sui tacchi e lasciò la cucina. Udì alle sue spalle dei mormorii ansiosi, quindi la porta sul retro chiudersi. I fari di una macchina illuminarono il giardino e i gradini dell'entrata principale.

"Dio misericordioso", borbottò. "Avevo il presentimento che questa serata sarebbe stata una specie di incubo. Sarah, puoi venire un momento per favore?"

"Che cosa c'è che non va?"

"I domestici non vogliono servire il dottor Hayford e li ho mandati nei loro alloggi. Non startene lì come un allocco, cara. Dovremo organizzarci noi. Puoi chiedere a Tim di dare una mano, e anche a Camilla? Cominciate con i canapè... dovevano essere serviti da un pezzo. Appena tuo padre avrà presentato i van der Beer io sparirò in cucina. Grazie al cielo tutto è quasi pronto."

Raphael stava già accompagnando i nuovi arrivati nel salone. Jan van der Beer cercò di nascondere lo stupore alla vista del dottor Hayford. Fu Lottie a prendere in mano la situazione, chiacchierando con disinvoltura e descrivendo il suo piccolo dispensario per i braccianti della fattoria. Hannah stava accanto alla madre, impacciata nel suo abito da sera, perplessa per l'insolito ospite. Aveva i capelli biondi attorcigliati con cura in uno chignon. Lottie le aveva fatto mettere una collana di perle coltivate, al polso un bracciale rigido d'oro che le era stato regalato per Natale. Fu sollevata quando vide Sarah farle cenno di raggiungerla.

"Crisi in cucina. Prendi questo vassoio e offrilo in giro. Camilla, tu accendi tutte le candele mentre io aiuto mamma con la minestra. E Tim farà accomodare tutti quando sarà pronto."

"Mia cara, deve avere passato l'intera giornata in cucina." Il sorriso radioso di Marina guizzò attorno al tavolo prima di posarsi sulla faccia angustiata della padrona di casa.

"Il mio cuoco tutt'a un tratto ha avuto un'indisposizione, temo."

"E lei si è fatta avanti a colmare la falla." Le sopracciglia di Marina erano inarcate in un'espressione di discreta sorpresa. "Sono davvero ammirata. Io non potrei mai cucinare e servire una cena per tanti invitati senza il personale. George, riesci a immaginarmi sfacchinare tutto il giorno in cucina?"

"No, mia cara. È al di là della mia fantasia più sfrenata."

"Si tratta solo di portare la cena in tavola." Betty sorrideva con la forza della disperazione. Non avrebbe mai dovuto far accomodare Marina accanto a Jan van der Beer. Finora i due non avevano trovato nulla da dirsi. Ma almeno la conversazione tra gli altri invitati era animata, e attorno al tavolo risuonavano risate.

"Dunque, lei è il gagliardo agricoltore." Marina all'improvviso rivolse la propria attenzione alla sua sinistra, mentre veniva servita la minestra. "Ne ha davvero il *physique du rôle*, così rude e abbronzato. Mi piacevano abbastanza le fattorie quando ero bambina, poi crescendo ho cominciato a trovarle troppo, be'... un pasticcio. Bisognava sempre portare pesanti giacche impermeabili e stivali di gomma, e lo stesso si finiva tutti impiastrati di fango. E l'odore! Non c'è scampo da quell'odore." Posò una mano sul braccio muscoloso di Jan e gli diede una leggera stretta. "Tanto tempo all'aria aperta evidentemente la tiene in forma, però. Molto più aitante dei pallidi tipi da scrivania con i quali mi trovo di solito a cena."

"Faccio una vita sana e soddisfacente. Occorre soltanto determinazione." Jan era incerto se i commenti della signora fossero genuini o intesi in qualche modo a deriderlo. Non avrebbe mai capito quei *britisher* e i loro sottintesi.

"Sua moglie mi dice che la sua famiglia lavora la terra qui da generazioni, signor van der Beer", intervenne il dottor Hayford. "Ha intenzione di restare, ora che questo Paese sta per diventare indipendente?"

"Langani è la nostra casa e la nostra terra", rispose Jan con fermezza. "Non c'era nessuno lì quando siamo arrivati, e vi abbiamo dedicato quasi tre decenni di duro lavoro. Mando avanti un'azienda fruttuosa e tratto molto bene i miei *kaf*... i miei braccianti. Quindi meritiamo di restare, e lo faremo."

"Credo che qui ci sia posto per gente dotata di fede, lungimiranza e buona volontà. Spero che andrà tutto per il meglio", disse George. "Il ministro sta tentando difficili equilibrismi, ma penso si riuscirà a trovare un accordo che soddisfi la maggior parte degli interessati. Anche se non potremo accontentare tutti, ovviamente."

"Immagino lei si trovi in una posizione sempre più complicata, George." Il medico ghanese sorrise e Betty colse un luccichio di denti d'oro. "Di sicuro il governo di Sua Maestà non può aspettarsi di risolvere l'aspetto emotivo della questione territoriale prima dell'Indipendenza. E il Kenya ha l'ulteriore problema della popolazione indiana con la sua estesa attività commerciale. Gli asiatici sembrano essere molto meno amati dei bianchi."

"È tutto piuttosto estenuante, in effetti", confermò George. "Ma per questa settimana mi sto concedendo una pausa dalle problematiche politiche. Sono più interessato a finire un paio di romanzi gialli, e passare qualche giorno facendo pesca d'altura."

"Ora, questo è un vino rosso proveniente dalla Spagna... un Rioja." Il tono di Raphael suonò esageratamente gioviale. "Molto gradevole. Tim, forse potresti occuparti tu di versarlo mentre io taglio la carne."

"Il prossimo anno, a quest'ora, per lei sarà tutto finito, signore." Piet rifiutò di lasciar cadere il discorso.

Lottie alzò lo sguardo, sorpresa. Sarah udì la determinazione nella voce del ragazzo e quasi le andò di traverso il boccone. Lui le sembrava così ardito, il volto appassionato alla luce delle candele, mentre si rivolgeva a quell'uomo ben più anziano e potente. Il cuore prese a batterle forte nel petto.

"Non ho idea di dove potrei essere a quest'ora il prossimo anno, giovanotto." George era visibilmente irritato.

"Sarà in qualche altra ambasciata, signore. Noi invece saremo ancora qui, impegnati a tenerci la nostra terra e a costruire un nuovo Paese sotto le leggi che voi vi sarete lasciati dietro."

"Piet, questo non è il momento per discutere dell'agricoltura dopo l'Indipendenza." Lottie lo fissò con durezza, poi si rivolse al marito cercando il suo appoggio. Ma Jan stava contemplando impettito suo figlio, l'espressione colma di orgoglio.

"Non si preoccupi, Lottie", la tranquillizzò George. "Sono i giovani della nuova generazione, come suo figlio, ad avere la responsabilità di continuare qui, se riusciranno a lasciarsi alle spalle i vecchi pregiudizi e sentirsi in primo luogo dei kenioti, indipendentemente dalle loro origini o dal colore della pelle."

"Eppure la priorità andrà sicuramente al futuro degli indigeni kenioti, non è vero?" interloquì il dottor Hayford. "I loro politici hanno fatto promesse che non possono mantenere. Esistono alleanze e conflittualità tribali che non saranno di facile soluzione. Nel Ghana abbiamo già scoperto queste insidie, e siamo ben lungi dall'averle risolte."

"Kenyatta sta facendo molto per arrivare all'unione", replicò George. "Il suo spirito di *Harambee* non è soltanto uno slogan, sembra davvero capace di far sì che la gente creda a una possibilità di integrazione. È un uomo notevole e penso si dimostrerà un grande capo di Stato."

"Ma è un Kikuyu", obiettò Raphael. "Come si inseriranno le altre tribù, con i propri obiettivi da perseguire, nel processo di condivisione delle proprietà terriere?"

"Difficilmente si comporteranno come dei gentlemen inglesi", commentò Hayford, scettico. "Molti africani saranno troppo orgogliosi e troppo miopi per accettare consigli sulla conduzione di piccole aziende agricole. Arriveranno nuovi stranieri a dire loro che cosa fare, al posto degli esperti che già conoscono."

"Gli africani stanno già occupando posti chiave nel governo, e nel settore commerciale a ogni livello", fece notare Raphael. "E c'è il progetto di acquisizione dei terreni. Fino a un milione di acri precedentemente di proprietà della comunità agricola europea che verranno distribuiti in piccoli appezzamenti ad agricoltori nativi."

"Un piano folle che distruggerà parte delle terre più fertili della nazione." Jan sentì la pressione del piede di Lottie sotto il tavolo, ma fu incapace di trattenersi. "E noi *afrikaner* siamo bloccati, come gli asiatici, in una terra di nessuno tra gli inglesi che se ne stanno andando e i nativi. L'unica differenza è che gli indiani potranno tornare in India, o in Inghilterra con i loro nuovi passaporti britannici, se vogliono."

"Sono certa che quella ridicola idea verrà abbandonata." La voce di Marina si alzò al di sopra dei mormorii intorno al tavolo. "Migliaia di indiani in Inghilterra? È fuori discussione. La nazione è troppo piccola per accoglierli, e fa troppo freddo. Non troverebbero lavoro, e non farebbero che starsene lì accovacciati tutto il giorno, e figliare come conigli. In men che non si dica saremo invasi da..."

"Non penso tu sia informata su questo argomento, Marina." Il marito era molto imbarazzato. "È una questione complessa che di certo non vorrei esplorare stasera."

"Non vedo perché tu debba cercare di zittirmi, George. Ho

diritto a esprimere il mio parere quanto chiunque altro. Un franco scambio di opinioni è così stimolante. Lei non crede, dottor Hayford?"

"Sì, signora. Infatti, trovo che lei stia dando interessanti spunti di riflessione. Ed è molto più onesta di chiunque altro io abbia incontrato di recente. Una boccata d'aria fresca." Guardava Marina palesemente divertito.

Ci fu un momento di silenzio prima che una ridda di chiacchiere colmasse il vuoto. Betty mise in tavola il dessert e si sedette stancamente al suo posto. Grazie al cielo la cena era quasi finita. Si sentiva esausta, come se si fosse sottoposta a una prova di resistenza, o avesse corso una maratona. Almeno il cibo era arrivato in tavola ineccepibile. Ora fu grata della distrazione quando gli ospiti si prodigarono in complimenti per la mousse alla vaniglia ricoperta di croccante caramello. Forse avrebbe potuto rilassarsi, e la conversazione si sarebbe assestata su un piano più gestibile. Tra poco avrebbero preso il caffè in salotto, poi gli uomini si sarebbero trasferiti nello studio di Raphael a bere brandy e fumare sigari. Di che cosa avevano mai parlato prima di quello scombussolamento politico? si domandava. E le cose sarebbero più state le stesse? Mentre Raphael si alzava per versare il vino da dessert, all'improvviso si udì la voce di Camilla, chiara e forte. Aveva gli occhi duri e scintillanti; proprio come quelli di sua madre, pensò Betty.

"Però avevi detto che ti saresti interessato alla situazione di Langani, papà. Hai promesso che avresti visto che cosa si può fare per aiutare Jan e Lottie a restare lì."

"Non posso chiedere favoritismi, Camilla."

"L'avevi promesso!" insisté lei, ignorando il disagio del padre. "Allora, che cosa sei riuscito a fare, papà?"

Il dottor Hayford si stava protendendo in avanti con un sorriso aleggiante sulla larga bocca, intrigato dalla situazione spinosa in cui si trovava il diplomatico inglese.

"Penso che ne discuterò con Jan e Lottie in un altro momento, se non ti dispiace, cara." George si girò per rivolgersi direttamente a Jan. "Mi è parso di capire che vi tratterrete qui ancora per qualche giorno, giusto?"

"Sì, certo. E se lei ne avrà il tempo, sarò felice di parlarle."

Jan era ben contento di accantonare il discorso per il momento. L'atmosfera si era fatta tesa. Si chiedeva che cosa c'entrasse il medico ghanese in tutta quella situazione. Gli era difficile capire perché Raphael avesse invitato a cena un *kaffir*, per quanto bene istruito. Non si poteva negare che l'uomo avesse un certo fascino, ma alla fine erano tutti uguali, non importava dove avessero studiato o come fossero vestiti. Non poteva nemmeno immaginare di far sedere uno di loro alla propria tavola.

Dopo cena gli ospiti si alzarono e le donne si ritirarono nel boudoir di Betty accanto alla camera matrimoniale. Dallo studio giungevano le voci degli uomini che chiacchieravano cordialmente.

"Penso che per stasera abbiamo parlato a sufficienza del nostro incerto futuro." Betty si affacciò alla finestra aperta e fece qualche respiro profondo per ricomporsi, ma l'aria sembrava pesante e torpida, e non si sentiva meglio quando si volse di nuovo verso la stanza. "Sembra che la vecchia regola di non discutere di politica, sesso o religione a tavola sia sempre raccomandabile."

"Sesso e religione sarebbero stati entrambi argomenti più indicati in questa particolare occasione." Lottie abbracciò amichevolmente la padrona di casa. "Comunque la cena è stata veramente squisita."

"Molto originale da parte vostra invitare quell'uomo straordinario della Nigeria." Marina si ritoccò l'acconciatura già impeccabile.

"Ghana, mamma. Viene dal Ghana."

"Oh, è la stessa cosa, cara, al di là della bardatura. Non ero mai stata a tavola con un nero prima d'ora, nemmeno a Nairobi. L'ho trovato una compagnia assolutamente piacevole. È un uomo aperto e intelligente. Pensate, è un cattedratico del Royal College, e ora gli è stata offerta una nomina di primario a Londra." Il viso di Marina era animato. "Spero non abbia trovato le nostre idee troppo distanti dalle sue. Sembra alquanto preoccupato delle sorti di questo sfortunato posto, quando noi ce ne andremo."

"La maggior parte di noi appoggia il concetto di cooperazione, per quanto a lei questo possa risultare difficile da capire." Lottie non riuscì a dissimulare il proprio disappunto. "*Harambee*, come lo definisce il Mzee."

"Lei ha ragione, mi è del tutto incomprensibile. E non riesco a immaginare perché qualcuno debba fidarsi di quell'orribile vecchio", ribatté Marina. "Fino a poco tempo fa Kenyatta era soltanto un altro terrorista che avevamo messo dentro. E adesso, a un tratto, è una celebrità, tutto in ghingheri con quel ridicolo scacciamosche e il berretto ornato di perline e la barbaccia incolta. Spero non stia riponendo troppa fiducia in *lui*, mia cara."

"Tanto vale che riponiamo la nostra fiducia in lui, dato che il governo britannico sembra dispostissimo a mandare in malora gli agricoltori, a quanto possiamo vedere." Lottie tirò rumorosamente indietro lo sgabello dal tavolo da toeletta e si alzò, senza più fare alcuno sforzo per nascondere la stizza.

"Mamma, lasciamo perdere questi discorsi. Non stasera. È l'inizio delle nostre vacanze. Tra un paio di giorni celebreremo l'arrivo di un nuovo anno, e sono certa che porterà fortuna a noi tutti, se lo desideriamo intensamente." Hannah era sul punto di piangere. Mai prima si era trovata in un clima così burrascoso, circondata da correnti ostili e distruttive che trascinavano i suoi amici e famigliari su rotte sconosciute.

"Andiamo a raggiungere gli uomini." Betty aprì la porta sulla veranda e si fece da parte per lasciar passare Marina Broughton-Smith. Quella donna era insopportabile. Persone come lei si trovavano nei libri e nei film. Da non credere che esistessero realmente! Betty si domandava che cosa l'avesse fatta diventare così. Era impossibile immaginare che qualcuno fosse nato con una tale mole di pregiudizi.

Tornate nel salone, le signore rimasero in piedi in un silenzio glaciale. I discorsi degli uomini vertevano sull'argomento neutrale della pesca, e il dottor Hayford stava descrivendo le variopinte barche ghanesi. Raphael pensò di provare ad alleggerire l'atmosfera con un po' di musica. Scelse un disco.

"Oh, splendido. Io adoro Nat King Cole." Marina si rivolse al dottor Hayford. "Soltanto i musicisti neri hanno questo sound, come se ti venisse versata sopra della melassa tiepida. Vorrebbe ballare con me, Winston?"

Lottie fulminò con un'occhiata Jan, che si era involontariamente lasciato sfuggire dalle labbra un sibilo. La padrona di casa si tastò la collana di perle, incapace di trovare qualcosa da dire, finché il marito venne in suo soccorso offrendole la mano.

"E tu, mia cara, vuoi ballare? Questa canzone è una delle tue preferite."

Una luce intensa di fari balenò al di là delle lunghe finestre e Winston Hayford sorrise con rammarico. "Ah! È arrivata la mia macchina." Prese da un tavolino il suo berretto ricamato e lo porse a Marina. "Mi piacerebbe offrirle un piccolo dono, signora. Spero le ricorderà questa serata, e che un giorno possa portarla a comprendere il mio Paese e il mio continente."

"Che pensiero gentile." Lei lo guardò con un sorrisetto, posando la mano sulla sua. "Mi auguro che lei vorrà aiutarmi a tale riguardo. Se sarà ancora qui per Capodanno, le andrebbe di festeggiare con noi? Cena e serata danzante?"

"Oh, non stavolta, temo." Il sorriso di Hayford era vagamente ironico. "Penso che quel giorno non sia ancora arrivato. Tuttavia, spero potremo cenare e danzare insieme in un'altra occasione. In circostanze diverse, e forse sotto una differente bandiera. Attenderò il momento con impazienza. Buona notte a tutti."

Betty lo accompagnò alla porta. "Non avevamo mai incontrato Marina Broughton-Smith prima di stasera", gli sussurrò. "Sembra un po' imprevedibile."

"Mia cara signora, lei e Raphael siete stati ospiti meravigliosi. Ho trascorso una serata piacevolissima." Hayford esitò, soppesando le parole. "Talvolta, quando una bella donna porta con sé una grande infelicità, questo aggiunge un tocco in più al suo fascino. Si può solo augurarle di trovare armonia, un giorno. Nel frattempo, riesce soltanto a fare del male a se stessa." Il medico ghanese sorrise. "Non sia troppo severa con i suoi domestici, Betty, o i suoi invitati. L'adattamento richiede pazienza."

"Uomo interessante", commentò George Broughton-Smith, sorseggiando il brandy. "Un magnifico esempio del meglio che può accadere, quando le nostre due culture si incontrano e imparano l'una dall'altra. Sarei felice di vedere più persone come lui sui banchi dei politici a Nairobi."

"Negli anni a venire, forse. Dopotutto, gli africani occidentali sono gente molto diversa. Più sofisticati e acculturati." Raphael era stato sulle spine durante la discussione politica mentre erano a tavola col ghanese. Ormai in Kenya qualunque discorso che avesse connotazioni razziali era un campo minato, se c'erano africani presenti. "È facile credere che dalle sue parti tutto funzioni meglio, ma la corruzione è un problema abnorme nell'Africa Occidentale. In ogni caso, lui ha lasciato la sua terra e accettato una carica a Londra per i prossimi due anni."

"George, caro, credo sia ora di andare." Marina si era alzata e si stava dirigendo verso il corridoio. "Camilla, perché non ti unisci a noi domani sera? Festeggeremo il nuovo anno con i nostri amici dell'alto commissariato. So che ti piace Robert Harper, il figlio del Consigliere Privato. Sono certa che ci sarà anche lui."

"Io starò qui, mamma. Con i miei amici."

"Camilla, tua madre merita qualcosa di più..." George guardava la figlia con qualcosa di simile alla disperazione.

"Oh, mi aspetto che la vedremo presto. Non è vero, cara?" La faccia di Marina era pallida e tirata. "A meno che tu non intenda passare tutto il tuo tempo con i tuoi vari genitori surrogati."

"Meglio avviarci, si sta facendo tardi." Lottie si era resa conto che era la gelosia a contrarre i lineamenti di quella donna. Lesse l'angoscia nella sua espressione, e per un momento si sentì dispiaciuta per lei. Fece segno alla sua famiglia, ansiosa di prendere le distanze dai Broughton-Smith e dall'atmosfera carica di tensione che li circondava. "Betty, Raphael, grazie per la splendida cena. Ci vediamo domani sera."

"Camilla?" George sollecitò sua figlia in tono pressante, fermandosi sui gradini d'ingresso.

"Non preoccuparti, caro", disse Marina. "La tua bambina busserà alla tua porta fin troppo presto, insistendo per discutere la sua causa del momento. Per quel che può servire." Si rivolse a Jan. "Lei senz'altro capisce che mio marito non può esporsi per qualcuno con una reputazione come la sua."

"Questo che significa, mamma?" Camilla fece un passo avanti.

"Basta così, Marina. Andiamo." L'esortazione di George vibrò di furia malcelata. Si volse ad abbracciare brevemente la figlia. "Ne parleremo in un altro momento, tesoro."

"Perché non la fai finita con queste false speranze, George?" Marina ignorò il suo ammonimento. "Di' loro la verità."

"Quale verità sarebbe?" Piet era al fianco di Sarah. La ragazza fece per prendergli la mano, ma lui si scansò.

"Marina, adesso andiamo. Subito." George la afferrò per un braccio, cercando di condurla giù per gli scalini e via dal gruppo.

"Non ci tengo a vederti biasimato perché non assecondi i piccoli, ingenui capricci di Camilla." Marina si scrollò di dosso la mano del marito e rifiutò di seguirlo, così che rimasero tutti intrappolati sugli scalini. "Questi potenti nuovi politici non dimenticheranno quel che è successo negli anni bui. Ho visto la lista nera che era nel tuo studio, George. Avevi lasciato il fascicolo aperto. Il signor van der Beer sa molto bene di che cosa sto parlando. Sa che non potrà restare alla sua fattoria dopo l'Indipendenza, qualunque cosa tu faccia per lui."

"Gente come lei non sa niente degli anni del Mau Mau", ribatté Lottie, tremante di rabbia. "Non era nemmeno qui. Non ha idea degli stenti, la paura e il pericolo con cui eravamo costretti a convivere."

"Lascia perdere, Lottie", intervenne Jan. "Non abbiamo niente da dire a questa donna."

Marina ignorò l'interruzione e si rivolse alla figlia. "Non c'è posto per la classe criminale bianca nel nuovo Kenya, Camilla. Temo che tu non ti sia trovata genitori surrogati molto raccomandabili, cara. Non hai proprio fatto una buona scelta."

Piet e Hannah fissavano il padre. Ma Jan voltò loro le spalle e si allontanò a grandi passi, le mani sprofondate nelle tasche, le spalle curve e la testa china. La sua famiglia lo seguì senza una parola. I Mackay stettero a guardare ammutoliti mentre George afferrava saldamente il braccio di Marina e la trascinava alla loro macchina. Le portiere sbatterono, le gomme scricchiolarono sulla ghiaia, e finalmente i Broughton-Smith se ne andarono. Camilla, in disparte nel chiarore proveniente dal corridoio, guardò le sagome scure delle palme stagliate contro la luce dei fari, lanciò un'occhiata alle facce impietrite attorno a lei, poi marciò attraverso la veranda diretta alla sua stanza.

Sarah la seguì dopo un momento, troppo sconvolta per andare a dormire. Bussò alla porta dell'amica ma non ricevette risposta, allora salì la scala a chiocciola che conduceva all'ampio terrazzo piastrellato sul tetto, sovrastante il canale navigabile. I natanti passavano a così poca distanza che poteva distinguerne ogni dettaglio del ponte; spesso era stata lassù con i genitori a guardare amici che stavano lasciando Mombasa, le figure che rimpicciolivano in lontananza mentre salutavano col braccio dal parapetto. Un leggero rumore la fece voltare e vide Tim apparire in cima alle scale.

"Non vai a dormire?" le domandò andando a mettersi accanto a lei.

"No. Non riesco a smettere di chiedermi a che cosa si riferisse la madre di Camilla. Penso che Lottie lo sappia, però. Ha subito tirato fuori il discorso del Mau Mau, quindi forse si tratta di quello. So che il fratello di Jan fu ucciso durante l'Emergenza, su nella foresta di Aberdare."

"Erano tempi crudeli", sospirò Tim. "Le persone possono fare cose disperate quando combattono per la vita, o la famiglia, o per difendere le loro proprietà. I Mau Mau non uccisero molti europei, ma quelli che morirono furono ammazzati barbaramente. E molti africani innocenti furono terrorizzati, costretti a prestare orribili giuramenti, oppure mutilati o uccisi. I Kikuyu massacrarono centinaia di uomini della loro stessa tribù che non volevano unirsi alla lotta. Langani non venne mai attaccata direttamente, ma Jan andò via di casa per un certo periodo. Molti proprietari di fattorie si unirono ai Fucilieri Africani del Re o ai reparti speciali e andarono nella foresta a dare la caccia alle bande di guerriglieri. Si ricoprivano di grasso di animali e annerivano le facce, e portavano parrucche. Pseudobande, le chiamavano. Vissero per mesi in condizioni disumane, in costante pericolo di vita e soffrendo la fame, seguendo le tracce di cellule terroristiche ed eliminandole. Sono certo che alcuni di loro sono diventati un po' matti. Dio solo sa che cosa Jan può avere visto o fatto durante quegli anni." Tim si accese una sigaretta.

"Dammene una, per favore."

"Fumi? Da quando?"

"A scuola tutte fumavano, ogni tanto. Ne ho proprio bisogno, in questo momento." Sarah aspirò una boccata di fumo. "Non capisco comunque perché Marina abbia parlato in quel modo ai van der Beer. Che gliene importa di quel che Jan può avere o non avere fatto tanti anni fa? A che scopo ferirli? E Piet... hai visto la sua faccia?"

"Io penso sia disperatamente gelosa perché Camilla è più felice con gente come noi. Oh, che vuoi che ti dica. È una miserabile strega malata di mente."

"Povera Camilla!" Il viso di Sarah era colmo di compassione.

"Quella ragazza è un osso duro", la rassicurò Tim. "Sopravviverà. Io mi preoccuperei di Hannah, piuttosto. È molto più vulnerabile. È lei quella che ha maggiormente bisogno della tua amicizia in questo momento."

Sarah guardò sorpresa il fratello. "Pensavo che avessi una cotta per Camilla."

"Oh, sì. Ma lei mi mangerebbe in un boccone e mi sputerebbe fuori prima che io abbia il tempo di fiatare. Va bene per suscitare desiderio, non per soddisfarlo. Hannah, invece... lei sì che è il tipo della Madre Terra. Molto più promettente."

"Posso riferirle che lo hai detto?" ridacchiò Sarah. "Sul serio, non mi sarei aspettata che tu fossi così saggio. Non sembri nemmeno quell'idiota di mio fratello!"

"Fila a nanna, ragazzina. Non possiamo risolvere i problemi dell'Africa stanotte. Se va bene, ci rifaremo dei nostri dispiaceri con l'escursione di domani. Sperando che Hannah e Piet abbiano ancora voglia di venire con noi."

Nella stanza degli ospiti, Camilla li udì ridere sommessamente e scambiarsi la buona notte in un bisbiglio mentre passavano davanti alla sua finestra. Poi il silenzio tornò ad avvolgerla, e rimase distesa nel letto a guardare le ombre della notte spostarsi e mutare. Era ancora sveglia quando i primi tocchi rosati dell'alba pennellarono la calma piatta del mare.

5

Kenya, dicembre 1962

Il sole era alto quando partirono a bordo della vecchia macchina di Tim, correndo tra i filari delle piantagioni di sisal finché l'asfalto lasciò il posto a una superficie sabbiosa percorsa da solchi di pneumatici.

"Mi sento un po' in colpa a non passare l'ultimo dell'anno con i nostri genitori", ammise Sarah. "Ci sarà di sicuro molta nostalgia. Però Piet ha ragione: dovremmo guardare al futuro, non indugiare sul passato."

"A proposito del passato... mi dispiace per il comportamento di mia madre ieri sera." Il viso di Camilla era calmo, ma la sua voce suonò malferma.

"Non pensarci più. Quasi tutti i genitori hanno qualcosa di cui non vogliono parlare", replicò Piet. "Papà non ha voluto dire una parola quando siamo tornati alla casa sulla spiaggia, e mamma ci ha imposto di non tirare fuori mai più l'incidente."

"Forse si tratta di qualcosa che dovremmo sapere", osservò Hannah.

"No. Dobbiamo rispettare il volere di nostro padre. Sembra che abbia avuto un dissidio con il governo britannico, e che la faccenda sia registrata da qualche parte. Certo non è stato l'unico agricoltore a trovarsi in quella posizione. Comunque sia, la nostra amicizia non è basata sui trascorsi dei nostri genitori. Dipende da noi soltanto."

"Suppongo tu abbia ragione", sospirò Hannah. "Appartengono a un'altra generazione e noi non possiamo passare il tempo a chiederci che cosa loro hanno o non hanno fatto."

Prima che potesse aggiungere altro, l'auto sobbalzò violentemente quando giunse sulla strada sterrata. Gli occupanti abbassarono i finestrini e cantarono a squarciagola. Da quel momento, ogni ulteriore accenno alla sera prima divenne per tacito accordo tabù. Raggiunta la baia di Mida proseguirono rasentando le velme; le paludose distese lagunari erano animate da una moltitudine di uccelli e orlate dalle mangrovie che prosperavano nell'acqua melmosa. Spirava una leggera brezza e l'aria sapeva di salmastro. Deviarono dalla strada verso le rovine dell'antica città di Gedi.

"Possiamo fare prima un giro, poi fermarci per il picnic al palazzo del sultano", suggerì Tim. "E quando ne avremo abbastanza di fantasmi e rovine, ce ne andremo alla spiaggia di Watamu. Che ve ne pare?"

"Pur di ripartire prima che faccia buio", mormorò Sarah.

"Ah, sì. Una città infestata non è il posto per la nostra Sarah dopo il tramonto!" la prese in giro Camilla mentre Tim imboccava lo stretto sentiero. "Dicono ci siano fantasmi dappertutto."

"È strano che non sia mai apparsa sulle vecchie mappe arabe", osservò Tim. "Una città fiorente, eppure nemmeno i vicini più prossimi ne conoscevano l'esistenza. E ancora oggi nessuno sa se gli abitanti siano stati sterminati dalla malaria, o da tribù ostili, oppure se abbiano semplicemente abbandonato il posto. Attenzione a serpenti e *siafu*! A proposito... non vi conviene pestare una colonna di quelle formiche."

"Delizioso. Suona così accogliente che mi sto domandando perché siamo qui." Camilla fu la prima a scendere dalla macchina. L'aria era pesante per l'umidità e portava l'odore di foglie in decomposizione dalla giungla nella quale erano nascoste le rovine. "Dio, fa davvero venire i brividi. Anche in pieno giorno."

Una cappa di calore li avvolse. I ragazzi si trovarono immersi in un silenzio innaturale, spezzato solo dai tintinnii metallici del motore surriscaldato che si raffreddava e dalle strida e il chiacchiericcio delle scimmie tra i rami sopra le loro teste. La vecchia città si profilò all'improvviso davanti a loro, emergendo dalla foresta, sinistra, velata di mistero e rampicanti. Nell'intrico del sottobosco scorsero un balenare di uccelli del sole. Sembrava una violazione entrare in quello strano mondo; camminarono lentamente e in silenzio finché giunsero all'area circostante il palazzo deserto. Le braccia spoglie dei baobab si protendevano sulle dimore abbandonate, e le radici di alberi minori sembravano voler strangolare gli antichi muri, spremere le ultime vestigia di vita dalle pietre sgretolate.

Gli edifici di corallo coi loro trafori ornamentali sbirciavano attraverso la vegetazione come donne in *purdah* che guardassero il mondo da dietro il velo, lasciando intravedere solo fugaci e seducenti barlumi della loro presenza. Tre obelischi funebri stavano di sentinella attorno ai resti della grande moschea e del palazzo del sultano, le cui finestre si aprivano vuote e indifese, senza più opporre alcuna resistenza.

"Ragazzi, che posto!" Piet modulò un lungo fischio di stupore fissando i viali invasi dalla vegetazione che scomparivano in una parete di fogliame impenetrabile. "Mi sento un intruso. Come se non avessimo alcun diritto di disturbarne il sogno."

"Santo cielo, Piet!" Camilla alzò gli occhi a guardarlo con un sorriso. "Non sapevo che avessi un animo romantico. Sei quasi tremendo come Sarah con le sue affermazioni mistiche."

"Potresti scoprire cose di ogni genere su me, Camilla, se volessi."

"Fa troppo caldo per andare oltre. Pensiamo a bere e a mangiare." La voce di Sarah suonò sforzata persino alle sue orecchie.

Si sedettero all'ombra delle rovine e imbandirono il picnic. C'erano pollo fritto freddo, insalata, panini freschi. La borsa termica aveva mantenuto gelata la birra e la limonata con cui allungarla.

"La birra non mi è mai sembrata così buona." Sarah si appoggiò contro le vecchie pietre e ne bevve una lunga sorsata. "Spero che il sultano non stia osservando. Non sarebbe contento di vedere delle donne con la testa scoperta e gambe e braccia in mostra che bevono alcolici nella sua proprietà. Non lo sentite rivoltarsi nella tomba?"

"Penso che saremmo già stati scacciati se fosse così contrariato." Tim stava attaccando con entusiasmo la sua coscia di pollo.

"Scacciati da chi?" domandò Camilla.

"La gente che viveva qui era solita interrare un orcio di creta sotto la soglia di casa, con una formula magica scritta all'interno per evocare uno spirito potente. Allora un *djinn* si stabiliva nel vaso e proteggeva la casa dai nemici." Tim sorrise. "Se il *djinn* del sultano fosse in collera con voi, vi avrebbe già scagliate chissà dove, o magari fatte strozzare col vostro pranzo."

"O mandato un mamba a uccidervi col suo veleno", disse Piet. "Come quello!" Balzò in piedi, indicando un angolo buio. Hannah gridò vedendo un serpente verde screziato strisciare, il corpo iridescente nelle chiazze di sole.

Piet rise. "Sciocca! Non sai nemmeno riconoscere un'innocua biscia? Saresti proprio un gran battitore!"

"Non prendere in giro così tua sorella", lo rimproverò Camilla. "Hai fatto prendere uno spavento terribile anche a me."

"Scusa." Piet aveva ancora un luccichio canzonatorio negli occhi. Si rivolse a Sarah, che stava guardando assorta i monumenti e le tombe in rovina nel viluppo di alberi e liane fiorite. "Sei molto silenziosa. A che cosa pensi?"

"Una poesia di John Masefield", gli rispose lei in tono sognante. "Non ricordo il titolo, ma potrebbe averla scritta su questo posto...

Come ossa stanno le rovine delle città,
come scheletri e teschi con costole e occhi
sparsi nella sabbia salina del deserto,
recanti incisa la testimonianza non letta delle menzogne del Re.
Un tempo furono forti di soldati, sonore di voci,
i mercati rumoreggiavano e i carri passavano sferragliando,
dove ora lo sciacallo gioisce alla luna
e l'aspide silente traccia scie di morte nella rugiada."

Ci fu un lungo silenzio quando ebbe finito di recitare i versi. Hannah rabbrividì.

"Mi domando che cosa li abbia fatti andare via. Perché abbiano lasciato tutto questo." Fu Camilla a rompere l'incantesimo.

"Forse a lungo andare la vita è diventata troppo dura e pericolosa e hanno semplicemente rinunciato", ipotizzò Tim.

"Lasciando che tutto ciò per cui avevano lavorato, per cui avevano lottato, fosse inghiottito dalla foresta e si sgretolasse nel nulla." La voce di Piet era colma di tristezza. "Questa è sempre stata la storia dell'Africa, no? Gente senza nessuna idea di come usare la terra che scaccia le tribù che la occupavano in precedenza. Finché siamo arrivati noi, nessuno si curava realmente del terreno." Si alzò di scatto, ficcandosi i pugni nelle tasche. "Ma io non permetterò che una masnada di avidi politici ci espropri la nostra azienda, o ci mandi via. Non mi importa se sono africani o inglesi, neri o bianchi o verdi. Nessuno mi toglierà il diritto di restare qui, nel Paese dove sono nato." Si interruppe, imbarazzato dello stupore suscitato da quello sbotto. "Credo che andrò a fare due passi", brontolò, e si allontanò, sfiorando l'architrave sgretolato del portale intagliato mentre lo oltrepassava, in un gesto di omaggio e rincrescimento.

"Piet!" Camilla si alzò in un movimento fluido. "Aspettami. Vengo con te, se vai in esplorazione."

Hannah alzò lo sguardo e vide l'espressione sul viso di Sarah. "No, Camilla. Ha bisogno di stare un po' da solo."

"Be', io vado a fare una passeggiata." Sarah si maledisse per avere citato quegli stupidi versi, innescando la reazione di Piet. Che le era venuto in mente? Aveva cercato di fare colpo con le sue conoscenze letterarie, solo perché Camilla aveva detto che in fondo era un romantico. "Voglio scattare qualche foto. Giusto per sfatare il mito che quando provi a sviluppare fotografie di Gedi la pellicola non resta impressionata."

Prese la macchina fotografica e si incamminò lungo uno dei sentieri che si inoltravano nella foresta, badando a non prendere la stessa direzione di Piet. All'inizio si sentì a disagio, poi però cominciò a imitare i richiami degli uccelli e a godersi le loro risposte. La foresta diventava sempre più fitta mentre si avvicinava ai margini della città abbandonata. Infine giunse a uno spazio aperto dove le rovine di due costruzioni stavano fianco a fianco, con un grande pozzo di pietra di fronte.

Sarah si fermò, sentendo uno strano formicolio alla nuca, come se qualcuno la stesse osservando. C'era un odore curioso nella radura, dolciastro e nauseante, e si udiva una specie di ronzio. Inquieta per essersi allontanata così tanto dal posto del picnic, fece qualche passo avanti, guardinga. Sul lato opposto c'era uno spiazzo di terreno sgombro, e vide un cumulo nero palpitare e cambiare forma. Si avvicinò. L'odore le attanagliò la gola, dandole il voltastomaco. Un tappeto mobile di mosche grasse e pesanti si levò in aria, rivelando la cosa su cui stavano pasteggiando. Sarah lanciò uno strillo acuto di raccapriccio.

Era una giovane capra incavicchiata al suolo, il ventre squarciato, le interiora scintillanti, il sangue grondante nella depressione del terreno in cui era stata deposta. Era ancora viva. Ansimi convulsi e disperati scuotevano il corpo della povera bestia, gli occhi lattiginosi mentre la vita la abbandonava. Fissandola, Sarah vide il mondo farsi buio attorno a sé. All'improvviso si trovava in un altro luogo, e la creatura sanguinante che sussultava negli spasmi dell'agonia era un uomo. Giaceva a terra gemendo impotente, cercando di arginare i fiotti di sangue che sgorgavano dalle ferite. Un *panga* aveva infierito sul suo corpo, conficcandosi più e più volte nel suo petto, nella braccia e nelle gambe, dilaniandogli il ventre. Sarah gridò, quando volse verso di lei i resti straziati e insanguinati della testa in una supplica muta, e la ragazza vide che dove ci sarebbero dovuti essere gli occhi restavano solo cavità vuote. Un conato di vomito le strozzò il respiro, si girò e tentò di scappare, ma le gambe le cedevano; udì qualcuno correrle incontro, sentì delle mani abbrancarla, si dibatté con tutte le sue forze per divincolarsi. Poi la voce di Piet le penetrò nella coscienza, e si accorse delle mani di Tim che la sorreggevano mentre si accasciava sulle ginocchia e vomitava.

"Va tutto bene, ragazza mia. È tutto finito. Lo so, non era un bello spettacolo in cui imbattersi." Il fratello le sosteneva la testa mentre lei farfugliava qualcosa a proposito della capra.

"Una scena orribile." Piet le si inginocchiò accanto. "Ho fatto smettere di soffrire quella povera creatura."

"Non so se avresti dovuto farlo", disse Tim, lanciando un'occhiata oltre una spalla. "Questa foresta è un luogo sacro. Vi si svolgono spesso sacrifici rituali e roba del genere. È di questo che si trattava, probabilmente. Parte di un esorcismo, o qualche cerimonia simile. Uno spirito maligno viene trasferito da un uomo a una capra, quindi l'animale viene sventrato in modo che il potere dello spirito defluisca sul suolo sacro. L'animale deve essere vivo per permettere al sangue di scorrere."

"Uh! Che cosa barbarica!" Camilla, pallida, stava fissando i macabri resti. Indietreggiò mentre il nugolo di mosche si alzava di nuovo. "Non c'è da stupirsi che tu abbia urlato a quel modo, Sarah. Io sarei svenuta."

"Non dovresti andartene in giro per il *bundu* da sola." Tim guardò preoccupato il volto cereo della sorella e i suoi occhi ancora colmi di paura. "Ci sono elefanti qui attorno, sai, e qualche volta si può incontrare un bufalo che non esiterebbe a proteggere il proprio territorio."

"Credo sia meglio andarcene", tagliò corto Piet. "È probabile che chi ha fatto questo tornerà. Non hai visto nessuno sul sentiero, vero? O sentito qualcosa?"

Sarah ricordò l'inquietante sensazione di essere spiata che aveva avvertito arrivando alla radura. Ma doveva essere stato uno scherzo della sua immaginazione sovreccitata. Scosse la testa. "No. Niente."

"Muoviamoci, allora." Tim tirò fuori di tasca un fazzoletto e le pulì le mani e la faccia. "Ti senti meglio?"

"Sto bene", rispose lei, evitando di guardare la carcassa. "Mi spiace di avere fatto tutto quel trambusto. Non so che mi sia preso." Rabbrividì, cercando di non soffermarsi sull'orribile transfert da animale a uomo di quei pochi, agghiaccianti secondi. Rimproverandosi la propria assurdità, lasciò che Hannah la pilotasse verso la macchina tenendola per un braccio con rassicurante fermezza.

Quando finalmente lasciarono le rovine della città, tirò un sospiro di sollievo. "Sapete, dicono che i fari degli automobilisti che visitano Gedi smettano di funzionare all'improvviso senza alcuna ragione, lasciandoli bloccati qui al buio", buttò lì, sforzandosi di mantenere un tono scherzoso.

"Il *djinn* del sultano sul sentiero di guerra, senza dubbio." Tim raccolse il suo tentativo di alleggerire l'atmosfera.

Hannah si agitò sul sedile posteriore. "Archiviamo l'argomento Gedi, d'accordo? Ne ho avuto abbastanza di vecchi fantasmi in agguato dappertutto."

"Che ne dite di un po' di snorkeling a Watamu?" propose Tim. "Poi potremo organizzare l'accampamento."

"Suona divino", approvò Camilla. "E poi ce ne andremo al Turtle Club a ballare fino a consumarci le piante dei piedi. Accelera, Tim. Ci aspettano mari tropicali, buon cibo e cieli stellati."

Quando Sarah si ridestò la macchina si era fermata. Davanti a lei, strisce d'acqua turchese e cobalto scintillavano sotto un cielo terso. Il vento bisbigliava tra gli alberi di casuarina. Nel giro di pochi istanti i ragazzi si tuffarono nel fresco dell'oceano, lavandosi di dosso la polvere, la stanchezza, i sogni inquietanti. Banchi di piccoli pesci nuotavano accanto a loro, guizzi di colori sfavillanti come gioielli. Si allontanarono dalla riva e incontrarono il primo dei giardini di corallo. Passò un'ora e poi un'altra mentre fluttuavano nel silenzioso incanto di quel mondo sommerso, scevro da ogni ombra di invidia e distruzione, indisturbato da voci aspre o irose. Infine fecero segno l'uno all'altro di rientrare.

"È magico. Non c'è niente di più bello al mondo", disse Tim quando riemerse. "È un posto di fiaba, pieno di benedetto silenzio e assenza di peso, e pace."

Hannah, stesa supina sul bagnasciuga, si faceva scorrere la sabbia tra le dita, tracciando ghirigori sulla rena. Lui era così simile a Sarah, pensò, entrambi ricettivi alla precarietà, alla bellezza, alla fragilità di ogni esistenza che li sfiorava. Poi pensò a quanto le era piaciuto nuotare con Tim Mackay, immergersi accanto a lui per raggiungere i banchi di corallo, lasciandosi portare dalla corrente. "Preferirei essere senza peso sott'acqua che fluttuare nello spazio", disse.

"Dov'è il tuo spirito d'avventura, sorellina?" Piet rotolò sullo stomaco, avvicinandosi a Camilla.

"Saldamente radicato in questa terra. In questa sabbia. Nella nostra fattoria. Ma forse andrò in vacanza sulla luna quando sarò una vecchia signora. Se nel frattempo gli americani o i russi davvero riusciranno ad arrivarci."

"Potresti dover riconsiderare tutto questo, nel caso in cui papà decida di lasciare Langani", sospirò Piet.

L'esclamazione di Hannah fece voltare tutti. "Be', io resterò. E anche tu." Aveva pronunciato le parole con una ferocia che sorprese il fratello. "Lo hai detto tu stesso. Questa è la nostra casa e la nostra terra. Non ce ne andremo."

"Oh, piantatela, voi due!" Sarah affondò le dita nella sabbia. "Noi tutti saremo qui dopo l'Indipendenza. In un modo o nell'altro torneremo da qualunque cosa stiamo facendo. So che finiremo per ritrovarci qui tutti quanti. Anche tu, Camilla. Questa terra non ci lascerà mai andare."

"Eccola che ricomincia." Camilla si sollevò su un gomito. "Ma suppongo che possiamo esserle grati per una delle sue predizioni più ottimistiche. E comunque ha ragione. Non posso nemmeno immaginare di non tornare più qui. Qualunque cosa farò, questa terra sarà sempre una parte di me."

"Be', per il momento direi di concentrarci sul futuro immediato." Tim si alzò e prese i suoi vestiti. "Ci siamo goduti il sole, e adesso è ora di montare le tende. Poi una birra fresca, una bella doccia, e via a mangiare e ballare."

Il Turtle Club, vibrante di musica e risate, era gremito di famiglie dell'entroterra venute in vacanza sulla costa. Tim contò quel che avevano nei portafogli e ordinò aragoste fresche e vino bianco ghiacciato. Diversi amici si avvicinarono invitandoli a unirsi a loro, ma i ragazzi preferirono tenersi fuori dalla confusione generale.

Erano a metà della cena quando Camilla sentì due mani coprirle gli occhi, e udì l'esclamazione di Piet.

"Anthony! Che sorpresa! Sono contento di vederti, amico. Com'è che non sei nel *bundu*?"

"I clienti hanno voluto concedermi qualche giorno di pausa a Nairobi, come prevedevo. Così sono venuto qui. Ero sicuro che avrei incontrato qualche *rafiki.*" Anthony Chapman stava parlando con Piet, ma il suo sguardo era fisso su Camilla. "Posso unirmi a voi?" Si sedette e ordinò altro vino. "Ed ecco qui la nostra futura zoologa, attorniata da strani esemplari da studiare. Oppure preferiresti venire a ballare con me, Sarah?"

Lei annuì e sorrise, mentre si avviava verso la pista e vide Piet far scivolare un braccio intorno alla vita di Camilla e chinarsi a bisbigliarle qualcosa all'orecchio. Sentì un crampo allo stomaco, e cercò inutilmente di concentrarsi su quel che Anthony stava dicendo, lasciandosi guidare in mezzo alla folla. Quando tornarono al tavolo Piet si alzò e porse la mano a Camilla, ma Anthony lo anticipò, portandogliela via. Piet esitò un momento, poi tirò Sarah sulla pista, trascinandola in un vortice sfrenato ed esilarante di volteggi, piroette e giravolte, finché lei cominciò a sentirsi stordita e accaldata. La musica cambiò e lui la strinse a sé in un lento. Sarah gli aderì contro, dolorosamente conscia del rivolo di sudore che le colava sul volto, imponendosi di stare calma, di respirare profondamente la fresca aria salmastra. Avrebbe voluto allontanarsi con lui da tutta quella confusione, andare sulla spiaggia, dove non c'era altra musica se non quella incessante del mare. Ma appena la melodia finì Piet le sorrise, le fece una carezza sulla guancia e la riaccompagnò al tavolo, dove lei si ritrovò a oscillare tra euforia e dispiacere.

La mezzanotte era ormai vicina, lo champagne campeggiava su ogni tavolo; alcuni già cominciavano a brindare, e la musica si fermò.

"Ho salutato l'arrivo di molti nuovi anni qui, con i miei *rafiki*, e non sono mai stato tentato di fare o incoraggiare discorsi." Il proprietario del Turtle Club era saltato su un tavolo al margine della veranda. "Ma stavolta è differente per tutti noi. Stiamo dando l'addio all'ultimo anno sotto il dominio della buona vecchia Corona britannica, e l'anno prossimo a quest'ora vivremo in un Kenya indipendente, sotto una diversa bandiera. Così stanotte leveremo i nostri calici in omaggio a tutto quel che c'è stato. A chi ha fatto di questa meravigliosa terra ciò che è ora, e a quelli che avranno il coraggio di restare e lavorare per un futuro luminoso. Molti sono qui fra noi." Sollevò la sua coppa di champagne, girando lo sguardo sulle facce speranzose prima di fare il brindisi. "Al grande Paese che ci ha guidati fino a questo momento della nostra storia. Dio salvi la regina, Dio benedica il Kenya, e tutti noi."

Una voce solitaria intonò l'inno nazionale, e dopo le prime note esitanti la folla si unì in un coro che prese vigore finché il canto si levò attraverso il tetto di foglie di palma per raggiungere l'oceano. La gente prese a scambiarsi abbracci con ottimismo o rimpianto, proclamando la determinazione a restare o la decisione di partire per una vita nuova e sconosciuta. Stelle filanti serpeggiarono in ogni dove mentre iniziava il conto alla rovescia verso la mezzanotte. Suonarono trombette, i secondi furono scanditi a gran voce, poi nugoli di ballerini si riversarono sulla pista, giostrando e ridendo e urtandosi tra loro quando allo scoccare della mezzanotte l'orchestra attaccò *Auld Lang Syne*.

Fu Piet a fare cenno agli altri di allontanarsi dalla calca festante e uscire sulla spiaggia. Insieme camminarono lungo la riva, lasciandosi alle spalle le luci e la musica, finché non ci fu altro da udire o vedere che il dolce sciabordio delle onde, e un nastro di chiaro di luna che si estendeva tremolante sull'acqua fino all'orizzonte. Anthony si tolse la camicia e i calzoni e si buttò nel mare. Piet lo seguì, gettando gli abiti sulla sabbia; e presto tutti quanti stavano galleggiando immersi nella luminescente fosforescenza, nel baluginio riflesso delle stelle.

"Allora, che programmi avete per domani? Vi fermerete qui qualche giorno?" domandò Anthony.

"No. Domattina si rientra a Mombasa", rispose Piet. "Hannah e io torneremo a casa a Langani tra un paio di giorni. Tim riprenderà i suoi studi di medicina in Irlanda la prossima settimana, e Sarah partirà per Dublino con lui."

"E tu, Camilla?" Anthony la prese per le caviglie, tirandola verso di sé. "Tu non devi scappartene subito, vero?"

"Ce ne andremo tutti insieme." La replica di Piet fu brusca. "Camilla è ospite dei Mackay."

"Fortunati Mackay", commentò Anthony in tono leggero.

"Non torniamo indietro del tutto." Le parole di Hannah suonarono apprensive. "Creiamoci una vita insieme, cominciando qui e ora. Apriamo un piccolo bar con qualche bungalow da affittare. Questa terra ci terrà prigionieri, come dice Sarah. Ma saremo al riparo dai dissidi, dalle paure per il nuovo governo, e da tutti i cambiamenti che incombono."

"No", disse Sarah con fermezza. "Non è ancora il momento.

Dovremmo fare piani per il nostro ritorno qui, però. Di sicuro torneremo, qualunque cosa accada, nell'anno in cui noi tre compiremo ventun anni. E staremo al nuovo lodge di Piet, magari andremo a fare un safari, e passeremo un po' di tempo quaggiù sulla costa."

"Approvo", dichiarò Anthony. "E se Piet vi accoglierà al suo lodge, io organizzerò la parte del safari." Guardò Camilla. "Hai detto che saresti venuta a fare un safari con me, quando sarai ricca e famosa. Ricordi?"

"Comincia a fare freddo qui in acqua", tagliò corto Piet. "Vieni con me, lady Camilla. Sistemerò una lanterna per la tua tenda. Voglio assicurarmi che tu non dia fuoco a tutto."

Ci fu un breve silenzio. Camilla rise.

"Mi arrangerò con la luce della luna. Ho proprio bisogno di un buon sonno ristoratore, anche se in uno spazio a stento sufficiente per una sardina."

"Puoi sempre sognare le sontuose tende con candelieri, tappeti di seta e servizi che allestirò per il safari della vostra grande riunione", disse Anthony.

"Credo anch'io che sia ora di andare a dormire." Tim fece un tentativo di smorzare la crescente tensione. "Piet, dammi una mano a preparare l'acqua e le lanterne per le tende. Ragazze, seguiteci tra qualche minuto. Tu dove stai, Anthony?"

"Qui in fondo alla strada, accampato a casa di alcuni amici. Felice nuovo anno a tutti. Ci si vede. Presto, spero." E Anthony si avviò lungo la spiaggia, tornando verso le luci e il rumore del Turtle Club.

"Che notte meravigliosa", sospirò Sarah. "È un peccato lasciare che finisca... E chissà dove saremo tutti quanti soltanto tra pochi giorni."

"Facciamo una promessa", suggerì Hannah. "Una promessa solenne come l'altra volta. Che torneremo qui insieme quando compiremo ventun anni."

"Lo prometto." Camilla tese le mani alle due amiche. "Lo promettiamo tutte, vero?"

Le ragazze si inginocchiarono in circolo sulla sabbia nel mormorio della risacca, accanto a loro l'oceano buio spruzzato dalla luce delle stelle; e si abbracciarono l'un l'altra, ridendo per il futuro radioso che le aspettava, pregustando i successi che avrebbero potuto raccontarsi a vicenda nei giorni inebrianti della loro riunione.

6

Londra, novembre 1964

Al suo risveglio, Camilla fu salutata da uno stridulo concerto di uccelli. Non il vispo chioccolare dei pettirossi o il tubare sordo dei colombi che salutavano ogni nuovo giorno in Kenya. Qui per lo più si vedevano giusto corvi, neri e rauchi, strepitare verso il cielo plumbeo dai loro trespoli sui fili elettrici, o da rami spogli. In Italia c'era stato il sole, e una gloriosa ricchezza di paesaggio e architettura. Suo padre era stato assegnato all'ambasciata di Roma per un anno, e Camilla aveva passato molto tempo con lui, esplorando quartieri antichi e monumenti, passeggiando sulle colline toscane, andando in gondola per i canali veneziani. Dietro insistenza di George aveva seguito il corso di storia dell'arte a Firenze, e le era piaciuto. Ma adesso erano di nuovo tutti a Londra, e lei contava i giorni che mancavano al conseguimento dell'obbligatorio diploma di segretaria, sognando la libertà di vivere un altro tipo di vita.

Se non altro la casa era vicina al parco, e Camilla vi andava a passeggiare ogni giorno. Sua madre non si stancava mai di decantare la perfetta ubicazione dell'appartamento, anche se era raro trovarla lì: l'agenda di Marina era sempre zeppa di cene, partite di bridge o serate di beneficenza. Camilla aveva scoperto di stare bene per conto proprio, e non riusciva a concepire alcuna amicizia che potesse reggere il confronto con il legame tra lei, Sarah e Hannah. Non era portata a scrivere lettere, però inviava loro cartoline e piccoli doni da ogni nuovo posto che visitava. Non pensava che le sue amiche avrebbero capito il senso di isolamento che provava a Londra; detestava l'ossessione della madre per la gerarchia sociale, ed era totalmente incapace di appartenere a qualunque dei gruppi di persone che godevano della sua approvazione.

Suo padre era tornato alla commissione per l'Africa del Ministero degli Esteri, e viaggiava ancora regolarmente tra Londra e Nairobi. Quando non era oltreoceano sembrava perennemente bloccato fino a tarda notte in riunioni negli uffici di Whitehall, visto che continuava a detenere un ruolo chiave nelle complesse trattative tra il governo britannico e quello keniota mentre veniva stilata la nuova costituzione che avrebbe trasformato il Kenya in una repubblica. Camilla lo aveva sentito discutere al telefono il problema controverso della comunità asiatica e il diritto all'accoglienza nel Regno Unito. In Parlamento, Enoch Powell tuonava contro l'immigrazione indiscriminata, e la stampa straripava di retorica sull'argomento. Molti agricoltori bianchi, in Kenya, insistevano a osteggiare il progetto di ridistribuzione delle terre, affermando che vaste aree del territorio più fertile del Paese sarebbero state distrutte da ignoranza e cattiva gestione; rabbiose accuse venivano mosse al governo della Corona, che, nella fretta di cedere la ex colonia, stava abbandonando la stessa gente che l'aveva resa florida. Quando Camilla aveva tirato fuori il discorso dei van der Beer, la reazione del padre era stata brusca.

"Hanno scelto di andare in Rhodesia, cara, in modo che il figlio possa ricominciare senza pregiudizi. Adesso sta al tuo giovane amico giocarsi bene le sue carte."

"Non se ne sarebbero mai andati, se non fosse stato per la bella uscita di mamma", aveva ribattuto Camilla. "E non mi hai mai spiegato di che cosa si trattasse."

"Sai che non posso discutere informazioni riservate."

"Così riservate che lei vi aveva accesso?"

"Jan van der Beer ha fatto una scelta altruistica per il bene di suo figlio. Di conseguenza Piet se la caverà bene, purché tenga la testa sulle spalle e lavori sodo", aveva tagliato corto George. "Probabilmente è stata la cosa migliore."

"Come puoi dire questo?" aveva protestato Camilla. "Loro odiano vivere in Rhodesia. E non può essere un buon posto dove ricominciare, con Ian Smith e tutta la confusione e l'amarezza per l'Indipendenza e i voti per gli africani! Perché ti sorprendi, papà? Io leggo tutto quel che posso al riguardo, visto che Hannah è laggiù in mezzo a quel disastro."

"La cosa più importante da ricordare, mia cara, è che i giovani come Piet hanno ottime possibilità di farcela. Jomo Kenyatta ha dato assicurazioni che c'è spazio perché tutti possano lavorare insieme."

"Vorrei essere stata là per le cerimonie dell'*Uhuru*", aveva sospirato lei con rimpianto.

"È stato un evento di forte impatto emotivo. Il Mzee in tutti i suoi paramenti tribali, il duca di Edimburgo e il governatore con spade e pennacchi." George aveva sorriso al ricordo. "Kenyatta e il principe Filippo erano stati portati alla cerimonia seguendo strade secondarie, per evitare che fossero bloccati dalla folla. Ma il piano è fallito, perché la loro macchina è rimasta impantanata nel fango, e sono arrivati con mezz'ora di ritardo! A una funzione ho visto degli ex leader Mau Mau in uniforme paramilitare, con i capelli lunghi e arruffati sciolti sulla schiena. Era assurdo vederli là, nei prati della residenza ufficiale del governatore, assieme ai politici e i funzionari dell'ambasciata tutti in ghingheri. I cosiddetti generali Mau Mau hanno stretto la mano ad alti papaveri stranieri di ogni genere e alle loro mogli come se non facessero altro da anni. Ma non hanno ricevuto una stretta di mano reale. Lo stesso Kenyatta li ha allontananti con molto tatto, evitando gaffes diplomatiche. Uno che sa il fatto suo, il vecchio. Nel complesso è stato tutto molto toccante. C'è voluta una mobilitazione diplomatica impressionante per portare il tutto a buon fine."

"Vorrei che fossimo rimasti in Kenya. È l'unico posto dove mi sia mai sentita davvero a casa. È dove sono i miei veri amici. Sarebbe così bello programmare le vacanze di Natale sulla costa, o andare a Langani. È cambiato qualcosa?"

"Non ancora. Penso che la maggior parte della gente che ha avuto il coraggio e la fiducia per restare lì ne sarà felice, sul lungo termine. E comunque il giovane Piet ha buone opportunità come chiunque altro."

"Questo non giustifica quel che mamma ha fatto."

"Parecchie persone hanno accesso al fascicolo che tua madre ha trovato sulla mia scrivania. Chiunque avrebbe potuto rivangare il caso. Non è una faccenda ben definita. Anche all'epoca i contorni erano sfocati."

"Quale faccenda?" Camilla era tornata alla carica in tono perentorio, ma George aveva scosso la testa.

"Dimmi, come se la passa Hannah? Che cosa sta facendo?" aveva domandato, chiarendo che per quel che lo riguardava il discorso di Jan era chiuso.

"Non ho sue notizie da un po'. Colpa mia... scrivere lettere non è il mio forte."

"Dovresti fare uno sforzo", le aveva detto il padre. "Deve essere particolarmente ansiosa di tenersi in contatto con te e Sarah, dopo tutti i cambiamenti che ci sono stati nella sua vita."

"Che cosa potrei dirle?" aveva ribattuto Camilla, irritata e sulla difensiva. "È stata mia madre a causare lo sconvolgimento che l'ha fatta finire in una squallida topaia in Rhodesia. È stata la cara Marina a distruggere il loro futuro a Langani. Che posso dire che faccia una qualche differenza, a questo punto?"

"Non è stata colpa tua, mia cara", aveva replicato George. "Non dovresti usare un ingiustificato senso di colpa come scusa per non tenere i contatti. Quelle due ragazze sono state come sorelle per te. Nessuno può permettersi di gettare via l'amicizia con leggerezza. E sono sicuro che i van der Beer non nutrono altro che affetto nei tuoi confronti."

"Tu non lo puoi sapere. Non hai idea di che cosa questo trasferimento abbia significato per loro. E ovviamente con capisci nemmeno come mi sento io!"

"Tua madre ha commesso un malaugurato errore quella sera", aveva concesso George, l'espressione imperscrutabile. "Era gelosa, infelice e..."

"Un malaugurato errore?" La frustrazione di Camilla era esplosa. "Non capisco perché tu debba sempre difenderla. Perché non puoi considerarla per quel che realmente è? Perché non chiedi il divorzio, papà?" Aveva visto suo padre trasalire e voltarsi, allontanandosi da lei, ma non si era fermata. "Non siete felici insieme, lei è sempre risentita e velenosa. Starebbe meglio da sola, e tu potresti andare avanti con..."

"Camilla, queste sono questioni che riguardano tua madre e me, nessun altro." George si era girato a guardarla, l'espressione indurita. Aveva preso le chiavi dell'auto e aperto la porta. Poi era tornato indietro per abbracciare la figlia, tentando un sorriso. "Rientrerò molto tardi, e domani avrò una giornataccia. Faremo qualcosa insieme nel fine settimana."

Da quel giorno non avevano più discusso la questione spinosa dei van der Beer. Camilla non voleva litigare con il padre, ed evitava qualunque argomento che potesse guastare le ore preziose che trascorrevano insieme. Pensò a lui mentre guardava gli schizzi di pioggia sui vetri. L'aria umida si era insinuata nella sua camera da letto durante la notte, e lei rabbrividì mentre tirava giù la finestra a ghigliottina, chiudendo fuori il rumore e lo smog del traffico mattutino. Le faceva male la testa per i troppi cocktail e le troppe sigarette del party della sera prima; non aveva idea dell'ora in cui fosse tornata a casa. Si domandò se suo padre fosse andato in ufficio; era sabato, ma spesso lavorava anche nel fine settimana. Se fosse stato ancora a casa avrebbero potuto fare colazione insieme, e sarebbe stato un buon modo di iniziare la giornata. Ma non c'era traccia di lui nel salotto. Delusa, Camilla andò in cucina e mise su il bollitore. Mise una fetta di pane nella macchinetta dei toast e rovistò nel frigorifero in cerca di burro, marmellata e latte. Il bollitore emise un fischio acuto. Lo afferrò di scatto e versò l'acqua bollente sulle foglie di tè. Marina dormiva e probabilmente non si sarebbe alzata prima di mezzogiorno. Be', poco male. L'ultima cosa di cui Camilla aveva voglia era un inutile scambio con sua madre sulle possibilità sociali del weekend.

Tutto quel che aveva bisogno di fare adesso era sopravvivere alle ultime settimane del corso per segretarie. Ormai padroneggiava il tedio della stenodattilografia, e il suo francese era fluente. C'erano state lezioni superficiali di letteratura inglese e storia dell'arte, e più accurate sull'arte di apparecchiare la tavola e preparare un soufflé; lei si era sorbita tutto, in trance. Le compagne erano interessate principalmente a ottenere inviti ai party più prestigiosi di Londra, e passare fine settimana in residenze di campagna piene di spifferi dove potessero essere avanzate convenienti proposte di matrimonio. Camilla aveva ben poco in comune con loro. Lei si gettava a corpo morto in tutto quel che Londra avesse da offrire, facendo infuriare la madre per la sua scelta di frequentazioni.

"Stai bazzicando la gente meno raccomandabile, Camilla." Marina aveva squadrato con disgusto la figlia da capo a piedi. "E guarda come vai in giro. Quei vestiti sono spaventosi. Volgari, dozzinali e di pessima fattura. Sembri una commessa."

"Forse è a questo che sto puntando. Non c'è più bisogno di essere ricchi, o cresciuti in qualche dimora dell'alta borghesia per essere accettabili. Un venditore ambulante o una commessa possono furoreggiare in città quanto una duchessa. E anche se non parlano o vestono come piace a te, i miei amici sono artisti, scrittori, gente con qualcosa di nuovo da dire. Il mondo sta cambiando, mamma. La nostra generazione ha valori diversi dalla tua, e non ci dobbiamo trincerare dietro un muro di settarismo. Non puoi immaginare quanto sia felice di questo."

"Non essere ridicola, Camilla. Tu hai la fortuna di appartenere a un certo ceto sociale, e dovresti esserne grata."

"Le tue regole su classe, denaro e possedimenti presto saranno anticaglie, grazie al cielo!" Camilla, dopo essersi passata il kajal sugli occhi, si era calcata in testa un berretto di lana fatto all'uncinetto. "Nel frattempo, io me ne vado al cinema."

"Non fai che nuocere a te stessa con questo atteggiamento infantile." Marina aveva sospirato. "La tua reputazione è l'unica cosa che hai, e una volta che l'avrai persa non la riavrai più indietro. I tuoi amici pezzenti sarebbero fin troppo felici di vedere gente come noi distruggersi da sé. Posso solo sperare che crescendo queste mattane ti passeranno."

Quando non era a scuola, Camilla passava il tempo al cinema e a teatro, dove se ne stava seduta per ore a studiare le espressioni e la gestualità degli attori dei quali sperava di seguire le orme; girava per musei e frequentava sale da concerti, facendo scorpacciate di arte e musica di ogni genere, assorbendo tutto quanto. La notte andava a ballare in club rumorosi dove beveva vodka e fumava, fluttuando tra ore nebbiose di marijuana e strane, sconnesse conversazioni in scantinati bui. La folle energia della città e il senso di cambiamento la pervadevano, la incitavano a sfidare le convenzioni, la trascinavano in un incessante turbine di attività. Ma anche in mezzo alla folla, dove era spesso al centro dell'attenzione, lei rimaneva un'osservatrice, una outsider in un mondo frenetico che non la toccava realmente.

Rastrellava le nuove boutique di Carnaby Street e King's Road, tornando a casa con stivali di pelle alti fino alla coscia, minigonne e pantaloni a zampa d'elefante, vestiti indiani ricamati di perline e piume, scatenando battaglie con il suo rifiuto per i golfini di cashmere, le perle e le sciarpe di seta che Marina sperava di vederle addosso, un giorno, magari in una fotografia su *Country Life* in occasione del suo fidanzamento. Alla Lucie Clayton School Camilla aveva imparato tutte le astuzie del make-up professionale e a muoversi come un'indossatrice sulla passerella: un incedere oscillante con le anche protruse in avanti e un broncio sulle labbra che le veniva naturale. A scuola dicevano che aveva un viso e una figura ideali per l'obiettivo, e sarebbe potuta finire sulla copertina di una rivista patinata.

Inizialmente lei era stata refrattaria all'idea, temendo che l'avrebbe distratta dal suo obiettivo, il teatro. Ma alla fine aveva accettato di posare per un fotografo di moda incontrato in un locale notturno. Ricky Lane l'aveva fissata da lontano, quindi si era avvicinato, porgendole un drink e una canna accesa. Camilla aveva ammirato le sue foto; e poi le piacevano il suo sorriso contagioso e il suo accento cockney. Ricky le aveva promesso che avrebbe mostrato i risultati della loro seduta a una famosa agenzia di modelle, ed era ottimista.

"Ragiona, tesoro", l'aveva blandita con un largo sorriso. "Non sarai proiettata nel firmamento delle stelle nel giro di una notte. Con un volto e un corpo così, potresti farti un bel gruzzolo con cui tappare i buchi. Un po' di soldini nel salvadanaio fanno la differenza nel viaggio verso la fama. Potrei perfino chiederti una sterlina o due in prestito di tanto in tanto."

Il lato pratico di Camilla riconosceva che una carriera di attrice avrebbe potuto comportare periodi senza lavoro. Sarebbe stato meglio arrotondare facendo la modella piuttosto che lavorare come cameriera in qualche squallido baretto. Era già stata richiamata per una seconda audizione all'accademia di arte drammatica, ed era certa di avere fatto una buona impressione. Presto sarebbe arrivata una lettera con la quale le comunicavano che era stata accettata. Nel frattempo, posare sarebbe stata un'utile attività collaterale.

Eppure era nervosa, quando arrivò allo studio di Ricky Lane. La stanza era fredda, brutta e puzzava di fumo. Il suo corpo era legnoso mentre si girava verso il bagliore dei riflettori e i lampi del flash. Ma non appena lui prese a parlarle da dietro il treppiede, lei cominciò a capire le sue richieste. Ricky aveva messo della musica ad alto volume sul giradischi, e Camilla pian piano si immerse nel ritmo, formando a fior di labbra le parole della canzone mentre si voltava, si metteva in posa, sorrideva e faceva il broncio, muovendo la testa e facendo ondeggiare i capelli. Capì che lui era compiaciuto dal modo in cui le veniva incontro con la macchina fotografica, inclinandola da una parte e dall'altra, scattando più rapidamente, alzando la voce per l'eccitazione.

"Mi venga un colpo! Tu hai un talento innato. Lo sapevo! Lo sapevo, dannazione! Noi due faremo grandi cose insieme, mia cara, ricorda le mie parole. Adesso girati verso di me. Voltati. Tira giù quella spallina e guardami da sopra la spalla come se volessi provocarmi. Ecco, così... perfetto! Ci siamo, principessa Camilla. Vai forte!"

Passarono parecchie settimane dalla seduta fotografica senza che lui si facesse sentire. Con l'avvicinarsi del Natale, Camilla era colma di un terribile senso di solitudine e di sconfitta che non riusciva a reprimere. Spedì biglietti di auguri e regali ad Hannah e Sarah, chiedendosi quando avrebbe potuto rivederle... se mai le avesse riviste. Nei fine settimana sceglieva di passare il tempo da sola, standosene a letto con le tende tirate per chiudere fuori la luce tetra che le faceva rimpiangere le vaste pianure soleggiate e i mari caldi dell'infanzia. Cominciò a crogiolarsi nella malinconia, sprofondando sempre di più in una triste indifferenza. Marina bussava alla sua porta proponendole di uscire insieme a fare shopping o a pranzo. Il padre le suggerì un weekend in Scozia o a Parigi.

Niente di tutto questo la allettava, ed era ormai sull'orlo della disperazione quando ricevette una telefonata di Sarah. Betty e Raphael Mackay erano in Irlanda in vacanza, e avevano preso una casa in affitto sulle Wicklow Mountains. Le sarebbe piaciuto passare il Natale da loro? L'inerzia di Camilla si trasformò di colpo in energia effervescente; si precipitò all'agenzia di viaggi, e poi a comprare altri regali.

"Dobbiamo andare tutti al ballo al Dorchester!" protestò Marina. "Abbiamo già prenotato il tavolo. E anche il viaggio in Scozia per Capodanno. Per favore, Camilla, non farci questo. È un comportamento egoistico, e ci mette in una situazione così imbarazzante all'ultimo minuto." Tentò con la persuasione, poi con l'ira, infine con le lacrime. George si ritirò nel suo studio.

Ma Camilla tenne duro. Acquistò il suo biglietto per Dublino, e contò i giorni che mancavano alla partenza.

Mentre l'aereo cominciava a scendere guardò dal finestrino la scacchiera di campi color smeraldo che circondavano l'area urbana della città, gustandosi l'eccitazione che le sfarfallava nello stomaco. Persino l'imbronciato agitarsi di onde grigie e le lente spirali di fumo dei comignoli le sembravano accoglienti. Era di nuovo viva, e sorpresa della propria infantile impazienza.

Sarah la stava aspettando all'uscita degli arrivi, infagottata in un informe cappotto di lana e in una lunga sciarpa, i capelli increspati dal vento umido. Tim, al suo fianco, aveva l'aria stanca, sciupata, e un sorriso radioso; gli occhiali cerchiati di metallo gli scivolarono sul naso quando abbracciò Camilla, stritolandola con tale slancio da toglierle il fiato.

"Troppo magrolina, ragazza mia", commentò. "Il medico ti prescrive dosi massicce di Guinness e purè di patate a intervalli di un'ora."

"Hai un aspetto spaventoso anche tu. Non vorrei mai ammalarmi gravemente e trovarti a incombere su di me come la Morte."

"È il destino di noi tirocinanti: ci spremono fino all'osso. Questo sarà il mio primo weekend libero, e temo che dovrò farmelo bastare per un centinaio di anni. Gesù, cos'hai in questa valigia? Avrei dovuto allenarmi al sollevamento pesi."

Camilla infilò la mano nell'ampia manica di Sarah e le diede una stretta al braccio. "Mi hai salvato la vita. Un altro giorno lì e mi sarei suicidata, privando il mondo del mio genio in boccio."

"Non aspettarti niente di troppo eccitante per Natale. Grazie al cielo gli scambi di visite con il parentado sparso per mezza Irlanda sono finiti, quindi saremo solo noi e l'ultima conquista di Tim." Sarah abbassò la voce mentre il fratello caricava la valigia nel bagagliaio. "Un'infermierina bionda tutta linda e rosea. Dev'essere molto calda e tenera da abbracciare in una notte d'inverno, però, perché non saprei che altro..."

"Sarò anche sfinito, Sarah, ma non sono sordo. Nessuno ha chiesto il tuo parere su Deirdre."

"Sembra che tua sorella ne sia rimasta piuttosto colpita." Camilla rivolse uno sguardo indagatore a Tim, ora viola per la rabbia. "Pensavo preferissi il tipo bruno e misterioso, Timmy. Spero tu non stia diventando un bravo ragazzo cattolico in cerca di qualcuno con cui dividere una casetta bifamiliare e scodellare una nidiata di marmocchi."

"Al momento sto cercando un modo per strangolare mia sorella e sbarazzarmi del cadavere."

Il mattino seguente Camilla si svegliò di ottimo umore, ogni residuo di ansia e risentimento svanito nel nulla. Era libera, ed era in vacanza. Si sentiva come se fosse tornata a casa dopo tanto tempo dalla famiglia e dagli amici più cari. Fuori il cielo era incredibilmente azzurro e i campi scintillavano di gelo. In lontananza il mare orlava l'orizzonte di una sottile striscia argentea. Trascorse la giornata con Betty e Sarah in cucina, preparando il tacchino ripieno e tortine di frutta secca e spezie. La sera si sedettero accanto al fuoco, a incartare doni e scambiarsi racconti. Dopo cena tutti si imbacuccarono in giacconi caldi e grosse sciarpe di maglia lavorate a mano e si diressero in paese, dove le campane suonavano a distesa chiamando i fedeli alla messa di mezzanotte. Nella piccola chiesa la voce pura e limpida di Sarah intonò gli inni che avevano cantato insieme a scuola, mentre Camilla cercava di tenere a bada il nodo che le stringeva la gola e la minaccia di lacrime.

Il giorno di Natale erano raggruppati intorno al focolare quando Tim arrivò con la sua conquista. Deirdre era una ragazza graziosa e rotondetta, col naso all'insù e grandi occhi azzurri da bambola di porcellana. Era palesemente a disagio, e dapprima si limitò ad ascoltare la conversazione attorno a lei. Dopo due bicchieri di sherry le si sciolse la lingua e non ebbe più remore a offrire la sua opinione, cominciando con un commento sulla gracilità di Camilla e i pericoli del vizio del fumo. Sarah aveva la pelle e i capelli un po' secchi, decretò, e le avrebbe giovato un cucchiaio di olio di fegato di merluzzo al giorno. E sarebbe stata una gran bella cosa se Tim avesse smesso di fumare e bere così tanto, ma i giovani interni erano tutti uguali. Quindi prese di mira Raphael, propinandogli una dissertazione sulle virtù delle infermiere e la tirannia dei medici. Il poveretto aveva ormai l'aria di essere intrappolato quando Camilla si protese attraverso il tavolo e posò la mano su quella di Tim.

"Ricordi i nostri Natali in Kenya, Timmy?" Il tono era animato e malizioso, l'espressione civettuola. Betty alzò gli occhi allarmata: quella ragazza sembrava proprio la copia di sua madre. "È così eccitante essere di nuovo insieme, anche se non abbiamo una luna africana e le palme. Ma riavremo anche questo, quando saremo di nuovo tutti là. Ieri hai detto che vuoi tornare, no?"

"Ho detto che devo finire l'internato all'ospedale... ammesso che riesca a sopravvivere." Tim si agitò sulla sedia, nervoso. "Non riesco a pensare al di là di questo."

"Ovvio che non puoi, povero caro." Camilla imbronciò le labbra ed emise un suono carezzevole che avrebbe potuto essere un bacio. "Nel frattempo, dovrai mostrarmi la tua bella città, e tutti quei pub dove servono birra scura e ostriche."

"Tim è esausto. I prossimi giorni sono gli unici che ha per riposarsi." Deirdre lanciò occhiate attorno, insicura. "Mi chiedo se tornare in Africa sarebbe poi una buona idea per lui. Ho letto di tutti i problemi che hanno laggiù, tra la sporcizia, il caldo e l'ignoranza. E ci saranno meno fondi per gli ospedali, adesso che quei Paesi si governano da soli."

"Lui non si lascia scoraggiare da tutto questo, vero, Timmy?" Camilla eluse l'occhiataccia che lui le scoccò per tutta risposta e si rivolse a Deirdre. "Quando vivi in Africa impari a ignorare le cose inevitabili, come i mendicanti o i lebbrosi che ti si attaccano addosso, o i guerrieri nudi che ti inseguono armati di lance, o la gente che sputacchia succo di betel sui tuoi vestiti migliori. Smetti di farci caso, in modo da poterti godere la vita. E Timmy è capace di godersi la vita in Kenya. Non è così, Sarah?"

"Nessuno può saperlo meglio di te." Sarah tenne gli occhi bassi per evitare lo sguardo del fratello. Si sentiva sleale, e al contempo le scappava da ridere.

"Si stanno prendendo gioco di me!" sbottò Tim, disperato. "Lo fanno da anni. È sempre un problema quando sono insieme."

Deirdre si sforzò di sorridere. "Direi che dovrebbero trovare qualche scherzo più divertente."

"Se pensi che il nostro senso dell'umorismo lasci a desiderare, non hai sentito le orribili barzellette di Tim", replicò Camilla con dolcezza. "Non ti ha raccontato quella del missionario cattolico che mette incinta la femmina di gorilla e..."

"Deirdre, serviti un po' di pudding, cara, e non fare caso a queste due." Persino Raphael era imbarazzato. "Tim ha ragione, sono spietate."

"Ma hai mai considerato di vivere all'estero, Deirdre?" Sarah ci aveva preso gusto e non intendeva mollare la presa. "Voglio dire, è vero che vogliamo tornare tutti in Kenya. Più di ogni altra cosa."

"Non so se un posto del genere farebbe per me. C'è molto da fare qui in Irlanda, e non ho l'esigenza di andarmene." La ragazza guardò Tim. "Stai davvero pensando di tornarci?"

"Non ne ho avuto il tempo", rispose lui evasivo.

"Ricordo che quando andavamo a scuola lei diceva che il Kenya era solo un posto temporaneo dove vivere per gente come noi." Camilla indirizzò il commento a Raphael. "Ma non ti lascia mai andare, non è vero? Noi qui siamo esiliati, in realtà. Aspettiamo solo di poter tornare a casa."

"Pensavo fossi decisa a calcare le scene in Inghilterra", osservò Tim. "Presto dovrai cominciare la gavetta in qualche triste cittadina di provincia. Ti farai le ossa a Bognor Regis con una compagnia di repertorio itinerante, facendoti un'idea del mestiere e della vita reale e alloggiando in squallide stanze d'affitto che puzzano di cavolo e disinfettante. Oppure hai abbandonato l'idea del teatro?"

"Assolutamente no", assicurò Camilla. "Ho fatto domanda all'accademia di arte drammatica per il prossimo autunno. E non c'è bisogno di fare del sarcasmo, Timmy. Io non ho paura di sporcarmi le mani. Potrei benissimo decidere di unirmi a una compagnia di repertorio per una stagione o due, giusto per fare pratica. Ti manderò dei biglietti per la mia prima, e ti farò riservare una stanza nella mia stessa topaia puzzolente. Così condivideremo anche l'esperienza delle località marine inglesi, oltre a quelle keniote." Fu contenta di vedere che Tim stava finalmente ridendo.

"Deirdre, parlaci della tua famiglia a Galway", intervenne Betty. "Mi piacerebbe tanto andare di nuovo lì per la sagra delle ostriche."

Ma lei era stranamente reticente sulla sua famiglia, e le garbate domande di Raphael ricevettero soltanto risposte inconcludenti. Tim lasciò il gruppo poco dopo il pranzo, con la scusa di portare Deirdre a fare una passeggiata nei campi. I due riapparvero brevemente per salutare e poi se ne andarono via in macchina nell'oscurità precoce del pomeriggio invernale, lasciando gli altri a bere il tè davanti al fuoco.

"È stato un po' crudele", commentò Raphael, senza però riuscire a nascondere del tutto il divertimento.

"Non essere così ipocrita, caro." Betty lo abbracciò. "Lo sai che ho delle perplessità su quella ragazza. Non penso sia davvero il tipo giusto per lui."

"Troppo chiusa per Tim." Camilla sbadigliò. "Perché non lo porti a Londra per Pasqua, Sarah? Potremmo provare a far venire anche Piet dalla Scozia, così saremo di nuovo tutti insieme. Timmy ne sarebbe contento."

"Piet si è fatto sentire con te?" La voce di Sarah era tesa.

Camilla contrasse gli angoli della bocca e distolse lo sguardo. "Solo una cartolina. Ho ricevuto una lettera da Hannah in cui mi dice che lui è in Scozia, e che adesso c'è un direttore a Langani. È strano pensare alla fattoria senza Jan e Lottie. Mi sento ancora responsabile, in qualche modo."

"Oh, cara, tu non hai niente a che fare con quel che è successo!" esclamò Betty.

"Hannah ti ha scritto di recente?" domandò Sarah.

Camilla annuì. "Sì. Ma io l'ho trascurata, e non è stata una bella cosa. Il fatto è che ero tutta presa a commiserarmi, prima di Natale. Stupido, vero? Dev'essere una caratteristica di famiglia." Alzò le spalle in un gesto di rammarico. "Dovrò fare più attenzione a reprimerla. Comunque rimedierò appena tornata a casa."

All'aeroporto Betty Mackay la abbracciò con affetto, cercando di scaldarle il cuore a sufficienza perché non diventasse di ghiaccio. Era preoccupata per lei, e aveva pensato che forse avrebbe potuto finire la scuola in Irlanda.

"Che ne pensi di dividere un appartamento con Sarah? A Dublino ci sono molte opportunità per giovani di talento. Magari potresti entrare all'Abbey o al Gate Theatre, invece di studiare recitazione a Londra. Raphael ha un cugino che è uno dei maggiori attori e produttori irlandesi. Potresti parlare con lui..."

Camilla scosse la testa. "Siete tutti così gentili con me. Ma ormai mi manca poco a ottenere il mio benedetto pezzo di carta, e poi finalmente andrò alla Royal Academy."

"Sei sicura che ti accetteranno, cara?" domandò Raphael. "Perché potrei senz'altro farti avere un contatto all'Abbey."

"Grazie mille, ma sì, sono sicura. Sono stata chiamata per una seconda audizione, e poi sto prendendo lezioni private. E il mio insegnante è certo che mi faranno entrare."

Camilla si pentì della bugia non appena le fu uscita di bocca; voleva solo rassicurarli, mostrare loro quant'erano forti la sua vocazione e la sua convinzione. E soprattutto non voleva che nessuno si dispiacesse per lei, o si accorgesse delle sue insicurezze. Abbracciò forte Betty. "Nel frattempo, forse lavorerò un po' come modella, tramite il fotografo di cui vi ho parlato. Quindi è meglio che resti a Londra."

Un mese più tardi aveva il suo attestato di stenodattilografa, e un imponente pezzo di carta in cui si dichiarava che si era diplomata alla Lucie Clayton's Secretarial and Fashion School. Stava guardando il diploma quando il telefono suonò.

"Ciao, bellezza! Sono Ricky. Ero via per un servizio. Sole anche a Natale, e tanto buon vino! Ero quasi sempre sbronzo."

"Sembra eccitante." Le piaceva il timbro allegro della sua voce, la faceva sorridere con la mente e con il cuore.

"Non ci si lamenta. Comunque, ho fatto vedere le tue foto a un amico, un agente. Gli piacerebbe incontrarti. Per te va bene venerdì alle tre? Ti accompagnerò io."

Camilla seppe subito che l'avrebbero presa, e nel giro di qualche minuto le venne dato un foglio con cui presentarsi a uno studio fotografico il pomeriggio seguente. C'era una campagna pubblicitaria per uno shampoo, le dissero, e la casa produttrice voleva una bionda naturale e un volto nuovo. Uscì dal colloquio con un contratto, la garanzia di un assegno consistente, e un altro provino per un servizio di moda la settimana successiva. Era radiosa mentre fluttuava lungo la strada, sospinta da un senso di potere. Finalmente il suo aspetto sarebbe potuto esserle di qualche utilità. Incarichi del genere le avrebbero permesso di affittare, o persino comprare, un posto tutto suo, lontano dalla costante disapprovazione della madre. Entro la fine dell'anno avrebbe cominciato a studiare recitazione, e nel frattempo Sarah, Piet e Tim avevano deciso di venire a Londra per Pasqua. Se avesse cominciato a cercare subito, avrebbe potuto avere il proprio appartamento dove ospitarli tutti. Avrebbe mostrato loro la città, condiviso i suoi posti preferiti e le sue scoperte con gli amici che amava. Si sentiva al settimo cielo.

I primi servizi diedero il via a un turbine di ulteriori ingaggi; un articolo su un giornale la decretò il più bel volto nuovo sulla scena londinese. Da quel giorno il telefono di Camilla suonò incessantemente: tutti la volevano. Volò a Parigi, dove venne fotografata davanti alla Tour Eiffel, a Versailles, sulla Rive Gauche... Era esaltante, ma anche faticoso, e spesso lei si sentiva confusa, sola.

Quando Sarah arrivò a Londra per Pasqua, il viso di Camilla campeggiava su cartelloni pubblicitari disseminati per tutta la città, e sulle pagine di riviste patinate.

"Mio Dio, immagina di sfogliare un giornale e vedere la tua faccia che ti guarda!" esclamò Sarah. "Che effetto fa?"

"Sa di libertà. Mi ha dato la mia vita."

"Dev'essere emozionante, no? Che ne pensano i tuoi genitori?" Sarah voleva provocare un qualche tipo di reazione.

"È solo una cosa temporanea, finché comincerò a studiare recitazione a tempo pieno." Camilla sollevò un secchio pieno d'acqua dal lavello della cucina e aprì un armadietto per tirarne fuori una scopa. "E adesso diamoci da fare."

"Nessuno ci crederebbe", commentò Sarah. "Sei famosa, la tua faccia è dappertutto, e lavi pavimenti."

"Non è la mia occupazione preferita, ma la donna delle pulizie ha telefonato dicendo che ha il raffreddore." Camilla attaccò con determinazione il pavimento. "Piet e tuo fratello arriveranno domani pomeriggio. Non posso farli stare in un porcile."

"Ti do una mano." Sarah si guardò attorno cercando qualcosa di utile da fare. Qualunque cosa, pur di distrarsi dal pensiero di Piet. Già si sentiva male.

"Non puoi sbrigare i lavori di casa", le disse Camilla. "Ti rovinerai le unghie, e sarebbe un peccato con la perfetta manicure che ti sei fatta stamattina in onore del signor van der Beer. Prepara un po' di caffè, piuttosto, e smettila di sembrare una gallina sulla graticola."

L'appartamento era all'ultimo piano di un edificio di stucco bianco in Knightsbridge, e bisognava salire tre rampe di scale per arrivare alla porta di Camilla. Due lunghe finestre a ghigliottina davano al soggiorno un senso di spazio arioso e alto. Una piccola cucina era nascosta dietro porte a soffietto, ma da quando Sarah era arrivata da Dublino l'avevano usata a malapena. Quel lato dell'appartamento si affacciava su un rettangolo di prato, e le fronde degli alberi formavano una tettoia appena sotto il davanzale. Il rombo degli autobus sulla vicina Brompton Road giungeva attutito; l'unico rumore era il brontolio dei taxi che si fermavano nello spiazzo di fronte all'edificio. Sarah lo confrontò al modesto appartamentino che divideva con il fratello, e concluse che solo Camilla avrebbe potuto raggiungere l'indipendenza e quell'invidiabile stile di vita in così breve tempo. E ce l'aveva fatta da sola. Non era questione di essere nata con la camicia o di contare su amicizie influenti. Era stata catapultata nel bel mezzo della Swinging London, e sembrava trovarcisi a proprio agio. La prima notte le ragazze fecero le ore piccole chiacchierando, ricordando i vecchi tempi, discutendo della famiglia di Sarah e della vita di Hannah in Rhodesia, scambiandosi notizie di amici comuni che avevano lasciato in Kenya.

"Come stanno i tuoi genitori?" domandò infine Sarah.

"Il solito. Papà è via da qualche parte. In Kenya, forse. Passa settimane di fila lì, ma in genere viene a trovarmi appena torna. Mamma non la vedo molto. Al momento è impegnata a organizzare una serata di beneficenza per bambini abbandonati. Non è una barzelletta? Per fortuna qui non c'è l'ascensore, e lei odia fare le scale a piedi. Ogni tanto telefona per lagnarsi del mio stile di vita. Quando non ha niente di meglio da fare."

Sarah contemplò i costosi mobili e i tendaggi, i paralumi di seta e i tappeti sul pavimento, le librerie piene di volumi rilegati.

C'era l'inconfondibile impronta di Marina. Non sembrava essersi proprio disinteressata di sua figlia.

"Non ti ha aiutata con l'arredamento?"

"Sono partita con un letto sfondato e un po' di roba che apparteneva all'ultimo occupante. Un po' squallido, ma non me ne importava. Ero a casa mia. Ma dopo aver fatto il diavolo a quattro e pianto per giorni perché ero andata a vivere da sola, mia madre è venuta per fare pace. E un paio di giorni dopo un furgone di Peter Jones si è fermato qui sotto per consegnare tutto questo. Eccetto i libri. Quelli me li ha portati mio padre, assieme al giradischi."

"Non sono venuti insieme? Voglio dire, per cena o qualcosa del genere?"

Trovandosi davanti a un silenzio che combinava derisione e amarezza, Sarah si astenne dal fare commenti.

"Senti", disse Camilla, "tu non hai mai detto una parola sulla mia famiglia o la sua assenza, né quando eravamo a scuola né in seguito. E ti sono sempre stata grata di questo. No, non interrompermi." Affondò le dita nel braccio dell'amica. "Il fatto è che alcuni hanno genitori che non vanno d'accordo, e probabilmente non avrebbero mai dovuto avere figli. Io ho imparato a badare a me stessa. E sono contenta di come mi vanno le cose. Tra due settimane sosterrò l'audizione finale, e in autunno inizierò l'accademia. Prima ci sarà l'estate in Kenya, per festeggiare tutte insieme i nostri ventun anni. Quindi, non farti nemmeno passare per la testa di essere dispiaciuta per me."

"Prego comunque che un giorno possa andare meglio, con i tuoi."

"Pregare! Sai a che serve." Camilla sbuffò, poi colse l'espressione offesa di Sarah. "Non mi dirai che vai ancora a messa tutte le domeniche e le feste comandate e via discorrendo?"

"Proprio così." Sarah si mise sulla difensiva. "Non posso buttare via tutto soltanto perché le suore non mi stanno addosso. Per te è diverso. Tu hai frequentato una scuola cattolica, ma non hai ricevuto un'educazione cattolica dalla nascita. Io invece ce l'ho impressa nella psiche, nel bene o nel male."

"Be', ne faccio volentieri a meno. Tutta quella bigotteria, il senso del peccato e il nascondere ogni sentimento! È solo una scusa per reprimere gli istinti naturali. E non sia mai che ti passi per la mente il sesso, o sarai dannata per l'eternità."

"C'è anche molto di buono nella religione."

“Non per me. I cattolici vogliono che ogni donna sia la Vergine Maria, santa e pura. E col terrore di andare dritta all’inferno se finisce sotto un autobus e muore senza essersi confessata dopo qualche bacio non proprio casto.”

“Non è tutto fiamme e odore di zolfo”, insisté Sarah. “C’è anche l’amore, il prendersi cura del prossimo, aiutare i meno fortunati. Queste sono cose buone.”

“È già tanto se riesco ad aiutare me stessa”, ribatté seccamente Camilla. “Figuriamoci se posso badare anche al resto dell’umanità.”

“Be’, io do una mano in un posto a Dublino, una specie di rifugio dove alcolizzati e senzatetto possono trovare un pasto caldo e un luogo sicuro in cui passare la notte. Mi piace sentirmi utile.”

“Non sarai diventata una buona samaritana a oltranza! Tra un po’ comincerai a metterti il cilicio e autoflagellarti!” Camilla gesticolava come un’ossessa. “Diventerai una fanatica di Gesù se non stai attenta. Hai sempre avuto una certa tendenza in quel senso.”

Sarah rise e si girò dall’altra parte. Stupido, sentirsi ferita. Non le sarebbe stato possibile spiegare quanto si sentisse smarrita all’università di Dublino, dove tutti si conoscevano fin dall’infanzia, dove i corridoi erano interminabili e bui, e le finestre sporche di fuliggine non offrivano alcun accenno della radiosa luce del sole che un tempo aveva dato per scontata. Al ricovero di Saint Joseph poteva immergersi in vite mille volte più disadattate e disperate della sua. Sentiva che stava facendo una differenza nel mondo freddo e affollato in cui era stata sbalzata. Camilla sembrava perfettamente inserita nella mondanità della Swinging London, e lei si vergognava ad ammettere la propria incapacità di socializzare con i compagni in Irlanda.

“Allora, che cosa faremo di bello nella grande città?” domandò, ansiosa di evitare ulteriori rivelazioni sulla sua vita a Dublino. “Non ho molto denaro da spendere, ma negli ultimi tre mesi sono riuscita a mettere qualcosa da parte lavorando come cameriera nel fine settimana.”

“Ti mostrerò Carnaby Street, dove aprono nuove boutique in continuazione. Ma non ti lascerò comprare niente lì”, la avvertì Camilla con fermezza. “È divertente farci un giro, però è presa d’assalto da turisti che guardano come allocchi i negozi e la gente famosa che ama farsi vedere nei paraggi. Ti accompagnerò nei posti dove io mi procuro i vestiti e altre cose a metà prezzo. Adesso va' a dormire, così domattina sarai in forma."

Il giorno dopo le due ragazze fecero colazione tardi, poi uscirono per il giro di shopping. Sarah trovava le strade affollate molto stimolanti. Ovunque guardasse c'erano pantaloni a zampa d'elefante e minigonne, occhi truccati con il kajal e tagli di capelli geometrici. Gli uomini portavano giacche con il collo di velluto, stivaletti col tacco alto, e avevano i capelli lunghi che ricadevano sulle orecchie e i colletti. Hippy e figli dei fiori ciondolavano agli angoli di strada in lunghe gonne di garza semitrasparente e calzoni larghi, adorni di perline e piume. I bar servivano un caffè forte chiamato espresso in piccole tazze. Gli avventori stavano sbracati sulle sedie, fissando nel vuoto con espressione distante, e avvolti da volute di fumo dall'odore dolce, oppure sedevano ritti e vigili, facendo ballare le ginocchia e schioccando le dita, caricati a molla dall'anfetamina. Le strade risuonavano di musica a tutto volume, l'aria sembrava pulsare di un'energia tumultuosa.

"È stato spettacolare", commentò Sarah quando ore dopo si trascinarono a casa cariche di borse. "Non avrei mai trovato niente di tutta questa roba senza di te. Vorrei che mi lasciassi ripagarti il taglio di capelli e i colpi di sole, però..."

Ma Camilla accantonò quell'insistenza con un cenno spazientito. Fece anzi un'incursione nel suo guardaroba razziandone altri accessori, incluso un paio di scarpe di Charles Jourdan che sosteneva le andassero un po' strette. "Piantala di fare tante storie e prendile. Dopo certi servizi fotografici non rivogliono più indietro i vestiti, e io posso scegliere quel che mi piace. Sono stufa di avere tutta questa roba in giro! Se non la vuoi la darò alla donna delle pulizie per la sua orribile figlia. Forza, Sarah. Preparati. Ho i biglietti per uno spettacolo."

Dopo il teatro andarono in un nightclub, una cantina buia dove Sarah incontrò persone che Camilla definiva suoi amici, sebbene non sembrasse legata a nessuno di loro. Un fotografo dal marcato accento cockney flirtò con lei e cercò di persuaderla a fumare della marijuana, ma Sarah ne era troppo impaurita per provare. Rimase seduta accanto a lui per un po', gustandosi la conversazione e osservando il modo in cui scrutava Camilla, palesemente infatuato. Le sue avances comunque caddero nel vuoto, e alla fine si allontanò. Più tardi Sarah lo vide al bancone del bar abbracciato a una ragazza con striature verdi nei capelli e un vestito cortissimo. Un tizio di nome Jonathan Warburton andò a sedersi al loro tavolo e ordinò dello champagne. Era di bell'aspetto, imbronciato, con l'accento aristocratico, e fumava in continuazione. A Sarah la sua giacca di velluto e la camicia a fiori parevano piuttosto belle, sebbene non avesse mai visto un uomo indossare niente di simile. Era eccitata dall'attenzione che lui le rivolgeva, e sorpresa di come le stesse incollato. A un certo punto Jonathan le mise una mano sulla coscia.

"Balli?" le domandò. Lei annuì, lusingata. Lui la teneva stretta, premeva il corpo contro il suo, ma Sarah si scostò, confusa, quando sentì il desiderio crescere in lui e si rese conto che aveva intenzionalmente fatto in modo che lei se ne accorgesse. Erano sulla pista affollata da appena pochi minuti quando Jonathan si chinò a bisbigliarle nell'orecchio, suggerendo di andarsene e concludere la serata nel suo appartamento. Lei rifiutò con un sorriso, e lui se ne andò stizzito, piantandola in asso. Non c'era segno di Camilla, e Sarah rimase seduta da sola per un po' centellinando una vodka, attenta a non eccedere. Quando finalmente la sua amica tornò a sedersi, si portava appresso un ragazzo in blue-jeans e stivali da cowboy col tacco alto.

"Io sono Baxter", si presentò a Sarah con un sorriso. "Camilla dice che vieni da Dublino. Buon posto per foto e bevute. Ho saputo che hai l'hobby della fotografia."

"Sì, mi piace. Me la cavo un po' meno col bere. Non ho la resistenza dei miei amici." Era felice di avere trovato qualcuno con cui aveva un interesse in comune. La sua consueta timidezza si dissolse assieme al resto della vodka. "Sto cercando di mettere insieme un portfolio di ritratti... facce nei pub, vecchie signore al Green con i loro sacchetti di pane per le anatre, i fioristi ambulanti in Moore Street. Studio zoologia, e la fotografia sarà molto importante per il mio lavoro. Tu che genere di foto fai?"

Vide Camilla roteare gli occhi mentre Baxter gettava indietro la testa in una risata scrosciante.

"Fotografo bambole come la tua amica con addosso ogni genere di bei vestitini. Mi dà la possibilità di passare tutto il tempo con donne incantevoli, e vengo persino pagato! A volte me le porto pure a letto. Non c'è modo migliore per guadagnarsi da vivere."

Sarah si sentì arrossire di vergogna: stava parlando con David

Baxter, si rese conto, autore di foto di moda famose in tutto il mondo. Cercò qualcosa di brillante da dire per togliersi d'impaccio, ma non le venne in mente nulla. Baxter non sembrò farci caso più di quanto chiunque altro avesse badato a quel che diceva o faceva da quando era arrivata a Londra. Ordinò dello champagne e parlò con Camilla a proposito di un viaggio in campagna dove intendeva fotografarla in un campo con delle costruzioni diroccate e cavalli selvaggi. Il rumore e il fumo continuavano ad aumentare d'intensità. Arrivò altra gente, accalcandosi al bancone del bar; alcune coppie in abito da sera si mescolavano a tipi in giacche di pelle, jeans e maglioni a collo alto. Dopo tre ore Sarah aveva mal di testa e sarebbe tornata volentieri a casa; Camilla però non dava alcun cenno di stanchezza. Si scatenava in pista, in coppia con uno o l'altro dei suoi amici, ma sempre pronta a lasciare di punto in bianco il partner di turno per ballare con perfetti sconosciuti, o anche da sola.

Erano le due quando finalmente le ragazze lasciarono il club e si incamminarono verso casa lungo le strade silenziose. Arrivate all'appartamento, Camilla raccomandò una chiusura di serata a base di aspirine e parecchi bicchieri d'acqua; e non appena ebbe toccato il letto, Sarah crollò di schianto in un sonno profondo dal quale non si svegliò fino a quasi mezzogiorno. Quando finalmente si trascinò in cucina trovò Camilla in jeans sfilacciati e una camicetta di voile azzurro che lasciava vedere chiaramente i seni e che sotto non portava niente. Aveva avvolto una sciarpa colorata intorno alla testa, a mo' di turbante, e la faccia impiastrata di una pasta bianca che, a quanto disse, era un qualche tipo di maschera idratante.

"Il caffè è pronto, e lì ci sono frutta, yogurt, pane fresco. Ti toccherà stare in casa tutto il pomeriggio", le comunicò con un luccichio malizioso negli occhi. "Io ho un servizio fotografico alle tre, quindi sarai il comitato di accoglienza per Piet."

"No! Oh, no!" Sarah fu presa dal panico, e quasi le andò di traverso il caffè. "Non puoi lasciarmi qui a riceverlo da sola!"

"A me sembra un'opportunità favolosa."

"No. Ho bisogno di vederlo con altra gente attorno, per avere il tempo di riabituarmi a lui. Non posso incontrarlo da sola. Non so nemmeno che cosa potrei dirgli."

"Non dire niente", le suggerì Camilla. "Buttagli semplicemente le braccia al collo, bacialo sulla bocca e trascinalo sul divano. Dovrebbe funzionare."

"Non prendermi in giro! Ho bisogno di un po' di comprensione. Sul serio, non so che cosa fare!"

"Oh, santo cielo, Sarah! Non sei più una collegiale. Sei una favolosa donna adulta perfettamente in grado di sedurre un uomo. Sai, Adamo ed Eva. Fallo e basta."

"Mi occorre tempo, e..."

"Il tempo ce l'hai. Hai l'intero ponte di Pasqua da passare con lui. Non vedo perché sprecarne un solo istante. Non devi fare altro che essere bella e seducente. E guardalo come se fosse Dio."

"Io non sono bella."

"Sì che lo sei. Il clima irlandese ha fatto diventare la tua carnagione qualcosa di invidiabile, e i nuovi acquisti ti stanno a meraviglia. E comunque, lui alla fine è solo un ragazzo semplice cresciuto in una fattoria, un contadinotto. Adesso vieni, ti metto in piega i capelli. Poi sceglieremo qualcosa da indossare, dopo di che non ti resterà altro che tenere duro finché arriva."

Camilla se ne andò poco dopo pranzo, sgranocchiando una mela e portandosi dietro una sacca di tela piena di spazzole, pettini e cosmetici. Sarah la udì chiamare un taxi dal piazzale sottostante, sentì la portiera sbattere e il rombo del motore perdersi in lontananza. Poi tutto tornò silenzioso, tranne per il lieve ticchettio di una sveglia: a ricordarle che presto lui sarebbe stato lì. Non sarebbe riuscita a dissimulare l'emozione di vederlo, non avrebbe mai padroneggiato l'arte della disinvoltura in cui Camilla era maestra. Piet avrebbe capito e riso. O peggio, gli sarebbe dispiaciuto per lei.

Cercando di ingannare l'attesa, Sarah si sedette accanto alla finestra aperta e si accese una sigaretta. Piet le aveva scritto qualche volta, raccontandole brevemente delle sue esperienze nelle Highlands scozzesi. Il paesaggio era bellissimo, diceva, descrivendo l'incanto dei laghi immersi nel verde, le coste frastagliate e le montagne imbronciate, ma non si capacitava di come qualcuno potesse passare tutta la vita nel ciclo perenne di pioggia e nebbia, guazzando nel fango in stivaloni e giaccone pesante, grato per poche ore di sole annacquato.

Avrebbero avuto così tanto di cui parlare, pensò Sarah. Il cuore le batteva all'impazzata, le mancava il respiro all'idea di trovarsi faccia a faccia con lui. Spense la sigaretta e si alzò di scatto. Cosa le veniva in mente di fumare adesso, quando avrebbe potuto baciarlo tra poco? Andò in bagno a lavarsi i denti, ma appena ebbe messo in bocca lo spazzolino suonò il campanello.

"Buon Dio", borbottò, "non sei proprio mai dalla mia parte?" Si sciacquò in fretta la bocca, gettandosi acqua sul viso e rimuovendo inavvertitamente tutto il rossetto che aveva applicato con tanta cura. "Arrivo!" gridò, mentre si precipitava attraverso il soggiorno e nel minuscolo ingresso. Si fermò, fece un respiro profondo e poi il segno della croce, prima di aprire la porta.

"Sarah! Che bello rivederti, piccola. Accidenti, sei uno splendore!" Piet la abbracciò, quindi si ritrasse per esaminarla minuziosamente mentre lei lo rimirava ammutolita dalla gioia. Fece per buttargli le braccia al collo, ma lo sguardo di lui era scivolato oltre, frugando lo spazio alle sue spalle.

"Dov'è Camilla? Mi aspettavo di trovarla qui. Avevo anche pensato di chiederle di venirmi a prendere alla stazione, ma lo sai com'è con i treni, arrivano sempre in ritardo."

Sarah vide il suo sorriso svanire, colse la delusione nella sua voce. "È dovuta uscire per un servizio", gli spiegò. "È su tutte le riviste di moda, sai? Non è straordinario?"

"Sì. Mi ha mandato un paio di foto, e l'ho vista sui giornali. È da non crederci! Ti lascia a bocca aperta per quanto è bella. Quando tornerà?"

"Verso le sei, credo." La voce di Sarah era ispessita dalla frustrazione e dalla gelosia, ma sapeva che Piet non se ne sarebbe nemmeno accorto. "Intanto, ti va un tè o una birra fresca? Oppure potremmo uscire a prendere un caffè da qualche parte."

"No, restiamo qui. Ho così tante cose da dirti. E voglio sapere tutte le tue novità, sorellina."

"Ti ho già raccontato tutto nelle mie lettere", replicò lei. Non le andava giù che Camilla gli avesse fatto avere delle foto. Non ne aveva inviata nessuna a lei e a Tim a Dublino, e non aveva mai accennato al fatto di averne mandate a Piet.

"Non è vero. Mi hai parlato soltanto dei tuoi studi. Non so niente della tua vita reale." Piet sorrise e le strinse la mano, e Sarah sentì il cuore pulsarle nelle orecchie. "Come stanno i tuoi? E Tim?"

Sarah preparò il caffè e si sedette accanto a lui sul divano. "Sei così pallido", osservò. "Non ti avevo mai visto senza l'abbronzatura. Sembri strano, come se avessi bisogno di essere steso all'aperto con il bucato ad assorbire la luce del sole."

"Non ce n'è molta dove sto adesso", ammise lui. "Ma non

cercare di cambiare discorso, piccola. Raccontami tutti i tuoi segreti. Hai un ragazzo?"

Lei si ritrovò a parlargli di Dublino, della foschia e della folla, e dell'odore soffocante di vestiti bagnati nei pub fumosi. Cercò di descrivergli il colore smeraldo dei prati, i cieli viola e gli stormi di corvi che si alzavano in volo dai terreni appena arati. Gli parlò di voci che cantavano canzoni d'amore celtiche intorno ai falò e di uomini che suonavano violini. Ma non disse niente della sua solitudine e della nostalgia che la attanagliavano ogni volta che pensava al sole caldo e al sapore di sale di un mare blu cobalto.

"Che notizie ci sono di Hannah e i tuoi genitori?" gli domandò invece. "La situazione laggiù non promette bene, con tutti i discorsi di indipendenza della Rhodesia, e il governo che incarcera i neri che vogliono entrare in politica, e quel tale Ian Smith con il suo partito esclusivamente di bianchi. Suona male, e il peggio deve ancora venire."

"Sì, è dura. A papà non piace suo cugino, né il suo lavoro. Non ha interesse per la coltivazione del tabacco, e poi ci sono problemi di sicurezza alla fattoria. È spesso fuori di pattuglia a dare la caccia ai *tsotsi*, ed è una cosa che odia."

"Chi sono i *tsotsi*?"

"Potremmo definirli bande di briganti. Hanno cominciato ad attaccare fattorie e attività dei bianchi, a organizzare imboscate lungo le strade. Hanno già ucciso parecchie persone."

"Come i Mau Mau?"

"Qualcosa di simile, per certi versi. Ce l'hanno con la comunità bianca. E ci sono problemi alle frontiere col Mozambico e lo Zambia... Ribelli che arrivano a compiere scorrerie, rubando bestiame e via dicendo. Non è vita per papà, lavorare come dipendente in un posto del genere quando ha sempre avuto una terra sua. È incattivito, e mamma ne paga lo scotto. È dura", ripeté. "Continuo a sperare che cambierà idea e tornerà a casa."

"E Hannah?" si preoccupò Sarah. "Sembra che detesti stare là."

"Sì, è vero. Però i suoi studi di amministrazione aziendale vanno bene. E so che mamma spera di mandarla al college in Sudafrica. Forse potrebbe ottenere una borsa di studio per coprire parte delle tasse scolastiche."

"Io penso che lei vorrebbe tornare a casa", sospirò Sarah. "A Langani."

“Mamma è irremovibile sul fatto che prima completi la sua istruzione. E io sono d’accordo, sembra sensato. Inoltre, che cosa farebbe a Langani?” Piet scosse la testa. “Abbiamo qualche problema là, tra l’altro. No, è meglio che Hannah resti giù al sud per il momento.”

“Che tipo di problemi? Qualcosa non va con il vostro direttore?”

“No, tutt’altro. Lars Olsen è un uomo in gamba e lavora sodo.” Rimase in silenzio per un momento, e Sarah capì che stava cercando di prendere una decisione. Infine, Piet posò la tazza di caffè e la guardò dritto negli occhi. “Dopo che papà se n’è andato, ho scoperto che sulla fattoria gravava un grosso debito. Lars e io abbiamo penato parecchio per studiare un piano e concludere un nuovo accordo con la banca che ci desse sufficiente tempo. È per questo che ho ritardato la mia partenza per la Scozia. Langani è ancora a rischio, ma la banca ci ha concesso un po’ di respiro per il momento, grazie a Lars.”

“E Jan non ti aveva mai detto niente?” Sarah trovava difficile crederci. “Non si era reso conto di come stavano le cose?”

“Oh, lo sapeva. Di sicuro.” Piet pareva rassegnato. “Non so stabilire se non avesse realizzato l’effettiva entità del problema, o non trovasse il coraggio di ammettere di avere lasciato che le cose finissero in un tale disastro. I conti non sono mai stati il suo forte, ma avrebbe dovuto essere sordo e cieco per non accorgersi di quel che stava succedendo. Non so davvero che cosa avesse in testa.”

“Gliene hai parlato?”

“No.” L’espressione di Piet era desolata. “Ha già abbastanza problemi lì in Rhodesia. E non ho detto niente neanche ad Hannah. Così, puoi capire che sarebbe difficile farla tornare a casa per ora. E del resto hanno bisogno di lei laggiù. Non so come farebbe mamma, se non ci fosse Han a tenerle compagnia.”

Allungò la mano a prendere quella di Sarah, e lei gli strinse le dita, pregando che capisse quanto desiderasse condividere i suoi problemi, i suoi sogni. Si protese verso di lui, sperando che quel momento li avrebbe finalmente avvicinati, e si stava chiedendo se dovesse baciarlo quando udirono il rumore di una chiave nella serratura. Piet scattò in piedi come una molla, e si diresse a grandi passi verso la porta.

“Credevo che non me ne sarei più andata da quello studio pieno di spifferi! Vestiti orrendi, oltretutto. Non valevano nemmeno la pellicola. Piet, sembri un fantasma! E fai uno strano effetto in abiti da città." Camilla lasciò cadere a terra la sua sacca e gli allacciò le braccia intorno al collo, baciandolo sulla bocca. "Da quanto sei arrivato?"

Lui non rispose, e Sarah si rese conto che era intimidito da quell'abbraccio... senza parole al cospetto del suo sogno, pensò con amarezza. Si chinò a prendere il vassoio del caffè per portarlo in cucina; negli occhi, mentre posava le tazzine vuote nel lavello, lacrime di rabbia e sconforto. Fece uno sforzo per ricomporsi prima di raggiungere l'amica sul divano.

"La Scozia si è dimostrata un posto magnifico per lavorare", stava dicendo Piet. "Ho imparato tante cose, visto molte nuove tecniche, e delle macchine ottime che ci farebbero comodo a Langani, se mai riusciremo a mettere insieme il denaro per comprarle. Ho anche passato una settimana a Edimburgo. È una città veramente ospitale: mi sono divertito nei pub e sono stato al festival del teatro. Eppure accidenti, dopo tutti questi mesi ho una tale voglia di tornare a casa!"

"Non ti si può proprio sradicare dalla fattoria, a quanto pare", commentò Camilla. "Chissà, forse quando tornerai indietro scoprirai che ti manca tutto quello che facevi qui."

"Escluso", assicurò Piet sorridendo. "Non vedo l'ora di riprendere tutto in mano a Langani, specialmente l'idea di trasformarne una parte in riserva naturale. Poco prima di partire ho incontrato un architetto a Nairobi. Ha disegnato i progetti per un piccolo lodge da safari, e Anthony Chapman ha accettato di metterci del denaro. Intendiamo creare una società per avviare l'intera cosa. Comincerò a lavorarci non appena torno a casa."

"Sei un vero figlio della savana, Piet. Addio erica viola, puro malto e graziosi laghetti, allora. E mai guardarsi indietro." Camilla accese una sigaretta e sbuffò il fumo verso di lui.

"Non vedo davvero come la gente possa vivere in questo clima. Non c'è alcun colore acceso a ravvivare la terra, il sole non arriva mai a scaldarti dentro."

"Be', Sarah e io abbiamo piani per questi prossimi giorni che ti scalderanno di certo. Fatti un sonnellino mentre aspettiamo Timmy... Dovrebbe essere qui tra un'oretta. Poi troveremo tante luci colorate che ti rallegrino."

In camera da letto Camilla scelse i vestiti per la serata, insistendo perché Sarah indossasse un paio di pantaloni a zampa d'elefante e un top attillato. Per sé tirò fuori un vestito cortissimo: era fatto di un lucido materiale plastico, con un motivo di fori circolari lungo l'orlo.

"Allora?" domandò mentre cercava gli accessori adatti.

"Allora cosa?" Sarah non tentò nemmeno di nascondere il disappunto. "Lui è qui soltanto per te. Non mi vede neppure, se non come una specie di sorella minore. E tu lo sai benissimo."

"Ha una cotta adolescenziale per me, ma in fondo sa che non significa niente."

"Giurami che davvero non sei neanche un po' interessata a lui. Dimmi la verità, almeno lo saprò per certo una buona volta." Sarah scacciò col dorso della mano le lacrime che le stavano affiorando agli occhi. "Oh, merda! Guardami!"

"Non sono interessata a lui. Non lo sono mai stata. Non sono innamorata di lui, né di nessun altro, del resto. È questa la verità", disse Camilla. "Non so nemmeno se esista un uomo che io possa amare davvero. Con il mio background, non sono esattamente predisposta ai legami indissolubili. Ma se quell'uomo esiste, di certo non è Piet van der Beer."

Tim arrivò da Dublino un'ora dopo. Abbracciò Camilla e diede entusiastiche pacche sulla schiena a Piet, e tirò fuori dalla vecchia valigia pacchetti di salmone affumicato, gallette e whiskey irlandese. Al pub dietro l'angolo i ragazzi programmarono la serata. Piet si appoggiò contro il bancone del bar e osservò Sarah con nuova ammirazione.

"Sai che sei veramente bella? Hai i capelli striati come la criniera di un leone, e i tuoi occhi sono così verdi e luminosi. La piccola Sarah, chi lo avrebbe detto?"

Lei gli fece una carezza, indugiando sulla sua guancia; lui le sorrise con tale tenerezza che Sarah dovette ritrarre la mano perché aveva cominciato a tremare. Andarono a cena in una brasserie francese, dove Camilla e i suoi amici furono accompagnati al tavolo migliore. Poco dopo stavano pasteggiando a ostriche accompagnate da vino bianco, e grosse bistecche di controfiletto con perfette *pommes frites*. Seguirono camembert e vino rosso; Piet divorò mezza torta di mele con una glassa che sembrava vetro dorato. Alla fine bevvero tutti doppio caffè espresso, che mise Sarah in fibrillazione; e fumarono e parlarono senza pausa, recuperando il tempo passato lontani, ricordando i loro giorni a Langani e la sabbia bianca e fine come borotalco della costa del Kenya. Poi si alzarono da tavola ridendo, allegri e un po' brilli.

"Meglio tornare indietro a piedi", disse Sarah. "Ho urgente bisogno di un po' di moto e aria fresca, o stramazzerò."

"Conosco il posto giusto per smaltire la cena", assicurò Camilla. "Andiamo."

La strada era rumorosa e piena di gente che si riversava fuori da teatri e cinema. Nel nightclub la musica rimbombava e martellava, e loro ballarono come ossessi finché furono sopraffatti dalla stanchezza, dal caldo e dal fumo, e scapparono fuori a riprendersi nell'aria fredda.

"E adesso?" domandò Camilla. "Che cosa vi va di fare? Posso portarvi in un locale dove fanno del buon jazz, un posticino tranquillo, per nottambuli più maturi. Vi si vedono spesso personaggi dello spettacolo con le loro ultime conquiste. Perfetto per rilassarsi."

"Io opto per tornare a casa. Sono più morta che viva, e credo di avere le vesciche ai piedi." Sarah stava crollando dal sonno, ma era in minoranza e dovette adattarsi alla decisione degli altri, che la trascinarono su un taxi prendendola in giro per la scarsa resistenza.

Nella penombra discreta della cantina si sedettero su morbidi divanetti imbottiti mentre Camilla ordinava cocktail che chiamò "Swimming Pool": un mix esplosivo di gin, curaçao blu e altri ingredienti misteriosi. Il pianista suonava Gershwin e Cole Porter, una cantante interpretava eleganti canzoni d'amore e desiderio. Camilla si spostò più vicina a Tim. Lui si girò a guardarla esitante, poi le passò un braccio intorno alle spalle e prese il suo drink, accostandole il bicchiere alle labbra mentre lei sorrideva e lo guardava di sottecchi, flirtando smaccatamente. Piet distolse lo sguardo. Sarah si sforzò di concentrarsi sul pianista. Poi Tim e Camilla si alzarono, dirigendosi alla piccola pista da ballo nella stanza attigua.

"Ti va di ballare?" la invitò Piet. Alzandosi, Sarah si domandò se davvero volesse ballare con lei o fosse solo una scusa per non perdere d'occhio Camilla. Comunque non le andava di analizzare le sue ragioni.

L'amica si era fermata a salutare una coppia a un tavolo, e Sarah la oltrepassò seguendo Piet sotto un basso arco e sulla pista. Girò lo sguardo sulle altre coppie. Alcune erano vestite da sera, ma c'erano anche uomini in jeans e dolcevita nero, e donne con lunghe collane etniche e gonne di garza fluttuanti. Sul margine opposto della pista vide un uomo di colore muoversi con aggraziata lentezza seguendo la musica. Era girato di spalle e stringeva la partner in un abbraccio intimo; i loro corpi erano fusi in un sensuale movimento oscillante, e mentre si spostavano Sarah si rese conto con stupore di avere già visto prima quell'uomo. Distolse in fretta lo sguardo, intuendo che sarebbe stato meglio non dare segno di averlo riconosciuto. C'erano troppe implicazioni antipatiche e non voleva rovinare la serata. Troppo tardi. Il dottor Winston Hayford l'aveva notata. Sarah lo vide irrigidirsi e mettere insieme un sorriso con evidente sforzo, quindi fissò attonita la fisionomia delicata e perfetta della sua compagna. Camilla si stava avvicinando; la sua espressione rifletté prima sorpresa, poi sdegno.

"Cara", disse Marina con la sua voce bassa. "Che bello incontrarti qui. Non è il tuo consueto tipo di locale. Ricordi il dottor Hayford?" L'alto africano tese la mano mentre Marina scoccava un sorriso abbagliante in direzione di Sarah. Vivi a Londra adesso?"

"No. Sono venuta da Dublino per il ponte di Pasqua", rispose lei, ansiosa di espletare il minimo di convenevoli richiesti dall'educazione e svignarsela.

"E tu devi essere il fratello." Marina spostò l'attenzione a Tim, protendendo la mano a toccargli il braccio e sorridendogli. "Vi somigliate. Non stavi studiando medicina? Prima di partire dovete assolutamente venire entrambi a cena con Camilla, o almeno a bere un drink."

Sarah cercò la mano di Piet, che stava rigido e ostile al suo fianco, ma le sue dita brancolarono nel vuoto, mentre lo sguardo di Marina si posava su di lui per un fugace momento prima di scivolare via.

"Mamma. Che sorpresa." Il tono di Camilla era gelido e accusatore. "Non vedo papà... forse non è stato invitato. È un tale piacere vederti fare la tua parte per l'armonia internazionale. Non saluti Piet? Sono certa che non puoi aver dimenticato Piet van der Beer."

"No, Camilla, ti prego", la scongiurò Sarah sottovoce. Si avvicinò al dottor Hayford e lo guardò implorante. "È qui per una conferenza medica?"

"No. Mi sono stabilito a Londra già da un po'." L'espressione dell'uomo era cortese e neutrale, ma lei riconobbe un guizzo di rincrescimento e comprensione dietro i suoi larghi occhiali. "Marina, penso dovremmo avviarci a Park Lane."

"Buona sera, signora Broughton-Smith." Piet non era arretrato di un millimetro, e ora le offriva la mano.

Lei non accennò a rispondergli. Vedendo la sua determinazione a ignorare il saluto, Winston Hayford la prese per un gomito nel tentativo di pilotarla verso le scale ed evitare ulteriori confronti, ma lei gli lanciò una breve occhiata e si scrollò di dosso la sua mano.

"Pensavo che avessi interrotto ogni rapporto con questo giovanotto, Camilla", disse. "Mi sembrava scontato."

"Be', mamma cara, dovrai rivedere le tue convinzioni." La rabbia montò dentro la ragazza fino a far scomparire ogni cosa attorno. "Perché Piet e io abbiamo deciso di fidanzarci. Ci sposeremo."

Nel silenzio abissale che seguì, Marina piroettò sui tacchi alti e si allontanò, il dottor Hayford sulla sua scia. Sarah rimase a guardarli ipnotizzata finché furono in cima alle scale e uscirono nella notte, lontano dalla serata gioiosa e spensierata che avevano rovinato. Poi si voltò verso i suoi amici col cuore che batteva come un tamburo al ritmo della sua ansia.

Piet stava fissando Camilla, raggiante. Fece per prenderla tra le braccia, balbettando per l'emozione: "Camilla... non avrei mai sognato che tu... non so che dire, eccetto che sarò per sempre..."

"Piet, mi dispiace." Camilla lo guardò disorientata. "Mi dispiace davvero. Non so che cosa mi abbia fatto dire una cosa tanto stupida."

Tim si girò verso di lei furioso, facendola voltare con uno strattone per sbatterle in faccia la propria collera.

"Non impari mai niente, piccola stronza egoista che non sei altro? Ti rendi conto di che cosa hai combinato stanotte, coi i tuoi perfidi giochetti? Tu non pensi mai a nessun altro, e men che meno ai tuoi amici. Perché noi non siamo importanti, se non come pedine nella tua eterna guerra con la tua famiglia. Nessuno è davvero importante nella tua dannata vita contorta. Eccetto te stessa."

"No! Non è vero. Mi dispiace tanto, sul serio." Camilla vacillò e si appoggiò a un tavolo, scossa. "Non intendevo ferire nessuno. È solo che sono rimasta scioccata quando li ho visti insieme a quel modo. E papà... Lei riesce sempre a fare qualcosa per rovinare tutto quando sono felice, e io reagisco nel modo sbagliato. È una situazione che non so come gestire."

"Be', imparerai a tue spese." Tim le afferrò le esili spalle e la scrollò. "Perché ti si ritorcerà tutto contro, e un giorno pagherai un caro prezzo per avere usato gli amici per le tue odiose, meschine ripicche. Diventerai una donna infelice e deviata come tua madre, e allora non scomodarti a chiedere aiuto a nessuno di noi."

"Io volevo solo colpire mia madre. Darle una lezione per quello che sta facendo a papà." Camilla non fece alcun tentativo di frenare le lacrime che avevano cominciato a scivolarle lungo le guance. "Per quello che ha fatto a lui e a me in tutti questi anni. E per come ha trattato tutti noi stanotte. Non intendevo fare altro. Vi prego, cercate di capire."

Piet era rimasto lì come un sasso, bianco in faccia, la bocca contratta in una linea sottile. Le prese la mano.

"Vieni, lady Camilla", disse. "Meglio che ce ne andiamo a casa e ci calmiamo tutti quanti."

Sarah non ce la fece a seguirli. Udì Tim gridare il suo nome mentre correva via dal gruppo e andava a rifugiarsi nel bagno delle donne. Si chiuse dentro, poi si lasciò scivolare sul pavimento, appoggiata contro la parete di mattonelle; scoppiò in singhiozzi, prima di vomitare tutti i suoi ridicoli sogni nella fredda tazza bianca.

7

Rhodesia, aprile 1965

Hannah sbatté la controporta di rete metallica e andò a sedersi sugli scalini del portico. Nella calura di mezzogiorno, foglie inaridite venivano sollevate in aria dai turbini di polvere con un secco crepitio, per poi tornare a posarsi nel silenzio torrido. Di fronte al portico c'era un pezzetto di terra dal quale Lottie cercava con infinita pazienza di ottenere un principio di giardino: aveva piantato buganvillee, portulache e pervinche che dessero un po' di colore alla facciata smorta del bungalow. Più in là si estendeva la piantagione di tabacco, chilometri di alti fusti verdi con larghe foglie che frusciavano e bisbigliavano nel vento, facendo correre le loro voci tra i filari. Nel bagliore metallico del cielo un gheppio si lasciava trasportare dalle correnti ascensionali, scrutando sotto di sé in cerca di prede ignare. Era già sceso in picchiata una volta, a ghermire un topo tra gli artigli rapaci, e se l'era portato via in qualche luogo brullo dove divorarlo.

Proprio come me, pensò Hannah. Un povero topo inerme, rapito dalla sua casa e trascinato verso un destino ingrato. Come aveva potuto suo padre farle questo? L'aveva presa e portata in quel posto desolato senza interpellarla, ignorando le sue suppliche di lasciarla restare con Piet. In quegli ultimi giorni a Langani, era sembrato di pietra: se ne stava nel suo ufficio o nel soggiorno di casa a guardare fuori dalla finestra senza parlare, versandosi in continuazione whisky. Come aveva potuto sua madre permettergli di fare questo alla famiglia? Aveva spezzato il cuore anche a lei, Hannah lo sapeva. Ricordava il giorno della partenza, quando dilaniata dalla rabbia impotente e dallo sconforto era uscita al sorgere del sole nel giardino a guardare la montagna, toccare la ringhiera di legno della veranda sentendone la grezza e gentile rotondità, e assorbire ogni ricordo dell'infanzia che stava per esserle strappata. E poi aveva visto Lottie, inginocchiata in un'aiuola ad accarezzare le piante con dita tremanti, bisbigliando loro qualcosa, il viso rigato di lacrime. Hannah se n'era andata in silenzio, incapace di assistere alla pena della madre. E al momento di salire in macchina aveva guardato negli occhi di suo padre, per un ultimo disperato appello, e vi aveva visto soltanto cupa angoscia. Allora era scappata via presa dal panico, era corsa a nascondersi nella sua vecchia camera. Piet era dovuto andare a stanarla.

"Devi essere coraggiosa", le aveva detto. "È difficile anche per loro, forse più che per te. Hanno bisogno del tuo aiuto."

Lei avrebbe voluto gridargli che era facile predicare: lui sarebbe rimasto, non avrebbe dovuto dire addio a tutto ciò che aveva sempre amato, non sarebbe stato esiliato con papà e mamma. Perché toccava proprio a lei essere sradicata?

Ancora non capiva perché si fossero dovuti trapiantare in quel posto orribile. Lo odiava! Lo odiava non solo per se stessa, ma per quello che stava facendo ai suoi genitori. E detestava sentirsi soffocare dall'invidia e dal risentimento ogni volta che riceveva notizie degli altri. Sarah scriveva spesso, lunghe lettere nelle quali parlava a ruota libera, profondendosi in notizie della vita universitaria a Dublino. Piet le mandava stringati messaggi sul tono "cara sorellina" che la facevano impazzire di rabbia e nostalgia. E anche più irritanti erano le cartoline briose di Camilla, che non dicevano assolutamente nulla, oltre a illustrare una vita eccitante e sofisticata.

Io morirò quaggiù, si disse Hannah. Mi rinsecchirò come quelle foglie scheletrite. Il vento mi porterà via, nessuno si ricorderà più di me. O peggio ancora diventerò una vecchia grassona come quella megera della signora van Riebeck, e allora ci vorrà una gru per spostarmi, altro che il vento! Finirò puzzolente di sudore, impregnata di colonia alla violetta, mi trascinerò attorno in un'informe vestaglietta di cotone con un grembiule a fiori legato sotto il seno cadente. Dio, che pensiero orrendo! E mi faranno sposare quell'ebete di Billy Kovaks che tira sempre su col naso. Immagina di doverlo baciare... con quelle labbra viscide e le mani molli come meduse che mi palpano... Rabbrividì per il raccapriccio, poi sorrise. Be', sarebbe stato qualcosa da scrivere a Sarah. "Eccoli, i miei incubi a occhi aperti. Non sono orrendi?" La cosa davvero spaventosa, però, era che non aveva altro da raccontare. Una visione rivoltante di un futuro che non offriva alcun futuro. Intanto, dall'altra parte del mondo, i suoi amici e suo fratello stavano scoprendo che cosa fosse la vita. Non era giusto.

Suo padre si era dato di nuovo al bere. Hannah lo sentiva dall'alito, e lo capiva dagli occhi opachi e iniettati di sangue. Quel giorno aveva alzato la voce con Lottie prima di andarsene per un altro giro di pattuglia con il cugino. A Langani non aveva mai gridato. Come faceva sua madre ad accettarlo, adesso? Hannah non poteva sopportare di vederle tutto quel dolore sul volto, e il suo sguardo sempre così triste eppure così comprensivo. Non serviva a niente essere gentile e comprensiva. Possibile che Lottie non lo capisse? Riusciva soltanto a inasprire ancora di più il marito, lo incoraggiava a crogiolarsi nell'autocommiserazione. Invece lui aveva bisogno di riscuotersi dallo stato pietoso in cui era scivolato, smettere di nascondersi in quel maledetto buco dove il lavoro non aveva niente a che vedere con quello che aveva fatto a casa. Non era nemmeno la sua azienda. Il cugino, Kobus van der Beer, lo trattava come un servo. Suo padre era un sorvegliante in una piantagione di tabacco, un bracciante che prendeva ordini da un bestione ignorante, cattivo, rozzo. Non era quello il suo posto: Jan doveva stare in una fattoria propria, ad allevare il suo bestiame e coltivare il suo frumento. Quando ne avevano parlato, lui aveva detto che il suo nome era su una lista perché aveva combattuto contro i Mau Mau, e i *kaffir* non avrebbero dimenticato. Probabile che Langani sarebbe stata confiscata dopo l'*Uhuru*, se fosse rimasto. Adesso l'argomento era stato messo al bando e nessuno accennava più alla possibilità di tornare in Kenya.

Ma qualunque cosa sarebbe stata meglio di quel luogo, dove Jan passava sempre più tempo nel bush dando la caccia a bande di guerriglieri neri bramosi della loro parte delle terre occupate dai bianchi. In tutte le fattorie i discorsi vertevano sul numero crescente di pericolosi delinquenti assoldati da nazionalisti neri per terrorizzare la comunità bianca e distruggere le condutture di petrolio e le linee elettriche che alimentavano la Rhodesia. Tutti sostenevano che era vitale resistere e reprimere con tempestività e durezza ogni forma di violenza da parte delle tribù. Ian Smith sarebbe stato la loro guida, affermavano. Aveva già messo fuorilegge i partiti politici dei nativi ed esiliato i loro leader; prometteva di schiacciare qualunque movimento mettesse in dubbio la maggioranza bianca. Il risultato era un costante stato di tensione, e la formazione di pattuglie private come quella organizzata da Kobus van der Beer. Hannah odiava vederli partire, torvi in faccia, armati di fucili. A volte Kobus e suo padre stavano via per giorni. Quando Jan tornava aveva addosso un puzzo terribile, gli occhi rossi, e si capiva che aveva bevuto parecchio. E Lottie era così infelice in quella baracca col tetto che perdeva, il portico che stava cedendo sotto gli attacchi incessanti delle termiti. Dovevano tornarsene a casa e correre il rischio.

Tutto era andato a rotoli quella terribile notte a Mombasa, quando la madre di Camilla aveva ventilato le sue accuse e distrutto la famiglia. La faccia di Jan era diventata dura come pietra mentre quella donna parlava, poi si era come sgretolata, la sua voglia di lottare svanita. Si era rattrappito davanti agli occhi di Hannah, diventando vecchio di colpo. Ma lui non era vecchio. Era il suo papà, un gigante invincibile. Quell'omaccione cupo che lasciava la casa imbracciando un fucile e tornava per riempirsi la pancia di whisky, che stava seduto nella penombra e inveiva contro la moglie, quello non era il suo papà. Quando non era a lavorare nei campi, o fuori di pattuglia, non faceva altro che bere. Aveva sempre un'aria tormentata, come se dei fantasmi camminassero con lui, bisbigliandogli all'orecchio parole di condanna, e lui alzava la voce con la moglie soltanto per tacitarli e tenerli a bada. Oggi Hannah aveva tentato ancora una volta di parlare con la madre, farle capire che doveva convincere il marito a riportarle a casa.

"Se questa lista nera ha qualcosa a che fare con l'Emergenza, perché non possiamo parlarne?" aveva domandato. "Tanta gente ha combattuto contro i Mau Mau. Gli inglesi hanno persino fatto venire soldati dall'Inghilterra. Quella donna ha soltanto sputato veleno perché era gelosa di noi. Tutto qui. Papà dovrebbe tornare a Langani e infischiarsene di quel che ha detto, o chiarire la questione col governo. Qualunque cosa, purché ce ne andiamo da qui. Lui odia questo posto. Lo odiamo tutti. Tu dovresti stare nel tuo giardino a casa, non in questo disgraziato postaccio. Guarda dove abitiamo... questa baracca tra un po' ci crollerà addosso. Il tetto perde, è tutto marcio, schifoso. Non riusciamo a liberarci degli scarafaggi. Io non ne posso più di starmene confinata nel *bundu* ogni fine settimana senza niente da fare. E papà è sempre arrabbiato. Mamma, mi stai ascoltando?"

Lottie allora si era alzata e aveva afferrato la figlia, scuotendola senza troppa gentilezza. "Ascoltami tu, ragazza mia. La verità a volte è sgradevole, ma devi accettarla. È inutile farsi illusioni. Quando succedono certe cose, le persone possono fare scelte di cui poi si pentono. Papà ha fatto qualcosa in un periodo in cui tutti erano un po' pazzi, quando tuo zio era stato ucciso, fatto a pezzi davanti alla povera Katja e ai bambini. Non è stato l'unico, e ha cercato di fare ammenda, anche se non è stato facile."

"Ma che cosa ha fatto di così terribile? Si può sapere?"

"Non occorre che tu conosca i particolari, Hannah." Lottie sembrava stanca, sconfitta. "Ma se c'era una lista nera nel fascicolo di George Broughton-Smith, allora era una minaccia seria per Langani... Avrebbe influenzato la decisione di lasciarci tenere o no la fattoria. Ai politici neri non piace ricordare quanti dei loro furono uccisi dai Mau Mau. Molti più dei bianchi, infatti. Non vogliono pensare a quello che un Kikuyu è stato capace di fare a un altro, a come hanno massacrato i loro fratelli e cugini che non volevano prestare il giuramento, a come hanno stuprato e torturato e ucciso le loro stesse donne se rifiutavano di portare il cibo alle bande che si nascondevano nelle foreste. Ricordano soltanto quel che un bianco ha fatto a un nero."

"Quindi, la madre di Camilla si stava proprio riferendo ai Mau Mau", aveva concluso Hannah.

"Sì. È così. Perciò non possiamo semplicemente dimenticare quel che ha detto, e andare avanti come se niente fosse successo. Tuo padre ha lasciato Langani perché tuo fratello non perdesse la fattoria che per generazioni è passata di padre in figlio. Significa tutto per Piet. Jan lo sapeva e ha rinunciato al proprio futuro là per proteggere il suo."

"Il futuro di Piet? Voi due non pensate mai ad altro! Piet va al college in Sudafrica, Piet va in Scozia per completare gli studi, Piet resta a Langani. Papà rinuncia a tutto per assicurarsi che Piet possa tenersi la fattoria! Non mi fraintendere, mamma, io voglio bene a Piet e sono felice che abbia avuto tutte queste chance. Ma io non conto niente? Tu e papà non pensate mai al *mio* futuro? Avete assunto un direttore che conoscete a malapena per gestire Langani mentre Piet è via, e mi avete portata via da casa per seppellirmi in questo... questo merdaio!"

"Hannah!"

"No! Lasciami finire. Avete tirato fuori un mucchio di soldi per far studiare Piet in Scozia, e papà adesso è quaggiù a fare un lavoro pidocchioso che detesta. Viene sfruttato, usato come un misero bracciante, e mandato nel bush a combattere per una causa persa, per una terra che non è la sua. Non c'è nessuna possibilità che le cose vadano meglio per lui, finché resta qui. E non è rimasto niente in cassa per me, non è vero, mamma? Non ci sono soldi per mandarmi all'università in Sudafrica, o permettermi di fare un accidente di niente! Tutto quel che mi è concesso è uno stupido corso di amministrazione aziendale in una scuola sperduta di seconda categoria. Sono costretta a vivere qui tra i campi di tabacco con i topi e gli scarafaggi, e nessun futuro. Nessun futuro, hai capito? Io non volevo lasciare il Kenya. Tu lo sapevi, ma non hai voluto lasciarmi rimanere a Nairobi a terminare gli studi. Almeno avrei potuto andare a casa a Langani nel tempo libero, una volta che Piet fosse tornato. Avrei potuto dargli una mano, lavorare là. Perché non mi avete permesso di restare?"

"Hannah, ne abbiamo già parlato. Non potevamo lasciarti da sola in Kenya. Eri troppo giovane, e non c'era abbastanza..."

"Appunto. Non c'era abbastanza denaro per provvedere a me, perché era stato investito tutto nel dannato futuro di Piet!"

"Hannah! Bada a come parli! Adesso basta. Tuo padre e io abbiamo cercato di fare quel che era meglio."

"Ah, sì? Ed è questo che era meglio per me? Stare qui a guardare papà ubriacarsi e rendere la vita un inferno per entrambe? Dobbiamo sopportare i suoi scatti di rabbia e la sua autocommiserazione per via di qualcosa che ha fatto anni fa ed è tornato a tormentarlo, è così? Be', non dovresti permettergli di farlo, non dovresti lasciare che lui ti tratti in questo modo. Se non riesce a rimettersi in sesto, dovresti andartene, e io anche. Dovremmo andarcene tutt'e due, oggi stesso!"

Lottie aveva teso una mano verso la figlia in un gesto affettuoso.

"Mia povera bambina", aveva detto con dolcezza. "Sei così giovane. Vedi ancora tutto soltanto in bianco e nero. Crescendo capirai che niente è così ben definito."

Hannah aveva sentito tutta la rabbia e la frustrazione esploderle nella testa. Aveva avuto paura di che altro avrebbe potuto dire se fosse rimasta.

"Tu tieniti pure i paraocchi se vuoi, mamma. Ma io ho la nausea di questo posto, ho la nausea di tutto. Vado fuori."

Lottie non l'aveva seguita, e lei ne era stata lieta. Adesso si vergognava di quello sfogo, ma vi era stata spinta, pensò con risentimento. Jan era sempre stato il suo eroe, forte, giusto, infallibile. Il suo punto di riferimento. Però, quella donna aveva detto che papà era un criminale, un uomo violento; e nessuno voleva spiegarle che cosa avesse fatto. Se Marina aveva ragione, come poteva sua madre restare con lui? Come poteva dormire nel suo letto, sedersi alla stessa tavola? Hannah aveva cercato di convincersi che quelle della madre di Camilla fossero solo maligne calunnie, ma le era bastato guardare Jan in faccia per sapere, dentro di sé, che suo padre aveva fatto qualcosa di molto sbagliato. E aveva paura. Paura di lui, paura per lui, e per tutti loro. Quali ripercussioni avrebbe avuto tutto ciò sulla sua famiglia, alla fine? E adesso c'erano anche le cose orribili che aveva detto a sua madre su Piet. Lei amava davvero suo fratello. Perché non poteva liberarsi di quella gelosia corrosiva ed essere felice per lui?

Se soltanto Sarah fosse stata lì con lei. Sarah avrebbe saputo alleviare quella cappa di tetraggine – lei riusciva sempre a far ridere la gente. Dio, come le mancavano le sue amiche! Si chiedeva che cosa stessero facendo. L'ultima lettera di Sarah era piena di commenti esilaranti sulle sue lezioni e i suoi compagni di corso, e di lamentele per il clima irlandese. Com'era fortunata Hannah a stare nel *veld*, diceva, sotto il sole a picco a mangiare manghi e papaie, e annusare l'odore della polvere e della natura africana nel vento del mattino. Nessuno aveva mai nemmeno sentito nominare manghi e papaie, a Dublino. Che selvaggi! Lei sarebbe andata a Londra per Pasqua a trovare Camilla, la quale stava bazzicando la nobiltà e la gente famosa, ed era famosa lei stessa, con le sue fotografie su giornali e riviste. Speravano di vedere anche Piet, se fosse riuscito a raggiungerle nella Swinging London dalla Scozia. Sarah era impaziente di visitare Carnaby Street e i locali notturni dove avevano esordito gruppi come i Rolling Stones.

Hannah sorrise suo malgrado. La scrittura appuntita dell'amica volava sui fogli delle sue lettere come se la penna avesse difficoltà a tenere il passo con i pensieri che si rincorrevano nella sua testa. Piet era un tale idiota a spasimare per Camilla quando avrebbe potuto avere Sarah con uno schiocco di dita. Perché le cose non funzionavano in modo semplice, senza complicazioni? Si domandava se Tim le avrebbe mai scritto. Sarah diceva che aveva chiesto di lei parecchie volte, e lei gli aveva detto che se voleva sue notizie poteva chiederle direttamente a Hannah. Solo che lui adesso era un medico, lavorava giorno e notte, e probabilmente non aveva né il tempo né l'energia per scrivere. Inoltre frequentava un'infermiera del suo stesso ospedale, anche se pareva che Camilla l'avesse liquidata in quattro e quattr'otto, qualunque cosa questo significasse. Camilla, naturalmente, era troppo presa dalla sua nuova vita per scrivere. Per un po' aveva mandato delle cartoline con splendide immagini di tutti i luoghi favolosi che visitava, sul retro brevi e vaghi messaggi. Poi silenzio.

La vecchia antipatia tornò a galla mentre pensava ai Broughton-Smith. Tale il padre tale il figlio, si diceva. Da chi aveva preso Camilla? Suo padre era un tipo abbastanza a posto, ma la madre era un'autentica vipera. Se Camilla non fosse venuta alla fattoria con Sarah tanti anni prima, forse tutto questo non sarebbe mai successo... No, era ingiusta a pensare cose del genere. Quel che suo padre aveva fatto sarebbe comunque venuto fuori prima o poi. Avrebbe soltanto voluto che non fosse stata la madre della sua amica a causare loro così tanto dolore. E George Broughton-Smith non aveva fatto niente per aiutarli, sebbene fosse tornato a Londra e occupasse un posto di potere. Stava ancora collaborando col governo del Kenya, diceva Sarah. Sarebbe stato in una posizione tale da poter aiutare Piet in caso di bisogno, quando si fosse venuti al dunque sulla questione dell'acquisizione dei terreni? Avrebbe guardato dall'altra parte mentre il nuovo governo sequestrava loro la fattoria e la suddivideva tra i nativi?

I suoi pensieri tornavano continuamente a Langani e a quel che stava succedendo là adesso. Prima di andarsene suo padre aveva assunto un giovane norvegese per gestire l'azienda. Sembrava se la cavasse bene anche da solo – mentre Piet era in Scozia – almeno stando ai suoi rapporti. Ma era ovvio dicesse che tutto filava liscio, no? Nessuno avrebbe potuto verificare se stesse amministrando bene l'azienda o mandandola in rovina. Non c'era modo di sapere se si stesse riempiendo le tasche approfittando dell'assenza dei proprietari. Che garanzie avevano della sua onestà? Hannah aveva incubi in cui vedeva Langani con i cancelli scardinati, la casa che andava in pezzi, le macchine agricole abbandonate ad arrugginire nei cortili, il bestiame decimato dalle malattie, il bel giardino di Lottie soffocato dalle erbacce.

"Oh, piantala con queste idiozie!" borbottò tra sé. Le cose non potevano andare in rovina così in fretta. Qualcuno avrebbe scritto – qualche vecchio amico o i vicini – per avvertire che c'erano problemi. Ma Hannah voleva essere lì per vedere con i propri occhi. All'improvviso lo voleva più di qualunque altra cosa al mondo. La fattoria era anche sua, non solo di Piet. Aveva anche lei delle idee per migliorarla – magari non una laurea in agraria come il fratello, però altre competenze, che sarebbero state utili. Aveva scoperto di essere brava in amministrazione aziendale. Era eccezionalmente portata per la contabilità e l'organizzazione, dicevano i suoi insegnanti. Piet voleva creare una riserva naturale e richiamare dei turisti. Lei poteva essere di aiuto in questo. Lui si sarebbe potuto occupare della fattoria, magari tenendo il norvegese a dargli una mano, e lei avrebbe gestito l'aspetto turistico. Sì, era un piano perfetto! Quel che doveva fare adesso era convincere Piet a prenderla a bordo, fargli capire che non era soltanto quella peste della sua sorellina minore, bensì una potenziale socia in grado di fornire un valido contributo all'azienda di famiglia. Lui non poteva negarle il diritto a svolgere un ruolo attivo: quella era anche l'eredità di Hannah, e di sicuro il fratello teneva abbastanza a lei per rendersi conto che doveva darle una chance.

Il tarlo persistente dell'invidia stava ricominciando a rodere. "Se tu fossi un fratello invece che una sorella, non dovresti lottare così per ottenere un riconoscimento", le bisbigliava una voce. Ma adesso lei sapeva anche che Piet avrebbe capito. Sarebbe tornato dalla Scozia il mese prossimo, pieno di nuove idee e progetti, e sicuramente avrebbe avuto troppo da fare per scartare a priori una proposta di collaborazione. Quello era il momento buono per farsi avanti. Piet l'avrebbe appoggiata, se gli avesse dimostrato che faceva sul serio.

In tutte le lettere che gli aveva scritto da quando era in Rhodesia, Hannah aveva inveito contro la piantagione di tabacco, la scuola aziendale, tutto. Si era sentita in colpa a lamentarsi tanto, ma era una valvola di sfogo. Piet era stato brusco nelle sue risposte, dicendole che poteva capire il suo scontento, ma si trattava soltanto di un paio di anni, e i genitori avevano bisogno di lei. In sostanza, doveva sopportare. Questo aveva fomentato la rabbia e il senso di vessazione di Hannah. Facile per Piet pontificare dalla sua posizione privilegiata in Scozia. Non era lui a essere incastrato in quello schifo di posto! Hannah ricordava quanto si era sentita limitata a Langani da ragazzina, lontana da Nairobi e da tutto il divertimento che credeva di perdersi. Se soltanto avesse potuto essere di nuovo lì, adesso... avrebbe fatto i salti di gioia.

Il gheppio stava ancora solcando il cielo; planava, scrutava, pronto a lanciarsi sulla prossima preda. Hannah si alzò. Non sarebbe stata il topo, la vittima impotente. Sarebbe stata lei ad andare a caccia. Avrebbe fatto in modo di procurarsi quel che voleva: individuato il bersaglio, aspettato l'opportunità, poi sferrato l'attacco. L'importante era non darsi per vinta. Doveva smettere di piangersi addosso, tenere duro e conseguire il diploma. Allora avrebbe fatto vedere a Piet e a tutti quanti di che cosa fosse capace.

Passarono due mesi, e Hannah studiò con una nuova determinazione. La sera aiutava Lottie con le faccende domestiche e cercava di non lasciarsi turbare dai malumori del padre. Impresa difficile. Lui, di solito sempre interessato a tutto quel che lei faceva, adesso non le chiedeva mai niente. A volte le sembrava che nemmeno la guardasse per paura di quel che avrebbe potuto leggere nei suoi occhi. Spesso, quando lei tornava dal college, si alzava e andava via strascicando i piedi per rintanarsi in camera da letto o in veranda, dove restava finché era pronto da mangiare. Hannah avrebbe voluto poter dire o fare qualcosa per rassicurarlo del proprio amore, ma ormai ne dubitava lei stessa. Come si poteva amare qualcuno le cui azioni avevano messo a repentaglio la felicità dell'intera famiglia?

Lottie aveva cominciato a fare la sarta. Era sempre stata brava a cucire, e adesso eseguiva lavori commissionati dai vicini per arrotondare le entrate. Faceva anche marmellate che vendeva al mercato il sabato, e paste e torte per un bar locale. Aveva sempre un aspetto stanco, eppure sempre scoccava sorrisi luminosi ai clienti che facevano acquisti alla sua bancarella. Quando tornava a casa, però, il suo sorriso era stentato. Per Hannah era insopportabile vederla accollarsi tutti quegli impegni mentre suo padre, quando c'era, non faceva che stare seduto al tavolo di cucina a tracannare birra o whisky. Jan usciva al mattino per controllare il raccolto del tabacco e i silos, e tornava all'ora di pranzo sudato, ringhioso, e di nuovo si attaccava alla bottiglia, imprecando contro i *kaffir* che sgobbavano nei campi. A Langani aveva sempre trattato bene i braccianti. Qui era prepotente, indisponente, e gli uomini non osavano alzare lo sguardo mentre sbraitava ordini. Quando era fuori di pattuglia, Hannah si sentiva in colpa per il sollievo che provava, malgrado fosse in ansia per la sua incolumità: una volta gli avevano sparato, e il camioncino che usava era ancora crivellato di fori di proiettili.

Chiese a Lottie cosa ne pensasse se fosse andata a fare la cameriera nel bar locale, e quando vide il luccichio di gratitudine negli occhi della madre si vergognò: perché quell'offerta non era generosa come sembrava. Più che altro voleva un pretesto per stare fuori casa. E poi la imbarazzava vedere la mamma dietro la bancarella al mercato che sorrideva mentre serviva grossolane mogli di contadini e signore ben vestite. Lottie le toccò la guancia con gentilezza.

"Niente lavoro per ora, cara. Voglio che ti concentri sullo studio, senza niente che ti distragga. Per prima cosa devi prendere il diploma. Poi, ho in mente un piano." Si chinò ad aprire un cassetto in fondo alla credenza e ne tirò fuori una vecchia scatola.

"Tuo padre non lo sa. Altrimenti..." esitò. "Be', lo sai dove andrebbe a finire. Tutto quel che guadagno col cucito e il resto, lo sto mettendo da parte per te. Quando avrai finito i corsi voglio mandarti all'università a Johannesburg. Qualunque facoltà tu scelga. Potrai stare da mio fratello mentre sei lì. Ci vorrà un po' per mettere insieme abbastanza denaro, ma arriverà. Abbi soltanto ancora un po' di pazienza."

Lottie si scostò i capelli dal volto con un gesto stanco, e nella luce che filtrava nella stanza Hannah vide rughe che non c'erano mai state. Le lacrime le offuscarono gli occhi. Avrebbe voluto gridarle che non poteva sopportare di essere la ragione di tutti i suoi sacrifici. Non le importava di andare all'università a Johannesburg. Quel che voleva era che le cose tornassero come un tempo, e nessuna somma di denaro guadagnato con fatica avrebbe potuto migliorare la loro vita finché rimanevano lì. Guardò il coperchio graffiato della scatola di latta che conteneva i sogni di sua madre per lei e se ne andò, sentendosi tanto in colpa da star male.

Tre settimane dopo Lottie era al mercato quando Hannah sentì arrivare il postino. Corse alla cassetta e ne tirò fuori una lettera con il timbro del Kenya. Piet! Piet era a casa! Strappò la busta e cominciò a leggere.

Cari mamma, papà e Hannah,

sono tornato ieri, ed è così bello essere a casa! Lars ha mandato avanti le cose molto bene e la fattoria è uno splendore. Abbiamo venduto cinque manzi per un buon prezzo e il grano per quest'anno promette bene. Lars è un tipo in gamba; mi piacerebbe che rimanesse, almeno finché riesco a mettere in piedi la riserva e il lodge. Il suo aiuto mi farebbe comodo, e sembra che a lui piaccia stare qui. Non posso proprio fare tutto da solo, e credo sia importante realizzare al più presto il progetto del lodge: incrementerà le entrate e aiuterà a tirare fuori la fattoria dalle difficoltà attuali. Ho visto Anthony Chapman a Nairobi tornando a casa, e verrà presto per dare un'occhiata ai terreni che voglio destinare alla riserva. È intenzionato a partecipare alle spese di costruzione. E poi ci sono cacciatori e operatori privati che ci hanno assicurato che ci porteranno i loro clienti per i safari.

Il giardino è in ordine, ma non all'altezza dei tuoi standard di perfezione, mamma. Penso senta la tua mancanza. E anche Kamau e Mwangi. E io, naturalmente. Grazie per le lettere che ho trovato ad aspettarmi: è stata una gioia vedere la tua grafia sulle buste e sapere che stai bene.

Papà, come va il raccolto del tabacco? Se non altro dovresti avere braccianti in abbondanza laggiù. Noi abbiamo avuto qualche problema con dei bracconieri, e i Maasai hanno tagliato le recinzioni per far entrare le loro greggi nei nostri pascoli. Lars e io andremo a parlare con il capotribù all'inizio della prossima settimana. A parte questo, Lars se l'è cavata molto bene. Siamo stati fortunati a trovarlo. Ti manda i suoi saluti e presto ti farà avere il rapporto mensile. Non preoccuparti della situazione qui. In qualche modo ce la faremo.

Hannah, ho saputo da mamma che ti stai impegnando sul serio negli studi, e con ottimi risultati. Va' avanti così e forse potresti venire qui in vacanza tra un po'. Nel frattempo, fa' la brava e aiuta mamma e papà in qualunque modo ti sia possibile.

Ho visto Sarah, Tim e Camilla a Londra per il ponte di Pasqua. Abbiamo passato insieme il weekend e avuto alcune esperienze di cui ti racconterò un giorno. Non so se l'idea di ritrovarvi qui nell'estate del vostro ventunesimo compleanno stia ancora in piedi. Le cose sono cambiate molto per tutti.

Ora devo salutarvi. Vi scriverò di nuovo presto. Volevo solo farvi sapere che sono tornato. Ho tante nuove idee, ma ve ne parlerò nella prossima lettera. Non vedo l'ora di cominciare!

Baci a tutti.

Piet

Hannah sentì le lacrime bruciarle gli occhi. Piet aveva progetti, non vedeva l'ora di cominciare. E lei non vi rientrava in alcun modo. Il norvegese sarebbe stato invitato a restare a Langani, e lei lasciata a marcire nello squallore di quel desolato angolo di mondo. Per un momento odiò Lars con un'intensità irragionevole.

Portò la lettera in cucina, dove suo padre era seduto al tavolo, con davanti, ancora, il piatto di carne fredda e formaggio che Lottie gli aveva preparato prima di uscire. Jan era tornato da un giro di pattuglia il mattino presto e aveva addosso vestiti coperti di polvere. Non si era fatto la barba, e aveva gli occhi cerchiati. Allungò una mano tremante a prendere la bottiglia di whisky e se ne versò una buona dose nel bicchiere.

"C'è una lettera di Piet. Vuoi leggerla?" Hannah lo vide alzare lo sguardo, ma non le rispose. "Ho detto che c'è una lettera di Piet..."

"Falla vedere a tua madre quando arriva." La voce di Jan era rauca. "Dov'è andata, a proposito?"

"A consegnare il lavoro di cucito alla signora Kruger. Le doveva fare dei coprisedia, ricordi?" Il tono di Hannah era acido. "Non che ti importi davvero dove sia chiunque di noi", aggiunse in un borbottio.

"Che cosa hai detto?" Jan sollevò di scatto la testa.

"Ho detto 'non che t'importi'. Ecco quel che ho detto." Hannah scandì le parole con molta chiarezza, guardandolo sprezzante dall'alto in basso.

Lui fece il gesto di alzarsi, rosso in faccia. "E questo che cosa dovrebbe significare, si può sapere?" Si lasciò ricadere pesantemente sulla sedia e afferrò di nuovo la bottiglia.

Hannah si protese in avanti e gliela strappò di mano. "Significa che non ti importa più di niente, eccetto conciarti da buttare via con questa robaccia! Guardati, papà. Mamma si sta ammazzando di fatica per tenere insieme questa famiglia. E tutto quello che sai fare tu è tornare dal lavoro e ciondolare attorno ubriaco fradicio, e trattarla male. Stai distruggendo la tua vita, e anche la nostra! Se vai avanti così non riuscirai nemmeno a tenerti questo lavoro pidocchioso, e che faremo allora?" Andò al lavello e cominciò a rovesciarvi dentro il contenuto della bottiglia.

"Ridammela!" Jan era balzato in piedi, furioso, torreggiante su di lei. "Ridammela immediatamente!"

Le sue grandi mani afferrarono la figlia, costringendola a girarsi verso di lui. Il puzzo rancido di alcool nel suo alito le si riversò addosso; Hannah girò la testa dall'altra parte e cercò di divincolarsi.

"Che c'è?" sbraitò Jan. "Non puoi più guardare in faccia tuo padre, vero? Non vuoi pensare a come ha strisciato sulla pancia nella foresta per settimane di fila perché tu, tua madre e Piet poteste dormire tranquilli nei vostri letti, eh? L'ho fatto per voi, capisci? Per tutti voi! Ma a questo nessuno vuole più pensare, adesso." I suoi occhi si colmarono di lacrime. Scrollò bruscamente la figlia.

"Cos'è che hai fatto per noi?" gridò lei a sua volta. "Dimmi che cos'hai fatto di tanto nobile da costarci il futuro a Langani! Perché nessuno me lo vuole dire?"

"Che vuoi saperne tu? Sei stata tenuta nella bambagia per tutta la vita, protetta, non ti è mai stato fatto mancare niente. Non hai visto tuo zio con la pancia aperta e la gola squarciata, e gli organi infilati in bocca. È quel che avrebbero fatto a me, a te, a tua madre e a tuo fratello!"

"Be', adesso è tutto distrutto comunque. Lo hai distrutto tu. Hai distrutto noi tutti!" Hannah alzò la bottiglia in uno scatto rabbioso e la spaccò sul bordo del lavello.

"Dannata ragazza!" Jan allungò la mano verso i cocci come se potesse recuperarne qualcosa. Si tagliò, e per un momento rimase a fissare la ferita sgocciolante sul pavimento; poi sollevò la mano insanguinata e mollò un ceffone alla figlia. Lei barcollò, cadde contro il lavello, scivolò a terra, l'impronta rossa della mano del padre che pulsava attraverso la collera e la disperazione che gli avevano annebbiato la mente. Hannah stava cercando di rialzarsi, gli occhi vitrei per lo choc. Si portò la mano al segno livido sulla guancia, la ritrasse e la fissò attonita.

Jan si lasciò cadere in ginocchio accanto a lei, piangendo.

"Hannah! Oh, Dio, mia piccola Hannah, mi dispiace! Non so che mi è preso! Hannah, perdonami. Su, lascia che ti aiuti. Accidenti, mi dispiace tanto, bambina mia..."

Lei lo lasciò lì sul pavimento e uscì dalla cucina. Andò in camera sua, chiuse a chiave. Si sedette sul letto e fissò la parete, stordita. Poi cominciò a tremare. In qualche luogo distante, suo padre stava battendo i pugni contro la porta, pregandola di lasciarlo entrare, implorando il suo perdono. Avrebbe smesso di bere, diceva. Non avrebbe mai più alzato un dito su di lei. Pianse e supplicò mentre lei stava lì seduta in quella stanzetta angusta, muta e incredula, finché lo udì allontanarsi borbottando tra sé; poco dopo sentì dei tintinnii: stava cercando di fare pulizia. Poi udì la controporta cigolare e chiudersi; infine tutto si fece silenzioso.

Hannah si alzò, aprì la porta senza fare rumore e andò in bagno. Anche dopo essersi lavata la faccia, l'impronta dello schiaffo sembrava divampare. Avvertiva un dolore martellante dietro la testa nel punto in cui aveva battuto contro il lavello. Tornò in camera, aprì l'armadio, prese una valigia e vi buttò un po' di vestiti. In cucina, aprì l'ultimo cassetto della credenza e ne tirò fuori la scatola di latta. Dentro c'era un fascio di banconote trattenute da un elastico. Le contò con cura, le infilò nel portafogli e uscì di casa, richiudendo la porta di rete metallica dietro di sé.

L'autobus per Salisbury arrancò lungo la scarpata mentre Hannah, seduta accanto al finestrino, guardava fuori senza vedere nulla. All'aeroporto comprò un biglietto per Nairobi e aspettò con apprensione che il volo venisse annunciato, temendo che da un momento all'altro avrebbe sentito chiamare il suo nome all'altoparlante, che Lottie avesse immaginato dov'era andata, che la sua fuga potesse fallire. Cercò di concentrarsi sul giardino di Langani, rievocando minuziosamente ogni fiore, albero e cespuglio, soffermandosi sul colore, la forma, la collocazione nel paesaggio. Per il momento preferiva non tornare con la memoria alla casa: avrebbe significato ricordare persone, e lei non voleva pensare a nessuno. Quando finalmente l'aereo ebbe decollato, rifiutò il servizio ristorazione, chiuse gli occhi e si addormentò.

All'aeroporto di Embakasi si rese conto che non le restava molto denaro. Decise di lasciar perdere i taxi all'uscita del terminal e prendere invece un autobus. Il conducente e i passeggeri la guardarono con curiosità: le *memsahib* bianche non viaggiavano in autobus, e certamente non da sole. Parlò in swahili, per pagare la tariffa, e fu ricompensata con larghi sorrisi di approvazione. Un piccolo *toto* si mise a sedere accanto a lei, guardandola con occhi luminosi. Allungò esitante una mano a toccarla, e lei la prese per un momento nella sua. Poi si mise gli occhiali da sole e guardò fuori dal finestrino. L'autobus traballava, sobbalzava, sballottando il suo carico di umanità, e fermandosi a raccogliere passeggeri lungo la strada anche quando era ormai talmente stipato da non poter più prendere a bordo nessuno; così che le persone dovevano aggrapparsi ai finestrini e alle portiere.

Arrivata a Nairobi, Hannah andò al Norfolk Hotel e chiese alla reception di fare una telefonata a carico del destinatario. Esausta, stette nella piccola cabina ad ascoltare il segnale insistente del telefono che suonava a vuoto a Langani. Infine le rispose una voce estranea; lo sconforto si avvicinò di un altro paio di passi.

"Lars Olsen? Sei tu, Lars? Voglio parlare con Piet... è lì? Come hai detto?" La sua voce era tesa per l'impazienza e la stanchezza. "Sono Hannah, la sorella. Passamelo per favore, è urgente."

I secondi sembrarono eterni. E finalmente, la voce famigliare.

"Han? Dove sei? Mamma è fuori di sé. Si può sapere che hai combinato?"

Lei strinse convulsamente il ricevitore. Di colpo realizzò l'enormità di quel che aveva fatto, e il suo coraggio si disintegrò.

"Piet? Sono al Norfolk." Cominciò a singhiozzare. "Puoi venire a prendermi, Piet? Voglio venire a casa."

8

Londra, maggio 1965

Camilla era uscita dalla seconda audizione certa che quell'autunno sarebbe stata all'accademia. La sera era andata a festeggiare con Ricky Lane, e ricordava a malapena il loro ritorno al suo appartamento. Si erano schiantati dalle risate sul pianerottolo, mentre lei tentava di centrare il buco della serratura con la chiave. Poi aveva chiuso con fermezza la porta davanti alle insistenze di Ricky e si era buttata sul letto vestita, dormendo dieci ore filate. Tre giorni dopo – era tornata da un faticoso shooting di moda – trovò la lettera. La lesse due volte, seduta sul divano. Fu travolta da un'ondata di sconforto, lacrime di umiliazione le scivolarono lungo le guance. Si versò una vodka con ghiaccio, tormentata dal rifiuto e dalla propria arroganza. Era stata così sicura di se stessa, e ora pagava la sua presunzione!

Non poteva chiamare Sarah per sfogarsi. Il telefono stava acquattato sul tavolino, nero e accusatore. Dopo Pasqua aveva ricevuto un sostenuto biglietto di ringraziamento da Dublino, e poi più nulla. Né Sarah né Tim avevano capito perché avesse reagito così nei confronti di Marina. Camilla sapeva che il modo in cui aveva trattato Piet era imperdonabile, e si era pentita amaramente delle parole avventate che aveva scagliato contro sua madre. Ma si sarebbe aspettata un po' più di comprensione da Sarah. Ogni volta che pensava a quella serata, ricordava le dita pallide e ingioiellate di sua madre intrecciate intorno al collo nero dell'uomo, vedeva il modo possessivo con cui le braccia forti di lui la stringevano in una danza lenta e sensuale. Non poteva accettare quell'ostentata esibizione, e sapeva che uno scandalo avrebbe avuto conseguenze pesanti per un diplomatico del Ministero degli Esteri. Camilla aveva temuto per suo padre, e detestato Marina per la totale mancanza di ritegno. Tuttavia, non avrebbe mai dovuto mettere in mezzo Piet per prendersi la rivincita. Adesso stava scontando il suo tradimento e la sua boria. Fece una smorfia sentendo la vodka bruciarle in gola. La lettera di rifiuto era aperta di fronte a lei. La accartocciò, la aprì di nuovo, e infine la stracciò a pezzettini. Quindi gettò nella spazzatura la sua scintillante carriera sul palcoscenico e si versò un altro drink.

Per due giorni non vide nessuno, cancellò i servizi fotografici e fece infuriare il suo agente, Tom Bartlett, staccando il telefono. Il primo pomeriggio sentì suonare alla porta, ma non si mosse dal letto dove stava distesa a faccia in giù, un cuscino sulla testa per ripararsi da ogni intrusione del mondo esterno. Dopo un'eternità di insistenti scampanellate e colpi sull'uscio udì il rumore di passi che scendevano le scale e poi una portiera sbattere giù in strada. Il terzo mattino strisciò fuori dal letto e si trascinò in cucina a preparare un caffè. Il portinaio aveva infilato la posta sotto la porta. Camilla si chinò a raccoglierla senza entusiasmo. Con sorpresa riconobbe la grafia del padre su una delle buste. Aveva provato a chiamarla, diceva il messaggio, ma sembrava ci fosse qualche problema col suo telefono. Supponeva che lei fosse via per un servizio di moda. La stava cercando perché c'era qualcosa di cui voleva discutere con lei. Rabbrividì al pensiero di dovergli comunicare di essere stata respinta dall'accademia di arte drammatica; posò la lettera e si infilò un paio di jeans e un maglione.

Un autobus preso a caso la portò in una zona di Londra dove non era mai stata; camminò senza meta sotto un cielo plumbeo. Era la prima volta che si trovava ad affrontare un fallimento personale, che le veniva rifiutato qualcosa che desiderava ardentemente. La prima volta che si vedeva costretta a fare i conti con il proprio valore. Percorse le strade squallide e desolate, tra vetri rotti e bidoni straripanti di rifiuti, e incontrò volti spenti dalla sconfitta, incisi dalla consapevolezza che i sogni giovanili erano stati inghiottiti dalla lotta quotidiana per la sopravvivenza; e si rese conto che i suoi genitori avevano cercato di proteggerla, di guidarla verso una vita che le desse delle certezze. Persino sua madre aveva fatto uno sforzo per uscire fuori dal bozzolo in cui aveva scelto di vivere e spingerla a crearsi una sorta di gabbia di sicurezza. Trovò un telefono pubblico e compose il numero di suo padre; il suono della voce di George la fece subito sentire meglio. I due si diedero appuntamento per cenare insieme al suo club quella sera. Tornata a casa, Camilla fece il bagno, studiando nel frattempo il modo per spiegare il suo esagerato ottimismo sull'ammissione all'accademia. Mentre si truccava davanti allo specchio, aveva gli occhi velati di avvilimento e vergogna; si strinse nelle spalle in un gesto rassegnato, perfettamente consapevole di essersi resa ridicola, e che c'era solo un modo per uscirne: ammetterlo. Papà sarebbe stato il primo a sapere... Se non altro avrebbe potuto provare le sue prime battute di umiltà davanti a un pubblico ben disposto.

"Mi dispiace tanto. So quanto devi sentirti delusa." George prese la mano di sua figlia. "Ma puoi fare domanda di ammissione ad altre scuole. Io penso che il tuo errore principale sia stato puntare tutto su un solo posto."

Camilla scosse la testa, fissando il piatto per nascondere la voglia di piangere, grata che lui non l'avesse messa troppo in discussione o rimproverata per la sua infondata sicurezza.

"Succede a tutti di prendere delle batoste." George la guardò serio. "Se hai ancora intenzione di tentare la carriera di attrice, temo dovrai imparare ad abituarti a sentirti dire di no. Che cosa dice quell'insegnante privato di cui mi parlavi? Quello che era così certo che ti avrebbero accettata?"

"Non c'è nessun insegnate privato", confessò Camilla, impacciata. "Me lo sono inventata."

George annuì. "Questo è piuttosto sciocco", disse. "Ma non importa. Vorrei presentarti un mio amico che è nella direzione del Royal Court Theatre. È un giovane molto disponibile con tanti ottimi contatti, penso ti piacerebbe. Se non vuoi presentare domanda a un'altra scuola di recitazione, forse potresti cominciare lavorando nel backstage: tanti attori famosi si sono fatti strada partendo da lì."

"Non saprei, papà. Per il momento non riesco nemmeno a pensarci. Comunque ho in programma parecchi servizi fotografici. Ho la fortuna di avere uno dei migliori agenti di Londra, Tom Bartlett, e la prossima settimana sarò in Scozia con Ricky Lane, dove faremo un servizio di moda per *Queen*. Stiamo anche pensando di andare di nuovo a Parigi in giugno, e a New York in autunno." Camilla inarcò le sopracciglia fingendo un ironico stupore. "Sto diventando piuttosto famosa, sai. Nei ristoranti mi riconoscono e mi danno i tavoli migliori. Comincio addirittura a essere fermata per strada da sconosciuti. È anche un po' seccante, per la verità."

"Però non è quel che vuoi fare. Non dovresti essere tentata di rinunciare alle tue ambizioni solo perché ti hanno rifiutata."

"Non sto rinunciando. Metterò piede su un palcoscenico, alla fine."

"Sono felice di sentirtelo dire. Non mollare, anche se è difficile. Sarò molto fiero di te. Quali sono i tuoi programmi immediati?"

"Spero di poter andare in Kenya tra agosto e i primi di settembre. È una promessa che ci siamo fatte Hannah, Sarah e io. Avevamo deciso che ci saremmo ritrovate lì per festeggiare i nostri ventun anni e la nostra saggezza appena scoperta." Inclinò la testa e sorrise al padre, ma la sua bocca aveva una piega sbilenca. "Resta da vedere se vogliano ancora che io ci vada."

"E perché mai non dovrebbero?"

Camilla non poteva spiegargli che aveva visto Marina e il suo amante nero strusciarsi sfacciatamente in uno dei locali notturni più in voga di Londra mentre lui era in Kenya o a sfinirsi di lavoro a Whitehall. Non se la sentiva di ferire il padre, l'unico elemento stabile nella sua vita, la persona che lei amava e di cui si fidava. Né poteva confidargli quel che per reazione aveva fatto a Piet e Sarah. La sua mente rifuggì il ricordo; si costrinse a riportare la propria attenzione al presente.

"Allora, di che cosa volevi discutere con me?" domandò.

"Mi sto accingendo a un cambiamento importante nella mia vita." George esitò, versò a entrambi dell'altro vino e si accese un sigaro. Ci fu un lungo silenzio e lei attese, perplessa. "Sto per lasciare il Ministero degli Esteri", disse lui infine. "Ho dato le dimissioni."

"Che cosa?" Camilla lo guardò incredula. "Ma tu ami il tuo lavoro, papà! È la tua vita. Probabilmente stanno per nominarti governatore o alto commissario o qualcosa del genere. Perché vuoi lasciare proprio adesso?" George non rispose immediatamente, e lei si accorse che stava meditando una spiegazione. "No, non dirmelo", lo prevenne. "Si tratta di mamma, scommetto. Ti ha convinto lei a farlo. È una questione di denaro, vero?"

Camilla lo fissò con fermezza, pretendendo una risposta. Lo sguardo del padre vacillò, e lei rivide chiaramente Marina nel nightclub: doveva avere creato uno scandalo che lo aveva costretto a dimettersi. Ma non osò indagare oltre, perché non aveva alcuna sicurezza che lui sapesse di Winston Hayford.

"Questo non ha niente a che fare con tua madre." Adesso George la guardava dritto negli occhi. "Ho accettato un lavoro interessante nel settore privato, qualcosa di più ampio respiro."

"Di più ampio respiro che cambiare la faccia del mondo? Non ti credo."

"È una carica molto stimolante", ribatté lui con pacata insistenza. "Dirigerò un fondo internazionale per la natura e l'ambiente. È un lavoro che mi porterà in giro per il mondo, anche se mi è stata affidata in particolare la responsabilità per l'Africa orientale, per via degli anni trascorsi là. I nuovi governi hanno poco denaro per i parchi nazionali e la tutela del patrimonio naturale, inoltre c'è una crisi in corso, specialmente in Kenya, dove banditi somali che attraversano il confine e cacciatori d'avorio stanno massacrando uno spaventoso numero di elefanti. E la popolazione di rinoceronti è stata decimata al punto che rischiano di estinguersi, se non si fa qualcosa."

"Ma sovvenzioni di quel tipo spariscono invariabilmente nelle tasche di politici avidi e corrotti, l'hai sempre detto."

"Io gestirò un fondo i cui stanziamenti vanno direttamente a progetti controllati, non nelle casse nazionali. Sono davvero impaziente di cominciare." George cercò di cogliere un qualche segno di entusiasmo nella figlia; lei però non reagì. "La fondazione mi metterà a disposizione un appartamento a Nairobi."

"Quindi tu e mamma alla fine vi dividerete? Vi state separando ufficialmente?" Adesso che il divorzio dei genitori sembrava una possibilità concreta, Camilla sentì una strana apprensione mentre aspettava la risposta del padre. Sarebbe stata una decisione logica, e si domandava se fosse quello il vero motivo dietro la scelta del cambiamento di carriera. Avrebbe decretato la fine della loro famiglia; per quante pecche potesse avere, provò un'inaspettata tristezza all'idea che fossero arrivati al capolinea.

"No. Niente del genere." George allontanò lo sguardo.

Camilla sospirò. Non avrebbe mai capito perché i suoi si ostinassero a stare insieme, perché non raggiungessero un accordo amichevole e se ne andassero ciascuno per la propria strada. Almeno uno di loro avrebbe avuto una chance di essere felice. "Quando inizierai?"

"Tra un paio di mesi. A luglio, per la precisione."

"Evidentemente ci pensavi da un po', eppure non hai mai detto una parola. Non a me, almeno. È tutto così improvviso." Adesso Camilla era imbronciata, risentita, anche se non avrebbe saputo spiegare perché. "Quanto tempo passerai in Kenya?"

"Spero di fare sei mesi là e sei mesi a casa. La prossima settimana andrò a Nairobi per una serie di incontri al Ministero del

Turismo e dei Parchi Nazionali. Dopo di che mi aspetta la stessa trafila in Tanzania e Uganda. E ci sono altri progetti in Asia... Tigri e panda, e foreste che vengono abbattute senza pensare minimamente al futuro della fauna stanziale."

"E dove starà mamma nel frattempo? Sono certa che non ha intenzione di vagare per le giungle del pianeta con te."

"Potrebbe raggiungermi per un po'."

"Sai che non lo farà."

"Penso che sarà felice di rimanere qui a Londra, per lo più. Sta cercando una casa in campagna, qualcosa di piccolo, per i weekend."

"Lo sapevo! C'è di mezzo lei. Adesso potrà avere quello che ha sempre voluto: un appartamento in città e fine settimana in campagna con la sua cricca di elegantoni londinesi. Questo mio nuovo lavoro finanzierà i suoi sogni sociali, anche se hai dovuto rinunciare a fare quello che ami."

"La vita non è così semplice, tesoro."

"Per lei sì."

Camilla era ancora amareggiata quando si salutarono a Pall Mall; guardò suo padre allontanarsi con le spalle curve contro il vento. Non le andava di passare il resto della serata da sola a rimuginare sulla vita strampalata dei genitori; chiamò un taxi e si fece portare allo studio di Ricky Lane. Era tardi, ma era sicura che lo avrebbe trovato lì.

"Dove diavolo eri finita, bellezza? Se salti ancora uno shooting senza avvertirmi e senza una giustificazione valida, andrò a cercare un altro talento. E ce ne sono parecchi in giro." Ricky si accese una sigaretta. "Hai un aspetto orribile."

"Ho avuto una pessima settimana."

"A Mary Quant e al *Tatler* non importa un accidente! E nemmeno a me. Io voglio soltanto guadagnarmi da vivere."

"Mi dispiace."

"Sì, lo immagino. Voi ricchi rampolli siete tutti uguali. Non ve ne frega un cazzo di nessuno. Credete che le conoscenze della vostra famiglia vi tireranno fuori da qualunque casino, e non potete nemmeno fare lo sforzo di alzarvi dal letto la mattina. Siete viziati da fare schifo, tutti quanti."

"Io non sono così."

"E come sei, allora?" Ricky andò pigramente verso di lei, gettando via la sigaretta e prendendola tra le braccia. "Avanti, cara, fammi vedere come sei veramente."

La sua bocca era sorprendentemente morbida quando la baciò, e lei colse l'odore di tabacco e whisky nel suo respiro. Sentì le mani di lui risalirle lungo la schiena sotto la camicia e scivolarle intorno al busto per toccarle i seni; lo respinse.

"Toglimi le mani di dosso, scemo!" Camilla stava ridendo, anche se era un po' scossa. "Alcuni fotografi potranno anche finire a letto con le loro modelle, ma io no... Né con te né con chiunque altro."

"A meno che si tratti di un lord, un banchiere o qualcosa del genere."

"Oh, piantala con queste stronzate, Ricky! Non farne una questione di classe. Sai bene che io non la penso così."

"A volte mi chiedo se pensi, se le idee possano germogliare e crescere in quella cella frigorifera che hai al posto della testa."

"Si presume che tu sia un fotografo, non uno psicologo", replicò lei, arruffandogli i capelli. "Quand'è che si va in Scozia? Sarà freddo e umido, quindi ti converrà munirti di stivali di gomma e giaccone Barbour come noi ricchi rampolli. E vedi di comportarti bene, o ti impallinerò il fondoschiena. Adesso muoviti! Andiamo da qualche parte a bere qualcosa e fare quattro salti."

Pioveva e faceva molto freddo nella brughiera. Ricky era di cattivo umore, frustrato per il maltempo e la scarsa luce. Camilla si consolò con enormi porzioni di porridge e panna al mattino; dopo la prima, disastrosa giornata di esterni si sedette al bar dell'albergo e ordinò whisky di puro malto per entrambi.

"Senti", disse, "lo so che la luce è grigia, ed è probabile che vada avanti a piovere. Quindi perché non approfittiamo di questo tempaccio infame? Facciamolo diventare un punto di forza."

"Molto divertente." Ricky ingollò il suo drink d'un fiato. "E che cosa proponi, tesoro? Realizzare l'intero dannato servizio sotto un ombrello?"

"Sì", annuì lei. "Qualcosa del genere. Per esempio, potrei inzuppare alcuni maglioni, così che mi stiano proprio incollati addosso – in modo che si veda che non ho niente sotto, intendo. La lana aderirà al mio corpo, capezzoli e tutto. I pullover trasuderanno sesso. I colori sono molto vivaci, e risalteranno magnificamente contro il cielo grigio e tutti quei chilometri di campi brumosi. Posso mettermi quintali di olio nei capelli e appiccicarmeli intorno alla faccia, come se stessi sotto la pioggia da ore. Aspettando qualcuno che non arriverà mai. Avrò occhi enormi bistrati di kajal, magari lasciando che il nero mi coli lungo le guance. E ciglia impossibili con labbra rossissime. Con la luce smorta, l'effetto cromatico sarà sensazionale. Una specie di tema della ragazza abbandonata. Sperduta nella pioggia. A piedi scalzi, persino. I vestiti racconteranno una storia."

"Ti prenderai una polmonite", commentò Ricky, anche se stava ridendo come un esaltato, fregandosi le mani. "È geniale. Assolutamente geniale."

"Meno male che uno dei due ha cervello", brontolò Camilla. "Preparati a pagarmi le spese mediche. E nel frattempo offrimi un altro drink."

Mentre tornavano a Londra in macchina Camilla era stanca, certa che non si sarebbe mai più liberata dell'umidità che le era penetrata in corpo mentre posava sotto la pioggia, scalza e tremante di freddo nei campi, a cavallo e alla fermata d'autobus del paese, con i vestiti sgargianti che urlavano la loro sfrontatezza. Quando Ricky la lasciò sotto casa lei corse su per le scale, pregustando un'ora a mollo in un bagno bollente. Fu sorpresa di trovare un messaggio di Anthony Chapman nel mucchio di posta infilato sotto la porta; gli telefonò immediatamente.

"Che ci fai tu qui?" gli domandò.

"Grossa campagna promozionale. Ti ho telefonato incessantemente per le ultime quarantotto ore. Dove ti eri cacciata? Partirò per New York fra tre giorni. Che ne diresti di venire a una proiezione delle mie diapositive, stasera? Uno dei miei clienti in Cadogan Square ha organizzato una serata per alcuni amici che potrebbero essere interessati a un safari, mi potresti aiutare ad agganciarli."

Camilla fu stupita di quanta voglia avesse di vederlo. A Nairobi lui l'aveva portata a balli di beneficenza e incontri di rugby, lei lo aveva guardato giocare a polo, e avevano giocato insieme a tennis al Muthaiga Club. Tra un safari e l'altro erano usciti a cena e lui l'aveva baciata in parecchie occasioni, ma lei aveva respinto i suoi tentativi di andare oltre. Il suo futuro era a Londra e non vi era spazio per Anthony Chapman, cacciatore e guida di safari. Adesso però era sopraffatta dalla nostalgia per l'odore della polvere e il rumore della prima pioggia che cadeva sulla terra riarsa, le baruffe tra uomini e natura selvaggia, l'incomparabile maestosità delle pianure sterminate, lo sfavillare della neve sui picchi montani e lo scintillio dell'oceano blu.

Nell'elegante salotto londinese, fu compiaciuta quando il padrone di casa e i suoi amici la riconobbero. Mentre le diapositive scorrevano sullo schermo rimase seduta in disparte e lasciò che la forza e l'essenza dell'Africa si impadronissero di lei. Durante la cena conversò amabilmente con i potenziali clienti di Anthony. Alcuni avevano già viaggiato con lui, altri stavano contemplando la loro prima esperienza di safari, e lei usò tutto il suo fascino e la sua capacità di persuasione per aiutarlo a vendere la sua visione della terra che amava.

"Ottimo lavoro", le bisbigliò Anthony all'orecchio verso la fine della serata. "Tra tutti e due li abbiamo proprio conquistati. Due delle coppie si iscriveranno di sicuro. Che ne dici di uscire a cena domani sera?"

Quando Camilla si svegliò il mattino dopo, il mondo sembrava cambiato. La giornata si trascinò, e ingannò le ultime ore di attesa preparandosi con particolare cura. Anthony arrivò un po' in anticipo, portando fiori e cioccolatini di Fortnum & Mason; non poté nascondere l'ammirazione per la sua squisita bellezza. Indossava un completo fuori moda: le sue scarpe erano lucide ma sformate, e davano l'impressione che vi avesse camminato nel bush una volta di troppo. Appariva un po' fuori posto nel ristorante affollato che Camilla aveva scelto, ma si mostrò divertito dal fatto che tutti la riconoscessero, e lei notò con piacere che l'eleganza dell'ambiente non lo intimoriva.

"Non credo tu abbia intenzione di tornare presto in Kenya, adesso che, come avevi predetto, sei diventata famosa." Gli angoli dei suoi occhi si raggrinzirono quando Camilla cominciò a protestare. "Non che ne sia sorpreso. Tu sei fatta per tutto questo scintillio, ma forse un giorno sentirai il bisogno di un po' di pace, e allora sarai tentata dall'idea di qualche settimana nel *bundu*."

"Non so perché tutti debbano dire la loro su come mi sento o su quel che voglio fare", ribatté lei. "Per la cronaca, ho in programma di tornare in Kenya in agosto. Per vedere Sarah, e spero Hannah, e festeggiare insieme la nostra maggiore età. Ce lo siamo promesse, quella sera al mare a Watamu. Ricordi?"

"Ricordo il mare. Ma ho archiviato il resto della serata assieme alle altre occasioni in cui mi hai scaricato." Anthony le stava sorridendo. "Questa riunione sarà sulla costa? Io sono invitato?"

"Probabile e possibile, in quest'ordine. Andremo anche a Langani, così potremo vedere come procedono la riserva e il lodge di Piet. Anzi, il lodge di Piet e tuo, se ho ben capito. Ha accennato a una tua compartecipazione quando è stato qui a Pasqua. È già iniziata la costruzione?"

"Siamo lì lì. Dovrebbe essere a buon punto per luglio, e sono certo che ne sarai entusiasta. Piet ha trovato un architetto di talento straordinario: si chiama Szustak, un polacco matto che beve come una spugna e scrive poesie discutibili nel tempo libero. Ma come designer è geniale. Sarà un posto diverso da ogni altro lodge da safari esistente... Molto più piccolo, ovvio, e unico per l'uso di materiali locali. I bungalow saranno incastonati sul fianco di una parete rocciosa, con le pietre esistenti a formare parte delle pareti. C'è una vista incredibile sulla pianura, fino alla montagna. Piet sta creando uno stagno di abbeveraggio permanente e una salina per attrarre elefanti e bufali, e magari rinoceronti. Non c'è niente di simile da nessuna parte. È un ragazzo eccezionale, Piet, e lassù sta facendo qualcosa di fantastico."

"Una bella sviolinata."

"Se la merita. Sono orgoglioso di far parte di questo progetto, e credo che sarà di esempio ad altri proprietari terrieri privati perché facciano la loro parte per la salvaguardia dell'ambiente."

"Sai, mio padre ha deciso di cambiare carriera", disse Camilla. "Andrà a lavorare per una fondazione che sovvenziona i parchi nazionali e la tutela ambientale. Penso passerà molto tempo in Kenya."

"Sì, l'ho sentito dire", annuì Anthony. "Gli ambientalisti di Nairobi ci contano molto. È un'organizzazione che dispone di parecchio denaro, e lui conosce già bene il territorio. Di questi tempi il Kenya pullula di meteore destinate a svanire nel giro di un paio di anni, e per quanto le loro intenzioni possano essere buone non hanno idea di come affrontare i problemi locali. Abbiamo bisogno di gente esperta come George. Che cosa farà tua madre?"

"Lo raggiungerà di tanto in tanto, ma è ben contenta di fare base qui a Londra. Io invece non vedo l'ora di tornare in Africa." Camilla lo guardò attraverso il tavolo, apprezzando l'assenza di artificio in lui e la spontaneità della conversazione: in sua compagnia poteva essere se stessa. Non c'erano scopi nascosti, nessun bisogno di fare colpo o ingannare. "Potresti venire a Langani quando saremo tutti là", suggerì. "Così ci mostrerai il lodge assieme a Piet, visto che è anche un tuo progetto."

Anthony acconsentì con visibile piacere. "Avrò una pausa tra due safari verso la fine di agosto. Ti andrebbe di venire a campeggiare con me da qualche parte per alcuni giorni?"

"Tutti quanti? Proprio come lo avevamo sognato quella notte a Watamu?" Camilla cercava di indurlo a estendere il suo invito.

"Perché no?" Vedendosi incastrato, non gli restò far buon viso. "Io fornirò le tende e lo staff, e tutti daranno un piccolo contributo per il cibo, il bere e la benzina. Che ne dici?"

"Dico che adesso ce ne andiamo a ballare, lavorerò come una matta per due mesi, e poi verremo in campeggio con te."

Il nightclub era gremito, ma Camilla ottenne immediatamente un tavolo. I due si sedettero vicini, nella penombra, e lei prese a parlare con scioltezza. Ammise la delusione per essere stata rifiutata dall'accademia di arte drammatica.

"Vedi, benché tu sia famosa e di successo, devi credere davvero in quello che fai perché la vita abbia un senso." Anthony le prese la mano. "Se questo lavoro di modella per te è un ripiego, allora torna sui tuoi passi e trova una strada che ti porti dove vuoi veramente andare. Io non potrei nemmeno immaginare di scendere a compromessi su quello che faccio... Ho bisogno di essere nel bush, accompagnare la gente nei safari, sedermi intorno al fuoco con i miei *watu*, e fare la mia parte per salvare quello che abbiamo nell'Africa orientale."

"Sei fortunato a essere in questa posizione." La voce di Camilla era triste. "In autunno probabilmente proverò a entrare in una compagnia teatrale. Papà conosce un tizio che forse mi darà l'opportunità di fare un tentativo... Potrei cominciare lavorando dietro le quinte e farmi strada un po' per volta. Oppure presenterò di nuovo domanda all'accademia il prossimo anno."

"Tu sei felice, Camilla?"

"Che razza di domanda è questa?" Lei cercò di riderci su, anche se si era innervosita. La pressione della mano di Anthony le inviava piccoli brividi attraverso il corpo. Distolse lo sguardo.

"Se non puoi rispondere schiettamente, allora forse dovresti esaminare la tua vita", le disse lui. "Stabilire quali sono i tuoi reali desideri e impegnarti per realizzarli. Ora, portami su quella pista da ballo a smaltire la cena esagerata."

Camilla scivolò tra le sue braccia con un senso di appartenenza. Ballarono senza parlare. Sul taxi lui le cinse le spalle con il braccio, e lei gli si abbandonò contro con gli occhi chiusi. Quando raggiunsero la porta del suo appartamento, Anthony infilò la chiave nella serratura con risoluta precisione e la condusse verso la camera da letto.

"Non so, Anthony", bisbigliò Camilla. "Non ho pensato a questo..."

"Ci abbiamo pensato entrambi da quando ci conosciamo", la interruppe lui.

La baciò con dolcezza, aspettando che le sue labbra si schiudessero per poterla assaggiare. Lei sospirò e si stese sul letto mentre Anthony le toglieva lentamente i vestiti, le mormorava parole all'orecchio. Rise sommessamente quando le sfilò i lunghi stivali dalle gambe, poi fece scorrere le mani lungo le sue cosce, ascoltando i suoni esili che le sfuggivano dalla gola. Quando si ritrasse per slacciarsi la cintura e i pantaloni, Camilla si alzò a sedere e lo spinse via con gentilezza.

"C'è qualcosa che devo dirti", cominciò.

"Non mi devi dire niente. Ti voglio, Camilla, e tu sai che è il momento giusto." La trasse di nuovo a sé con un gemito di desiderio. "Lo vogliamo tutti e due. Non abbiamo bisogno di fare giochetti."

"No. Aspetta, Anthony."

Lui la guardò perplesso, avvertendo un cambiamento di tensione ma incapace di capire ciò che stava cercando di esprimere. Mise le mani sotto di lei e se la strinse contro, baciandola, sentendo la sua resistenza mentre premeva più forte nell'urgenza del desiderio, finché un suo piccolo grido di dolore lo fermò.

"Che c'è?" domandò, scostandosi per guardarla in faccia, mentre ancora le accarezzava le guance, le baciava le palpebre. "Ti faccio male?"

Camilla scosse la testa e lo tirò a sé con abbandono, muovendosi sotto di lui trascinata da una crescente, esultante intensità. Dopo, quando rimasero distesi uno accanto all'altra, lui la baciò di nuovo, sfiorando la pelle umida dei suoi seni, poi facendo scendere la mano a toccare la parte segreta di lei che aveva appena scoperto.

"Camilla? Ti ho fatto male?" Si sollevò sul gomito, si guardò le dita, poi scrutò l'espressione di lei, incredulo. "Oh, Dio, Camilla, questa era..."

"Stavo cercando di dirtelo, ma non sapevo come. Pensavo che avresti riso di me..."

"Oh, Dio, vieni qui! Vieni qui vicino a me e lascia che ti baci e ti dica quanto sei bella."

La attirò contro di sé, sorpreso dell'umiltà che provava, dal senso di tenerezza. Lei lo guardò, il volto luminoso. Oltre Camilla, la luna sembrava riversarsi nella stanza attraverso la finestra, rischiarandole gli angoli tristi della mente, liberandola da qualunque cosa l'avesse ferita in passato. Anthony la condusse nella stanza da bagno e riempì la vasca, continuando nel frattempo ad accarezzarla, a parlarle con dolcezza all'orecchio, a baciarle il viso e le mani. Entrò nella vasca dopo di lei e Camilla si rilassò nell'acqua calda, in un silenzio sognante, mentre lui le passava la spugna su tutto il corpo. Dopo la asciugò, la avvolse in un morbido accappatoio di spugna a la portò in braccio a letto. Lei appoggiò il viso contro la sua spalla e si addormentò. Quando si svegliò all'alba, lui era ancora al suo fianco. Gli osservò il volto nel sonno, bruciato dal sole e già segnato da un reticolo di rughe sottili, le ciglia assurdamente lunghe, e si meravigliò dei riflessi rossastri nei suoi capelli e della bellezza del suo corpo asciutto. Si chinò su di lui e gli soffiò lievemente nell'orecchio, posandogli la mano sullo stomaco e accarezzandolo perché si svegliasse e facesse di nuovo l'amore.

Il giorno dopo Anthony e Camilla gironzolarono per la città, passeggiarono in Hyde Park, andarono in barca a remi sul laghetto della Serpentine e si sdraiarono abbracciati sull'erba del parco mentre le nuvole scorrevano alte sopra di loro in un cielo azzurro polvere. La sera si fermarono alla drogheria dietro casa a comprare gli ingredienti per una semplice cenetta, poi corsero ridendo su per le scale impazienti di chiudere la porta sul mondo esterno. Mangiarono senza fretta. Lui osservò ogni suo movimento, vide il suo viso splendere di contentezza mentre allungava la mano a toccarlo, mentre si sorridevano nella luce delle candele. In camera la svestì con tenerezza e si stese sul letto con lei, a rimirare il suo corpo pallido e luccicante nelle ombre proiettate dalla luna. Fecero di nuovo l'amore, i sensi acuiti, nuovi luoghi da esplorare, fino a sentirsi esausti, appagati. Poi Anthony la tenne stretta a sé, al sicuro, e insieme guardarono la luna e il baluginio delle stelle muoversi attraverso il rettangolo di cielo incorniciato dalla finestra.

Quando lui se ne fu andato, il mattino dopo, Camilla si sedette sul divano; respirava a stento, consapevole che non avrebbe mai provato qualcosa di più prezioso e straordinario, e che nessuno avrebbe potuto portarglielo via. Tra qualche settimana lo avrebbe rivisto a Nairobi. Le sembrava un'eternità. Veleggiò nel soggiorno, toccando il bicchiere vuoto di Anthony, sedendosi ad abbracciare il cuscino contro il quale lui aveva appoggiato la testa. Nel corridoio si guardò allo specchio e vide la nuova dolcezza del suo viso e la gioia pura che le splendeva negli occhi. Dopo alzò il telefono per dire a Sarah che era accaduto un miracolo, e niente sarebbe più stato lo stesso.

Sarah, però, fu brusca; il ricordo di quella notte al club non avrebbe mai smesso di contaminare la loro amicizia, pensò Camilla. Poi Sarah le disse che era preoccupata per la salute di Raphael, e lei non ebbe più il modo di raccontarle gli eventi che l'avevano trasformata. Per il resto della giornata rimase in casa, riluttante a mettersi i vestiti di tutti i giorni e a staccarsi dalla magia che aveva vissuto con Anthony; non voleva lasciar andare la sensazione del suo tocco che ancora le indugiava sulla pelle, aveva voglia soltanto di crogiolarsi nell'intensità di quello che provava pensando a lui. Era già tardi quando lo squillo del telefono ruppe l'incantesimo. Rispose senza entusiasmo.

"Cara, verresti a pranzo con me domani?" La voce lieve di Marina suonava ansiosa.

"Non so, mamma. Ho un impegno nel pomeriggio e..."

"Possiamo fare una cosa rapida. Non ti vedo da settimane e ho delle novità elettrizzanti. Ascolta, ho un appuntamento alle undici in Harley Street. Magari potremmo incontrarci al Mirabelle, diciamo verso le dodici e mezzo? Ti prego, Camilla."

Lei sentì il cuore pesante. Chi doveva incontrare Marina in Harley Street? Il suo amico medico di colore, forse. Sospirò. "Incontrare te e chi altro? Non mi va di dare spettacolo."

"Saremo noi due soltanto."

Sua madre stava già sorseggiando un gin tonic quando Camilla arrivò. Vedendola entrare, alzò una mano elegante a chiamare il cameriere. "Hai un aspetto splendido", disse alla figlia. "C'è qualcosa di diverso in te. Che cos'è?"

"Ordiniamo, mamma. Non ho molto tempo."
"Hai parlato con tuo padre ultimamente?"
Camilla scosse la testa, facendosi guardinga.
"Gli piacerà molto questo nuovo lavoro così vario. E non sarà intralciato da tutti i vecchi palloni gonfiati del Ministero degli Esteri e da quei diplomatici azzimati."
"Mi pareva gli piacesse."
"Non lo hanno mai apprezzato come meritava, e questo incarico è una sfida stimolante. Penso porterà un enorme cambiamento nella nostra vita." Il sorriso di Marina era un po' malinconico. "Volevo dirti che abbiamo comprato una casetta in campagna. Mi piacerebbe che tu venissi a vederla."
"Hai intenzione di trasferirti fuori Londra?"
"Naturalmente no, cara." Le dita di Marina ebbero un piccolo fremito di impazienza. "Ma ho sempre desiderato un posticino per il fine settimana, un rifugio per quando le cose qui diventano troppo frenetiche. Ho trovato un delizioso cottage a Burford, è del diciassettesimo secolo, piuttosto piccolo... solo due camere da letto e un minuscolo giardino, e richiederà qualche intervento di ristrutturazione. Ho pensato che forse potresti venire a dare un'occhiata venerdì."
"Non questa settimana. Dovrò andare a Deauville... vestiti per un designer francese, foto sulla spiaggia, all'ippodromo." Camilla vide un accenno di lacrime luccicare negli occhi della madre. "Oh, per favore, mamma! Adesso non farne una tragedia."
"Non essere pungente, cara. Sono soltanto un po' delusa. Ora guardiamo il menu e poi mi racconterai tutte le altre novità. Spero tu stia mangiando abbastanza."
"Tu, piuttosto, sbaglio o sei dimagrita?"
"Sì, ma sto facendo qualcosa al riguardo", replicò Marina. "Abbi cura di te, cara, mi raccomando. Talvolta le richieste del tuo tipo di lavoro possono nuocere alla salute. Sei sicura di voler andare avanti a fare la modella?"
Camilla alzò lo sguardo, sorpresa. Era abituata ai modi subdoli della madre per arrivare a ciò che davvero le premeva e non aveva dubbi che ci fosse qualcosa nascosto tra le righe di quei commenti. Ma non riusciva a immaginare che cosa.
"Sono contenta di quello che faccio, mamma, e ho in programma di andare in Kenya quest'estate, lo sai. Non voglio iniziare niente di nuovo prima di allora."
Si preparò alle obiezioni: non ve ne furono. Marina annuì e

spostò il discorso sulla ristrutturazione del cottage, poi parlò di un'ennesima serata di beneficenza che era impegnata a organizzare.

"Non vorresti unirti al nostro tavolo?" domandò. "Tuo padre sarà di ritorno per allora, e potremmo andarci tutti insieme. Lui ne sarebbe felice, lo sai. E anch'io. Puoi portare un amico con te, se vuoi. Forse c'è un qualcuno segreto che è responsabile di questo tuo aspetto luminoso."

"Forse è uno dei miei venditori ambulanti dei quartieri bassi, mamma." Camilla sorrideva. "Ti metterei in imbarazzo se mi presentassi con qualcuno del genere."

"Oh, cara." Marina se ne uscì con una risatina stentata. "Riserverò due biglietti per te."

Finirono i caffè, e Camilla notò che la mano della madre tremava mentre posava la sua tazza sul piattino. Troppi cocktail la sera prima, pensò. Ma era molto calma quel giorno. Quasi dolce. Non c'era da illudersi che quello stato di grazia durasse, si disse con un sospiro.

"Non verresti a casa con me?" Marina pareva restia a concludere il pranzo. "Vorrei mostrarti delle fotografie del cottage. È davvero adorabile."

"Devo andare all'ufficio di Tom Bartlett direttamente da qui." Camilla guardò l'orologio. "Sono già un po' in ritardo."

"Certo! Che sciocca a essermene dimenticata. Faccio chiamare subito un paio di taxi. Tutto a un tratto... sono piuttosto stanca, per qualche ragione non mi sento molto stabile sulle gambe. È stata una settimana faticosa e certe cose non sono andate bene come speravo. Ora andiamo, non voglio farti tardare al tuo appuntamento. Sei veramente incantevole, oggi."

Pagò il conto e si alzò. E prese la mano di sua figlia, una qualche silenziosa richiesta sospesa nell'aria tra loro. Camilla represse la tentazione di accennare alla visita di Anthony, di pronunciarne il nome a voce alta. Sua madre non avrebbe approvato che lei avesse una relazione con un cowboy del Kenya.

"Dovremmo farlo più spesso, cara", disse Marina mentre un taxi accostava al marciapiede. "Spero proprio che ti farai vedere ogni tanto. So che sei molto occupata, ma forse potremmo incontrarci ancora una volta per pranzo prima che tu parta per il Kenya. Oppure a cena. O anche solo un drink a casa. Qualunque cosa tu voglia. Mi sei molto preziosa, lo sai."

Il taxi si allontanò e Camilla rimase da sola in strada, avvolta da una lieve scia del profumo di sua madre, e disturbata da un senso di incertezza. C'era qualcosa in Marina che non riusciva a definire, qualcosa che sembrava quasi paura. Per un momento rimpianse di non averle detto niente di Anthony, ma ormai era tardi. Non la rivide più, prima di imbarcarsi sul suo aereo per Nairobi.

9

Dublino, maggio 1965

Sarah chiuse la porta dell'appartamento e si calcò il berretto di lana sulla testa, lottando con le raffiche di vento che le si accanivano contro mentre si incamminava verso la via principale. Aveva deciso di andare al college a controllare se la camera oscura fosse libera. Avrebbe potuto lavorare due ore buone ai suoi ingrandimenti, purché l'autobus arrivasse alla svelta. La pioggia ci dava dentro da giorni, rovesciandosi dal cielo in un diluvio incessante. Le automobili di passaggio sollevavano ondate di acqua oleosa, gli spruzzi tamburellavano contro i suoi stivali; sentiva l'umidità infiltrarsi in tutto il corpo. Non ne poteva più di quel tempo infame. Non era come la stagione dei monsoni in Kenya, quando piogge torrenziali si riversavano sulla terra arida per qualche ora e poi passavano, lasciandosi dietro nubi di vapore baluginante che si alzavano nell'aria calda. A Mombasa i bambini correvano fuori appena cominciavano a cadere le prime gocce, strillando gioiosi mentre sguazzavano nelle pozzanghere. I cani randagi lambivano l'acqua fangosa, si sentiva l'odore intenso del suolo argilloso assetato che assorbiva la promessa del verde di cui si sarebbe rivestito. Qui, invece, la gente si riparava negli androni o si spintonava in un mare di ombrelli, ciascuno nel proprio mondo privato di infelicità. Sarah non si sarebbe mai abituata a quel clima. Era maggio, santo cielo, si supponeva che fosse primavera, con l'estate già alle porte! L'autobus accostò con uno stridore lamentoso di freni quando sporse il braccio all'ultimo momento per fermarlo.

Rimase in piedi nel corridoio tra i sedili, pigiata nella calca soffocante di corpi infagottati nei soprabiti, tra le pozze che si formavano sotto le punte degli ombrelli chiusi. Odore di capelli bagnati, lana bagnata, cuoio bagnato e sudore si fondevano insieme con l'aria viziata che appannava i finestrini in una condensa che nascondeva il mondo esterno. Doveva essere così che si sentivano le bestie da macello caricate sui camion per essere portate al mattatoio, pensò, pazienti e rassegnate mentre venivano sballottate verso il loro destino. Se solo ci fosse stato uno squarcio di cielo azzurro da qualche parte, anche in lontananza. Desiderava con tutta se stessa che arrivasse l'estate, portandosi via lezioni, seminari, esami, la ressa nella biblioteca. Allora si sarebbe lasciata tutto alle spalle per la luce di un mattino africano, le voci cantilenanti dei bambini che andavano a scuola, il rumore del vento tra le palme e la risacca sulla scogliera. Sarebbe stata libera, con la possibilità di filare sulla laguna con il suo dinghy, cazzando la vela e girandosi a gridare a Raphael mentre navigavano verso il canale. Oppure sarebbe potuta partire per un safari, guidare nel *bundu*, con l'odore pungente delle acacie e la polvere rossa a colmarle le narici.

Spostò i piedi per bilanciarsi meglio nell'autobus sussultante e si domandò ancora una volta se si sarebbe mai sentita a proprio agio in Irlanda. I suoi genitori avevano sempre parlato di "andare a casa" quando tornavano lì per le vacanze. Ma la sua casa e i suoi veri amici erano in Africa. Una fredda desolazione le strinse il cuore al ricordo della disastrosa riunione a Londra. Aveva scritto a Camilla una sola volta da allora, uno stentato biglietto di ringraziamento. La miccia del rancore ancora le bruciava dentro, quando pensava alla scena nel nightclub. Poteva vedere la faccia di Piet, dapprima attonita, i lineamenti soffusi di un barlume di speranza mentre stava per prendere la mano di Camilla, osando a stento credere alle proprie orecchie. E poi l'espressione nei suoi occhi quando aveva intuito la verità. Si era esposto completamente, senza riserve né difese. Povero idiota! Come aveva potuto essere così cieco da non vedere quel che Camilla stava facendo? Erano stati tutti quanti pedine in un suo gioco feroce. Forse non erano mai stati altro. Camilla si era servita di Piet, e poi lo aveva messo da parte con una spietatezza incredibile – a meno che si tenesse conto che, alla fine, era figlia di sua madre.

Sarah aveva scritto ad Hannah, sorvolando però su quella serata. Un altro spiacevole incidente che aveva a che fare con i Broughton-Smith. E stavolta era la loro sorella di sangue quella che aveva inflitto il dolore. Hannah non aveva tardato a risponderle, dicendosi invidiosa della vita di Sarah in Irlanda; accennava agli sforzi di Lottie per mettere da parte il denaro con cui pagarle l'università; dal canto suo, Hannah voleva solo finire il corso di amministrazione aziendale il più in fretta possibile e tornarsene a casa a Langani. Le sue pagine scribacchiate lasciavano trasparire ben poco della realtà che stava vivendo in Rhodesia.

Da Piet nemmeno una parola. Quando erano usciti dal nightclub, Sarah aveva cercato di confortarlo, lui però era stato brusco fin quasi alla sgarbatezza. Alla fine lei aveva borbottato qualche frase di circostanza e lo aveva lasciato a leccarsi le ferite. Non c'era niente che potesse dirgli per alleviare la sua umiliazione. Era ora di seguire il consiglio di Tim: tirare una riga su tutta l'incresciosa faccenda e cercare di farsi una vita a Dublino finché si fosse laureata. Pensò ai progetti fatti con Camilla e Hannah per festeggiare insieme la loro ventunesima estate. La vita era così semplice quando si erano scambiate quella promessa, forti della convinzione che loro tre fossero invincibili, inseparabili! Sarah si strinse nelle spalle, immergendosi nella determinazione di sopravvivere al presente. C'erano esami per cui sgobbare sui libri, e un tempo inclemente a cui resistere, prima di poter tornare al mondo che amava. Nel frattempo, la fotografia era diventata il suo unico piacere. Quando stava per andare al college, suo padre le aveva regalato la sua fotocamera reflex monoculare, una Leica alla quale teneva molto.

"Ti sarà molto utile più avanti, per i tuoi studi naturalistici. Iscriviti al corso di fotografia al college e impara la tecnica", le aveva suggerito mostrandole i primi rudimenti. "Impegnati! Sono sicuro che farai foto meravigliose una volta che ti sarai impratichita."

Era stato l'inizio di una nuova passione. I primi risultati erano stati mediocri, ma un po' per volta Sarah aveva imparato a usare il fotometro e i filtri per ottenere le lunghe, lente esposizioni che ammorbidivano le sue immagini e riflettevano il suo modo di vedere le cose. Adesso stava preparando un portfolio: sperava di riuscire a trovarsi un lavoro come freelance per qualche rivista. E poi era imminente un concorso dell'*Irish Times* con in palio un sostanzioso premio in denaro e l'opportunità per i vincitori di esporre i loro lavori.

Quando arrivò al college, la camera oscura era libera; fu sollevata che non ci fosse nessun altro attorno a disturbarla. Le piaceva la procedura solitaria di sviluppo e stampa: le dava spazio per i pensieri, una scusa per sottrarsi alla difficoltà di integrarsi con gli altri studenti. Doveva esserci qualcosa di fondamentalmente sbagliato in lei, immaginava, per essere incapace di adattarsi. Dopo tutto quel tempo si sentiva ancora un'estranea, nonostante le sue radici. Bizzarro come in Africa fosse sempre identificata come un'irlandese, mentre in Irlanda si sentiva un'espatriata. Ruth tra il granturco straniero, eccetto che lei non aveva trovato nessun Boaz a Dublino. Il suo Boaz era un agricoltore *afrikaner* che viveva lontano migliaia di chilometri e la considerava una sorta di sorellina minore. Sempre più spesso Sarah si domandava perché continuasse a tenersi aggrappata a quell'impossibile sogno adolescenziale. Ridicolo struggersi ancora per un amore non corrisposto! Sarebbe stata ora di prestare più attenzione ai ragazzi del college che si mostravano amichevoli e interessati, ma gli studenti della sua età le sembravano tutti un po' immaturi. E non si trattava solo del confronto con Piet. Era un problema suo – una parte di lei proprio non riusciva a entrare in contatto con l'Irlanda, con il college, con qualunque cosa lì. Non c'erano molti studenti che venivano dall'estero a Dublino, e gli irlandesi parevano tutti quanti conoscersi o essere imparentati tra loro, facendola sentire un'intrusa. Quando cercava di descrivere la sua vita in Africa, l'immensità del paesaggio, le tribù e le loro tradizioni, la fauna delle pianure, gli altri ascoltavano per un po', poi però lei vedeva il loro sguardo farsi vacuo e capiva che non avevano alcuna idea di che cosa stesse parlando. Quella gente non poteva nemmeno immaginare la vastità del Maasai Mara, l'esperienza di assistere allo spettacolo imponente di centinaia di migliaia di animali selvaggi nella loro annuale migrazione, la sensazione mistica che ti catturava quando guardavi la luce dell'alba danzare sull'Oceano Indiano. Alla fine aveva smesso di parlarne. Eccetto che con Mike: lui mostrava di essere interessato, di voler capire – e tra loro era nato un rapporto che aveva avuto sviluppi del tutto imprevisti.

Sola nella camera oscura, Sarah fissò affascinata le immagini spettrali che emergevano dal liquido di sviluppo come corpi annegati in una piscina. Sentì l'euforia crescere mentre le figure si materializzavano, facendosi sempre più nitide finché poté distinguere le forme, le facce segnate, le mani rugose, le volute di fumo di sigaretta sospese sopra occhi che avevano visto troppa sofferenza. Erano buone, molto buone. Fotografie che raccontavano una storia. Uomini e donne in una cucina squallida, seduti attorno a un tavolo, ai margini della disperazione. Sostenendosi a vicenda con spavalderia, sorridendo coraggiosamente all'obiettivo, le dita macchiate di nicotina così come le loro vite erano inquinate da altre dipendenze. Sarah aveva scattato quelle immagini la settimana prima al Saint Joseph, un ricovero per alcolizzati e drogati vicino alla stazione ferroviaria di Sarsfield Quay. Lavorava lì come volontaria dall'inverno, quando era andata per la prima volta ad aiutare alla mensa dei poveri. Era strano come una decisione casuale e apparentemente di poca importanza avesse dato una svolta così repentina alla sua vita.

Un pomeriggio aveva letto un annuncio nella bacheca del college:

Si cercano volontari disponibili a prestare servizio presso una mensa cittadina per senzatetto martedì 26 novembre...

...Quel giorno Sarah si sentiva più smarrita del solito. Divideva un appartamento con il fratello, ma Tim lavorava come medico interno in un pronto soccorso quindi era raramente a casa, e le poche volte che lo vedeva era troppo stanco per essere di compagnia. I sogni di festicciole con i suoi nuovi amici e colleghi erano andati in fumo sotto l'effetto della sua timidezza, combinata con gli orari proibitivi del fratello. Guardando la bacheca, decise che avrebbe potuto dare una mano a gente che se la passava peggio, e allo stesso tempo magari farsi degli amici tra gli altri volontari.

Due sere dopo si presentò al centro parrocchiale di Merchant's Quay, e un frate francescano in saio marrone e sandali la accompagnò da un giovane che stava apparecchiando i tavoli nel refettorio.

"Questa è Sarah Mackay, Mike. Vuoi mostrarle cosa fare?"

"Certo, padre Connolly." Mike dispose un altro coperto prima di alzare lo sguardo.

"Posso darti una mano qui?" gli domandò lei. "O c'è qualcos'altro?"

Il sorriso del ragazzo illuminò un volto scuro e serio, facendolo apparire meno scostante. La squadrò brevemente, prendendo nota del taglio del vestito di lana, della collana di perle azzurre e degli stivali di pelle scamosciata chiara che aveva ereditato da Camilla.

"Be'..." Mise giù il mazzo di posate, poi indicò un tavolo ancora da preparare. "Immagino potresti..."

"Mike, non hai ancora finito lì?" Una ragazza alta con i capelli trattenuti da una sciarpa rossa stava venendo verso di loro, tutta efficienza e determinazione. “Lascia perdere i tavoli... se ne occuperà qualcun altro. Ho bisogno di te alla porta.”

“Questa è Sarah”, le disse Mike. “È nuova, e si è offerta come volontaria per stasera. Sarah, ti presento Cathy.”

“Ciao.” Il sorriso di Cathy era freddo e formale. “Hanno bisogno di qualcuno in cucina. È un manicomio là dentro. Sai cucinare?”

Sarah si sentì invadere dal panico. Cucinare? Non aveva mai avuto bisogno di cucinare finché era arrivata a Dublino, e anche qui aveva solo qualche infarinatura di mansioni domestiche. Ma cucinare per un’intera comunità di persone?

“No, non molto. Però potrei servire ai tavoli, o parlare con le persone...”

“Saprai certamente pelare patate, no? Bene. La cucina è là.”

Nemmeno pelare patate era un’attività di cui avesse fatto pratica in Kenya, ma Cathy aveva già preso Mike per un braccio, portandoselo via. Sarah indugiò sulla porta della cucina finché una robusta donna di mezza età china sul lavello si accorse di lei.

“Grazie di essere venuta, cara. Qui c’è un secchio di patate. Lavale soltanto, d’accordo? Non preoccuparti di pelarle, le bolliremo con la buccia.” La guardò meglio e scosse la testa. “Oh, santo cielo! Farai meglio a trovare qualcosa da metterti addosso... Quel vestito è davvero troppo elegante per questo lavoro. Non sei a un ballo, sai!”

Sarah arrossì. Stupida! Si era messa i vestiti migliori come segno di rispetto per le persone che si era aspettata di servire, ma sembrava piuttosto un’ostentazione. Be’, si sarebbe regolata la prossima volta. Trovò uno strofinaccio, se lo legò intorno alla vita e si mise al lavoro. La cucina diventò calda e piena di vapore, col trascorrere lento della serata; Sarah affettò carote, lavò tegami, grattò casseruole. Aveva le guance rosse, i capelli pettinati con tanta cura erano ormai crespi. Trascinava pentoloni di patate e verdure dai fornelli al tavolo di cucina, dispose i contorni sui piatti da portata, quindi tornò al lavello, di nuovo alla prese con le stoviglie unte.

Nel refettorio i tavoli si erano riempiti. Volontari facevano accomodare gli ospiti, versavano spremuta d’arancia e distribuivano piatti di pane e burro assieme alla zuppa. Una volta o due Sarah arrivò fino alla porta per guardare la sala: uomini e donne di ogni età in abiti logori accalcati sulle panche, che stringevano le posate in mani ruvide con le unghie sporche. Alcuni avevano un'aria da animale braccato, una fretta furtiva mentre mangiavano cucchiaiate della zuppa e prendevano il pane da intingervi. Sarah si domandava che cosa li avesse fatti finire a vivere in strada, acquattati negli androni, riparandosi sotto scatole di cartone. A un tratto si vergognò del proprio risentimento per essere stata assegnata al lavoro più umile, quella sera. I suoi giorni erano una festa continua in confronto alle esistenze disperate di quegli esseri umani derelitti che non avevano da mangiare e passavano la vita nella paura di essere malmenati o scacciati dai marciapiedi. Persino il suo modesto appartamentino sarebbe stato lussuoso per loro, caldo e asciutto, con acqua corrente calda e fredda, sapone profumato, biancheria pulita.

"Se provassi a parlare con qualcuno di loro probabilmente sarebbe indispettito dal mio accento affettato, dai miei vestiti eleganti e dalla mia estrazione privilegiata, e avrebbe ragione", disse a se stessa. La cuoca la richiamò alle sue mansioni, e lei tornò al lavello.

Era già stato servito il pudding quando iniziò il trambusto. Sarah udì le grida mentre si arrabattava con un'ennesima pila di piatti insaponati. Seguì la cuoca alla porta della cucina e vide Mike discutere con un uomo emaciato in un vecchio soprabito legato in vita da un pezzo di spago.

"Mi dispiace, John-Jo. Non puoi entrare." La sua voce era ferma, e teneva una mano sul braccio dell'uomo. "Sai che non sei più ammesso qui, dopo l'ultima volta."

Ma quello cercò di eluderlo, sbraitando parole incomprensibili e tirando fuori qualcosa dalla tasca. La gente intorno si scansò, fuori dalla portata delle sue braccia mulinanti mentre si dibatteva per liberarsi della presa di Mike. Era calato il silenzio e tutti stavano a guardare. Padre Connolly arrivò di corsa dal suo ufficio.

"Su, John-Jo, conosci le regole... Qui non si beve." Il frate gli tolse di mano la bottiglia. "Non vuoi una buona tazza di tè? È troppo tardi per offrirti altro. Dovevi arrivare prima se volevi cenare." Cinse con un braccio le spalle ossute del barbone. "Mike ha ragione, sai. L'ultima volta ti sei fatto cacciare, ma se ti metti seduto tranquillo ti daremo del tè e potrai scaldarti. D'accordo?"

John-Jo sputò sul pavimento e bofonchiò qualcosa. Il frate lo condusse in cucina, dove lo fece sedere a un tavolo vicino alla porta sul retro. Lasciandosi cadere sulla sedia, l'ospite indesiderato vide Sarah fissarlo. Gli occhi di un azzurro intenso, brillanti di intelligenza, erano iniettati di sangue. Sostenne il suo sguardo senza battere ciglio, e lei si voltò, imbarazzata.

"È rimasto qualcosa da mangiare, Mary?" Padre Connolly guardò speranzoso la cuoca.

"Sono avanzate delle patate e qualche carota, ma il pollo è finito", la donna lanciò un'occhiata torva a John-Jo. "Pensavo non avrebbe più messo piede qui. È un piantagrane, padre, un uomo violento. L'ultima volta ha fatto danni tremendi."

"Abbi pazienza, Mary, non sta bene. Era tanto che non lo vedevo così malmesso."

"Avrebbe una brutta cera anche lei, padre, se bevesse come lui!"

"Be', gli daremo quel che c'è, e una tazza di tè caldo con del pane e burro. Fa molto freddo fuori, stanotte."

"E va bene, gli preparerò qualcosa. Io però non glielo porto, chiaro? Quello ha una linguaccia che taglia. Non ho intenzione di sopportare una volta di più le sue villanie." Mary sbatté una pentola sul bancone per sottolineare il concetto.

Sarah si schiarì la gola. "Lo servirò io."

Il frate si volse e la guardò sorpreso, accorgendosi soltanto ora di lei. "Sei stata qui tutta la sera? Credevo te ne fossi andata. Sarebbe molto gentile da parte tua servire John-Jo, e non badare a quello che dice. Portagli soltanto la cena e il tè. Mike controllerà che non ti dia fastidio."

Sarah mise insieme un piatto di cibo, lo portò all'uomo. John-Jo era curvo sul tavolo, la testa tra le mani. Aveva le nocche escoriate, e il cuoio capelluto pieno di croste sotto i radi capelli grigi. Nella stanza faceva caldo e dal soprabito umido emanava un puzzo fetido. Lei gli posò il piatto davanti.

"Mi dispiace, il pollo è finito", disse in tono di scusa. "Ma forse gradirà questo. E le prenderò del pane e burro per accompagnarlo, se vuole."

"Chi se ne frega del pollo! Sempre fottuto schifoso pollo. Odio il fottuto pollo", bofonchiò lui, frugando in una delle tasche del soprabito. "Ecco, mi cuoci questa? Me l'ha data un macellaio in fondo alla strada. Sempre meglio del fottuto pollo."

Tirò fuori un luccicante pezzo di carne cruda ricoperto di lanugine; Sarah, alla vista del rivolo di sangue denso che gocciolava, fu assalita da un'ondata di nausea. Per un orribile momento pensò che sarebbe svenuta. Mike si girò dall'altra parte, ma padre Connolly aveva notato il suo improvviso pallore.

"Oh, su, John-Jo", intervenne. "Non puoi aspettarti che qualcuno..."

"No, non c'è problema", mormorò Sarah, trovando a fatica la voce. "Gliela cuocio volentieri." Prese il pezzo di carne sanguinolenta, facendosi forza per trattenere il voltastomaco. "Ci vorrà solo qualche minuto. Va bene se la faccio in padella? Non sono una gran cuoca, ma fin lì posso arrivarci."

Si affrettò al lavello e aprì il rubinetto, sciacquando con cura la carne dalla peluria e dalle altre indefinite schifezze che vi erano appiccicate. La mise a friggere nella padella. La cuoca stava riponendo le pentole pulite sui ripiani, borbottando sottovoce. Sarah scaldò del sugo d'arrosto avanzato versandolo poi sulla carne, quindi si tolse lo strofinaccio che aveva usato come grembiule, si ravviò i capelli e servì a John-Jo la cena. Gli altri si allontanarono mentre l'uomo attaccava a mangiare. Sarah trovò uno sgabello e si sedette di fronte a lui. Attraverso la porta poteva vedere il frate e Mike mandare via la gente e cominciare a riordinare tavoli e panche. Mary la salutò con la mano e la ringraziò dell'aiuto mentre se ne andava, lasciandola da sola in cucina con il barbone.

"Ne vuoi un po'?" Lui la stava scrutando con i suoi vividi occhi azzurri.

"Oh... no, grazie, John-Jo. Davvero."

"Scommetto che quegli stronzi non ti hanno neanche dato da mangiare, eh? Su, assaggia. È buona. L'hai cucinata bene."

Le offrì un boccone infilzato sulla forchetta. Oltre le spalle dell'uomo, lei vide che padre Connolly e Mike si erano girati a guardarla. Cathy inarcò le sopracciglia e simulò un conato di vomito. Sarah sentì un'impennata di determinazione.

"Grazie. Un pezzettino, magari, giusto per assaggiare. Ho cenato prima di venire qui." Con coraggio mise in bocca la carne. "Mmm... Buona! Ed è vero, l'ho cucinata bene, anche se la salsa poteva essere un po' più calda. Piuttosto gustosa, in effetti..."

John-Jo all'improvviso sorrise. "Brava ragazza! Mi piaci." Divorò il resto della cena, ingollò il tè, poi si allungò sulla sedia con un sospiro e chiuse gli occhi.

Sarah si alzò in silenzio, prese il piatto vuoto per andare a lavarlo. Quindi uscì dalla cucina per vedere se ci fosse altro da fare: la sala del refettorio era deserta. Udì una sedia grattare contro il pavimento alle sue spalle. Si girò, e vide John-Jo alzarsi e avanzare con passo incerto verso di lei. Avvertì un fremito di allarme, ma l'uomo cambiò direzione e passò oltre, andando a un vecchio pianoforte a ridosso di una parete. Sollevò il coperchio, si sedette alla tastiera su uno sgabello malandato, poi cominciò a frugarsi di nuovo nelle tasche. Lei si domandò se stesse per cavarne un'altra prelibatezza da cucinare, o forse una bottiglia di alcool proibito. Ne estrasse solo un pacchetto gualcito di sigarette e una scatola di fiammiferi. Ne accese una e sbirciò Sarah attraverso il fumo.

"Questo è per te, ragazza. Perché ti sei vestita bene per servirci la nostra cena. Mi piace. E hai cucinato la mia carne e non hai avuto paura di mangiarla con me. Tu sei una giusta, ragazza. Sei una giusta."

Iniziò a suonare, gli occhi chiusi e la sigaretta penzolante dalle labbra. La musica fluiva dalle sue dita in un torrente di bellezza. Il vecchio pianoforte rispondeva al tocco sapiente, i toni metallici trasformati in armonia. All'ultimo accordo John-Jo si chinò in avanti, la fronte sulla tastiera, il piede posato sul pedale per lasciare che le note finali echeggiassero nel silenzio. Sarah si accorse di avere le lacrime agli occhi. Stava piangendo per la soavità della musica e il talento del musicista, per la rovina della sua vita, per la perfezione del dono che gli era stato dato, e di cui lui aveva voluto farle omaggio.

Lui alzò lo sguardo e sorrise.

"Ah, al diavolo!" esclamò poi, alzandosi di scatto. Richiuse il coperchio del pianoforte e se ne andò.

"Era un pianista molto conosciuto ai suoi tempi." Padre Connolly era apparso nel vano della porta. "Finché il bere lo ha distrutto. Penso sia parte della rabbia che ha dentro. Rabbia per quello che ha perso, per quello che ha buttato via."

"Dove andrà adesso?"

"Dorme al nostro ricovero in Sarsfield Quay. Quando non viene allontanato per avere combinato qualche disastro. Mary ha ragione: è un tipo molto pericoloso quando ha una giornata storta."

"Sì. Be', sono lieta di essere stata di aiuto." Sarah gli tese la mano. "Buona notte, padre."

"Hai fatto un ottimo lavoro stasera. Spero verrai ancora. Dio ti benedica, figliola."

"Grazie."

"Dirò a Mike di accompagnarti alla fermata dell'autobus. È ancora qui, e questa non è la zona migliore per una ragazza sola, di notte."

Lei si sentì sollevata di non doversi avventurare nelle strade buie per conto suo. Mentre camminavano, i due ragazzi chiacchierarono un po'; Mike era all'ultimo anno della facoltà di legge, ma le lunghe ore di studio e l'impegno nel volontariato non avevano lasciato molto tempo per la sua ragazza, che lo aveva piantato.

"Lavoro al ricovero alcune sere, e nel fine settimana faccio la distribuzione dei pasti in strada", le spiegò. "Può essere spaventosamente triste, ma a volte anche spassoso. Mi ha fatto scoprire quanto sia fenomenale la tenacia umana, anche nella disperazione. Forse ti piacerebbe venire con me qualche volta?"

Sarah si unì al suo gruppo la settimana seguente. Aiutò a preparare enormi pentoloni di minestra, tè zuccherato e montagne di panini imbottiti, uscendo nella notte fredda per distribuirli a persone che si arrangiavano a dormire in parcheggi e in edifici abbandonati, su panchine coperti da giornali o rannicchiati sotto scatole di cartone sui marciapiedi bagnati. Si offrì anche per il turno di notte al ricovero il lunedì.

Il Saint Joseph era una costruzione georgiana in rovina con lunghe finestre a ghigliottina che tremavano al vento. Lampadine spoglie pendevano dal gesso sgretolato degli elaborati rosoni sui soffitti – vestigia di fasti passati – gettando ombre sinistre negli angoli bui. La cucina era l'unico ambiente caldo, e la gente per lo più si radunava lì. I grandi fornelli a gas e il forno emanavano un tepore confortevole che il fuoco di legna dei camini non riusciva mai a raggiungere nelle enormi stanze spartane piene di spifferi gelidi. Col tempo Sarah imparò ad amare la processione di residenti, persone perdute con tristi storie e facce marchiate dai fallimenti delle loro vite. Finalmente cominciava a sentire di avere uno scopo, qualcosa che le dava soddisfazione.

E aveva un uomo nella sua vita. Passava molto del suo tempo libero con Mike Daly. Lui era dinamico, intenso, appassionato in quel che faceva, e sembrava animato da un forte ideale di giustizia sociale che, era convinta, lo avrebbe reso un avvocato formidabile. Si mostrava affascinato dal suo insolito background, e un po' per volta si conquistò la fiducia di Sarah, vincendone la reticenza a parlare della sua vita in Kenya. Lui almeno cercava di visualizzare quel che lei descriveva. A Sarah piacevano i turni di notte insieme, e cominciò a raccontargli storie della sua infanzia africana. Era lusingata di tanto interesse. Mike faceva domande acute sulla vita dei "grandi bwana", come li definiva, sulle differenze culturali tra gli africani e i coloni bianchi. I Daly, le confidò, venivano da Limerick; il padre aveva una farmacia, la madre era un'insegnante. Lui aveva deciso di studiare legge perché c'erano troppe persone indifese, cadute in disgrazia, dimenticate o respinte dalla famiglia. Erano i reietti della società, e lo Stato non offriva loro alcuna tutela, per quanto i politici amassero riempirsi la bocca di parole come "solidarietà".

Per la prima volta da quando era a Dublino, Sarah sentiva di avere trovato qualcuno che la capiva. Mentre Mike la tempestava di quesiti, si rese conto di quanto poco lei sapesse realmente della popolazione indigena del Kenya, pur essendo cresciuta là. Quando lui la baciò, sentì un piacevole tepore pervaderle il corpo, ma nessuna eccitazione travolgente. Forse sarebbe cresciuta con l'approfondirsi della conoscenza reciproca, pensò.

"Ho saputo che stai frequentando Mike Daly", le disse Tim una sera mentre lei si preparava per uscire. "È molto impegnato a farsi un nome nell'estrema sinistra politica."

Lei si voltò di scatto, avvertendo una critica. "Mike non è interessato alla politica. Si occupa di legge, di difesa degli emarginati. Crede in quello che fa, e ci mette passione. Non vedo che cosa ci sia di male."

"Da quel che ho sentito, è un comunista fanatico. Mi sorprende che ti sia messa con lui." Suo fratello sbadigliò e si allungò sul divano.

"Io non mi sono messa con nessuno", replicò Sarah sulla difensiva, affrettandosi a cambiare discorso. "Mi sembri piuttosto distrutto... Faresti meglio a mangiare e andare a letto. Sei troppo lungo per quel divano! Ti verrà il torcicollo e sembrerai Quasimodo. Come se non fossi già abbastanza brutto! Dai, ti preparo un tè e del pane tostato."

Mise su il bollitore e tirò fuori il pane.

"Sono stato di guardia per trentasei ore filate. Non ho la forza di fare un passo di più." Tim si passò una mano sugli occhi stanchi. "Probabilmente ho ucciso metà dei pazienti del pronto soccorso. Per la maggior parte non ricordo nemmeno per che cosa fossero lì. Alla faccia del giovane medico motivato e zelante! È stata una settimana infernale. Se non fosse stato per Deirdre, sarei morto e sepolto."

"Deirdre? Credevo fosse acqua passata."
Lui si alzò a sedere, aggrottando le sopracciglia. "Che cosa te lo fa pensare?"
"Be', non la vedo da mesi. Da Natale, in effetti. Di sicuro non l'hai portata qui."
"Perché mai dovrei portarla qui? Perché tu possa massacrarla ancora un po'?" Tim allungò una mano, cercando a tastoni gli occhiali. Li inforcò e fissò con severità la sorella. "Non è certo grazie a te, o a quella vipera della tua amica, se Deirdre mi rivolge ancora la parola."
"Oh, andiamo, Tim. Era solo uno scherzo! Non pensavo te la saresti presa."
"Oh, certo. Eri troppo impegnata a prenderti gioco di lei per fermarti a considerare come mi sentissi io. Non ti sei mai nemmeno presa la briga di chiedermi di lei."
"È solo che... be', sono sicura che sia una brava persona, ma..."
"Deirdre è un'ottima persona, genuina e diretta. E tiene molto a me." Tim squadrò Sarah con rimprovero. "Non è facile, sai, far breccia in un gruppo chiuso di persone... Uno spera di essere accettato, messo a proprio agio e aiutato a inserirsi. Invece, tu e la dannata Camilla ce l'avete messa tutta per metterla in difficoltà e farla sentire inferiore e tagliata fuori."
Sarah lo guardò, in preda al rimorso. Non le era mai passato per la testa che il fratello potesse provare sentimenti profondi per quella ragazza.
"Ci stavamo solo divertendo un po', Tim."
"Dovreste trovare altri modi di divertirti", ribatté acidamente lui. "O magari provare a essere gentili, tanto per cambiare."
L'irritazione azzerò il senso di colpa. Tim poteva essere così pomposo! Non erano state cattive con Deirdre, non abbastanza per farne una tragedia. Forse gli orari snervanti all'ospedale avevano intaccato il suo senso dell'umorismo, perché non era mai stato così permaloso, prima. Sarah lasciò da parte la stizza e fece uno sforzo per essere conciliante.
"Mi dispiace", mormorò mettendogli una mano sulla spalla. "Sul serio. Non avevo idea che lei ti piacesse tanto. Mettiamoci una pietra sopra, d'accordo? Ricominciamo daccapo."
"Ma non dovrebbe importare quello che provo per lei, non credi?" Tim non voleva mollare. "Era un'ospite in casa nostra, ed era Natale. Non lo aveva passato con la sua famiglia perché la

madre è un'alcolista e non sopportava l'idea di trascorrere un altro giorno di festa guardandola bere come una spugna e stramazzare ubriaca fradicia alla fine del pranzo."

"Tim, non lo sapevo. Senti, ti ho chiesto scusa. Non avevo alcun diritto di comportarmi così con lei." Gli porse una tazza di tè e un piatto di pane tostato con burro. "Adesso manda giù questo e poi va' a letto. Ti prometto che quando ti sveglierai domani avrai una sorella esemplare, dolce e adorabile."

Lui bevve il tè con gli occhi semichiusi e divorò il pane imburrato. Prima che lei se ne andasse stava già dormendo.

Al ricovero, ancora sentendosi in colpa per Deirdre, Sarah si diede da fare a cucinare, a mescolare nelle pentole di minestra, a lavare e strigliare. Nella quiete del primo mattino rimase seduta a parlare con Mike, gustandosi le sue carezze. Quando, più tardi, la accompagnò a casa, lui la baciò con crescente passione, chiedendole se le permetteva di entrare. Lei lo respinse usando il fratello come scusa; si rendeva conto che era solo questione di tempo prima che Mike pretendesse qualcosa di più, ma era un discorso che per il momento non voleva affrontare. Era ridicolo, eppure lo percepiva come un tradimento nei confronti di Piet, ancora così dentro il suo cuore. Avrebbe dovuto procedere con calma, estirpare il suo ricordo un po' per volta.

Una sera, verso la fine di marzo, Mike le propose di accompagnarlo a una cena a casa di un membro del senato, Gerry McCall. Sarah fu lusingata dell'invito, ma anche irritata quando lui le spiegò che poteva essere importante per la sua carriera. E così Tim aveva ragione, pensò, Mike aveva davvero ambizioni politiche. Si vestì con cura, ricordando i consigli che Camilla le aveva dato per apparire al meglio; il fischio di ammirazione di Mike quando la vide le confermò che aveva fatto tutto per bene.

All'inizio della serata gli invitati discussero la situazione nel Nord. Sarah si sentiva un pesce fuor d'acqua, impreparata sull'argomento. Inevitabilmente il discorso si spostò sul governo inglese e le colonie, e Mike la tirò in ballo parlando dei suoi trascorsi in Kenya. Tutti gli occhi erano puntati su di lei, e lei ebbe la sgradevole sensazione che Mike avesse programmato tutto. Infatti la imbeccò con domande sulla sua famiglia e il suo stile di vita, e in principio lei rispose con franchezza; ma pian piano le parve chiaro che lui voleva esibirla davanti ai suoi amici socialisti come il suo personale esemplare dei mali della politica colonialista. Cominciò a risentirsi per la loro ristrettezza di vedute e i loro sentimenti antibritannici.

"Avevate degli uomini che si occupavano di tutte le faccende domestiche, vero?" la incalzò Mike, e aggiunse come nota di colore a beneficio della compagnia: "Li chiamano 'boy', non importa l'età. Umiliante".

"Non vi sentivate male a sfruttare così quella gente, facendola vivere in alloggi angusti dietro la vostra casa sfarzosa?" Fu Tom Russell, un giornalista, a porre la domanda, scrutandola attraverso una nuvola di fumo di sigaro. "In quanti dovevano stare in una stanza, a proposito?"

"Ogni famiglia aveva due stanze e un..."

"Un'intera famiglia in due stanze? Suona un po' come gli schiavi nelle piantagioni negli Stati americani del sud."

"Oh, non è il caso di mettere in croce questa ragazza", intervenne McCall, e Sarah gli rivolse uno sguardo riconoscente. "Ci sono famiglie che vivono in condizioni simili in Benburb Street, santo cielo. E chi fa qualcosa per loro? Metà di quei poveracci saranno morti prima che il nostro Mike accorra in loro soccorso."

Attorno al tavolo si levarono risate; Sarah però era turbata.

"Non è come credete voi. Lo fate sembrare orribile, vergognoso, eppure non lo è. Il domestico diventa parte della tua famiglia. I servitori sono felici, ricevono buoni salari, istruzione per i loro bambini, assistenza medica quando occorre. E gli alloggi in cui vivono sono di gran lunga meglio delle capanne di fango nei villaggi: là starebbero tutti in un'unica stanza, senza acqua corrente o adeguata ventilazione." Non appena lo ebbe detto, si rese conto di quanto doveva essere apparsa condiscendente.

"Feudale. Non trovate?" commentò Mike. "Non manca mai di stupirmi che gli inglesi possano ancora permettersi questi soprusi. Adesso le colonie stanno chiedendo a gran voce l'autonomia, ma che tipo di preparazione hanno ricevuto? Non hanno mai avuto l'opportunità di essere indipendenti dai loro padroni."

Lei non aprì bocca. Come avrebbe potuto spiegare la dedizione di suo padre nelle corsie d'ospedale, le costanti premure di sua madre per le donne e i bambini che vivevano nella loro proprietà, o quanto i domestici fossero orgogliosi di fare parte della loro servitù? Nessuna di quelle persone avrebbe capito il particolare rapporto di cui stava parlando. E adesso c'erano tante scuole, college e progetti educativi destinati a promuovere l'istruzione degli africani. Si sarebbe aspettata qualcosa di più da Mike, ed era sorpresa, ferita dalla trappola che le aveva teso.

"Ma sì, teniamo i selvaggi al loro posto!" sghignazzò scioccamente un altro invitato.

"Insomma, Sarah", si spazientì Mike, notandone l'espressione irritata, "davvero ti sembra giusto tenere la servitù come del bestiame, a prendere ordine da te giorno e notte, cucinare e lavare per te, e guardarti vivere nel lusso? Be', almeno in confronto a loro, comunque. È giusto che ti servano un pranzo di quattro portate mentre loro devono accontentarsi di... com'è che chiamate quella poltiglia di mais?"

"*Posho*. È l'equivalente keniota delle patate che mangiamo qui." Il tono di Sarah era glaciale.

"Sì, *posho*. *Posho* e carne scadente. Ovviamente ricevono l'occasionale regalo e una gratifica a Natale, giusto? Che cosa davate loro a Natale, me lo hai detto? Non dovevano riunirsi tutti nel corridoio il mattino di Natale?"

"In salotto. Papà dava a ogni famiglia un busta con del denaro, e mamma prodotti alimentari – cose speciali che non avrebbero potuto comprarsi – più vestiti per tutti e giocattoli per i bambini." Ma mentre li elencava, i doni perdevano valore, e il piacere di chi li aveva ricevuti sembrava svanire. "È la stessa cosa che fate qui", aggiunse. "Come al Saint Vincent de Paul o..."

"Le persone assistite dal Saint Vincent de Paul sono dei disperati senza lavoro, o vecchi abbandonati, bisognosi di aiuti di emergenza. Non sono tenuti in un permanente stato di servitù", obiettò Tom Russell.

"Giustissimo!" esclamò Mike, trionfante. "Ricevono beneficenza, non un obolo di qualche scellino e uno straccetto di cotone come compenso per il loro duro lavoro."

Sarah sentì la rabbia montarle dentro e manifestarsi in una vampata di rossore sulle guance. Le sembrava di essere un insetto al microscopio, messo su un vetrino per essere esaminato da un enorme occhio critico. Perché non riusciva a far capire come stavano realmente le cose?

"Non è mai stato un problema", disse. "Era semplicemente un modo di vivere."

Ma gli altri avevano ormai perso interesse per l'argomento e stavano passando ai pettegolezzi locali e al brandy. Mike si strinse nelle spalle e le rivolse quel suo sorrisetto di superiorità che la faceva sempre impazzire quando avevano una discussione. Che cosa poteva saperne lui? Probabilmente non era mai stato più in là di Belfast, o forse Londra, in tutta la sua vita. Il resto della serata si trascinò al rallentatore. Quando finalmente lui la riaccompagnò a casa, Sarah scese dalla macchina senza una parola. Dopo quell'episodio, tra loro calò una evidente freddezza, e lei fu sollevata quando Mike interruppe i turni notturni al ricovero per prepararsi agli esami di fine corso.

Ma i suoi commenti avevano lasciato il segno, e si erano propagati in Sarah come un veleno lento, lasciandola piena di dubbi e interrogativi su se stessa. Cominciò a riflettere sulla sua infanzia spensierata, indifferente alla vita degli africani pur condividendo la loro terra, inconsapevole di quel che realmente provassero per i padroni bianchi. Cominciò a mettere in discussione la sua memoria delle cose... i sorrisi allegri dei domestici, la loro apparente soddisfazione per la vita che conducevano, l'orgoglio di lavorare per il *Bwana Daktari*, il rispetto che ne derivavano nella propria comunità. Era stato tutto reale, o aveva semplicemente dato per scontato che fossero felici? Pensò a Lona, la figlia di Walter, il cuoco. Avevano la stessa età, avevano giocato insieme nel giardino della casa e nel cortile della servitù dove la madre di Lona stava seduta al sole, avvolta in un vivace *kanga* con un bambino piccolo attaccato all'ampio seno, intenta a preparare il *posho* per il pasto serale. Cantava sempre, e il suo largo sorriso metteva in mostra i denti bianchi. Aveva un odore differente – Sarah lo aveva detto a sua madre una volta, chiedendogliene il motivo. Probabilmente dipendeva dall'alimentazione, le aveva spiegato Betty. Adesso riusciva quasi a fiutare l'odore del *posho*, il profumo della stoffa del *kanga*, l'aroma di latte del bambino, il sentore pungente di pelle calda sotto il sole. Lona era morta di polmonite a sei anni. Sua madre si era prima rivolta a uno stregone, pensando che la piccola fosse stata colpita da una maledizione. Quando Walter portò la figlia da Raphael era ormai troppo tardi, e nemmeno l'onnipotente *Bwana Daktari* riuscì a salvarla. Walter e la moglie se ne erano andati poco dopo, tornando al villaggio vicino al lago Vittoria. Adesso Sarah provava vergogna, realizzando che non conosceva nemmeno il nome della moglie, non aveva mai pensato di chiederlo, né si era mai chiesta in seguito che cosa ne fosse stato di loro. Se n'erano andati, e li aveva immediatamente dimenticati. Era perché non li aveva mai visti come vere persone, ma soltanto come servi? O era stata solo la sua giovane età a farle accantonare il ricordo senza alcuno scrupolo, fino a quel momento?

Mesi dopo, alla luce rossa della camera oscura, si ripromise che non sarebbe stata così insensibile quando fosse tornata in Kenya. Non sapeva come, ma avrebbe trovato un modo per dare il proprio contributo a quella terra. Qualcosa che riecheggiasse gli sforzi incessanti dei suoi genitori per migliorare le condizioni di salute e l'istruzione della gente.

Sarah esaminò con sguardo critico il suo lavoro. Le avevano insegnato così tanto, quelle anime malandate le cui facce ora la fissavano dalle fotografie. Il tempo passato al ricovero era stato prezioso, e ora Sarah si rendeva conto che persino il comportamento discutibile di Mike aveva avuto un lato positivo: l'aveva costretta a pensare. Comunque aveva smesso di frequentarlo; si era sentita strumentalizzata, non si fidava più. Seduta sullo sgabello ad aspettare che le stampe asciugassero, rievocò la notte in cui aveva scattato le foto.

C'erano soltanto pochi interni e operatori seduti in cucina quando era arrivata, ma sapeva che ci sarebbe stato un afflusso di gente dopo la chiusura dei pub. Ormai era abituata ad assicurarsi che non venissero portati dentro alcolici di nascosto, e abile a sequestrare bottiglie quando qualcuno ci provava. (John-Jo era uno dei peggiori trasgressori). E di solito in quei casi cominciavano i problemi. La resa di una bottiglia proibita di whiskey o gin spesso dava il via a baruffe di cui facevano le spese i mobili, ragion per cui le sedie e i tavoli delle stanze al pianterreno erano permanentemente malconci.

Sarah aveva portato la sua tazza di caffè al tavolo e tirato fuori la macchina fotografica.

"Allora, vogliamo fare qualche ritratto?" aveva domandato con un sorriso.

"Gesù, e che te ne fai? Un archivio di foto segnaletiche?"

Era stato Duncan a parlare, piccolo, tenace, con una barbaccia ispida e denti terribili. Aveva sorriso a una vecchia dai capelli arruffati seduta accanto a lui, gli occhi strizzati contro il fumo puzzolente di una sigaretta fatta a mano che le pendeva dalle labbra, e ammiccato a Sarah con aria cospiratrice.

"Ecco, inquadra questa bellezza qui e me! Non siamo una splendida coppia?"

Ben presto tutti i presenti avevano cominciato a mettersi in posa, sempre meno impacciati, fino a dimenticare la presenza della fotocamera. Era arrivato John-Jo, miracolosamente sobrio, e aveva aperto il coperchio del pianoforte. Qualcuno aveva attaccato una canzone. Sarah era stata a osservare come la musica ammorbidiva i loro volti, soffondendoli della nostalgia di tempi migliori, e aveva regolato la macchina, usando una pellicola ad alta sensibilità in modo che non ci fosse bisogno del flash: voleva catturare quei momenti senza il lampo di luce, così che nessuno ricordasse che stava immortalando le loro vite e i loro fallimenti. Aveva inquadrato Joan, una donna esile e stralunata con una lingua velenosa come una vipera quando si arrabbiava, e Aggie, minuta, timida, tranne quando aveva in corpo qualche birra e un po' di whiskey.

Seguiti dall'obiettivo, gli ospiti piroettavano e battevano i piedi, lasciandosi trasportare dalla musica lungo i percorsi della loro giovinezza. La luce coglieva un occhio lucido, un sorriso sdentato, il guizzo di una ciocca di capelli sporchi, una spalla alzata, teste inclinate e braccia conserte; e mentre i ballerini volteggiavano per la stanza squallida, le pareti ingrigite scomparivano, creando uno sfondo indistinto in cui le chiazze di umidità sull'intonaco erano trasformate in misteriose pitture murali. Sarah si muoveva tra loro, variando la distanza focale con lo zoom. Forse ne sarebbe venuto fuori qualcosa di veramente buono. La capacità di afferrare preziosi momenti e fermarli nel tempo la faceva setire quasi divina. Le immagini sarebbero rimaste in eterno. Persino quando la realtà li avesse rimandati alle loro battaglie private, quei poveri diavoli avrebbero conservato la magia di quella notte liberatoria di vitalità e cameratismo, stampata e ristampata su carta lucida venticinque per venti, affinché non fosse mai dimenticata.

Sarah era stata impaziente di sviluppare le pellicole, di vedere. Adesso, mentre esaminava le foto con crescente eccitazione, seppe di avere del materiale di prima qualità per il concorso. E se fossero state esibite alla mostra, i suoi amici al ricovero avrebbero avuto una voce che parlasse per loro. Quando le stampe furono asciutte, le ripose con cura in una cartelletta, rimise in ordine la camera oscura e tornò a casa.

In cucina lavò la padella e il piatto che suo fratello aveva lasciato nel lavello. Quando si affacciò alla camera di Tim, lo vide dormire di traverso sul letto, ancora con gli abiti da lavoro addosso, le scarpe, gli occhiali e il camice bianco in un mucchio sul pavimento. Com'era vulnerabile, pensò. Così giovane. Lui non aveva più accennato alla sua preziosa Deirdre, però questo non significava che tra loro fosse finita – probabilmente non gli andava di confidarsi con sua sorella. Sarah scosse la testa e andò a prepararsi un bagno caldo, poi si allungò nella vasca a pensare. Era sicura che Deirdre non fosse la ragazza giusta per Tim. Ma almeno lui aveva qualcuno, mentre lei era riuscita soltanto a rendersi ridicola.

Camilla non si era più fatta sentire. A Londra si era profusa in scuse, aveva cercato di salvare quel che restava del weekend portandoli a teatro, a cena in una trattoria italiana alla moda, e dopo in un club dove avevano ascoltato i Rolling Stones suonare dal vivo e persino conosciuto uno del gruppo. Ma era stato impossibile dimenticare la débâcle con Marina. Tim era tornato in Irlanda con un giorno di anticipo.

"Sta cercando di comprarsi la nostra assoluzione, e non posso accettarlo", aveva detto a Sarah. "Io me ne vado. Ci vediamo a Dublino."

"No, Tim. Camilla è un disastro, ma non è così calcolatrice. Guarda in che razza di situazione si trova, santo cielo! Come saremmo noi se fossimo cresciuti in una famiglia come la sua?"

"Sei troppo generosa, Sarah. Troppo indulgente. Camilla porta solo guai. Forse non può evitarlo, ma è proprio come sua madre... sparge infelicità ovunque vada. Piet è stato un idiota a farsi abbindolare dalle sue moine, non se lo meritava. Farai meglio a stare attenta o triturerà anche te, poi sarà di nuovo piena di rimorsi. Non hai bisogno di una cosiddetta sorella del genere."

Come erano state ingenue tutte e tre quando avevano stretto quel patto infantile! Adesso erano lontane l'una dall'altra, divise da circostanze famigliari e problemi che sabotavano ogni tentativo di preservare l'amicizia. Era sembrato così naturale, così giusto promettersi affetto e lealtà eterni e incondizionati. Sarah uscì dalla vasca e si strofinò energicamente l'asciugamano sulla pelle diafana, odiandone il biancore da latticino. Si sedette allo scrittoio e compilò i moduli per l'iscrizione al concorso, etichettando meticolosamente il retro delle fotografie prima di infilarle in una busta di spessa carta marrone. Quando tornò nel soggiorno Tim era sbracato sul divano, e la fissava con occhi iniettati di sangue.

"Ho provato ad aspettarti sveglio, ma hai fatto molto tardi e mi sono addormentato." Abbassò lo sguardo sul tappeto logoro. "Ci sono delle notizie da casa. Mamma ha telefonato mentre eri fuori."

"È tutto a posto?" Sarah ebbe un sussulto di apprensione. Betty chiamava solo in occasione di compleanni e altre ricorrenze, o se c'era qualche problema. Tim non rispose immediatamente, e nel lungo silenzio a lei sembrò che il fuoco della stufa a gas sibilasse un allarme.

"Adesso sì", rispose infine suo fratello. "O almeno così pare. Ma si sono presi un brutto spavento: papà ha avuto un'altra crisi di malaria. È stato molto male, non rispondeva alle cure, e pensavano... be', pensavano che stavolta fosse spacciato. Mamma era sul punto di telefonarci due giorni fa per farci tornare di corsa a casa. Poi per disperazione hanno provato a dargli dosi massicce di buon vecchio chinino, e sembra che abbia funzionato. Adesso lo aspetta una lunga convalescenza."

"Posso telefonare per sentire come vanno le cose?" chiese Sarah, ancora tremante. "Voglio parlare con loro."

"No, è tardi. Mamma è stata in ospedale giorno e notte a vegliare papà, e starà cercando di recuperare il sonno arretrato. Sta' tranquilla, ormai il peggio è passato, sono sicuro che andrà tutto bene." Tim si alzò e cinse con un braccio le spalle della sorella. "Ma c'è un problema che devono affrontare, Sarah. Devono lasciare Mombasa, scegliersi un altro posto dove vivere. Papà è stato avvertito, non può rischiare un'altra crisi. Mai più. La prossima volta non ce la farebbe."

"Lasciare la costa?" Sarah lo fissò incredula. "E dove potrebbero andare, santo cielo? Papà non vuole andarsene da Mombasa. Ha rifiutato ogni genere di promozioni e offerte per anni, pur di restare lì. È la nostra casa."

"Non ne hanno ancora discusso concretamente. Per un po' lui sarà troppo debole per fare programmi di sorta. Ma a quanto ho capito, deve assolutamente stare lontano da qualunque area malarica. I medici sono stati categorici."

Sarah si sedette, prossima alle lacrime. "Sei sicuro che sia proprio fuori pericolo? Mamma non ci sta nascondendo niente?"

"No, non penso." Tim si fregò gli occhi. "Può darsi che tornino qui mentre lui è in convalescenza, per riprendersi. Magari andranno all'ospedale per le malattie tropicali di Londra, e al Ministero delle Colonie per discutere possibili incarichi. Poi saranno in grado di decidere in base alle opzioni."

"Oh, Dio! Sì, certo. Opzioni." Sarah era ancora stordita.

"Il fatto è che non penso potrai andare in Kenya quest'estate. Perché loro non saranno lì e potrebbero anche non tornarci mai più." Tim vide le mascelle della sorella irrigidirsi e le lacrime sgorgarle dagli occhi mentre cercava di sostenere l'enormità di tutto quel che le stava dicendo. "Mi dispiace. So quanto ci tenevi."

Non andare in Kenya? Era l'unica cosa che l'aveva fatta andare avanti, la prospettiva di passare l'estate con Hannah e Piet, persino con Camilla. Non poteva credere che adesso il sogno le fosse stato strappato. Cercò senza successo di reprimere il disappunto. Papà era malato. Tutto quel che contava era che lui guarisse. Abbracciò il fratello e indossò il giaccone.

"Io vado a fare due passi", mormorò chinandosi a raccogliere l'ombrello. "Mi servirà a calmarmi. Non aspettarmi alzato."

In strada provò a imporsi di essere razionale. Non era la fine del mondo. Suo padre stava bene. Ma l'idea di non rivedere più la sua casa! Era troppo dolorosa per prenderla in considerazione. E Piet. Ebbe una stretta al cuore, e tentò di concentrarsi su qualcos'altro per sedare la crescente angoscia. Aveva voglia di mettersi a urlare. Cercò di immaginare qualche alternativa: avrebbe potuto iscriversi a un corso per migliorare la tecnica fotografica, ampliare il suo portfolio. Sarebbe stato costoso, ma si sarebbe trovata un lavoro part-time per pagarselo. Il freddo prese a penetrarle nella mente, fino a intirizzire i suoi pensieri e a spingerla a tornare a casa. Dove rimase a letto sveglia e infelice finché l'alba grigia pervase il cielo.

Quando parlò con sua madre, Betty le disse che sarebbero partiti per l'Irlanda appena Raphael fosse stato abbastanza in forze per viaggiare. Sarah lasciò l'appartamento prima del solito per passare all'ufficio postale a spedire le sue fotografie. Passò il resto della giornata nella biblioteca dell'università, imponendo alla mente divagante di tornare ai diagrammi che doveva memorizzare. Alla fine ci rinunciò e andò via, ansiosa di tornare all'appartamento ma timorosa di aprire la porta, nel caso ci fossero altre cattive notizie ad attenderla. Mentre posava la borsa sul tavolo il telefono suonò e lei si precipitò a rispondere, certa che fosse di nuovo sua madre.

"Ti ho spedito una lettera", le disse la voce di Camilla. "So che ho aspettato troppo a farlo, e tu probabilmente penserai che sia un modo da codarda di affrontare quel che è successo. Così ho voluto chiamarti per dirti ancora una volta quanto mi dispiace di avere ferito te, Piet e tutti quanti."

"Non puoi usare le persone per i tuoi scopi, Camilla, solo perché delle cose vanno male nella tua vita." Sarah proprio non ce la fece a offrirle comprensione.

"Lo so. Credimi, lo so. È che mia madre in qualche modo riesce sempre a farmi perdere il controllo. Ma mi farò perdonare, sia da te sia da Piet." Ci fu un lungo silenzio mentre Camilla aspettava una risposta che non arrivò.

"Senti, sto aspettando una telefonata molto importante, e ho bisogno di tenere la linea libera", disse infine Sarah. "Parliamone un'altra volta, Camilla."

"Oh! Sì, certo. In breve, io voglio ancora festeggiare il compleanno in Kenya, come avevamo promesso." C'era una strana sfumatura nelle sue parole che Sarah non riusciva a definire, una supplica forse, un senso di urgenza. "Mi piacerebbe tanto tornare lì quest'estate, se tu sei ancora dell'idea. E anche Piet, naturalmente."

Sarah sentì la rabbia montarle dentro. Ecco la vera ragione per cui Camilla aveva telefonato: assicurarsi che i suoi progetti per l'estate fossero sempre validi.

"Quel che dice o vuole Piet non ha niente a che fare con me", ribatté seccamente. "In ogni caso, non penso che io..."

"Dopo la costa potremmo andare tutti su a nord per un safari", la interruppe Camilla. Non parlava con la consueta cadenza un po' blasé, anzi sembrava quasi senza fiato per l'eccitazione. "Forse a Samburu, in un campo tutto per noi. Ci servirebbe una Land Rover e un mucchio di roba di ogni genere, ma Piet..."

"Ti sei tenuta in contatto con Piet?" Il risentimento minacciava di soffocare Sarah.

"Certo che no. C'è qualcosa che devo dirti."

"Dovrà aspettare", tagliò corto lei. "Adesso ho cose più importanti a cui pensare: papà ha avuto una crisi di malaria molto grave. È ancora in ospedale, e quando sarà dimesso lui e mamma verranno qui perché possa ristabilirsi a dovere. Quindi non avremo un posto dove stare sulla costa."

"Oh, Sarah, è terribile. Tua madre sarà sconvolta. Come se la sta cavando? Dio, c'è qualcosa che posso fare?"

"Sembra che il mio viaggio sia saltato, Camilla. Non potrò permettermi di andare là per conto mio, se i miei non ci saranno. Quindi farai meglio a metterti d'accordo direttamente con Hannah e Piet, e lasciarmi fuori."

"Ma è quello che sto cercando di dirti! Anthony Chapman è appena stato a Londra, e si è offerto di allestire un campo per noi, alla fine di agosto. Abbiamo trovato un ottimo accordo: ci farebbe un trattamento assolutamente di favore, e io potrei coprire le spese senza problemi. Sarà il mio contributo alla celebrazione dei nostri ventun anni. Devo fare un servizio per *Vogue* questa settimana, e mi è stato offerto un contratto favoloso per il lancio pubblicitario di un nuovo profumo. Così sono messa piuttosto bene in questo momento, e non vedo modo migliore per spendere i miei soldi. Vorrei pagare il tuo biglietto aereo, Sarah. Ti prego, ci tengo tantissimo. È una cosa che voglio fare per te, per tutti noi. Per favore, pensaci. Ti devo dire un'altra cosa, ma ci sarà tempo. Adesso è meglio che lasci il telefono libero. Ti richiamerò tra un giorno o due."

Quando chiuse la comunicazione, Sarah si sedette sulla poltrona. C'era qualcosa che non tornava nella proposta di Camilla, un qualche elemento mancante, ma non aveva il tempo di analizzarlo adesso. Era così allettante l'idea di tornare a casa nonostante tutto, sulla costa e a Langani, e forse persino fare un safari. Non si sarebbe mai sognata di poter stare in un campo privato come quelli di Anthony. Udì un rumore e alzò lo sguardo.

"Chi era al telefono?" Tim era appoggiato contro lo stipite della porta. "Dovrei avere la serata libera, ma non penso che durerà, perché all'ospedale sono a corto di personale. Sembra che abbiano tutti l'influenza."

"Camilla. Voleva sapere se sarei andata in Kenya ad agosto. Pare che Anthony Chapman potrebbe portarci tutti in un campo nella riserva di Samburu per festeggiare i nostri compleanni. Camilla dice di avere appena concluso qualche grosso contratto e vuole pagare lei tutto quanto. Anche il mio volo a Nairobi."

"Gesù! Quella non molla mai, eh?" commentò Tim disgustato. "Non capisci che sta cercando di comprare la tua approvazione? È patetico, Sarah. Quante volte ci vuoi cascare ancora?"

"Se c'è una cosa autentica nella sua vita, è la sua amicizia con Hannah e me", insisté Sarah. "Non intendo voltarle le spalle.

Non del tutto, almeno. Perché non vieni con noi? Ti divertiresti al safari, ne avresti bisogno. Stai lavorando così tanto."

"Accettare un risarcimento in denaro da Camilla?" Tim fece una risata sprezzante. "Non se ne parla nemmeno! Inoltre, mamma e papà potrebbero avere bisogno di noi qui. O sei così presa dalla tua amica ricca e viziata e da quello che può comprarti che non ti importa più di loro?"

"Questa è una cattiveria bella e buona!" urlò Sarah. "Sai benissimo quanto tengo a loro, quanto sono in pena. Ma questo viaggio sarà tra più di due mesi, e il pensiero di tornare a casa è l'unica cosa che mi ha impedito di impazzire quest'ultimo anno. A mamma e papà non dispiacerà se vado via per qualche settimana. Potrebbero persino essere di nuovo là loro stessi, per allora."

"Non ci torneranno più. Vuoi mettertelo o no in quella tua zucca dura?" Tim pestò un pugno sul cuscino del divano. "Sei una deficiente, Sarah. Camilla è una stronza calcolatrice! Non posso credere che tu sia tanto stupida da tornare là al suo seguito. Mi sembra già di vederti fare gli occhi da triglia a Piet van der Beer, mentre lui ti ignora e sbava appresso a lei. Dov'è il tuo orgoglio? Dov'è il tuo buon senso?"

"Tu parli di buon senso? Proprio tu che ti sei fatto prendere al laccio da quell'orribile Deirdre? Ti ha trasformato in un vecchio barbogio bigotto. Non hai proprio niente in comune con lei."

Non appena le parole le furono uscite di bocca avrebbe voluto rimangiarsele, ma le era bruciato quel che Tim aveva detto. Sarah si sbatté alle spalle la porta di casa e prese a camminare stancamente per strada, trascinandosi appresso la rabbia e il dolore. Trovò una panchina e si sedette, stringendosi nella giacca. Le accuse di Tim le ribollivano nella testa, però era determinata a non lasciarsi intaccare dalla sua analisi brutale dei fatti. Ne avrebbe discusso con sua madre nei giorni a venire. Era stanca di essere una pedina nella vita di altre persone, e meritava l'occasione di tornare nel luogo che amava. Con un sospiro, tornò all'appartamento. Era decisa a dare ai genitori tutto l'aiuto di cui potevano avere bisogno, ma lo era altrettanto a non lasciar cadere l'offerta di Camilla.

Il giorno dopo l'arrivo di Betty e Raphael a Dublino, lesse l'annuncio sul giornale. Sarah Mackay aveva vinto il premio di cinquecento sterline per i suoi ritratti degli ospiti del ricovero di

Saint Joseph. Le fotografie sarebbero state esposte per la vendita in un'importante galleria di Wicklow Street. Quando Mike Daly chiamò per congratularsi, gli sbatté il telefono in faccia. Poi prenotò in un albergo a cinque stelle e portò i genitori e il fratello nel Connemara per il weekend.

10

Kenya, giugno 1965

Hannah ordinò una birra e gazzosa e riportò la sua attenzione su Fred Patterson.

Quel pomeriggio avevano giocato insieme a tennis, vincendo il doppio misto. Fred voleva che Hannah si fermasse per la festa del sabato sera al club. Lei, che se lo aspettava, prima di lasciare Langani aveva infilato una borsa con un cambio d'abito, scarpe e profumo nel bagagliaio dell'auto senza farsi vedere da Piet, sapendo già che non avrebbe approvato.

"Passi troppo tempo al club", aveva osservato suo fratello. "La benzina costa, la macchina di mamma è vecchia, ma dobbiamo farla durare ancora per un po', Han. Non puoi usarla come una limousine. E non parliamo dei conti che lasci da pagare. Ti comporti come una *memsahib*! Non fai altro che dare ordini ai camerieri, giocare a tennis e bridge. Hai cose più serie di cui occuparti qui a Langani."

"Non voglio stare tutto il giorno nel tuo ufficio", aveva protestato lei con veemenza. "Ho passato gli ultimi due anni relegata in un buco miserabile mentre tu eri qui alla fattoria, o in Scozia a farti gli affari tuoi, o a spassartela a Londra con Sarah e Camilla. Adesso rimani fuori tutto il giorno a progettare il lodge, a guidare il trattore o a piantare frumento con Lars. E io sono di nuovo prigioniera. Non è giusto."

Con un sospiro, Piet aveva dovuto darle ragione. Quando il padre aveva deciso di trasferirsi in Rhodesia era stata Hannah a sacrificarsi. Come poteva negarle un po' di svago adesso? Però era sempre più preoccupato per lei. Parecchi amici gli avevano messo la pulce nell'orecchio facendo commenti sull'entusiasmo della sorella per i party sfrenati dati dalla locale squadra di rugby. Da una parte voleva che lei si godesse un periodo libero dalle responsabilità, ma il suo lato protettivo cercava di tenerla fuori dai guai.

"Piantala di farmi la predica", gli aveva detto Hannah quel mattino. "Non sono una bambina! Sono abbastanza grande per badare a me stessa. Anche Lars va al club... lo vedo spesso lì, con uno sciame di ragazze attorno. Perché a lui non chiedi che cosa combina? Mi sta spiando?"

"Ovvio che non ti sta spiando! Lars è un uomo adulto e può buttare via la sua paga e il suo tempo libero come gli pare. Ma tu sei mia sorella, e voglio saperti al sicuro. Tutto qui."

"Conosci tutti al club", era stata l'obiezione di Hannah, mentre lo guardava in cagnesco. "Hai giocato a tennis e rugby con loro per anni. Quindi che cos'hai da agitarti tanto?"

Era appunto quello il problema, naturalmente. Piet conosceva fin troppo bene gli scapoli famelici della zona che nel weekend si riversavano fuori dalle fattorie e dal presidio militare inglese a caccia di carne fresca e tenera. Come sua sorella. Se Lottie fosse stata a Langani ci sarebbero state regole rigide, e la ragazza avrebbe dovuto fare i conti con la severità di suo padre. Ma così come stavano le cose, lei non dava ascolto a nessuno. Era tornata alla fattoria da quasi due mesi, e stava diventando ogni giorno più difficile da gestire. Piet non le aveva spiegato la crisi che aveva gravato su Langani dopo l'improvvisa partenza di Jan. Non voleva sembrare critico nei confronti del padre, e aveva intuito che tra lui e Hannah c'era stato qualcosa di più serio di un battibecco. Non gli sembrava il caso di allargare le crepe nell'edificio già pericolante della sua famiglia. Ma Langani era ancora sull'orlo del disastro finanziario, e nel caso ci fossero stati problemi imprevisti con il prossimo raccolto sarebbero stati guai. L'oculata amministrazione di Lars li aveva salvati dalla bancarotta: aveva ridotto la forza lavoro, venduto bestiame e macchinari eccedenti, gestito l'azienda con creatività e dedizione. Era efficiente, e soprattutto era diventato un buon amico. Piet non voleva lasciarlo andare. Un uomo del genere sarebbe stato ancora più essenziale una volta che il lodge fosse stato operativo.

"Il lodge dovrebbe portare buone entrate", era stato d'accordo Lars. "La costruzione non costerà tanto. Quel Viktor Szustak è un architetto ingegnoso! Se seguiamo il suo progetto, possiamo trovare buona parte dei materiali qui alla fattoria – pietra, paglia, legname, inoltre abbiamo i braccianti. Potremmo persino costruire qui i mobili, nel capannone. Ma tuo padre vuole che rinvii tutto finché avremo qualcosa in banca con cui andare avanti in un anno cattivo."

"Papà non è qui", aveva ribattuto Piet, risoluto. "Non può occuparsi della conduzione di Langani a distanza. Dobbiamo prendere le nostre decisioni sul modo migliore per sopravvivere. La banca appoggia l'idea del lodge, e l'investimento di Anthony è stato di aiuto. In più, il lodge potrebbe impegnare Hannah in qualcosa di costruttivo, così smetterei di preoccuparmi."

"È una brava ragazza, tua sorella. Per lei è stata dura laggiù, e le sono saltati i nervi. Vedrai che si rimetterà in carreggiata se gliene lasci il tempo."

"Il tempo è un lusso che non possiamo permetterci", era stato il commento di Piet. "Hannah deve fare la sua parte, se vuole rimanere."

"Allora dovresti dirle la verità." Lars si era alzato. "Devo andare giù alla latteria: c'è un qualche *shauri* per del latte mancante. Penso che qualcuno venda di straforo alcuni litri al giorno, o chissà... forse lo dà alla famiglia e agli amici. Forse entrambe le cose."

Era quasi buio quando Hannah chiamò dal Nanyuki Club, e la rabbia compressa di Piet esplose attraverso la linea telefonica.

"Torna subito a casa", le ordinò, perentorio. "Non passerai tutta la notte lì, accumulando conti da pagare e mettendoti in una posizione rischiosa a un'altra festa di scriteriati."

"Oh, piantala di rompere, Piet! Sei diventato così noioso, sempre lì alla fattoria a parlare di lavoro e nient'altro."

"Ti ho detto di venire a casa, Hannah. Adesso. Subito." Udì uno scatto metallico, e rimase lì a fissare incredulo il ricevitore. Poi agguantò le chiavi del camion e partì per Nanyuki.

Mentre guidava la pioggia cominciò a battere sul parabrezza. Presto la strada divenne un pantano scivoloso; Piet riusciva a malapena a vedere dove stesse andando attraverso il vetro spazzato a fatica dai vecchi tergicristalli. Nel tempo che impiegò a correre dal parcheggio al club era già zuppo. Uno dei suoi amici della squadra di rugby lo salutò con una pacca sulla spalla e gli ordinò un boccale di birra. Non c'era segno di Hannah, ma diversi gruppi chiassosi stavano già bevendo e ballando.

"Hai visto Hannah?" domandò Piet a Jamie Pincott, il capitano della squadra.

"Non andrei a cercare tua sorella in questo preciso momento, vecchio mio." Jamie sorrise con aria saputa.

"Ricevuto", disse Piet, sforzandosi di sorridere a sua volta. "Chi è il suo ammiratore, stasera?"

"Fred Patterson. Lo stesso della settimana scorsa e l'altra ancora. Sembra che quei due abbiano in ballo una storia. Come vanno le cose a Langani? Non ti si vede più in giro da un pezzo. Sei proprio diventato tutto casa e bottega, eh? Hai bisogno di distrarti un po', amico. Che ne diresti di una partita a tennis la prossima settimana?"

Piet si fece forza per stare lì a finire la birra; finché una graziosa brunetta reclamò l'attenzione di Jamie, e lui immediatamente ne approfittò per andare alla ricerca di Hannah. Non era al bar, né sulla pista da ballo, e nemmeno seduta a qualche tavolo del ristorante. Diluviava quando uscì per passare in rassegna l'assortimento di veicoli nel parcheggio. Fece guizzare attorno il fascio di luce della sua pila attraverso gli scrosci d'acqua finché colse un movimento, e poi udì la risata della sorella. Era sul sedile posteriore della macchina di Fred Patterson, il quale stava armeggiando con la cerniera del suo vestito, la bocca incollata a quella di lei. Nessuno dei due si accorse di Piet se non quando lui spalancò di colpo la portiera e tirò fuori di peso Hannah. Lei gli scagliò contro tutta la sua rabbia e l'umiliazione in una raffica di parole che lui non l'aveva mai sentita usare prima, ma non ci fece caso. Fred Patterson scese dalla sua station-wagon e rimase lì con un'espressione stolida, impreparato al pugno che lo colpì sotto il mento facendolo ricadere in auto.

"Ehi! Calmati, amico! Non sto facendo niente che lei non..."

"Ti conviene stare lontano da mia sorella!" sbraitò Piet. "È sotto la mia responsabilità, e dovrai fare i conti con me se ti becco un'altra volta a fare il cretino con lei. Adesso sparisci! Va' a divertirti altrove."

Afferrò Hannah per il braccio e la trascinò al camioncino. "Sali", le disse a denti stretti, spingendola sul sedile del passeggero. "Si va a casa. Lars verrà domani a prendere la macchina."

"Sei un cafone prepotente, come papà!" strillò lei. "Non vi importa niente di me, a nessuno di voi. Per te sono solo un bagaglio che devi proteggere perché è sotto la tua custodia. Non capisci niente." Cominciò a singhiozzare, nascondendosi il viso tra le mani, i capelli fradici appiccicati alla testa.

Piet sbatté la portiera e andò a mettersi al posto di guida, già pentito delle proprie azioni. I due viaggiarono in silenzio sotto il temporale. Il bagliore diffuso dei lampi cedeva il posto a saette segmentate che si scaricavano crepitando. Il camioncino avanzò slittando e sbandando lungo la strada e per due volte si trovarono impantanati: Piet dovette scendere a spingere mentre Hannah dava gas, facendo turbinare le ruote nello sforzo di liberarsi dal risucchio del fango. Era quasi mezzanotte quando raggiunsero la fattoria. In soggiorno, Lars era in attesa accanto al fuoco.

"Sarà meglio che io mi ritiri in buon ordine davanti alle questioni di famiglia", disse, cogliendo l'espressione livida di Hannah mentre correva a rifugiarsi nella sua stanza. "Vacci piano, amico, di qualunque cosa si tratti."

"È andata a letto. Resta a bere qualcosa con me, Lars. Prendi i bicchieri, io vado a mettermi qualcosa di asciutto", propose Piet. Quando tornò si mise a scaldarsi davanti al focolare. "Ho fatto un casino", ammise. "Ho perso la testa come un idiota. Lei era sul sedile posteriore di una macchina con Fred Patterson. Prima ho tirato fuori lei, poi ho mollato un cazzotto a lui."

"Questo potrebbe aumentare le tue probabilità di ritrovarti con le ossa rotte al prossimo incontro di rugby", commentò Lars. "Sempre che non provveda prima Hannah."

"Lo so. Ma lei è la mia sorellina, Cristo santo, e sono io a dovermene occupare adesso."

"Non è più una bambina", gli fece notare Lars con gentilezza. "È una giovane donna con carattere da vendere. Devi trattarla come un'adulta dotata di un cervello ben funzionante, non come una scolaretta. E trovare un altro modo per farle capire quanto tieni a lei."

"Hai ragione", annuì Piet. "Andrò a dirle che mi sono comportato da stupido. Che volevo soltanto che fosse al sicuro."

"Non lo farei stasera, se fossi in te", gli consigliò l'amico. "A meno che tu voglia saltare dentro un vulcano in eruzione e ustionarti."

"Giusto anche questo." Piet sorrise. "Meglio rimandare. Riappacificazione in programma per domani mattina, come prima cosa. Grazie, amico."

Hannah non si presentò per la colazione. Mwangi apparve annunciando che *memsahib* Hannah era uscita a cavalcare molto presto. Era quasi mezzogiorno quando tornò.

"Dobbiamo parlare", esordì Piet, e alzò entrambe le mani quando lei fece per obiettare. "Sono stato un idiota ieri sera,

Han, e mi dispiace. Ti sto addosso come una chioccia, e lo so che è stupido. Solo che non voglio ti succeda niente di male, dopo tutto quello che hai già passato. E Fred mi aspetterà al varco al prossimo incontro di rugby, quindi sarà meglio che tu tenga pronte bende e stecche."

Hannah stava già sorridendo. "È andata bene che non abbiamo passato la notte ribaltati in un fosso, altrimenti avremmo dovuto fare i conti anche con Lars."

"Ah, sì, non ce l'avrebbe fatta passare liscia", rise Piet. "Ma ci sono delle cose di cui dobbiamo parlare, sorellina. Te le avevo tenute nascoste, adesso però è ora che ne discutiamo per poter decidere insieme il da farsi."

Hannah gli si sedette accanto; Piet aprì i libri contabili e i documenti che illustravano in dettaglio la situazione finanziaria della fattoria, e prese a esaminarli. Jan aveva lasciato l'azienda immersa nei debiti, e lei constatò che Lars aveva fatto tutto il possibile per tenere a bada il pericolo della bancarotta. Nonostante questo, erano ancora in equilibrio precario tra la sopravvivenza e il fallimento.

"Penso che possiamo farcela", disse Piet. "Il lodge sarà un'altra fonte di reddito che ci proteggerà negli anni di siccità, o quando sorgeranno problemi con il raccolto o il bestiame. E ti darebbe un progetto da seguire, una volta ultimata la costruzione. Potresti occuparti tu della gestione. Verrà qui gente da tutto il mondo... Molti cacciatori e compagnie private che organizzano safari sono alla ricerca di luoghi che non siano presi d'assalto da turisti ordinari. Noi accoglieremo soltanto dieci persone alla volta. Sarà un'esperienza diversa per loro, stare in una vera fattoria del Kenya e in una riserva naturale privata, con una famiglia keniota di terza generazione."

"Ma come possiamo farlo, se siamo a corto di liquidi e in debito con la banca?" domandò Hannah.

"Possiamo ridurre al minimo i costi usando materiali disponibili qui a Langani, se seguiamo i piani di Viktor. E Anthony ha stanziato una parte del denaro." Piet vide gli occhi della sorella accesi di interesse, per la prima volta da quando era tornata. "L'unica cosa, Han, è che dovrai mandare avanti l'ufficio mentre i lavori sono in corso, poi ci sarà da pensare all'arredamento, al personale da addestrare, ai menu da programmare e organizzare. Questo sembra il tuo territorio."

"È esattamente quello che sognavo!" Hannah gli gettò le

braccia al collo. “Mi dispiace tanto, Piet. So di essere stata una grana tremenda da quando sono tornata a casa. Ma questo è qualcosa che possiamo fare insieme, e adoro l’idea. Ora, vogliamo rivedere insieme quei conti un’altra volta?”

La gestione dell’azienda era cambiata da quel mattino, e Hannah aveva lavorato ogni giorno fino a tardi. Aveva creato un nuovo sistema di contabilità, archiviato e battuto a macchina, ordinato e controllato forniture. Non le piaceva stare in ufficio, ma adesso poteva guardare avanti, al momento in cui le sarebbe stata affidata la conduzione del lodge e avrebbe potuto ricevere ospiti dall’Europa e dall’America. Nel frattempo, era una questione di sopravvivenza.

Viktor Szustak andava e veniva regolarmente, talvolta fermandosi a dormire alla fattoria. Hannah era ipnotizzata dalla sua gestualità stravagante e dal marcato accento polacco, così esotico. Citava scrittori e poeti che lei non aveva mai sentito nominare, le disegnava vividi schizzi di come sarebbe apparso l’interno del lodge, e faceva progetti per i mobili. Flirtava con lei spudoratamente, facendola ridere per l’ovvietà di quelle manovre sfacciate. Ma Hannah era lusingata di tanta attenzione, e le sue visite erano sempre un piacevole diversivo.

Il giorno in cui iniziarono i lavori di costruzione festeggiarono con un picnic sul *kopje* dove sarebbero sorte la piattaforma di osservazione e l’area di ritrovo principale. Quando gli uomini scomparvero per misurare la posizione e le dimensioni delle tubature dell’acqua, Hannah rimase sola. Mentre la luce cominciava ad attenuarsi e le nuvole si aprivano a rivelare la sommità della montagna, all’improvviso due braccia forti l’afferrarono alla vita. Si voltò di soprassalto, e si trovò a guardare i lineamenti di Viktor. Lui emise un suono gutturale, quasi animalesco, e chinò la testa a baciarla, e Hannah sentì un fiotto di eccitazione attraversarle il corpo. Poi un rumore di passi li interruppe.

“Ah! Eccoti, Viktor. Piet ti aspetta per controllare che abbiamo misurato tutto. Se hai finito di prendere le misure qui, voglio dire.” Era Lars, la voce tonante. “La luce se ne sta andando, e voglio definire le richieste idrauliche oggi, così potrò ordinare i tubi.” Studiò Hannah per un lungo momento, pensoso, con una strana espressione negli occhi che lei non riuscì a decifrare.

Viktor si strinse nelle spalle e lo seguì con un mezzo sorriso divertito e vagamente canzonatorio.

"Spero che Viktor non si stia comportando come il pericolo pubblico che ha fama di essere", disse Piet alla sorella.

"Mi piace quando è qui", replicò Hannah. "È interessante, artistico e particolare, e mi parla di libri e quadri e luoghi che non ho mai nemmeno sentito nominare."

"Sarà." Piet era corrucciato. "Però è un imperterrito donnaiolo. Non farti incantare dalle sue chiacchiere, Han. È svelto a progettare costruzioni, e ancor più svelto con i suoi piani sulle donne."

"Piet..." Hannah gli rivolse uno sguardo ammonitore.

"Lo so. Sai badare a te stessa. Comunque tieni gli occhi aperti con quel tipo."

Piet fondò una società e aprì un conto in banca per il lodge, con Anthony Chapman come azionista. Lars seguiva la maggior parte dei lavori quotidiani alla fattoria. Piet e Lars risolvevano insieme i problemi logistici e le dispute tra braccianti. La loro amicizia si stava facendo sempre più profonda, e cominciarono a concedersi qualche svago, portando Hannah a occasionali feste a Nanyuki, persino all'Outspan Hotel di Nyeri per una cena e un pernottamento.

"Dobbiamo dare un'occhiata alle stanze, ai menu e al servizio, per farci un'idea", aveva detto Piet. "E poi meritiamo anche di divertirci un po'."

Una sera tardi, era giugno, Hannah era seduta alla scrivania nel vecchio ufficio del padre. Sistemò il fascio di fatture che aveva messo da parte e si stropicciò gli occhi. La lampada a kerosene sibilava lievemente emanando un tenue odore di olio bruciato che lei trovava stranamente rassicurante, forse un rimando alla sua infanzia, pensava. Le ombre si ritraevano dalla luce, come attori in attesa dietro le quinte di un palcoscenico. Ombre di un tempo in cui la fattoria era il suo porto sicuro e il padre era stato seduto in quella stessa pozza di luce, tenendo a distanza altre oscurità. Scacciò il ricordo. Papà non le sarebbe stato di alcun aiuto, adesso, e Piet era sempre al *kopje* a seguire i lavori di costruzione. Presto avrebbero dovuto rinegoziare le condizioni del prestito con la banca, e c'erano parti della fattoria che avevano cominciato a mostrare segni di incuria. C'erano i dipendenti da pagare, le fatture delle semenze e del mangime per gli animali continuavano ad affluire, e i costi di costruzione corrodevano i loro magri risparmi.

Lars era un buon allevatore. La sua famiglia in Norvegia possedeva un allevamento di bovini; lui aveva trascorso periodi di vacanza in Kenya fin da bambino, presso uno zio padrone di una grande piantagione di caffè a nord di Nairobi. Ma non aveva esperienza per quel che riguardava il frumento, e non era ancora pratico di tutti i problemi che potevano sorgere a causa dei parassiti che infestavano le coltivazioni o il bestiame. E nonostante Hannah, adesso, rivestisse un ruolo attivo nella conduzione dell'azienda, era riluttante ad accettare suggerimenti da lei. Era Piet il capo, quello con la laurea in agraria. E soprattutto, lui era un uomo. Hannah sospettava che nella mente di Lars lei restasse la ragazzina scappata dalla casa dei genitori in Rhodesia, e che adesso Piet si ritrovava sulle spalle come un fardello di cui prendersi cura. Aveva cercato di inculcargli in testa che lei era nata alla fattoria, che conosceva a fondo procedure e dinamiche, e poteva essere utile anche sul campo, oltre che dietro una scrivania; purtroppo non aveva un attestato di studio che lo dimostrasse, ed era comunque una ragazza.

Nelle settimane precedenti Hannah si era data da fare quasi esclusivamente in ufficio, e ora si rendeva conto che la casa era stata trascurata. Si imbarcò in un programma di pulizia e ritinteggiatura che diede una bella smossa al personale. Il giardino di Lottie c'era ancora, ma nessuno aveva piantato nuovi fiori e le siepi un tempo sempre ben regolate erano inselvatichite. Hannah si mise al lavoro con il giardiniere, piantando, strappando erbacce e potando finché fu certa che tutto fosse tornato come prima.

Piet aveva preso alcuni dei braccianti più esperti perché lo aiutassero nella costruzione del lodge, ma ancora non era stato fatto niente per addestrare il personale a cucinare, pulire e servire. Hannah gli aveva fatto notare che le sarebbe occorso del tempo per istruire nuovo personale, ma lui voleva aspettare il più possibile ad aggiungere altre voci sul libro paga. Trovare le persone giuste non sarebbe stato facile.

Era sembrato tutto così semplice, pensandoci in astratto dalla piantagione di tabacco in Rhodesia: sarebbe tornata a casa e avrebbe lavorato con Piet per dare forma alla loro personale Utopia. Nell'impeto della sua fuga da Jan, non aveva calcolato il rimorso che ancora provava per avere abbandonato la madre. Si era rifiutata di parlare col padre da quando era arrivata a Langani, e il dolore di sentire le prime parole di Lottie al telefono, così coraggiose e insieme desolate, era stato più di quanto lei riuscisse a sopportare. Aveva concluso in fretta la conversazione, e in seguito aveva provato a scrivere per spiegarsi. Comunque era decisa a non tornare indietro, nemmeno per amore di sua madre, e il senso di colpa per la sua egoistica defezione non le dava tregua. Aveva una terribile nostalgia di Lottie, e in fondo le mancava anche Jan. Voleva ritrovare il padre dell'infanzia, il gigante potente e sapiente che aveva mantenuto il suo universo sicuro e felice, non il triste ubriacone che faceva il bracciante nell'azienda del cugino. Inutile starci a pensare, si disse. È andata così. Si cresce. Si va avanti. Si alzò, prese le carte e la lanterna e lasciò l'ufficio ai suoi fantasmi, uscendo sulla veranda.

Gli insetti notturni sciamarono intorno al globo luminoso mentre camminava verso il soggiorno. Altre due lampade accese brillavano accanto alle poltrone, e tizzoni di legno rosseggiavano nel focolare. I cani di Piet non erano in vista, quindi lui doveva essere ancora al lodge dove era d'accordo di incontrarsi con Anthony. Poteva immaginarli seduti là fuori da qualche parte sotto le stelle, a bere una birra davanti al falò mentre facevano i loro progetti. Sarebbe stato carino raggiungerli. Aveva rinunciato alle sue puntate a Nanyuki, se non quando potevano essere combinate con gli affari della fattoria; si sentiva sola e isolata. Ogni tanto venivano amici a mangiare, nel weekend, ma i discorsi vertevano quasi esclusivamente su agricoltura, distribuzione delle terre e politica. Lars una volta l'aveva accompagnata a un party, e lei si era chiesta se stesse solo facendo un favore a Piet; suo fratello adesso andava spesso a Nairobi. Sembrava avesse un'intensa vita sociale in quelle occasioni: stava al cottage di Anthony, a Karen, e usciva con Viktor, le cui attività erano una fonte incessante di pettegolezzi in città.

Sarah le aveva scritto della sua nuova passione per la fotografia, e del suo ardente desiderio di tornare in Kenya per l'estate. Sebbene Dublino sembrasse poco invitante, Hannah avrebbe volentieri visitato i pub fumosi e i locali dove la gente suonava musica indiavolata con i violini e ballava tutta la notte. Camilla le mandava cartoline di monumenti da Londra, Roma o Parigi, con brevi messaggi dai quali si deduceva che la sua vita era piena di glamour. All'inizio Hannah era stata contenta di riceverle, ultimamente però cominciavano a sembrarle irritanti, narcisistiche. Trovava che fossero una risposta inadeguata alle sue lettere, e si sentiva surclassata dall'evidente successo dell'amica. Oh, finiscila di commiserarti, si rimproverò. Volevi essere a Langani, e adesso ci sei. Per il momento dovrai fartelo bastare. E non puoi aspettarti che Piet se ne stia qui con te ogni sera, o ti porti appresso ovunque vada.

Lui l'aveva portata al *kopje* qualche giorno prima, e avevano passato la notte accampati là. A tarda sera si erano seduti sulla piattaforma di osservazione non ancora completata, sovrastante l'abbeveratoio che Piet aveva creato sfruttando una sorgente sotto le rocce circostanti: per parecchi mesi aveva sparso sale per attirare gli animali. Col calare dell'oscurità era arrivato il primo timido impala, un maschio dal manto scuro e lucente, con lunghe corna ricurve e una striscia bianca sul petto; al chiarore delle lampadine collegate a un piccolo generatore, Hannah e il fratello erano rimasti a guardare mentre la sua compagna lo seguiva, avanzando cautamente verso l'acqua, il pelo rossiccio picchiettato di bianco, gli occhi scintillanti nel riflesso delle luci. Poi era stato il turno dei facoceri, apparsi trotterellando in fila indiana, le code ritte come antenne. Piet e Hannah avevano mangiato una semplice cena al sacco e, incapaci di andarsene, erano rimasti lì, avvolti in maglioni e coperte per difendersi dal freddo penetrante. Era mezzanotte passata quando erano arrivati i primi elefanti. Fratello e sorella avevano ammirato ipnotizzati le imponenti creature agitare le orecchie e aspirare l'acqua, gigantesche figure spettrali al chiarore delle stelle. I più giovani del branco osservavano gli adulti e poi li imitavano, allungando la proboscide a risucchiare il sale, spintonandosi giocosamente tra loro. Due piccoli stavano al sicuro dietro le zampe anteriori della madre, sbirciando fuori per imparare dai membri più intraprendenti della famiglia. Quando erano apparsi i bufali, sbuffando e spingendosi l'un l'altro per rotolarsi nel fango, Piet aveva messo un braccio intorno alle spalle della sorella.

"È straordinario", le aveva bisbigliato all'orecchio. "Gli animali ormai vengono ogni notte. Non dobbiamo mai dimenticare quanto siamo privilegiati ad avere tutto questo. Dobbiamo custodirlo, Hannah, a qualunque costo. È la nostra eredità, e ne siamo responsabili. Dovremo essere all'altezza di conservare questo patrimonio per tramandarlo alle generazioni che verranno dopo di noi."

"Lo so", aveva risposto lei sommessamente. "E voglio aiutarti in qualunque modo mi sia possibile."

"Mi sei già di immenso aiuto. Non potrei mai trovare il tempo di fare questo, stare alla fattoria, e occuparmi anche del lavoro di ufficio. E poi non è certo il mio forte fare tutti quei calcoli e pagare i conti e tenere in ordine i registri."

"Tra tutti e tre, siamo venuti a capo del disastro contabile che papà si è lasciato dietro", era stata la constatazione di Hannah. "Adesso sappiamo come siamo messi. Quindi, mi piacerebbe cominciare a fare qualcosa anche al di fuori dell'ufficio, per un'ora o due al giorno. Conosco ogni palmo di questo luogo, e non voglio stare dietro una scrivania solo perché ho seguito un corso di amministrazione aziendale, o in alternativa a casa a rammendare. Voglio avere un ruolo concreto qui. Non sono soltanto la tua sorellina che è scappata di casa."

Piet era silenzioso, e lei si era accorta che stava rimuginando qualcosa.

"Che cosa è successo veramente laggiù alla piantagione, Han?" le aveva domandato. "So che mi stai tenendo nascosto qualcosa."

Lei aveva serrato le labbra.

"Pensi che torneranno mai qui?" aveva continuato Piet. "Voglio dire, papà non è mai stato accusato ufficialmente di avere fatto qualcosa di male, per quel che ne so. Mamma mi ha confessato che è stato coinvolto nella morte di qualche guerriero Mau Mau catturato dalla sua unità. Ma lo stesso vale per migliaia di altri nell'esercito, nella polizia e nei corpi speciali, sia bianchi sia neri. C'è stata un'amnistia alla fine dell'Emergenza, e tutto è stato archiviato. Ho controllato gli annali dei Fucilieri Africani del Re, una volta che ero a Nairobi, e non risulta niente di negativo sul conto di papà. Allora perché si è rintanato laggiù con quei bifolchi limitati che sostengono Ian Smith? Sono sotto un governo che nessuno al di fuori della Rhodesia riconosce, eccetto i sudafricani con i loro fautori dell'apartheid. E papà non ha niente a che spartire con le loro beghe. Dovrebbe tornare a casa."

"Io non lo voglio qui", aveva affermato Hannah, gli occhi sfolgoranti. "Non voglio rivederlo mai più."

"Hannah!" Piet si era girato a guardarla, scioccato.

"È un ubriacone. Un inutile, maledetto, violento ubriacone.

Mi ha picchiata, ed è per questo che me ne sono andata. Probabilmente picchia anche mamma, e io lo odio."

Piet aveva taciuto per un po', cercando di assorbire quelle parole, enormi. "Mi dispiace", aveva mormorato poi. "Mi dispiace tanto. E non intendo giustificarlo, non importa quali problemi lui abbia. Adesso sei qui, Hannah, e continueremo a lavorare insieme e a occuparci della nostra terra, tu e io."

Ora, sola nel soggiorno, Hannah sorrise al ricordo di quella notte. Non era cambiato molto, e lei era sempre sommersa dalle scartoffie. All'improvviso si domandò se Lars fosse lì attorno. Almeno avrebbe avuto qualcuno con cui parlare. Meglio che niente. Mwangi si materializzò dalla porta della cucina e le rivolse un largo sorriso.

"È molto tardi", le disse. "Ti va qualcosa di caldo da bere?"

"Grazie, Mwangi, prenderei volentieri un tè. Poi va' pure a dormire. Hai visto *bwana* Lars?"

"È uscito a controllare lo steccato. Ha detto che c'erano *nyati* che venivano su dalla palude, e che ti arrabbierai molto se schiacciano di nuovo le tue verdure."

"Puoi giurarci!" I bufali erano un disastro quando entravano nell'orto, e Piet era stato costretto a sparare a uno di loro qualche settimana prima, dopo che aveva distrutto un campo di mais di uno dei loro *watu*.

Hannah si sedette davanti al focolare. Le sembrava di sentire l'odore del tabacco da pipa del padre indugiare ancora nell'imbottitura della poltrona; forse però era la sua immaginazione. Jan si era spesso seduto là per farsi un'ultima fumata prima di andare a letto. Si protese in avanti a riattizzare il fuoco. Aveva portato con sé le fatture più urgenti, ma certo sarebbe stato meglio aspettare l'indomani per vagliarle con Piet. Lui sarebbe stato stanco quando fosse rientrato, e probabilmente in compagnia di Anthony. Inoltre Lars si sarebbe di sicuro unito al gruppetto, e lui metteva sempre in discussione i suoi suggerimenti. A volte desiderava che lei e Piet potessero avere la casa tutta per loro per un po', senza la costante, ingombrante presenza del norvegese. Avrebbe voluto spostarlo nella vecchia casetta del direttore, a qualche centinaio di metri dalla residenza padronale, ma aveva bisogno di essere messa a posto, e tutto il denaro e i braccianti disponibili erano destinati alla costruzione del lodge.

Lars occupava una delle stanze degli ospiti: mangiava con loro, incombeva ovunque, riempiendo ogni spazio con la sua grande, allampanata figura. Una persecuzione! No, era ingiusta. Sapeva molto bene che non avrebbero potuto farcela senza di lui. Era un brav'uomo, e poi quella buffa pronuncia li faceva ridere. Ultimamente, una sera in cui erano tutti un po' giù di morale, Piet aveva tirato fuori il brandy dopo cena, e allora Lars si era aperto, raccontando storie della sua vita in Norvegia. Le sue descrizioni della gente eccentrica e testarda che era la sua famiglia e il suo vicinato li aveva aiutati a dimenticare i guai; Hannah era stata affascinata dall'idea di vivere in un luogo dove era buio pesto, giorno e notte, per parecchie settimane dell'anno. Lui aveva davvero l'aspetto del tipico vichingo: corporatura massiccia, lineamenti scolpiti e capelli biondi un po' troppo lunghi. Ma proprio non riusciva a immaginarselo compiere una scorreria. Sembrava decisamente troppo gentile per gli stupri e i saccheggi. Lei preferiva quella sfumatura di pericolo che rendeva gli uomini un tantino più interessanti.

Come Anthony. Hannah aveva sempre pensato che ci fosse qualcosa del grande felino in lui, una fluidità di movimenti, una forza implicita, un accenno di calcolo e persino di minaccia, negli occhi marroni sempre vigili. In guardia da Dio sapeva cosa. E Viktor Szustak. Lui era una vera forza della natura, con la sua risata folle e le mani che turbinavano in aria mentre parlava. Sembrava sempre muoversi come un tornado, anche quando non era di fretta, e faceva grandi, rapidi scarabocchi quando cercava di spiegare un'idea. Ma poi produceva progetti precisi in ogni dettaglio, ben meditati e tracciati sulla pagina con meticolose linee e lettere. Hannah non aveva idea di come riuscisse a tenere la mano ferma abbastanza per disegnare alcunché. Beveva quantità enormi di whisky, vodka e gin, incoraggiandola ad assaggiare di tutto. Recentemente si era quasi strozzata con un'acquavite incendiaria che aveva portato da Nairobi, e a lei era tornata in mente la volta che a Sarah era andato di traverso lo sherry tanti anni prima. Viktor comunque l'aveva buttata giù come se niente fosse, e poi aveva riso e cantato a squarciagola, e il mattino dopo si era presentato fresco e lucido, armato di matite.

Il rumore di un veicolo in arrivo la riportò al presente. Lars apparve sulla soglia, il fucile ancora in mano.

"Ho messo in fuga un vecchio *nyati* dal tuo orto", la informò. "Non credo tornerà. Ha fatto fuori solo qualche cavolo."

"Grazie, Lars", gli disse lei. "Ti va una tazza di tè?"

Lui si sedette e prese a mescolare lentamente lo zucchero nel tè, pensoso. Poi alzò gli occhi a guardarla. "Ti ho vista giù alla latteria l'altro giorno... parlavi alle mucche."

"Lo faccio sempre." Hannah si strinse nelle spalle. "Dal primo giorno che papà mi ha portata lì, e mi ha insegnato a dire i nomi delle mucche. Avrò avuto due anni, credo."

"Penso che a loro piaccia", commentò Lars. "Il suono della tua voce. Posso capirlo. Così, stavo pensando che forse potresti occuparti tu della latteria. Se credi di averne il tempo, s'intende. Sei sempre rinchiusa in ufficio... e sarebbe una bella cosa se pensassi tu alle vacche da latte. Non so più dove mettere le mani... tra il frumento, la recinzione e i *watu*. Potrai sempre contare su di me, se avessi bisogno di aiuto. Che ne pensi, Hannah?"

"Vuoi che assuma il controllo della latteria?"

"*Ja*."

"Affare fatto", accettò lei con gioia. "Comincerò domani."

Stava cercando qualcos'altro da dire quando Piet arrivò con Anthony. Uscì per andare loro incontro, mentre i cani saltavano giù dalla Land Rover abbaiando.

"Hannah! Sono settimane che non ti vedo." Anthony spense il motore e chiuse la sua jeep. "Ti trovo benissimo. Naturalmente ho sempre saputo che saresti stata una bellezza."

"Adulatore!" Lei rise, scostandosi dal viso una ciocca bionda sfuggita dalla treccia. "Mwangi ti ha preparato una camera. Hai mangiato? Posso far portare qualche sandwich e della birra. O un bicchierino di whisky, forse?"

Poco dopo erano seduti tutti insieme intorno a un vassoio accanto al focolare; la stanza di colpo si era fatta calda, accogliente. Anthony osservò Hannah mentre si allungava a servire i sandwich e a versare da bere. Era molto più snella di quando era partita per la Rhodesia. O forse era semplicemente cresciuta. Aveva un tipo di bellezza forte, concreta, con i suoi folti capelli dorati e gli occhi ben distanziati, contrastante con le ombre indefinite nel suo sguardo. Gli piaceva la forma del suo mento, insieme tenero e impertinente, eppure c'era un che di guardingo in lei che lo induceva a chiedersi quale ferita potesse nascondere. La sorellina di Piet era sbocciata in una donna, e i suoi commenti sullo sviluppo del lodge erano perspicaci. Notò che Lars stava lanciando occhiate di apprezzamento nella sua direzione, senza ricevere in cambio sorrisi o sguardi d'intesa.

"Allora, quali sono i tuoi programmi?" le domandò Anthony. "Resterai a Langani, o pensi di tornare giù a sud per proseguire gli studi?"

"Non tornerò mai in quel posto. Mai."

Lui fu spiazzato dalla veemenza di quella risposta. Piet era innaturalmente immobile, e a un tratto si percepiva una distinta tensione nell'aria. Anthony si affrettò a cambiare discorso.

"Sono appena tornato da un viaggio di rappresentanza in Inghilterra e negli Stati Uniti. Ho visto Camilla a Londra: uno schianto, e ha anche un bel fegato a vivere nel bel mezzo di tutto quel che succede in quella città pazza. È famosa. Le sue foto sono su ogni rivista e giornale. Stupefacente."

"Piet e Sarah l'hanno vista a Pasqua", disse Hannah. "Molto reticente, mio fratello, sull'argomento Camilla. Non mi ha raccontato molto di quel weekend."

Anthony inarcò le sopracciglia, ma Piet si era alzato a riattizzare il fuoco, ignorandoli deliberatamente.

"Comunque, abbiamo parlato di un safari per festeggiare i vostri compleanni", continuò. "Ho un buco tra due ingaggi verso la fine di agosto. Saremmo noi cinque, o sei con Tim. Ho proposto un campo nell'area di Samburu o Shaba, dove non ci sono turisti. Sono sicuro che Lars potrebbe portare avanti il forte, qui, per qualche giorno."

"Sì, ho abbastanza pratica per cavarmela", confermò il norvegese.

"Non ho avuto notizie da Camilla, a parte qualche cartolina." Si stava rivelando una serata piena di sorprese per Hannah.

"Be', sembrava sicura che ci sareste stati tutti. Abbiamo preso degli accordi per il campo: lei provvederà al cibo, al vino e al carburante per le macchine, io fornirò le tende e il personale. Più l'eccezionale regalo di me stesso come vostra guida personale. Piet, se porti una Land Rover e un rimorchio non ci sarà bisogno di un camion. Sono stupito che Camilla non si sia fatta sentire con voi. Mi aspettavo che si sarebbe attaccata immediatamente al telefono per dirvelo."

"Sembra un sogno", commentò Hannah, ma vide il fratello stringersi nelle spalle e allontanarsi. "C'è qualcosa che non va, Piet?"

"No, niente." Tornò dal piccolo gruppo davanti al fuoco. "Senti, Han, avete programmato questa riunione per il vostro ventunesimo compleanno da tanto tempo, ed è una splendida idea. Anthony sembra avere organizzato qualcosa con Camilla, e io posso certamente metterci la Land Rover e il rimorchio, però non penso di poter venire con voi. C'è troppo da fare qui, e voglio terminare la costruzione per la fine di novembre, così saremo in grado di aprire il lodge poco dopo Natale."

"Tu *devi* venire con noi!" protestò Hannah. "Lars ha già detto che può cavarsela."

"Su, vecchio mio", lo incalzò Anthony. "Non puoi lasciarmi da solo nel bush a sopravvivere a queste tre sirene. Dio solo sa che cosa ne sarebbe di me."

"Non abbiamo molte occasioni di fare qualcosa insieme, Piet", insisté Hannah, implorante. "Sei tutta la famiglia che ho qui. Voglio che ci sia anche tu."

"Credo dovresti riconoscere la sconfitta, amico", ridacchiò Lars. "Si tratta solo di qualche giorno, in fondo."

Hannah gli lanciò un'occhiata riconoscente, poi guardò interrogativamente il fratello. Lui rispose con un'altra domanda: "Siete sicuri che Camilla intenda far venire anche me?"

"Certo che sì." Anthony lo guardò perplesso. "Spera venga anche Tim Mackay, se riuscirà a liberarsi dall'ospedale."

Piet annuì. "E quando hai detto che sarebbe?"

"Fine di agosto e inizio settembre. Sarah non riprenderà il college fino a ottobre. Allora, che ne dici?"

"Penso si possa fare", acconsentì Piet.

"Allora è deciso!" Hannah abbracciò il fratello, gli occhi splendenti di gratitudine. "Grazie, Piet. È la cosa più bella che possa immaginare!"

"Puoi telefonare a Camilla e Sarah domani." Piet si rendeva conto di quanto lei lo meritasse. Era così giovane e già ne aveva passate tante, e stava lavorando sodo. "Di' loro che non vediamo l'ora. Ma ricordati che il telefono costa... non stare mezz'ora a chiacchierare, intesi?"

Quando finalmente si alzarono dai loro posti attorno al fuoco ormai morente, Hannah si protese a dare un bacio al fratello, e lui strofinò il mento ruvido contro la sua guancia.

"Grazie ancora, Piet. Non hai idea di che cosa significhi questo per me."

"Ne hai ogni diritto. Ti dai da fare come una schiava, e non sei poi male, in fin dei conti. Per essere una ragazza, voglio dire."

Rise quando lei gli martellò il petto di pugni, poi se ne andò fischiettando in camera sua. Hannah lo guardò allontanarsi, colma di ottimismo per il futuro. Era contenta che lui e Anthony stessero lavorando insieme. Quell'uomo era una miniera di informazioni e di esperienza, e conosceva tutti nell'industria del turismo sia a livello locale sia oltreoceano. Sarebbe stato un socio ideale, inoltre era un vecchio amico. Ce l'avrebbero fatta. Sarebbe andato tutto bene. E adesso aveva ad aspettarla la riunione in agosto e il suo compleanno a settembre. Lei e le sue amiche avrebbero avuto così tante cose da raccontarsi e da condividere. Dal giardino le giungevano i trilli dei succiacapre e i gracidii delle raganelle che punteggiavano i distanti richiami delle iene, e l'iroso grido di avvertimento di una zebra che si allontanava da un predatore notturno.

All'alba del giorno dopo andò alla latteria, dove Lars la stava aspettando. Guardarono gli addetti portare dentro le vacche e fecero il giro delle stalle; parlarono col mandriano e gli inservienti incaricati della mungitura e Lars spiegò loro che da quel momento lei si sarebbe assunta la responsabilità della latteria. Più tardi, Hannah tornò con molta meno riluttanza del solito al suo lavoro di ufficio. Stava esaminando accigliata una fattura che le sembrava esagerata quando Juma, il caposquadra, apparve sulla soglia.

"C'è un uomo qua fuori", annunciò. "Vorrebbe vederti."

Lei alzò gli occhi dalle sue carte. "Che uomo?"

"Un giovane Kikuyu, *memsahib* Hannah. Ha una lettera della scuola della missione di Kagumo."

"Kagumo?" Hannah era sorpresa. "Ne ha fatta di strada per venire qui, eh? Che cosa vuole?"

"Chiede di vedere *bwana* Piet."

"Adesso non c'è. È andato a vedere quel toro che è rimasto impigliato con la zampa nella recinzione la notte scorsa. Digli di tornare più tardi."

Juma scomparve, e Hannah udì un suono di voci sulle scale esterne. Quando lui tornò indietro aveva in mano una lettera piegata con cura. Gliela consegnò, e lei la lesse rapidamente. Era scritta in una grafia filiforme e angolosa, da studioso.

Scuola di Kagumo
Kiganjo
Provincia Centrale

A chiunque possa essere interessato:

Simon Githiri è un orfano giunto da noi in tenerissima età. Da allora è stato allevato e istruito alla scuola della missione di Kagumo. Riteniamo abbia circa vent'anni. Adesso sta cercando lavoro. È a nostro giudizio un giovane diligente, intelligente e onesto, dotato di una spiccata capacità di apprendimento. Parla bene l'inglese, sa leggere e scrivere, e ha conseguito il suo diploma scolastico, completando inoltre con profitto un corso di base di computisteria. Sarebbe adatto a ricoprire mansioni impiegatizie, ma si presterebbe anche a svolgere lavori domestici o agricoli. È un buon archivista, e ha qualche esperienza come magazziniere. Durante gli anni di scuola ha trascorso un periodo presso il nostro collegio di agraria, lavorando la terra per pagarsi il mantenimento.

Credo che potrebbe dimostrarsi un valido e affidabile lavoratore, se gliene venisse data l'opportunità.

Il preside,
Padre Carlo Caverde

La missione di Kagumo si trovava nei pressi di Nyeri, ai piedi della catena montuosa di Aberdare. Era una grande e articolata struttura gestita da sacerdoti italiani, e Hannah ricordò con un sorriso che era da tempo conosciuta come "il Sacro Romano Impero" tra gli europei della zona. I Missionari della Consolata avevano un ospedale, scuole, un orfanotrofio e un istituto di agraria, e la fama di preparare molto bene i loro studenti a entrare nel mondo del lavoro. Fu questo a convincerla a ricevere il ragazzo.

"Fallo entrare, Juma. Vedrò se sia il caso che aspetti *bwana* Piet oppure no."

Il giovane era snello e muscoloso, di statura media, con la pelle nerissima. Indossava calzoni sbiaditi ma puliti e una camicia di cotone a scacchi, e portava sandali aperti fatti con la gomma di vecchi copertoni. Si fermò rispettosamente sulla soglia dell'ufficio, lo sguardo basso dopo una rapida occhiata alla persona di cui si trovava al cospetto. Hannah indicò la sua lettera di referenze.

"Simon Githiri", disse. "E così, sei stato allevato dalla missione di Kagumo?"

"Sì, signora. Mi hanno dato una buona istruzione." La voce era profonda, l'inglese buono.

"Pensano tu possa svolgere un lavoro d'ufficio. Strano che tu non abbia cercato un posto a Nyeri. È una cittadina fiorente, dove ci sono molte possibilità d'impiego. Ed è molto più vicina a casa tua."

"Quella non è la mia casa, signora." Il ragazzo alzò gli occhi a guardarla direttamente.

"È un bel viaggetto da lì", osservò Hannah. "Perché venire così lontano, alla nostra fattoria? Non abbiamo lavoro d'ufficio qui. Non sono sicura che abbiamo lavoro di alcun genere, in effetti."

"Mi è stato detto da un uomo che ho incontrato a Nanyuki stamattina che il *bwana* di Langani si sta mettendo in affari con i safari. Che ci sarebbe stato lavoro nelle battute di caccia, o all'albergo che state costruendo. Mi piacerebbe fare un lavoro del genere. Mi metterei d'impegno."

Si esprimeva con proprietà, pensò Hannah, il tono era calmo ma determinato. Era anche bene informato. La sorprendeva sempre come funzionasse il tam-tam in quella terra. La gente sembrava spigolare notizie nel vento.

"Come sei arrivato qui, Simon?"

"A piedi."

"Da Nyeri? E quando sei partito?"

"Due giorni fa, signora."

Sessantacinque chilometri in meno di quarantotto ore. Chissà dove aveva dormito, eppure era in ordine, e non dava alcun segno di essere accaldato o stanco. Era indubbiamente forte, e molto motivato. Hannah batté la penna sulla scrivania mentre un'idea cominciava a formarsi nella sua mente. Lesse di nuovo la lettera di padre Caverde, poi si alzò.

"Juma ti accompagnerà in cucina a mangiare qualcosa. Mio fratello sarà di ritorno all'ora di pranzo, ma non so se abbia un qualche impiego da offrirti. Non siamo ancora partiti con i safari e l'albergo sarà molto piccolo."

Simon andò via con Juma; Hannah si sedette a pensare. Simon Githiri poteva essere arrivato con un tempismo perfetto, in realtà. Proprio il giorno prima avevano parlato di cercare qualcuno da assumere per lavorare al lodge. Piet in particolare voleva addestrare un assistente africano. Attese con impazienza il suo rientro, ma quando lui tornò con Lars aveva altro per la testa.

"Abbiamo un problema." Piet si pulì la faccia sporca di polvere con il fazzoletto.

"Siamo andati con Kipchoge a vedere il toro ferito", le spiegò Lars. "È conciato piuttosto male, e di pessimo umore. Gli è rimasto del filo spinato attorcigliato intorno alla zampa, ed è stato un disastro liberarlo. Abbiamo pulito la ferita, ma l'infezione potrebbe essersi estesa."

"È rimasto intrappolato tutta la notte, e dibattendosi ha peggiorato la situazione." Piet scosse la testa. "Purtroppo Juma non si è accorto della sua mancanza fino alla tarda mattinata. Ho telefonato al veterinario perché venga a dargli un'occhiata."

"E quel che è peggio, c'è un intero tratto di recinzione abbattuto", aggiunse Lars. "I bufali sono entrati nel pascolo attraverso la breccia. Piet e io pensiamo che qualcuno abbia tagliato il fil di ferro."

"È stato un lavoraccio tremendo rimettere in piedi la recinzione", brontolò Piet, accettando un boccale di birra fredda da Mwangi. "Ci abbiamo messo tutta la mattinata, e non è ancora sicura al cento per cento. Potrebbero essere stati i Maasai, per far entrare le loro mandrie a pascolare gratis. Ma non è escluso che sia opera di bracconieri che passano dal pascolo per raggiungere il fiume o la palude. C'è un branco di elefanti laggiù, un paio con del buon avorio."

"Ci mancava solo questa", borbottò Hannah, frustrata. "Abbiamo avuto *watu* impegnati a ripulire e recintare quei pascoli per settimane. Se il nostro bestiame va fuori, e quelle macilente *ngombe* dei Maasai vengono dentro, la nostra mandria potrebbe venire contagiata dall'afta epizootica e Dio sa che altro. Per non parlare dei guai che creerebbero i cacciatori d'avorio."

"Proprio così", annuì gravemente Lars.

"Juma avrebbe dovuto accorgersi che quel toro mancava ieri sera", disse Piet, esausto.

"No", ribatté Hannah. "Juma non può essere dappertutto nello stesso momento. Ieri è stato ad aiutarti al lodge finché sei venuto giù con Anthony. Qui c'è un problema con la manodopera, Piet. Ho sentito Lars parlartene di recente, e io te lo sto ripetendo da un pezzo, tu però non dai ascolto né a me né a lui. Ci servono *watu* esperti alla fattoria, non lassù al cantiere. Se tutti i vecchi braccianti sono impegnati alla costruzione, per forza resta indietro qualcosa qui."

"Ma ho bisogno di tenere il posto vicino all'abbeveratoio pulito e salato, se vogliamo creare una zona di avvistamento permanente", protestò Piet. "E devo usare la manodopera per la costruzione. Non possiamo permetterci di chiamare operai edili da fuori. È solo una cosa temporanea, finché il lodge sarà terminato."

"Lo so, Piet. Presto però dovremo trovare personale che lavori al lodge. Ho bisogno di cominciare a istruirlo per tempo."

"Hai ragione", ammise il fratello. "Ho rimandato il più possibile, per non pagare altri salari. Ma non so dove troveremo..."

"Potrei avere una risposta a questo", lo interruppe Hannah. "Da' un'occhiata qui." Gli porse la lettera di referenze di Simon Githiri. "Questo ragazzo sta cercando lavoro e sembra piuttosto superiore alla media."

Piet diede una scorsa alla lettera. "Vengono fuori ragazzi in gamba da lì", commentò. "Che impressione ti ha fatto?"

"Il suo inglese è notevole, ed è ansioso di darsi da fare, il che è già un buon punto di partenza. Sembra ambizioso, con la giusta dose di *nguvu*. Parlagli... Dirò a Kamau di portarlo qui."

"D'accordo." Piet posò la lettera. "Lars, vuoi assistere anche tu al colloquio?"

In ufficio Piet squadrò Simon Githiri e gli piacque. Il giovane Kikuyu sosteneva con fermezza il suo sguardo, sottoponendosi all'ispezione senza alcun segno di disagio o imbarazzo. Rispose in modo esauriente a tutte le domande, sia in swahili sia in inglese, spiegando il suo curriculum alla missione.

"Mi piacerebbe lavorare nel campo dei safari", disse. "Ho visto i turisti a Nyeri. Una volta sono stato a Treetops con il camion della lavanderia, e ho sentito parlare dei parchi nazionali dalle guide di safari che si fermano in città."

"Non organizzeremo safari dalla fattoria", lo informò Piet. "Avremo solo un piccolo lodge per una decina di persone. Non è ancora aperto, e ci vorrà del tempo prima che ci sia un regolare afflusso di turisti. Non andresti da nessuna parte, se lavorassi qui a Langani."

"Capisco. Comunque sarei felice di occuparmi dei visitatori *wazungu*, e parlare loro della mia terra." Sorrise, esitante. "Potrei fare un buon lavoro qui, signore."

"Come sei finito a Kagumo?" domandò Piet. "Mia sorella dice che non eri di quella zona."

“Sono stato portato lì da un parente. I miei genitori erano morti, io ero molto piccolo e malato. I miei parenti erano troppo poveri per mantenermi, e pensavano che i padri missionari mi avrebbero dato cibo, vestiti, medicine, e insegnato molte cose utili. Sarei cresciuto sano, forte, capace, e allora avrei potuto trovare un lavoro e aiutare la mia famiglia. Ma da quando mi lasciarono lì non ho più rivisto nessuno. Adesso sono pronto a servirvi come se foste voi la mia famiglia.”

Simon si fermò. Era stato un lungo discorso, pronunciato in un inglese chiaro. Piet vide che aveva la fronte sudata per lo sforzo. Si ritrovò ad ammirare la forza d'animo del ragazzo e la sua dignità. Non voleva essere considerato uno dei tanti orfani allevato da un istituto di carità. Era un tipo indipendente, e aveva delle risorse che avrebbero potuto fare di lui un valido lavoratore.

“Aspetta fuori”, gli disse. Poi chiuse la porta e guardò Lars.

“Niente male, no? Ha ragione Hannah: ha *nguvu* da vendere. Pensò dovremmo dargli un'opportunità.”

“Sembra piuttosto sveglio, *ja*. Però non sai niente di lui, eccetto per quel pezzo di carta. Faresti meglio a chiamare prima quel prete per verificare. Chi ti dice che non sia scappato con le referenze di qualcun altro?”

“Devono tutti avere un *kipande*, Lars, l'equivalente della carta d'identità che avete in Europa. Non gli converrebbe provare a contrabbandare per sua una lettera di qualcun altro. Lo prenderò, con una paga molto bassa. Vedremo come va. Che cosa abbiamo da perdere?”

Richiamò il giovane nella stanza. “Sono disposto a prenderti in prova, Simon, ma dovrai lavorare sodo. Avrai vitto e alloggio, ma la tua paga sarà bassa finché avrò deciso se assumerti stabilmente. Fra tre mesi ne riparleremo. Prenderai ordini da me, e da chiunque io ti dica di obbedire. Siamo intesi? Bene. Ora, hai il tuo *kipande*?”

Simon gli mostrò il documento con il suo nome e l'impronta del pollice.

“Ecco qua, Lars. Simon Githiri, il mio nuovo assistente.” Piet restituì la carta al ragazzo e gli sorrise. “Puoi andare. Va' a cercare Juma, il caposquadra – è quello che ti ha accompagnato qui stamattina. Dovrebbe essere ai magazzini. Provvederà alla tua sistemazione. Puoi tornare da me dopo pranzo, tra un'ora. Andremo al lodge a vedere i lavori.”

"Grazie, signore." Il sorriso di Simon era aperto, e stava ancora sorridendo quando oltrepassò Kamau, che era rimasto ad aspettare sulla veranda. Il vecchio cuoco lo guardò arricciando le labbra e fece un grugnito di disapprovazione. Il nuovo arrivato poteva prendersi un lavoro che avrebbe voluto per suo figlio David. Non era un buon segno. Bussò alla porta dell'ufficio e stette sulla soglia mentre Piet si alzava.

"Che c'è, Kamau?"

"*Memsahib* Hannah dice che il pranzo sarà servito tra dieci minuti."

"Bene. Hai visto il ragazzo che era qui?"

"Sì, *bwana*."

"Gli ho offerto un impiego. Gli insegnerò a lavorare nel lodge da safari. E tu dovrai mostrargli come tenere il magazzino alimentare." Piet prese le chiavi; ma Kamau era ancora impalato davanti a lui, la faccia seria. "C'è qualcos'altro che volevi?"

"Sì, *bwana*. Voglio offriti ancora una volta mio figlio da addestrare. Per aiutarti."

"David sta già lavorando alla fattoria, Kamau. Non posso permettermi di toglierlo da quello che sta facendo, e lui non è in grado di svolgere un lavoro d'ufficio. Questo Simon è andato a scuola per tanto tempo, sa come si tengono i registri e cose del genere. David non è adatto per questo tipo di mansioni. Andiamo, Kamau, ne abbiamo già parlato altre volte, è un vecchio *shauri* che non possiamo risolvere."

"Mio figlio è nato a Langani. È come uno di famiglia, e potete fidarvi di lui. Non è uno sconosciuto. Potresti insegnargli le cose che ha bisogno di sapere."

"Più avanti, forse, quando il lodge sarà aperto. Penso che *memsahib* Hannah abbia qualche progetto per lui. Ne riparleremo tra qualche settimana, te lo prometto. Ora, *toroka* e di' a *memsahib* Hannah che siamo pronti per andare a tavola." Piet osservò il vecchio cuoco allontanarsi, impassibile e dispiaciuto quindi si rivolse a Lars. "Suo figlio è un bravo ragazzo, ma non ha un'istruzione sufficiente per sbrigare incombenze d'ufficio. Hannah dice che a volte dà una mano a Kamau in cucina, e se la cava piuttosto bene. Forse potrebbe addestrarlo come cuoco. Nel frattempo, credo che Simon potrebbe essere un buon acquisto. Sarà interessante vedere che cosa ne viene fuori."

"È volenteroso", riconobbe Lars. "Mi ha abbastanza colpito il modo in cui ha parlato della perdita della sua famiglia."

"Un Kikuyu risente della mancanza di un'unità famigliare. Incide sulle sue prospettive matrimoniali. Non avrà diritti sulle terre del clan, e ci sono altre questioni. Immagino non gli sia andata giù che i parenti non abbiano mantenuto i contatti, ma probabilmente erano così poveri da pensare che Kagumo fosse la sua migliore chance. Le missioni e gli istituti di carità sono pieni di orfani che vengono mollati lì perché la famiglia estesa non ha i mezzi per provvedere a loro. Come hai visto da quella lettera, non sanno di preciso quanti anni abbia. Secondo me non conoscono nemmeno il suo clan o il suo nome tribale. Comunque, i preti sembrano avere una buona opinione di lui. Ora, questo pranzo è pronto o no? Dobbiamo mangiare in fretta prima che arrivi il veterinario." Piet alzò la voce. "Hannah, dove sei? Stiamo morendo di fame!"

Nel pomeriggio, Hannah stava sorridendo tra sé quando tornò alla vecchia scrivania di Jan. Le cose si stavano muovendo costantemente verso un nuovo ordine. Piet aveva tirato fuori una buona idea mentre bevevano il caffè, e adesso lei era impaziente di dire a Kamau che avrebbe cominciato ad addestrare suo figlio David come cuoco. Era un gesto importante, significativo e conciliatorio. Avrebbe chiamato padre e figlio quella sera per dare la notizia. Si chinò a prendere un fascicolo dal cassetto e udì bussare con discrezione. Alzò gli occhi e vide l'imponente figura di Lars stagliata nel vano della porta.

"Questo pomeriggio devo andare a Nairobi", le disse, un po' impacciato. "Pensavo che forse ti andrebbe di venire con me. C'è una ragazza olandese appena fuori città che fa dei bei tessuti stampati, tinti a mano. Potresti usarli per le tende, al lodge. Se ti va posso portarti là, poi magari si potrebbe andare al club a fare due tiri a tennis e bere qualcosa."

Hannah capì al volo la sua offerta di cooperazione e incoraggiamento. Mise da parte le carte e prese la sua borsetta.

"Buona idea", accettò con un sorriso, posandogli la mano sul braccio. "Andiamo a fare shopping."

11

Kenya, agosto 1965

Erano nel mare, felici e senza preoccupazioni. Sarah chiuse gli occhi contro il bagliore giallo del sole e lasciò che il susseguirsi di piccole onde l'accarezzasse, sollevando una piacevole pelle d'oca sulla sua pelle. Era il loro ultimo giorno sulla costa e non voleva che finisse. Poteva udire il bisbiglio del vento tra gli alberi di casuarina che orlavano la spiaggia, e il lieve battito delle foglie di palma attorno al piccolo bungalow che avevano affittato. L'indomani sarebbero partite per Nairobi, dove erano d'accordo di trovarsi con Piet. Avrebbero passato la notte nell'appartamento di George Broughton-Smith, per poi andare a Langani. Aprì un occhio e sbirciò la forma perfetta di Camilla, che galleggiava a fior d'acqua pochi metri più in là.

"Perché non posso avere anch'io le clavicole in rilevo e gli zigomi che creano forme e ombre sulla mia faccia?" commentò. Ma non gliene importava davvero, perché il sole le aveva dorato la pelle e striato di biondo i capelli, e il grigiore di Dublino era lontanissimo. Le ultime due settimane erano volate in una continua corrente di euforia.

"Sei proprio tonta, Sarah." Camilla si girò nell'acqua e nuotò pigramente verso la riva, parlando oltre una spalla. "Vedi di metterti in forma per domani, quando il grand'uomo scenderà dalla capanna sull'albero per venirci a prendere. Muoio dalla voglia di andare a Langani. E vedremo anche il vichingo di Hannah."

"Dice che è uno di quegli uomini che pensano che una donna dovrebbe starsene in cucina con una nidiata di marmocchi attaccati alle gonne. O a rammendare i loro calzini. Non impegnata a condurre un'azienda agricola. Credo che lei lo tolleri a malapena."

Sarah era ben contenta di spostare il discorso su qualcun altro e distrarsi dall'ansia che già le frullava nello stomaco. Domani avrebbe rivisto Piet, scoperto quel che c'era di nuovo in lui e ritrovato le cose che ricordava. Le avrebbe parlato con quella dolce cadenza *afrikaans* che lei amava, e si sarebbe fatta confidare tutti i suoi sogni. Hannah adesso sapeva tutto, quindi non c'erano più segreti. La prima sera sulla costa c'era stata una certa tensione tra loro tre, mentre stavano sedute a parlare dopo cena. Alla fine Camilla aveva tirato fuori la questione del weekend a Londra.

"Mi sono comportata in modo orribile", aveva confessato a Hannah. "Quello che ho fatto a Piet non ha giustificazioni. È stato uno scatto involontario, come quando il medico ti batte il martelletto sul ginocchio. Si è trovato sulla linea del fuoco tra me e la mia cara mamma. Mi sono scusata con lui. Con tutti. Spero tanto non sia ancora arrabbiato con me, anche se ha ogni diritto di esserlo."

Hannah aveva bevuto un altro sorso di vino, poi aveva risposto in tono calmo.

"Conosci Piet. Non mi ha detto molto, solo riferito i fatti a grandi linee. Ero io a essere arrabbiata, non lui. Ha cercato tutte le possibili attenuanti per te, e non è il tipo che serba rancore. Credo che dovremmo dimenticare quella storia. Andare oltre. Tutti facciamo cose stupide ogni tanto." Aveva finito il vino e si era alzata. "La marea arriverà domattina alle dieci. Faremo in tempo ad andare a fare un po' di snorkeling alla barriera corallina, se ci svegliamo abbastanza presto."

Sarah aveva ascoltato lo scambio in silenzio. Camilla se l'era cavata a buon mercato, pensò, ma Hannah aveva ragione, era acqua passata. E Piet aveva superato la sua infatuazione giovanile, dopo quella doccia fredda, il che le dava qualche speranza. Inoltre, adesso Camilla era innamorata – inaspettatamente e follemente innamorata di Anthony Chapman. Era persino andata a letto con lui, e non stava nella pelle per l'impazienza di rivederlo. Anthony era via per un safari con dei clienti, ma li avrebbe raggiunti a Langani. Nel frattempo, quei giorni sulla costa erano stati un sogno. Loro tre avevano camminato per chilometri lungo la spiaggia ogni mattina, dormito nelle ore più calde del pomeriggio, fatto snorkeling nei giardini di corallo ai margini della scogliera tra banchi di pesci dai colori incredibilmente vividi, rasentando la fossa dove pesci re e barracuda solcavano il blu cobalto di un mare più profondo. Il mattino presto stavano sedute sul muretto di corallo che cintava la loro casa sulla spiaggia a guardare i pescatori manovrare le loro lunghe canoe attraverso il mosaico di acqua bassa all'interno della barriera, arrotolando le vele mentre raggiungevano la spiaggia, bilanciando gli alberi sulle spalle, e stendendo le reti ad asciugare sulla sabbia bianca. Cicogne e gabbiani si radunavano sulla riva, contendendosi gli scarti di pesce, e ragazzini giostravano nelle conche d'acqua tra gli scogli su copie in legno delle barche dei loro padri, mentre all'ombra delle palme le donne preparavano fuochi per il pesce e bollivano il riso che li avrebbe nutriti per la giornata.

Quell'ultima sera, al tramonto, Sarah e Camilla erano sedute sulla veranda mentre Hannah si dava da fare in cucina. Aveva portato con sé David, il suo cuoco apprendista, e stava provando ricette per i futuri ospiti del lodge.

"Siete le cavie ideali", disse alle amiche. "Potete assaggiare il cibo e darci qualche idea di come sarebbe presentato sui piatti se fosse servito in un ristorante a Londra o Dublino."

Loro presero con serietà quel compito, offrendo un'analisi critica di ogni portata che arrivava in tavola. Camilla aveva trovato del vino passabile in un negozio indiano del villaggio e l'aveva messo in fresco nel frigorifero a kerosene; aveva pagato un ragazzino del posto perché si arrampicasse sulle palme a prendere noci di cocco piene del loro latte dolce, al quale aggiunse gin o vodka per preparare cocktail. Dopo cena si sedettero sulla spiaggia a guardare la luna levarsi pallida e mistica sopra l'Oceano Indiano, e parlarono per ore delle circostanze che le avevano portate lontane l'una dall'altra. Hannah confidò la propria angoscia per avere abbandonato Lottie in un posto dove suo padre era niente più che un bracciante. Alla fine ammise la sgradevole verità sulla sua improvvisa partenza dalla Rhodesia, traendo conforto dal sostegno delle amiche. Il tempo avrebbe lenito la ferita, le assicurarono, e allora sarebbe riuscita a perdonare. Sarah raccontò l'umiliazione della sua disavventura con Mike, l'ansia per la salute del padre, e la triste consapevolezza che i genitori non sarebbero più tornati alla casa della sua infanzia a Mombasa. Camilla descrisse il proprio avvilimento per essere stata respinta dall'accademia di arte drammatica, e cercò di spiegare quanto si sentisse isolata a Londra, malgrado il successo come modella. Le ragazze si sentivano così unite, così in sintonia, consapevoli di avere resistito a un attacco che avrebbe infranto un legame meno saldo. La loro amicizia era rinata, rinvigorita e nutrita dalla pace di quel luogo e dal ritmo lento di quelle giornate al sole, cullata dalla musica notturna del mare contro la scogliera. Niente avrebbe più potuto separarle, ormai.

Il giorno dopo George Broughton-Smith andò a prenderle all'aeroporto di Nairobi e le portò al suo appartamento. Ci fu appena il tempo di fare il bagno e vestirsi prima che Sarah udisse il campanello, seguito da suoni di voci e dal tintinnio del ghiaccio nei bicchieri. Si impose di stare calma. Entrando nel soggiorno si accorse che Piet le stava dicendo qualcosa, ma non riuscì a distinguere le parole tanto era stordita dall'emozione. Lui si chinò a darle un bacio sulla guancia, e a lei sembrò di essere ubriaca prima ancora di avere preso in mano un drink. Quando apparve Camilla ci fu un momento di disagio; Piet però non diede segno di nutrire alcun malanimo. Nessuno accennò a Marina, o a Jan e Lottie e il loro esilio autoimposto. Ma la salute di Raphael Mackay e il suo futuro stavano a cuore a tutti.

"Ci sono altre aree del Kenya dove l'incidenza di malaria è minima", disse George. "So che tuo padre ha sempre voluto stare sulla costa, Sarah, ma anche l'entroterra non è poi male. Sarebbe un vero peccato se lui non tornasse più. Ha fatto così tanto di buono qui, e la sua esperienza è inestimabile."

Al New Stanley Grill mangiarono ostriche di Mombasa e agnello dell'altopiano, e ballarono a turno con George, il quale sembrava rilassato, molto più cordiale e alla mano di quanto Sarah ricordasse. Forse perché erano cresciute, e adesso si sentiva a proprio agio con loro. Vecchi amici e conoscenti si fermarono al loro tavolo, e le invitarono a ballare, e le ricoprivano di complimenti, intrattenendole con racconti abbondantemente gonfiati di storie del bush e di scandali della città. Era come se non fossero mai andate via. Sarah era inebriata dal vino e dalle risate quando Piet finalmente le chiese un ballo. Per un attimo ebbe un senso di déjà vu, una visione di lui a Londra quando Marina aveva rovinato tutto. Ma stavolta c'era solo la sua vicinanza, il suono del suo respiro e l'odore della sua pelle, e la sensazione delle sue dita che le tenevano la mano. Più tardi, all'appartamento, dopo che tutti si furono dati la buona notte, lo ascoltò sistemarsi sul divano e stette a girarsi e rigirarsi nel letto finché cadde in un sonno irrequieto.

Camilla restò alzata fino a tardi con suo padre, sul piccolo balcone affacciato sulle luci della città.

"Allora, ti piace questo lavoro, papà? Voglio dire, ti piace davvero?"

"Sì. È stimolante, anche se è difficile trovare un accordo fra le esigenze di conservazione dell'ambiente e la richiesta di altri terreni da coltivare e adibire a pascolo. C'è da fare i salti mortali tra la pressione internazionale per la tutela del patrimonio faunistico, i governi locali che cercano disperatamente di accaparrarsi finanziamenti e funzionari corrotti che vogliono intascarsene una fetta per comprarsi macchine e mogli. E abbiamo schiere di ricercatori entusiasti che invadono ogni parco nazionale e riserva naturale, con una moltitudine di teorie tutte da dimostrare su quello che bisognerebbe fare. È una miscela potenzialmente esplosiva, da maneggiare con cautela. Ma mi piace la sfida. E spero di passare più tempo qui. Penso che tua madre potrebbe anche raggiungermi per un periodo."

"L'ho vista prima di partire. Era diversa, in qualche modo. Quasi calma. L'ho trovata piuttosto strana."

"Le piace il cottage a Burford, ed è impegnata ad arredarlo", disse George. "È una buona cosa per lei. Probabilmente ti ha detto che non è stata molto bene. Stanca e anemica. Ma è andata da uno specialista e sta seguendo una cura che dovrebbe giovarle. Va in campagna ogni volta che ne ha voglia, per starsene tranquilla da sola, o con un paio di amici. Non mi sarei potuto permettere una seconda casa con il mio vecchio lavoro, quindi questo è già un vantaggio immediato. Sarebbe carino se tu andassi lì con lei un fine settimana."

Camilla si domandò che tipo di amici sua madre invitasse nel suo rifugio sulle Cotswold Hills. "Forse, quando verrai a casa la prossima volta", disse, non volendo rifiutare direttamente. "Potremmo andarci insieme."

"Glielo dirò. La sento al telefono una volta o due a settimana quando sono via."

"Perché, papà?"

"Perché cosa?"

"Perché le telefoni continuamente? Perché ti preoccupi sempre di lei in questo modo, insisti a stare con lei?"

"Un giorno ne parleremo, cara, ma non stanotte. Andiamo a dormire. È stata una bellissima serata, e mi ha fatto tanto piacere vederti con i tuoi amici. Sono bravi ragazzi."

"No, aspetta. Resta ancora un momento. Ho qualcosa da dirti. Mi sono innamorata, papà. Non è un rampollo di una buona famiglia di Belgravia o del Sussex, o un ricco banchiere della City. Mi sono innamorata di Anthony Chapman." Camilla si sentì improvvisamente impacciata, e cercò di riderci su. "Un ragazzo selvatico di Nairobi. Mamma non lo sa. Probabilmente le verrebbe una crisi di nervi."

"Oh, mia cara ragazza. Non c'è da stupirsi se sembri così felice e bella. Sapevo che doveva esserci un motivo. Che stupido a non averlo capito! Allora, dov'è il tuo ragazzo? Mi piace molto, per inciso."

"Lo conosci?" Camilla era sorpresa.

"L'ho incontrato a un paio di conferenze sull'ambiente. È un conservazionista convinto ed equilibrato, porta avanti il suo impegno con passione, ma senza sentimentalismi. Ha la testa sulle spalle e un coraggio ammirevole. Non ha paura di niente, ed è molto determinato. C'era anche lui sulla costa con voi?"

"No. È via per un safari, ma ci raggiungerà a Langani e poi andremo a nord al campo che ha allestito per noi a Samburu." Camilla non poté ignorare una trafittura di disappunto per il fatto che lui non le avesse ancora telefonato da quando era arrivata, o trovato qualche altro modo per mandarle un messaggio in quelle due settimane. Certo, era nel bush, ma quando spostavano il campo da un'area all'altra lui portava sempre i suoi clienti in un albergo o in un lodge dove le comunicazioni erano certamente possibili. "Penso che lo vedrai alla fine del nostro safari, se sarai ancora a Nairobi." Si protese a dare un bacio a suo padre e ad arruffargli i capelli. "Buona notte, papà. Ti voglio bene."

Partirono di buon'ora per Langani. Passando davanti ai limiti recintati del Parco Nazionale di Nairobi, dove ora rinoceronti e leoni guardavano un orizzonte segmentato dal profilo degli alti edifici della città. Il viaggio verso nord li portò attraverso il verde lucente delle piantagioni di caffè a terrazze, dei terreni scoscesi dove i Kikuyu sgobbavano sul fertile suolo argilloso. Lungo la strada, bancarelle di legno erano addobbate di caschi di banane verdi e cariche di piramidi ordinate di manghi, arance, pomodori. Oltrepassarono donne che portavano fascine di legna da ardere, o contenitori di latta pieni d'acqua in equilibrio sulla testa mentre avanzavano ondeggianti lungo stretti sentieri che svanivano nell'intrico della vegetazione. Era domenica mattina. Le piccole chiese dei missionari traboccavano di gente; attraverso i finestrini aperti della macchina potevano udirne i canti di adorazione. Gli Aberdare si innalzavano in una foschia azzurrognola, svettanti su foreste rigogliose e banani impennacchiati delle loro grandi foglie sbrindellate dal vento. Una cascata si riversava giù da una stretta fenditura nel fianco della collina per poi diventare un fiume sinuoso che serpeggiava nella valle sottostante. Distese di chicchi di caffè stavano seccando al sole del mattino, e la strada era bordata di alberi fiamma sfolgoranti di boccioli vermigli e arbusti di cassia coi loro grappoli di fiori gialli. Andando più su, gli alberi protendevano i rami spogli drappeggiati di clematis, e la sommità del monte Kenya si ergeva sopra di loro, scintillante e magica in lontananza.

Quando varcarono i cancelli della fattoria tutti si fecero silenziosi; appena scese dall'auto le ragazze si abbracciarono, e le lacrime velarono il loro saluto alla vecchia casa di pietra, con il comignolo ancora nascosto da un tripudio di tralci di caprifoglio. Camilla fu la prima a stringere la mano a Lars Olsen. A dispetto della sua mole imponente e dell'aria di calma autorità, Lars sembrava un po' imbarazzato tra le amiche di Hannah, e appena possibile sparì col pretesto di provvedere ai bagagli.

"Non c'è niente al mondo che per me conti più di quello che stiamo vedendo adesso", disse Camilla rivolgendosi a Piet. "Grazie di averci permesso di tornare qui. Grazie di cuore."

La cena, quella prima sera, fu un po' sottotono. La gioia della rimpatriata era mitigata dall'assenza di Jan e Lottie. Erano cambiate così tante cose dall'ultima volta che avevano cenato lì insieme. Restarono fino a tardi davanti al focolare, riluttanti a ritirarsi con i loro ricordi e il loro senso di perdita, cercando di ricatturare il piacere semplice, senza complicazioni, dei giorni sulla costa.

"Ora di andare a letto", disse infine Piet. "Domani mattina ci si alza presto. Lars e io vogliamo portarvi al lodge. È quasi finito, e Hannah sta facendo un lavoro magnifico, cucendo copriletti, cuscini e tende per tutte le camere. Serviremo la cena lassù per la prima volta. Sarah, non vedo l'ora di mostrartelo."

Non era sicura di come interpretare il fatto che si fosse rivolto a lei personalmente, se le sue parole avessero un significato speciale. Ma Sarah se le tenne care.

"In effetti", continuò lui, "volevo chiederti se ti andrebbe di venire lì con me a cavallo. Ci vorrà l'intera mattinata, ma potremmo vedere qualche animale strada facendo. Sto pensando di organizzare safari a cavallo lassù, nel caso i clienti fossero interessati. Voi altre due signore volete unirvi alla spedizione?"

"Sono stata via per più di due settimane e devo controllare il magazzino e una montagna di carte", rispose Hannah, un filo troppo in fretta. "E Camilla mi darà una mano. Ne avremo per tutta la mattinata."

"Allora Lars potrà accompagnarvi là nel pomeriggio, quando avrà finito con i suoi lavori. Porterò Simon con me. Non sta ancora troppo bene in sella, e sarà un buon esercizio per lui. E verrà anche Kipchoge, per trovare eventuali tracce di animali e badare ai cavalli quando saremo arrivati. Per te va bene, Sarah?"

"Porterò la macchina fotografica", disse lei. Avrebbero passato tutto il giorno insieme. Che cosa poteva chiedere di meglio?

Nella stanza che avevano sempre condiviso nelle loro visite a Langani, Camilla rimase sveglia fissando l'oscurità punteggiata di stelle oltre il vetro della finestra. Per la prima volta da quando aveva lasciato la scuola recitò una preghiera tra sé, desiderando che Sarah fosse felice e Hannah trovasse la propria strada fra tutte le traversie che aveva affrontato con così tanto coraggio. Ormai mancavano soltanto poche ore prima che Anthony arrivasse, e sentiva un'eccitazione spasmodica al pensiero di toccarlo, baciarlo, fare l'amore con lui, e poi ascoltare il suo respiro nel sonno. Non parlò con Sarah, perché non c'era bisogno di parole. Erano finalmente tornate a Langani, e tutti i loro sogni sembravano di nuovo realizzabili.

Sapeva che la sua vera casa non era in alcuna elegante metropoli europea. Non c'era nessun bisogno di stare a Londra. Il successo per lei era arrivato con facilità e vertiginosa rapidità, ma si rendeva conto che era vuoto, e stava corrodendo il suo animo. Aveva assaggiato la vita turbinosa delle città sfavillanti di luci, visto che cosa avevano da offrire, spesso attraverso una nebbia ipnotica di fumo dolciastro o il fondo di un bicchiere da cocktail. Era famosa, ovunque andasse veniva ricoperta di lusinghe e attenzioni. L'attrattiva di una carriera sul palcoscenico era sbiadita davanti alla notorietà che aveva conquistato senza sforzo, e adesso era pronta ad andare oltre, lasciandosi tutto alle spalle. Non aveva ancora studiato il modo di restare in Kenya, o quel che avrebbe potuto fare là, ma ci sarebbe stato tempo per questo quando avesse visto Anthony. Ci sarebbe stato tempo per tutto quel che era realmente importante. Intanto, le conveniva farsi una buona notte di sonno, o il giorno dopo avrebbe avuto un aspetto pietoso.

Quando l'alba pervase la stanza della sua luce color zafferano, erano già sveglie. Al limite dell'orizzonte la montagna si profilava fiera e silenziosa, inizialmente contornata di scuro, per poi confondersi in una foschia azzurrina quando il sole si alzò nella sconfinata eternità del cielo africano. Per colazione Mwangi servì papaie e succosi frutti di limetta, caffè appena fatto e scodelle di porridge fumante immerso nella panna densa della latteria di Hannah.

"Credetemi, da quando ho assunto il controllo della latteria, le mucche non hanno mai prodotto tanto latte e panna migliori", asserì lei con orgoglio. "Vero, Lars?"

"È qualcosa che dice alle vacche." Lars sorrise con rammarico. "Credo che loro non parlino il norvegese, e io non me la cavo troppo bene con l'*afrikaans*. Ma in compenso mi faccio capire benissimo se c'è da scacciare le gru dai campi di frumento, quando cominciano con le loro danze di corteggiamento e schiacciano le spighe. E certamente so trovare gli argomenti giusti per mettere in fuga un bufalo. Posso persino bestemmiare in kikuyu o maasai contro quei bastardi che continuano a recidere le nostre recinzioni."

"Chi è quel Simon di cui ieri continuavi a parlare, Piet?" Camilla si servì un'altra porzione di porridge. "Non fare quella faccia. Ne ho bisogno per riprendermi dallo choc di essere in piedi a quest'ora."

"Per il tuo prossimo servizio di moda avrai una taglia in più", commentò Sarah.

"Che m'importa?" Camilla disegnò uno svolazzo in aria con il cucchiaio. "Anzi, se volete farmi contenta datemi altra panna e zucchero. E uova con bacon e pane tostato, e una bella birra fredda prima di pranzo. Oh, e il tè del pomeriggio, naturalmente. Con il miele delle tue api, Hannah. Allora, chi è Simon?"

"Un giovane Kikuyu che ho assunto", spiegò Piet. "Lo metterò a lavorare alla reception del lodge, quando apriremo. Sotto la supervisione di Hannah, è ovvio. Sta venendo su bene."

"Cerca di non farti prendere troppo dall'entusiasmo con quel ragazzo, Piet", lo ammonì la sorella. "Tu vedi sempre il buono nelle persone, però dovresti essere più cauto, a volte. Lo sai com'è con loro... gli dai un dito e si prendono tutto il braccio. Soprattutto di questi tempi. Guarda il vecchio Kamau. Fa il cuoco a Langani da più di venticinque anni ed è come uno della famiglia, eppure ce l'ha ancora con te perché hai dato a Simon il lavoro che voleva per suo figlio, con tutto che sto istruendo David come cuoco. Non riesce ad accettarlo, ed è di malumore da settimane."

"Ma le cose non sono cambiate, dopo l'Indipendenza?" domandò Sarah. "Voglio dire, adesso gli africani hanno opportunità di studiare e imparare mestieri di ogni genere che un tempo non potevano sognarsi. Non devono adattarsi a essere domestici e bambinaie per tutta la vita, e coltivarsi il mais nelle *shamba*. Adesso possono gestire delle attività commerciali, o lavorare come manager nell'industria del turismo, o possedere fattorie come Langani." Girò lo sguardo attorno al tavolo e fu sorpresa di vedere Hannah sbattere giù il suo tovagliolo, stizzita.

"Questo è il genere di cose che senti raccontare da quegli sprovveduti che sono appena arrivati qui e non hanno idea di come ragionano gli africani", disse. "Agli indigeni non importa un accidente di utilizzare e proteggere le risorse del territorio. Basta vedere quel che è successo a Piet solo qualche mese fa. Ha lasciato che dei Maasai portassero dentro alcuni dei loro capi di bestiame durante la siccità, e subito dopo quelli hanno portato dieci *rafiki* con migliaia delle loro rachitiche e malate *ngombe*, pecore e capre nei nostri pascoli. Piet ha dovuto sudare sette camicie per liberarsene, e molti di loro lo hanno anche minacciato. Ecco che cosa succede a essere gentili. Ecco quanto ne sanno di fattorie e protezione del territorio."

"Ma che cosa ne sarebbe stato del loro bestiame se non avessero potuto portarlo qui?" osservò Sarah. "Non sarebbe morto di fame, creando un'altra serie di problemi?"

"Hanno creato comunque un problema permanente", ribatté Hannah, irritata. "Sono astuti e avidi, i Maasai. Hanno troppo bestiame per i pascoli disponibili, e non sono disposti a rinunciare a una sola bestia macilenta per evitare che i terreni erbosi diventino delle maledette distese aride."

"La gente ha una visione romantica di magnifici guerrieri armati di lance che ogni tanto uccidono un leone per dimostrare la loro virilità", intervenne Piet. "Ma non si sa molto dei conflitti che stanno sorgendo per l'utilizzo della terra. Le gelosie tra le tribù stanno creando grossi guai. Non siamo soltanto noi bianchi che dobbiamo vedere le cose in modo diverso, devono farlo anche gli africani. E per questo ci vorrà molto tempo."

"Volevano l'indipendenza e l'hanno avuta", disse Hannah con aria di sufficienza. "E adesso devono scoprire che non ha cambiato le cose per loro, in termini concreti."

"Bisogna educare la gente alla gestione della terra", continuò Piet. "Prima dell'*Uhuru*, i politici promettevano a tutti che avrebbero avuto terreni, fattorie, case e macchine subito dopo l'Indipendenza, e il *wananchi* medio ci ha creduto. Ma naturalmente non vivono meglio ora di quando c'erano qui gli inglesi, e di conseguenza il risentimento fermenta. Così il nuovo governo ha paura a parlare di rispetto per le proprietà altrui."

"Che ci piaccia o no, questa adesso è la loro terra", insisté Sarah.

"È tanto mia quanto loro", affermò Hannah. "Io sono nata qui, e lo stesso mio padre. Anche noi abbiamo il diritto di decidere come gestire la nostra terra."

"Non cadere nella trappola dell'eccessiva semplificazione, Sarah", aggiunse Lars. "Hannah fa cose splendide qui, insegnando un mestiere a ragazzi come David, per esempio. Ritrovarsi con enormi mandrie di bestiame dei Maasai che abbattono le recinzioni e trasformano il pascolo in una steppa non gioverà a nessuno."

"Sacrosanto!" Piet batté la mano sul tavolo. "Non è così che questa terra sopravvivverà."

"Non c'è un modo universalmente valido di affrontare il cambiamento", continuò Lars. "Ognuno ha diritto ad avere la propria opinione, e di certo non risolveremo questo problema durante la colazione. Dovremmo lasciar perdere i discorsi di politica per il momento, e finire il nostro caffè."

Hannah gli fu grata per il supporto, e per il modo in cui aveva elogiato i suoi sforzi. Ed era indispettita per i commenti di Sarah. Nessuna delle sue amiche poteva sapere quanto duramente lei avesse lavorato in quegli ultimi tre mesi, né aveva detto loro della minaccia finanziaria che ancora incombeva sul futuro di Langani; guardò Lars attraverso il tavolo e sorrise. Sarah stava già rimpiangendo i suoi commenti provocatori. Le sembrava che Hannah si fosse un po' indurita, ma forse la causa era lo sfascio della sua famiglia. Alzò gli occhi e vide Camilla osservarla con divertita comprensione.

"Ho sempre avuto la tendenza a inciampare nella mia linguaccia lunga, Han." Sarah si alzò e girò intorno al tavolo per abbracciare l'amica. "Non ho idea di che cosa stia parlando, in realtà. Scusami."

"E io sono diventata una megera prepotente. Il fatto è che devo tirare fuori gli artigli se voglio sopravvivere da queste parti."

"Non è così prepotente." Piet guardò Sarah. "Hannah è fantastica. "Qui si fa una vita piuttosto solitaria, e sta lavorando sodo. Perciò non te la prendere se ogni tanto ha bisogno di sfogarsi un po'."

"Be', di certo non c'è niente da ridire sui prodotti della sua latteria." Camilla stava spalmando uno spesso strato di burro su una fetta di pane tostato.

"Non ho mai visto qualcuno così magro abbuffarsi in questo modo a colazione. Datti una mossa, Camilla." Hannah era imbarazzata, ansiosa di lasciarsi l'incidente alle spalle. "Ho un sacco di cose da fare, e si suppone che tu dovresti aiutarmi. Piet, i cavalli sono pronti, e Kipchoge ti sta aspettando."

Eccetto per i due africani che trottavano un po' dietro di loro, Sarah aveva Piet tutto per sé. La gioia le spumeggiò nelle vene quando lui cominciò a raccontarle tutto quello che sperava di realizzare, descrivendo non solo il lodge, ma anche i dettagli dei suoi piani per trasformare parte della proprietà in una riserva naturale.

"Mi dispiace di avere parlato a sproposito stamattina", disse lei. "Credo davvero che tu stia facendo qualcosa di grande per questa terra. Sei una persona eccezionale, Piet, e i tuoi dipendenti sono fortunati. Ma tanti europei sembrano ancora pensare che gli africani siano inferiori e pigri, e non siano in grado di gestire un Paese democratico. Ho letto quel libro di Jomo Kenyatta, *Facing Mount Kenya*, e mi ha fatto capire che qui avevano un sistema tribale funzionante, finché non siamo arrivati noi e abbiamo scombinato tutto per fare i nostri comodi. Allora perché ci si dovrebbe aspettare che gli africani accettino delle leggi che non gli appartengono senza ribellarsi?"

Piet tirò le redini del suo cavallo e la guardò con severità. "Oh, andiamo, Sarah. Ho letto anch'io il libro di Kenyatta. E anche Hannah. Ma di sicuro non vorrai giustificare la rivolta dei Mau Mau, spero... Quei bastardi hanno torturato e assassinato migliaia di persone nel modo più atroce. Molti erano africani del loro stesso gruppo etnico. Non starai cercando di dirmi che nutri della simpatia per loro? Che avevano il diritto di fare quel che hanno fatto?"

"No, certo che no!" Sarah era turbata. "Il Mau Mau è stato una assoluta barbarie, con quel giuramento e i massacri. Però non penso ci sia mai stata rivoluzione al mondo che non sia degenerata in uno spargimento di sangue prima di diventare rispettabile col tempo. E Kenyatta è diventato un uomo di Stato molto rispettato allo stesso modo, non è vero? È una vecchia volpe."

"E ha pure studiato in Inghilterra!" Piet rise a gola spiegata. "Istruito dalla stessa gente contro la quale si è rivoltato al suo ritorno in patria. Ma certi africani che sono andati a studiare all'estero, frequentando lo stesso tipo di corsi e lezioni, per lo più sono diventati degli arruffapopoli. Sono tornati qui e si sono serviti della loro istruzione come leva per ottenere potere personale, e non gliene importa un accidente se destabilizzano il Paese o distruggono le relazioni tra bianchi e neri. Non sono interessati a lavorare insieme nello spirito di *Harambee*. Non c'è una parte che sia del tutto buona o cattiva in questa storia."

"Hai ragione", annuì Sarah. "Non è poi diverso in Irlanda, con questa situazione terribile tra nord e sud."

"Immagino di no. E quando Kenyatta descrive i perfetti regni tribali dei tempi andati, puoi essere certa che sta omettendo qualche verità scomoda, come la disonestà, gli omicidi e la corruzione. Non c'è società che ne sia libera, a meno che tu creda in quella dove si ha una veste bianca e le ali e si passano i giorni suonando l'arpa."

"Forse ho una concezione troppo perfetta delle cose, e mi illudo che possano essere realmente così." Il sorriso di Sarah era contrito. "Pensi sia molto grave?"

Lui mise la mano sulla sua, guardandola con scherzosa solennità. "Amo la tua visione pura e limpida, Sarah Mackay. Tieniti stretti i tuoi ideali, ragazza, e la tua fiducia nella razza umana. Tu vedi sempre molto più di quanto vedano gli altri." Alzò la mano a ravviarle una ciocca di capelli dietro l'orecchio. "È per questo che ho voluto fossi la prima a visitare il mio lodge. È quasi finito. Lars e io abbiamo lavorato come negri. Scusa... come schiavi. Così è meglio? O peggio?"

Stava ridendo, e avrebbe riso anche lei, se non fosse stata tanto emozionata. Il suo tocco sulla guancia, i suoi occhi che la guardavano sorridenti... Sarah era come stordita.

"Allora... Per prima cosa, dovrai dirmi quello che vedi." Lui sembrava non avere notato il suo silenzio. "Tu sei la mia professa, Sarah. La mia veggente personale. So che ami questo posto e capisci come voglio che sia."

Sarah alzò le dita alla sua mano e la tenne contro la guancia, chiudendo gli occhi per un momento, immaginando di scivolare giù dalla sella e tra le sue braccia. Si domandava come Piet potesse conoscere quel che lei sentiva per quel luogo senza intuire l'amore che provava per lui.

"Sarah? Ti senti bene?" Piet fu sollevato quando lei riaprì di colpo gli occhi a guardare la sua faccia preoccupata. "Per un attimo ho creduto che stessi per svenire! È il sole?"

Sara sentì il rossore salirle alle guance e si affrettò a riprendere le redini, costringendosi a ridere. "Naturalmente no! Stavo facendo la mia imitazione di un'indovina, intenta a guardare nel tuo futuro."

"E che cosa hai visto?"

"Che stai per essere battuto in una corsa fino a quel *kopje* laggiù, Piet van der Beer."

Spronò il cavallo a un galoppo folle, correndo via da lui. Piet le stava gridando dietro qualcosa, ma lei riusciva a sentire soltanto il rumore del vento e il martellare furioso del suo cuore. Arrivati al *kopje* si fermarono ad aspettare Kipchoge e Simon, e Sarah tirò fuori una bottiglia d'acqua dalla sua bisaccia da sella.

"Tieni", disse con un sorriso, offrendola prima a Piet. Voleva poter accostare le labbra dove lui aveva posato le sue, assaggiare il suo sapore nell'acqua. Lo guardò bere a lunghi sorsi e poi asciugarsi la bocca col dorso della mano. Quando le passò la bottiglia, Sarah lasciò che le sue dita gli sfiorassero la mano; ma Piet si chinò ad aggiustare la staffa della sella, ignaro dell'intenzionalità del contatto.

"*Memsahib* Sarah cavalca molto bene." Simon li aveva raggiunti con Kipchoge.

"*Memsahib* Sarah appartiene a una tribù di matti chiamati irlandesi, Simon. Sono delle furie quando vanno a cavallo." Piet le sorrise. "Simon ha iniziato a cavalcare solo quando è venuto a lavorare qui. Kipchoge gli sta insegnando. Impara in fretta, non trovi?"

"Mi sto impegnando." Il giovane Kikuyu sorrise, la faccia illuminata di piacere per il complimento di Piet. "Ma non sono ancora capace di galoppare come voi. Forse se avessi un leone che mi insegue potrei correre così."

"Te la cavi bene", gli disse Sarah. Udì Kipchoge fare un verso palesemente poco lusinghiero e, girandosi sulla sella, lo vide sputare per terra e distogliere lo sguardo. "Forse potrei mostrarti come sedere più comodamente in sella", aggiunse, ancora rivolta a Simon. "Questo ti darebbe anche maggiore controllo sul cavallo."

"Simon ha molto lavoro da fare", intervenne Piet in tono brusco, e il ragazzo immediatamente si ritrasse qualche passo indietro con Kipchoge.

"Ho detto di nuovo qualcosa di sbagliato?" domandò Sarah.

"No, ma sai com'è Kipchoge. Siamo insieme da quando eravamo due *toto*. Non riesce a capire perché io abbia preso questo ragazzo inesperto uscito dalla missione, ed è geloso. Simon deve dimostrare quel che vale, e io non voglio riservargli alcun trattamento di favore. Altrimenti gli ci vorrà ancora più tempo per essere accettato dagli altri."

"E lui come vive questa situazione?"

"Non lo so." Piet si strinse nelle spalle. "Come chiunque vada a lavorare in un posto nuovo dove tutti gli altri si conoscono da tanto tempo, immagino. Dovrà solo stringere i denti per un po'."

Un'ora più tardi raggiunsero un punto dove il terreno si alzava in un cumulo di massi giganteschi dalla base della macchia di arbusti spinosi contro la curvatura della foresta di piante fluviali. Avvicinandosi, Sarah vide che c'erano delle costruzioni a ridosso del fianco della collina, abilmente disposte in modo che seguissero il contorno naturale del rilievo. Erano aperte sul davanti, con ampie verande, e i tetti aggettanti ricoperti di paglia. Dalla costruzione principale sporgeva una piattaforma di osservazione sovrastante una pozza d'acqua, il cui margine fangoso era percorso da un reticolo di orme di animali e cosparso di sale, bianco contro la terra rossa. Gli alloggi erano fabbricati con fango essiccato, le cornici delle porte e le finestre decorate da strisce nei colori della terra. Dove possibile, i massi formavano le pareti delle stanze. L'intero complesso si fondeva con il paesaggio, così che da lontano era quasi impossibile distinguere le costruzioni. Sarah guardava, incantata.

"Piet! Che soluzione brillante. Completamente diverso da qualunque struttura turistica io abbia mai visto. Chi lo ha progettato?"

"L'idea di base è stata mia. Volevo fosse il più possibile naturale. Ma ho trovato un pazzoide di architetto polacco che mi ha aiutato. Si chiama Viktor Szustak. Si considera un poeta, beve come una spugna, ed è un autentico genio con una matita, qualche foglio di carta e un gomitolo di spago. È così che misura tutto. Non l'ho mai visto usare un metro. Gli ho spiegato quel che volevo, l'effetto d'insieme che desideravo ottenere. Poi siamo venuti ad accamparci qui per qualche giorno, studiando la direzione del vento, l'esposizione al sole nelle diverse ore del giorno, come cadevano le ombre, dove faceva più fresco nel pomeriggio. Lui ha prima tracciato tutto sulla terra con un bastone, tirato le linee con dei picchetti e lo spago, e cominciato a costruire. Ha fatto disegni di come doveva apparire ciascuna area, includendo le rocce e i tronchi d'albero – talmente belli che li si sarebbe potuti incorniciare ed esporre in una galleria d'arte. Assolutamente niente di tecnico, così i nostri braccianti hanno potuto seguirli senza difficoltà. Persino gli schemi dell'impianto elettrico e idraulico erano semplici e facili da afferrare. Nessun diagramma astruso, o termini comprensibili solo a ingegneri e architetti. I *watu* lo adorano. Durante la costruzione bevevano tutti insieme dell'orribile *pombe*, e casse di birra che Viktor portava con la sua macchina... probabilmente è per questo che tutto sembra un po' sbilenco, eh? Ma è riuscito a farli lavorare come ossessi tutto il giorno, sette giorni su sette. Non c'è una sola linea diritta da nessuna parte. Vieni a vedere..."

Sarah prese la macchina fotografica dalla bisaccia e cominciò a girare per il complesso con Piet, fermandosi a fotografare gli interni. La sala di ritrovo era incassata nelle rocce, e il bancone del bar era stato ricavato da un singolo tronco d'albero, così ben lucidato che ci si poteva specchiare. Sulla adiacente piattaforma di osservazione erano disposte comode poltrone; Simon apparve con cuscini foderati di stoffe stampate a mano con motivi africani. In una cesta intrecciata c'era una pila di coperte, così che gli ospiti potessero stare al caldo durante la notte mentre osservavano gli animali all'abbeverata. Le stanze da letto erano situate in sei piazzole separate, strutturate nello stesso stile della costruzione principale, ciascuna affacciata su una vista differente. Grandi zanzariere avvolgibili pendevano da travi sulle verande a protezione dagli insetti notturni, e anche dalle procavie che Sarah poteva udire rosicchiare tutt'attorno. Camminò davanti a Piet, fotografando l'esterno dei fabbricati. Galline faraone dal piumaggio azzurro screziato incedevano impettite sulle rocce, e lucertole dalla testa arancione e il corpo turchese si crogiolavano al sole sul terreno caldo. Non c'erano animali al laghetto, a parte alcuni babbuini sul lato opposto che si fermarono a osservarla per qualche momento prima di riprendere le loro attività della giornata, schiamazzando e dondolandosi dai rami degli alberi, spulciandosi a vicenda, tirandosi la coda l'un l'altro. Poi tutto si fece silenzioso, e per un attimo Sarah avvertì qualcosa di profondamente sinistro nell'immobilità. Rabbrividì e girò attorno lo sguardo, come se una qualche minacciosa presenza potesse essere in agguato nella foresta circostante, ma non vide niente. Si scrollò di dosso la strana sensazione e tornò alle sue fotografie.

Piet era gongolante per la curiosità che lei mostrava, per i suoi apprezzamenti sull'ingegnosità del progetto. Simon apparve con altri cuscini, e Piet lo incoraggiò a rispondere ad alcune delle domande di Sarah. Kipchoge stava tra gli alberi sotto la piattaforma, la pelle d'ebano confusa con le ombre proiettate dal sole di mezzogiorno. Infine salirono di nuovo gli scalini di legno che portavano alla grande area di osservazione con la sua profonda veranda e rimasero lì a guardare verso le pianure.

"Quello è il mio posto preferito." Piet indicò una cresta rocciosa il cui profilo frastagliato si impennava contro l'orizzonte. "Non avremo il tempo di andarci oggi, ma ti ci porterò presto. È dove vado sempre quando ho un problema da risolvere, o sono particolarmente felice per qualcosa. O soltanto per sognare. Il mio luogo magico. Lassù mi sento vicino al cuore di questa terra." Alzò le spalle, come per scusarsi di quel suo volo di fantasia. "Comunque, è il punto migliore per una vista complessiva di Langani."

Sarah guardò la cresta, toccata dal fatto che Piet avesse voluto dividere con lei il suo posto segreto e consapevole della sua vicinanza, mentre si sporgeva per seguire la direzione del suo braccio. Lui abbassò gli occhi su di lei e le sorrise, poi si voltò.

"Simon, portaci una birra fredda, per favore. E potresti tirare fuori il picnic. Vieni a sederti qui all'ombra, Sarah, non voglio che tu prenda un'insolazione."

Dopo mangiato si allungarono sulle sdraio, sorseggiando il caffè al riparo della tettoia di paglia. Sarah sentiva addosso la stanchezza per la lunga cavalcata; chiuse gli occhi, senza fare alcun tentativo di resistere alla sonnolenza che le appesantiva il corpo. Quando si svegliò, una famiglia di facoceri era andata a bere al laghetto, e poté udire un fruscio tra gli alberi sopra le rocce sulla sponda opposta. Dalla pozza d'acqua defluiva un torrentello che scorreva lungo il fianco della collina per andare a perdersi nella densa boscaglia più sotto. Sarah notò che il suo corso poteva essere individuato seguendo il serpeggiante nastro verde che ne orlava il letto. In lontananza, i denti aguzzi del Kirinyaga sembravano azzannare il cielo. Lanciò un'occhiata verso Piet e sorrise. Era addormentato, la testa inclinata di lato, la bocca un po' aperta, le mani rilassate penzolanti dai braccioli della sdraio. Fu tentata di allungarsi a toccargli le dita, lisciare le increspature sulla sua fronte, far scorrere le dita lungo la fossetta nel suo mento e sulla sua bocca. Invece si alzò senza fare rumore, prese la macchina fotografica e si avvicinò al bordo della piattaforma per fotografare la cresta che era il posto speciale di Piet. Ma all'improvviso un senso di gelo calò su di lei, e avvertì un inspiegabile disagio. Era come a Gedi, pensò. Era stato questo a turbarla, prima. Un'impressione di malevolenza aleggiante. Di essere spiata. Ovvio che tu sia spiata, idiota che non sei altro, si disse. C'è un'intera colonia di uccelli e animali attorno a te che osserva ogni tua mossa. E tuttavia un freddo brivido di paura le strisciò lungo la nuca. Poteva percepire una presenza minacciosa, e avrebbe voluto gridare, ma era come impietrita. Poi una mano le afferrò la spalla, e allora strillò, rannicchiandosi contro la ringhiera, aggrappata ai paletti di legno.

"Sarah!" Piet balzò in piedi dalla sua poltrona a sdraio e corse al suo fianco. Lei ancora tremava come una foglia mentre la aiutava a rialzarsi e l'accompagnava a sedere. "Che cosa è successo?"

"Non lo so, Piet. Mi dispiace. Ero là a guardare il paesaggio, e all'improvviso..." Lo guardò ansiosa. "Mi hai messo una mano sulla spalla? Mentre ero là, alla ringhiera?"

"No." Piet la fissava, perplesso. "Stavo facendo un sonnellino, e mi sono svegliato quando ti sei messa a urlare. Si può sapere che ti è preso? Insomma, piccola Sarah, non puoi spaventare così gli animali. Manderai a monte tutti gli sforzi che abbiamo fatto per attirarli qui."

"Non c'è nessun altro qui? Dove sono Kipchoge e Simon?"

"Non lo so. Dietro con i cavalli, credo. Probabilmente stanno facendo un riposino anche loro."

"Credevo... Oh, non importa." Sorrise debolmente, imbarazzata del proprio comportamento, ma incapace di scacciare il terrore che l'aveva travolta quando quella mano l'aveva afferrata. Non poteva essere stata solo la sua immaginazione. Eppure, non c'era nessun altro sulla piattaforma. "Forse non ero ancora del tutto sveglia nemmeno io. Devo avere fatto una specie di brutto sogno. Che stupida. Scusami."

"Be', se tu ti sei spaventata, io sono quasi morto di paura. Pensavo fossi stata attaccata da un'orda di bufali, o Dio sa che cosa. Facciamo venire su Simon a prepararci del tè."

"No, ci penso io. Posso riuscirci senza combinare troppi disastri, spero."

Andò in cucina, ancora scossa. Piet l'aveva definita la sua profetessa e la sua veggente, e lei si comportava come un'isterica. "Datti una calmata, Sarah Mackay. Questa cosa che provi per Piet ti sta facendo venire l'esaurimento. Sembri una damina dell'Ottocento con il sistema nervoso fragile."

Tornò fuori con il vassoio e si rimise a sedere, contenta di avere dietro di sé la parete: nessuno poteva sopraggiungerle alle spalle, così.

"Meglio?" Piet la scrutò curioso mentre versava il tè.

"Sì, grazie."

"Allora, ti piace davvero qui? A parte l'attacco di panico, intendo." Il suo tono era canzonatorio.

Doveva riprendersi. Quel posto era il sogno di Piet. Voleva essere entusiastica, incoraggiante. "È magnifico. Hai fatto un lavoro incredibile, creando tutto questo. Non potrete che avere successo, tu e Hannah. Ne sono sicura."

Lui l'abbracciò in uno slancio di esuberanza. "Dio, sono così eccitato! Gli animali adesso arrivano regolarmente. Abbiamo visto antilopi di ogni genere, elefanti, qualche grosso felino, molti bufali, e tanto altro! E Hannah ha lavorato come una matta, occupandosi dell'arredamento e istruendo il personale." Tornò ad affacciarsi alla piattaforma, chiamando a gran voce Simon. Sarah non se la sentì di seguirlo.

"Sì, *bwana*?" Il ragazzo sbucò dalla porta della sala di ritrovo, facendola sobbalzare.

"Dove eri finito? *Memsahib* Sarah ha dovuto preparare il tè. Non hai sentito il trambusto, prima? Non l'hai sentita gridare?"

Sarah si fece piccola per l'imbarazzo. Sperava solo lui non intendesse raccontare a Simon l'accaduto.

"Non ho sentito niente, *bwana*. Ero andato con Kipchoge a vedere delle orme di bufalo. Devono essercene stati parecchi qui la notte scorsa."

"Bene. Adesso è meglio che cominci a preparare il vassoio dei drink. Gli altri saranno qui tra non molto."

"Lo faccio subito. E anche le tartine."

Sarah guardò l'orologio. Già le cinque. Non voleva che il tempo passasse così in fretta. Quando era in collegio le sue settimane si trascinavano nell'attesa di poter passare un weekend a Langani o tornare a casa per le vacanze. Adesso i giorni volavano via. Si vede che sto invecchiando, disse a se stessa. Solo i vecchi hanno l'impressione che il tempo scappi in questo modo.

"Piet?" Si costrinse a raggiungerlo sulla piattaforma e gli prese la mano, esitante.

Lui abbassò gli occhi a guardarla, sorridendo. "Sì?"

"È stata una giornata splendida. Apprezzo davvero che tu abbia voluto farmi vedere il lodge per prima. Che tenessi alla mia opinione."

"Che cosa hai intenzione di fare una volta terminata l'università?" Lui le stava molto vicino, il tono più amichevole che romantico. "Ricordi quando ti prendevamo in giro dicendo che saresti finita in un convento?"

Sarah rise, ma ci fu un fondo di dispetto nella sua risposta. "Era solo un parto della tua mente bacata. In realtà, quel che voglio è tornare in Kenya a lavorare. Mi piacerebbe entrare in un progetto di ricerche zoologiche. E voglio anche poter usare la macchina fotografica. Fortunatamente la fotografia può essere uno strumento utile nel tipo di lavoro che spero di fare, e ho scoperto che è qualcosa per cui sono portata."

"Camilla mi ha detto del concorso che hai vinto. Hai portato con te qualcuna delle foto?"

Camilla. Inevitabile, supponeva. Malgrado quel che lui aveva detto ad Hannah, la sua vecchia fiamma era ancora lì tra loro. D'altra parte, non ci si poteva aspettare che Piet la estromettesse all'infinito dai suoi pensieri.

"Ho portato alcune stampe dei miei scatti migliori tra quelli esposti alla mostra, nel caso qualcuno volesse vederle."

"Ovvio che vogliamo vederle. Hai qualche dubbio? O per caso sono foto indecenti, tipo nudi pseudoartistici?" insinuò Piet con un sogghigno.

"Certo che no!" esclamò Sarah, ridendo. "Sono ritratti dei miei amici scalcagnati del ricovero per senzatetto dove lavoro a Dublino. Te le farò vedere domani."

"Sai, se vuoi svolgere un lavoro di ricerca dopo la tua laurea, forse potresti trovare il modo di farlo a Langani. Il lodge sarà in funzione presto, e avresti la possibilità di guadagnare anche qualche extra dandoci una mano. Hannah sarebbe felice di averti qui – avrebbe compagnia, e un'altra femmina a darle manforte all'occorrenza. Kipchoge e io potremmo aiutarti a seguire le piste degli animali, o a intervistare gente delle tribù locali. Io so parlare la lingua dei Maasai e dei Kikuyu, e Kipchoge è un Nandi. E anche Anthony ti darebbe qualche dritta. Che ne dici?"

Sarah serrò le labbra per non farsi sfuggire l'urlo di esultanza che, altrimenti, avrebbe incrinato la calma della sera. Le balenò nella mente una visione gioiosa di serate alla fattoria, con Hannah seduta di fronte a lei e Piet chino a guardare gli appunti e le fotografie su cui lei stava lavorando. Gli gettò le braccia al collo, e lui rise e la fece volteggiare in aria, tenendola per la vita. Poi, inaspettatamente, le diede un bacio. Iniziò con dolcezza, un gesto affettuoso, fraterno. Ma nel giro di pochi secondi la stava baciando con passione, facendole scorrere le mani tra i capelli e lungo il collo e dietro le orecchie. Lei poteva sentire il sapore del suo desiderio, e gli si strinse contro, un glorioso senso di trionfo che le cresceva dentro mentre le labbra di Piet scendevano all'incavo della sua gola, la lingua le accarezzava la sua pelle. La baciò di nuovo sulla bocca, lentamente. In qualche luogo distante si udì il rumore di un veicolo da lavoro che cambiava la marcia risalendo il sentiero, e poi Lars li stava chiamando.

"Dove sei, Piet? Kipchoge, *jambo*. Dov'è *bwana* Piet?"

Piet si ritrasse, ancora tenendola tra le braccia. Sembrava stordito; la lasciò andare e la fissò per un lungo momento, come se la vedesse per la prima volta. Sarah cercò di recuperare una qualche sembianza di compostezza prima che arrivasse qualcuno. Camilla avrebbe capito al volo, aveva le antenne per certe cose, e lei sapeva di essere a dir poco scompigliata. Aveva i capelli ingarbugliati e le guance in fiamme. Oh, merda! Che disastro. Che magnifico, favoloso disastro! Lars attraversò la sala di ritrovo e li raggiunse sulla piattaforma in un paio di falcate. Hannah lo seguiva, esclamando per i mobili, i cuscini e i tappeti che Simon aveva sistemato. Camilla veniva dietro di lei, passando le dita sulle superfici di pietra levigata e legno lucidato, mormorando complimenti. Piet salutò tutti con un po' troppa cordialità, chiaramente imbarazzato. Chiamò Simon perché servisse da bere, e tutti si raggrupparono sulla piattaforma, alzando i bicchieri in un brindisi. Sarah si teneva un po' in disparte, incapace di guardare chiunque negli occhi, e men che meno Piet. Camilla inarcò interrogativamente le sopracciglia. Poi fecero il giro del lodge insieme, e tutto sembrò tornare com'era prima che lei e Piet lasciassero la fattoria quel mattino.

Ma per Sarah il mondo era cambiato, trasformandosi in un luogo di pura estasi, e stette a guardare la sera africana quasi in trance, come se la terra si fosse aperta davanti a lei per offrirle, finalmente, il sogno d'amore di tutta la sua vita.

12

Kenya, settembre 1965

"Che compagnia di principesse", commentò Anthony. "Credevo di essere scappato dalle signore di Park Avenue per un po', voi però siete quasi peggio. Ci sono delle bibite nel bagagliaio se avete tutta questa sete, ma ci fermeremo tra qualche minuto. Devo passare al *duka* di Charia a fare le ultime provviste. Piet dovrebbe essere lì ad aspettarci. Vi avverto: sarà l'ultimo pit stop dove potrete fare pipì senza che qualche leone vi salti addosso mentre siete accucciate dietro la macchina."

Avevano lasciato Langani con la foschia del primo mattino ancora sospesa nell'aria azzurra. Due ore dopo si stavano togliendo maglioni e calzettoni, e invocavano qualcosa di fresco da bere. Anthony si fermò davanti a una costruzione bassa con il tetto di lamiera arrugginita e la pittura scrostata. La Land Rover di Piet era parcheggiata lì fuori, con il carrello a rimorchio coperto da un telo cerato su cui si era già raccolto uno strato di polvere. La penombra del negozio era impregnata dell'odore di paraffina e disinfettante. Camilla vide Anthony salutare il signor Charia, il proprietario, e poi allungare di nascosto del denaro all'africano che lavorava per lui.

"Poveraccio", le disse a bassa voce mentre Charia leggeva la lista delle provviste e spostava rapidamente le pallottole del suo abaco. "Mi sorprende che riesca ancora a camminare eretto dopo dieci anni con quel vecchio bastardo. Non so perché resti qui, vestito di stracci invece che di un *shuka* e una tonnellata di perline. Non può avere più di quarant'anni, ed è piegato in due a forza di portare sacchi pesanti quanto lui. Ma è sempre allegro. Sa Dio come faccia."

Camilla guardò il Samburu trasportare contenitori di paraffina, farina e mais alla jeep di Piet. Sarah cercò rifugio dal sole impietoso nell'ombra della bottega: si appoggiò al bancone a bere una bottiglietta di limonata, facendo una smorfia quando sentì che era calda. Hannah era rimasta fuori ad assicurarsi che il carrello venisse caricato nel modo giusto e il telone fissato a dovere.

"Siamo pronti", annunciò Anthony. "Si parte."

"*Bwana*, vorrei un passaggio a Isofo." Un giovane guerriero Samburu era apparso dal nulla. Stava lì davanti a loro snello ed eretto nella sua bardatura tribale, con una veste scarlatta annodata sopra una spalla, e le orecchie, il collo, i polsi e le caviglie adorni di file di collane e bracciali di perline. I suoi capelli lunghi erano intrecciati e impiastrati di fango rosso e sterco bovino. Sorrise, un guizzo di bianco sul bel volto brunito. La serie di segni in rilievo sulle guance proclamava il suo viaggio attraverso la circoncisione fino alla virilità. Aveva conficcato la sua lancia nel terreno e vi stava appoggiato contro su una gamba sola, una creatura di perfetta grazia ed equilibrio.

"Non c'è posto, mi spiace." Piet scosse la testa e finì di caricare il rimorchio.

"Perché gli hai detto di no?" domandò Sarah.

"Può anche essere stupendo, ma puzza di sterco e di sudore, ed è coperto di mosche. Non è il compagno di viaggio ideale da portarsi in macchina. E non posso farlo viaggiare sul carrello. È pericoloso, con tutti gli scossoni e i sobbalzi. Han, perché non vieni con me per il prossimo tratto?"

Salirono sulle macchine e partirono, lasciando il guerriero a guardarli impassibile, senza muoversi. Quando gli passarono davanti, tirò fuori la lancia dal terreno con uno scatto improvviso e alzò il braccio; Camilla sprofondò nel suo sedile, Sarah emise un'esclamazione d'allarme soffocata. Poi il Samburu sputò a terra e si voltò prima di scomparire nella nube di polvere rossa dietro di loro. La macchina sussultava e slittava sulla strada accidentata, e un vento caldo entrava dai finestrini portando con sé granelli di sabbia che si depositavano in una patina sulle loro facce e indurivano i loro capelli e i vestiti.

"Chissà che cosa direbbero i tuoi amici a Londra se ti vedessero adesso." Anthony guardò Camilla asciugarsi un rivolo di sudore dal viso, e rise forte. "Ancora un'ora soltanto e saremo al campo. Allora avrete la scelta tra una doccia o una nuotata con i coccodrilli nel fiume. E credetemi, non avete mai visto coccodrilli come quelli!"

Si fermarono all'ufficio della riserva per la registrazione. Anthony adesso guidava piano, seguendo una pista tortuosa che si snodava attraverso chilometri di fitta savana cespugliosa prima di sfociare in distese di erba sbiadita interrotta qua e là da boschetti di palme dum. C'erano pochi animali in vista: la maggior parte si era rifugiata a sonnecchiare all'ombra per sottrarsi al caldo feroce delle ore centrali della giornata. Gli occhi di Sarah stavano cominciando a chiudersi, la testa ciondolante, quando finalmente Anthony si fermò e indicò tra gli arbusti al lato della strada.

"Gerenuk", disse. "*Swala twiga*, la chiamano in swahili, antilope giraffa."

Guardarono ammirati mentre l'animale voltava la testa verso di loro emettendo un leggero suono di allarme, abbastanza curioso per restare fermo, ma pronto a darsi alla fuga.

"Guardate il lungo collo delicato con la piccola testa bilanciata con tanta grazia. E le orecchie sono molto ampie e bianche all'interno, con segni neri come le venature di una foglia." Anthony parlava a voce bassa. "Facile da riconoscere con quel collo, e le corna incurvate armoniosamente all'indietro. I gerenuk si vedono soltanto qui al nord. Possono sopravvivere per molto tempo senz'acqua, e riescono ad allungarsi a mangiare le foglie degli alberi ben più in alto di quanto possano fare gazzelle e antilopi di dimensioni minori."

Sarah puntò la fotocamera ed emise un piccolo suono di soddisfazione quando il gerenuk si alzò sulle zampe posteriori, appoggiandosi con le anteriori a un ramo per piluccare con delicatezza bocconcini scelti di spine e foglie giovani. Dietro di loro, anche Piet e Hannah si erano fermati per ammirare il manto ramato e il ventre bianco dell'animale. Camilla sbirciò furtivamente Anthony mentre alzava il suo binocolo, tenendolo con quelle stesse mani che l'avevano accarezzata fino a portarla alla resa volontaria. Il ricordo le mozzò il respiro in gola. Sembrava passato così tanto tempo. Avrebbe voluto chiudere le dita intorno a quel suo polso ornato di un alto bracciale fatto di cuoio, rame e perline colorate. Un bracciale da nomade, adatto a un uomo che viveva buona parte della sua vita nel bush, spostandosi da un posto all'altro, senza alcuna stabilità nel senso che lei intendeva. Si domandò come fosse la sua casa a Nairobi, e se avesse chiesto a qualche sua ex ragazza di arredarla per lui.

La madre di Anthony aveva lasciato il Kenya due anni prima, una donna marchiata per sempre dalla morte del marito, ossessionata da visioni del suo sangue che si riversava a fiotti nel suolo riarso sul quale era cresciuto. Il bufalo che lo aveva incornato, sventrandolo e poi gettando sprezzantemente da parte il suo corpo dilaniato, era stato ucciso dal suo portatore di fucili mentre un ricco cliente svizzero stava lì impietrito dall'orrore, incapace di alzare la sua arma, singhiozzante e tremebondo. Ma questo non aveva impedito a *Herr* Villespan di far mandare la testa dell'animale da un tassidermista a Nairobi e poi in Svizzera, dove ora il trofeo ornava una parete nella sua villa sul lago offrendogli lo spunto per intrattenere gli ospiti con storie avvincenti dell'audacia con cui aveva sfidato la morte. E non aveva impedito a Anthony Chapman di intraprendere lo stesso mestiere del padre, con uno spirito di avventura e un amore per il bush che Camilla sapeva avrebbe dovuto imparare a capire.

Quando lui era arrivato a Langani la sera prima, l'aveva baciata sulla guancia allo stesso modo in cui aveva salutato le sue amiche. Durante la cena non c'era stato alcun accenno ai giorni che avevano passato insieme a Londra, e poco dopo essersi alzati da tavola tutti avevano optato per andare a dormire in previsione della partenza di buon'ora il mattino seguente. Mentre uscivano sulla veranda Anthony le aveva messo una mano sulle reni, facendo pressione e bisbigliandole all'orecchio: "Domani".

Camilla era rimasta a letto sveglia per ore, chiedendosi che cosa provasse per lei. Sempre che provasse qualcosa. Era difficile ricordare il tempo in cui a malapena si accorgeva di lui, tutte le volte che aveva respinto ridendo le sue avance semiserie, e non sapeva spiegarsi come i propri sentimenti fossero cambiati in modo così repentino e imprevedibile. Sulla costa, non ricevendo alcuna notizia da parte sua, aveva cominciato a domandarsi se non avesse attribuito troppa importanza al loro ardente incontro a Londra. Ma poi ripensava a come l'aveva tenuta stretta a sé, ricordava la tenerezza con cui avevano fatto l'amore, e la sua mente respingeva la possibilità che per lui fosse stata una parentesi senza importanza. Voleva disperatamente sapere con certezza la verità, e allo stesso tempo ne aveva paura. Comunque ormai dovevano essere quasi arrivati al campo, e avrebbe avuto la risposta, forse anche troppo presto.

Proseguirono finché una fila di alberi disse loro che si stavano avvicinando alla curva del fiume. Anthony si fermò brevemente per inserire la trazione integrale e poi discese nel corso d'acqua, sostando nel letto del fiume per indicare diversi coccodrilli semisommersi di proporzioni paurose. Le teste scagliose e i piccoli occhi scintillanti erano appena visibili sopra la superficie mentre aspettavano il passaggio di qualche ignara vittima. Camilla li guardò con repulsione e rabbrividì mentre Anthony dava gas e scivolava sopra i ciottoli, arrancando su per la ripida salita della sponda opposta. Svoltò in uno stretto sentiero sulla sinistra, strusciando contro la vegetazione rigogliosa, e si udì lo stridio delle spine che grattavano sullo châssis.

Il loro campo era stato allestito in una radura sopra il fiume. Le tende per la notte erano montate in fila sotto l'ombra variegata degli alberi di acacia, e il personale era allineato ad aspettarli, le facce illuminate da sorrisi di benvenuto. Camilla scese dalla Land Rover mentre Sarah si districava dal sedile posteriore con tutta la sua apparecchiatura fotografica. Piet e Hannah arrivarono qualche momento dopo, e Anthony li accompagnò tutti dal suo staff per le presentazioni.

"Questo è Francis, il nostro cuoco. Samson e Daniel vi serviranno da mangiare e da bere. William è incaricato delle tende e del servizio di lavanderia. Altrettanto importanti sono Musioka e Joseph, che si occupano dei veicoli e raccolgono la legna per cucinare e scaldare l'acqua, e per il fuoco da campo che resterà acceso tutta la notte. Ora, le tende. Sarah, ho messo te e Hannah insieme, con Piet vicino. Camilla, tu alloggerai là al centro. Se preferite qualunque altra combinazione, potete scambiarvi liberamente di posto. Docce e gabinetti sono dietro le tende. Potete usare la paletta nella tenda del gabinetto per coprire qualunque cosa ci sia nella latrina. Ci sono lanterne e torce in ogni alloggiamento, e fuori, all'entrata, sotto il telo esterno."

"E se uno dovesse andare al bagno nel mezzo della notte?" si informò Sarah, imbarazzata per la domanda, ma più preoccupata delle possibili conseguenze di non sapere. "Voglio dire, potrebbero esserci iene e leoni attorno, no?"

"Be', magari evita di andartene in giro brandendo un cosciotto di impala. E se dovessi imbatterti in un leone fammi un urlaccio." Anthony le sorrise. "Sta' tranquilla, Sarah. Avremo il falò acceso e un ascari di guardia tutta la notte." Poi tornò a rivolgersi a tutto il gruppo: "Ci sono bacinelle e un secchio d'acqua sulle vostre verande, per lavare le mani e la faccia. Abbiamo lasciato aperto il telo posteriore delle tende per il momento, per approfittare di quel po' di brezza che tira. Di notte chiudete le cerniere, davanti e dietro. Tutte le finestre hanno le zanzariere, e in caso di pioggia dovete solo srotolare le falde di tela. Trovate bibite fredde nella tenda della mensa, e Samson prepara un bloody mary micidiale."

Finiti i preliminari, Anthony li accompagnò alle rispettive tende e li lasciò lì a sistemarsi. Camilla si sedette su una seggiola di tela, ad assorbire il calore e la quiete del pomeriggio, ascoltando i suoni del bush. Non si era mai spinta tanto a nord prima, nell'arida bellezza semidesertica. I buceri saltellavano, comicamente goffi, sui rami degli alberi attorno a lei. Un gruppo di storni impettiti incedeva ai suoi piedi, tutti in ghingheri nel loro piumaggio iridescente, chiassosi, tracotanti e vanesi, ricordandole la gente che troppo spesso incontrava e con la quale doveva lavorare a Londra. Gli alberi di acacia che offrivano ombra protendevano rami pallidi addobbati dell'aggregazione di nidi dei passeri repubblicani. In lontananza scorse un branco di zebre immobili nella calura sfavillante. Sotto il loro accampamento, l'acqua marrone del Uaso Nyiro scorreva lenta e pigra attraverso la terra assetata.

Sarah entrò nella sua tenda con un senso di stupore. Una stuoia di sisal ricopriva il fondo impermeabile; c'erano due brande, entrambe con lenzuola e federa candide e ben stirate e con un copriletto stampato a mano, separate da un tavolino sul quale erano posate lanterne e torce. Un cesto di vimini conteneva un assortimento di saponette e shampoo, e c'era uno specchio appeso a un lato, sopra una console di legno che fungeva sia da toilette sia da scrittoio. Sulla sua superficie lucida erano disposti thermos di acqua fresca e due bicchieri, e un vaso pieno di erbe e fiori selvatici dava all'ambiente il tocco finale.

"Non male, eh?" Hannah si sedette sul bordo del suo letto.

"È grandioso", replicò Sarah, stupefatta. "Non mi sarei mai aspettata niente del genere. Non penso potrò mai tornare a casa." Poi sorrise. "Sospetto non sia casuale che Camilla abbia una tenda tutta per sé."

"Sì, credo ci sia un messaggio implicito." Hannah roteò gli occhi con un lampo di divertita malizia. "Però lei farebbe meglio ad andarci coi piedi di piombo", aggiunse. "Tutti questi cacciatori e guide di safari hanno una certa reputazione, e poi quando feriscono i sentimenti di qualcuno prendono le distanze e ti dicono che la tizia gli si era letteralmente buttata addosso e non avrebbero potuto respingerla, pena la morte. E Anthony non è diverso dagli altri, sotto questo aspetto."

"A me sembra uno a posto, e comunque Camilla sa badare a

se stessa", osservò Sarah. "Chissà quanti ne ha incontrati di quella razza a Londra, con il tipo di vita che fa."

"Questo non lo so. Però conosco Anthony. È devoto nel suo amore per questa terra, e appassionato nella difesa dei parchi faunistici e delle riserve naturali. Ma quando si tratta di donne è tutto un altro discorso. Ho visto in che modo lo guarda Camilla, e credo sia la prima volta che si è davvero innamorata di qualcuno. Perciò spero proprio che non si comporti da farabutto." Hannah si girò all'improvviso e prese Sarah tra le braccia. "E meno male che quel *domkopf* di mio fratello è finalmente rinsavito. Questa sì è una bella cosa. Ne sono molto contenta."

"Non è successo niente." Sarah vide l'espressione di esagerata incredulità sulla faccia dell'amica e si allontanò, imbarazzata dell'ineluttabile rossore che sentì salirle alle guance. "Be', quasi niente", si corresse. "Voglio dire, mi ha baciata. Ma una volta sola. Appena prima che voi arrivaste al lodge l'altro giorno."

"E questo tu lo chiami niente?" Hannah era esultante. "Lui adesso lo sa! Potrà volerglici un po' per ammetterlo, ma nel suo cuore lo sa, ne sono sicura. Ed è un'ottima cosa."

Nella luce d'oro del tardo pomeriggio partirono dal campo con la jeep di Anthony. Nel bagagliaio c'era un cesto da picnic con tè e biscotti. Dietro il sedile del conducente era montata una rastrelliera con una varietà di libri di consultazione su animali e uccelli, alberi e fiori selvatici. I portelli del tettuccio erano aperti, così che potevano stare tutti in piedi sui sedili ricoperti di tela impermeabile e godere di una visuale senza ostruzioni. La terra sembrava sconfinata; scorreva via da loro verso una catena di colline violacee al nord. Piet era seduto sul tetto, le gambe nude ciondoloni attraverso il portello. Sarah avrebbe tanto voluto che allungasse un piede a sfiorarla intenzionalmente, ma i suoi occhi e i suoi pensieri erano concentrati altrove mentre scrutava in lontananza alla ricerca di elefanti o bufali, o del movimento furtivo di un felino nell'erba fulva. Gli unici suoni attorno a loro erano i richiami degli uccelli, e il graduale crescendo degli insetti e delle rane che attaccavano la loro sinfonia serale. Oltre una curva del percorso si udì uno scricchiolio di ramoscelli e Anthony frenò di colpo. La pista era bloccata da un giovane elefante maschio occupato a grattarsi il posteriore contro la corteccia di un albero. Stabilì un breve contatto visivo con gli intrusi, poi continuò con la sua soddisfacente attività. Attesero mentre posava delicatamente la proboscide sul suolo e aspirava un ponticello di sabbia, per poi soffiarsela sul dorso. La macchina fotografica di Sarah scattava a ripetizione. L'elefante si fermò e guardò direttamente il piccolo gruppo, come accorgendosene soltanto allora. Le sue ampie orecchie si allargarono ai lati della testa mentre batteva nervosamente una zampa sul terreno, prima di iniziare a muoversi in avanti con determinazione sollevando nuvole di polvere a ogni passo misurato.

"Meglio levarci di mezzo", disse Anthony. "Ha deciso che siamo sulla sua strada." Avviò il motore e cominciò a indietreggiare lungo il sentiero. L'elefante continuava ad avanzare, aumentando un po' l'andatura, oscillando la proboscide di qua e di là, le orecchie sventolanti come enormi flabelli.

"Vuole proprio che togliamo il disturbo." Anthony rimase calmo, il volante saldamente tra le mani. "Dovrò andare in retromarcia finché trovo un posto per girare. Sta prendendo velocità. Rientrate nell'abitacolo. Potrei dover fare un'inversione brusca, e stiamo arrivando a una curva."

Camilla si lasciò cadere come un sasso sul sedile accanto a lui, il cuore in gola mentre la stazza dell'animale riempiva il parabrezza e il primo rabbioso barrito risuonava nell'aria placida della sera, gelandole il sangue. Anthony accelerò, slittando sul suolo sabbioso. L'elefante stava guadagnando terreno: potevano vederne ogni piega e grinza della pelle e lo scintillio dei piccoli occhi. Sbatacchiò la proboscide da una parte all'altra, poi la alzò verso il cielo a gridare la propria ira ai suoi indesiderati spettatori. L'enorme corpo era tanto vicino che era impossibile scorgere anche solo un ritaglio di cielo oltre il parabrezza. Raggiunsero la curva e udirono lo stridore degli pneumatici che giravano a vuoto cercando di fare presa sulla superficie cosparsa di ciottoli e ghiaia. La jeep si inclinò di lato e Anthony si curvò in avanti sul volante, stringendolo con forza come se volesse imporre al veicolo di non ribaltarsi. Camilla chiuse gli occhi, certa che sarebbe morta con lui, che sarebbero morti tutti insieme, schiacciati in una poltiglia di corpi e metallo: giovani vite stroncate. Quando li riaprì avevano svoltato la curva della pista e la jeep era rivolta nella direzione opposta. Non c'era più segno dell'elefante. Tutti stavano ridendo per il sollievo e la tremenda eccitazione della carica. Piet prese Sarah per le spalle e la scosse, incredulo.

"Non posso credere che tu sia rimasta lassù e abbia continuato a scattare fotografie. Sei pazza, Sarah Mackay! Completamente matta. Però hai fegato, questo bisogna ammetterlo."

"Voleva solo scacciarci dalla sua zona. Appena abbiamo girato la curva e siamo spariti dalla sua vista ha perso ogni interesse per noi." Anche Anthony stava ridendo. "*Kali* bastardi, questi giovani maschi che cercano di dimostrare la loro forza. Andiamo a cercare qualcosa di più amichevole."

Il resto dell'escursione fu un susseguirsi di immagini emozionanti. Una coppia di orici si mise in posa per loro sulla distesa erbosa, esibendo il disegno sul muso e le lunghe corna diritte e appuntite. A un certo punto si fermarono a guardare due giraffe reticolate, ammirandone la precisa geometria e l'eleganza del manto e i loro lunghi passi dinoccolati. Stuoli di faraone zigzagavano sulla strada, le penne nere e bianche tremolanti sulla base di piume blu. Dei bufali riuniti in branco alzarono le teste pesanti e sbuffarono con stizzoso disdegno al loro passaggio, e parecchie gazzelle di Grevy trottarono via dalla pista prima di voltarsi a mostrare la perfezione dei fianchi striati e le loro grandi orecchie arrotondate. Il caldo del giorno andava attenuandosi mentre il sole calava lentamente fino a scomparire dietro le colline frastagliate, lasciando dietro di sé un cielo inondato di luce scarlatta. La prima stella apparve sopra le sagome delle palme, e una falce di luna crescente stava sospesa sul fiume.

Al loro ritorno, il campo brillava delle luci accoglienti delle lanterne accese nelle tende e appese tra gli alberi. Alcune sedie erano state disposte intorno a un fuoco, posizionato con cura in modo che le alte fiamme guizzanti illuminassero la notte d'inchiostro, mentre il fumo veniva sospinto dalla brezza via dalle tende e verso il fiume. Si misero a sedere e accettarono un drink da Samson, allungando le gambe e stendendosi all'indietro per guardare le stelle baluginare nell'oscurità che stava inghiottendo anche gli ultimi residui del crepuscolo.

Nelle tende delle docce, l'acqua sapeva di fumo di legna. Camilla chiuse gli occhi e lasciò che la piacevole pressione del getto caldo le lavasse via di dosso la polvere della giornata. Lisciò all'indietro i capelli bagnati e si avvolse in un telo di spugna; si sentiva rinata, colma di una contentezza che non ricordava di avere mai provato prima.

“Come puoi sopportare di stare a Nairobi per più di un minuto?” domandò Sarah ad Anthony durante la cena.

“Più tempo passi qui, più è difficile tornare a tutta la confusione e...” Anthony esitò, cercando le parole giuste.

“E al futile atteggiarsi della gente che brulica nei grandi formicai urbani”, terminò Camilla per lui. “Potrà sembrarvi che la stia sparando grossa... credo che non tornerò più indietro.”

“Un po’ ampolloso, ma abbastanza calzante per il tuo habitat naturale.” Anthony stava ridendo. “Però, Camilla, io ti ho vista a Londra, nei tuoi bar, ristorantini e locali notturni preferiti. Hai il tuo parrucchiere di fiducia, e persino un posto per fare qualche specie di bagno di fango, proprio come quell’elefante che abbiamo visto prima. Saresti infelice ad arrangiarti qui quanto lo sarebbe lui a cercare l’autobus numero dieci.”

“Io non prendo mai l’autobus. E non so lui, ma per quel che riguarda me mi stai decisamente sottovalutando”, ribatté in fretta Camilla. “Non escludere di doverti rimangiare quello che hai detto.”

Dopo cena tornarono a sedersi attorno al fuoco a chiacchierare, sazi e appagati, godendosi la reciproca compagnia. Ordinarono il tè del mattino per le sei, e Piet fu il primo ad alzarsi e dare la buona notte a tutti. Hannah e Sarah lo imitarono, e un attimo dopo si alzò anche Camilla, chinandosi a prendere lo scialle che aveva appeso allo schienale della sedia.

“Ti accompagno alla tua tenda”, le disse Anthony. Le prese il braccio, poi si fermò a guardarla alla luce delle stelle. “Camilla. Camilla, ho passato tutto ieri sera e oggi a guardarti, a incantarmi davanti al tuo viso stupendo, a ricordare ogni parte di te, e a desiderarti disperatamente. Non posso aspettare un minuto di più.”

Lei si volse senza una parola e si avviò. Quando entrarono nella sua tenda lui spense la lanterna e poi la prese tra le braccia, e le baciò la bocca e le palpebre mentre le bisbigliava all’orecchio. Le si mise alle spalle e le sollevò i lunghi capelli dalla nuca per sospirarle il suo desiderio sul collo. Le sbottonò la camicia da safari per scoprire i seni e fece scivolare le mani lungo il suo addome e i fianchi, finché Camilla emise un piccolo verso strozzato di protesta e impazienza. Allora la adagiò sul letto e lei gli affondò la faccia nella spalla, perché nessuno sentisse i suoni che non poteva reprimere. Quando si svegliò il mattino dopo, lui non c’era più, e Camilla si domandò come se ne fosse potuto andare così, sgusciando via nella notte con la furtività di un leopardo, senza che lei avvertisse il suo distacco.

"*Hodi. Chai. Na maji moto.*" Da fuori le giunse il suono di acqua versata nella bacinella e del vassoio del tè che veniva posato sul tavolino della veranda. "Spero che abbia dormito bene, signora."

"Grazie, Musioka", gli rispose lei uscendo. "Non ho mai dormito meglio in vita mia, e so che sarà una giornata meravigliosa."

Lasciarono il campo quando l'aria era ancora rugiadosa e i primi raggi del sole ricamavano un canovaccio sconfinato di erba bionda, bush verdeggiante e cielo azzurro pallido.

"Ascoltate." Anthony fermò la macchina e spense il motore. "Bubu tropicali. Cantano sempre in coppia. Eccoli, lassù su quel cespuglio, li vedete? Sono uccelli poco appariscenti, ma guardate come la gioia dei loro duetti d'amore scuote i loro corpi."

Lanciò un'occhiata a Camilla, e in quel momento Hannah colse l'intesa tra loro. Distolse lo sguardo e, nel girare la testa, notò l'espressione di suo fratello. Era silenzioso e teso, le dita contratte sul bordo del sedile, le mascelle serrate.

"Dai, Anthony, muoviti", lo esortò Piet. "Dove sono i gattoni? È come se nemmeno fossi stato qui, finché non vedo i felini. Tutti questi affari piumati si possono incontrare anche a casa nella mia *shamba*."

Si rimisero in viaggio e nel giro di pochi minuti avevano avvistato un kudu maschio, il corpo ricoperto da così tanta polvere che quasi offuscava il bel manto striato. Era stata Sarah a scorgere il movimento dei cespugli aperti dalle magnifiche corna che si alzavano a spirale dalla sua testa nobile. Li fissò per un momento con severa sfiducia prima di voltarsi e scomparire, semplicemente svanendo nel folto degli alberi. Mentre il sole saliva nel cielo e la terra cominciava ad assorbire il suo insistente calore tornarono indietro verso il campo per la colazione, prendendo una strada diversa che li portò attraverso il letto di un fiume in secca.

"Leoni", disse Anthony, fermandosi bruscamente. "Un'intera famiglia. Guardate le due leonesse: sono molto giovani, vedete come la loro pelliccia è ancora maculata, con quelle rosette chiare? Sono in splendida forma, bellissimi esemplari. E là ce n'è una più vecchia, con i cuccioli. Sono quattro."

Le femmine erano distese sul fianco, il dorso nero delle orecchie fremente. I piccoli saltellavano intorno a loro, rincorrendosi e rotolando uno sull'altro, prima di rivolgere l'attenzione a un ceppo d'albero marcio, che scalavano a turno per poi balzare sui fratelli rimasti a terra. Camilla si era sporta dal finestrino a guardarli; stava ridendo delle loro buffonerie, quando all'improvviso interruppero il gioco e alzarono lo sguardo, come in attesa. Il respiro le si mozzò in gola. Un leone maschio stava incedendo verso di loro, regale e sicuro di sé. Si fermò, puntandole addosso uno sguardo diretto, e lei restò lì, ipnotizzata dal suo carisma, da quell'evidente manifestazione di supremazia. Sarah teneva la macchina fotografica appoggiata sul telaio del finestrino per fermare il tremore delle mani. Hannah era impietrita sul tetto della jeep.

"Tutti dentro", bisbigliò Anthony. "E tirate su i finestrini a metà. È molto vicino e siamo tra lui e la sua famiglia."

Stettero seduti in macchina a guardare, intimoriti dalla forza guizzante nelle spalle possenti del leone, dalle enormi zampe che si muovevano con perfetta armonia e determinazione, portandolo sempre più vicino. Sotto il finestrino di Camilla si fermò, e diede una sferzata con la coda battendola con uno schiocco contro la portiera. Il cuore le martellò nel petto quando l'animale si acquattò a terra, pronto a spiccare il salto, finanche a piombare nell'abitacolo attraverso il portello. Poi udì una risata e vide che Piet stava indicando qualcosa. I cuccioli erano corsi avanti e avevano preso la coda del leone, lo tiravano e lo spingevano. Lui si rialzò e assestò loro qualche gentile scappellotto mentre li guidava verso una macchia d'ombra, dove si sdraiò come un micione sovradimensionato, socchiudendo gli occhi dorati e rovesciando indietro la testa in uno sbadiglio che mise in mostra la vera ferocia della sua natura.

"Torniamo alla base", disse infine Anthony. "Non penso che per oggi potremo fare di meglio."

Al campo furono accolti dal profumo e dallo sfrigolio di bacon fritto. Il tavolo era già apparecchiato per la colazione all'ombra degli alberi, e uccelli speranzosi stavano appollaiati sui rami aspettando qualche avanzo.

"Non ho mai avuto tanta fame in vita mia", disse Camilla. "Per la fine della settimana sembrerò un elefante."

"Dovranno allargarti quei vestiti assurdi che ti metti, o farteli su misura. O forse faranno le copertine delle riviste più grandi per farti ci stare tutta", scherzò Anthony.

"Non sono sicura di voler apparire ancora sulle riviste, o mettermi vestiti assurdi."

Il tono di Camilla era leggero, come se la sua fosse solo una frase buttata là, ma Sarah avvertì il mutamento del suo umore e vide l'espressione di Anthony farsi immediatamente guardinga. Quindi per lui forse si trattava solo di un'avventura, alla fine. E Piet? Come avrebbe reagito Piet quando la parentesi si fosse chiusa? Ci fu una pausa impacciata nella conversazione.

"Altro caffè?" Anthony girò lo sguardo attorno al tavolo. "Bene. C'è acqua calda per le docce, e ci sono delle sedie sotto gli alberi sopra il fiume. Non scendete sulla fascia paludosa lungo la riva. Una mia cliente ha rischiato di farsi mangiare quando stupidamente è andata laggiù a sciacquare la tazza del caffè."

"*Sarebbe* stata mangiata, se tu non fossi corso là a rischio della vita a creare un diversivo", precisò Piet. "La ragazza era intrappolata. Il coccodrillo le aveva preso il braccio. Un attimo ancora e sarebbe stato troppo tardi. Anthony si è precipitato laggiù e lo ha picchiato sulla testa con un enorme ciocco di legno. È entrato in acqua e ha fatto un pandemonio finché la bestia non ha mollato la presa. Ha salvato la vita a quella ragazza."

"Non voglio che storie del genere vadano in giro, o non troverò più ragazze abbastanza coraggiose da venire a un safari con me." Anthony era palesemente imbarazzato. "Non c'è alcun pericolo finché state a distanza. Ma quando comincerà a fare più caldo vedrete di sicuro dei coccodrilli mostruosi. Verso mezzogiorno c'è un bloody mary, e un premio per chiunque riuscirà ad avvistare più di venti diverse specie di uccelli qui al campo." Si alzò da tavola e si diresse senza fretta verso le tende dello staff e il fuoco da campo.

Non fu detto altro del futuro, immediato o distante. Nelle loro sortite dal campo incontrarono branchi di imponenti, pesanti elefanti e bufali, e minuscole gazzelle dalla coda in perenne agitazione. Camilla commentò che doveva essere sul punto di staccarsi quando si avvicinavano alla fine della loro vita. Quella sera, attorno al fuoco, ascoltarono Anthony raccontare storie del bush. La notte potevano udire distanti ruggiti di leoni e il rumoreggiare degli ippopotami che si rotolavano nel fiume. Hannah osservava Camilla farsi ogni giorno più radiosa. Notò che Piet talvolta si chiudeva in se stesso, ma nelle loro escursioni era sempre pieno di entusiasmo per la fauna che costituiva la base della sua futura attività. Il terzo mattino avvistarono un guizzo d'oro in lontananza, e Anthony girò la macchina in quella direzione, scoprendo un ghepardo con un cucciolo che si stava avvicinando di soppiatto a una gazzella; l'inesperienza del giovane cacciatore comunque la salvò, e lei fuggì via in una serie di balzi che sfidavano la forza di gravità, lasciandoli a sospirare per il sollievo, misto alla delusione.

Nelle ore più calde del giorno stavano seduti sull'argine del fiume a guardare col binocolo, o a leggere un libro, oppure si ritiravano nelle tende a dormire. Le uscite serali solitamente terminavano davanti a un'ansa del fiume, dove stappavano birre fredde o una bottiglia di vino mentre guardavano una fila di elefanti apparire tra gli alberi, e ammiravano il globo infuocato del sole che svaniva oltre i contorni delle colline. La notte Anthony portava via Camilla dalla brace del fuoco da campo per condurla nel loro mondo privato. Lei amava osservarlo mentre organizzava le giornate e parlava agli inservienti, seduto su una cassetta rovesciata accanto al fuoco per cucinare, a proprio agio con i suoi uomini quanto lo era con i suoi amici; ne conosceva le vicende famigliari, le forze e le debolezze, l'ultima volta che si erano ubriacati o avevano gioito per la nascita di un figlio.

Verso la fine del loro soggiorno, nella canicola del pomeriggio, Sarah si sistemò su una sedia pieghevole sul dirupo sopra il fiume. Era lì da poco quando udì il suono di campanacci, una musica metallica che annunciava l'arrivo di una mandria. Erano zebù, bianchi e rossicci, gibbosi e con grandi corna ricurve. Li vide apparire in una nube di polvere, urtandosi e spingendosi a vicenda giù per l'argine ripido fino a lambire l'acqua fangosa, trascinando con sé una frana di sassi e piante. Dietro di loro il bovaro fischiava e gridava e batteva due bastoni uno contro l'altro, guidando il suo bestiame verso l'acqua. Poi si fermò, e Sarah prese la macchina fotografica. All'improvviso lui alzò la lancia e cominciò a gridare parole rabbiose e incomprensibili, chinandosi a raccogliere un sasso col chiaro intento di scagliarlo nella sua direzione. Sarah scattò in piedi, e nello stesso momento Anthony si materializzò a qualche metro da lei, alzando la voce in un richiamo e una mano in un saluto mentre si dirigeva verso il mandriano. Ci fu un dialogo tra i due in cui il Samburu parlò per diversi minuti battendo la lancia sul terreno per dare enfasi alle sue parole, punteggiate di tanto in tanto da concilianti monosillabi di assenso da parte di Anthony.

"Devi chiedere il permesso quando fotografi qualcuno, di questi tempi", la avvertì alla fine, raggiungendola.

"Mi spiace, avrei dovuto pensarci. E adesso che faccio?"

"Niente. Sospetto che stesse comunque venendo qui a chiederci se vogliamo visitare il suo *manyatta*. Qualche volta organizza uno spettacolo folcloristico per i miei clienti: i giovani guerrieri si esibiscono nelle loro danze, e poi le donne cercano di vendere le loro chincaglierie di perline, recipienti fatti con zucche vuote essiccate e vecchie lance spuntate. Si fanno pagare qualche scellino per le danze, raggranellano ancora qualcosa con i loro manufatti, e tutti sono contenti."

"Costa molto? Li potrei fotografare?"

"Oh, Sarah. È solo una messa in scena per spillare soldi ai turisti." Hannah era sopraggiunta alle loro spalle. "E non penso che gli dovrebbe essere permesso di pascolare le loro *ngombe* dentro la riserva. Fanno piazza pulita di tutta la vegetazione, tra quella che mangiano e quella che calpestano. Guardate l'argine laggiù, sta crollando nel fiume. Un esempio lampante di erosione."

"Non si può tenere in vita questa riserva e vietare alle tribù locali i loro tradizionali posti di abbeveraggio." Piet era arrivato per vedere la causa del trambusto. "E i vari tour all-inclusive ormai stanno facendo più danni di qualunque mandria dei Samburu, con tutta quella gente che guida fuori pista."

"Tuo fratello ha ragione." Anthony si rivolse ad Hannah. "Dovrai pensarci su a Langani, se vuoi che la riserva funzioni bene."

"Questo è uno dei motivi per cui ci servono dei ranger", annuì Piet. "Ma per quel che riguarda le danze per i turisti, sono d'accordo con Hannah. Penso anch'io che siano fasulle, e l'idea mi mette un po' a disagio."

"Sono le stesse che fanno tra di loro?" domandò Sarah.

"Non vanno avanti per tre giorni, se è questo che intendi. Ed è improbabile che cadano a terra con la schiuma alla bocca, o in una trance erotica", disse Anthony. "In un'ora è tutto finito. Ma le danze sono quelle che fanno normalmente. E puoi scattare tutte le fotografie che vuoi."

"Potresti organizzare allora? Per favore?"

"Mi metterò d'accordo per domani pomeriggio. Adesso devo fare una scappata al Samburu Lodge. Posso usare il loro radiotelefono per contattare il mio ufficio. Qualcuno vuole venire con me a mescolarsi con i turisti?"

"Io resto qui", rispose Sarah. "I tuoi uomini hanno detto che potrei fare loro qualche foto."

Si allontanò, ma con la coda dell'occhio vide Piet immobile a guardare la macchina di Anthony che portava via Camilla dal campo. Tornò a sedersi e ingoiò il nodo in gola che stava minacciando di trasformarsi in lacrime.

"Non ti preoccupare, Sarah", la rassicurò Hannah. "Deve adattarsi e gli ci vorrà un po' di tempo, tutto qui. Ormai per lo più si tratta solo del suo ego. Ehi, guarda laggiù!"

Riluttanti, ma affascinate, stettero a fissare un enorme coccodrillo emergere dall'acqua e andare a sdraiarsi al sole su un banco di sabbia melmosa, le fauci semiaperte a rivelarne la forza minacciosa e la crudeltà. Nella caverna della sua bocca un uccellino saltellava di qua e di là, becchettando impavido la dentatura seghettata.

"Sarà lungo quasi quattro metri." Hannah rabbrividì. "E le scaglie sembrano sul punto di aprirsi, tanto è gonfio. Resto sempre attonita quando vedo quegli uccellini che puliscono i loro denti, e nel frattempo rimediano da mangiare. Non è uno spettacolo orripilante, però?"

Quando la macchina ritornò, un po' più tardi, Sarah era immersa nella lettura del suo libro. Alzò lo sguardo e vide Camilla correre verso di lei, gridando qualcosa che non riuscì ad afferrare, e fu confusa e sorpresa quando tutti le si raggrupparono attorno e presero ad abbracciarla, dandole pacche sulla schiena, stringendole le mani e trascinandola in un frastornante carosello, finché le parole di Camilla penetrarono nella sua mente.

"Hai avuto la tua laurea, Sarah! Anthony ha chiamato il suo ufficio a Nairobi e c'era un messaggio da parte di Tim. Ha telefonato ieri dicendo che ti sei laureata col massimo dei voti! Ti è anche stato offerto un posto per il dottorato. E tuo padre sta bene. Oh, Sarah, non è fantastico?"

"Congratulazioni, vecchia mia." La faccia di Anthony esprimeva sincera ammirazione. Batté le mani e gridò un ordine. "Portaci da bere, Samson. Dobbiamo festeggiare il futuro della scienza. Quanto tempo ti ci vorrà per prendere la laurea di secondo grado, Sarah?"

Lei fissava tutti in silenzio, stordita dalla notizia, cercando di assimilare le implicazioni di quel che stavano dicendo. Poi, quando Piet si fece avanti per abbracciarla, seppe di colpo quel che avrebbe fatto.

"Non tornerò a Dublino", disse. "Mi cercherò qualcosa da fare qui. Forse potrei lavorare per il museo di Nairobi, o per qualche organizzazione internazionale dedita alla ricerca. Accetterò qualunque offerta. Perché non intendo rimettere mai più piede in quel luogo piovoso e grigio. Costi quel che costi." Prese un bicchiere dal vassoio che Samson le stava porgendo. "A noi tutti, insieme qui in Kenya, come è giusto che sia. Salute, e grazie della bella notizia!"

"I tuoi genitori potrebbero non essere entusiasti del tuo programma", osservò Camilla più tardi.

"Forse sarebbe saggio tornare indietro per la specializzazione, tra un anno o due", concesse Sarah. "Quando avrò un po' di esperienza sul campo, qualche conoscenza pratica che non sia spigolata guardando qualcosa su un vassoio di metallo. Ci sarà pure un posto per una volonterosa assistente ricercatrice disposta a lavorare per una miseria."

"In effetti, potrebbe esserci qualcosa proprio qui", intervenne Anthony. "A Buffalo Springs c'è una coppia, i Briggs, che studia gli elefanti. Sono finanziati da non so quale università americana. Li ho incontrati molte volte e sono davvero brave persone. Ti farebbe piacere conoscerli, signorina neolaureata Mackay?"

"Magari! Anche se non avessero niente da offrirmi, sapranno di altri progetti simili."

"Perché non andiamo da loro domani mattina?" suggerì lui. "Piet può portare Hannah e Camilla fuori per un safari, e noi vedremo se riusciamo a rintracciare Dan Briggs."

Buffalo Springs era una distesa di pianure sabbiose e zone arbustive che bordava la riva meridionale del fiume Uaso Nyiro. Il campo dei Briggs era situato vicino a una serie di polle e paludi alimentate da fiumi sotterranei che avevano origine sulle pendici ghiacciate del monte Kenya. Era racchiuso da un alto steccato di legno spinoso, come un tradizionale *manyatta* samburu, ombreggiato da alberi di acacia e palme dum, con un cancello di rete metallica. All'interno c'erano parecchie costruzioni di fango e canne con tetti di paglia, ben tenute e circondate da file di pietre sbiancate e qualche pianta stentata. Fu Allie Briggs a uscire ad accoglierli. Era una minuscola scozzese sulla quarantina, con i capelli rossicci striati di grigio e tagliati molto corti, il volto lentigginoso e bruciato dal vento.

"Anthony! Che piacere vederti. Sei accampato qui vicino?"

"Sì. Ma sono in vacanza. Questa è la mia amica Sarah Mackay."

Si scambiarono strette di mano e Allie offrì loro una birra fredda. "Dan è a Nairobi, alle prese con gli alti papaveri. Stiamo cercando di strappare altri fondi, come al solito. Io ho saggiamente trovato una scusa per defilarmi... Sai quanto odio la città."

"Sarah si è appena laureata in zoologia, all'università di Dublino. È cresciuta qui in Kenya, e si chiedeva se ci fosse qualche lavoro disponibile in un progetto di ricerca in corso."

"Ci piacerebbe prendere qualcuno", disse Allie, "ma non so se ci stanzieranno fondi sufficienti. Dipende da quanto successo avrà Dan questa settimana. C'è un campo particolare in cui vorresti lavorare, Sarah? Noi qui studiamo gli elefanti."

Quando andarono via due ore più tardi, Sarah credeva di avere fatto una buona impressione. Allie le aveva rivolto una quantità di domande acute, ed era sembrata soddisfatta delle risposte. Ma erano state le fotografie a catturare la sua attenzione. Anthony l'aveva convinta a portare con sé i suoi ritratti dublinesi, e alcune delle foto che aveva scattato sulla costa.

"Hai un buon occhio per i particolari", aveva commentato Allie. "E una comprensione visiva di quel che è Africa. Questo può essere utile per un ricercatore. Non so se abbiamo qualcosa al momento, ma senz'altro chiederò in giro. E Dan potrebbe avere qualche idea al suo ritorno. Dove ti si può contattare?"

"Saremo al campo ancora per qualche giorno", aveva risposto Anthony. "Poi Sarah sarà a Langani Farm."

"Ah, sì. È dove stanno avviando quella riserva privata di cui mi hai parlato. Spero che altri proprietari terrieri seguano il loro esempio. Può darsi che ci si riveda, Sarah." Allie non si era impegnata in alcun modo, ma c'era calore nella sua stretta di mano di commiato. "È sempre un piacere vederti, Anthony."

"Le piaci", affermò lui appena furono saliti in macchina. "Può essere un vero caporale, ma è una persona fantastica. Il loro lavoro sugli elefanti ha guadagnato molto rispetto nell'ultimo paio di anni."

Sarah annuì, timorosa di credere che i Briggs potessero davvero prenderla in considerazione come assistente. Non riusciva a immaginare niente di più allettante che studiare gli elefanti ed essere coinvolta in modo diretto nella loro protezione.

Al campo Camilla e Hannah la tempestarono di domande, ma lei si mostrò riluttante ad ammettere il germe di speranza che le stava germogliando in cuore. I safari da allora assunsero un nuovo significato per Sarah; si concentrava sugli elefanti che incontravano, osservandone i movimenti, facendo mille domande ad Anthony sulle loro abitudini e i comportamenti sociali, scattando fotografie e prendendo appunti. E ogni sera pregava con fervore di ricevere un messaggio dei Briggs.

Il mattino del ventunesimo compleanno di Hannah partirono un po' più tardi del solito, portando con sé una colazione al sacco. Mentre il sole saliva nel cielo immenso e la terra cominciava a spaccarsi per l'arsura, si imbatterono in un leone che riposava sotto un arbusto. Sarah si sporse dal finestrino a fotografarlo con il suo obiettivo più potente, così che la magnifica testa colmasse il mirino, catturando il sovrano disprezzo con cui il felino guardava gli insignificanti visitatori del suo regno.

"Che modo di iniziare un nuovo anno della tua vita", disse, sorridendo ad Hannah. "È di buon auspicio. Uno splendido presagio per noi tutti."

Si fermarono per il picnic in una radura dove i rami degli alberi formavano una tettoia. Una schiera vociante di cercopitechi grigioverdi li osservava dall'alto, sbirciando con interesse il banchetto. Sul fiume, un martin pescatore stava appollaiato sul ceppo di un albero morto, scrutando l'acqua in cerca della propria colazione. La giornata passò tra conversazioni rilassate e affettuose reminiscenze. Quando si radunarono intorno al fuoco da campo dopo la doccia, non trovarono Samson a snocciolare la sua offerta di cocktail, ma Anthony che li aspettava.

"Si va a cena fuori", annunciò, sorridendo della loro sorpresa. "Andiamo, tutti in macchina."

Partirono nella notte, spaventando un paio di sciacalli in cerca di cibo e schivando un succiacapre abbagliato dai fari. In pochi minuti giunsero ai piedi di una piccola collina sovrastante il fiume. Scesero dalla Land Rover e Anthony aprì la strada, balenando attorno il fascio di luce della sua potente torcia e facendo deliberatamente rumore, mentre salivano verso il cielo trapuntato di stelle. Samson e il resto dello staff li stavano aspettando sulla sommità del *kopje*, dove avevano apparecchiato un tavo sulla terrazza rocciosa e appeso lanterne agli alberi. Stettero l fianco a fianco sul mondo così come l'uomo lo aveva visto alle origini, colmi di un senso di meraviglia e gratitudine per il dono che avevano avuto. Dopo cena si sedettero contro i massi ancora caldi e sui tappeti e i cuscini che lo staff del campo aveva disposto per loro. Camilla si appoggiò contro Anthony e guardò la luna alzarsi tra le cime di alberi scu , tremolanti nell'aria notturna.

Lui la cinse con le braccia e posò il mento sulla sua testa, mentre lei si sentiva sospesa e avvolta nella bellezza del momento.

"Che ci fai tu qui con me?" le bisbigliò all'orecchio. "Che cosa puoi mai trovarci in un semplice uomo del bush?" Camilla non rispose, non voleva turbare l'armonia.

Sarah si mise accanto a Piet, sperando che la loro serata non fosse guastata dai suoi rimpianti per un sogno perduto. Quando gli lanciò un'occhiata furtiva, lui stava sorridendo nell'oscurità, forse alla vista della sorella stagliata nel chiarore lunare con tutta la sua vita, le sue speranze e la sua giovane forza davanti a sé. Alla fine Sarah si alzò, stupita della rapidità con cui la notte aveva assorbito il caldo rovente del pomeriggio. Poté udire il rumore di rami rotti mentre un branco di elefanti avanzava nel bush sotto di loro, e la luna aveva trasformato il fiume marrone in un nastro d'argento.

"Si sta facendo un po' freddo", disse Anthony, disintrecciando le dita da quelle di Camilla. "Credo sia ora di andare." Mentre le tendeva la mano per aiutarla ad alzarsi, tutti loro udirono il suono rauco e stridente, e si fecero immobili.

"Un leopardo", mormorò Piet. "Molto vicino."

Aspettarono col fiato sospeso finché lo videro apparire tra gli alberi, il manto maculato scintillante nella luce della luna, i movimenti felpati e sicuri, pieni di sensuale grazia. Si fermò per un momento a guardarli, gli occhi verdi attenti e calcolatori, le vibrisse frementi. Era una creatura di assoluta perfezione, fieramente consapevole della propria straordinaria forza e bellezza. Stette davanti a loro, ad appena pochi metri di distanza; ne potevano sentire il respiro, l'odore muschiato del corpo. I secondi si dilungarono interminabili nel silenzio. Sarah ebbe un sussulto di allarme quando Anthony tese una mano verso il suo fucile. Anche il leopardo aveva notato il gesto, e girò la testa. Nessuno si mosse. Poi diede un guizzo della lunga coda, rivolse un ultimo sguardo al suo pubblico e se ne andò, dileguandosi tra gli alberi al margine del *kopje*.

"Gesù Cristo, che esperienza! Che magnifico animale. Un grosso maschio, giovane e senza il minimo difetto. Non avevo mai visto un leopardo così bello, e non aveva nessuna fretta di andarsi a nascondere. Che fortuna... che incredibile colpo di fortuna!" Anthony era giubilante. "Meglio andarcene di qui, però. Non sarà contento se restiamo nei paraggi ancora a lungo. Piet, tu va' avanti, le ragazze al centro, e io starò in retroguardia." Imbracciò il fucile.

"Non gli spareresti, vero?" Sarah non poté trattenersi dal domandarlo.

"Se si trattasse di lui o te, che cosa vorresti che scegliessi?" replicò lui, ridendo.

Nella tenda, Sarah si svestì e andò a letto. L'immagine del leopardo era ancora intatta nella sua mente quando si addormentò. Nei sogni sentì il suo respiro sulla faccia e la morbidezza della sua pelliccia contro la propria pelle, prima di notare le lacrime che gli sgorgavano dagli occhi fino a diventare una cascata impetuosa, dietro la quale svanì senza lasciare traccia.

Nei giorni successivi cercarono il leopardo, ma non lo rividero più. L'ultimo mattino la luce si riversò sul fiume non appena il sole proruppe giallo e sfolgorante da dietro l'orizzonte. Camilla osservò gli animali della prateria al pascolo, invidiando il placido ordine della loro vita. Il giorno dopo Anthony li avrebbe riaccompagnati a Langani e poi se ne sarebbe andato, tornandosene a Nairobi a fare i preparativi per i prossimi clienti. Una coppia americana con la figlia recentemente divorziata che aveva bisogno di un regalo di consolazione, un incoraggiamento per iniziare la sua nuova vita solitaria. Camilla odiava l'intera famiglia, invidiava e temeva le persone che avrebbero potuto portarlo via da lei. La figlia con ogni probabilità era in cerca di un'avventura che lenisse il suo ego ferito. Anthony non aveva detto niente riguardo al futuro, a parte un vago accenno a un viaggio di rappresentanza negli Stati Uniti che aveva in programma per novembre. Lei aveva sperato che le chiedesse di andare con lui. Era sicura che avrebbe potuto incantare tutti i suoi potenziali clienti a New York, San Francisco e Beverly Hills. Ma Anthony non aveva detto niente che potesse rassicurarla, o suggerire che immaginasse un futuro da condividere.

Durante il giorno cercò di mantenere viva la speranza, di fare in modo che lui ricordasse per sempre quegli ultimi momenti, e tutti quelli che avevano trascorso insieme, quando fosse stato solo nella sua tenda. Fece l'amore con lui con una passione selvaggia, che lo sorprese, e poi lo portò a un picco di eccitazione mai raggiunto prima. E dopo gli si stese accanto nel pomeriggio arroventato, accarezzando il suo lungo corpo, massaggiandogli la testa e le spalle con dita indagatrici e insistenti, baciando e leccando via i piccoli rivoli di sudore che gli apparivano sulle tempie mentre lui la guardava, stordito ed esausto ma insaziabilmente affamato di lei. Aspettò che la traesse a sé e le dicesse che l'amava. Ma lui la fissò in silenzio per un po', poi si girò dall'altra parte e si addormentò.

Mentre la sera rinfrescava la terra e pennellava il cielo di tinte pastello, si radunarono nel *manyatta* samburu per assistere alle danze. I guerrieri intonarono un canto monotono battendo piedi e lance sul terreno e spiccando salti in aria che sfidavano la gravità, muovendosi a un ritmo sempre più frenetico via via che la nenia si faceva più ipnotica e ossessiva e le loro voci più profonde. Le collane e i bracciali che ornavano i loro corpi sbatacchiavano, i capelli impiastrati di ocra sferzavano le spalle lucide e scolpite, teste e colli ondulavano avanti e indietro come cobra. Accanto a loro, le donne battevano le mani, dondolavano e cantavano con voci acute e nasali. Sarah scattò una foto dopo l'altra, allontanandosi, zoomando su volti e occhi assenti, immersi nei rituali degli avi, ignari e incuranti dell'identità dei loro spettatori. Alla fine le donne li invitarono nella zona del *manyatta* dove avevano disposto bigiotteria e ninnoli da vendere.

"Ci sono dei bei manufatti qui", osservò Camilla tirando fuori un'altra banconota.

"Che te ne fai di tutta quella paccottiglia?" le domandò Anthony. "Ci servirà un altro rimorchio per portarla via. Non avrai intenzione di mettertela, vero?"

"Queste collane e questi bracciali avrebbero un buono smercio a Londra, esattamente quanto quella roba indiana per la quale vanno tutti matti. Ma puzzano di legna bruciata e sterco bovino e non so che altro. Qualcuno dovrebbe insegnare loro a conciare le pelli come si deve, e mettere fermagli decenti ai gioielli. Potrebbero sostenere l'intero *manyatta* con quel che ne ricavano, se i pezzi fossero rifiniti meglio."

"Be', ecco una missione per te." Hannah la prese a braccetto. "Potresti farlo da Nairobi, se davvero non vuoi tornare alla vita mondana, al lavoro di modella e tutto il resto. Anthony, te la immagini visitare i *manyatta*, insegnando a donne Maasai e Samburu a produrre lavori di alta qualità per qualche boutique alla moda di Londra? Sarebbe un ottimo business."

"C'è qui un *moran* che vuole un po' dei tuoi capelli, Camilla." Anthony non diede segno di avere sentito la domanda e indicò un giovane Samburu che stava guardando Camilla con palese ammirazione. "Sarebbe disposto a offrire un buon prezzo per te come moglie."

"E io?" protestò Sarah. "Non valgo la spesa?"

"Tu non sei bionda", replicò Anthony.

"È sicuramente la proposta migliore che abbia ricevuto oggi. In tutta la settimana, anzi." La risata di Camilla suonò un po' sopra le righe, e subito dopo si maledisse per quel grossolano tentativo di mandargli un messaggio così ovvio.

"Passeremo dal Samburu Lodge prima di andare al campo", disse Anthony. "Piet vuole mettersi in contatto con Langani per sentire se deve fermarsi per qualcosa a Nanyuki domani, tornando indietro. Potremo sederci sulla veranda a guardare i turisti giocare al grande esploratore bianco."

All'hotel furono accolti da una cacofonia di stoviglie da tavola e dal brusio invadente di persone che mangiavano e bevevano. Le Land Rover arrivavano in convogli, fermandosi all'entrata ciascuna nella polvere della precedente, e scaricando gruppetti di gente chiassosa e sudata in tenute da safari nuove fiammanti.

"Non potrei mai fare una cosa del genere", commentò Hannah, "ma sono contenta di essere qui a vederlo. Camilla e Anthony, questo è stato il più bel regalo di compleanno che chiunque possa sognare. E guardando questo posto, so che la pace e la tranquillità del nostro piccolo lodge a Langani saranno il massimo."

Mentre parlava vide Piet, al telefono al banco della reception, accigliato; quando li raggiunse, suo fratello aveva un'espressione cupa.

"Lars non c'era, ho parlato con Simon. C'è stato un problema – un incidente, in effetti – due notti fa. Stavo pensando che forse dovrei tornare direttamente là, ma sarebbe inutile."

"Che tipo di incidente?" Hannah lo guardava ansiosa, le dita premute sulla guancia.

"Ti spiegherò tutto al campo. Adesso lasciamo questa gente rumorosa a dare spettacolo agli animali. Simon mi è sembrato molto giudizioso... quel ragazzo è stato un buon acquisto. Ha detto che Lars si sta occupando del problema, e non c'è altro da fare al momento. La polizia sta facendo indagini, ma sappiamo tutti che non sarà di molto aiuto, di questi tempi."

"La polizia? Non dirmi che qualcuno ha rubato di nuovo il filo di ferro della recinzione?" domandò Hannah. "Si può sapere di che si tratta, Piet?"

Lui si rivolse ad Anthony: "Torniamo al campo, va bene? Ne parleremo lì con calma, bevendoci qualcosa".

Rifiutò di aggiungere altro finché si furono sistemati attorno al fuoco. Poi avvicinò la sua sedia ad Hannah e buttò giù un sorso di whisky prima di parlare.

"Abbiamo perso cinque delle tue vacche da latte l'altra sera, Han. Qualcuno le ha sgozzate e lasciate a morire nei campi. Mi suona come una rappresaglia. Non erano ladri di bestiame, o qualcuno che voleva vendere la carne. Non mi piace per niente."

"Non le mie mucche!" gridò Hannah. "Cinque delle mie mucche! Quali? Non ci credo!"

"Abbiamo sempre avuto il problema del filo della recinzione tagliato e rubato, e le maledette mandrie dei Maasai che entravano nei nostri pascoli. Ed è capitato anche che ci rubassero qualche capo di bestiame." Piet aggrottò la fronte. "Ma perché qualcuno dovrebbe uccidere cinque vacche e non prendere nemmeno la carne? È molto strano. Una brutta faccenda."

"Pensi sia qualcuno che abbiamo licenziato e vuole vendicarsi?" Hannah cercava di farsi una ragione dell'accaduto e delle sue implicazioni. "Che ne è stato di quel mandriano che Lars ha mandato via qualche mese fa? Forse questo è il suo modo di fargliela pagare."

"Era soltanto un vecchio ubriacone, Han. Non posso credere che sarebbe capace di entrare e uccidere le tue mucche per ripicca. Chiunque sia, ha tagliato loro la gola e squarciato la pancia, poi le ha lasciate lì a morire dissanguate. Non è stato portato via nemmeno un chilo di carne. Il vecchio Matui non avrebbe mai fatto una cosa simile."

"Non puoi dare niente per scontato", ribatté lei, spazientita. "Sembri pensare che siano cambiati tutti quanti da quando sono diventati indipendenti. Ma ci vorranno anni prima che si verifichi un qualche cambiamento. Se mai ci sarà."

"Però adesso ci sono africani che mandano avanti con successo le proprie aziende agricole, no?" intervenne Sarah.

"Hai visto la fattoria Kinangop di recente?" replicò Hannah in tono iroso. "Hai visto com'è ridotto quel posto che era così ricco e fertile? È un deserto. Grigio e polveroso, con sentieri a stento transitabili, e le recinzioni che cadono a pezzi. Le case della fattoria sono state saccheggiate, le tavole di palissandro e quercia di pavimenti, pannellature e porte, fatte a pezzi per usarle come legna da ardere. Proprio come gli alberi che erano stati piantati per proteggere il raccolto dal vento. Tutto quello che vedi adesso è qualche striminzita pianta di granturco. E un'occasionale fila di sacchi di carote, cipolle e cavoli abbandonati lungo la strada, perché una dannata carretta si è rotta e non sono riusciti a portarli al mercato."

"Su, Han, non è tutto così tragico. Sono svegli, i Kikuyu, e ambiziosi. Impareranno a organizzarsi." Piet allungò una mano per calmarla, ma lei gliela scansò con un gesto stizzoso.

"Dicono che ci siamo presi le loro terre", proseguì. "Ma i Kikuyu sono arrivati qui soltanto qualche secolo fa. Questa non è la loro regione di origine. Furono scacciati dall'area a nord del fiume Tana da nomadi Galla. Nessuno lo dice, naturalmente, così come si tace il fatto che hanno sterminato il popolo Gumba che viveva là prima di loro. I Kikuyu hanno dato inizio al Mau Mau per sbarazzarsi degli agricoltori bianchi. Hanno ucciso qualcuno di noi, e massacrato molti della loro stessa tribù che non volevano prestare il giuramento. Ma storicamente, non avevano più diritti su queste terre di quanti ne avessimo noi."

"È vero che le guerre tribali sono state non meno violente di qualunque cosa sia accaduta dall'epoca coloniale", ammise Anthony. "E gli inglesi hanno creato una tregua tra la maggior parte delle tribù, e un sistema legale che sostituisse le loro scaramucce. Però bisogna riconoscere che noi siamo arrivati dal nulla a impossessarci delle loro terre migliori, mentre la popolazione indigena è stata relegate nelle riserve."

"Infatti!" esclamò Sarah con enfasi. "E poi vogliamo passare per quelli civili, giusti e democratici."

"Lo siamo!" Hannah scattò in piedi, rovesciando la sedia. "Pensa a persone come tuo padre e a quello che hanno dato a questa terra. Abbiamo portato scuole, case migliori, medicine e lavoro, così che questa gente abbia da mangiare ogni giorno e i loro bambini non muoiano di malaria o di fame. Adesso però si legge soltanto di quanto siamo sempre stati malvagi. Mandano funzionari dall'Inghilterra a dirci che cosa dobbiamo fare, danno via le nostre proprietà e insistono perché la nostra terra sia governata da politicanti incapaci in piena frenesia di accaparramento."

"È un momento difficile, Hannah." Anthony la prese per mano e la riaccompagnò al fuoco. "Abbiamo un grosso impegno davanti a noi mentre il Paese cambia e il quadro politico..."

"Oh, santo cielo, stiamo parlando delle mie vacche, non di un dannato quadro politico", lo interruppe Hannah. "A che serve parlare del futuro della nazione, se permettiamo alla gente di ammazzare il nostro bestiame e ignorare le leggi sulla proprietà privata? A chi gioverà? E tu, Sarah, parli come quegli inglesi di sinistra che pensano che tutto dovrebbe essere dato su un vassoio d'argento ai Kikuyu, o ai Kamba o ai Maasai, o a chiunque sia di pelle nera, così che possano riportare il Kenya all'età della pietra come noi lo abbiamo trovato."

"E tu sembri integralista come lo era tuo padre quell'ultima sera a Langani!" Le parole uscirono dalla bocca di Sarah prima che potesse fermarle. Furono seguite da un silenzio assordante; poi arrivò il suono di Hannah che piangeva sommessamente, la faccia tra le mani.

Sarah si alzò e posò il suo bicchiere sul bracciolo della sedia. "Mi dispiace, Han. Mi dispiace tanto. Per le tue povere mucche e per le stupide cose che ho detto. Non una volta ma due. Devo ascoltare meglio, capire ogni aspetto di un problema prima di dire qualcosa in proposito. E te lo prometto, non sarò mai più così idiota." Si accovacciò a terra davanti all'amica e le prese le mani. "Io sono con te fino in fondo, Hannah, qualunque cosa tu faccia. Con te e Piet. Mi perdoni?"

"Ah, sei proprio la mia solita sorella stupida." Hannah si asciugò le lacrime dagli occhi. "Ma se vuoi cercarti un lavoro da queste parti sarà meglio che io ti tenga a bada, e ti mostri com'è la vita reale. E tu farai bene a insegnarmi qualcuna delle tue idee liberali, prima che ci facciamo buttare fuori tutti quanti dal Paese perché non stiamo al passo con i tempi. Giusto, Piet?"

"Giusto. E la terza sorella qui sembra un po' un'orfanella stasera." Guardò Camilla con un sorriso. "Per cui, suggerirei di far tirare fuori ad Anthony il vino migliore che ci è rimasto e sederci a berlo vicino al fiume mentre rimettiamo a posto il mondo. E domani ce ne torneremo a casa. A Langani."

13

Kenya, settembre 1965

L'atmosfera a Langani era cupa mentre Lars descriveva la natura crudele del massacro.

"Mi ha ricordato l'Emergenza, quando succedevano cose come queste nelle fattorie dei bianchi. È come se il bestiame di Hannah facesse parte di un rito. Se le vacche fossero state rubate, o uccise per la carne, potrei capire. Ma sono state sbudellate e lasciate a morire. Non ha senso."

"E la polizia?" domandò Piet.

"Come puoi immaginare." Il tono di Lars era rassegnato. "È venuto qui un tizio del luogo con grossi stivali e un taccuino. I suoi uomini si sono sguinzagliati per i campi, calpestando qualunque indizio che sarebbe potuto essere di qualche utilità. Nessuna esperienza né competenza. Pietoso. Ma si vedeva che persino loro erano scioccati. Poi è arrivato Jeremy Hardy. Per fortuna è ancora in circolazione. Lui almeno è un buon poliziotto."

"Hai interrogato tutti i braccianti?" Il viso di Hannah era chiazzato per il gran piangere.

"Erano scossi quanto me", rispose Lars. "Dev'essere successo verso le tre o le quattro del mattino. Juma ha detto che era passato in quella zona alle due e mezzo circa, e non c'era niente di insolito. Ha trovato le vacche all'alba, ed era completamente fuori di sé – piangeva, gridava e si torceva le mani. L'ho sentito urlare un bel po' prima che arrivasse alla casa. Non penso potesse essere una commedia."

"Passerò oggi pomeriggio e domani a fare altre domande", sospirò Piet. "Hai già rafforzato la sorveglianza notturna, Lars? Bene. Adesso non ci resta che insistere a cercare informazioni. Uno dei *watu* deve avere visto qualcosa. Sono sicuro della lealtà dei nostri vecchi dipendenti: se avessero avuto qualcosa da dire si sarebbero già fatti avanti. Ma abbiamo preso alcuni uomini nuovi, ultimamente. Dovremmo torchiarli bene. Che mi dici di Kipchoge e Simon? Nessuno di loro ha notato qualcosa di strano?"

"Simon dice che c'erano un paio di tizi che si aggiravano attorno al cancello vicino alla strada per Nanyuki, il giorno prima che venissero uccise le bestie", riferì Lars. "Stavano cercando lavoro. Kipchoge li ha visti parlare con Simon, ma non ricorda niente di particolare su di loro. Io quel mattino ero a Nanyuki, e quando sono tornato e Simon me ne ha parlato, se n'erano già andati. Il povero vecchio Kamau e Mwangi sono inorriditi quando hanno visto le vacche. E anche Kipchoge era spaventato. Tutti i *watu* lo erano. Naturalmente Kamau ha subito detto che Simon doveva essere il primo a venire interrogato, perché è qui solo da poco tempo. Simon però era più sconvolto di chiunque altro. Terrorizzato. È tutto un gran brutto *shauri*."

"Kamau non ci ha mai perdonato di avere scelto Simon per il lavoro migliore al lodge", osservò Hannah. "Il vecchio non può avere niente a che fare con questo, lo so. Ma David?"

"Lo stai istruendo come cuoco", le ricordò Piet. "E non bisogna dare troppo peso ai loro malumori. Ho avuto brontolii simili da Kipchoge, nonostante sappia benissimo di non essere in grado di fare il lavoro di Simon. È andato a scuola soltanto per quattro anni, e non ha mai imparato a parlare correttamente l'inglese, eppure lo stesso storce il naso. Gli ho detto che è il migliore *syce* che si possa desiderare, e spiegato che gli affiderò il comando dei ranger quando cominceremo ad addestrarli, ma non c'è niente da fare, si sente scavalcato. È convinto che sia molto meglio lavorare in un ufficio."

"Mentre eravate via ci sono state discussioni su chi era responsabile dei magazzini, delle ordinazioni dei rifornimenti per la cucina e del foraggio per i cavalli", li informò Lars. "Ogni genere di piccole contese di potere."

"Sono tutti come bambini, alla fine", commentò Hannah con voce stanca. "Dobbiamo sempre star lì a dirimere i loro bisticci."

"Non mi preoccuperei di nessuno di loro al momento", minimizzò Piet. "È sempre così quando assumiamo qualcuno di nuovo. Papà aveva spesso lo stesso problema. Troveranno il modo di mettersi d'accordo, e poi forse quel che è successo potrebbe persino servire a unirli. Piuttosto, Lars, quali misure hai preso per la sorveglianza?"

"Ho assunto altri due mandriani per il turno di giorno. Due

uomini rimasti senza lavoro quando il vecchio Griffiths ha venduto buona parte del suo bestiame. Dice che sono tipi affidabili. E ho spostato un paio dei nostri dipendenti anziani alla ronda notturna. Inoltre sto facendo dei giri di controllo in macchina io stesso. Un paio di volte ogni notte, in orari a caso." Tamburellò le dita sul tavolo ed esitò per un momento. "Ho fatto bene a non rintracciarvi al Samburu e a non interrompere il vostro safari? Mi sembrava non ci fosse niente che avreste potuto fare qui."

"Hai fatto benissimo", lo rassicurò Piet. "Il compleanno di Hannah è stato speciale, e ci siamo divertiti molto tutti quanti. Non avrebbe avuto senso guastare la festa."

"Suppongo sia stato un episodio isolato", disse Lars, pensieroso. "Però la scorsa settimana ho trovato un fuoco acceso vicino al lodge. Un'altra mezz'ora e avrebbe creato un guaio, perché era una giornata ventosa e si sarebbe potuto propagare alla piattaforma panoramica. Al momento ho pensato che qualche idiota lo avesse acceso per cuocersi la carne e il *posho*, ma non c'era nessuno attorno. Adesso mi chiedo se si trattasse di qualcosa di diverso. Un altro brutto tiro come quello delle vacche, solo che ho mandato a monte il piano."

"Non possiamo cominciare a guardarci continuamente alle spalle, farci paranoie per ogni minima cosa", replicò Piet. "Troviamo sempre piccoli fuochi sulla proprietà, per una ragione o per l'altra. E tu non puoi andare in giro in perlustrazione giorno e notte, Lars. Hai bisogno di sonno regolare, come tutti noi. Dobbiamo organizzare un sistema di vigilanza migliore, specialmente se vogliamo una buona copertura per il lodge. Di certo non possiamo permetterci nessun incidente lassù. Il solo problema è il costo."

"C'è una nuova organizzazione a Nairobi che offre sussidi per aiutare gente come te." Lars si protese in avanti. "Sembra che siano interessati a incoraggiare le riserve faunistiche private. Me ne ha parlato un amico del Norwegian Aid."

"Ma quelle associazioni sono così lente, a meno che si conosca qualcuno che possa metterci una buona parola." Piet non era ottimista. "Devi aspettare che mandino un cosiddetto esperto a controllare il posto. Si presentano sei mesi dopo, ti fanno cinquemila domande, e poi spariscono per deliberare. Con tutto il tempo che ci vuole per sfangare le formalità, potrei essere all'ospizio prima di avere visto un centesimo. Tuttavia, se decidono che il progetto merita il loro sostegno potrebbero stanziare il denaro per i ranger, e per le recinzioni."

Camilla capì immediatamente di quale organizzazione stavano parlando; ma pensò all'esito disastroso del suo precedente appello al padre, e non disse niente. George Broughton-Smith era rientrato a Londra mentre loro erano via per il safari: gli avrebbe sottoposto la questione appena tornata a casa. Forse stavolta gli sarebbe stato possibile essere di aiuto.

Hannah si alzò. "Basta parlare di problemi. La nostra vacanza è quasi finita e dobbiamo approfittare al massimo di questi ultimi due giorni. Stasera organizzerò un *breiflies* in giardino, e domani usciremo a cavallo, il mattino presto, quando c'è la luce migliore per le fotografie di Sarah."

"Io dovrò partire domattina, temo", replicò Anthony. "Il mio staff si è già spostato al Mara a preparare il campo per i prossimi clienti. E ho bisogno di andare in ufficio a sbrigare un po' di pratiche prima che arrivino."

"Puoi comunque venire a fare una cavalcata con noi prima di tornare a Nairobi." Hannah stava sorridendo per la prima volta da quando era tornata a casa. "Sarah, tu starai nella mia camera, d'accordo? Lasceremo la stanza degli ospiti a lady Camilla, da usare a suo piacimento."

"Una siesta non sarebbe male", disse Anthony, ma sembrava un po' impacciato. "Il viaggio in macchina è stato lungo e faticoso, e stamattina mi sono alzato prima dell'alba a smontare il campo."

Lars osservò incuriosito mentre Anthony tendeva la mano a Camilla e i due lasciavano la stanza insieme. Uno strano abbinamento, pensò. Quella bella fragile ragazza non dava l'impressione di poter resistere alla vita solitaria a Nairobi, con il suo uomo costantemente via per i safari. Eppure aveva vissuto lì per tanti anni, quindi doveva sapere che cosa l'aspettava. Forse era una di quelle donne fragili solo in apparenza, ma con un nucleo di acciaio. Non si poteva mai dire. Lanciò un'occhiata ad Hannah, che stava prendendo accordi per la cena con Kamau.

"Mi dispiace che tu abbia trovato una novità così terribile ad aspettarti a casa", le disse quando il cuoco si fu allontanato. "Pensi di disfare subito il bagaglio, o ti andrebbe di fare una passeggiata con me? Ho fatto fare alcune cose al giardiniere mentre eri via e vorrei sapere che ne pensi."

Lei esitò, temendo che sarebbe scoppiata a piangere come

una bambina se lui avesse continuato a parlarle con tanta gentilezza. L'uccisione dei suoi animali l'aveva veramente sconvolta, e ora la tristezza era venata di una nuova sensazione: paura. Non aveva mai avuto paura, lì in casa sua. L'idea le si infiltrò dentro come un veleno, insinuandosi nella mente, insediandosi nello stomaco e lasciandole in bocca un sapore di fiele. Aveva bisogno di qualcosa di piacevole.

"Sì, volentieri. E vorrei anche vedere il posto dove hai seppellito le mucche, se hai tempo di portarmici. Ti sono grata di avere scelto un posto speciale per loro. Ed è stato giusto non dare la carne a nessuno, Lars."

Nella stanza degli ospiti Anthony fece segno a Camilla di raggiungerlo sul letto. Lei si era messa a sedere sulla panchetta sotto la finestra, a rievocare ricordi d'infanzia del giardino di Lottie e il senso di sicurezza che aveva sempre provato lì. Oltre il confine di siepi ben curate e cespugli di rose, la savana si estendeva vasta e lucente di erba dorata sino alle pendici della montagna che si ergeva fiera in lontananza. Un così fragile baluardo tra l'uomo e la natura selvaggia richiedeva una manutenzione assidua, altrimenti le aiuole fiorite sarebbero state invase dalla vorace vegetazione spontanea finché non fosse rimasto più niente della loro ordinata bellezza. Guardò Hannah e Lars al margine del prato e sperò che col tempo sarebbe nato qualcosa dall'evidente affetto che il norvegese provava per lei. E Sarah era così piena di ottimismo, con i suoi progetti di restare in Africa, vicino a Piet. Camilla ripensò alla notte di luna in cui aveva scioccamente lasciato che Piet la baciasse. Le sembrava fosse passata un'eternità; avevano seguito strade così diverse, da allora. Adesso era soltanto il suo futuro a rimanere incerto. C'era un accenno di pioggia nel cielo, e i picchi frastagliati della montagna erano scomparsi in una fascia di nuvole dense. Si allontanò dalla finestra per stendersi accanto ad Anthony.

"Il tempo è passato troppo in fretta", disse. "Come se qualcuno avesse rubato un'ora dopo l'altra mentre stavamo dormendo."

Lui non rispose ma cominciò ad accarezzarla, facendo scorrere le dita lungo la sua spina dorsale, trovando le parti segrete di lei che lui solo conosceva. Camilla si librò su di lui come una farfalla, lo prese dentro di sé chinandoglisi sopra e rovesciandosi indietro, sfiorando e baciando il suo corpo dappertutto. Già sentiva il bruciore della separazione e la perdita, e con ogni movimento cercava di portarlo a dirle che l'amava, che voleva che restasse, che avrebbe dovuto aspettarlo a Nairobi, a Langani, a Londra. Ovunque. Ma sebbene lui gridasse l'intensità delle sue sensazioni, non disse nulla che li avrebbe legati l'uno all'altra per il futuro. Dopo, lei rimase in silenzio, rifiutandosi di piangere, decisa a non dare voce alle domande ansiose che le adombravano i pensieri. Presto, lui si era addormentato, le ciglia fulve incurvate all'insù, le sopracciglia sagomate come ali armoniose, il naso aquilino uguale a quello di una statua che lei aveva visto a Firenze.

Camilla lo osservò nel sonno, la testa abbandonata sul cuscino, i lineamenti distesi, la mente sgombra di preoccupazioni, sorda ai suoi bisogni. Quando si alzò dal letto guardò allo specchio del bagno le labbra che l'avevano baciato, i capelli spettinati. Si infilò sotto la doccia e stette a lungo sotto il getto di acqua calda, a lavarsi via dal corpo l'odore e l'essenza di Anthony, a cercare di distanziarsi dal dolore che sarebbe venuto. Poi si vestì e si mise su una sedia a sfogliare una vecchia rivista con articoli sulla coltivazione del grano e l'allevamento delle pecore, finché l'affievolirsi della luce e il rinfrescarsi dell'aria segnalarono l'imminenza della notte.

"Pensavo saresti stata accanto a me quando mi fossi svegliato." La voce di Anthony la fece trasalire. "Mi ci sono abituato." Protese un braccio per attirarla a sé.

"Ti mancherò, allora?" Lei aveva resistito al suo invito ed era rimasta sulla sedia. Ma a dispetto di ogni buona intenzione si era fatta sfuggire quella domanda importuna.

"Certo che mi mancherai." I suoi occhi erano già diversi. Guardinghi.

"Quanto?" Camilla sporse le mani, allontanandole un po' di più a ogni parola. "Tanto così? O così?" La sua voce era malferma, e sapeva che lui avrebbe captato la sua paura.

"Non vorrai metterti a fare la sentimentale, vero?" Anthony ora era del tutto sveglio, sollevato su un gomito, una punta di allarme in agguato nel suo sorriso. "Questi giorni sono stati bellissimi e sarebbe un peccato rovinarli con i pianti, adesso che è il momento di tornare alla vita reale. Non credi anche tu?"

"E qual è la vita reale?" Ormai era lanciata e non riusciva più a soffocare le domande.

"La vita reale? Per me è stare nel bush. Il luogo che più amo, quello dove vorrei sempre essere. Dove mi sento bene."

"Questo posso capirlo. Sono stata lì con te. Ho imparato ogni giorno qualcosa di prezioso da te. Voglio scoprirne di più."

"La vita reale per te è lo scintillio di quel che sei diventata a Londra, Camilla, grazie alla tua bellezza e al tuo talento. La vita reale, nel tuo caso, è l'eccitazione della grande città e tutti i locali che mi hai mostrato, dove io sono uno zoticone e tu la principessa del reame. Divertente per un giorno o due, gravitare nella luce che emani... ma non fa per me."

"E queste ultime settimane?" Camilla era urtata dal suo tono conciliante, quasi paternalistico. "Sono stata soltanto un passatempo, allora?"

"Certo che no! Credi che mi infili nel letto di tutte le ragazze che porto a un safari? Io sono una guida, non un gigolo!" protestò Anthony con veemenza. "Credevo fossimo contenti di quello che abbiamo condiviso. Che avessimo trovato un punto d'incontro nelle nostre vite così diverse, quando le nostre strade si sono incrociate nel momento perfetto. Pensavo lo avessi sentito anche tu."

"L'ho sentito, infatti. Lo sento."

"Ma adesso dobbiamo tornare alle rispettive routine", continuò lui. "Io non potrei mai vivere come te, in una grande città, passando allegramente da un cocktail a una cena e poi a qualche locale notturno fumoso, e tutto quel genere di cose. Riesco giusto a sopportare di fermarmi a Nairobi per una settimana, due al massimo. Poi comincio a contare le ore prima di essere di nuovo nel *bundu*."

"Forse ne ho avuto abbastanza dello scintillio della città. Forse era soltanto un punto di passaggio per arrivare a qualcos'altro. Un'illustrazione di quello che la vita non dovrebbe essere. Una fase." La voce di Camilla era sussurro.

"Tutti quelli che tornano da un safari si sentono così", replicò Anthony. "Vorrebbero che non finisse mai. Per la maggior parte delle persone è un'esperienza straordinaria, irripetibile. Vedono e fanno cose che non avevano mai sognato, provano l'ebbrezza dell'avventura. Ma qualcun altro lo ha preparato per loro, organizzato in ogni dettaglio, è lì a provvedere alla loro sicurezza e al loro benessere. Qualcun altro ha trasformato il sogno in realtà per un breve periodo di tempo. Non ho mai incontrato nessun turista che sarebbe stato in grado di sostenere la durezza della versione autentica, non addomesticata né filtrata."

"Io conosco la fatica. E non sono una turista, Anthony."

"Non sai com'è qui di questi tempi. I telefoni non funzionano e l'ufficio postale perde la corrispondenza. La corruzione e l'incompetenza, i problemi per farsi timbrare un permesso. Piccoli furti, pezzi di veicoli che spariscono, forniture che sono state promesse ma misteriosamente non ci sono."

"Creare sogni è un lavoro duro", commentò Camilla. "Devo farlo anch'io, in un modo diverso. Le persone guardano le pagine delle riviste, i bei vestiti e le ambientazioni esotiche, e vogliono essere come le modelle che vedono nelle fotografie. Ma non sanno niente del furgone dei vestiti parcheggiato in un piazzale freddo e ventoso dove devi metterti abitini estivi con temperature sotto lo zero. Non immaginano che stai rischiando la polmonite, e indossi abiti che ti vengono adattati con spille e mollette nascoste dietro la schiena. E non devono stare lì a sudare sotto le luci calde di qualche squallido bugigattolo dietro le quinte, con tutti che imprecano e sbraitano perché non trovano un asciugacapelli o uno stick di pancake."

Anthony era incapace di trovare un nesso tra i due mondi. "Non riesco a immaginare qualcuno come te, o qualunque mio cliente di New York, del Texas o di Londra, caricare tende sul camion o cambiare gomme bucate dai rovi. Non ti ci vedo a setacciare Nairobi in cerca dell'inserviente del campo che si è ubriacato la notte prima e non si è presentato in tempo per la partenza. Non hai idea..."

"Ne ho idea", ribatté lei. "Non dimenticare che ho passato buona parte della mia vita qui. Non sono un'ereditiera newyorchese cresciuta nella bambagia. Mi piacerebbe restare e trovarmi un lavoro qui. Sono bravissima a vendere cose, specialmente sogni, e parlo il francese e l'italiano, il che è utile adesso che i safari sono più diffusi. La mia vita non è soltanto mettermi degli stupidi vestiti ed essere accolta come una regina negli ultimi ristoranti alla moda di Londra. Spero non sia così che mi vedi, Anthony."

Ci fu un lungo silenzio. Lui non avrebbe voluto che si arrivasse a questo, non se lo era aspettato. Avevano trovato la passione e condiviso attimi belli, ma adesso Camilla stava parlando di qualcosa di più profondo e permanente. Lo aveva colto impreparato, e l'istinto gli diceva di darsi alla fuga. Lei era sofisticata nei suoi gusti, mondana, abituata a muoversi in ambienti dove le conversazioni gli si svolgevano attorno con schemi e significati che lui non riusciva ad afferrare.

"Camilla, non ho mai voluto ferirti o renderti triste", disse infine. "Tu sei la ragazza più bella che abbia mai visto, e te lo dico da anni." Si protese attraverso il letto a prenderle la mano. "Hai sempre detto che sono soltanto un figlio della savana, e avevi ragione. Non so spiegarmi che cosa tu ci faccia qui con me, in effetti, ma queste settimane sono state un dono della fortuna. L'intero safari è stato uno schianto. E spero potremo divertirci ancora insieme, se tu..."

"Se io me ne torno di corsa a Chelsea e mi tengo occupata a essere famosa fino alla prossima volta che ti troverai a passare di lì." Camilla aveva passato tutta la vita a mascherare le proprie emozioni, guardando in silenzio i suoi genitori perfezionare la tagliente stenografia del loro sistema di comunicazione. Non era preparata al palpitante, doloroso groppo che le chiudeva la gola mentre lottava per recuperare l'autocontrollo. Si alzò e gli arruffò i capelli, facendo appello a ogni rimasuglio di spavalderia che aveva in corpo. "La prossima settimana a quest'ora sarò a New York per il migliore servizio fotografico mai realizzato. Dopo, non rimarrà più nessuno che ancora non sappia chi sono."

"E sono invitato a unirmi ai ricchi e famosi per il tuo ventunesimo compleanno? Se dovessi passare da Londra durante il mio viaggio promozionale?"

"Oh, certo! Così potrai approfittarne per procacciarti nuovi clienti." La sua risata suonò un po' amara.

Anthony sapeva di averla ferita. "Camilla, io provo davvero qualcosa di speciale per te. Solo non sono pronto a condividere la mia vita, o cambiarla. Non voglio farti soffrire."

"Non essere così nervoso, Anthony." Camilla si allontanò da lui. "Non avrò tempo per portare il lutto quando atterrerò a Londra dopodomani. Ma non ci tengo a una festa di compleanno, perché di sicuro mia madre vorrebbe un orribile ricevimento con una marea di gente che non sopporto. Avevo una mezza idea di andare in Irlanda a festeggiare con Sarah, però adesso sembra che per allora lei sarà tornata qui. Potrei provare a fuggire su un'isola deserta, o qualcosa del genere. Comunque, queste ultime settimane sono state il modo migliore per celebrare i miei ventun anni: una vacanza paradisiaca che non è ancora finita. Quindi, facciamoci belli per il barbecue di Hannah."

Detestò il tangibile sollievo sulla faccia di Anthony, e per la prima volta intuì l'abisso che separa un uomo e una donna che non possono dividere i propri sogni. Fu un dolore che la fece trasalire, ma con tutta se stessa ricacciò indietro le lacrime che le bruciavano gli occhi.

"Torna a letto." La voce di Anthony era proprio come lei amava sentirla. "Sei così bella. Voglio tenerti ancora un po' qui con me."

"Sei ingordo ed è già tardi. Per fortuna ho già fatto la doccia. Sbrigati a prepararti. Io comincio ad andare."

Uscendo sul prato Hannah fu assalita da una terribile sensazione di déjà vu. La tovaglia damascata di Lottie era stesa su un tavolo a cavalletti apparecchiato con il suo servizio migliore. Tovaglioli inamidati erano sistemati nei vecchi bicchieri di famiglia e fiori dell'albero fiamma sfolgoravano in un vaso. Poteva sentire i fantasmi dei genitori seduti in silenziosa attesa ai loro consueti posti. Visioni della loro ultima sera a Langani si affollarono nella sua mente, con Jan traboccante di pessimismo e spaventose predizioni e Lottie muta e chiusa in se stessa. Si sedette su una sedia cercando di riprendersi da quel senso di perdita che l'aveva colpita come un'aggressione fisica.

Mwangi la scrutò per un lungo momento, poi cominciò a togliere i coperti. "Stasera è per i giovani", disse. "Non bisogna fare alla vecchia maniera. Metterò altri piatti, *memsahib* Hannah, e tu sceglierai fiori diversi. Ricorderemo i *mzee* in un'altra occasione."

Sparecchiò la tavola e portò tutto in casa, tornando con le stoviglie di ogni giorno e una tovaglia a scacchi. Hannah avrebbe voluto abbracciarlo, dirgli che parte vitale lui avesse da sempre in tutto quel che le era più caro, che gli voleva bene per la sua gentilezza, la comprensione, la fedeltà. Ma temeva che le parole sarebbero state fuori posto, o potessero persino metterlo in imbarazzo, così si limitò a dargli una stretta alla mano, sperando che capisse. Poi prese le cesoie e un cesto e recise dalie, rose e garofani dai colori vibranti e insolenti. Mentre sistemava i fiori nel vaso si sentì intensamente grata per l'infanzia che i genitori le avevano dato. Aveva sempre creduto che suo padre fosse saggio e forte, che sotto la sua protezione non le sarebbe mai potuto accadere niente di male. Non si era dimostrato l'eroe che la sua mente di bambina lo aveva fatto diventare, però era pur sempre suo padre. E l'amore incondizionato di Lottie aveva avvolto tutti loro, incoraggiandoli a credere che i sogni potevano essere realizzati. Hannah rientrò in casa, improvvisamente decisa a sentire i suoi genitori. Avrebbe parlato col padre, dicendogli che il passato era morto e sepolto, che lui e Lottie dovevano tornare a casa, perché era quello il loro posto, che lei li amava e aveva bisogno di averli accanto. Quando il telefono squillò interrompendo i suoi pensieri, seppe d'istinto che era sua madre.

"Tanti auguri, mia cara Hannah. Mi è così dispiaciuto non poterti sentire il giorno del tuo compleanno, ma ero felice di saperti via con Piet e le tue amiche. Deve essere stato meraviglioso. Spero mi scriverai presto per raccontarmi tutto del vostro safari." La voce di Lottie era colma di nostalgia.

"Lo farò", promise lei. "È stato davvero un compleanno stupendo. E grazie del bracciale. L'ho trovato ad aspettarmi quando sono tornata stamattina. Non avevo mai avuto qualcosa con delle vere pietre preziose. Lo hanno ammirato tutti, e anche il vestito. Ti voglio tanto bene, mamma." Trasse un respiro profondo. "Papà è lì? Vorrei parlare anche con lui."

"Oh, Hannah, mia cara. Sarà così felice di saperlo. Adesso però non c'è." Ci fu una pausa. "È fuori di pattuglia. Sono state attaccate un paio di fattorie, uccise delle persone. Le cose sono piuttosto tese qui, con Ian Smith che mette al bando tutti i partiti politici neri. Ci saranno altri guai, temo. E Kobus è pestifero, come al solito."

"Lo so, mamma."

"Lars ha telefonato per dirci del bestiame. Mi dispiace tanto."

"È stata una cosa molto strana. Spaventosa, anche. Mamma, non pensi che sarebbe ora di tornare a casa? Tu e papà?"

"Non so, mia cara." Lottie esitò. "È un po' complicato. Proverò a parlarne con tuo padre. Farò del mio meglio, te lo prometto. Buon compleanno, mia splendida figlia. Ti richiamerò tra un giorno o due per farti sapere."

"Penso che stiano per tornare", disse Hannah a Piet poco dopo. "E sono così felice!"

"Han...?" Suo fratello le si avvicinò, speranzoso e sollevato all'idea che la frattura nella famiglia potesse finalmente essere ricomposta.

"Mamma telefonerà presto per dirci quando potranno venire. Sembrava così diversa... di nuovo quella di una volta. Affettuosa e solare. È bello, eh?"

"Sì, molto. Nel frattempo, voglio che tu non ti preoccupi di niente. Abbiamo avuto i nostri problemi a Langani negli ultimi tempi, ma siamo riusciti a venirne fuori e..."

"Non parliamo di problemi e *shauri* stasera", lo interruppe Hannah. "Berremo al loro ritorno e a tutto quel che di buono ci aspetta."

Si radunarono tutti nel giardino; addosso, maglioni per ripararsi dal freddo della notte. Lars aveva acceso il barbecue per tempo, e adesso stava versando da bere. Poi si accomodò su una sedia di tela accanto a Sarah.

"Allora, raccontatemi del safari", disse.

Sembrava più a suo agio, pensò Sarah. Forse questo aveva qualcosa a che fare con lo sguardo che era corso tra lui e Hannah – l'accenno di un messaggio privato nei suoi occhi, la breve pressione della sua mano sul braccio di lei mentre le porgeva il bicchiere. Si domandò se a Langani stesse succedendo qualcosa di cui lei si stava accorgendo soltanto adesso. Avevano quasi finito di cenare quando Mwangi uscì sul prato.

"C'è una chiamata alla radio", annunciò. "*Memsahib* Briggs."

Sarah si precipitò in casa, senza fiato per l'apprensione. La voce di Allie era flebile, ma ripeté il messaggio due volte, non lasciando spazio a dubbi.

"Mi hanno offerto un lavoro!" gridò Sarah dalla veranda, le braccia alzate in segno di trionfo, il viso splendente di eccitazione mentre i suoi amici le si accalcavano attorno. "Oh, Dio! Ho un lavoro a Buffalo Springs, un lavoro di sogno! Non riesco a crederci!"

Ci furono congratulazioni, abbracci. Venne versato altro vino e tutti si sedettero dentro, davanti al focolare acceso nel soggiorno.

"Qui ci vuole un brindisi come si deve", disse Lars. "Non un semplice cin cin. Dobbiamo guardarci negli occhi e augurarci il meglio. Così." Si protese in avanti, fissando intensamente Hannah finché lei rise e si girò per brindare prima con Sarah e poi con gli altri.

Piet mise un disco sul grammofono, e si lanciarono nelle danze, le vecchie tavole di legno del pavimento che gemevano, protestavano per il trattamento. I domestici si affacciarono a guardare attoniti e divertiti mentre Camilla insegnava a Lars a ballare il twist, i lunghi arti del ragazzo che si contorcevano, scomposti, incitandolo finché gli cedettero le ginocchia e crollò sul divano, implorando pietà.

"Mamma ha sempre amato ballare", disse Hannah. "Costringeva papà a farlo anche se era completamente negato, senza alcun senso del ritmo. Lei era così leggera e aggraziata... Io temo di avere preso da lui."

"Balli con me?" Lars si era ripreso.

Hannah lo fissò, poi si alzò, lisciandosi la gonna. La musica adesso era più lenta, e lui la trasse a sé. Sarah pensò che stavano bene insieme, e notò Piet osservarli con una strana espressione che non riuscì a definire. Ballarono tutti fino a tarda notte, risero e parlarono del passato, e di quando si sarebbero ritrovati di nuovo insieme. Quando infine andarono a dormire, ciascuna delle ragazze portava con sé il legame rinnovato della loro amicizia.

"Non sono cieca, sai", disse Sarah mentre lei e Hannah stramazzavano sul letto stanche morte. "Dimmi che cosa sta succedendo con Lars."

"Non c'è proprio niente da dire." Hannah colse l'espressione scettica sul viso dell'amica. "Sul serio!"

"È innamorato di te. Si capisce lontano un miglio. Ho visto come ti guarda", insisté Sarah. "Posso anche essere un po' brilla, ma era chiaro come il sole!"

"Ammetto di avere fatto un mezzo pensierino su di lui, ma è un gran pasticcio."

"Lars? È grande, d'accordo, io però non lo definirei un pasticcio!"

"Non lui, idiota! La situazione. Lars a volte mi dà sui nervi." Hannah stava sorridendo. "È sempre così maledettamente sicuro di avere ragione e spesso mi tratta come una bambina quando io voglio che riconosca che sono seria e professionale. È come se fosse il gemello di Piet, più che suo amico e direttore."

"Secondo me tu hai soltanto paura. Forse dovresti provare a svenirgli tra le braccia."

"Qui non c'entra niente la paura. Voglio prendermi maggiori responsabilità alla fattoria, oltre a occuparmi del lodge. Qualunque altra cosa tra Lars e me potrebbe essere un pasticcio, come dicevo."

"Però la fattoria sta andando bene, vero?"

"Riusciamo a tenerci a galla. Adesso siamo organizzati molto meglio. Lars ha il controllo dell'allevamento e dei pascoli. Si occupa dei trattori, delle mietitrici, dei generatori: tutta la parte meccanica è di sua competenza. E in più mi aiuta se ho un problema alla latteria. Piet segue i *watu* e l'andamento generale della fattoria, la manutenzione delle recinzioni e la protezione della fauna nella nostra proprietà, in aggiunta alla coltivazione del frumento, che quest'anno impegna più del solito perché abbiamo seminato una nuova area che è rimasta incolta per un po'. Inoltre ha in mano la scuderia, e naturalmente la costruzione del lodge, la sua creatura. In questo modo, tutto procede bene."

"E allora?"

"Se Lars e io avessimo una storia e non dovesse funzionare, finirebbe col turbare l'equilibrio. Lui potrebbe andarsene, e non possiamo permetterci di perdere un direttore così bravo. Rischierei di creare un grosso problema a Piet, mettendomi con Lars. Per cui, le questioni personali dovranno aspettare finché riusciremo a tirarci fuori dai debiti e avere una buona rendita, tra la fattoria e il lodge. Allora penserò a Lars."

"Da quel che ho visto stasera, ho l'impressione che Lars sia passato tranquillamente sopra tutto questo", osservò Sarah. "E se lui non ha paura, non dovresti averne nemmeno tu."

"Io invece ho l'impressione che sia il caso di dormire, visto che sono stata tanto stupida da organizzare un'uscita a cavallo per domattina presto." Hannah spense la lanterna. "Me ne sto già pentendo."

"Oh, Dio. Sta succedendo qualcosa di terribile nella mia testa." La luce dell'alba era pallida quando Sarah cercò a tastoni la sua tazza di tè, gli occhi ancora chiusi, l'intero corpo riluttante a qualsiasi movimento. "Ma non siamo appena andate a letto? Non posso uscire a cavallo... Morirò sulla sella! Come ho potuto bere tutto quel brandy? Perché non mi hai fermata, santo cielo? Lo sai che non reggo l'alcool!"

Mentre camminavano sull'erba rorida di rugiada verso la scuderia, respirò profondamente l'aria fredda sperando in una cura istantanea. Era piovuto durante la notte, e gocce d'acqua argentata cadevano dalle foglie nell'azzurro velato del mattino. Per tacito accordo cavalcarono in silenzio guardando il sole sorgere, dapprima cremisi e lento, per poi proiettarsi nel cielo come sospinto dalla potenza dei suoi raggi dorati. Un branco di impala si diede alla fuga al loro passaggio, le code frementi, emettendo piccoli suoni secchi di allarme che punteggiarono l'aria. Il cielo appariva vasto e solitario sopra la savana frusciante e la profonda fascia scura di foresta che delineava la riva del fiume.

"Fermi." La voce di Anthony era bassa.

Di fronte a loro un giovane ghepardo sbucò dall'erba alta e sbiadita, dirigendosi verso l'ombra e l'acqua. Il sole gli illuminava il manto maculato e gli occhi dorati; la coda era un arco perfetto che sfiorava il terreno. Quando Sarah alzò la macchina fotografica per catturarne la fluida, scattante eleganza, il felino stette compiacentemente immobile per un momento, poi se ne andò con noncuranza, svanendo nel bush. Proseguirono parlando piano, ascoltando i nitriti sommessi dei cavalli e gli schiamazzi sorpresi dei francolini sul ciglio erboso. In lontananza un turbine di polvere mulinò sulla pianura, e Piet si sollevò sulle staffe per indicare un branco di antilopi alcine che avanzava verso l'argine.

"Non c'è luogo più bello in tutto il mondo." Sarah parlò per tutti. "Come può qualcuno che ha visto questo voler essere altrove? Pensate, dover vivere sotto un cielo perennemente grigio e piovoso, con il vento che ti rovescia l'ombrello all'indietro mentre sei carica di borse della spesa che ti tocca trascinare su per le scale fino all'ultimo piano di una vecchia palazzina di mattoni rossi dove abiti in un appartamentino minuscolo."

"Non è tutto così deprimente", disse Anthony. "Una grande città offre molte cose positive. Ci sono teatri e musei, costruzioni antiche dalle proporzioni perfette, e modernità, raffinatezza, cultura."

"Dov'è la dannata raffinatezza quando una vecchia megera ubriaca ti spintona mentre stai salendo sull'autobus che hai aspettato un quarto d'ora in una notte di pioggia scrosciante e ti frega l'ultimo posto a sedere libero?" L'indignazione di Sarah era così vivace che tutti si misero a ridere.

"Nessun posto è perfetto", commentò Camilla. "Io ho vissuto a Firenze e a Londra per tre anni, e so dove preferisco stare. C'è un che di speciale qui, la sensazione di poter fare qualcosa di straordinario, o comunque diverso, se hai abbastanza coraggio."

"Esatto", concordò Lars. "Puoi creare qualunque cosa tu voglia in questa terra, se ne hai la determinazione."

"E la pazienza", aggiunse Hannah. "Più di tutto bisogna avere pazienza, perché le cose non vanno mai come pensi. Nuovi politici, funzionari arroganti che vogliono potere e tangenti, cose che non funzionano più e non possono essere riparate perché nessuno ha ordinato i pezzi di ricambio."

"Questo vale dappertutto", replicò Camilla. "Prova a trovare un idraulico a Londra, o a trattare con qualcuno del fisco."

"Non è questo il punto." Anthony intervenne nella conversazione. "È facile prendere la faccenda sottogamba, ma questo Paese è sull'orlo del caos. Siamo in un'enorme curva di apprendimento, e questo è il tratto in salita. Hannah ha ragione: ci vuole una pazienza infinita e le cose peggioreranno ancora prima di migliorare. Tu hai una visione romantica di un Kenya che non esiste nella realtà, Camilla, perché non sei sempre qui."

La sua voce era tesa, e Sarah si rese conto che c'era sotto dell'altro. Ha paura, pensò. Paura che lei rimanga. Non la vuole qui con sé. Sentì una trafittura di compassione per Camilla, e vide i propri pensieri rispecchiati negli occhi di Hannah.

"Chi ha voglia di fare una vera cavalcata?" Sarah diede un colpetto al cavallo col suo frustino e partì al galoppo, allontanandosi attraverso la pianura; sentiva la sabbia portata dal vento pungerle il viso, e il frullio d'ali delle faraone che svolazzavano via allarmate al suo passaggio. Poté udire Piet ridere e gridare qualcosa mentre si lanciava all'inseguimento, e il cuore le si riempì di gioia al pensiero di tutto quel che avrebbe potuto condividere con lui nei giorni a venire.

"Apriremo il lodge all'inizio dell'anno nuovo", disse Piet mentre facevano colazione al ritorno dall'uscita a cavallo. "Anthony ci porterà i primi ospiti."

"Uno di loro è un giornalista di un quotidiano americano", spiegò Anthony. "È già stato con me in safari e ha scritto della sua esperienza. L'articolo mi ha procurato più clienti di quanti potessi gestirne."

"Domani andrò lassù con Simon." La faccia di Hannah era animata. "Il posto è stato invaso per così tanto tempo da falegnami e idraulici, dappertutto fili elettrici aggrovigliati come spaghetti. Sono stufa di cantieri. Voglio decidere dove metteremo i mobili, e pensare a tende e tappeti, e a tutte le belle cose che sto preparando da mesi."

"Vorrei potermi fermare per darti una mano", le disse Sarah. "Ma tornerò tra qualche settimana, e allora ti darò tutto l'aiuto che posso. I Briggs non potranno pagarmi molto, però il lavoro sarà fantastico e il campo è a poche ore di macchina da qui."

"Sarei felice di poter dire lo stesso. Comunque sarò qui col pensiero." Il sorriso di Camilla era un po' forzato, e Hannah colse la solitudine nei suoi occhi.

"Forse potresti tornare per Natale", le suggerì. "O per l'inaugurazione del lodge, come nostra testimonial. Scommetto che i clienti di Anthony ne sarebbero colpiti. Compreso il giornalista. Tutti i quotidiani di qui ne parlerebbero."

"I miei clienti li perderò, se non mi decido a tornare a Nairobi." Anthony si alzò. "È ora di muovermi. La mia roba è già in macchina, manco soltanto io."

"Bene." Si alzò anche Piet, e tutti si spostarono sulla veranda. "Lars e io abbiamo parecchio lavoro da fare. Ah, eccoti qui, Simon. Voglio che tu e David puliate per bene il magazzino degli aridi e facciate un lista di quel che scarseggia." Vide un'occhiata ostile correre tra i due giovani e aggrottò la fronte. "Fatelo e basta, intesi? E non lasciate nessuno sacco o *taka taka* in giro."

Gli addii furono brevi. Camilla si mostrò lieve e noncurante.

"Ci vediamo a Londra a novembre, spero. Mi mancherai. Davvero." Anthony la baciò sulla bocca, salì sulla sua Land Rover e se ne andò sollevando polvere e ghiaia. Conficcandole schegge acuminate nel cuore.

"Vieni, Camilla", le disse Hannah. "Sarah andrà con Piet a dare un'occhiata alla cavalla che zoppica. Tu potresti darmi una mano in ufficio ad archiviare un po' di roba, poi andremo al lodge con Simon. Ho bisogno di qualche consiglio per i mobili. Gli altri ci raggiungeranno dopo."

Più tardi, sulla piattaforma panoramica, Camilla guardava un branco di bufali avanzare attraverso la pianura, pensando a come Anthony imitava bene il suono brontolante di un vecchio toro. Resistette a una minaccia di lacrime, raddrizzò le spalle e andò a vedere come potesse rendersi utile. Simon era al fianco di Hannah: prendeva annotazioni sul suo taccuino con lettere e cifre precise e ordinate, e disegnava i contorni dei mobili col gesso sui pavimenti di pietra.

"Ho fatto una lista di mobili per ogni stanza, *memsahib* Hannah", le disse nel suo inglese meticoloso. "Mentre lei era via sono andato nel suo ufficio e le ho preparate con la macchina da scrivere."

Hannah lo guardò sorpresa. Era seccata che fosse entrato nel suo ufficio e avesse usato la macchina senza averne il permesso, ma lieta che ci fosse un'altra incombenza di cui avrebbe potuto alleggerirla.

"So scrivere a macchina velocemente", affermò Simon con orgoglio. "Mi è stato insegnato alla missione e ho passato un esame." Esitò, cercando di valutare il modo migliore di ottenere la sua approvazione. "Ha visto che ho anche fatto un esame di computisteria elementare. Mi piacerebbe diventare un vero contabile. Ma ci vogliono molti anni e molti soldi."

"Forse quando il lodge sarà avviato potremmo farti seguire un corso. Se continui a lavorare bene ne parlerò a *bwana* Piet."

"Grazie." Lui per un momento si illuminò alla prospettiva, poi la sua espressione si rannuvolò. "Però non so se posso farlo."

"Tu continua a impegnarti, Simon, e andrà tutto liscio. Intanto, misuriamo questa finestra."

Girando attorno lo sguardo, Camilla si rese conto di quanta fatica e amore avesse richiesto la costruzione di quel posto. Piet aveva creato un'oasi di luce e tranquillità su quelle rocce, sopra la gloriosa distesa della pianura dominata dalla grande montagna. Meritavano di essere felici lì, Piet e Hannah e Sarah. E forse un giorno Jan e Lottie sarebbero tornati a casa, colmi di orgoglio per il modo in cui i loro figli avevano portato avanti il lavoro iniziato dai progenitori così tanto tempo prima. Si domandò come si sarebbe inserito Lars in quel quadro, e si volse a guardare Hannah, intenta a montare un paralume su una base fatta con una zucca essiccata.

"L'altra sera ho notato che Lars ha davvero un debole per te", le disse, e rise vedendola diventare rossa. "Oh, santo cielo, Han. Assomigli tanto a Sarah quando la tua faccia prende quella delicata tonalità barbabietola."

"È stata lei a parlartene? Di Lars?"

"No. L'ho visto da me. Allora, che ne pensi di lui? Ti dice qualcosa?"

"In effetti, qualche volta mi domando come potrebbe essere con lui." Si girò verso l'amica con un po' di imbarazzo. "Sarah ha detto che ho paura, e ha ragione. Non è ridicolo? Una ragazza di campagna grande e forte come me, piena di buon senso. Eppure è così."

"Essere forte non è di molto aiuto quando si tratta di amore", replicò Camilla. "Il cuore si prende gioco della ragione, una volta dopo l'altra. Puoi credermi, io lo so bene."

"Forse lui mi piace soltanto perché non c'è nessun altro attorno. Sto lavorando così tanto, e non ho denaro per andare a divertirmi a Nairobi o a Nanyuki, così sono diventata un po' un'eremita. Comunque, ci sono sempre ragazze che telefonano e lo cercano."

"Scommetto che non potrebbero competere."

"Non ne sono sicura. E c'è un'altra cosa." Hannah si fermò a raccogliere i pensieri. "Sono diventata gelosa della mia indipendenza. Ho passato più di due anni in Rhodesia, pensando sempre a papà e ai suoi problemi, e preoccupandomi per mamma. Adesso stabilisco io le mie regole, e non sono responsabile delle emozioni o della felicità di nessun altro. Non voglio che questo cambi, e ho paura che Lars mi fagociterebbe. Mi ricorda Piet. Sono così simili."

"Penso ti stia inventando di tutto per proteggerti", commentò Camilla sorridendo. "Ma non mi imbrogli. Adesso dammi quel disegno e fammi vedere se riesco a capire dove dovrebbe essere messo questo tavolo, prima che arrivino gli altri."

La stella della sera apparve nel cielo come un gioiello, e il calore del giorno si arrese rapidamente all'arrivo dell'oscurità. Stavano strizzando gli occhi nel chiarore morente del crepuscolo, tentando di decifrare i progetti di Viktor Szustak, quando videro il riverbero della luce dei fari su per il sentiero.

Lars uscì sulla piattaforma panoramica con Piet, ma Sarah restò indietro, stranamente riluttante a raggiungerli. Fu Camilla a tirarla nel gruppo sulla terrazza.

"Allora, che te ne pare vedendolo la seconda volta, lady Camilla?" domandò Piet, girando lo sguardo sul suo dominio con sereno orgoglio.

"Nessuno che venga qui lo dimenticherà mai", affermò lei. "È un posto straordinario e intenso che ti cattura il cuore e ti rimane dentro. Penso che tu debba essere immensamente fiero di come hai concepito le strutture in modo che si fondano con le rocce e gli alberi, e il rilevo del terreno. È bellissimo."

Si misero seduti a guardare le stelle e ad ascoltare i suoni del vento e il ronzio degli insetti notturni, discorrendo quietamente. Soltanto Sarah stava sulle sue, fissando pensosa la polla. Piet la guardò con aria interrogativa.

"Non è da te essere così silenziosa."

"Mi piace ascoltare, qualche volta. Dovresti esserne grato."

Lui rise, e lei si domandò se avesse dimenticato di averla baciata in quello stesso posto, così poco tempo prima. Da allora aveva atteso pazientemente che facesse un altro passo, cercato di cogliere qualunque segno di un suo interesse che andasse al di là dell'amicizia e dell'affetto. Ma sebbene Piet avesse spesso scelto di sedersi accanto a lei al campo, o in macchina durante le escursioni, non aveva fatto alcun tentativo di trasformare il loro rapporto in qualcosa di più profondo. Desiderava disperatamente che le dicesse qualcosa e le confermasse in qualunque modo che quel che sperava era vero. Quando lasciarono il lodge, Piet tenne aperto lo sportello della Land Rover e chiese a Sarah di andare con lui; mentre sobbalzavano giù per il sentiero accidentato si protese a metterle una mano sul ginocchio.

"Sono felice che tu abbia deciso di tornare qui", le disse. "Ci sono così tante cose di cui dobbiamo parlare, tu e io, quando ci rivedremo. Quando ci saremo soltanto noi due." Fece un cenno verso il crinale. "Ci siederemo lassù e parleremo. Spero sarà molto presto."

Sarah si sentì ebbra di gioia, e lui sorrise per la sua trasparente felicità, dandole una stretta alla mano prima di riportare la propria attenzione alla guida.

"Dov'è Mwangi con i drink? E dove diamine sono i cani?" Piet fu l'ultimo a raggiungere il gruppo nel soggiorno prima di cena. "Sono sempre attorno in cerca di uno spuntino quando è ora di andare a tavola."

"Lars è dovuto andare alla fattoria dei Murray", disse Hannah. "Li avrà portati con sé."

"Non li prenderebbe mai tutti quanti", replicò il fratello. "Credo che dovrei mandare Simon a cercarli, o andarci io stesso."

In quel momento udirono dei passi pesanti nel corridoio che conduceva alla cucina. La porta si spalancò di colpo e Hannah fissò sgomenta i cinque uomini che avevano fatto irruzione nel soggiorno. Erano tutti armati di *panga*, le lame splendenti nella luce elettrica della stanza. Le loro facce erano tese e rabbiose, e stavano gridando. Piet fece per prendere il coltello che teneva infilato nello stivale, ma due degli uomini gli saltarono addosso sopraffacendolo all'istante, e nel giro di qualche attimo era disteso impotente sul pavimento. Hannah guardò atterrita mentre uno di loro alzava il machete e tagliava i fili del telefono, prima di chinarsi su suo fratello e legargli mani e piedi con il filo.

"Non fate rumore", intimò. "Se gridate vi ammazziamo. Non guardateci. Stendetevi a terra. Toglietevi orologi, bracciali e anelli e consegnateceli. E armi. Vogliamo armi. Tu, ragazza, togliti i gioielli." Le parole erano indirizzate a Camilla mentre lei scivolava giù dalla sedia, il bagliore del machete alzato riflesso sul viso.

"Non abbiamo armi qui in casa. Sono fuori nel magazzino." Piet parlò a denti stretti, la faccia premuta contro il pavimento dal suo aggressore.

Camilla cercava concitatamente di togliersi i gioielli, le dita rigide e maldestre per il terrore. L'atmosfera era satura di minaccia.

"Svelta, ragazza, o te li tagliamo via."

L'uomo parlò a voce bassa, ma aveva alzato il *panga*. Camilla gridò, vedendo la ferocia nei suoi occhi, e il lungo coltello guizzò scorrendo da un lato all'altro della sua fronte, fendendo la pelle come burro. Il sangue le colò sulla faccia e negli occhi mentre protendeva alla cieca le mani tremanti a consegnare i gioielli. L'uomo li prese, poi sollevò il piede a sferrarle un calcio, facendola cadere riversa sul tappeto.

"A terra, ho detto! Giù, tutti quanti."

Hannah si premette una mano sulla bocca, cercando di soffocare un singhiozzo, e l'uomo le si rivolse nel suo nativo kikuyu, urlando insulti. Lei non riuscì a capire tutte le parole ma sentì il suo odio, percepì la sua brama di violenza mentre le si avvicinava. Si rannicchiò, riparandosi la testa con le braccia, e lui la sbatté a terra assieme a Camilla e a Sarah. Poi legarono loro le mani dietro la schiena. Sarah riuscì a scorgere la rabbia sul volto di Piet, le vene sporgenti sulla fronte e sul collo.

Il capo della banda prese da terra un tappeto persiano e glielo gettò addosso, lasciandoli a tossire in una soffocante nebbia di polvere e oscurità. Sarah rimase a lungo immobile, la testa girata di lato, gli occhi chiusi, ascoltando i suoni di distruzione attorno a lei. Libri che venivano buttati giù dagli scaffali, vetri in frantumi sul pavimento. Nelle camere da letto indumenti e biancheria vennero tirati fuori a bracciate dai bauli di legno che tanto tempo prima avevano viaggiato su carri trainati da buoi fino a quell'indomito luogo di speranza e rinnovamento. Udirono tonfi di passi su e giù per le scale del portico mentre la casa veniva razziata. Quando giunsero il rumore della portiera di una macchina sbattuta e le voci di un'animata discussione, sperarono che il raid fosse finito. Ma gli uomini tornarono di nuovo in casa per continuare il saccheggio.

"Aiutatemi a liberarmi", bisbigliò Piet. "Hannah, tu non hai le mani legate troppo strette. Rotola verso di me e vedi se riesci ad allentare i nodi."

"No. Se si accorgono che stai cercando di fare qualcosa ti uccideranno. Sta' buono, Piet. Ti prego. È la nostra unica speranza."

"Ma che fine ha fatto il personale?" La voce di Piet era un ringhio sommesso. "E i cani. Devono essersi sbarazzati dei cani."

Accanto a lui, Sarah era rigida per la paura; pregava Dio di non farli morire proprio adesso che aveva ricominciato a sperare. Girò la testa verso Camilla, immobile all'altro suo fianco.

"Stai bene? Come va la testa?"

"Sanguina", mormorò Camilla. "Ma non preoccupartene. Prega per tutti noi, Sarah. Oh, Dio, sono tornati. Ti supplico, fa' che non moriamo qui."

I passi risuonarono nella stanza, poi il tappeto fu tirato indietro.

"Alzati." Uno degli uomini tirò un calcio a Piet, girandolo sulla schiena e poi piegandosi a issarlo in piedi. "Vieni con noi, devi aprirci il posto delle armi. E denaro. Avete denaro in una cassaforte. Slegategli le gambe."

"No! Può darvi le chiavi. Vi prego, prendete solo le chiavi", implorò Hannah, incapace di trattenere il pianto.

Loro ignorarono quella disperata invocazione e spintonarono suo fratello fuori nella notte; un pesante silenzio scese nella stanza, rotto solo dal mormorio angosciato delle preghiere di Sarah, dal respiro spezzato di Camilla e dai singhiozzi soffocati di Hannah.

Poi all'improvviso Hannah girò la testa e cercò affannosamente di alzarsi. "Una macchina!" esclamò. "Potrebbe essere Lars." Le luci in avvicinamento diedero loro un barlume di speranza, e si strinsero l'una contro l'altra. "Deve essere lui. Ma dobbiamo avvertirlo, in qualche modo. Potrebbero..."

In quel momento esplose uno sparo, e Hannah si impietrì.

"Oh, Dio! Se c'è uno scontro a fuoco ci uccideranno tutti", gemette. "Lars non può sapere quanti sono. Oh, Dio, adesso moriremo di sicuro."

Da fuori giunsero altri colpi di pistola, seguiti da un trambusto di gente che correva, motori che si avviavano e portiere sbattute. Ci fu uno stridio di gomme, poi il rumore delle auto si perse in lontananza, lasciandosi dietro un silenzio mortale. Per quello che sembrò un secolo non si udì volare una mosca, nell'orribile caverna della notte.

"Hannah?" Piet corse su per gli scalini incespicando, ansimante. Tirò fuori il coltello per liberarle una dopo l'altra. "Han, vieni, presto. Lars è ferito. Gesù, Camilla! La tua faccia... Non mi ero reso conto. E stai ancora sanguinando!"

"Non importa." Camilla spinse via la sua mano.

"Bene, allora. Hannah, prendi dell'acqua calda e cerca panni puliti... lenzuola, asciugamani, qualunque cosa. Dobbiamo portare Lars dentro, alla svelta. Il personale era rinchiuso in cucina. Gli uomini stanno bene, ma sono scioccati. Li hanno legati là dentro, con uno della banda fuori di guardia con un *panga*. Sarah, potresti dare loro del brandy. Ho trovato anche Simon, è stato colpito alla testa e chiuso nell'ufficio. Ha un grosso bernoccolo, e si è tagliato rompendo una finestra per cercare di scappare. I bastardi hanno preso le nostre macchine. Nessun segno dei cani. Ho paura che siano stati avvelenati. Il camion per fortuna è ancora fuori dal magazzino. Dirò a Simon di prenderlo e andare dai Murray per chiedere aiuto, e chiamare il dottor Markham da lì."

Lars giaceva a terra sul viale d'accesso, il respiro irregolare. Si sforzò di concentrarsi su Hannah e dire qualcosa, ma lei gli posò le dita tremanti sulle labbra."

"Shhh. Non parlare. Non devi sprecare energie. Piet ha mandato qualcuno a cercare aiuto. Ci hanno tagliato il telefono, così ci vorrà un po'. Ce la fai a camminare, se ti do una mano?"

Lui annuì e Piet la aiutò a issarlo in piedi. Lars grugnì per il dolore, incapace di mantenersi in equilibrio. La sua camicia era stata lacerata dal proiettile, e il sangue sgorgava da sotto la spalla destra. Hannah pregò che la ferita non fosse abbastanza in basso per essere grave. Arrancarono su per i gradini con lentezza esasperante. Nel soggiorno, Sarah aveva preparato grandi catini di acqua calda e una pila di panni.

"Manderò Mwangi e Kamau a controllare il resto della proprietà", disse Piet. "E gli alloggi dei braccianti, anche. Dov'è Camilla?"

"In bagno", rispose Sarah. "Ha un taglio spaventoso sulla fronte. Non so dire quanto sia profondo, perché sta ancora sanguinando. Credo ci vorrà qualche punto. Le ho detto di metterci su un po' di ovatta e di andare a stendersi. Era sul punto di svenire."

Lavorarono in fretta, sdraiando Lars sul divano, e sistemandogli attorno cuscini e asciugamani. Aveva la faccia terrea e le labbra avevano preso un colore bluastro.

"Piet, mi serve un paio di forbici per tagliargli la camicia", disse Hannah. "Dobbiamo fermare la perdita di sangue. E ha bisogno di qualcosa per lo choc e il dolore. La cassetta del pronto soccorso è nel mio bagno, sempre che non abbiano rubato anche quella."

"Sta tremando", osservò Piet mentre lei cominciava a tagliare. "Dobbiamo tenerlo sveglio. Non bisogna lasciare che vada in stato di choc. Dai Murray c'è una pista d'atterraggio: se possono illuminarla forse si riuscirà a trasportarlo a Nairobi stanotte."

"Lars? Lars, apri gli occhi, da bravo. Su, dimmi qualcosa. Adesso dovrò farti un po' male, ma tu sei un ragazzo coraggioso." Hannah si rendeva conto di quanto suonassero sciocche quelle parole, rivolte a un uomo con la faccia imperlata di sudore e ogni respiro trasformato in un ansimo di dolore e nausea. Lavò l'area intorno al foro d'entrata del proiettile e ripiegò un pezzo di stoffa per farne un tampone che premette forte sulla ferita, cercando di arrestare l'emorragia. A lui sfuggì un grido, e lei si chinò a posargli le labbra sulla fronte. Poi gli fasciò strettamente le spalle e il petto, mormorando suoni carezzevoli, come una mamma avrebbe fatto con un bambino malato.

La cassetta del pronto soccorso era ancora nel bagno di Hannah; Sarah vi rovistava freneticamente. "Morfina... immagino che questa ci serva. E sedativi."

Camilla stava seduta su uno sgabello di fronte al lavandino, cercando di arginare con una compressa di garza il sangue che ancora colava dal lungo taglio sulla fronte. Le tremavano le mani; poi all'improvviso si piegò e vomitò nella tazza accanto a lei.

"Vieni a sdraiarti." Sarah la accompagnò in camera di Hannah e la aiutò a stendersi sul letto, poi le sistemò sulla fronte una medicazione pulita. "Tienila bene premuta sulla ferita, così il sangue si fermerà. E cerca di stare calma. Non c'è niente che tu possa fare per il momento. Piet e Hannah si stanno occupando di Lars, e Simon tornerà presto con gli aiuti. Tu resta qui tranquilla e non ti muovere, d'accordo?"

"Lars ce la farà?"

"Spero di sì. Sta perdendo molto sangue. Non sappiamo stabilire l'entità della lesione, ma credo sia necessario portarlo in ospedale alla svelta." Sarah tornò nel soggiorno con i farmaci.

Camilla rimase stesa sul letto, accarezzando il soffice *kaross* di Hannah per alleviare la paura che l'aveva attanangliata, che non voleva lasciarla andare. Il taglio sulla fronte era brutto. Sapeva che avrebbe richiesto una sutura. Le sarebbe rimasta la cicatrice. Uno sfregio che avrebbe rovinato il suo volto e forse messo fine alla carriera di modella. Chirurgia plastica. La praticava qualcuno a Nairobi, o sarebbe dovuta tornare a Londra? Non era importante, adesso. Quel che contava era che fossero tutti vivi. Tentò di calmarsi e riposare, ma l'odore acre di violenza e sangue le colmava le narici. Poteva ancora vedere quegli uomini irrompere nel soggiorno, e il lampo della lama che guizzava verso i suoi occhi. Un terrore impotente l'aveva invasa quando era risuonato il primo sparo e aveva creduto che Piet fosse morto. Piet invece era vivo, e lei recitò una preghiera di ringraziamento per ciascuno di loro. Per un po' rimase immobile, finché la sua testa smise di girare e le sembrò che il sangue si fosse fermato. Allora si alzò lentamente a sedere. Sarebbe stato meglio essere di là con gli altri. Non voleva restare lì da sola. Non voleva essere mai più sola in vita sua.

14

Kenya, settembre 1965

Hannah si sentiva impotente. Un senso di sdegno la rendeva nervosa, pronta a scattare. Il suo porto sicuro era stato violato, depredato e contaminato dal male, per una ragione che non riusciva a immaginare. Le mancavano i cani che le si accucciavano sempre ai piedi la sera, spingendo il morbido tartufo nella sua mano. Erano stati trovati il mattino dopo l'assalto, in prossimità del cancello che conduceva dal giardino di Lottie alla pianura aperta. Avevano squarciato loro la gola, anche se appariva chiaro dagli occhi vitrei e dalla lingua oscenamente sporgente che stavano già morendo per avvelenamento. Piet aveva preso una pala e li aveva seppelliti in un torvo silenzio. Poi se n'era andato a dare gli ordini per la giornata ai *watu*, mentre Hannah gettava qualche vestito in una valigia. Era stato noleggiato un piccolo aereo per trasportare Lars all'ospedale di Nairobi, e le tre ragazze erano andate con lui. Gli addii a Langani erano stati sbrigativi. Camilla aveva la faccia cerea ed era impegnata a sopportare un tremendo mal di testa, Sarah era scioccata e taciturna. Hannah si era concentrata su Lars, cercando di soffocare le emozioni per la sanguinosa intrusione; ma la sera seguente, mentre salutava le amiche sul piazzale del Norfolk Hotel, era scoppiata a piangere, riversando fuori tutta l'angoscia.

"Mi dispiace." Singhiozzava e si sfregava gli occhi gonfi con le mani. "Sono così spaventata. Ho paura ad andare a casa. Non so come potrò riuscirci, anche se è stupido, vigliacco. Così maledettamente stupido..."

Camilla e Sarah l'avevano abbracciata, offrendole parole di conforto e rassicurazione. Si sarebbero riviste presto, era una promessa. Hannah aveva raddrizzato le spalle ed era scomparsa nel bungalow che avevano condiviso, chiudendo la porta a chiave dietro di sé. Aveva passato diversi giorni a Nairobi, accanto a

Lars mentre lui si riprendeva dall'intervento chirurgico. Adesso avrebbe voluto essere ancora nella stanza d'ospedale, invece che nel soggiorno della fattoria dove la paura minacciava di estinguere l'amore per la sua casa.

Il viaggio di ritorno a Langani era stato teso. Era un mattino luminoso, col cielo screziato di piccole nuvole bianche che si rincorrevano nel vento. Piet aveva insistito per andare a prenderla e si era mostrato deliberatamente allegro, fischiettando mentre guidava verso nord, ma sbirciando con crescente preoccupazione la sorella, seduta pallida e taciturna accanto a lui, lo sguardo fisso fuori dal finestrino. Alla fattoria, Hannah aveva salutato il personale sforzandosi di apparire calma. Era determinata a essere coraggiosa, ma non si sentiva pronta ad affrontare le richieste che le sarebbero state fatte. Passò dall'ufficio a sbrigare il lavoro più urgente, poi andò in camera a disfare la valigia. Quando più tardi entrò nel soggiorno trovò Piet ad aspettarla. Si sedette con lui e cercò di fare conversazione, parlando incessantemente delle faccende di cui si sarebbe occupata l'indomani, stringendo il bicchiere tra le dita contratte, tentando di ignorare la pistola posata sul tavolino di fianco alla sua poltrona e il fucile appoggiato contro la parete. Le porte che davano sulla veranda erano chiuse, impedendo ai consueti suoni e agli odori della sera di entrare nella stanza. Le dava un senso di claustrofobia. Attorno a lei, gli spazi nudi dei quadri e delle suppellettili di Lottie sembravano orbite vuote.

"La polizia tornerà domani", le disse Piet. "I dipendenti sono stati interrogati tutti quanti, ormai, ma Jeremy Hardy vuole riesaminare con noi l'accaduto. È ancora orientato sul movente della vendetta, o delle idee politiche radicali."

"Non può trattarsi di nessuno dei nostri *watu*", protestò Hannah. "Deve essere stato qualche pazzo di passaggio. Tutti hanno paura qui, è tangibile. Simon ha il terrore che possano tornare per un altro raid, e non è il solo. Non sarei sorpresa se se ne andasse."

Era stato colpito alla testa mentre cercava di raggiungere una macchina per andare in cerca di aiuto. Per un po' era rimasto privo di sensi, rinchiuso nell'ufficio, poi si era ripreso, e quando erano esplosi i primi colpi aveva usato un pesante fermacarte per rompere il vetro della portafinestra che dava sulla veranda. Ora aveva le mani piene di tagli e una storta a una caviglia. Da quella notte disastrosa aveva detto a stento una parola, e la sua faccia normalmente allegra era rabbuiata dall'apprensione.

"Han, so che è dura." Piet si accovacciò accanto alla sorella. Sapeva che lei stava cercando di nascondere la paura, ma aveva notato il modo in cui sussultava al minimo rumore, come il suo sguardo guizzava avanti e indietro tra la porta e la finestra, come stava aggrappata ai braccioli della poltrona, e la sua cautela nell'evitare di sedersi dando le spalle alla porta della cucina. "Senti, telefoniamo a mamma. Lei e papà non sanno ancora della rapina. Ho provato a chiamare due volte mentre tu eri a Nairobi, ma non ha risposto nessuno, e poi ho pensato che la cattiva notizia poteva aspettare. Adesso però dovremmo dirglielo. E chiedere se hanno fatto qualche programma per tornare a casa."

Lei lo guardò per un momento, lo abbracciò. "Sì, Piet. Chiamiamoli subito. Voglio riaverli qui il più presto possibile."

Quando presero la comunicazione, fu Piet a parlare per primo, a raccontare a Lottie l'incubo della rapina, dicendole dello sfregio sulla fronte di Camilla, della sparatoria in cui Lars era rimasto ferito, e tutto quel che era successo dopo.

"Grazie a Dio tu e Hannah siete illesi, e anche Sarah. Ma la faccia di Camilla... Quella povera ragazza ha già avuto così tanti problemi, giovane com'è", commentò Lottie. "E Lars, che ha fatto così tanto per noi tutti. Sono tempi grami, Piet."

"Mamma? Quando arrivi?" Hannah aveva strappato il ricevitore di mano a Piet. "Non vedo l'ora che tu sia qui."

"Tesoro, non posso venire adesso." Lottie aveva percepito la disperazione nella voce della figlia. "Tuo padre non sta bene e non posso lasciarlo."

"Intendi dire che è ubriaco." Hannah sentì l'amarezza salirle alla bocca.

"Mi dispiace, Hannah. Sta facendo del suo meglio, ma è difficile qui. Kobus non gli dà pace, il che peggiora ulteriormente le cose. Non posso lasciarlo solo per il momento. Forse a Natale, e per allora potrebbe essere pronto a venire anche papà."

"Ma io ho bisogno di te *adesso*. Non sono importante anch'io? O vuoi farmela pagare in eterno per essere scappata e averti lasciata lì con lui? Ti prego, mamma, torna."

"Oh, Hannah." La voce di Lottie lasciava trasparire quanto fosse provata. "Devi capire. E per un po' dovrai cavartela da te. Non sempre le cose vanno come vorremmo, è la vita."

"Ma tu non sai com'è adesso qui, dopo la rapina. E non sappiamo nemmeno chi fossero, o se torneranno!"

"Verrò appena possibile. È dura anche per me, e stanno succedendo brutte cose in questo Paese. Sono qui da sola per la maggior parte del tempo e la casa è isolata. Credimi, sarei felice di essere a Langani." Un'incrinatura nella voce, quasi un singhiozzo. "Ma penserò a te ogni giorno. A te e a Piet. Vi amo tanto tutti e due."

Hannah udì lo scatto della linea interrotta e rimase lì a fissare il ricevitore, la delusione che le montava dentro come un uragano. La gelosia si era insediata come una tenia fin dentro le sue viscere. Si voltò di scatto e Piet la prese tra le braccia, consapevole della sua frustrazione. Avrebbe voluto dire qualcosa per confortarla, ma l'espressione che le lesse in viso lo trattenne. Per il resto del pomeriggio e la serata le stette vicino, rimandando qualunque cosa andasse fatta fuori casa, accompagnandola quando lei andò alla latteria e alle stalle.

"Ricorda che io sono nella stanza accanto, se avessi bisogno di qualcosa durante la notte", le disse mentre finivano una semplice cena davanti al fuoco. "Non devi fare altro che chiamare, sorellina. Mwangi e Kipchoge stanno entrambi a dormire in casa, per il momento. Li ho sistemati temporaneamente di fianco alla dispensa. E in più ci sono due dei figli di Juma di guardia fuori."

"È meraviglioso essere costretti a vivere in stato d'assedio in casa nostra", borbottò Hannah con sarcasmo. Poi vide l'espressione di Piet e mitigò il tono. "Lo so, è solo finché riescono a trovare quei maledetti bastardi. Ma è la mia prima notte a casa, ed è difficile. Domani andrà meglio. Credo che adesso andrò a letto."

"Han, prendi questa." Piet le porse una pistola carica. "Per maggiore sicurezza. Ti sentirai più tranquilla con un'arma a portata di mano. Puoi tenerla sotto il cuscino."

Lei prese il revolver senza una parola e andò nella sua camera, chiudendo la porta a chiave. Prima di mettersi a letto prese una torcia dal cassetto del comodino e la mise sotto il cuscino assieme alla pistola. Tutt'attorno a lei i suoni della notte erano cambiati, ogni scricchiolio della vecchia casa era diventato una minaccia. Il generatore tossicchiò e le luci si spensero gradualmente, finché fu immersa nell'oscurità totale. Alle quattro del mattino era ancora sveglia, i muscoli indolenziti tanto erano contratti dall'ansia, gli occhi aridi e brucianti. Si sentiva come se fosse legata a un qualche strumento di tortura che le tirava la mente e il corpo fino allo stremo. Ed era arrabbiata con se stessa. Se non riusciva a trovare il coraggio per andare avanti, se non era capace di prendere sonno nel letto in cui aveva dormito per vent'anni, avevano vinto loro. Non voleva lasciare che accadesse, non voleva essere sconfitta. Alla fine scivolò in un sonno misericordiosamente privo di sogni e visioni, finché l'alba si insinuò attraverso uno spiraglio tra le tende e Hannah si svegliò, scoprendo che il mondo era un posto di straordinaria bellezza.

L'ispettore Jeremy Hardy arrivò poco dopo colazione, la faccia rubizza velata di preoccupazione quando notò le occhiaie di Hannah e il suo viso tirato.

"Temo non ci sia niente di nuovo", disse, accettando una tazza di caffè. "Finora, è un incidente isolato. Non sono stati denunciati casi simili in altre fattorie. Insomma, quel che voglio dire è che non sembra un'azione politica."

"Forse. Ma so che i nostri vicini sono allarmati. Scommetto che ci saranno altri assalti, Jeremy, finché non avrai preso quei bastardi." Hannah rifiutava di prendere in considerazione quel che lui stava cercando di dirle.

"Ne ho discusso con Piet, cara, e lui pensa che la mia teoria sia giusta."

"Quale teoria?"

"Il vostro bestiame è stato ucciso in un modo molto particolare. E in retrospettiva sembrerebbe che qualcuno abbia cercato di appiccare il fuoco vicino al lodge. E adesso avete subito una rapina in casa. Tutti attacchi diretti a Langani. Quindi, potreste avere a che fare con qualcuno che ce l'ha con voi personalmente."

"Ma non abbiamo avuto nessun vero *shauri* di recente", insisté Hannah. "Eccetto un vecchio mandriano beone che abbiamo dovuto licenziare, e Piet gli ha dato tre mesi di salario come liquidazione perché gli faceva pena. Da allora lo vediamo spesso sulla strada, beatamente ubriaco, col suo sorriso ebete e sdentato. Non posso credere che abbia del rancore nei nostri confronti, e non sarebbe capace di uccidere vacche o cani, o di organizzare una rapina a mano armata in casa nostra. Non ha alcun senso." Hannah si premette le dita sugli occhi in un gesto stanco.

"Può darsi che tu abbia ragione", disse Jeremy con gentilezza. "Ma lo sai com'è quella gente. Un momento sono dipendenti fedeli, e il successivo pensano di essere stati ingannati, o avere subito qualche torto, e perdono la testa. Sono imprevedibili come bambini."

"Quei bastardi venivano da fuori", affermò Piet. "E adesso se ne sono andati con due delle nostre pistole, oltre ai *panga* che già avevano. Per cui sarà meglio trovarli, prima che ammazzino qualcuno. Ci è andata bene che Lars quella sera fosse fuori, e sia tornato in tempo, prendendoli di sorpresa. Ma avrebbe potuto lasciarci la pelle. Non hanno esitato a spararagli. E ho rischiato grosso anch'io. Farai meglio a sveltire le indagini, amico. Metti qualche altro uomo a lavorare su questo caso e cercate di ottenere un risultato."

"Che cosa conti di fare per le armi che ti sono state rubate?" gli domandò Jeremy.

"Le ho rimpiazzate quando sono andato a prendere Hannah a Nairobi, come pure le munizioni. È stata una spesa di cui avrei fatto volentieri a meno."

"È possibile che stiamo cercando qualcuno di quelli che avete sorpreso a rubarvi la rete delle recinzioni, o a far pascolare il bestiame nei vostri terreni senza permesso", ipotizzò Jeremy. "Qualunque sia il movente, faremo tutto quel che possiamo. Ve lo prometto. A proposito, come sta Lars? Gli abbiamo mandato una bottiglia di scotch. Gli sarà più utile di un altro mazzo di fiori, se le infermiere non gliela portano via."

"Si sta riprendendo bene", rispose Hannah. "Starà via per un altro paio di settimane, e poi dovrà prenderla con calma per un po'."

"Meno male. Maureen mi ha chiesto di invitare te e Piet per pranzo e due tiri a tennis, domenica. Voglio approfittare dell'assenza di Lars e del suo rovescio micidiale. Potrei persino vincere un set o due, con lui fuori combattimento."

Hannah gli fu grata di quel tentativo di introdurre un argomento di conversazione normale. "Non so per questo fine settimana, ma presto sì, molto volentieri."

Più tardi telefonò Anthony. Aveva saputo la notizia a un lodge dove aveva portato i clienti per un pranzo e una nuotata.

"Potrei venire lì domani sera, se ti fa piacere", si offrì. "Posso lasciare i miei clienti qui nel Mara e passare la notte da voi."

"No. Ti ringrazio, è molto carino da parte tua, ma è troppo

lontano", rispose Hannah. "Dovresti guidare tutto il giorno su quelle strade terribili, e poi alzarti all'alba per tornare indietro. Saranno nove o dieci ore di viaggio. Non è il caso, davvero."

"Ti darebbe fastidio avere un ospite per una notte?" domandò Piet alla sorella dopo una settimana che era a casa. "Viktor vorrebbe venire a controllare i mobili prima che li portiamo dal laboratorio al lodge, nel caso ci sia qualche perfezionamento da fare."

Il morale di Hannah si sollevò di colpo. Viktor avrebbe potuto aiutarla a dimenticare le sue paure, riempirle la testa di bizzarrie e nuove idee e strane poesie a lei incomprensibili. Non vedeva l'ora che fosse lì. Quando lui arrivò, la sera dopo, aveva accantonato i soliti jeans a favore di un paio di pantaloni di lana italiani e una camicetta di seta che le aveva regalato Camilla. Piet la guardò sorpreso al suo ingresso in soggiorno prima di cena. Si era raccolta i capelli in uno chignon elaborato, messa il rossetto e qualcosa sugli occhi che li faceva apparire molto luminosi. Viktor scattò in piedi e le baciò la mano, e lei lo guardò un po' impacciata. I suoi capelli corvini si arricciavano sul colletto della camicia, e teneva un sigaro tra le labbra. Il volto era dominato da un naso importante e folte sopracciglia nere che gli davano un po' l'aspetto di un rapace. Aspirò una boccata di fumo e le rivolse un largo sorriso. La sua bocca era carnosa e sensuale, e linee profonde formavano due parentesi ai lati.

"Sei bellissima", le disse, ancora tenendole la mano. "Come una regina guerriera. Brunita, forte e magnifica. Più tardi ti reciterò una poesia che descrive come sei questa sera. Ora, dimmi di te mentre ceniamo."

Hannah fu stupita di ritrovarsi a raccontare quel che era accaduto alla fattoria, e degli sforzi di immergersi nel lavoro per mettere da parte la traumatica esperienza. Parlò della sua giornata con un nuovo entusiasmo, mentre Piet stava per lo più in silenzio, contento di vedere la sorella così animata, le ombre sparite dai suoi occhi. Viktor la ascoltava con attenzione, incoraggiando le confidenze ed esprimendo interesse per tutto quel che lei diceva. E Hannah era lusingata. L'aveva definita bellissima, una regina guerriera. Conosceva una poesia che la descriveva, aveva detto. Non la considerava soltanto un'ombra di suo fratello, una robusta contadinotta *afrikaner* che poteva aspirare giusto a mettere su famiglia con qualche bifolco. Quello era un uomo che aveva studiato in Europa, un poeta e un architetto che faceva parte della scena sociale di Nairobi, e stava flirtando con lei. Cominciò a rispondere ai messaggi dei suoi occhi neri e lampeggianti.

"Ma non puoi pensare soltanto al lavoro", le disse lui. "Devi prenderti il tempo di ridere un po', giocare ogni tanto, non essere sempre seria. Io ti insegnerò a farlo."

"Di sicuro non adesso." Hannah rise. "Mi bruciano gli occhi, ed è ora di andare a letto."

"Giusto", annuì Piet. "Andremo al laboratorio domani mattina presto a vedere i tavoli e le sedie, Viktor. Ti auguro una buona notte."

"Il generatore si spegnerà tra una ventina di minuti", lo avvertì Hannah. "Dovrai accendere la lanterna quando entri nella tua stanza."

"Tu sei tutta la luce di cui ho bisogno. Il tuo sorriso potrebbe rischiarare l'intera Langani, e allora non mi servirebbe altro." Viktor si alzò e le baciò la guancia. "Buona notte. Grazie della squisita ospitalità."

Il mattino seguente andarono a esaminare i mobili che Viktor aveva disegnato; aveva l'abilità di spiegare quel che voleva nei termini più semplici e ottenere il meglio dagli artigiani che lavoravano per lui, ispirandoli con commenti acuti e correggendone gli errori con un misto di tatto, spirito e persuasione. Hannah fu delusa, quando disse che non si sarebbe fermato per pranzo.

"Ho ricevuto una chiamata da Nairobi", spiegò. "Il mio grande talento è richiesto là questo pomeriggio, per un incontro molto noioso. Tornerò, se tu mi dici che sono bene accetto."

Arrivò una lettera di Sarah. Non aveva ancora annunciato ai genitori il suo programma di tornare in Kenya a lavorare per i Briggs, ma non avrebbe potuto aspettare a lungo, ed era in ansia per la loro reazione. Di Camilla nessuna notizia. Hannah capiva che il rischio di uno sfregio permanente sulla fronte fosse la sua priorità al momento, ma sperava non tardasse troppo a chiedere al padre di interessarsi alla questione dei sussidi per Langani. Era stata costretta a ricomprare una quantità di cose per la casa che erano state portate via dai rapinatori; inoltre stavano pagando guardiani supplementari per la sorveglianza notturna, e avevano bisogno di denaro per le recinzioni e di ulteriori pattuglie di vigilanza contro i bracconieri. Piet era in giro per la fattoria o al lodge in ogni ora di luce, mentre Hannah spulciava i conti cercando nuovi modi di ridurre i costi. La notte, faticava ancora a dormire. A ogni minimo rumore si ritrovava a fissare il buio minaccioso, dove le ombre celavano insidie in agguato. Fu sollevata quando finalmente andò a Nairobi a prendere Lars per riportarlo a casa.

Lui stava abbastanza bene, ed era contento di tornare alla fattoria. Hannah lo abbracciò aiutandolo a scendere dalla macchina a Langani, e Piet arrivò a salutare l'amico con una pacca sulla schiena, poi disse a Mwangi di portare delle Tusker fredde. Nel pomeriggio andarono al lodge e fecero un giro lungo il perimetro della proprietà. Più tardi, Hannah entrò in ufficio e trovò Lars intento a controllare i registri e ad aggiornarsi su ordinazioni e conti.

"Ci hai salvato la vita, Lars", gli disse. "Non lo dimenticherò mai."

Lui intuì che c'era qualcos'altro che Hannah avrebbe voluto dirgli; ma lei esitò e poi cambiò idea, mettendosi a sfogliare un fascio di carte.

"Che cosa stavi per dire?" la esortò. Hannah scosse la testa, ma lui insisté con gentilezza. "Dimmelo. È importante che tu senta di poter parlare con me."

"Hai pensato che saresti morto?" gli domandò allora lei con voce a stento udibile. "Hai avuto paura, Lars? Io sì, tanta, e adesso non riesco a riprendere dal punto in cui ero prima. A volte di notte sto sveglia e sento qualcosa fuori... un guardiano, o un irace che sgattaiola attraverso la veranda, e so che sono rumori che sento da tutta la vita. Eppure comincio a tremare sempre più forte, tanto da battere i denti, finché mi sembra di sfasciarmi. Non so che cosa fare, e non voglio che Piet si accorga di come sono ridotta."

Lars allungò una mano ad accarezzarle i capelli dorati, come se stesse consolando una bambina. "Passerà, Hannah. Col tempo passerà tutto. Adesso ci sono qui io ad aiutarti quando hai paura. E forse presto ci saranno anche Lottie e tuo padre."

"Su questo non conterei molto", sospirò Hannah. "E nel frattempo il nostro scoperto è risalito fin quasi al limite, tra l'avere meno latte da vendere, più *watu* da pagare, e tutte le cose che ci servono per completare il lodge. Certe volte non so proprio come faremo."

"Supereremo tutte queste difficoltà, e poi saremo più forti e uniti che mai", la rassicurò lui.

Guardandolo, Hannah sentì tornare la fiducia. In passato non lo aveva mai visto come un uomo sensibile. Era Lars, il direttore assunto da suo fratello che non aveva tempo da perdere con le sue teorie sulla gestione della fattoria e non prendeva le sue opinioni con la serietà che lei riteneva meritassero. Ma in sua assenza si era resa conto di quanto lui fosse vitale per l'azienda, più importante che mai adesso che il lodge era prossimo a essere ultimato. E il Lars di oggi l'aveva ascoltata senza criticarla, senza far sembrare banali le sue paure. Era stato incoraggiante e di conforto. Aveva parlato come un vero amico. Doveva stare attenta a non sciupare quel nuovo equilibrio tra loro. E il tempo avrebbe aggiustato il resto.

Viktor tornò il weekend seguente, portando vino francese e champagne da Nairobi, e una cassetta termica piena di aragoste fresche che un cliente soddisfatto gli aveva mandato dalla costa quel mattino.

"Non penso che Kamau sia molto pratico di aragoste", osservò Hannah.

"Allora le prepareremo insieme. Andrò in cucina ad aiutarlo."

Hannah non era sicura di come il vecchio cuoco avrebbe accolto l'idea, ma nel giro di qualche minuto Viktor lo aveva conquistato; e lui gli mostrò il suo regno con orgoglio. La cena fu una parentesi lieve e frivola, con Lars che osservava la faccia di Hannah accaldarsi e i suoi occhi farsi luccicanti per l'effetto del vino e delle lusinghe. E con la gelosia che prese a insinuarsi nella sua mente, permeando ogni pensiero, rendendolo acido e scostante. Piet si chiese come avesse fatto a non accorgersi dei sentimenti di Lars per la sorella prima d'ora. Più tardi, Viktor monopolizzò la conversazione citando poeti romantici e proprie composizioni.

Cercando Hannah il mattino dopo, Lars scoprì che era uscita presto per andare al lodge con Viktor. Imprecò sottovoce, indeciso se raggiungerli. Forse Piet era lassù, nel qual caso l'avrebbe tenuta d'occhio. Tutti conoscevano le storie degli exploit di Viktor a Nairobi, a Nanyuki e sulla costa, le sue sfrenate scorribande tra donne e bevute. Era un tipo divertente e pittoresco, ma non bisognava permettere che aggiungesse Hannah alla lista delle sue conquiste. Lei era così indifesa, così vulnerabile in quel momento. Si sarebbe lasciata facilmente influenzare o sedurre da qualcuno che non aveva un nesso con la fattoria e i suoi problemi, qualcuno che veniva da una vita diversa, brillante e turbinosa. Lars cercò di pensare a come metterla in guardia, indirettamente e con il tatto che la situazione richiedeva. Ma lui non era un uomo da sottili allusioni, da parole velate tra le righe, e non sapeva come farle arrivare il messaggio senza che si arrabbiasse. E senza farle vedere quanto fosse arrabbiato lui stesso.

Quando Viktor apparve per il terzo weekend di fila, Piet non riuscì più a nascondere la propria preoccupazione.

"Hannah, mi fa piacere avere qui Viktor occasionalmente", disse alla sorella. "È divertente e di compagnia, preso a piccole dosi. Ma sta' attenta: ha una reputazione per quel che riguarda le donne..."

"Non essere sciocco", lo interruppe lei. "Sta lavorando a un nuovo lodge sugli Aberdare, e facendo qualcos'altro su nel Samburu. Questo per lui è un posto ideale dove stare nel fine settimana, invece di dover tornare fino a Nairobi. E per giunta sta controllando l'ultima fase della costruzione qui, senza nemmeno farsi pagare."

"È un architetto fantastico, sono d'accordo, e assolutamente coscienzioso nel suo lavoro. Ma non impegolarti con lui, Han. Non è una persona di cui ci si possa fidare per quel riguarda le relazioni uomo-donna."

"Oh, santo cielo, Piet!" Hannah sbatté sul tavolo il registro che aveva in mano. "Non mi sono impegolata con nessuno. Viktor mi fa ridere quando è qui, e questo è magnifico. Sto facendo i salti mortali per far quadrare le cose, e ho bisogno di qualche distrazione. Inoltre, non sono un innocente fiorellino che non ha mai avuto alcuna esperienza con un uomo." Vide l'espressione sbalordita del fratello e sorrise. "Su, Piet, siamo negli anni Sessanta, anche a Nanyuki. Le ragazze non portano più la cintura di castità, e non è un reato divertirsi un po'. Adesso non parliamone più e pensiamo a mandare avanti la nostra azienda."

Piet sospirò. Sua sorella era volitiva e ostinata, e aveva scelto il modo sbagliato di metterla in guardia su Viktor. C'era solo da sperare che lui si stancasse presto di Hannah e della fattoria e se ne andasse in cerca di qualcosa di nuovo prima di fare danni. Ma non passò molto che Viktor telefonò di nuovo.

"Sono a Nanyuki", disse ad Hannah. "Pensavo di venire a vedere come te la passi. Sono stanco di operai, foreste, direttori d'albergo e scadenze. Ho bisogno di una pausa, se mi accetti."

Quando sentì la sua macchina arrivare rombando alla fattoria, Hannah gli andò incontro; con sorpresa lo vide aprire il bagagliaio e tirarne fuori un grande oggetto avvolto in tela di sacco. Chiamò Mwangi perché lo aiutasse a portarlo dentro, poi stette a osservare Viktor rimuovere il telo: era una scultura di bronzo, un leopardo accovacciato su un ramo, tutto furtività, grazia e forza.

"È magnifico", disse. "Che cosa ne farai?"

"È opera di un mio amico di Nairobi. L'ho comprato per tuo conto, perché devi assolutamente prenderlo per il lodge. Sarà un perfetto punto focale sul grande tavolo al centro della sala comune, con tutti i tuoi libri e i fiori. Sembra fatto apposta."

Lei approvò immediatamente, e quando Piet e Lars arrivarono dal laboratorio li condusse subito nel soggiorno.

"È splendido", commentò Piet. "Ma non possiamo permettercelo. È di uno scultore di nome Martin Voorman, e le sue opere sono molto costose. Troppo per noi, al momento."

"Ma ho detto a Viktor che lo avremmo preso", protestò Hannah. "Ha ragione sul fatto che ci serve un pezzo artistico in quella grande sala. Uno solo, ma di pregio. Alzerà il tono di tutto l'ambiente. E io conosco le nostre finanze meglio di chiunque altro. Voglio tenerlo."

"È fuori questione." Piet era irremovibile. "Temo che dovrà riportarlo a Nairobi. O venderlo a qualcun altro."

Hannah si sentiva un'idiota. "Non penso che dovresti scavalcare le mie decisioni", disse. "Sono stata io a comprare tutto per il lodge. Ho fatto le tende, i cuscini e i copriletto, e ho rimediato vecchie stampe che non costavano niente. Ma voglio quest'unica cosa che ha carattere, è bella. Non trovi anche tu che sia una scultura magnifica, Lars?"

"È un bel pezzo, *ja*. Però penso dovresti tenere conto di quel che Piet sta dicendo."

"E io penso che questo sia il mio campo, e non ammetto che voi due vi coalizziate contro di me. Sono perfettamente in grado di prendere questa decisione, e non cambierò idea."

"Questo è infantile, Hannah. È un lusso che non possiamo permetterci."

"Ho già annotato l'uscita sul registro. E ho dato un assegno a Viktor."

"Hai agito in modo a dir poco irresponsabile!" Piet era furioso.

"Irresponsabile? Come osi darmi dell'irresponsabile, quando ho lesinato e risparmiato e lavorato giorno e notte per il tuo lodge? E adesso mi rimproveri di avere comprato questo unico pezzo di valore. Be', io non lo rimanderò indietro, e non ti permetterò di farmi fare la figura dell'idiota chiedendo a Viktor di restituire l'assegno. Quindi smettetela di fare i prepotenti, tutti e due, o ve ne pentirete."

Piet era paonazzo d'ira mentre usciva a grandi passi dall'ufficio. Lars rimase sulla soglia, a fissarla in silenzio.

"Non occorre che tu aggiunga altro." Hannah lo guardò freddamente. "È tardi e devo prepararmi per la cena. Scusami."

Lo oltrepassò e andò nella sua stanza, dove pescò dal guardaroba un maglione con una profonda scollatura a V e una gonna molto corta. Viktor non ricevette un'accoglienza troppo calorosa quando si presentò per la cena, elegante e azzimato, con una boccetta di profumo per Hannah e una poesia che affermava di avere scritto per lei. Lars la osservò mentre si accomodava sul divano, accettava il regalo, lasciava che Viktor la baciasse sulla guancia e trattenesse la sua mano più a lungo del necessario. E poi quando lui le fece scorrere le dita lungo il braccio, e lei rabbrividì un poco, guardandolo con un'espressione istupidita. Durante la sera, Piet poté avvertire l'elettricità nell'aria, la tensione tra loro; Viktor non sembrava averla notata. Lars rifiutò il caffè e si ritirò nell'ufficio, chiudendo la porta su tutto quel che non voleva vedere né udire.

"Non fare troppo tardi, Hannah", raccomandò Piet lasciando la stanza mezz'ora dopo, riluttante ma incapace di impedire ai proprio occhi di chiudersi. "Domani devo andare a Nairobi, ricordi? Sarò di ritorno tra un paio di giorni, con i ricambi per il trattore e i tappeti di sisal che hai ordinato. E tu hai un programma parecchio denso qui."

"Niente che non possa aspettare un giorno", ribatté lei in tono di sfida. "Non ho spesso occasione di stare su fino a tardi e godermi della buona compagnia, e se per una volta non mi alzo presto al mattino la fattoria non andrà in rovina. Abbiamo anche un direttore, in fin dei conti."

Quando Mwangi ebbe portato via il vassoio del caffè e si fu ritirato, Viktor si fece più vicino ad Hannah sul divano. Lei non fiatò quando sollevò le dita a seguire il contorno del suo viso, la curva delle sopracciglia e il rilievo delle labbra, facendola rabbrividire. Quando si chinò per baciarla si irrigidì, incerta di quel che voleva; ma poi gli mise le braccia intorno al collo e schiuse la bocca, per sentire il suo sapore. Le mani esperte di Viktor si mossero sul suo corpo come se stesse suonando uno strumento, ricavandone accordi di piacere. Non era mai stata toccata così prima, e si ritrasse, timorosa di quel che avrebbe potuto succedere.

"Viktor!" Aveva il fiato corto. "Non possiamo farlo qui... Quello che voglio dire è che non sono sicura di quel che sento in questo momento. Viktor... ascoltami."

Ma lui la zittì alzandosi e tirandola su con sé.

"Adesso farò l'amore con te", le bisbigliò all'orecchio, e lei sentì una scarica elettrica correrle attraverso le vene. "È ora di fare qualcosa di gioioso. Vieni. È ora."

La prese per mano e lei lo seguì nella camera degli ospiti, chiudendo la porta dietro di loro. Viktor la baciò di nuovo, poi la prese in braccio e la adagiò sul letto. Hannah era nervosa, ma colma del desiderio di lui. Viktor le sciolse i capelli e vi fece scorrere attraverso le dita, aprendoli a ventaglio sul cuscino intorno al suo viso. Le dita si fecero impazienti mentre le sbottonava la camicetta; Hannah cominciò a spogliarsi, perché voleva che la vedesse nuda. Non era più timida o esitante quando lui si sbarazzò dei propri vestiti, gettandoli sul pavimento. Gli passò le mani sul petto e sull'addome e lo tirò giù sopra di lei. Fu impossibile restare in silenzio mentre la baciava e si muoveva con lei, portandola a un'intensità di piacere che mai aveva conosciuto. Dopo rimasero sdraiati al buio, mentre lui le accarezzava la pelle morbida all'interno delle cosce. Più tardi fecero di nuovo l'amore. Più gentilmente, questa volta, più lentamente, e Hannah si sentì come se stesse fluttuando, languida e bella, in una perfetta beatitudine. Si chiedeva se il suo corpo potesse sopportare quel che stava succedendo, o se si sarebbe dissolta completamente, per non rientrare mai più nei limiti del mondo normale.

L'alba tinse il cielo di un rosso oro intonato al suo stato di grazia. Era il mattino più bello che lei riuscisse a ricordare. Viktor dormiva ancora, e stette a osservarlo per un po'. I suoi capelli erano più neri di qualunque cosa Hannah avesse mai visto, e le piaceva come gli ricadevano sulla fronte, e come il colore olivastro della sua pelle spiccava nel groviglio di lenzuola e coperte. Lo baciò lievemente, per non svegliarlo. Poi sgusciò fuori dal letto, uscì dalla stanza e attraversò furtivamente la casa per raggiungere la sua camera, sperando che la servitù non la vedesse.

Aspettò di sentire Piet partire per Nairobi prima di andare a fare colazione. Mwangi le disse che *bwana* Lars era uscito presto e non sarebbe tornato fino a sera. Hannah ordinò caffè e pane tostato e scoprì che stava morendo di fame, che tutto aveva un sapore delizioso, che non poteva togliersi Viktor dalla testa. Ebbe l'impulso di tornare nella sua stanza e togliersi i vestiti per fare di nuovo l'amore con lui, ma sapeva di doverlo aspettare lì e si mise a sedere, fremente di impazienza, chiedendosi se lui l'avrebbe guardata nello stesso modo della notte prima. Quando udì i suoi passi, credette che si sarebbe sentita male. Lei non avrebbe potuto reagire, in alcun modo. Poi Viktor si fermò dietro la sua sedia, le posò le mani sulle spalle e fece scivolare le dita ad accarezzarle i seni attraverso la camicetta. Lei non avrebbe potuto reagire in alcun modo. Poi Mwangi arrivò a prendere l'ordine per la colazione, e Hannah non seppe stabilire se la stesse scrutando o fosse soltanto la sua immaginazione.

Passarono la giornata in riva al fiume, portandosi colazione al sacco, binocoli e canne da pesca. Le sponde erano animate dai richiami degli uccelli; una processione di scimmie colobo saltava tra i rami degli alberi sopra di loro, il lungo pelo bianco e nero svolazzante come un mantello. Quando Hannah udì il verso rauco di un leopardo in lontananza si aggrappò a Viktor con scherzoso allarme, e lui la baciò e insinuò la mano sotto la cintola dei suoi jeans, a ridestare la sua eccitazione. Fecero l'amore nascosti tra gli alberi lungo la riva. Più tardi lui la fece ridere con i suoi tentativi di pescare trote, passando buona parte del tempo a sbrogliare la lenza impigliata tra i rami. Alla fine riuscì, per puro caso, a catturare una grossa trota arcobaleno. Hannah ne prese due.

Lars era seduto alla scrivania quando lei tornò a casa. Alzò lo sguardo, e lei gli lesse con rammarico la gelosia e l'infelicità negli occhi.

"Come vanno le cose?" gli domandò disinvolta.

"Un gran daffare."

"Ho detto a Kamau che ceneremo verso le nove."

"È molto tardi", commentò Lars. "Mangiamo sempre per le otto, e ho avuto una giornata piuttosto faticosa."

"Viktor è andato a riposare un po', e io devo ancora fare la doccia."

"Oh, non sia mai che Viktor venga disturbato, se sta dormendo." Il tono di Lars era sarcastico. "Ora scusami, devo andare a controllare il generatore. Hanno avuto qualche problema questo pomeriggio. Dubito che potrò presentarmi a tavola tutto in tiro e profumato di dopobarba, ma spero che sarò ugualmente invitato a cenare con voi."

"Non essere così stupido, Lars", si stizzì Hannah. "Stai facendo il bambino perché non ti garba che abbia passato la giornata fuori con Viktor, e che la tua cena è in ritardo. Sei uguale a Piet, tutto deve rientrare nei vostri schemi. Sembrate due vecchi coniugi fossilizzati nella routine. Io invece ho passato una giornata assolutamente *lekker*, se vuoi saperlo. Mi sono divertita come non mi accadeva da tempo, e non sarai tu a guastare tutto."

A cena lui fu taciturno; rispondeva a Viktor a monosillabi, e rifiutò di incontrare lo sguardo di Hannah quando lei fece notare che proprio lei e Viktor avevano pescato le trote che Mwangi stava servendo.

"È molto bello lungo il fiume", disse Viktor. "Un posto che Shakespeare avrebbe sognato per l'ambientazione delle scene nella foresta. Piet e io inizialmente avevamo parlato di costruire lì il lodge, ma il *kopje* aveva una così bella vista, anche se abbiamo dovuto pompare l'acqua lassù."

"Così, avete passato la giornata al fiume?" Alla fine, Lars cercava in qualche modo di prendere parte alla conversazione.

"Sì", annuì Viktor. "Un vero paradiso. Non me ne sarei più voluto andare. Non vorrei più andarmene da nessuna parte dopo Langani, in effetti, purtroppo dovrò farlo domattina presto."

Lo stomaco di Hannah ebbe un sussulto. "Pensavo che saresti rimasto fino a lunedì."

"Devo tornare alla frenesia della città. Al mondo reale fatto di lavoro, rumore e seccature. Sono costretto a lasciare questo luogo incantevole di aria fresca e splendore naturale", disse con uno svolazzo della mano. Hannah detestò la sua espressione giuliva. "Partirò per Nairobi di buon'ora, altrimenti potrei essere sedotto da chissà quale follia."

Dopo cena Lars borbottò una scusa e uscì nella notte; Viktor invece si servì del brandy e accese un sigaro. Hannah si sedette accanto a lui, inalando l'aroma ricco e pungente del tabacco, contando i secondi nell'attesa che Mwangi arrivasse ad augurare la buona notte così da averlo tutto per sé. Bastava che lui la sfiorasse, per far scoccare scintille di desiderio. Hannah sorrise della propria impazienza, e mancanza di inibizione. Quando finalmente furono soli le si buttò addosso, ridendo, e lei gli si gettò tra le braccia, baciandolo con avida delizia, finché lui l'aiutò ad alzarsi e la condusse in camera da letto.

Quando venne il momento di salutarsi fu come se non ci fosse mai stato niente tra loro. Lars era al fianco di Hannah, ombroso e taciturno, mentre Viktor le dava un bacio sulla guancia e saliva in macchina. Lei si voltò e salì gli scalini del portico, cercando senza successo di nascondere il senso di abbandono. Non le aveva detto quando sarebbe tornato. Non le aveva detto niente. Il mattino era splendente, inondato di sole, canti di uccelli, profumo di fiori, ma Hannah non se ne accorse.

"Sono lieto che tu oggi non abbia distrazioni", disse Lars. "C'è parecchia corrispondenza urgente da evadere."

"Non è più urgente di quanto lo fosse un paio di giorni fa", ribatté lei. "Non essere così pesante, Lars, santo cielo! Sei nero come una nuvola di temporale e mi stai rendendo nervosa."

"Forse perché sono preoccupato per te."

"Ascolta, Lars, dobbiamo lavorare insieme, e sarebbe il caso che cercassimo di andare d'accordo. Sono mesi che mi arrabatto con i problemi con la banca, con le vacche, l'arredamento del lodge e i mugugni del personale. E adesso mi sono regalata un leopardo di bronzo e un po' di svago. Penso dovresti essere contento che mi sento meglio. E invece sei arrabbiato, forse persino geloso."

Lui raccolse la provocazione e partì in quarta. "Sì. Sono molto geloso, se vuoi saperlo. Sono molto geloso perché ti amo, Hannah. Sono innamorato di te e stavo aspettando il momento giusto per dirtelo, quando fossimo stati da qualche parte io e te soli. Ho paura di quel che ti sta facendo quell'uomo, con il suo vino, i suoi profumi e tutte le cose raffinate che ti porta da Nairobi. Quindi voglio che tu gli dica che non può venire qui ogni weekend come se questo fosse un albergo. Non può portarti via e..."

"Io non gli dirò niente del genere", si spazientì Hannah. "È l'architetto di Piet, e suo amico, e può venire a Langani come e quando gli pare. E io sono perfettamente in grado di badare a me stessa."

"Io ti amo, Hannah. Hai sentito o no quel che ti ho detto? Sono innamorato di te!" Era orribilmente consapevole che quello non era il momento di insistere, ma non riuscì a trattenersi.

"Oh, Lars, non posso parlare di questo adesso. Sono confusa. Mi sento come se fossi il lato corto di un triangolo tra te e Piet, e nessuno dei due mi ritiene veramente capace, o dotata di un cervello. Tu sei un'ottima persona, Lars. Hai impedito alla fattoria di andare a fondo. Sei stato gentile con me, e sei il migliore amico di mio fratello. Ma siamo tutti troppo legati in un altro modo, bloccati nei soliti vecchi problemi giorno dopo giorno." Si passò la mano sugli occhi, cercando qualcosa di saggio ed equilibrato da dire. "Non posso pensarci adesso, e non mi sento di parlarne. Mi spiace."

Lui si allontanò, imprecando tra sé. Hannah non avrebbe voluto ferirlo o renderlo infelice, ma si sentiva in trappola. Non aveva mai avuto l'opportunità di finire gli studi, viaggiare in Europa, incontrare persone al di fuori del suo ambiente. Se pensava a Sarah che andava all'università in Irlanda, al successo di Camilla e alla sua vita scintillante, sebbene potesse essere ormai un capitolo chiuso per lei, si sentiva angustiata dai propri stretti confini. Non c'era denaro per consentirle di andare all'estero, o persino passare un weekend a Nanyuki. Tutto doveva essere sacrificato alla fattoria, al lodge di Piet. Ed era giusto, non lo metteva in discussione. Langani era la sua casa, il posto che le era più caro al mondo, il centro del suo universo. Ma desiderava qualche diversivo, un assaggio di esotismo nella sua vita, qualcosa che la facesse sentire spensierata, bella e libera soltanto per un po'. Come Viktor. Viktor che le raccontava storie colorite, e disegnava immagini con le parole e con tratti di matita. Viktor che l'aveva baciata e accarezzata, guardata con quel suo sorriso impudico bisbigliandole indecenze. Pensò a lui ora, ricordò come l'aveva stuzzicata con la sua irresistibile sfrontatezza, rovesciò la testa all'indietro e rise forte mentre andava alla latteria.

15

Londra, settembre 1965

"Che cazzo è successo alla tua faccia?" Ricky Lane fissava Camilla a bocca aperta. Alzò le mani a coprirsi gli occhi e le lasciò ricadere gemendo con deliberata teatralità. "Ti rendi conto che si presume tu debba essere a New York tra sei giorni? E tu che fai? Ti presenti qui tutta pesta e bendata con un look da contessa Dracula!"

"Potresti provare con 'ciao, bentornata'", disse Camilla. "Sono rimasta coinvolta in una rapina a mano armata alla fattoria dove ero ospite in Kenya, visto che sei stato tanto gentile da chiederlo. Siamo stati fortunati a non lasciarci la pelle. Questo è solo un graffio, in confronto a quel che poteva essere."

"Un graffio che ti cancellerà dalle copertine americane, mia cara, e con te il sottoscritto. Non ti avevo avvertita di quanto fosse pericoloso andare in Africa? Che avresti fatto meglio a venire a Ibiza con me? O in qualunque altro posto, purché non in mezzo a quei fottuti negri! Ci hai rovinati entrambi, dannazione. Hai mandato a puttane la migliore opportunità della nostra vita! E tu puoi anche fregartene, con la tua famiglia che ti para il culo, ma questa era la migliore offerta che io avessi mai avuto in tutta la mia dannata carriera, e tu hai rovinato tutto!"

Camilla era allibita, sconvolta dalla rabbia che gli lesse negli occhi. Il suo sguardo andò al letto sfatto in fondo allo studio, dal quale Ricky era rotolato giù per aprire la porta. Sul tavolo da lavoro c'erano le fotografie che avevano fruttato loro il servizio a New York. Camilla guardò la propria immagine: una ragazza in abito da sera di raso su un prato fiorito, col vento che le scostava dal viso i capelli lucenti. Una bellezza perfetta.

"Posso fare qualcosa ai capelli. Chiedere a Sassoon un taglio geometrico, con una folta frangia. Poi basterà abbondare col pancake e nessuno vedrà niente."

"Oh, certo." La voce di Ricky grondava sarcasmo. "Nessuno si accorgerà che hai una fasciatura da una parte all'altra della fronte. Purché non ci sia il più lieve alito di vento a Central Park, dove faremo lo shooting. E immagino che potremmo metterci in ginocchio a pregare che l'aria sia immobile come uno stagno quando scatteremo sulla Quinta Avenue, con tutti quei palazzoni che incanalano il vento lungo la strada. O chissà, forse le lettrici di *Vogue* penseranno che quella cosa sulla tua fronte sia un nuovo tipo di fascia per capelli. Potresti lanciare una nuova moda, Cristo santo!"

Camilla si lasciò cadere stancamente su una sedia. Era andata direttamente lì dall'aeroporto, sapendo che sarebbe stato costernato. Ma non si era aspettata una reazione così aggressiva. Lavoravano insieme con continuità, e lei presumeva fossero amici. Ora vedeva che la sua era stata soltanto un'illusione. Lei era il suo buono pasto, uno strumento per portare avanti le proprie ambizioni.

"Più tardi andrò da Tom Bartlett", gli disse. "Non è il nostro agente soltanto per i giorni buoni. Sono sicura che avrà una dozzina di bambole fin troppo pronte a prendere il mio posto per questo servizio. E non c'è ragione per cui tu debba rinunciare all'incarico. Lo hai avuto perché apprezzano il tuo lavoro. Se non sei convinto di questo, allora hai un problema che non ha niente a che fare con me. Grazie della tua comprensione e dell'interessamento e della tazza di caffè che non mi hai offerto. Ti telefonerò più tardi, quando avrò parlato con Tom."

"Non voglio nessun dannato favore", disse lui, immusonito e petulante.

"E non disturbarti a chiamarmi mai più, Ricky. Per nessun motivo."

Lui non fece nemmeno la mossa di accompagnarla di sotto. Camilla ritirò la sua valigia in portineria e la trascinò fuori dal palazzo. Era l'ora di punta e aveva cominciato a piovere. Rimase per mezz'ora in strada, rabbrividendo nel freddo autunno londinese, prima di riuscire a trovare un taxi. Fu sul punto di piangere per la gratitudine e la spossatezza, quando il tassista scese e la aiutò a caricare il bagaglio. Era troppo presto per presentarsi da Tom Bartlett, e aveva bisogno di andare a casa a riposare un po'. Nel suo appartamento si preparò del caffè e si sedette sul divano sul quale Anthony aveva fatto l'amore con lei un milione di anni prima, sentendosi sola, incompleta, alla deriva senza di lui.

Fumò una sigaretta e le venne un mal di testa martellante. Mentre buttava giù due aspirine si domandò se fosse colpa del tabacco o della ferita. Andò a stendersi sul letto e provò a dormire, ma la sua mente girava come un motore surriscaldato. Nel piazzale sottostante il tubo di scarico di una macchina scoppiettò, e lei scattò a sedere come una molla, presa dal panico.

Sarah aveva volato fino a Londra con lei, offrendosi di fermarsi per un giorno o due, pur avendo lei stessa problemi urgenti da risolvere. Sull'aereo era stata quieta, ma le sue mani tremavano visibilmente quando aveva preso il libro, o le posate, e si era svegliata di soprassalto ogni volta che aveva cercato di dormire un po'. Camilla aveva rifiutato la sua generosa proposta, ma adesso avrebbe voluto che l'amica fosse lì con lei. Si sentiva abbandonata, come se navigasse a vista tra i postumi dell'aggressione, senza una mappa o linee guida che la portassero verso la ripresa. Agguantò il telefono e fece il numero del padre: le rispose il segnale desolato dell'apparecchio che suonava a vuoto. Mise giù il ricevitore con le lacrime agli occhi, poi ricordò la boccetta di tranquillanti che le aveva dato il medico a Nanyuki. Rovistò nel beauty-case. Le pillole gialle avevano un'aria rassicurante e ne mandò giù una con un bicchiere d'acqua. Andò a sedersi davanti allo specchio nella sua camera e prese un paio di forbici dal cassetto del tavolo da toilette. Era sorprendentemente difficile tagliare una frangia, ma cercò di fare in modo che i capelli le ricadessero sulla fronte tutti pari, a nascondere la medicazione. Fece una doccia e si infilò un maglione caldo e un paio di pantaloni. Ora si sentiva calma, pronta ad affrontare il mattino londinese in una forma mentale accettabile. Afferrò giacca e ombrello e uscì nel piovoso grigiore.

"Gesù, Camilla. Ovviamente non puoi andare a New York, ma ci saranno altre occasioni. Sei viva, ed è questo che conta." Tom Bartlett tirò giù i piedi dalla scrivania e si protese in avanti, cercando una matita e un blocco per appunti tra le pile di lettere e fotografie che ingombravano la superficie. "Ti do il numero di qualcuno che dovresti consultare al più presto. Edward Carradine. È bravissimo nel suo lavoro. Chiamalo e vai da lui oggi stesso, se possibile. Gli telefonerò anch'io per spiegargli quanto sia importante."

"È un chirurgo plastico?"

"Il migliore. Tutti vanno da lui per una tiratina qua e là. Non alla tua età, di solito. È in gamba, e ti rimetterà a posto la faccia in men che non si dica." Si alzò e le porse un foglietto sul quale aveva scribacchiato un numero telefonico.

Camilla gli sorrise e mise in tasca il biglietto. "Grazie. Non sapevo che avessi un cuore così tenero."

"Ti ucciderò se lo dici in giro", replicò lui, sogghignando. "Se soltanto ti azzardi a insinuare che in me c'è un atomo di compassione, farò in modo che vengano pubblicate ovunque tue fotografie con quella frangia abominevole." Prese una piccola macchina fotografica e scattò, mentre lei protestava ridendo.

"Faresti un'altra buona azione?" gli domandò lei.

"Ti serve un po' di liquido per superare tutto questo?" Tom aprì un cassetto e ne tirò fuori il libretto degli assegni.

"No, no, non è questo", disse Camilla, sorpresa e toccata dalla sua offerta. "È solo che stamattina sono passata da Ricky Lane. Mi sento in colpa a fargli perdere il servizio. Pensi potrebbe andare lo stesso a New York?"

"Te l'ha messa giù dura, eh?" Tom aveva capito, glielo si leggeva negli occhi. "Quel piccolo stronzo. Ma un piccolo stronzo di talento. Sì, mi assicurerò che vada ugualmente, se ci tieni. Adesso fila a casa e riposati. E prendi un appuntamento con Carradine. Sarà meglio per lui che faccia un lavoro magnifico. Ha usato il suo bisturi magico su molti grossi nomi che non gradirebbero essere menzionati."

Camilla si ritrovò a rabbrividire all'idea che una lama fendesse di nuovo la pelle della sua faccia. "Telefonerai a Ricky?"

"Non ci penso nemmeno. Lasciamolo sudare fino a domani. E tu fatti tagliare quella frangia come si deve, santo cielo, prima che qualcuno ti veda. Sembra che un qualche ratto africano ti abbia razzolato nei capelli."

Quando Camilla uscì di nuovo in strada la pioggia aveva ceduto a un flebile sole. Si incamminò senza fretta, ammirando gli alberi fulvi, i primi rami spogli, le foglie d'oro ramato frementi e fragili nel cielo di fine settembre. Era viva, in fin dei conti. Erano tutti vivi. Una volta a casa cominciò a disfare la valigia, mettendo via con riluttanza i suoi vestiti da safari, accostando al naso il mucchio di bracciali e collane di perline che aveva comprato dai Samburu per inspirare l'odore pungente di bestiame e fumo di legna. Odore di Africa. Quando ebbe riposto tutto ordinatamente andò a stendersi sul divano e si strinse addosso un plaid. Nel giro di qualche istante i suoi occhi si chiusero e scivolò finalmente nel primo vero sonno dopo la notte traumatica dell'assalto.

Un trillare imperioso la destò di colpo, catapultandola in uno stato di veglia totale sotto la spinta dell'elemento ora familiare della paura. Le sue mani tremavano quando si protese a prendere il ricevitore.

"Cara? Ho visto i giornali. È da ieri che ti telefono. Quando sei tornata?"

"Mamma."

"Vorrei vederti prima che tu scappi a New York, Camilla. Sono così grata che tu sia sana e salva." Marina sembrava sull'orlo delle lacrime. "L'*Express* diceva che c'è stata una rapina, e qualcuno è rimasto ferito in una sparatoria. Ringrazio soltanto che non eri tu."

"Non andrò a New York, mamma. Ho un taglio sulla fronte come ricordo della rapina, e dovrò farmelo curare prima di poter riprendere il lavoro. A parte questo sto bene."

"Oh, Dio! Oh, mio Dio, Camilla. Come ti senti? Devi essere sconvolta! Sono tornata in questo momento da Burford, ma vengo subito da te. Esco immediatamente."

"No, mamma, per favore, non c'è nessun bisogno..."

La comunicazione era già stata interrotta. Camilla fece il fermo proposito di rimanere calma, distaccata, di non lasciarsi travolgere dall'isteria che stava per investirla come un uragano. Andò in bagno, aprì l'anta a specchio dell'armadietto sopra il lavabo e prese un'altra pillola gialla. Una cosina magica che l'avrebbe aiutata a sostenere l'impatto della visita di Marina. Avrebbe tanto voluto parlare col padre, confidargli la sua incapacità di scrollarsi di dosso la terrificante esperienza. Desiderava disperatamente sentire almeno la sua voce, e farsi consolare della cocente delusione per la sua storia d'amore. Non le venne in mente per un solo istante che avrebbe potuto rivolgersi a sua madre per cercare conforto. Fissò nello specchio la sua faccia tirata, raddrizzò le spalle e chiuse gli occhi per un momento, cercando un po' di equilibrio. Quando il campanello suonò era pronta. Marina era senza fiato, molto pallida, la fronte e il labbro superiore imperlati di sudore.

"Forse potresti darmi un bicchiere d'acqua, cara. È assurdo abitare al terzo piano senza ascensore." Abbracciò brevemente la figlia. "Non capirò mai perché ti ostini a stare in questo appartamento. Potrei aiutarti a trovare qualcosa di meglio, se tu volessi dedicare un paio di giorni a...”

“Non adesso, mamma, per favore. Non ho voglia di parlare di appartamenti, ora come ora.”

“Certo che no. Scusami, sono una sciocca.” Marina si sedette. “Voglio che mi racconti tutto, e voglio vedere la tua fronte. Poi decideremo che cosa fare. Perché non prendiamo un caffè e ci mettiamo a sedere, così potrai dirmi con calma che cosa è successo esattamente? E come ti senti adesso...”

Camilla cominciò con riluttanza a spiegare l’incubo che aveva vissuto a Langani. Non vedeva via d’uscita, e si aspettava da un momento all’altro l’inevitabile esplosione della madre per la visita alla fattoria dei van der Beer. Scelse le parole con cura, parlando lentamente, e intanto premeva i palmi uno contro l’altro per impedire alle mani di tremare. Un sorprendente senso di sollievo le montò dentro mentre raccontava l’incidente a voce alta per la prima volta. Descrivendo quelle ore terribili iniziò a dipanare l’intrico delle proprie emozioni, e venire a capo dell’incessante tumulto di sgomento e ansia che era divenuto una parte di lei. Dormire si era rivelato impossibile senza i sonniferi. Ogni volta che chiudeva gli occhi si rivedeva davanti quell’uomo, e il *panga* che balenava verso la sua faccia. Nel buio ogni più piccolo suono perforava la sua coscienza, mettendola in uno stato di timorosa allerta. Più volte mentre esponeva i fatti a Marina si portò le mani al viso, sentendo ancora i rivoli caldi di sangue che l’avevano accecata gettandola nel panico. Forse quello sfogo sarebbe stato catartico, l’avrebbe liberata dalle orribili visioni che la perseguitavano.

“Ma adesso, la tua fronte?” domandò Marina. “Non sarebbe stato più saggio aspettare e farla vedere da qualcuno qui?”

“Il medico a Nanyuki ha detto che doveva suturare subito la ferita, o non si sarebbe mai chiusa per bene. Ha spiegato che mi sarei dovuta rivolgere a qualcun altro in seguito per l’aspetto estetico, a Nairobi o a Londra o quel che è. È stato molto gentile, e mi ha dato antidolorifici e tranquillanti.”

“Oh, Dio, cara.” Sua madre adesso stava piangendo. “Sei stata così coraggiosa.”

“Lo sono stati tutti. Sarah e io siamo tornate con lo stesso aereo ieri sera. Si è offerta di restare, ma le ho detto di andare pure in Irlanda. Volevo soltanto dormire. Però è così difficile, ho ancora i nervi piuttosto scossi.”

“E quegli uomini?” domandò Marina. “Si sa chi fossero?”

“No, non ancora. Le indagini sono appena iniziate.” Si interruppe, esausta per il racconto, spaventata dalle vivide immagini che le erano balenate nella mente mentre parlava dell’accaduto.

“L’unica cosa davvero importante è che tu sia salva.” Le mani di Marina tremavano quando posò la sua tazza di caffè. “Sarebbe potuta essere una tragedia orribile, intollerabile per noi tutti. Ora, io conosco qualcuno che potrà sistemare a meraviglia la tua ferita. Si chiama Edward Carradine. È assolutamente straordinario. Alcune mie amiche sono sue clienti. L’ho incontrato parecchie volte io stessa, e tra l’altro proprio a Nairobi. Lui va spesso all’estero, in quei posti disperati, e opera gratuitamente gravi ustionati, vittime di incidenti, o povere creature con orribili difetti congeniti. Alcuni pazienti li porta addirittura a Londra per le cure. Una persona notevole, davvero.”

“Ho già il suo numero.” Camilla tirò fuori di tasca il foglietto scribacchiato. “Me lo ha dato Tom Bartlett.”

“Il tuo agente? Quando?”

“Sono andata da lui stamattina, per avvertirlo che non potrò andare a New York. Ha detto anche lui che questo dottor Carradine è l’uomo giusto per me.”

“Non posso credere che tu te ne sia andata in giro per Londra dopo un’esperienza così traumatica e un interminabile viaggio in aereo.” Marina sembrava indispettita. “Capisco che Tom Bartlett sia importante per il tuo lavoro, ma sono sicura che avresti potuto dargli spiegazioni per telefono. Sul serio, cara, il tuo senso delle priorità semplicemente non...”

“Ti prego, mamma. Non sono proprio in vena di prediche al momento. Ho bisogno di un po’ di pace. Comunque, se conosci questo medico forse potresti prendermi tu l’appuntamento. Sono troppo stanca per spiegare tutta la storia al telefono a qualche segretaria petulante. Dov’è papà, a proposito? Ho provato a chiamare, ma non ha risposto.”

“È in Olanda, a parlare col principe Bernhard di leoni o tigri o qualche altra bestia selvaggia. Un incontro importante. Sarà di ritorno domani o sabato. Non gli ho detto della rapina quando ha telefonato stamattina, perché non sembrava necessario farlo tornare di corsa. Per il momento, temo dovrai accontentarti di me.” L’espressione di Marina era triste. “Adesso mettiti a letto e cerca di dormire un po’. Io intanto fisserò l’appuntamento con Edward.”

"È lì che eri andata quel giorno in Harley Street, appena prima che io partissi per Nairobi?" le domandò Camilla. "Non stai pensando di fare un lifting, vero? Non ne hai bisogno, e sei troppo giovane anche solo per pensare a una cosa del genere."

"Ti ringrazio, tesoro. Ma no, non stavo pensando a nessun lifting. È solo che non mi sentivo molto bene, e sono andata a fare alcuni esami."

"Che tipo di esami?"

"Volevo accertarmi di non essere anemica, perché ero sempre piuttosto stanca. Adesso è tutto sotto controllo. E il cottage è il posto ideale per riposare. Adoro tutta quella quiete e l'aria fresca."

"Questa mi è nuova."

"Forse sto diventando placida e mite." Marina sembrava compiaciuta all'idea. "O persino pigra, con la vecchiaia."

"Mi sembra un tantino prematuro parlare di vecchiaia a quarantatré anni."

"Hai ragione. Una volta pensavo che a quarant'anni si fosse decrepiti. Adesso sarei felice di essere ancora qui a cinquanta. Su, diamo un'occhiata alla tua fronte."

In bagno, Camilla si tolse la medicazione, scoprendo uno sfregio guarnito di punti di sutura neri che correva leggermente obliquo attraverso la sua fronte, abbassandosi in un piccolo uncino all'estremità destra, appena sopra il sopracciglio. Lo specchio riflesse l'espressione inorridita di Marina, e all'improvviso Camilla fu certa che non avrebbe mai più lavorato come modella. Vide tutto il suo futuro svanire, si vide sul lastrico e indesiderata, senza la bellezza che aveva sempre dato per scontata. Torse la bocca in una smorfia e le lacrime le appannarono gli occhi.

"Vieni, mettiamo a posto per bene questa fasciatura", disse sua madre, e lei si lasciò condurre nella sua stanza a farsi medicare.

"Che cosa diamine sono queste cose di perline sul tuo letto?" domandò Marina. "Hanno un odore tremendo."

"Le ho comprate in un *manyatta* samburu. Potrei provare a disegnare dei vestiti e usarle come decorazioni. Giacche e gonne di pelle scamosciata, con colletti, polsini e orli bordati di perline. Ornamenti tradizionali africani abbinati ad accurate rifiniture europee." Camilla esitò. "Pensavo che potrei persino aprire un laboratorio in Kenya. A Langani, forse. Potrei farlo con Hannah. Sono sicura che cose del genere andrebbero a ruba nelle boutique di Londra e Parigi, e ho i contatti giusti."

"Non puoi tornare in Kenya, Camilla." Marina era sbigottita. "Non dopo quello che ti è successo. Sarebbe pura follia tornare là!"

"È stata una cosa terribile, mamma. Un'avventura spaventosa. Comunque si è trattato di un incidente isolato. Si verificano altrettanti crimini violenti nell'East End di Londra."

"Sì, ma noi non andiamo nell'East End di Londra, Camilla." Gli occhi di Marina erano dilatati dall'apprensione, però non voleva litigare. Tentò un tono conciliante. "Discutiamone più tardi, cara. Adesso hai bisogno di dormire un po', e poi magari usciremo per un tè, o a mangiare qualcosa, se te la senti."

Si chinò sul letto a baciare la figlia, accarezzandole i capelli. C'era una strana espressione sul suo volto, un qualcosa di inconsueto in lei, un elemento sconosciuto che disorientava Camilla. Ma era troppo stanca per pensarci. Chiuse gli occhi, grata di non essere sola. Sul punto di addormentarsi, si rese conto che sua madre non l'aveva rimproverata per essere andata a Langani, non aveva fatto alcun commento sgradevole su Sarah o i van der Beer. Quando si svegliò, la trovò in soggiorno a leggere una rivista. Andarono a cena in un ristorante lì vicino e poi tornarono all'appartamento.

"Mi fermerò a dormire qui", annunciò Marina. "Dovrai prestarmi alcune cose per la notte... voglio restare perché non penso che dovresti stare da sola."

Per evitare qualunque discussione sull'argomento Kenya, Camilla accese il televisore, e insieme si sedettero sul divano; si fecero compagnia senza parlare, bevendo tè e guardando il corpulento, imponente Richard Dimbleby mettere a posto il mondo.

I portoni verniciati di Harley Street, con le loro discrete targhe di ottone, apparivano ostili nella pioggia sottile. La sala d'aspetto di Edward Carradine era arredata in modo costoso e formale, e troppo riscaldata. Camilla si concentrò sui titoli dei quotidiani, evitando di alzare gli occhi sulla coppia di mezza età che l'aveva guardata al suo arrivo, scambiandosi poi qualche parola sottovoce. Non voleva essere riconosciuta, né che si facessero commenti su di lei. Quella era la parte privata della sua vita, e nessuno aveva diritto di impicciarsi. La irritava illogicamente che quella donna ben vestita e curata stesse lì seduta col marito, tenendogli la mano, aspettandosi che qualche illusione di eterna giovinezza diventasse presto realtà. Suo marito avrebbe dovuto amarla comunque, anche con il viso segnato dalle rughe e il mento che cominciava a cedere. Probabilmente lui aveva una relazione con la sua segretaria ed era andato lì con la moglie per alleggerirsi la coscienza. Un lifting sarebbe stato di poco aiuto. Sembravano entrambi tristi, come se sapessero che la loro era tutta una farsa. Un orologio sulla mensola del camino ticchettava rumorosamente, e Camilla aveva la sensazione che ogni secondo la portasse più lontano dalla vita brillante che aveva così avventatamente accettato come un suo diritto. L'ansia cresceva col passare dei minuti; poi la porta dello studio si aprì e ne uscì un ragazzo appena adolescente. Aveva la faccia deturpata da orribili cicatrici, la pelle chiazzata di un rosso violaceo e coperta di piaghe in rilievo che correvano come crinali attraverso una guancia. Il suo sorriso era una smorfia sbilenca.

"Sta andando molto bene." La voce di Edward Carradine era morbida, con un calmo tono professionale che doveva avere usato un milione di volte per instillare fiducia. Passò un braccio sulle spalle della donna e diede una stretta di mano al marito. "Non si preoccupi, signora Bryson. Vostro figlio tornerà come nuovo. Sta guarendo a meraviglia. Non c'è segno di infezione, e il gonfiore si sta riducendo." Si rivolse al ragazzo. "Ci vediamo il mese prossimo, James. E tra non molto potremo cominciare a programmare l'intervento finale. Devi avere soltanto ancora un po' di pazienza."

Camilla provò vergogna e poi pena, cogliendo l'espressione della donna. Distolse in fretta lo sguardo per non intromettersi nel loro momento di speranza e gratitudine. Il medico attraversò la stanza e salutò Marina con affetto, posandole la mano sulla spalla.

"Marina! Come stai? Londra ti dona. Camilla, mi dispiace non esserci incontrati in circostanze migliori. Farò del mio meglio per sistemare la ferita sul tuo viso. Volete entrare?"

Lei si stese sul lettino, trattenendo il respiro mentre Edward Carradine si chinava a esaminarle la fronte. Non fece alcun commento mentre osservava il lungo taglio attraverso una lente d'ingrandimento, premendo con delicatezza la pelle tutt'attorno.

"Adesso apri gli occhi. Guardami. Segui il mio dito... guarda in su, in giù, a destra, a sinistra." Il medico si avvicinò di più e le sollevò il mento in modo che la sua faccia fosse illuminata in pieno dalla lampada. Poi le toccò la mano e lei avvertì un senso di protezione, una tacita promessa che la fece sentire al sicuro, semplicemente. "Andiamo a sederci. Posso offrirti un caffè, o un tè?"

"Potrà sembrare ridicolo, quasi cinico", riprese quando si furono accomodati, "ma sei stata fortunata. Il *panga* doveva essere molto affilato, ed è per questo che la ferita non è slabbrata. Vedi come sono netti i margini?" Sollevò uno specchio per permetterle di guardarsi. "Il taglio è profondo e piuttosto lungo, ma forma una linea relativamente diritta attraverso la tua fronte, eccetto per questa piccola coda qui all'estremità. Ti è andata davvero bene che non sia stato leso il sopracciglio e soprattutto l'occhio. È l'unico punto che richiederà grande precisione da parte mia. Il medico in Kenya ha fatto un buon lavoro, ed è stato giusto ricucirti immediatamente. La pelle ha cominciato a guarire, senza lasciare un solco ampio. Il che è essenziale perché la cicatrice sia minima."

"Mi rimarrà una cicatrice, quindi?" Camilla aveva la bocca asciutta. "Sarà vistosa? Si può fare qualcosa per cancellarla del tutto? Non subito, immagino, ma col tempo..."

Carradine cominciò a spiegarle il processo di guarigione e mascheramento, la necessità di aspettare che la ferita si fosse richiusa del tutto e maturasse, prima di eseguire qualunque intervento. Ci sarebbero volute tre o quattro settimane perché la crosta superficiale scomparisse. Alla parola "crosta", lo stomaco di Camilla si contrasse. Era essenziale capire come si sarebbe presentata la ferita una volta rimarginata, e il chirurgo le chiese di mostrargli eventuali altri segni che lei avesse sul corpo per valutare la capacità di guarigione della sua epidermide. Quando fosse venuto il momento avrebbe asportato la cicatrice, le disse, ricucendo insieme i lembi di pelle in una linea diritta con punti di sutura molto sottili che non avrebbero lasciato tracce visibili. Sarebbero passati parecchi mesi prima che la nuova incisione cominciasse a sparire, ma dopo qualche settimana avrebbe potuto nasconderla con il fondotinta. Tutte parole che suonarono frammentate nella mente di Camilla, come il crepitio di onde radio disturbate in un luogo remoto. Si sentiva mancare le forze, immaginandosi sfigurata per mesi, forse anni. Abbassò lo sguardo al tappeto, tentando di non dare a vedere la paura, incapace di pensare a se stessa sotto questa nuova prospettiva.

"La tua pelle è giovane ed elastica", stava dicendo Carradine. "Se ti prendi bene cura di te mentre l'incisione guarisce, sono sicuro che otterremo buoni risultati. Dovrai prestare particolare attenzione alla cura della pelle, ma nella tua professione questo è comunque essenziale. Avrai bisogno di riposo. Forse potresti andare in campagna con tua madre... mi ha detto al telefono che ha preso un grazioso piccolo cottage sulle Cotswold Hills. L'aria pulita ti sarebbe di giovamento. Ora, mettiamo una medicazione un po' più discreta."

Si alzò; era alto, notò Camilla, e si muoveva con energia e sicurezza. I suoi vestiti erano di ottima fattura, forse italiani; le scarpe artigianali, eleganti e lucide. Quando ebbe finito tornò a sedersi sulla poltrona di fronte a lei.

"Il solo reale problema che dobbiamo considerare è la coda della cicatrice che non segue le linee naturali della tua fronte", disse. "Per la parte diritta ci sarebbe un nuovo trattamento che uso quando una ferita lascia un cordolo lungo la sutura. È un po' come scartavetrare la parte in rilievo della pelle, come levigare una bella scultura. Ma non sono sicuro che possa essere indicato nel tuo caso. Bisognerà aspettare un po' prima di prendere una decisione."

"Quanto?" Marina intervenne per la prima volta.

"Penso due o tre mesi. Nel frattempo, Camilla, devi prendere ogni precauzione con la tua pelle. Niente luce solare forte e diretta. Niente fumo, perché restringe i vasi sanguigni e può ostacolare la guarigione. Pochissimo alcool per ragioni analoghe. Dovremo discutere quali cosmetici puoi o non puoi usare. E ripeto: hai bisogno di molto riposo. Ma sono certo che con un po' di impegno da parte tua l'esito sarà molto soddisfacente."

"Io sono una modella. Ho impegni di ogni genere. Questa settimana sarei dovuta andare a New York per un servizio di moda." Camilla stava cominciando a perdere la padronanza di sé.

"Lo so. Tom Bartlett mi ha telefonato ieri, appena prima che tua madre chiamasse."

"Non esiste un qualche tipo di make-up che possa nascondere la cicatrice mentre guarisce? Altrimenti, quel che lei mi sta dicendo in sostanza è che non potrò lavorare per mesi. E questo è impossibile."

"Cara, adesso devi pensare alla tua salute", intervenne Marina. "Devi essere paziente se vuoi che Edward ottenga i risultati migliori con te. Non importa se non puoi..."

"Importa eccome!" Le parole echeggiarono nella quiete della stanza. "La mia faccia è rovinata e un fotografo mi ha già buttata fuori dal suo studio. E tu mi dici che non importa? Santo cielo, mamma, in che mondo vivi? Sono conciata da fare schifo, non posso lavorare, né fare una vita normale. Non riesco a dormire, non riesco a liberarmi dei sogni, delle immagini, persino del suono delle loro voci. E tu te ne stai lì serafica a dirmi che non importa!"

Il cervello di Camilla si stava allontanando vertiginosamente dall'educata discussione clinica. Il disastro l'aveva colpita con una furtiva rapidità di cui non riusciva a capacitarsi. Il suo successo nel mondo della moda era stato immediato, e si era abituata a essere ammirata, incensata. E adesso, in quel cupo mattino, si rendeva conto che la sua carriera poteva essere arrivata al capolinea, che la notorietà era davvero effimera. Le difese che si era costruita attorno erano sottili come carta velina, illusorie. L'uomo che amava era lontano migliaia di chilometri e non sapeva che cosa le fosse accaduto, forse nemmeno gliene sarebbe importato. Si domandò se si sarebbe potuta far prescrivere altri tranquillanti, ma non voleva chiederlo davanti a Marina. Poco male, aveva tanti amici che potevano rimediare di tutto, erba, hashish, eccitanti e calmanti. Per adesso, aveva bisogno di un drink e di una sigaretta, e soprattutto voleva scappare da quella stanza soffocante.

"Mi dispiace", si scusò. "È stato uno choc. Suppongo di essere più tesa di quanto credessi."

"Forse potrei suggerirti qualcosa che ti aiuti a dormire? Sai, non è solo il tuo corpo a essere stato ferito." Carradine fu sollecito e misurato. Prese un foglio dalla scrivania e vi scrisse una prescrizione. "Hai subito un forte trauma e ci vorrà del tempo perché le cicatrici nella tua mente comincino a guarire. Mi piacerebbe rivederti tra una decina di giorni. Allora ti toglierò quei punti, e potremo discutere il nostro piano d'azione. Nel frattempo dovresti cercare di parlare di quel che ti è successo. Con tua madre, la tua migliore amica, il tuo ragazzo. Chiunque di cui ti fidi e che ami. Questo sarà molto terapeutico."

Camilla lasciò lo studio come una sonnambula, seguendo Marina all'angolo della strada, salendo su un taxi e abbandonandosi sul sedile posteriore, gli occhi chiusi. Si fermarono a una farmacia a ritirare i tranquillanti, poi, all'appartamento, Marina si sedette accanto alla figlia e le prese la mano.

"Cara, andrà tutto bene. Il tempo passerà più in fretta di quanto tu creda. Edward era così ottimista. E non ti avrebbe mai dato delle false speranze."

“Lo so. Sono sicura che sia bravo come dici. Una volta che avrò metabolizzato il tutto sarò felice che lui mi abbia presa in cura. Grazie, mamma, davvero.”

“Ti andrebbe di fare qualcosa di rilassante questo pomeriggio? Distrarti per qualche ora. Potremmo andare al cinema.”

“No. Preferisco stare a casa a leggere un libro, fare un lungo bagno e andare a letto presto. Con quelle pillole dovrei riuscire a dormire, se il tuo chirurgo ha ragione. Devo passare una notte da sola, mamma. Ho bisogno di farlo.” Era troppo stanca per insistere ulteriormente, e fu sollevata quando Marina si alzò e le diede un bacio.

“D’accordo, cara. Allora io vado. A presto.”

Camilla andò dritta in camera sua e si mise davanti alla finestra; era sopraffatta da un presentimento di perdita, e sapeva di non essere pronta a stare sola. Marina era appena arrivata alla porta d’ingresso quando il telefono suonò, e tornò indietro per rispondere.

“È Sarah Mackay”, disse quando la figlia si affacciò al corridoio. “Ma non stare al telefono troppo a lungo, cara. Ci vediamo domani.”

Camilla prese il ricevitore e raccontò all’amica della visita dal chirurgo e del lento processo di guarigione che aveva davanti.

“E tuo padre?” si informò Sarah. “Lui ti aiuterà ad affrontare tutto questo.”

“È via. Tornerà stasera o domani. Ma è stata qui mamma. Calma, ragionevole... nessuna recriminazione, una volta tanto. Non ancora, almeno.”

“Sono così contenta di sentirti. Hannah ha provato a telefonarti stamattina, ma immagino che fossi dal medico. Lars sta meglio sai...” Sarah esitò, chiedendosi se Marina fosse a portata d’orecchio. “Ti andrebbe di venire qui per un po’? Mamma e papà sarebbero felici di prendersi cura di te. Ti soffocherebbero di attenzioni, in effetti...”

“Devo farmi togliere i punti la settimana prossima. Non preoccuparti per me. Papà dovrebbe essere qui per il weekend. Starò bene.” Camilla ebbe un attimo di incertezza. “Fai fatica anche tu a toglierti dalla testa le immagini di quella sera?”

“Non potrò mai togliermele dalla testa. Pensavo che avrebbero ucciso Piet. E poi ho avuto così paura per te e Lars. E continuo a pensare ad Hannah, ancora lì alla fattoria, con quei disgraziati che scorrazzano attorno liberi. Sono sotto assedio a Langani, ed è difficile pensare a qualunque altra cosa."

"E tornerai lì lo stesso."

"Sì, tornerò. Tu non lo faresti?"

"Se lui me lo chiedesse, partirei domani mattina. Ma non lo ha fatto. Probabilmente è ancora nel *bundu*. Forse non ha ancora nemmeno saputo."

"Hannah dice che è in un campo da qualche parte, tagliato fuori da ogni contatto con la civiltà. Probabilmente non è ancora passato da nessun lodge, perché i suoi clienti sono arrivati soltanto un paio di giorni fa. Gli piace tenerli immersi nella natura selvaggia il più a lungo possibile."

"Salterei sul prossimo aereo, se mi volesse." La voce di Camilla si incrinò. Non vide Marina, sbigottita nel piccolo ingresso. "E forse sarebbe il modo migliore di superare il trauma e andare avanti. Come rimontare a cavallo o sulla bicicletta subito dopo una caduta. Ho un'altra idea, anche, qualcosa che potrei fare con Hannah. Te ne parlerò quando ci avrò pensato meglio. E tu che mi racconti di nuovo? Come sta Raphael? Come hanno preso la tua decisione di tornare in Kenya?"

"Hanno dato i numeri. Anche se avevano delle novità piuttosto clamorose loro stessi. E pure Tim."

"Che cosa è successo?" Non appena lo ebbe chiesto, Camilla udì un rumore all'ingresso. "Aspetta un attimo. Credo ci sia qualcuno alla porta."

"Senti, ti scriverò domani raccontandoti tutto", disse Sarah. "E ti richiamerò la settimana prossima. Sei sicura di... sì, insomma... di poter gestire la faccenda?"

"Sto bene. Ci sentiamo presto."

Camilla mise giù il ricevitore e andò alla porta. Aprì e lanciò uno sguardo lungo il corridoio: non c'era nessuno in vista, e si chiese se stesse cominciando ad avere le allucinazioni.

Dormì fino a tardi e non riuscì a ricordare i suoi sogni, così quando aprì gli occhi si sentiva leggera per il sollievo. Era venerdì e suo padre sarebbe stato certamente a casa quella sera o il giorno dopo. C'erano uova e bacon nel frigorifero, e pensò a Marina mentre si preparava la colazione. Da fuori giungeva lo stridore familiare degli autobus che frenavano in Brompton Road, e il fruscio delle foglie secche che un giardiniere stava rastrellando via dal riquadro di prato sotto la finestra. Mescolò un po' di panna nel caffè e sfogliò l'ultimo numero di *Vogue*: la vista della propria faccia, perfetta e levigata, corrose la sua determinazione e smorzò il coraggio appena ritrovato. Mise da parte le rivista, accese la radio, poi si avvolse nella vestaglia e si allungò sul divano, felice di essere nel suo personale spazio sicuro, in un luogo dove si sentiva di nuovo a suo agio. Era sopravvissuta a una notte da sola, stava cominciando a tornare alla normalità. Avrebbe preso le cose con calma, come le aveva raccomandato il dottor Carradine. Un'ora più tardi si vestì e calcò sulla fronte un berretto di lana di Biba. Stava cercando le chiavi quando suonò il telefono.

"Camilla, stai bene?" Era lui. Si sentì fluttuare a mezz'aria, riconoscendo la voce. "Gesù, ho saputo soltanto stamattina, quando ho portato i miei clienti al Keekorok Lodge per pranzo. Vorrei essere stato ancora lì con tutti voi, vorrei essere stato di aiuto. Uccidere i bastardi se possibile. Dimmi che stai bene."

"Me la cavo. Il chirurgo plastico dice che tornerò come nuova. Sono contenta di sentirti." Il cuore le martellava nel petto, il sangue le scorreva nelle vene come un fiume in piena, aveva le vertigini. Si sforzò di controllarsi e aspettò che lui le dicesse che avrebbe preso un aereo per Londra non appena il safari fosse finito.

"Sono riuscito a mettermi in contatto con Langani e ho parlato con Hannah. Ascolta, io sarò a Nairobi fra tre settimane. Ci sentiremo allora, e mi racconterai tutto con calma."

"Hai ancora in programma di venire a Londra in novembre?" Aveva un così disperato bisogno di qualche rassicurazione. "Mi farebbe davvero piacere... la migliore cura che io possa immaginare."

"Be', lo spero. Non ho ancora fissato delle date precise, ma ti farò sapere appena possibile."

"Oh. Bene." La gioia iniziale per il suono della voce di Anthony a un tratto era inquinata dal dubbio. "Ti saluto, allora. Baci e abbracci." Camilla fece del proprio meglio per avere un tono disinvolto.

"Baci anche a te. *Salaam*."

Gli occhi le si rannuvolarono per la delusione e la speranza che sfumava. C'era stato un che di evasivo nella voce di Anthony, e lei ebbe paura che non sarebbe mai cambiato, non sarebbe mai stato suo. Decise di telefonare ad Hannah. Compose il numero, la linea era occupata; continuò a insistere, e finalmente due ore dopo riuscì a prendere la comunicazione.

"Sono davvero felice di sentirti." Il sospiro di sollievo dell'amica fu chiaramente udibile. "Eravamo così in pensiero. Ho telefonato due volte, ieri."

"Come te la passi a Langani? Che effetto fa essere di nuovo lì? La polizia ha fatto qualche passo avanti? E come sta Lars?"

Ma c'erano poche novità dalla fattoria, e nessun progresso nelle indagini. Lars era uscito dall'ospedale, stava riprendendosi bene. Piet lavorava come un matto per aprire il lodge all'inizio del nuovo anno, come stabilito. Erano determinati ad andare avanti, a lottare per difendere i loro progetti.

Quando Camilla riagganciò si sentiva isolata, intrappolata in una ragnatela, bloccata a un milione di chilometri da dove sarebbe voluta essere. Marina chiamò cercando di persuaderla ad andare a Burford per il weekend, ma lei voleva spazio, e tempo per assaporare i momenti troppo brevi della voce di Anthony al telefono.

"Forse la settimana prossima, mamma", le disse. "Per adesso preferirei rimanermene qui tranquilla. Oggi mi sento molto meglio, e ho voglia di stare a casa mia."

Più tardi quel pomeriggio lasciò l'appartamento, e s'incamminò in fretta oltre il piazzale, nella confusione del traffico di Knightsbridge. Da Vidal Sassoon si fece tagliare i capelli in una frangia diritta e precisa, e molto corti sulla nuca.

"Stai d'incanto. Ti ripetevo da mesi che avresti dovuto tagliarli, e come puoi vedere avevo ragione. Mi dispiace soltanto che ci sia voluto un così malaugurato fattaccio per convincerti. Guardati dietro." Sassoon sollevò uno specchio. "È come un casco d'oro. Anche col problema della fronte, sei una vera delizia. Sembri un elfo. Non più come Veronica Lake o qualche diva del cinema degli anni Quaranta, con i capelli lunghi. Sei una persona nuova."

Camilla pagò il conto e pensò di chiedere se potesse usare il telefono; ma il banco della reception era occupato, e decise di lasciar perdere. Si stava facendo buio. Se avesse trovato suo padre a casa avrebbero potuto passare la serata insieme, altrimenti sarebbe andata al cinema. Non era pronta per vedere nessun altro. Arrivata davanti all'appartamento dei suoi genitori vide la macchina del padre parcheggiata in strada sotto un albero; entrò nel palazzo, pregustando la gioia di riabbracciarlo. Probabilmente lui aveva provato a telefonarle da quando era tornato da Amsterdam, e doveva essere preoccupato. Marina gli aveva senz'altro lasciato un messaggio. Rovistò con impazienza nella borsetta cercando la sua copia delle chiavi e aprì la porta. Nel soggiorno non c'era nessuno, ma udiva la voce di suo padre. Evidentemente era al telefono. Percorse il corridoio e bussò con discrezione alla porta della camera da letto, che era soltanto accostata. George Broughton-Smith si volse di scatto, sorpreso. Aveva indosso una vestaglia di seta con la cintura slacciata. La giacca e i pantaloni del completo erano gettati scompostamente su una sedia, la camicia e la biancheria buttate alla rinfusa sulla moquette. Fissò la figlia con sgomento, e lei lo guardò interrogativamente, concentrandosi sulla sua espressione, cercando di decifrare il messaggio che cercava di trasmetterle.

Poi girò lo sguardo nella stanza. Sul letto di suo padre era disteso un giovane uomo, biondo e di bell'aspetto. I suoi occhi erano incollati su di lei, lampeggianti di allarme e rammarico mentre afferrava il lenzuolo per coprirsi il corpo nudo.

16

Dublino, settembre 1965

La gioia increspò la faccia di Raphael quando vide Sarah oltrepassare il gate degli arrivi.

"Grazie al cielo sei tornata", disse, stringendola forte tra le braccia. "Tua madre e io siamo stati talmente in agitazione da quando hai chiamato da Nairobi. Come sta quel giovanotto a cui hanno sparato? E Camilla?"

"Penso che per Lars si risolverà tutto bene. Camilla dovrà farsi vedere da un chirurgo plastico. Sapremo qualcosa tra un giorno o due." Sarah abbracciò entrambi i genitori, contenta di essere sana e salva in loro compagnia. "Allora, che si fa adesso?"

Guardò sua madre. Le labbra di Betty erano serrate, a trattenere uno sfogo emotivo. Si presero a braccetto incamminandosi verso la macchina.

"Abbiamo una grande sorpresa per te", annunciò Raphael. "Ci siamo ripresi la casa del nonno a Sligo. Gli inquilini se ne sono andati, e abbiamo deciso di usarla noi stessi. Ci siamo trasferiti lì una settimana fa."

"Splendido! Amo quel vecchio posto, la spiaggia e le dune. Ma che ne farete quando tornerete in Kenya?"

Betty si fermò e si volse a guardare in faccia sua figlia. "Non torneremo là, Sarah. Papà e io abbiamo deciso di restare in Irlanda. Per te è un brutto colpo, lo so... ti spiegheremo andando a Sligo."

Era impossibile da mandare giù. Sarah se ne stava seduta in silenzio sul sedile posteriore dell'auto, incapace di condividere l'ottimismo dei genitori. Continuava a pensare alla casa di Mombasa, alle palme, al profumo, allo sciabordio delle onde, e non poteva accettare quel che i suoi genitori cercavano di dirle.

"Non capisco", disse quando si fermarono per il pranzo in un piccolo ristorante di campagna. "Perché volete abbandonare il

Kenya? Lì c'è davvero bisogno di voi, e poi è la nostra casa. Il posto che tutti noi abbiamo sempre amato. Potresti spostarti a nord, papà, anche lì c'è così tanto che potresti fare. Invece vuoi sistemare un decrepito ammasso di pietre fuori dal mondo e metterti a fare il medico condotto!" L'intero progetto le sembrava precipitoso e malaccorto. Non riusciva a immaginare i genitori vivere in quel miserabile Paese dal quale lei aveva desiderato soltanto fuggire.

"Ho sempre avuto una mezza idea di ritirarmi qui, un giorno. Sto solo anticipando un po' i tempi." Raphael si interruppe per caricare la sua pipa, ed ebbe un attimo di esitazione prima di riprendere. "Il Kenya adesso è un posto diverso, e io non posso più vivere sulla costa, per via del rischio di malaria. Tornare indietro significherebbe ricominciare tutto daccapo. Adattarmi a un altro ambiente, un nuovo ospedale, nuovi amici e colleghi, e niente mare e barca a vela nei weekend. Se devo fare questo alla mia età, mi conviene stare in Irlanda."

"Oh, su, papà, stai parlando come un vecchio! Hai ancora tanto tempo davanti a te, non importa che cosa tu decida di fare, e dove."

"Sì, mi mancano un po' di annetti prima di arrivare al capolinea, se va bene. Ma c'è un altro aspetto da considerare", replicò lui. "Tuo fratello ha finito l'internato ed è disposto a lavorare con me a Sligo. Rileveremo lo studio del dottor Macnamara, che sta giusto per andare in pensione. Il tempismo è perfetto, e mi sarà di grande aiuto avere Tim come socio."

Sarah aprì la portiera posteriore della macchina e scivolò sul sedile, stringendosi nella giacca come per proteggersi da ulteriori rivelazioni. "Sapevo che doveva esserci dietro dell'altro", commentò. "Il nocciolo della questione è sistemare Tim, vero? Non è di questo che si tratta?"

"No, certamente non è questo il punto", ribatté Betty in tono difensivo. "Per lui, probabilmente sarebbe meglio fare pratica in qualche grande ospedale in Inghilterra e prendere una specializzazione. In questo modo avrà una clientela bell'e pronta, è vero. Ma sarà lì a dare una mano a papà. Non saltare a conclusioni assurde, Sarah. La cosa più importante è la salute di tuo padre. Se restassimo in Kenya per altri cinque o dieci anni, poi sarebbe troppo tardi per fare un grosso cambiamento prima che lui debba ritirarsi del tutto. Questo è un buon momento per un nuovo inizio. E tu hai sempre amato la casa di Sligo, anche se non ci sei più stata da quando il nonno è morto. Sono sicura che una volta lì capirai perché sia il posto giusto per noi tutti. C'è una enorme quantità di lavoro da fare, ma abbiamo già reso abitabili alcune delle stanze mentre gli operai vanno avanti."

Sarah si astenne da qualunque polemica. Non voleva guastare quel primo giorno insieme, e si sentiva in colpa all'idea che lei sarebbe tornata in Kenya mentre i suoi genitori erano stati costretti a lasciarsi alle spalle quella parte della loro vita.

La vecchia casa era situata diversi chilometri fuori dalla città di Sligo, e si affacciava su Donegal Bay. Un declivio erboso scendeva a una lunga striscia di sabbia bianca e alle dune di Streedagh. Dietro di loro incombeva la forma massiccia di Ben Bulben, con la sommità piatta e sporgente verso il mare come la prua di una enorme barca. Betty aveva ereditato la grande casa sgangherata dopo la morte di suo padre. Era una bella costruzione georgiana con ampi terreni e una scuderia, ma all'interno era umida ed era stata lasciata andare per anni da inquilini incuranti. Adesso sarebbe diventata la base di una nuova vita. Sarah era stupefatta di quella decisione repentina, e la feriva profondamente che i suoi genitori non avessero aspettato di discuterne con lei. Nel breve periodo in cui era stata via Raphael aveva concluso il suo contratto oltreoceano per motivi di salute, accettato una sostanziosa liquidazione e deciso di esercitare come medico generico in Irlanda. O forse, piuttosto, così era stato deciso per lui.

Sarah rivelò finalmente i propri piani quattro giorni dopo il suo ritorno. "Ho trovato un lavoro in Kenya", annunciò. "Parteciperò a un progetto di ricerca sugli elefanti, nei pressi di Buffalo Springs. Ho incontrato i responsabili del programma, Dan e Allie Briggs, e mi hanno offerto un posto come assistente. Avrò vitto e alloggio al loro campo, un mezzo di trasporto e un piccolo stipendio. Tornerò a vivere là. Tra qualche settimana."

"Non puoi dire sul serio!" Betty era sgomenta.

Raphael cambiò posizione sul divano e si schiarì la gola, segno familiare che indicava disagio, o chi stava cercando di evitare un confronto. Caricò la pipa, concentrandosi spasmodicamente sull'operazione, e rimase in silenzio.

"Non potrei essere più seria di così." Sarah puntò uno sguardo di sfida sui genitori, sporgendo aggressivamente il mento in avanti. "Quel raid è stato un incidente isolato. Non è qualcosa che succede ogni giorno. Le rapine sono più frequenti a Dublino che in Kenya, di questi tempi. E in ogni caso, non starò a Nairobi o a Langani. Vivrò nel *bundu*, e una squattrinata apprendista ricercatrice che studia gli elefanti non è appetibile per nessun malintenzionato." Non ammise che continuava a rivedere nella propria mente le immagini di quella orribile notte a Langani. Anche in Irlanda, il buio non era più un luogo dove sentirsi al sicuro.

"Non riesco a capire perché tu non possa prima finire i tuoi studi qui." Betty si alzò e prese a camminare avanti e indietro, agitata davanti alla determinazione della figlia. "Hai superato brillantemente gli esami, e hai ricevuto un'offerta dall'università per cui la maggior parte degli studenti farebbe carte false. Saresti matta a rifiutare una simile occasione, Sarah, con le tue capacità. È uno spreco. Non è proprio da te."

"Non lo trovo più strano della vostra decisione di restare qui. E non ho detto che non tornerò più al college. Ho soltanto chiesto un permesso di circa un anno, per fare un po' di esperienza sul campo. Tra l'altro, ieri il preside di facoltà è stato piuttosto incoraggiante, dopo avere visto il materiale che avevo portato con me. Una copia delle ricerche che Dan e Allie Briggs stanno svolgendo." Be', questo non era esattamente vero. L'incontro era stato piuttosto burrascoso, e lei aveva dovuto tirare fuori le unghie perché accettasse la sua richiesta di prendersi un anno di pausa.

"Potresti fare questo tipo di esperienza sul campo durante le vacanze universitarie, invece di interrompere gli studi per una singola opportunità. Se ne presenteranno molte altre quando avrai ottenuto la specializzazione. Anche migliori." Betty aveva sempre più difficoltà a non perdere la pazienza.

"Questo non è un capriccio infantile, mamma. Ho ricevuto una straordinaria offerta di lavoro da due scienziati molto stimati. Sono finanziati da un'importante università americana, ricevono sovvenzioni dal *National Geographic*, e c'è la possibilità di ottenere fondi anche dallo Smithsonian Institute. Sono al livello degli Adamson, di Jane Goodall e di Diane Fossey, e non posso immaginare niente di più fantastico che partecipare al loro studio sugli elefanti. È una possibilità su un milione. Per una come me, che non ha alcuna esperienza, è la realizzazione di un sogno." Stava usando qualunque argomento potesse sfoderare, sebbene fosse consapevole che non erano in vista ulteriori stanziamenti per le ricerche dei Briggs, ed era tutt'altro che escluso che nel giro di qualche mese si sarebbe ritrovata senza un lavoro.

"Non hai nemmeno il permesso di lavoro! E sono sicura che non riuscirai a vivere dello stipendio che intendono darti." Betty adottò un tono più persuasivo. "Posso capire che ti sembri una grande opportunità, ma devi anche essere pratica, tesoro."

"E che cosa guadagnerei se restassi qui a Dublino? Niente del tutto. Dovreste continuare a mantenermi. Il punto non è quanto mi pagano, mamma, lo sai. E comunque non avrò bisogno di soldi al campo. Spenderei qualcosa giusto se andassi a Nairobi, e sono certa che avrò in tasca abbastanza per farci un salto ogni tanto."

"Devi riflettere bene sulla tua sicurezza, Sarah. Hai già avuto una brutta esperienza." Raphael aveva la fronte aggrottata. "C'è un problema nell'area settentrionale del Kenya, dove sarà il tuo campo base, e non ha niente a che vedere con le rapine occasionali. È una questione molto più seria, con una guerra in corso lungo i confini con la Somalia, e non sarà di facile soluzione. Quello è un territorio pericoloso di questi tempi, e una tenda a Buffalo Springs ti offrirà ben poca protezione dalle incursioni di banditi somali armati fino ai denti. Quei Briggs hanno delle guardie, o almeno armi da fuoco di qualche tipo?"

"Non lo so, papà. Comunque disporre o no di armi non ti ha mai influenzato quando sei rimasto durante il Mau Mau."

"Oh, non essere sciocca, Sarah", intervenne seccamente Betty. "Quella era una cosa diversa. A quei tempi avevamo l'esercito inglese e la polizia a proteggerci, e il Kenya era una colonia sotto le leggi britanniche. E a parte questo, il Mau Mau non ha mai realmente preso piede nella zona costiera. Non c'è paragone."

"Non vorresti proprio aspettare ancora un anno?" tentò Raphael, ma c'era rassegnazione nella sua voce. "È un tempo abbastanza breve, e penso che in futuro potresti pentirti di una decisione affrettata. Voglio dire, in termini di prospettive di carriera..."

"So esattamente come voglio gestire la mia futura carriera. Sentite, non mettiamoci a litigare per questo. Per favore. Io tornerò in Kenya per lavorare a questo progetto di ricerca. Hanno bisogno di qualcuno adesso, non tra un anno. Attualmente non ci sono tante persone come me in giro che abbiano familiarità con il Kenya, parlino lo swahili, e con una laurea in zoologia. Allie Briggs ha anche detto che la mia abilità di fotografa sarebbe molto utile, e questa è un'altra cosa interessante. Pensate che colpo di fortuna sarebbe se qualcuno al *National Geographic* notasse le mie foto. È una possibilità remota, però esiste."

Sarah si avvicinò alla madre e la abbracciò. "Ti voglio bene, mamma. Non voglio fare niente che possa dare un dispiacere a te o a papà. Ma questa è un'opportunità che non mi capiterà mai più. Ti prego, di' che sei felice per me."

"Non posso ancora credere che tu abbia organizzato tutto questo senza dirci una parola." Betty lanciò un'occhiata al marito sperando nel suo appoggio; lui però non fece commenti. Riprese a parlare con una punta di disperazione nella voce. "So quanto siano stati difficili per te questi ultimi tre anni. Ma papà e io adesso saremo qui in Irlanda. C'è la casa da sistemare, e l'ambulatorio. È un grosso impegno. Pensavo che lo avremmo affrontato tutti insieme. Ti immaginavo qui con noi, durante le vacanze. È una parte del mondo così bella e selvaggia, e sarà la nostra casa, oltre che il nuovo posto di lavoro di tuo padre."

"Lo so. Io però devo tornare in Kenya", insisté Sarah. "Tutto quel che ho sempre desiderato è là."

"Sarah?" Betty guardò la figlia dritto negli occhi. "Spero che tu non stia facendo tutto questo per Peter van der Beer. Se un uomo ti vuole, viene a cercarti. Non gli piacerà che tu vada a gettarti nelle sue braccia, non importa quanto lo ami. Servirà solo a smontarlo, credimi."

"Non voglio tornare là a causa sua!" Sarah stava quasi gridando. "È sempre stato il mio sogno lavorare per la conservazione dell'ambiente in Kenya. Non è un progetto campato in aria che mi sono inventata da un giorno all'altro. Ho una grande ammirazione per Piet, è vero. E Hannah è la mia migliore amica da tanti anni. Ma qui stiamo parlando di una fantastica offerta di lavoro, e penso che meriterei un po' più credito."

"Vogliamo soltanto essere sicuri che la tua giovane età e il tuo zelo non ti facciano perdere di vista tutto quello per cui hai lavorato sodo all'università in favore di una delle tue crociate", intervenne Raphael, cercando di placarla. "Stiamo facendo gli avvocati del diavolo, se vuoi, perorando la causa contraria per provare a proteggerti. Tu sei una romantica e un'ottimista cronica, cara, e un anno di studio in più ti darebbe una qualifica molto migliore. Allora torneresti in Kenya con la possibilità di un lavoro ben retribuito e la sicurezza a lungo termine della laurea di secondo grado."

Sarah aveva troppo bisogno della loro benedizione, se non della loro approvazione. Guardò suo padre: appariva così smagrito, e la sua pelle era ancora giallognola per gli effetti dei farmaci antimalarici che gli avevano salvato la vita. Non aveva mai immaginato che un giorno sarebbe diventato vecchio e fragile. Doveva essere stata una scelta difficile per lui quella di lasciare l'Africa e tornare per sempre in Irlanda. Avrebbe voluto essere stata lì quando lo avevano deciso. C'erano tante altre zone del Kenya dove lui avrebbe potuto continuare a lavorare, intere regioni praticamente esenti dalla malaria, e molti posti in cui c'era un bisogno disperato della sua esperienza. Ma Sarah poteva vedere la paura in sua madre, il suo assoluto rifiuto di esporre Raphael al minimo rischio. Per la prima volta, si sorprese a sentirsi protettiva, piuttosto che protetta. Per Tim era diverso – lui era giovane, forte, e poteva cominciare ovunque, cambiare idea, andarsene altrove più avanti.

Rivolse la propria attenzione al fuoco, smuovendo i ciocchi di legno con l'attizzatoio. Era sbagliato andarsene quando più avevano bisogno di lei? Eppure, restare era impensabile. Aveva trovato un modo di tornare alla sua vera casa, in un luogo dove poteva dare un contributo prezioso alla terra e alla gente, fare una differenza. Volendo essere onesta, sì, c'era del vero in quel che la madre aveva detto su Piet. Aveva cavalcato con lui attraverso le pianure, visto la sua riserva faunistica e il lodge prendere forma. Erano stati seduti insieme sulle rocce nel crepuscolo rosato, a guardare gli elefanti scendere ad abbeverarsi al fiume. Con Piet si era sentita viva. Era disposta a mettersi di nuovo sul suo percorso e semplicemente sperare. Piet era il suo principale movente. Voleva stargli vicino, anche se lui non poteva o non voleva amarla. Ora Raphael la stava scrutando, con il suo acuto sguardo indagatore, e lei si sentì arrossire come ogni volta che la prendeva in castagna.

"Bene, visto che non possiamo dissuaderti, mia cara, dovremo essere orgogliosi di avere una figlia dotata di tanto coraggio e immaginazione." Le posò una mano rassicurante sulla testa, come aveva fatto così spesso quando era bambina. "Betty, amore, ha ragione lei", disse. "Non possiamo vivere la sua vita al posto suo, e non possiamo pretendere che lei viva la nostra. Tra un paio di settimane avrà ventun anni, abbastanza per fare le sue scelte. E non è una cosa sbagliata seguire i propri sogni."

Sarah lo fissò sorpresa, poi gli gettò le braccia al collo. Gli occhi del padre brillavano di affetto e divertimento mentre si voltava verso Betty. "Su", la invitò, "da' anche tu un abbraccio alla nostra ragazza. Devi ammettere che è intraprendente, anche se un po' impetuosa."

"Ha sempre avuto la capacità di rigirarti intorno al mignolo", commentò lei. "Non sono convinta, ma che posso dire?" Si avvicinò e prese Sarah tra le braccia. "Prometti solo di essere prudente. Non correre rischi inutili, ti prego. Non è più la stessa terra, quella in cui stai tornando. È un luogo scosso da grandi cambiamenti e in preda allo scompiglio, con tutte le reti di sicurezza saltate. Hai avuto un'esperienza terribile a Langani, e puoi considerarti fortunata che nessuno abbia perso la vita."

"Farò molta attenzione, mamma, te lo prometto." Adesso che l'opposizione al suo piano si era dissolta, Sarah sprizzava gioia infantile. "Sono così felice, così eccitata! È so che è la cosa giusta. Aspettate di vedere la faccia di Tim, quando lo saprà..."

"Sì, dovrebbe essere interessante." Raphael rise sommessamente. "E potrebbe sorprenderti anche lui con qualche novità."

Tim. Sarah sentì un fremito di nervosismo mentre si preparava a dare la notizia al fratello. Sospettava che non sarebbe stato impressionato, e aveva ragione.

"Tu sei matta", disse lui. "Ed egoista, per giunta. Non ti rendi conto di quanto sarà dura per loro? Per mamma soprattutto. Ha bisogno di tutto l'aiuto possibile, e so che contava sul fatto che saresti stata qui durante le vacanze, e ogni tanto nel fine settimana. E sono in pensiero per papà. Non so se sarà in grado di reggere i ritmi di un medico condotto, con i lunghi orari di lavoro e le chiamate notturne, anche se io sarò lì ad aiutarlo."

"Ma è guarito", obiettò Sarah. "Mi ha detto che adesso sta bene."

Tim scosse la testa. "Crisi frequenti di malaria possono provocare un'insufficienza cardiaca. Ti sarai accorta che ha sempre il fiato corto e si stanca facilmente. E ha la pressione alta."

"Papà soffre di cuore?"

"Non posso dirlo con sicurezza. Ma penso che tu saresti dovuta restare a dar loro una mano, almeno per il primo anno."

"Non sarà mai il momento adatto per andarmene di casa e cominciare a vivere per conto mio", replicò lei tristemente. "Se resto per un anno, poi il distacco sarà ancora più difficile. E potrei non trovare più un altro lavoro come questo."

"Non capisci come questo trasferimento cambierà ogni cosa?" la incalzò Tim. "Avrai una casa a una distanza ragionevole da Dublino, e il posto è splendido, con il mare e quella lunga spiaggia."

"Tu ami l'Irlanda, Tim. È una fortuna che la liquidazione di papà gli abbia reso possibile sistemarsi qui, ed è meraviglioso che voi due lavoriate insieme. Ma anch'io ho trovato quello che voglio, e devo seguire la mia strada." Gli tese una mano, cercando la sua comprensione.

"Tu hai bisogno di un bravo psichiatra!" Tim si allontanò e andò a versarsi del tè, lanciando uno sguardo indietro per offrirne una tazza anche a lei. Vide il dolore e la delusione sul viso della sorella, e si pentì di essere stato così aspro. "Senti, mi dispiace, Sarah. Ma è tutto così improvviso. Te ne vai in Kenya per una vacanza, e al tuo ritorno annunci come niente fosse che vuoi lasciare il college e andare a vivere nel bush con gente che nemmeno conosci. Senza contare che saresti potuta restare uccisa la settimana scorsa. Come ti aspetti che reagisca? Hai avuto risultati brillanti agli esami. Siamo così orgogliosi di te. Le tue fotografie sono state esposte in una galleria di Dublino, e lo meritavano. Potresti investire su questo se restassi qui, fare un mucchio di soldi scattando foto per quotidiani e riviste."

"Questo posso farlo anche in Kenya."

"Oh, su, Sarah! Cerca di capire. Non è questo il punto. Sono preoccupato della tua sicurezza. E puoi pensare di avere ingannato mamma e papà, ma io vedo benissimo che hai i nervi scossi. Non si può attraversare un'esperienza del genere senza ripercussioni. Quel che è successo a Langani è sintomatico di ciò che è diventato il Kenya. Non è più lo stesso posto della nostra infanzia."

"Come diavolo puoi sapere com'è, o come sarà?" La pazienza di Sarah si stava esaurendo. "Non metti piede in Kenya da due anni. E vorrei che mamma e papà non avessero preso tutte queste decisioni in mia assenza. Scommetto che avrei potuto convincerli a tornare là. Ma è risultato molto comodo per te, Tim. Papà arriva qui ammalato, mamma è terrorizzata, e all'improvviso vanno a vivere in mezzo alle torbiere irlandesi, e tu ti ritrovi con un ambulatorio bell'e pronto. Sarebbero potuti andare sugli altopiani del Kenya, e per anni avrebbero goduto lo stesso tipo di vita al quale erano abituati."

"Che diavolo stai dicendo?" Tim scattò in piedi, rovesciando la sedia. "Credi che io abbia approfittato in qualche modo della malattia di papà? Gesù! Sei un vero mostro, Sarah. Non posso credere che pensi una cosa del genere. Datti una regolata, ragazza, prima che io me ne vada di qui e non ti rivolga mai più la parola."

La rabbia vorticava tra loro, li separava. Tim guardò fuori dalla finestra, accigliato e rigido per l'indignazione. Sarah si sedette al tavolo di cucina e si prese la testa tra le mani. Fu lei a parlare per prima.

"Mi dispiace. Ovviamente non era questo che intendevo dire." Incurvò le labbra nel tentativo di un sorriso conciliatorio. "Le parole mi sono uscite di bocca completamente sbagliate. Credo di sentirmi esclusa. Avete preso così tante decisioni importanti mentre io ero via, rivoluzionato tutto. E pensavo che tu, tra tutti, avresti capito che cosa significhi per me questo lavoro. Come si può rinunciare quando trovi la cosa ideale, quella fatta apposta per te?"

"Lo capisco. Io avrei voluto..." Tim non finì la frase. Invece, andò a sedersi accanto a lei, tutta la sua ira svanita. Sarah lo osservò con attenzione.

"Vuoi davvero lavorare come medico generico, qui, con papà? Non lo stai facendo per..."

"No. Certo che no. E non invidio la tua opportunità. Voglio soltanto che tu sia felice e al sicuro. Ho paura che tu stia gettando via una parte importante della tua vita per inseguire una chimera, e che possa essere ferita da..."

"Oh, santo cielo, Tim!" Sarah passò le dita tra la sua massa di riccioli e batté il pugno sul tavolo per la frustrazione. "Io tornerò in Kenya per il lavoro, è chiaro? E non ho bisogno di un'ennesima dannata predica su Piet! Sì, provo dei sentimenti profondi per lui, e potrà venirne fuori qualcosa oppure no, staremo a vedere. Non necessariamente ci viene offerta la via più facile per raggiungere l'amore, o quel che desideriamo. Dobbiamo cogliere le opportunità che ci si presentano."

"Questa tua scelta mi sembra un po' troppo azzardata in ogni senso. Non solo per quel che riguarda Piet."

"Vuoi smetterla di tirare in ballo Piet? Non hai voce in capitolo su questo argomento." Tim fece per protestare, ma lei non gliene diede il tempo. "Io non farei obiezioni se tu chiedessi alla tua dolce Deirdre di venire a stare qui con te."

"Se vuoi saperlo, gliel'ho chiesto." Tim le rivolse uno sguardo accusatore. "E se tu non fossi così completamente presa dalle tue ambizioni te ne avrei parlato. Deirdre è una ragazza meravigliosa che ha molto da offrire. Verrà a lavorare all'ambulatorio come nostra infermiera. E come mia fidanzata."

"La tua cosa?" Sarah lo guardò incredula. "Hai chiesto a Deirdre di sposarti?"

"Proprio così. E lei ha accettato. E puoi fare a meno di sembrare così sorpresa, Cristo santo. Adesso, è il tuo turno di fare le congratulazioni."

"Oh, Tim!" Sarah fissava il fratello, attonita, e rattristata dal dover cercare qualcosa di diplomatico da dire. "Senti, non saltarmi alla gola se te lo chiedo... la ami davvero? Con passione, voglio dire? So che la stimi e che è una brava persona, ma questo è abbastanza?" Tim non rispose, e lei gli si fece più vicina. "Santo cielo, ci sono così tanti cambiamenti nella nostra vita. È tutto sottosopra. Io ti voglio bene, Tim. E se Deirdre è quella giusta, allora vorrò bene anche a lei. E sarai fiero di quello che farò in Kenya, te lo prometto."

Ora stava piangendo, spaventata all'idea di essere separata dalla sua famiglia, timorosa dei pericoli e delle incertezze che aveva davanti.

"Andrà tutto bene." Tim le mise un braccio intorno alle spalle e le diede un fazzoletto pulito. "E vedrai anche tu che persona meravigliosa sia Deirdre, quando avrai modo di conoscerla. Abbiamo le stesse idee, gli stessi obiettivi. Provo un affetto immenso per lei."

"È una ragazza fortunata, questo è certo", disse Sarah. Ma nella sua mente c'erano ancora delle riserve, la sensazione che il fratello stesse commettendo un errore. Lui aveva parlato di stima, rispetto e affetto per Deirdre, però non aveva detto di amarla. "Sono felice per te, Tim, davvero. E per quel che riguarda Piet, io l'ho sempre amato, e non posso smettere di farlo a comando. Lui può non provare le stesse cose per me. Non ancora. Ma questo può cambiare. Alla fine, l'amore è l'unica cosa che conta, no?"

"Chi è che sta predicando, adesso?" ribatté Tim, ma stava sorridendo, sollevato di vedere che potevano condividere le loro speranze, per quanto diverse potessero essere.

Quella stessa sera Sarah telefonò a Londra. Fu sorpresa quando le rispose Marina. A quanto pareva Camilla si era riappacificata con la madre, sebbene dovesse aspettare con ansia il ritorno di George dall'estero. Era dell'amore di suo padre che aveva bisogno per superare quel brutto momento. Camilla non diede sue notizie nei giorni seguenti, e una settimana dopo Sarah provò a richiamare, ma non rispose nessuno. Si sforzò di scacciare un insistente senso di disagio. Una premonizione.

"Prova a chiamare alla casa in campagna", le suggerì Betty. "Sono così in pena per quella povera ragazza. Mi piacerebbe averla con noi sabato sera per la tua festa di compleanno. Fa parte della famiglia, e sarebbe giusto che fosse qui. Continua a provare, Sarah. Forse riuscirai a convincerla."

A Burford rispose Marina. Il suo tono era freddo. Camilla era via. Non sarebbe stata a Londra né contattabile per un po'. Le avrebbe riferito il messaggio.

"Le hai parlato?" si informò Betty. "Come sta?"

"Mi ha risposto di nuovo Marina", replicò Sarah, aggrottando le sopracciglia. "Ha detto che Camilla è via. Forse è andata da qualche parte con suo padre, anche se Marina non ha accennato a lui. Comunque sia, sono sicura che si farà sentire quando tornerà. Adesso rimettiamoci al lavoro con tutte queste latte di vernice che hai disseminato ovunque."

La sera del compleanno di Sarah mangiarono all'aperto, sulle dune di Streedagh. La festeggiata non aveva voluto una cena formale in un ristorante raffinato, e sapeva che ogni centesimo risparmiato aveva un peso, con la nuova casa dei genitori da sistemare e l'ambulatorio da allestire. Tim e Raphael accesero un falò e cucinarono salmone e patate alla brace. Molta gente del villaggio di Grange si unì a loro sulla spiaggia, portando violini e fisarmoniche, e la musica si alzò nella notte assieme alle fiamme sulle note di vecchie canzoni tradizionali. Soltanto quando tornarono a casa Raphael tirò fuori una scatola avvolta in carta da regalo; guardavano tutti Sarah mentre lei l'apriva, per estrarne una pesante macchina fotografica Hasselblad. Fu così stupefatta dell'enormità del dono che non riuscì a parlare, e poté solo abbracciare forte ciascuno di loro con tutto il suo amore e la sua gratitudine.

Due giorni dopo arrivò Deirdre. Aveva dato le dimissioni dal suo posto a Dublino e iniziò subito a lavorare con un'instancabilità e un'efficienza strabilianti. Era molto gentile, anche. Il suo principale difetto era un'irritante abitudine di dispensare consigli non richiesti nel suo accento cantilenante di Cork. Sarah cominciò a nutrire un riluttante rispetto per lei. Poteva vedere il legame di affetto tra Deirdre e Tim, eppure c'era qualcosa che mancava nella loro relazione. Erano più che altro come fratello e sorella, e lei sembrava restia a fissare una data per il matrimonio. Tuttavia, era la scelta di Tim. Sarah era più preoccupata per il padre: vedeva le sue energie esaurirsi da un momento all'altro, il suo colorito farsi cereo e il respiro flebile. Lui le assicurava di avere soltanto bisogno di riposo, Betty però non era così fiduciosa. Con rammarico, si decise a mandare un cablogramma a Dan Briggs chiedendo un po' più di tempo. Fu sollevata quando ricevette una risposta gentile e comprensiva, che le accordava una proroga fino a novembre. Sarebbe tornata in Kenya nel periodo delle brevi piogge, quando il lavoro e gli spostamenti erano più lenti e difficoltosi, ma non aveva alternativa.

Ma c'erano le piccole gioie a sollevarla. Benché il budget per la casa fosse limitato, la famiglia fu d'accordo sul concedersi un unico lusso, e Raphael aveva comprato tre cavalli. La casa si affacciava sulla spiaggia dove Sarah e Tim avevano montato da bambini i pony del nonno. Era stato lui a insegnare loro a cavalcare. La lunga striscia di sabbia lasciata esposta dalla bassa marea era un posto ideale per imparare, per lanciarsi nel primo, esaltante galoppo, gridando per l'eccitazione della velocità, il battito degli zoccoli sul bagnasciuga, il vento che sferzava la faccia, i nitriti e il fruscio e il tintinnio dei finimenti. Quello era sempre stato un luogo speciale per lei e suo fratello.

"Mi piacerebbe fare una corsa a cavallo dopo pranzo", disse a Tim, dopo parecchi giorni passati a combattere con stucco e smeriglio.

"È una splendida idea", approvò lui. "Che ne dici, Deirdre? Sarebbe ora che tu imparassi a cavalcare. Potremmo fare una breve, tranquilla escursione sulla spiaggia."

Le stava alle spalle, e le cinse la vita con le braccia traendola a sé, ma lei si svincolò con una piccola esclamazione di protesta.

"Lo sai che non mi piacciono i cavalli", rispose in tono tagliente. "Andate voi. Io vi sarei solo d'impiccio."

Tim si voltò, ma Sarah aveva fatto in tempo a notare la sua espressione ferita. I due corsero tra le dune verso le rovine del castello di Mullaghmore, dove galopparono sulla battigia tra gli spruzzi di spuma salmastra. Quando la marea cominciò ad alzarsi, il cielo fiammeggiava sopra Ben Bulben e le foche si trascinavano sull'arenile scintillante di calcite per tuffarsi in acqua. Mentre risalivano coi cavalli dalla spiaggia nella luce del sole autunnale, Sarah si sentì molto vicina al fratello, e pregò che lui fosse felice. La casa era immersa nel bagliore mielato del tardo pomeriggio, le proporzioni classiche in armonia col paesaggio circostante. Cespugli di ortensie in piena fioritura stavano ai lati delle portefinestre, i vetri riflettevano la linea distante del mare oltre il promontorio. Era l'ideale, si rese conto finalmente, per i suoi genitori a quel punto della loro vita. E un posto perfetto dove Tim e Deirdre potessero crescere dei figli.

Le settimane a Sligo volarono via con un senso di soddisfazione, un senso di cose che procedevano verso il giusto, che mitigò la sua impazienza di tornare in Kenya e rivedere Piet. Le giornate facevano appena in tempo a iniziare che erano già finite ed era ora di andare di nuovo a letto. La stanchezza fisica era una benedizione per Sarah: smussava il ricordo angoscioso dell'assalto che altrimenti avrebbe invaso il suo sonno. Le immagini erano sempre là in agguato, pronte a saltare fuori a ogni rumore strano o movimento improvviso.

"Avevo dimenticato quanto fosse bello questo posto", ammise mentre stava sugli scalini d'ingresso con suo fratello a guardare il mare. "Credo sarete molto felici qui. Tu e papà sarete la squadra migliore che si possa immaginare."

"È una grossa responsabilità", disse Tim. "A volte mi chiedo se siamo matti o cosa."

"Su, dottor Mackay, adesso non farti prendere dai dubbi. La gente verrà da chilometri di distanza a fare la fila per essere visitata da voi, e lo studio avrà un'infermiera fantastica come Deirdre. Andrà tutto a meraviglia."

Arrivò anche una lunga lettera di Hannah. Le cose procedevano normalmente alla fattoria, scriveva. Piet non aveva un attimo di riposo, poiché Lars non era ancora tornato al lavoro. Non c'era stato alcun progresso nelle indagini della polizia. Sperava che Sarah sarebbe stata lì presto, così avrebbero passato il Natale insieme a Langani. Sarah aveva sperato in qualche riga di Piet, ma poteva capire che non aveva tempo. Lui non era mai stato uno che scrivesse molto, del resto. La posta non portò alcuna notizia di Camilla, e due telefonate e una lettera non avevano ricevuto risposta. Sarah si domandò se ci fosse qualcosa che non andava, qualche problema con lo sfregio sulla sua faccia.

Poi, all'improvviso, Sarah cominciò a essere impaziente di andare via. Era ora di muoversi. Decise di partire qualche giorno prima e trascorrere un po' di tempo con Camilla. Ma il telefono continuava a suonare a vuoto, e passarono due giorni prima che riuscisse a contattarla.

"Camilla! Dove eri finita? Mi hai fatta stare in pensiero. Non hai ricevuto le mie lettere?"

"Sono sempre in giro. Fuori con amici. Sai com'è." Sembrava che si fosse appena svegliata.

"No, non so com'è. Non puoi semplicemente sparire, senza dire niente. Dove sei stata, poi? Eri via con George?"

"George. Il buon vecchio George. No, non sono stata da nessuna parte con lui. No davvero." La voce di Camilla era impastata.

"Camilla, non sei ubriaca, vero?"

"Assolutamente no. Solo qualche pillola. Le butti giù con la vodka, e tutto va bene. Tutto va splendidamente. Sono contenta che tu mi abbia trovata. Stavo per uscire: vado a un happening all'Ad Lib. Consolerò Tom per la serata. La sua ultima fiamma lo ha piantato e io sono la ruota di scorta."

"E come è andata col chirurgo plastico? Che mi dici della tua fronte? Sicura di stare bene? C'è qualcosa che non mi hai detto?"

"Proprio niente. Devo solo aspettare che il taglio possa essere riaperto e ricucito a dovere. Sta facendo scalpore qui in città, la mia cicatrice. Tu ci tornerai?"

"Eh?" Sarah era confusa dall'improvviso cambio di argomento.

"In Kenya. Hai intenzione di tornarci?"

"Certo. Sto per partire. E a proposito, mi chiedevo se potevo fare tappa da te." Silenzio all'altro capo del filo. Sarah ritentò. "Camilla, hai parlato con tuo padre dei fondi per Langani? C'è qualcosa che Piet possa fare per sveltire le pratiche, qualcuno che possa contattare a Nairobi, o a Londra?"

"Papà. Oh, sì, ho visto il mio caro paparino. Era in ottima forma, impegnato a fare le cose più incredibili. Mi ha lasciata a bocca aperta." La risata di Camilla suonò isterica e Sarah la udì ingollare un altro sorso di qualunque roba stesse bevendo. "Forse verrò lì."

"Verrai dove?"

"In Kenya. Da Hannah e Piet, a Langani."

Un senso di paura, gelido, si fece strada nella coscienza di Sarah. "Hai sentito Anthony?" domandò.

"Anthony? Ormai fa parte del mio passato assurdamente romantico. È una storia chiusa. Morta e sepolta. Ma ci sono tanti altri fascinosi giovani eroi che aspettano dietro le quinte. Quasi all'altezza del tuo bel Piet. Be', magari un po' al di sotto del suo livello, comunque ci si può accontentare."

"Ma hai chiesto a George dei finanziamenti per Langani?"

"Lo farò la prossima volta che lo vedo. Se ne avrò occasione." La sua voce suonò roca e smorzata, come se stesse piangendo. O avesse bevuto troppo, oppure esagerato con eccitanti e calmanti.

"Se venissi lì un paio di giorni potremmo parlargliene insieme", insisté Sarah. "Tra tutt'e due dovremmo essere abbastanza persuasive, non credi? E potremmo divertirci un po' a Londra prima che io svanisca nel *bundu*."

"Stanno suonando alla porta, Sarah. Devo scappare. Ci sentiamo presto. Forse ci vedremo alla fattoria."

"Camilla...?"

"Non farmi sentire in colpa. Ho anch'io delle cose a cui pensare, sai. Cose che ti farebbero restare di stucco. Ti saluto, per adesso."

Sarah restò a guardare incredula il ricevitore. Camilla non voleva vederla. E la sua indifferenza sulla questione degli aiuti a Langani era difficile da mandare giù. Di certo non poteva aspettarsi che Piet e Hannah la accogliessero a braccia aperte, quando lei non si era nemmeno presa la briga di discutere la loro situazione con suo padre. E come avrebbe reagito Piet se Camilla fosse andata da lui in cerca di consolazione? Sarah si sentiva male al solo pensiero.

L'ultimo giorno a Sligo lo passò sulla terrazza, a respirare profondamente il profumo del mare e ascoltare il fruscio del vento nell'ondeggiante verde smeraldo dell'erba sulle dune, mentre i gabbiani stridevano volteggiando nelle loro danze, in cielo.

"Sei sicura di avere preso tutto?" si accertò Betty. "Paludrina... non vogliamo vederci tornare a casa un'altra vittima della malaria... E le pomate per le punture di insetti, e quel nuovo farmaco per i disturbi di stomaco."

"È tutto a posto, mamma. Non ti preoccupare. Sono tanto carica di roba che più di così non si può."

"Siamo pronti?" Raphael le raggiunse fuori di casa. "È ora di andare."

Sarah annuì; improvvisamente, parlare era diventato difficile. Le valigie erano già sulla macchina. Stava andando via. Via dalla famiglia che l'aveva sempre amata e sostenuta, verso un futuro che tutto a un tratto sembrava scoraggiante.

"Ti auguro tanta gioia, successo e tutto quello che desideri, tesoro. Pregherò ogni giorno perché le tue speranze si avverino." Betty la strinse a sé e piansero insieme. Le scostò i capelli dalla fronte e la baciò. "Abbi cura di te. E ricorda... se le cose non dovessero funzionare per qualunque ragione, se non sei felice, la tua casa è qui ad aspettarti. Noi ci saremo sempre, se ne avrai bisogno."

"Grazie, mamma. Me ne ricorderò." Le parole di Sarah suonarono strozzate. "Ti voglio bene. Vi amo tanto tutti quanti."

Gettò le braccia al collo del fratello, le lacrime che le rigavano il viso. Era come ai tempi del collegio, con gli addii strazianti, i tentativi di mostrarsi coraggiosa che invariabilmente fallivano, i muscoli delle guance indolenziti per lo sforzo di sorridere. Se solo fosse stato possibile avere tutti quelli che amava nello stesso posto, sempre raggiungibili! Ma aveva fatto la sua scelta. Aveva una nuova vita e una carriera davanti a sé. E Piet. Tra due giorni lo avrebbe rivisto. Aveva promesso di andare a prenderla all'aeroporto; si sarebbe avviata al suo fianco lungo la propria strada, seguendola ovunque fosse destino che lei andasse. Deirdre era uscita a salutarla, il viso serio e grazioso animato di preoccupazione mentre scodellava ammonimenti dell'ultimo minuto.

"Terrò a mente tutto quello che hai detto", le assicurò Sarah, senza sentirsi urtata dai suoi consigli una volta tanto, e la abbracciò con affetto. "Fa' rigare dritto mio fratello. Bisogna tenere le redini ben salde, con lui."

Tim le scoccò un'occhiata truce, poi si mise a ridere.

Sarah si voltò, corse giù per gli scalini e salì in macchina accanto a suo padre. Agitò il braccio in un ultimo saluto mentre partivano lungo il viale d'accesso, in subbuglio per le emozioni che le si agitavano dentro, combattuta tra il dolore, la paura e l'eccitazione.

Ma quando lasciò Raphael al gate delle partenze all'aeroporto l'angoscia si fece quasi insostenibile, afferrandola alla gola con tanta furia da permetterle a stento di respirare.

"Papà... sei proprio *sicuro* di stare bene?" Lui sembrava instabile sulle gambe, e lei notò che i calzoni gli ballavano addosso, tenuti su da una cintura che arricciava la stoffa intorno alla vita, tanto gli erano diventati larghi. Tirare giù la pesante valigia dall'auto gli era costato tutta la sua energia, e ci volle un po' prima che tornasse a respirare normalmente. Sarah gli si aggrappò, temendo all'improvviso che non lo avrebbe più rivisto. "Sono ancora in tempo per cambiare idea. Posso tornare indietro con te. Se vuoi..."

Lui la spinse con fermezza verso il cancello. "Non farti prendere dal panico proprio adesso, ragazzina", le disse. "Io sono impaziente di iniziare la mia nuova avventura. Come tu dovresti esserlo di partire per la tua. Non sognarti nemmeno di fare marcia indietro. Ci rivedremo presto, mia cara, e ti scriveremo spesso. Ora va', e sii felice. Va'."

Sarah esibì la sua carta d'imbarco e passò nell'area delle partenze. Guardando indietro vide suo padre starsene lì a seguirla con gli occhi, aspirando convulse boccate di fumo dalla pipa per nascondere il proprio turbamento. Con un ultimo gesto di amore si volse e si allontanò da lui, finché fu inghiottita dalla folla di passeggeri diretti all'aereo.

17

Londra, ottobre 1965

Camilla era furiosa, incapace di accettare la menzogna in cui era stata intrappolata, la squallida mascherata che era il matrimonio dei genitori. Loro erano stati nella posizione di scegliere, mentre a lei non era stata data alcuna opzione. Era impossibile immaginare come o perché avessero potuto aggiungere una figlia al tormento della loro vita coniugale; le passò persino per la mente che George poteva anche non essere davvero suo padre. Era risentita perché l'avevano resa una vittima ignara di tanta infelicità. Era evidente che lui doveva avere vissuto una vita segreta per tutti gli anni della sua infanzia, timoroso del rischio che la sua omosessualità venisse scoperta, distruggendogli la carriera o addirittura facendolo finire in prigione. Quel segreto condiviso aveva avvelenato la casa in cui avevano abitato, e permesso che l'isolamento e l'infelicità di Marina crescessero come un cancro e distorcessero il loro stare insieme.

Camilla era fuggita dall'orribile scena nella camera da letto e corsa via dalla casa. Dietro di lei aveva udito la voce del padre chiamarla; i suoni rauchi e disperati del suo dolore e del suo rimorso le si erano conficcati nel cervello come proiettili, lacerando tutta la fiducia che aveva riposto in lui. Si era sbracciata come una forsennata per fermare un taxi, e nell'anonimità dell'auto pubblica aveva cominciato a piangere senza ritegno.

"Su, non farti a pezzi il cuore, una bella ragazza come te! Scommetto che è per un uomo, eh? Be', non ne vale la pena. Nessuno di loro se lo merita, cara mia. Te lo dico io, e vedrai che ho ragione." Il tassista l'aveva sbirciata con simpatia nello specchietto retrovisore. "Allora, dove si va? Vuoi che ti porti un po' in giro per la città, o c'è qualche posto particolare dove vorresti andare?"

Camilla gli aveva dato l'indirizzo del suo appartamento. Non c'era altro posto dove potesse andare, nessuno a cui potesse appoggiarsi. Non aveva mai sentito il bisogno di amici intimi a Londra, mai cercato qualcuno col quale confidarsi. Si era sempre sentita distante, differente dalle persone con cui lavorava, cenava e ballava. Le piaceva essere distaccata, scollegata, indifferente alla realtà altrui. La gente che la attorniava non aveva alcun potere, alcuna influenza sulle sue emozioni o aspirazioni, alcun accesso ai suoi pensieri privati.

"Non ho mai una dannata idea di quel che ti frulla nel cervello", si era spesso lamentato Tom Bartlett. "Dici cose che sembrano ragionevoli e io ti ascolto, ma non so che cosa stia succedendo realmente in quella tua bella testolina. Non si riesce mai a capire che cosa tu provi davvero, ammesso che provi qualcosa. Un giorno o l'altro scoprirai di essere umana come tutti noi comuni mortali. Che devi entrare in contatto con gli altri, o comincerai ad avvizzire come una pianta senz'acqua."

"Be', di sicuro non ho bisogno di essere bagnata da te", aveva ribattuto lei, altezzosa e sicura di sé, respingendolo mentre cercava di baciarla. Lo aveva visto voltarsi dall'altra parte, borbottando qualcosa a proposito di orgoglio e cadute dolorose da piedistalli, e aveva riso di lui.

E adesso non aveva nessuno da cui aspettarsi un sostegno. Mentre apriva la porta di casa Camilla udì il telefono squillare e si fermò sulla soglia, temendo che fosse suo padre. Girò sui tacchi e scese di nuovo le scale, tornando giù in Brompton Road. Si era rimesso a piovere, e lei non aveva idea di dove andare. Era troppo presto per rifugiarsi in uno dei soliti bar o in qualche club. Si sentiva spaesata e malsicura in mezzo al traffico della sera; voleva scappare dal rumore di motori, freni e clacson, tornare all'armonia della selvaggia natura africana. Mentre stava sul marciapiede, esitante e ignara degli sguardi curiosi dei passanti, un'automobile le si affiancò.

"Sembri smarrita. Indecisa, quanto meno." Edward Carradine abbassò il finestrino e la guardò interrogativamente. "È una sera molto umida. Posso accompagnarti da qualche parte?"

"Sì. Sì, può."

Lui scese dalla macchina e le aprì la portiera, facendola accomodare sul sedile del passeggero.

"Dove si va?"

"Da qualche parte. Come diceva." Camilla stava già rimpiangendo di avere accettato l'offerta. Adesso che era sulla sua macchina, non aveva idea di dove potesse chiedergli di portarla. "Lei dove stava andando?"

"Pensavo di andare al cinema." La stava osservando con la coda dell'occhio, notando la sua ansia, il fremito nervoso all'angolo della bocca, gli occhi arrossati. "Se non hai impegni, forse potresti farmi compagnia."

"Non ci sono regole sull'uscire con le sue pazienti, dottor Carradine?" Camilla sorrise debolmente.

"Non nel senso normale, sociale. Altrimenti dovrei passare da solo metà della mia vita. E il mio nome è Edward." La guardò direttamente. "Ti sta molto bene questo nuovo taglio di capelli. Sarebbe stato una buona idea anche senza il motivo per cui lo hai adottato. Ti fa sembrare un elfo piuttosto che una regina delle fate. Femminile, ma sbarazzina."

"Che film pensavi di vedere?"

"*Il volo della Fenice*. Jimmy Stewart in un incidente aereo. Ma se preferisci..."

"Jimmy Stewart va bene. Mi piace quella voce piatta e nasale."

Dopo il cinema andarono a cena. Edward si mostrò pieno di charme, un interessante conversatore. Le fece domande sul mondo della moda, le parlò dei propri viaggi in Kenya, Nigeria e India, descrivendo con sincera compassione i corpi devastati che aveva cercato di riparare. Mentre parlavano la osservò attentamente: vide il suo bel viso illuminarsi quando rideva di qualche aneddoto, e colse un substrato di tristezza di cui lei stessa sembrava inconsapevole. Quando le chiese di Marina, Camilla si strinse nelle spalle.

"Nel caso tu ti senta in obbligo di fare un'educata conversazione su mia madre, ti farò risparmiare un po' di tempo", rispose. "Tanto vale tu sappia che non le sono mai stata particolarmente legata."

Più tardi lui accennò a suo padre. Camilla si irrigidì e la mano con cui teneva il bicchiere di vino prese a tremare, tanto che dovette posarlo cautamente sul tavolo. Lui era sempre molto impegnato, disse in tono asciutto. Quasi sempre via per lavoro. Non lo aveva visto da quando era tornata dal Kenya. Edward credette di scorgere un luccichio di lacrime nei suoi occhi e cambiò discorso. Le riempì diverse volte il bicchiere e si rese conto che lei stava bevendo deliberatamente troppo. Per annegare qualcosa che la assillava.

"E che mi dici di te... hai una famiglia?" gli domandò lei quando furono al dessert.

"Sono stato sposato una volta", le rispose lui, "molto tempo fa. Ti va un caffè? E forse una sambuca?"

"Troppo stucchevole. Ma prenderei volentieri il caffè."

Poi Edward la riportò a casa e l'accompagnò alla porta del suo appartamento.

"Questo è il punto in cui dovrei invitarti a entrare per un drink", disse Camilla cercando le chiavi.

Lui sorrise. "Non è obbligatorio."

"Ma sarebbe consentito, essendo io una tua paziente?" Lo stava stuzzicando intenzionalmente, consapevole che lui voleva entrare.

"Un drink non sarebbe male", replicò Edward, riluttante a lasciarla andare.

Nel soggiorno guardò i libri, i quadri, le stampe e l'arredamento di design. Era un ambiente sofisticato che non forniva alcun indizio della sua personalità. Non vide alcuna fotografia di famigliari o amici. Si domandò se lei tenesse quel genere di cose in camera da letto, ma per qualche motivo ne dubitava. Camilla tornò con un vassoio e si sedette di fronte a lui, il viso tranquillo e infantile mentre serviva caffè e un bicchiere di brandy. Quando alzò gli occhi e gli sorrise porgendogli la tazzina, Edward seppe che si stava innamorando di lei. Era un'ammissione ridicola, e la razionalità gli diceva che non poteva esserci niente di reale in quel casuale, repentino ruzzolone nell'orbita di un'altra persona. Ricordò a se stesso che aveva appena compiuto quarantadue anni, che quell'infatuazione doveva essere il sintomo di una patetica crisi di mezza età. Lei era poco più di una bambina, a dispetto degli atteggiamenti da donna vissuta. E a parte questo, probabilmente era già impegnata altrove.

"Sei molto silenzioso, tutt'a un tratto." Camilla lo studiò con un'espressione lievemente canzonatoria. "I tuoi pensieri sono profondi? Vale la pena di indagare?"

Lui continuò a guardarla in silenzio, sapendo con certezza che avrebbe tentato di farla innamorare, a rischio di soffrire o di rendersi ridicolo. Aveva sempre scelto il lavoro come amore costante, e aveva pagato un caro prezzo per questo in passato. Ma non ci sarebbero stati errori stavolta. Sorrise senza rispondere alla sua domanda, temendo che lei gli vedesse negli occhi la follia che aveva scoperto nel proprio cuore. Quando poco dopo se ne andò, le diede una rapido bacio sulla guancia e le ricordò di non fumare se avesse potuto evitarlo. Si sarebbero rivisti di lì a qualche giorno al suo studio in Harley Street. Camilla chiuse la porta e si preparò per andare a letto. Ma non appena si fu sdraiata la lama luccicante del *panga* e l'odio negli occhi del suo aggressore tornarono a torturarla. Andò in bagno e prese un sonnifero per scacciare la paura.

Il mattino seguente fu svegliata presto dal telefono; lo lasciò suonare. Non aveva dormito bene e si sentiva ansiosa, sull'orlo del pianto. Quando aprì un romanzo e provò a leggere, le parole le si confusero davanti agli occhi e rinunciò. Il telefono ricominciò a suonare, gli squilli insistenti che le tartassavano i nervi; non rispose per paura che fosse suo padre, o Tom Bartlett che voleva informarla che tutti i suoi ingaggi erano saltati. La boccetta di tranquillanti era in bagno. Si alzò per prendere una pillola, poi tornò a letto e chiuse gli occhi, immaginando di essere al campo di Samburu. Cercò di richiamare alla mente il viso di Anthony, ma l'immagine rimase confusa malgrado i suoi sforzi di metterla a fuoco, e si addormentò intrisa di un senso di perdita. Il telefono suonò di nuovo. Camilla si girò nel letto, un cuscino sulla testa per soffocarne i trilli. Ma non era abituata a prendere la via di uscita più facile, e poi non poteva evitare in eterno la realtà ripugnante della sua vita famigliare. Alla fine allungò la mano a prendere il ricevitore.

"Camilla." George Broughton-Smith aveva un tono dimesso. "Devo vederti. Ho *bisogno* di vederti."

Il suono della sua voce rievocò la sordida scena nella camera da letto. "No."

"Ci sono cose che ti devo dire. È meglio che le dica adesso, e poi potrai decidere che cosa vuoi fare."

"No. Non posso vederti né parlare con te. Per favore, non continuare a chiamarmi."

Avrebbe voluto averlo di fronte per gridargli in faccia la propria rabbia e tempestarlo di pugni per avere distrutto la loro famiglia, nel suo inseguire piaceri perversi. Avvilita, ricordò la sua promessa di chiedergli dei fondi per Langani, ma era impensabile che discutesse qualunque cosa con lui. Si alzò stancamente e andò alla finestra. Nella piazza sottostante il mondo sembrava lo stesso di sempre. C'erano rose autunnali ancora in fiore nelle aiuole del piccolo giardino pubblico e un vento leggero faceva volare foglie ramate attraverso il prato. Un tordo sguazzava nell'acqua della vaschetta per gli uccelli e una bambina giocava con la sua carrozzina per le bambole mentre la mamma leggeva una rivista sulla panchina lì accanto. Dal corridoio le giunse un fruscio di carte – il portinaio che infilava la posta nella cassetta delle lettere – e Camilla uscì a ritirare il giornale del mattino. Aveva mal di testa, si sentita snervata. Si vestì e andò a fare colazione al bar, portando il giornale con sé, decisa a sconfiggere il suo umore nero. Si sedette a un tavolino, ordinò uova col bacon e caffè, sfogliò distrattamente il quotidiano. Non c'era gran che di interessante da leggere, ma un articolo in seconda pagina attirò la sua attenzione. Un politico keniota, Johnson Kiberu, era arrivato a Londra a capo di una delegazione governativa per discutere i finanziamenti per i piani di espansione turistica della nazione in una serie di incontri al Ministero degli Esteri e a quello per lo Sviluppo delle Colonie. I delegati in visita alloggiavano al Savoy Hotel. Mentre finiva la colazione e tornava al suo appartamento, un'idea cominciò a prendere forma nella mente di Camilla. La giornata si trascinò svogliatamente, e nessuno telefonò fino al tardo pomeriggio, quando alzando il ricevitore sentì la voce di Marina.

"Cara, ti sei persa un weekend delizioso. Saresti dovuta venire con me. Ti andrebbe di cenare insieme?"

"No, grazie. Non ho voglia di fare niente stasera."

"È tutto a posto, Camilla? Mi sembri un po' giù."

"Sto bene. Davvero."

"Be', allora d'accordo, cara. Ci sentiamo domani."

Mezz'ora più tardi Marina suonò alla porta. "Ero in pensiero per te", disse. "Avevi una voce strana. La ferita ti dà qualche disturbo?"

"No. Tra poco devo uscire. Non è il momento ideale per una visita."

"Camilla, ho bisogno di sedermi. Vorrei un bicchiere d'acqua se non ti dispiace, e magari un caffè." La faccia di sua madre era grigia, e sembrava instabile sulle gambe mentre si dirigeva verso il divano, prendendo dalla borsa le sigarette e l'accendino. "So che c'è qualcosa che non va. Se non vuoi parlarne con me, forse potresti farlo con tuo padre. Per caso lo hai già visto?"

"No."

"Potrei telefonargli e sentire se può unirsi a noi a cena."

"Perché non lo lasci?" gridò Camilla, incapace di trattenere oltre la sua ira.

Marina sgranò gli occhi per la sorpresa. "Perché mai..."

"So che cos'è. So che non ti ama, che è un..."

"Camilla, sei sovreccitata. È lo choc, la reazione postuma..."

"Falla finita, mamma! Piantala con questa grottesca messinscena, Cristo santo! Io so che cos'è! So che si scopa gli uomini!"

Marina fissò sua figlia, le labbra tremanti, poi le parole scaturirono assieme alle lacrime. "Oh, Dio. Oh, Dio, non abbiamo mai voluto che tu fossi coinvolta in questo. Non abbiamo mai..."

"Avete reso la mia vita un inferno. Io ti odio, mamma. Vi odio entrambi per quello che avete nascosto in tutti questi anni. Per tutta questa ignobile farsa. Avresti dovuto lasciarlo, prendermi e andartene via!"

"No. Non era così semplice. Niente lo è. Il fatto è che io amavo tuo padre." Marina alzò lo sguardo, il viso rigato di mascara. "L'ho sempre amato. E lo amo ancora. Non avrei mai potuto lasciarlo. Avrebbe rovinato la carriera di diplomatico, annientato le sue chance di ottenere un incarico di alto livello."

"È per questo che ti ha sposata? Per non perdere le sue opportunità di carriera?" Una calma gelida era scesa su Camilla. Voleva sapere tutto, farsi spiegare ogni repellente aspetto della loro vita insieme. "Dovevi esserti resa conto di come stavano le cose. Da quanto tempo mio padre è così? È davvero mio padre, poi?"

"Ha fatto del suo meglio." Marina stava di nuovo piangendo. "Si è talmente sforzato, all'inizio. Ci si era messo così d'impegno che non ho mai sospettato niente. Poi semplicemente non ce l'ha più fatta. Avevo intuito che mi tradiva, ma credevo avesse una relazione con qualche donna del suo ufficio. Ero arrabbiata e gelosa, litigavamo in continuazione. E nonostante tutto non potevo lasciarlo."

"E l'effetto di questo matrimonio fasullo su tua figlia? Non contava niente, no? Hai deciso che la sicurezza e la scalata ai piani alti del Ministero degli Esteri erano più importanti?"

"Volevo stare con lui. Mi illudevo che potesse cambiare, che avremmo potuto avere una vita insieme. Diceva di volerlo anche lui. Era un giovane brillante con un grande futuro, e io volevo farne parte."

"Parte di che cosa? Mi stai dicendo che era un vigliacco. Ben contento di nascondersi dietro le tue gonne, servirsi di te per farsi strada."

"Lo sai che cosa pensano dei diplomatici di carriera divorziati. Tante mogli tengono in piedi un matrimonio di facciata, destreggiandosi tra sotterfugi e compromessi per vivere la propria vita, prendendo un po' d'amore dove lo trovano. Ed essere... essere diversi è ancora considerato un crimine." La voce di Marina era implorante. "Tuo padre non è un criminale, Camilla. Non è come gli altri uomini... be', la maggior parte di loro, almeno. Ma non è un criminale. E uno scandalo lo avrebbe rovinato. Ho dovuto restargli accanto, andare avanti come se lui fosse un marito normale. Un mattino trovai delle lettere mentre stavo sistemando i suoi vestiti. Erano di un ragazzo, una specie di prostituto, che voleva denaro. All'inizio non potevo credere a quel che dicevano, lui però confessò tutto. Promise che non sarebbe successo mai più, che si sarebbe lasciato tutto alle spalle. Pianse, disse che mi amava, che tu e io eravamo tutto ciò che contava nella sua vita. Poi partimmo per Nairobi. Affrontammo la situazione insieme, malgrado il sacrificio."

"E il mio, di sacrificio? Sono stata costretta a crescere tra le vostre liti, le tue scenate e il tuo astio verso di lui."

"Non ho mai provato nemmeno disamore per tuo padre. Ero soltanto disgustata da quel che la vita ci aveva costretti a diventare."

"Così lui è rimasto perché ti doveva qualcosa. Lo avevi tirato fuori dai guai e doveva pagare per questo, e continuerà a pagare per sempre." Camilla sentiva soltanto disprezzo, per entrambi. "E nessuno dei due si è minimamente preoccupato di me. Di quel che la vostra vita contorta mi avrebbe fatto." Afferrò Marina per un braccio, stringendo finché la vide trasalire per il dolore. "Vattene da casa mia, mamma, e d'ora in poi stammi alla larga. Tu e tuo marito. Voglio soltanto che mi lasciate in pace. Mi avete fatto male a sufficienza da bastarmi finché campo."

"Camilla..."

"Ecco la tua giacca, mamma. Adesso vattene. Per favore."

Per un'ora buona Camilla rimase seduta come in trance, una traccia del profumo di Marina ancora aleggiante nell'aria. L'avvicinarsi del tramonto colmò la stanza di una fredda luce gialla e il vento prese a bisbigliare contro il davanzale della finestra. Alla fine si alzò e andò a prepararsi per la serata. Fece il bagno, si massaggiò della crema sulle gambe e le braccia, si truccò con tutta la competenza e l'accuratezza di cui era capace, spazzolò la frangia sulla fronte fissandola con uno spruzzo di lacca, poi scelse un vestito col corpino attillato e la gonna che arrivava appena a sfiorarle le ginocchia. Al Savoy Hotel sorrise al barman e ordinò una vodka.

"Non l'ho vista qui per diverse settimane, signorina Broughton-Smith", le disse lui. "Deve incontrare suo padre? Vuole che le riservi un tavolo per la cena?"

"No, grazie, James. Soltanto un drink."

"Camilla! Dove eri finita, dolcezza? Bello il tuo taglio di capelli." Keith Short era un giornalista e lei era apparsa parecchie volte nella sua rubrica di cronaca mondana. "Mi fai compagnia per cena? Sto gravitando qui attorno nel caso qualcuno di quei tizi africani perda la bussola, o salti fuori qualcosa di colorito per il mio pezzo di mercoledì. C'è una certa bellezza aristocratica inglese che non disdegna un po' di pelle nera ogni tanto, per rompere la monotonia. Mi è giunta voce che potrebbe fare una capatina. Ho appostato un fotografo, nella speranza che diventi meravigliosamente indiscreta."

"Che professione incantevole ti sei scelto, Short", commentò lei, divertita solo a metà.

"Come se tu non fossi contenta quando scrivo di te sul mio pezzetto di carta stampata. Allora, che mi dici della cena?"

"Ho già un impegno per più tardi, grazie. Dovrai trovare di che illuminare i tuoi lettori tutto da solo."

"In tal caso, comincerò subito. Dimmi, dove ti sei andata a nascondere ultimamente?"

"Sono stata in Kenya per parecchie settimane", rispose Camilla.

"È da lì che vengono quei tipi di sopra che sto tenendo d'occhio." Keith chiese con un cenno un altro drink. "Il nostro James qui mi dice che se la stanno spassando."

"Sono tutti così", affermò il barman. "Questi intrallazzoni in trasferta sono tutti uguali, non importa da dove vengano. Non credereste mai quanto riescono a bere. Alcool a fiumi. Credevo che quei Paesi africani fossero poveri in canna. Dicono sempre che hanno bisogno di soldi e vengono qui a chiedere aiuto, altrimenti moriranno di fame. Da quel che vedo io, potrebbero mandare avanti un'intera nazione con quel che spendono in limousine, suite di lusso, liquori. E donne. Resti tra noi, ma si sono fatti mandare squillo di alto bordo appena arrivati in albergo."

"Passano molto tempo al bar?" indagò Camilla.

"No. Viene mandato tutto su alla suite. Il telefono non smette mai di suonare... James, una bottiglia di Glenfiddich alla quattro sei tre. James, un magnum di Dom Perignon alla quattro sei tre. James, alla quattro sei tre vogliono una bottiglia di Armagnac. Il meglio, sempre il meglio, e scommetto che il conto va a Whitehall, così siamo noi a pagare con i soldi delle nostre tasse."

Camilla finì il suo drink e lasciò il bar. Quando la porta dell'ascensore si aprì al quarto piano si bloccò, improvvisamente incerta. Poi si avviò lentamente nel silenzio ovattato del corridoio, i passi smorzati dalla moquette, guardando i numeri discreti sulle porte delle camere. Si fermò davanti alla quattro sei tre, tendendo l'orecchio: da dentro non giungeva alcun suono. Si fece coraggio e bussò.

"Buona sera." L'uomo che aprì sembrava sorpreso. "Non aspettavo nessuno fino a molto più tardi. Lei è un'amica di Fiona?"

"Un uccellino che conosciamo entrambi mi ha detto che c'era un party." Camilla spalancò gli occhi, inclinando la testa di lato e sorridendo. "Sono appena tornata dal Kenya, e ne ho già nostalgia. Così mi piacerebbe unirmi a voi, se non sono invadente."

"La prego, entri a prendere un drink." Johnson Kiberu la pilotò al grande divano. Era un uomo alto con lineamenti fini e la pelle nerissima. Sul tavolino c'erano una bottiglia di champagne in un secchiello del ghiaccio e un vassoio d'argento di tartine. "C'è sempre posto per un'altra bella donna nei miei alloggi."

La giacca del suo impeccabile completo era appesa allo schienale di una sedia, e Camilla notò il monogramma sulla sua camicia. Aveva gemelli d'oro ai polsini, e scarpe che dovevano essere state fatte su misura per i suoi grandi piedi. Lo trovò un buon conversatore, con modi affascinanti; non la sorprese che le ricordasse suo padre, né si sentì offesa dai palesi tentativi di flirtare con lei. Si era fatto strada attraverso i consueti canali politici, assieme al brillante Tom Mboya, un vecchio amico. Adesso viaggiava parecchio, spesso per partecipare a conferenze sugli aiuti economici. Fu compiaciuto che lei conoscesse così bene il Kenya, e Camilla non ebbe difficoltà a spostare il discorso al turismo e ai parchi naturali della nazione; quando introdusse l'argomento Langani, però, si accorse che la sua attenzione cominciava a divagare. Mentre parlava del nuovo lodge e degli sforzi di Piet per proteggere la fauna della sua proprietà, lui le si avvicinò, facendole scivolare la mano lungo la coscia. Camilla si scansò un poco, ma Kiberu cambiò posizione e poi le si buttò addosso, baciandola goffamente sull'angolo della bocca. Lei si divincolò e lo respinse.

"Mi sembra un po' precoce, a questo punto della serata", disse con una piccola risata. "Vorrei parlarle ancora di Langani."

"È per questo che è qui?" Kiberu si rimise a sedere composto e la scrutò con uno sguardo scaltro. "Per parlare di quel posto?"

"Sì, è così", ammise Camilla, ritenendo preferibile dire la verità.

"E che cosa vuole dire a proposito di Langani?" domandò lui, standole ancora vicino ma ora senza toccarla.

"Hanno urgentemente bisogno di denaro con cui pagare guardie per fermare il bracconaggio e rendere il luogo sicuro per i turisti. I proprietari hanno investito tutto nella costruzione del lodge e dell'area protetta, e occorre che ricevano aiuto dal governo per la vigilanza... E poiché lei si occupa di turismo e conservazione ambientale..."

"Perché non hanno inoltrato una richiesta per vie normali?" La mano di Kiberu era di nuovo sul suo ginocchio.

"Lo hanno fatto. Ma la procedura è lenta, e nel frattempo hanno avuto problemi con del bestiame ucciso, con bracconieri a caccia di elefanti, e di recente una rapina a mano armata. Tutte cose negative per il turismo. Così ho pensato che lei potrebbe velocizzare la pratica. Fare in modo che ottengano presto una sovvenzione, o..."

"Sì, forse potrei farlo." Era palesemente annoiato. La sua espressione e il suo tono erano mutati, e lei vi riconobbe il desiderio crescente, la determinazione a sedurla. Non era la prima volta che guardava in faccia la pura libidine. Si ritrasse e fece per prendere la giacca.

"Temo di dovere proprio andare, adesso", disse. "Ma spero si ricorderà di Langani al suo ritorno a Nairobi. Sono certa che Piet van der Beer potrebbe organizzarsi per portarla lì in aereo a dare un'occhiata."

Lui si tuffò in avanti e la abbrancò, e Camilla sentì un grossa mano palparla, poi la bocca dell'uomo si premette sulla sua. Le prese la testa con l'altra mano, e lei si dibatté, incapace di respirare mentre lui cercava di insinuarle a forza la lingua tra le labbra. Gli picchiò i pugni contro il petto, tentando di spingerlo via, dibattendosi sotto il suo peso. Kiberu strattonò i bottoni sul davanti del suo vestito, ma lei riuscì a liberarsi e balzò via dal divano. Il braccio dell'uomo scattò per tirarla di nuovo giù, e Camilla fece un salto di lato, ma perse l'equilibrio e cadde, battendo la testa contro il bracciolo di una sedia. Il suo grido di allarme lo fece tornare in sé; allungò di nuovo la mano, stavolta per aiutarla a rialzarsi.

"Credo che abbiamo entrambi fatto uno sbaglio", disse. "Le chiedo scusa. Temo di essere troppo abituato a giovani signore che vengono qui per motivi differenti. Sembra che lei si sia ferita la testa. Sta sanguinando. Lasci che la aiuti."

Camilla si rialzò in fretta e furia, afferrò la giacca e corse via dalla suite. Al sicuro nell'ascensore si guardò allo specchio e vide un grottesco riflesso che appariva solo vagamente familiare. Il vestito aperto sul davanti, il rossetto sbavato sulla guancia. La frangia che aveva pettinato così accuratamente si era scomposta, rivelando la medicazione sulla fronte. Un rivolo di sangue le colava lungo la tempia, e prese un fazzoletto per tamponarlo. Mentre la porta scorrevole si apriva si ritrovò faccia a faccia con Short e il suo fotografo. Ci fu un lampo di luce abbagliante, e poi si rese conto di quel che stava succedendo.

"Oh, Dio. Ti prego, non pubblicare questa roba, Keith", lo scongiurò. "Ti prego. Ho fatto un errore... È stato un orribile equivoco."

Short si fece da parte in silenzio, lasciandola uscire nell'atrio. Camilla si girò a rivolgergli uno sguardo disperato, con una domanda negli occhi; ma lui già sorrideva, mentre si dirigeva verso il bar, dove lui e il fotografo avrebbero messo a punto il loro scoop.

Tornata al suo appartamento si spogliò e riempì la vasca da bagno. Diversi punti di sutura erano saltati, il taglio sanguinava e aveva cominciato a gonfiarsi sopra il sopracciglio destro. Probabilmente sarebbe stato necessario ricucire la ferita, e di sicuro ci sarebbe stato un ematoma. Pulì la ferita con un batuffolo di ovatta e acqua calda e applicò una nuova medicazione. Quando si stese e provò a dormire si ritrovò trasportata ancora una volta a Langani, con il *panga* che balenava verso di lei mentre si strappava dalle mani anelli e bracciali. Riaprì gli occhi, ma nella mente restava quel guazzabuglio di immagini violente, e in un angolo del cervello poté udire il suono strano e desolato che il padre aveva emesso quando lei aveva chiuso la porta sulla tresca con il suo amante. Non poteva nemmeno considerare di rivederlo, anche se il tentativo di trovare aiuti per Langani tramite Johnson Kiberu era fallito. Si sentiva come se la sua vita fosse stata ridotta in frantumi e spazzata via.

Per tutto il giorno successivo Camilla rimase in casa, la fronte pulsante, la testa annebbiata dal dolore e dello sconforto. Il telefono squillò diverse volte, lei non rispose. Sapeva che avrebbe dovuto chiamare Edward e prendere un appuntamento per farsi sistemare la sutura, ma era scivolata in una profonda letargia che rendeva il suo corpo pesante e torpido. Ogni movimento le costava uno sforzo. Infine si vestì e preparò qualcosa da mangiare, che però non riuscì a mandare giù. In televisione non c'era niente di interessante; camminò avanti e indietro per la stanza per un po' prima di versare un'abbondante dose di vodka in un bicchiere pieno di ghiaccio. La mandò giù in due sorsi disperati, ne sentì la forza in fondo alla gola, e si riempì di nuovo il bicchiere. Quando il telefono la disturbò un'altra volta andò a rispondere. Aveva un vortice nella testa, e la voce ansiosa di Sarah le arrivava distante. Camilla tirò fuori a fatica parole che nascondessero la sua solitudine, il senso di separazione. Non voleva pietà. Quando riattaccò, non sapeva bene che cosa avesse detto. I tranquillanti erano sempre nell'armadietto del bagno; ne prese uno. Un'ora più tardi suonò di nuovo il telefono: mise giù appena sentì la voce di sua madre e andò a letto.

Il mattino dopo si fece un caffè forte e andò a caccia di una sigaretta: pacchetto vuoto. Era il giorno della rubrica settimanale di Keith Short, e lei si sentì male al solo pensiero della fotografia e dei commenti che l'avrebbero accompagnata. Infilò un paio di jeans e un maglione, si calcò un cappello sulla fronte e andò all'edicola. Ma l'articolo non recava alcun accenno a politici stranieri in visita o ai loro intrattenimenti preferiti, e Camilla si reincamminò verso casa grata e sollevata.

"È arrivata la sua posta, signorina", la informò il portinaio. "Stavo giusto per portargliela su."

"Grazie, Albert." Prese il fascio di buste che le porgeva. C'era un breve messaggio di Short, e lo lesse mentre saliva le scale. "Eliminato il negativo e rinunciato allo scoop", diceva. " Mi devi un favore." Nell'appartamento, Camilla scartabellò il resto della posta e stracciò una lettera riconoscendo la grafia di suo padre sulla busta. Il telefono suonò; sollevò il ricevitore e rimise giù immediatamente, poi lo alzò di nuovo e lo lasciò staccato. Fuggire. Aveva bisogno di fuggire, andare da qualche parte dove potesse pensare, schiarirsi le idee. Prese una valigia da sopra l'armadio della camera da letto e vi gettò dentro un po' di vestiti e articoli da toilette. Sulla cassettiera c'era una fotografia dei genitori: la sfilò dalla cornice d'argento e la fece a pezzetti. Stava cercando di decidere dove andare quando sentì suonare alla porta. Andò ad aprire.

"Ho un taxi che aspetta qui sotto", disse Marina. "Voglio che tu venga via con me, così potremo parlare con calma."

"Tu sei l'ultima persona con cui voglia parlare. Per favore, mamma, lasciami in pace. Ho bisogno di stare da sola."

"Camilla, ti chiedo soltanto di darmi quest'ultima chance. Ti prego. È importante per tutt'e due."

"No. Quel che è importante è mettere la maggiore distanza possibile tra noi. Tra me e i miei genitori. È l'unica cosa che io voglia fare al momento."

"Mi piacerebbe che tu venissi a Burford." Marina tese una mano esitante a toccare la manica di Camilla. "Noi due soltanto. Ci sono cose che ho bisogno di dirti."

"Cose che non ho bisogno di sentire."

"Non si tratta di tuo padre. Si tratta di noi due. Perché io sono malata. Molto malata, Camilla, e non guarirò. So di avere sbagliato tutto nella vita, ma forse posso ancora rimediare a qualcuno dei miei errori. Persino aiutarti un po', anche se non sono brava in questo genere di cose. Però voglio provarci. Se devo morire, allora voglio chiarire alcune cose prima di andarmene. Lo capisci? Mi stai ascoltando?" La voce di Marina era ferma, la sua faccia composta.

"È un qualche nuovo trucco?"

"Ti aspetterò di sotto. Nel taxi." Marina non si volse a guardare indietro. Dopo un momento Camilla la seguì giù per le scale e sul taxi.

"Paddington Station", disse sua madre.

Non parlarono mentre il treno correva oltre sobborghi e fabbriche, e poi attraverso la campagna dove il bestiame pascolava in pace nei campi, indifferente ai convogli ferroviari in transito e ai loro passeggeri, alle loro menti traboccanti di confusione e ansia. La casa di Burford era piccola e Camilla fu sorpresa della sua atmosfera di tranquillità. Marina la accompagnò a una camera da letto in cima a una stretta scala. La finestra a battenti si affacciava su un minuscolo giardino illuminato dal sole del tardo pomeriggio. Il prato era delimitato da pietre e vasi di fiori. Oltre il muro di cinta i campi scendevano sino al letto sinuoso di un fiume e poi risalivano verso un'altura alberata. Un uomo in montgomery e stivali di gomma stava spaccando legna nel proprio cortile. Raccolse un ramo e lo lanciò al suo cane. Camilla sorrise sentendolo abbaiare eccitato. Indugiò alla finestra, riluttante a raggiungere Marina di sotto e iniziare un qualunque dialogo. La valigia era posata su una panca, ancora chiusa; decise di rimandare il confronto riponendo le sue cose in un armadio profumato di lavanda, dove trovò su un ripiano delle lenzuola stirate e ripiegate con cura. Quando ebbe fatto il letto, non ci fu più nessuna scusa per procrastinare.

Con sua sorpresa, trovò la madre accovacciata sui talloni davanti al focolare di pietra, intenta ad appallottolare fogli di giornale e costruirvi sopra un nido di rametti secchi. Stette a osservarla disporre parecchi legni sottili in una piramide strategica, e poi dare fuoco alla sua creazione. Gli sforzi furono ricompensati da una vivida fiammata, e lei alzò lo sguardo su sua figlia con evidente orgoglio.

"Sono diventata piuttosto brava ad accendere il fuoco", disse. "Abbiamo un anziano ometto tanto gentile che ci spacca la legna e la lascia nel capanno, quindi ne abbiamo sempre a disposizione di ben secca e pronta da ardere. Ti andrebbe di preparare un po' di tè?"

La cucina era semplice e accogliente, con un tavolo di abete e una vecchia credenza sulla quale erano disposte porcellane antiche. La porta dava sul retro, sul giardino che Camilla aveva visto dalla sua camera. C'era anche un piccolo patio, non visibile dal piano superiore, con un tavolo su cavalletti e delle sedie.

"Carino, vero?" disse Marina. "Adoro stare qui. C'è del pane all'uva in quella scatola di latta, se hai fame. Non ci crederai, ma l'ho fatto io stessa quando sono stata qui lo scorso fine settimana. Dovrebbe essere ancora buono. Il latte è nel frigo, e trovi le stoviglie nell'armadietto sopra il lavello."

Camilla preparò il tè e lo versò nelle tazze.

"Andiamo a berlo davanti al fuoco", suggerì sua madre.

Stettero sedute in silenzio, ascoltando i sibili e i crepitii della legna. Non c'era un punto da cui cominciare, nient'altro che incertezza tra loro.

"La parola terribile è leucemia", disse infine Marina. "Una malattia maligna del midollo osseo e del sangue. Non c'è niente da fare. Mi sento come il personaggio di un'opera, l'eroina tragica che si consuma inesorabilmente. Eccetto che non so cantare, è ovvio."

"Da quanto lo sai?"
"Poco più di un mese."
"Lui lo sa?"
"Sì, tuo padre lo sa. Mi è stato vicino il più possibile da quando il medico ci ha dato la notizia. È successo al ritorno dal suo ultimo viaggio a Nairobi. Appena dopo che tu lo hai visto lì. Mi ha detto che avevi un aspetto splendido. Radioso. Per la tua vacanza sulla costa... ma non era l'unico motivo."

Camilla non poté trovare nulla da dire. Sorseggiò il tè, fissando il fondo della tazza, incapace di sostenere lo sguardo della madre.

"Mi ha raccontato che eri innamorata, e io avrei tanto voluto che me ne avessi parlato." Le parole di Marina erano colme di tristezza. "Lui è stato così carino con me, sai? Attento e premuroso. Mi serviva la colazione a letto, mi portava fuori a cena o a teatro nei giorni buoni. Io di solito passavo qui il fine settimana, e lui ha disdetto la maggior parte dei suoi impegni per venire a farmi compagnia. Ma la settimana scorsa è dovuto partire per i Paesi Bassi. Il principe Bernhard è un sostenitore della sua organizzazione, e non si può mandare a monte un incontro con una testa coronata."

Camilla non riusciva ad abbinare quella calma accettazione di una sentenza di morte alla madre fragile, spesso isterica che conosceva. Soltanto adesso, quando era ormai troppo tardi, capiva che le depressioni di Marina erano state il risultato di qualcosa al di là del suo controllo, che la sua posizione sociale era stata il solo pilastro solido a cui aggrapparsi, l'unico mezzo per assicurare alla sua vita almeno una normalità apparente. Non era attrezzata per il percorso che aveva scelto di seguire, non aveva nessuno a cui rivolgersi per cercare aiuto. Il matrimonio le aveva portato solitudine e tradimento, e un senso di vergogna. Aveva temuto per suo marito, risentito della propria dipendenza da lui, e continuato nonostante tutto ad amarlo.

"Non so che dire." Camilla si sentiva completamente inadeguata. "C'è qualcosa che io possa fare? Come ti senti adesso... voglio dire, hai dolori?"

"Per lo più sono stanca, e mi manca il fiato se faccio troppo. Ogni tanto ho la febbre, e mi dolgono le giunture come se avessi l'influenza. Sono contenta che non sia piena estate: la mia pelle è spaventosa, piena di lividi e orribili macchioline rosse, più un taglio che non vuole saperne di guarire. Per nulla piacevole a vedersi."

"Veramente, io ti trovo più bella che mai." Camilla sentì avvicinarsi le lacrime e si affrettò ad alzarsi. "Non vuoi riposare un po', mentre io vado in paese a fare la spesa? Non sembra esserci molto in frigorifero."

"Mi piacerebbe che tu mi parlassi di questo tuo amore. Di quanto sei felice."

"Temo che abbia avuto vita breve. Immagino papà ti abbia detto che era di Anthony Chapman che mi ero innamorata. Ma ho preso un abbaglio. Era soltanto un'avventura."

"Non lo ami davvero, quindi?"

"Lo amo tremendamente. Lui però è interessato solo a storie a breve termine, perché qualcosa di più serio comporterebbe troppi cambiamenti nella sua vita. Ho fatto uno sbaglio classico, come una ragazzina sciocca in un romanzetto d'appendice. C'erano tutti gli elementi: il grande cacciatore bianco, avventura nella savana, incontri appassionati in una tenda, con la luna sopra le pianure e i ruggiti dei leoni. E io ci sono cascata. Non so come sia potuta essere così ingenua."

"Mi dispiace tanto, tesoro. Mi dispiace che tu soffra. Mi dispiace di tutto, e adesso è troppo tardi per rimediare a ogni cosa. Ma io ti voglio bene, Camilla. Te ne ho sempre voluto, e questa è l'unica cosa importante che resta."

Le lacrime le scivolarono lungo le guance e non riuscì ad aggiungere altro. Le sue mani strinsero i braccioli della sedia. Camilla fissò nel vuoto, e rimasero entrambe sedute lì, senza parlare, congelate in un angoscioso quadro plastico che fu infranto dal suono del telefono.

"Se è lui, non voglio parlargli. Non voglio vederlo. Vado a fare la spesa. Torno tra poco."

Camilla prese la sua borsa e uscì, incamminandosi lungo il sentiero verso la strada maestra. Marina andò a rispondere. Era Sarah Mackay. Sarah, che stava tornando a vivere in Kenya malgrado quel che era accaduto là. Sarah, che avrebbe potuto persuadere Camilla a partire insieme, in cerca del suo rude uomo della savana o per avviare un'attività in quell'orribile fattoria. Marina si sentì percorrere da un brivido di panico. Sua figlia non poteva andarsene adesso, quando restava così poco tempo.

"Camilla non è qui, cara", disse con soavità. "È andata via per un po'. Fino al suo prossimo appuntamento col chirurgo. Sì, la sua faccia sta guarendo bene. Quando sarà il momento si sottoporrà a un intervento che dovrebbe evitare uno sfregio permanente. No, non so di preciso dove sia andata. Da qualche parte nel continente, penso. Se dovessi sentirla le dirò che hai chiamato. Addio, Sarah."

Mise giù il ricevitore sapendo di avere fatto la cosa giusta. Quando Camilla fosse tornata dal paese avrebbero parlato della sua storia d'amore infelice, cercato conforto nel condividere la tristezza. Avrebbero passato del tempo insieme a Londra e qui, nella quiete della campagna autunnale. Lei si sarebbe adoperata per una riconciliazione tra suo marito e sua figlia, avrebbe reso chiaro a entrambi quanto li amasse. Non poteva permettere a nessuno di minacciare quell'ultima occasione di felicità nei pochi mesi di vita che le restavano.

18

Kenya, novembre 1965

L'aria del mattino era pesante, carica di umidità, oppressa dalle nuvole gonfie di pioggia che si muovevano imbronciate, grigie e minacciose sopra le pianure. Sarah scrutò la folla cercando inutilmente di scorgere Piet, poi prese il bagaglio e si avviò con un senso di inquietudine alla bocca dello stomaco. Un gruppo di cacciatori e guide di safari stava aspettando al cancello, e tra loro riconobbe Anthony, il cappello tirato indietro dalla faccia, intento a scorrere con lo sguardo la fila dei passeggeri in arrivo.

"Sarah!" Agitò il braccio verso di lei, chiamandola nella confusione che tumultuava attorno a loro come la risacca di onde contro una scogliera lontana. Sarah sentì il morale precipitare in caduta libera, e lui colse la sua espressione di rammarico prima che potesse mascherarla con un sorriso, mentre lo guardava farsi largo tra la folla per andarle incontro. Era bello rivederlo, ma che ne era stato di Piet?

"*Salaam*", la salutò dandole una stretta alla mano. "Bentornata. Piet mi ha chiesto di fare gli onori in sua vece. Sono un misero sostituto, lo so. Mi dispiace. *Pole sana.*" Prese in consegna le sue valigie e lei lo seguì fuori dal terminal.

"Grazie di essere venuto qui a quest'ora del mattino. C'è qualcosa che non va, vero?" Era troppo ansiosa per apparire disinvolta.

"Problemi con i cacciatori di frodo. Ieri sono riusciti ad abbattere un vecchio elefante. Hanno preso le zanne e lasciato la carcassa vicino all'abbeveratoio, proprio davanti alla piattaforma di avvistamento. Piet si è messo sulle loro tracce con un paio di battitori, ma non hanno avuto fortuna. Ha dovuto lasciare Kipchoge a seguire la pista e venire a Nairobi, perché stamattina aveva un appuntamento al Ministero della Caccia. Sarà impegolato per tutto il giorno."

"È una disperazione, con questi bracconieri." Sarah capiva che affrontare simili crisi era una priorità, ma la delusione ancora indugiava. "Sei stato a Langani?"

"No. Mi sono fermato qui per qualche giorno tra un safari e l'altro. Piet mi ha telefonato ieri sera. Quel che lo preoccupa di più è che quei bastardi sembrano conoscere esattamente i movimenti della sua pattuglia. È quasi come se avessero un informatore tra i *watu*."

"Nessuno dei dipendenti può avere interesse che si verifichino fatti del genere", obiettò Sarah. "Voglio dire, la sicurezza della fauna è una garanzia di lavoro a Langani. Perché qualcuno dovrebbe mettersi in combutta con i bracconieri?"

"Per denaro, immagino. Qualche scellino in mano è un incentivo più che sufficiente. Ci sono stati già tre o quattro casi a Langani di bracconieri che hanno ucciso zebre e impala, persino un giovane bufalo. È già un problema quando uccidono per la carne, o per qualche pelle di zebra da vendere come tappeto. Se cominciano ad abbattere elefanti, la faccenda si fa veramente seria."

"E Kipchoge non è riuscito a rintracciarli?"

"Per loro non è difficile dileguarsi, con tutta quella densa foresta attorno. Quei tizi sono stati davvero spudorati ad ammazzare l'elefante così vicino al lodge. Probabilmente era stato all'abbeveratoio e si preparava a farsi una bella mangiata, povero vecchio bestione. Non possiamo permetterci di perdere animali in questo modo, per mano di bande organizzate. Il fatto che abbiano colpito proprio sotto la piattaforma sembra una sfida. E lo hanno fatto nel giorno in cui la pattuglia di Piet era dall'altra parte delle proprietà."

"Non pensi che possa essere una coincidenza?"

"Sta diventando uno schema fisso. Piet stabilisce il percorso dei ranger, e i bracconieri colpiscono in un altro settore, o appena dopo che è passata la pattuglia. Ti immagini la reazione, se dei clienti si trovassero sotto il naso la carcassa di un elefante macellato? I turisti non si arrischierebbero a visitare un posto in cui si aggirano bracconieri armati."

"Ancora nessun progresso sui finanziamenti?" domandò Sarah mentre raggiungevano il parcheggio, e la Land Rover.

"Piet si è rivolto a tutte le principali organizzazioni. Il mese scorso ha anche proposto a molte delle aziende agricole confinanti di organizzare pattuglie antibracconaggio in società. L'idea era di creare un corridoio protetto per gli animali attraverso le loro proprietà. Ridurrebbe i costi, e amplierebbe l'area di conservazione. Tutti continuano a dirgli che è un piano magnifico, ma all'atto pratico nessuno tira fuori i soldi."

"Queste pratiche seguono sempre un iter così lento." Sarah scosse la testa. "Secondo Allie Briggs certi enti adottano la politica di tirare per le lunghe i finanziamenti nella speranza che quando sono pronti per erogarli il problema sia già stato risolto. O i richiedenti siano sotto terra."

"Non ha tutti i torti", annuì Anthony. "Comunque, parlando di cose più allegre, ti trovo molto bene, Sarah. Ti ammiro per essere tornata qui, dopo quel che è successo l'ultima volta."

"Be', come dice Hannah, non possiamo dargliela vinta." Guardò fuori dal finestrino. "Ho sentito Camilla al telefono circa una settimana fa. Sembrava... non so. Pensi di passare da lei a Londra andando negli States?"

"Non sono ancora sicuro." Anthony fissava la strada davanti a sé, visibilmente a disagio.

"Hai parlato con lei di recente?"

"No. Sono stato quasi sempre via per i safari da quando siete partite." Anthony sembrava sulla difensiva. "Ma l'ho chiamata appena saputo del raid, per sapere come stava. Mi ha detto che si era affidata a un bravo specialista, e tutto si sarebbe risolto bene. Su, raccontami un po' di te. Che novità ci sono dall'Irlanda?"

Era evidente che non voleva parlare di Camilla. Possibile che avesse contato così poco per lui? Era stata solo un'avventura senza significato? Eppure erano sembrati così coinvolti, appassionati, così presi l'uno dall'altra.

"Pensavo che saresti andato da lei per il suo ventunesimo compleanno", insisté Sarah. "Sembrava molto strana al telefono, io però non sono riuscita a tirarle fuori niente. Spero non ci siano problemi." Appena lo ebbe detto, si rese conto che avrebbe potuto fare qualche sforzo in più lei stessa.

"Ho incontrato George a Nairobi la scorsa settimana", disse Anthony. "Non la vedeva da un po' nemmeno lui. E Hannah dice di averle scritto diverse volte senza avere risposta. Se non vuole tenersi in contatto, non c'è molto che chiunque di noi possa fare."

Sarah non ritenne fosse il caso di fare ulteriori pressioni. Non erano affari suoi, in fondo. Obiettivamente, Camilla aveva passato ben poco tempo con lui da quando era iniziata la loro storia. Ma la logica non andava di pari passo con i sentimenti, e loro due erano amici da tanti anni. Ancora ferita per il rifiuto che lei stessa aveva subito da Camilla, lasciò cadere il discorso.

"Come procedono le indagini della polizia a Langani?"

"Credo che il povero Hardy sia imbarazzato della mancanza di progressi. È un poliziotto efficiente e non gli piace che simili casi restino irrisolti, perché non ha un buon effetto sull'opinione pubblica. Inoltre, è un amico di famiglia da anni."

"Pensavo che Hannah mi stesse tacendo qualcosa per non spaventarmi. Nel caso io cambiassi idea e restassi in Irlanda." Sarah parlò in tono leggero, ma si sentiva gelare ogni volta che ricordava la rapina. Ancora si svegliava nel cuore della notte sentendo gli spari, convinta che Piet fosse stato ucciso, vedendo la faccia di Camilla imbrattata di sangue, sopraffatta dallo stesso panico impotente che aveva provato mentre lottavano per impedire che Lars morisse dissanguato.

"L'ispettore è ancora del parere che Piet sia vittima di una vendetta."

"È un'ipotesi spaventosa. Voglio dire, chi, e perché?"

"Dio solo lo sa. Piet certamente non ne ha idea. Comunque ci sono anche buone notizie da Langani. Il lodge è spettacolare, e ci aspettiamo una buona stagione. Hannah ha già ricevuto un bel po' di prenotazioni."

La stanchezza del viaggio cominciava a farsi sentire, e Sarah si appisolò. Quando arrivarono alla fattoria Hannah era sui gradini a darle il benvenuto. Mentre l'accompagnava lungo la veranda alla stanza degli ospiti parlarono del più e del meno, con tre giovani ridgeback che saltellavano festosi attorno a loro scodinzolando a tutto spiano, gli occhi pieni di curiosità.

"Questi sono i nuovi membri della famiglia", disse Hannah, ridendo. "Delle vere pesti! Fanno tutto a brandelli. Per fortuna Jeremy li ha iscritti a un corso di addestramento di base per cani poliziotto, e presto dovrebbero cominciare a essere più disciplinati. In ogni caso, ti consiglio di fare attenzione alle scarpe, e a qualunque cosa ti possa venire in mente di lasciare per terra. Ora, Kamau ha preparato un pranzo speciale in tuo onore, quindi sarai obbligata a mangiare, che tu abbia fame o no."

"Oh, ecco Lars." Sarah lo vide camminare attraverso il prato e andò a salutarlo con un largo sorriso. Sembrava essersi completamente ripreso.

"Bentornata", le disse. "Pensavo che il tuo arrivo potesse essere ritardato dalle strade fangose, invece a quanto pare tu e Anthony avete scacciato la pioggia. Vieni a bere una birra quando sei pronta." Stava guardando Hannah, ma lei lo ignorò e si allontanò. Sarah sorrise tra sé mentre la raggiungeva in soggiorno. Era bello essere di nuovo lì. Eppure rabbrividì alla vista degli spazi vuoti sugli scaffali, dove erano stati esposti i tesori di famiglia di Lottie.

"Piet ti ha fatto sapere qualcosa?" domandò per nascondere il disagio.

"Niente. Ma mio fratello non è uno che sprechi parole, a meno che abbia da riferire qualche progresso concreto. Lo conosci. Verrà direttamente qui quando avrà finito, sempre che la pioggia non sia troppo forte." Hannah si strinse nelle spalle. "Se devo essere onesta, io ho smesso di sperare in qualunque aiuto da parte del governo, o di grosse organizzazioni. Non sono interessati a noi. I nostri problemi sono troppo piccoli, siamo del colore sbagliato, e per giunta *afrikaner*."

"Anthony mi ha detto dei bracconieri."

"Be', non è che si limitino a Langani." Hannah fece una smorfia amara. "È una piaga che colpisce tutta la nazione. La teoria di Jeremy è che siano atti di rappresaglia rivolti personalmente a noi, io però non ci credo. Siamo dei buoni datori di lavoro, e i nostri *watu* sanno di essere trattati molto meglio dei braccianti di tante altre aziende. La riserva porterà turisti, generando altri posti di lavoro. Perché nessuno ci aiuta?"

"Ci sono troppe strettoie", commentò Lars. "Tutti questi nuovi politici e funzionari governativi si stanno divertendo a far sentire il loro peso, godendosi il potere e l'importanza che si sono ritrovati ad avere di punto in bianco, e intralciano tutto e tutti. Sarà così per un po', e nel frattempo noi ne facciamo le spese, come chiunque altro."

"Forse," disse Hannah in tono scettico, girandogli le spalle. "Ma io resto dell'idea che per noi è peggio perché siamo *afrikaner*, ottusi e coriacei come i buoi che ci hanno portati qui. Continuiamo a essere degli estranei come siamo sempre stati. Anche se Piet e io siamo nati qui e abbiamo la cittadinanza keniota. Non c'è niente da fare."

"Gli irlandesi sono visti allo stesso modo, sai." Sarah sorrise comprensiva. "Almeno possiamo essere considerate stupide insieme."

Hannah non si lasciò rabbonire. "Al giorno d'oggi non si può essere *afrikaner* o indiani in questo Paese. Devi essere nero, o inglese, o di qualche stato delle Nazioni Unite, altrimenti non conti. Men che meno se sei un *domkopf yaapie*. È sempre lo stesso lobbismo che vigeva prima dell'*Uhuru*."

"Io penso che Lars abbia ragione", intervenne Anthony. "Corruzione e tangenti sono fenomeni su vasta scala e tutti devono scontrarcisi a un qualche livello. Io ho *shauri* infiniti con permessi e licenze. C'è caos in ogni settore dell'amministrazione."

"Allie Briggs mi ha detto che hanno gli stessi problemi a Buffalo Springs", aggiunse Sarah. "Bracconieri, ladri di bestiame e banditi somali imperversano, senza un adeguato controllo da parte della polizia. E con i politici che guardano dall'altra parte per le ragioni più svariate, ma principalmente per le mazzette che intascano."

"Insomma, io starei diventando paranoica a forza di pensarci?" La domanda di Hannah suonò come una provocazione. Poi sospirò. "Probabilmente è vero. Lo dice anche Viktor. Sta provando a vedere se qualcuna delle sue conoscenze nel governo può dare una spinta alla nostra pratica. Mi fa impazzire il modo in cui menano il can per l'aia con Piet."

"C'è proprio da fidarsi delle conoscenze di Viktor", commentò Lars sarcastico. "Ha appena perso l'incarico per la progettazione di un nuovo palazzo governativo, tanto sono influenti."

"Il concorso era truccato", lo rimbeccò Hannah, palesemente irritata. "L'incarico è stato dato a un architetto che aveva pagato una grossa tangente."

"Piet troverà un modo." Sarah cercò di essere incoraggiante. "Vedrai che proprio quando non ci speri più la riserva faunistica di Langani otterrà il patrocinio di qualche grossa fondazione, e tutto si sistemerà."

"Pensavo di avere un'alleata a Londra a far pressioni in quella direzione", disse Hannah. "Ma non mi risulta che si stia muovendo niente. Tu per caso hai sue notizie, Anthony?"

"Non ho notizie di nessuno, quando sono nel *bundu*. Mi sembra che Mwangi ci stia chiamando. Bella idea pranzare fuori in una giornata così. Come procedono le cose al lodge, Lars?"

"Hanno montato la pompa dell'acqua e adesso tutti i bagni funzionano. O almeno spero! Potremmo fare un salto lì dopo pranzo."

"A te converrà fare una siesta, Sarah", suggerì Anthony. "Altrimenti cascherai dal sonno quando arriverà il padrone di casa, e non starebbe bene."

Sarah arrossì violentemente, e Hannah rise prendendola a braccetto mentre uscivano sulla veranda. Si fermarono a respirare l'aria del pomeriggio, beandosi dell'aspra bellezza del monte Kenya all'orizzonte.

"Kyrinyaga." Sarah assaporò il nome. "Adesso mi sento veramente a casa! Però Anthony ha ragione. Ho proprio bisogno di dormire per un'oretta."

Alle sette Mwangi si aggirava sorridente nel suo *kanzu* bianco inamidato, servendo i drink prima della cena. Una scena così consueta, se non per il fucile carico vicino alla porta, notò Sarah. Erano tutti seduti davanti al fuoco, con i tre cani allungati sul tappeto accanto a loro, quando Lars apparve. Sarah lanciò un'occhiata attraverso la stanza. Hannah si era irrigidita sulla sua poltrona, e ora si protendeva in avanti per iniziare una fitta conversazione con Anthony, ignorando deliberatamente Lars. C'era davvero qualcosa che non andava. Avrebbe dovuto torchiare l'amica, più tardi.

Lars si sistemò sul divano di fianco a lei. "Allora, quando inizierai il tuo lavoro di ricerca?"

Sarah si volse per rispondere alla domanda, e il momento di tensione passò. Avevano quasi finito di cenare quando arrivò Piet. Era più magro, valutò Sarah, e c'erano segni di fatica intorno ai suoi occhi, e una tensione che gli alterava leggermente la curvatura della bocca. Ma il suo sorriso e il timbro della voce erano immutati. Lui girò intorno al tavolo e andò a metterle le mani sulle spalle, dandole un breve bacio sulla testa.

"Sarah. È così bello che tu sia tornata. Mi dispiace di non esserti potuto venire a prendere. Anthony si è preso buona cura di te?"

"Assolutamente sì." Lei rovesciò la testa all'indietro per guardarlo, senza fare alcun tentativo di nascondere la propria gioia. "E tu? Com'è andata a Nairobi?"

"Ah, è sempre la stessa storia. A sentirli sembrano avere le migliori intenzioni del mondo, ma se le loro promesse porteranno mai a qualcosa di concreto è tutto da vedere. Alla fine hanno accettato di mandare un tizio del Ministero della Caccia la prossima settimana per discutere delle pattuglie. Non hanno denaro, dicono, il che significa settimane sprecate a spedire lettere e rapporti che nessuno legge. È tutto così maledettamente lento, e intanto i bracconieri possono agire indisturbati."

"Se il Ministero della Caccia manda qui qualcuno a dare un'occhiata in giro, potrebbe essere di per sé un deterrente, almeno per un po'", osservò Anthony. "Notizie di questo tipo circolano in fretta."

"Sei stanco, Piet?" Hannah gli passò il cestino del pane.

"Non eccessivamente. Il tempo per fortuna ha retto, e la strada era buona. Al ritorno ha guidato Simon. Ormai se la cava bene al volante. Avete visto Kipchoge?"

"Era ancora sulla pista dei bracconieri quando sono stato su al lodge stasera", rispose Anthony. "Non si arrende facilmente."

"Verrai là con me domani, Sarah? Abbiamo fatto così tanti progressi da quando sei andata via." Piet si fregò le mani, orgoglioso come un bambino che avesse compiuto un'impresa difficile. "Quando dovrai essere a Buffalo Springs?"

"Allie Briggs verrà giù a Nanyuki lunedì. Ha detto che sarebbe passata a prendermi al Silverbeck Hotel, se qualcuno può darmi un passaggio fin lì. Quindi avrò tempo di vedere tutto."

"Magnifico. Hannah ha fatto meraviglie, specialmente con l'addestramento dello staff. Avremo un servizio da cinque stelle."

"David è diventato un cuoco eccellente", affermò Hannah. "Ne resterai colpita, Sarah."

"Ha ragione", confermò Piet. "Non era adatto per l'ufficio, ma ha dimostrato di avere un vero talento in cucina. Kamau fa la ruota come un vecchio pavone. E così alla fine siamo tutti contenti."

"È un ragazzo in gamba. Vero, Mwangi?" Hannah alzò lo sguardo e toccò la manica del vecchio domestico. L'uomo sorrise, compiaciuto di sentir parlare così bene di David, pronto a riferire le lodi a Kamau non appena tornato in cucina.

"Sarà il miglior *mpishi* in tutta la regione, *memsahib*. Forse anche meglio di suo padre." Ridacchiò all'idea che Kamau venisse soppiantato. "È un bravo ragazzo, *ndio*. I giovani costruiranno il futuro con noi. Questo è *Harambee*!"

Si trasferirono nel soggiorno per il caffè; poco dopo Lars salutò tutti e andò a dormire. Anche Hannah si alzò, soffocando uno sbadiglio.

"Credo che lascerò voi animali notturni a bere il bicchiere della staffa. Domani mattina devo alzarmi presto." Esitò un attimo, poi: "Sarah, tu starai bene, voglio dire, a tuo agio? Da sola?"

E il sollievo andò a mitigare per quell'indispensabile domanda, quando l'amica annuì. "Allora, buona notte, ragazzi. Sarò parecchio occupata fino a mezzogiorno, ma vi raggiungerò per l'ora di pranzo."

"A che ora vuoi uscire per andare al lodge, Piet?" Sarah lo guardò, in attesa di qualche indizio che rivelasse che il suo ritorno significava qualcosa di speciale, per lui.

"Potremmo andare presto, quando la luce è più bella per le tue fotografie, e portare con noi la colazione. Simon preparerà la macchina per le sette." Piet andò al tavolo dei liquori. "A qualcuno va un brandy? Io me ne berrò un bicchiere, per lavare via la giornata a Nairobi. Anthony?"

"No, grazie. Devo partire all'alba, per tornarmene a tutti quegli *shauri* che detesto. Ma ti lascio in buona compagnia." Sorrise a Sarah, e lei avvampò. Era però determinata a giocare le proprie carte.

"Buona notte, Anthony. Grazie ancora per oggi", disse. "Sì, io prenderei volentieri un brandy, Piet."

Ci fu un confortevole silenzio tra loro mentre si sedevano davanti al fuoco, scambiandosi uno sguardo di tanto in tanto, ascoltando lo scoppiettio della legna e i sommessi borbottii soddisfatti dei cani che sonnecchiavano sul tappeto.

"Allora, dimmi dei tuoi genitori, e di Tim." Piet cambiò posizione sulla poltrona e distese le lunghe gambe. "Immagino siano stati alquanto sorpresi della tua decisione."

"Dire sorpresi è un eufemismo." Sarah sospirò ricordando le accese discussioni che aveva dovuto sostenere. "Hanno fatto previsioni fosche di ogni genere, e ho avuto un litigio orribile con Tim. Sembra un vecchio barbogio da quando si è fidanzato con quell'infermiera. Noioso, pedante e all'antica."

"È sempre stato il più assennato di tutti noi." Piet sorrise. "Non essere dura con lui. Sono sicuro che è soltanto preoccupato per te."

"Papà è stato quello di maggiore sostegno", continuò Sarah. "Mi ha davvero stupita quando ha preso le mie parti, contro mamma in particolare. Ma poi mi sono sentita male lasciandolo all'aeroporto... Gli dispiaceva così tanto vedermi andare via."

"Immagino si sia reso conto che è inutile cercare di fermarti, quando ti si accende quella luce negli occhi, piccola Sarah." La voce di Piet si era ammorbidita. "Sei una signorina ostinata. Pensavo che al convento vi insegnassero a essere remissive. Comunque sono felice che tu abbia saltato quei corsi e sia qui."

"Sapevo che era giusto, ma avrei voluto evitare una guerra così logorante!" Il cuore le batteva tanto forte che si domandò se anche Piet potesse sentirne i tonfi. "E sono nervosa per il lavoro. Non ho nessuna esperienza, e potrei anche dimostrarmi un'incapace. Per giunta, mi ritroverò in un campo con due persone alle quali potrei non piacere per niente."

"Andrà tutto benissimo." Il tono di Piet era fermo. "Hai un feeling innato per questa terra e la sua fauna, e sai molto più di quanto tu creda. Il resto lo imparerai andando avanti. Hanno fatto un buon lavoro lassù, i Briggs, e sono molto rispettati. E poi potrai venire qui da noi ogni volta che lo vorrai." Gli occhi gli luccicavano, alla luce del fuoco. "Sono davvero contento che tu sia tornata, Sarah, e so che per Hannah è lo stesso. Ha bisogno della tua compagnia, questo è certo. Quindi, Langani adesso è la tua casa." Si alzò e la prese per mano, tirandola su dalla poltrona. "Portiamo i nostri drink di fuori. È una notte limpida e c'è una stellata magnifica."

Stettero sulla veranda a guardare il cielo notturno scintillante di minuscole luci, ascoltando i suoni del bush. La mano di Piet le accarezzò i capelli sulla nuca, e Sarah fu percorsa da un brivido.

"Hai freddo?" le domandò.

Lei scosse la testa e gli si appoggiò contro, desiderando di restare così per sempre. Fu delusa quando lui finì il suo brandy d'un sorso e la fece voltare verso di sé.

"Meglio andare a dormire, se vogliamo andare via presto domani mattina. Ho così tante cose da mostrarti, tante cose di cui dobbiamo parlare. Voglio portarti su alla mia rupe, come ti avevo promesso." Si chinò a baciarla sulle labbra. Lei gli fece scivolare le braccia intorno alla vita, poggiò la testa sul suo petto, e i loro respiri si mescolarono nell'aria fredda. Avrebbe voluto baciarlo e sentire di nuovo il suo sapore, ma aveva paura a muoversi, per non spezzare l'incantesimo. Le dita di Piet seguirono la linea del suo collo e la curva della guancia. Si sentì mancare le forze.

"Sarah", mormorò lui, "che bellezza sei diventata. E coraggiosa per giunta, a tornare qui subito dopo quel che è successo, e portare avanti i tuoi sogni, i tuoi progetti. Mia piccola Sarah, vorrei soltanto..." Si allontanò da lei, schiarendosi la voce. "Temo che dovrai chiudere a chiave la porta della tua camera. Un segno del progresso, eh? Ma è solo una precauzione. Fuori c'è il guardiano notturno. Dormi bene." In una frazione di secondo se n'era andato, chiamando i cani con un fischio e gridando a Mwangi di chiudere tutto.

Sarah si ritirò nella sua stanza, perplessa e frustrata per quell'improvviso cambiamento di umore. Che cosa avrebbe voluto?, si domandò passandosi le dita sulle labbra dove lui l'aveva baciata, ripetendo nella propria mente ogni parola che le aveva detto. Si lasciò cadere sul letto, incapace di pensare con chiarezza a qualunque cosa eccetto al fatto che era lì con Piet, e che questo era tutto ciò che voleva. Il ghigno sinistro di una iena echeggiò ai margini dei suoi sogni, e più tardi durante la notte la pioggia prese a martellare contro il tetto, ma lei non udì nulla. Si svegliò sentendo Mwangi bussare con discrezione alla porta.

"*Hodi*, *memsahib* Sarah. *Chai*. Spero che abbia dormito bene."

Il sole era un fiammeggiante disco arancione nel cielo fumoso. Sarah infilò un maglione pesante sopra la camicia da safari e corse fuori a raggiungere Piet alla Land Rover. Simon l'accolse con cortesia solenne, e Kipchoge le strinse la mano tra le sue, dandole il benvenuto prima in swahili e poi nell'idioma della propria tribù.

Il bush fremeva di vita con l'inizio del nuovo giorno. Uccelli e scimmie volteggiavano nell'intreccio dei rami degli alberi, scuotendo gocce di pioggia dalle foglie bagnate. Zebre e antilopi d'acqua fuggirono scompostamente al loro passaggio, schizzando la carrozzeria di fango rosso. Una giraffa solitaria li sbirciò dalla sua prospettiva altolocata, protendendo le lunghe labbra nere e la lingua ruvida a mangiucchiare le sommità più tenere di un'acacia. Kipchoge era sul sedile posteriore, la corta lancia nella mano rilassata mentre scrutava l'orizzonte cercando di cogliere il movimento di animali selvaggi. A ovest potevano vedere in lontananza degli avvoltoi girare in tondo.

"Potrebbe esserci un animale ucciso da poco laggiù", disse Piet. "C'è un branco di leoni da quella parte. Andiamo a vedere che cosa hanno preso."

Seguirono il pigro aggirarsi degli uccelli finché trovarono la carcassa di una zebra, lo scheletro spolpato di ogni brandello di carne sebbene Kipchoge asserisse che era stata uccisa da poche ore, quel mattino molto presto o al massimo durante la notte. Lo stomaco e il suo contenuto di erba semidigerita erano stati lasciati in disparte: se ne sarebbero cibati gli avvoltoi e poi i piccoli roditori, e gli insetti ne avrebbero fatto sparire gli ultimi residui. Non un briciolo di cibo andava perduto nell'efficiente catena alimentare. Sarah si meravigliò di come un essere vivente potesse essere ridotto a un cumulo di ossa spoglie in così breve tempo. Si domandò se i coloni bianchi dell'Africa un giorno avrebbero subito la stessa sorte, se le loro istituzioni e i loro monumenti sarebbero rimasti vuoti e scarniti sul suolo riarso dal sole, tornato al suo stato primitivo. Piet saltò giù dalla jeep e si avvicinò alla zebra, le sollevò la testa. Gli occhi erano ancora limpidi, in struggente contrasto con la loro fissità. Simon e Kipchoge guardarono impassibili, dalla macchina. Sarah fu percorsa da un senso di compassione, per quella morte prematura; eppure lì non c'era spazio per i sentimentalismi, meno che mai nel lavoro che aveva scelto di fare. Piet tornò alla Land Rover e riavviò il motore.

"Andiamo", disse. "Potremmo trovare i leoni da qualche parte, a riposare dopo il loro banchetto. Non credo si siano allontanati molto."

Erano distesi al riparo di un'acacia poche centinaia di metri più avanti, satolli e torpidi. Tre leonesse con i cuccioli e poco distante, il manto scuro quasi mimetizzato nella marezzatura di sole e ombra, un bel maschio. I cuccioli fissarono incuriositi la macchina, degli adulti nessuno si mosse se non per sbadigliare o scacciare una mosca con un pigro guizzo della coda. L'aria si stava facendo rovente e rumorosa del frinire delle cicale, e dei fruscii dei babbuini su un altro albero. Sulla sinistra, dove si aprivano le pianure, branchi di zebre e gazzelle brucavano apparentemente indifferenti alla perdita di una di loro, forse consapevoli che per oggi i leoni non sarebbero più andati a caccia.

Finalmente arrivarono al lodge, le cui stanze adesso erano arredate di tutto punto. Hannah aveva piantato cespugli di specie locali lungo la via di accesso, a nascondere ogni ferita inferta dai recenti lavori di costruzione. Le strutture quasi scomparivano nella sporgenza rocciosa in cui erano inserite, come fossero emerse con essa dal sottosuolo.

"Abbiamo un radiotelefono collegato alla fattoria", le stava dicendo Piet. "E sul retro c'è la rimessa per i mezzi di servizio e le jeep. Ho preso un meccanico che ha lavorato per parecchi anni al garage della Land Rover a Nairobi, quindi sa il fatto suo. Si occuperà anche del generatore e di varie altre cosette. I magazzini per le scorte alimentari e il carburante sono nascosti dietro le rocce laggiù. Tutto quel che gli ospiti vedranno sarà l'abbeveratoio, la salina e le piste degli animali che portano giù alle pianure. Ora, vieni a vedere il bar e la sala da pranzo finiti."

Le fece strada risalendo il sentiero a lunghi balzi, come un cucciolo, e Sarah si ritrovò a dover correre per tenergli dietro.

"Ehi, aspettami!" protestò. "Non serve a niente farmi fare il giro turistico, a questa velocità."

"Scusa. Mi faccio un po' trascinare dall'entusiasmo quando vengo qui." Tornò verso di lei, contrito e ridente. "Voglio che tu veda tutto prima che andiamo alla rupe. Pensi che piacerà a quei damerini americani?" Raggiunta la piattaforma di osservazione la guardò intensamente, le prese la mano. "Qualcosa ti ha spaventata l'ultima volta che sei stata qui. Ricordi? Hai ancora quella sensazione strana? Per me è importante quello che pensi."

"Quante domande! Dammi il tempo di rispondere a una per volta." Sarah ricordava sin troppo bene la sensazione che aveva provato su quella terrazza. Oggi però c'era una gran pace, e gli diede una stretta alla mano guardando lo scenario tranquillo dell'abbeveratoio e la radura sottostante. Niente doveva guastare la soddisfazione di Piet in quel momento.

"È meraviglioso", disse. "Magico. I tuoi clienti lo ameranno, ne sono sicura. E quel che è successo l'ultima volta è stata una sciocchezza. Lo sai che Hannah mi prende sempre in giro perché sono stramba. Siamo tutti un po' visionari, in Irlanda. Noi diciamo di avere la capacità di vedere le fate. Si è trattato solo di un attimo di autosuggestione, davvero. Il posto è straordinario. Mi piace molto la scultura del leopardo su quel grande tavolo."

Piet sospirò. "È costata molto. Sotto ogni aspetto." Sarah lo guardò interrogativamente, ma lui si allontanò dal leopardo di bronzo. "Te ne parlerò un'altra volta. È il tesoro personale di Hannah." Indicò la stanza con un ampio gesto. "Sai, ci sono stati momenti in cui ho pensato che non sarei riuscito ad arrivare fino in fondo. Stava prendendo così tanto tempo, portando via tanto denaro alla fattoria." Fece una pausa. "Ti ho già detto che papà aveva lasciato i conti sottosopra, e abbiamo avuto grosse difficoltà nei primi anni della mia gestione. E proprio quando la banca cominciava ad allentare un po' la pressione, il frumento è stato colpito dalla ruggine. Poi il massacro di quelle vacche ci ha fatti tornare di nuovo indietro. In più ho dovuto prendere altri *watu* per la sorveglianza, oltre che per i nuovi lavori al lodge. Certe volte pensavo che avrei dovuto rinunciare all'intero progetto. Non sono ancora sicuro di come riuscirò a far quadrare tutto. Spero solo che renda fin dall'inizio, o saremo nei guai."

"Non devi perderti d'animo", disse Sarah con enfasi. "I finanziamenti arriveranno, vedrai. Abbi fiducia in te stesso, e in quello che hai già realizzato. Hai costruito questo posto incredibile, il primo nel suo genere, e i clienti verranno a frotte. Lo so."

"Devi avere ragione. Tu sei il mio portafortuna, Sarah. È come dici tu, me lo sento nelle ossa. Daremo un *ngoma* qui per l'apertura, un grande banchetto, e danze. Ai *watu* piacerà. Non puoi assolutamente mancare." Piet la prese per un braccio, ridendo. "Adesso ti va una cavalcata? Ho cominciato a tenere qui dei cavalli qualche mese fa, per farli abituare ai sentieri. È bello averli al lodge, ma ho dovuto assumere un guardiano notturno per sorvegliarli."

"Di sicuro i bracconieri non..."

"Non i bracconieri." Piet scosse la testa. "In questo caso sono i grossi felini a preoccuparmi. Possono fiutare la carne di cavallo a chilometri di distanza. È una prelibatezza per leoni e leopardi, che sarebbero ben contenti di venire qui a cena."

"Quindi hai in programma di organizzare escursioni a cavallo per i tuoi ospiti?" domandò Sarah.

"Sì. Con una guida armata... La prudenza non è mai troppa. Allora, vogliamo andare?"

Si avviarono a un'andatura lenta tra branchi di animali selvatici al pascolo. All'inizio i cavalli si mostrarono un po' ombrosi, ma dopo un po' si limitarono a osservare, agitando la coda, il naso umido fremente. Simon cavalcava di fianco a Piet e Sarah, Kipchoge chiudeva la fila imbracciando un vecchio fucile che era appartenuto a Jan. Delle zebre sbuffarono, voltarono il grosso posteriore e si misero a trottare parallelamente ai cavalli, seguite dal resto del branco. Sarah sentì la sua cavalcatura aumentare il passo, scartare e scalpitare nel mezzo di quelle strane creature, i muscoli guizzanti per il desiderio di correre davanti a loro. A un segnale di Piet si misero al galoppo, il terreno vibrante sotto il battito di centinaia di zoccoli; infine si lasciarono il branco alle spalle e cominciarono a salire, avanzando con cautela sulla pista rocciosa che portava al fianco della rupe di Piet. Il sentiero si faceva gradualmente più scosceso, e presto dovettero smontare; camminarono in fila indiana. Finché il percorso divenne troppo impervio e Piet si fermò.

"Simon e Kipchoge possono legare gli animali e aspettarci qui. Vieni, Sarah. Arrampichiamoci in cima... è un po' faticoso ma ne vale la pena."

La aiutò a inerpicarsi su per la salita ripida e sdrucciolevole, e quando furono sulla sommità la prese per la vita, facendola girare lentamente perché vedesse l'intero panorama. Sarah stette lì nel vento a guardarsi attorno, stupefatta. Il ranch di Langani si estendeva sotto di loro in una composizione di colori vividi. Poteva distinguere la casa lunga e bassa con la scuderia e i vari edifici annessi, le stalle e la latteria di Hannah. Le vacche da latte erano come giocattoli disseminati sul pascolo verde, e il vento faceva ondeggiare le spighe dorate dei campi di grano. Via via che spostava lo sguardo, apparvero in vista le capanne dal tetto di paglia dei braccianti, poi il tetto rosso della scuola e il dispensario di Lottie. Direttamente sotto di lei, le costruzioni del lodge emergevano dall'intreccio ombroso della vegetazione sullo sfondo terra di Siena bruciata delle rocce che formavano il *kopje*. Nel mezzo c'erano la curva del fiume e il *bundu*, cosparso di arbusti, punteggiato delle sommità tondeggianti degli alberi di acacia e venato dalle diramazioni rosse dei termitai. Tutto appariva perfetto, come un plastico montato su un cavalletto per l'ammirazione degli dei. Sarah allargò le braccia e Piet stette lì a osservarla, da dietro, con divertita tenerezza, mentre inzaccherata di fango per la corsa a cavallo rideva con esuberanza e girava su se stessa, gridando che era il posto più meraviglioso al mondo. Quando la vide barcollare per le vertigini la afferrò, e lei gli si appoggiò contro, cercando di ripulirsi della mota che le si stava seccando intorno agli occhi, e creando invece un motivo di striature rossastre che le attraversavano il viso.

"Sembri un irace, con quella maschera che ti sei fatta", commentò lui, tirando fuori di tasca un fazzoletto per cancellare gli sbaffi. Sarah trattenne il fiato mentre si chinava su di lei, traendola a sé con una mano nell'incavo delle reni mentre con l'altra le tergeva la guancia con piccoli, rapidi movimenti.

"Ecco fatto." Rimise in tasca il fazzoletto, ma non la lasciò andare.

Lei rimase immobile per un momento, poi gli mise le braccia intorno al collo e alzò la testa, porgendo le labbra al suo bacio. Era l'unico uomo che avesse mai voluto. Lo amava. Lui l'aveva portata lì a vedere il suo posto speciale e questo doveva significare qualcosa. Le labbra di Piet si posarono sulle sue, poi la strinse forte contro di sé, e il suo intero corpo fu pervaso da un piacere intenso. La baciò ancora e ancora – sulla bocca, la fronte, gli occhi, la gola – finché le mancò il fiato. Sarah toccò i capelli corti e ispidi sulla sua nuca, lasciò che le proprie dita vagassero lungo la linea della sua mascella, riaffondassero nel caldo groviglio dei suoi capelli per poi scendere di nuovo a percorrere gli zigomi e il collo largo e forte. Infine si scostarono un poco e stettero lì a guardarsi negli occhi, le dita intrecciate.

"Vieni." La voce di Piet era roca. La guidò a un masso e si sedettero vicini, guardando il paesaggio sotto di loro. Le prese la mano e se la portò alle labbra, le baciò le dita, e lei gli appoggiò la testa sul petto.

"Ho letto la tua poesia", le disse quietamente. "Sai, la poesia di Masefield che avevi citato a Gedi? Mi ossessionava. Così sono andato a cercarla. La prima parte è molto pessimistica. Ma Langani non farà la fine di quelle città in rovina. Faremo in modo che viva e prosperi. Tu hai la lungimiranza che occorre, Sarah. Mi dai coraggio e fiducia in me stesso. Sei la mia ispirazione. Come nelle ultime strofe della poesia:

"... lascia che lo spirito si immerga
In fondo al mare della coscienza, sino a che gli abissi schiudano
La profondità e l'oro nascosto dell'essere vivi,
Perché, sebbene il Più di noi passi, un Qualcosa resti
Affiorante attraverso il Tempo che tutto copre di sabbia."

La cinse nelle braccia, posandole il mento sopra la testa. "Sono un idiota, Sarah. Cercavo la mia anima gemella, e pensavo..."

"Non devi dirlo, Piet." Sarah si girò a mettergli un dito sulle labbra. "Sarebbe stato difficile non..."

"Ho bisogno di dirlo, però. Non voglio nessun tabù tra noi. Io ero pazzo di lei. Stupido, a pensarci. Il contadinotto *afrikaner* che corre dietro alla principessa." Sarah fece per protestare, ma lui le sorrise. "Non poteva esserci un lieto fine, eh? Mi era entrata nel sangue, e per un po' ho sperato che per lei fosse lo stesso. Come una febbre malarica ricorrente, che continua a tornare quando pensi di essere guarito. E ho finito per rendermi ridicolo."

"No!" esclamò Sarah con vigore. "È lei che si è presa gioco di te. Ti ha usato, ti ha ferito, ed ero così arrabbiata per come si è comportata che la nostra amicizia è stata sul punto di rompersi. Tu sei stato così dolce con lei quando è venuta al safari con noi, considerando quel che ti aveva fatto. Deve essere stata dura, vedere Anthony..."

Si interruppe. Non voleva parlare di Camilla. Non voleva la sua ombra lì, sulla rupe di Piet. Era davvero completamente finita? Aveva paura a chiederglielo. E se lei fosse stata soltanto un ripiego? Qualcuno che lui sapeva gli voleva bene davvero, ed era una cara amica di sua sorella. Chiuse gli occhi, angosciata, e sentì la mano di Piet sotto il mento sollevarle il viso verso di lui.

"Ci sono cose di cui dobbiamo parlare, Sarah. C'è qualcosa di profondo e meraviglioso che sta crescendo tra noi. Ma ho bisogno di tempo per venire a capo di quel che succede a Langani."

Lei avrebbe voluto dire qualcosa di rassicurante, però preferì non interrompere il corso dei suoi pensieri.

"Sono preoccupato per mamma, anche. Da quando sono in Rhodesia, papà è crollato e non fa che bere. So che Hannah ti ha spiegato perché se n'è andata. Ha pregato mamma di tornare a casa dopo il raid, ma papà... be', penso che non senta più di avere un ruolo a Langani. E mamma non vuole lasciarlo lì da solo."

"Hannah deve essere molto amareggiata."

"Mia sorella è una ragazza fantastica, coraggiosa. Fa una vita pesante e parecchio solitaria, qui alla fattoria. So che da quando c'è stata la rapina per lei è ancora più difficile, e io non le sono stato di molto aiuto. Sono fuori per la maggior parte del tempo, nei campi e al lodge. E lo stesso Lars. È un uomo in gamba, il mio amico Lars. Solido. Affidabile. Ma lei era talmente strana, dopo l'assalto alla fattoria. E poi Viktor Szustak – te lo ricorderai, è il mio architetto – ha cominciato a venire qui regolarmente, fermandosi a dormire da noi e facendo il cascamorto. È una storia che non promette niente di buono, perché di sicuro non durerà, e per Hannah sarà un brutto colpo quando lui se ne andrà per la sua strada. Inoltre Lars è furioso, il che ha creato un grosso problema."

"Questo spiega molte cose", annuì Sarah. "Ieri ho notato una certa tensione tra loro due."

"Questo è l'eufemismo dell'anno. È come vivere sulle pendici di un vulcano! Lars e Hannah non riescono nemmeno a guardarsi, figurati lavorare insieme. Se la situazione dovesse peggiorare, ho paura che Lars se ne andrà. E non ho idea di come potrei cavarmela senza di lui. Non posso sbarazzarmi del maledetto Viktor finché il lodge non sarà finito, ma l'ho avvertito di non farle del male."

"E lui?"

"Ride! Dice che lei è splendida e l'adora. E Hannah non fa che ripetermi di pensare agli affaracci miei."

"Posso provare a parlarle, scoprire quello che prova veramente. Povero Lars. Lui la ama sul serio, ne sono sicura. La cosa triste è che sarebbe assolutamente perfetto per lei, se solo non fosse così stupida."

"Lo so." Piet le rivolse un sorriso obliquo. "Sembra sia una tara di famiglia. Ma questa storia non ha alcun futuro. Viktor non metterà mai radici in una fattoria. O in qualunque altro posto. E Hannah non sarebbe disposta a lasciare Langani. Almeno, io non riesco a immaginarlo." Fece una pausa, e la strinse fra le braccia. "Comunque, ora basta con i miei *shauri*. La prossima settimana inizierai un nuovo lavoro. Una nuova vita. Verrò a trovarti a Buffalo Springs se riesco a scappare via. In ogni caso, passerai il Natale a Langani con Hannah e me. E chissà, forse ci saranno anche mamma e papà. Per te va bene?"

Sarah gli si mise a sedere sulle ginocchia. Avrebbe voluto gridare il suo amore al cielo, ma sapeva di dover procedere con prudenza. Non doveva mettergli fretta. Per adesso sarebbero bastati questi momenti, da serbare nel proprio cuore. Lui la baciò di nuovo, tenendola stretta, e poi le prese la mano.

"Meglio tornare ai cavalli. Kipchoge e Simon saranno diventati due fossili."

Aveva iniziato a piovere quando raggiunsero il lodge. Piet smontò da cavallo e aiutò Sarah a fare altrettanto, premendo il corpo contro il suo mentre la sollevava dalla sella, guardandola negli occhi. Lei alzò una mano a seguire il contorno delle sue labbra.

"Ah, eccovi qua. Com'è stato il giro?" Hannah li salutò allegramente e Sarah si voltò, sorpresa; e prese a darsi da fare con le cinghie delle staffe, nascondendo il viso allo sguardo perspicace dell'amica. Dietro di lei David stava sugli scalini nella sua divisa inamidata e col grembiule bianco da chef. "Ci aspetta un tour de force per pranzo", annunciò Hannah. "Avrai giusto il tempo di darti una rinfrescata prima di metterci a tavola."

“So come si sentivano quei leoni stamattina”, gemette Sarah più tardi. “Non posso credere di avere mangiato così tanto. Non riuscirò a muovermi per una settimana.”

“È così bello vedere Piet di nuovo pieno di ottimismo”, disse Hannah. “Le cose non sono andate bene ultimamente. Stava cominciando a perdersi d’animo. Come tutti noi, del resto.”

“So quanto abbiate disperatamente bisogno di quegli aiuti finanziari”, annuì Sarah.

“Quando è stata l’ultima volta che hai parlato con lei?” Il tono aggressivo di Hannah rifletté il cambio di argomento.

“Qualche giorno fa. Avevo intenzione di fermarmi a Londra, ma non ha voluto vedermi.”

“Evidentemente non ha mai parlato a suo padre. E io che ero così in pena per lei. Mi sentivo in parte responsabile di quel che le è successo, perché era qui nella nostra fattoria e aveva organizzato quella bellissima vacanza con Anthony. Si era data tanto da fare, sembrava così felice. Così interessata alla sorte di Langani. E dopo la sua partenza continuavo a pensare a quanto dovesse essere spaventata per l’aggressione, e alle conseguenze che poteva avere per la sua carriera.”

“La sua faccia dovrebbe andare a posto, per quel che ne so.”

“Non posso continuare a telefonarle”, proseguì Hannah. “È molto costoso. Lei non ha mai risposto alle mie lettere. Quindi, dobbiamo accettare la realtà. Tutte le sue belle promesse erano aria fritta. Langani per lei è un ricordo spiacevole, e vuole lasciarselo alle spalle. Secondo me non le importa niente di noi.”

“Non so, Han. Sembrava così strana al telefono. Ha detto che aveva visto George. Non avevano discusso di Langani, ma sperava che lo avrebbero fatto presto. Pensavo si fosse fatta viva con te, perché ha accennato alla possibilità di tornare qui.”

“Devo ammettere che mi dispiace per lei e Anthony.”

“Già. Ricordo che avevi detto che lui è fantastico nel bush, ma piuttosto superficiale quando si tratta dei sentimenti delle altre persone. Ha avuto la sua storiella con Camilla, poi l’ha scaricata. C’è rimasta molto male.”

“Così adesso sa come si è sentito Piet, quando lo ha calpestato come uno zerbino”, replicò Hannah in tono pungente.

“Hannah!”

“Mi dispiace. È stata una cattiveria. Spero davvero che la sua faccia vada a posto e possa proseguire il suo cammino verso la fama e la ricchezza. Ma non riesco a credere che non si sia presa il disturbo di parlare con suo padre. E per quel che riguarda Anthony, noi non siamo responsabili del suo comportamento. Sono sicura che non le avesse fatto nessuna promessa. Lo sai come sono questi cacciatori... cercano solo l'avventura. Oh, al diavolo, smettiamola di parlare di Camilla."

"Sì, smettiamola. Allora, che mi dici della fattoria?"

"Non va troppo male, adesso. Ma la faccenda del bestiame ha inciso parecchio sul bilancio della latteria. Inoltre i mandriani erano spaventatissimi, e due hanno tagliato la corda non appena riscossa la paga alla fine del mese. Piet e Lars hanno contrattato con la banca e comprato alcune giovenche a un buon prezzo, così stiamo lentamente tornando alla normalità." Esitò un attimo. "È in gamba quando si tratta di negoziare, Lars."

"Voi due non sembrate troppo in buoni rapporti."

"Te l'ho già detto, lui pensa sempre di avere ragione, e interferisce in affari che non lo riguardano." Hannah si agitò sulla sedia, innervosita. "Da un po' di tempo, poi, è così irritante che lavorarci assieme è diventato impossibile. E tutto perché io ho una storia con un altro."

"Chi? Dai, Hannah, dimmelo!"

"Viktor. Dio, Sarah, lui è un uomo incredibile. Così eccitante, speciale, romantico. E quando fa l'amore con me mi fa sentire bellissima. Continua a dirmi che mi adora e vuole solo che io sia felice."

Gli occhi di Hannah erano luminosi, il volto splendente mentre parlava di lui, le mani giunte in un atteggiamento estatico. Sarah sentì una fitta di paura per lei. Quell'uomo le aveva fatto nascere dentro un'emozione potente, rendendola vulnerabile.

"Ti ama?" domandò cautamente. "So che è meraviglioso, eccitante e tutto, ma... be', hai visto quel che è successo a Camilla."

"Certo che mi ama. Non è vuoto come Anthony. Immagino tu non approvi che io vada a letto con lui."

"Questa è una tua scelta, Han. Io personalmente avrei bisogno di sapere che c'è un impegno, e per me è anche una questione religiosa. E poi Viktor ha una certa reputazione, lo sai. Non che io non pensi che è pazzo di te, ma..."

"Parli proprio come Lars. E mio fratello." Hannah la guardò con sospetto. "Ti hanno fatto il lavaggio del cervello? Persuasa a strapparmi dalle grinfie di Viktor?"

"Naturalmente no", si affrettò a negare Sarah. "Spero che Viktor ti renda felice per sempre. Ma pensavo che tu e Lars avreste potuto mettervi insieme. Mi siete sempre sembrati così giusti l'uno per l'altra."

Hannah scosse lentamente la testa. "Quando l'ho visto a terra quella notte, col sangue che gli usciva a fiotti e la faccia bianca come gesso, ero terrorizzata. Pensavo che non sarei sopravvissuta senza di lui. E dopo, all'ospedale, mi ha fatto piacere assisterlo, dargli da mangiare, e vedere la sua gratitudine." Si interruppe, impacciata. "L'ho anche baciato una volta o due, in un modo piuttosto fraterno. Ma poi, quando sono tornata qui dopo la rapina, è stato orribile. Avevo sempre paura. Continuavo a sentire rumori, vedere forme nei cespugli di fuori, sulla veranda. Riuscivo a sedermi soltanto se avevo un muro solido dietro le spalle. Il peggio erano le notti. Non volevo stare da sola, e non potevo correre da Piet come una bambina, chiedendogli di tenermi a dormire con lui. È stato un incubo! Hai visto che cosa hanno fatto ai cani." I suoi occhi si colmarono di lacrime. "Non riuscivo a pensare ad altro che all'odore di quel tappeto sopra di noi, e ai rumori degli spari..."

"Vorrei esser potuta restare." Sarah allungò la mano a prendere quella dell'amica. "So qualcosa anch'io di notti insonni. Se fossimo state insieme avremmo potuto aiutarci a vicenda."

"Sai, una notte sono andata a bussare alla porta della camera di Lars", le confidò Hannah. "È stato poco tempo dopo che era tornato alla fattoria. Ero impaurita, volevo qualcuno che mi abbracciasse. Ma Piet sentì, e mi chiamò. Così andai in cucina a prepararmi qualcosa di caldo da bere... dopo un momento Lars mi raggiunse. Mi aveva sentita anche lui. Mi riaccompagnò in camera mia e mi mise a letto, rincalzandomi le coperte come se fossi una bambina, poi se ne andò. Io piansi fino ad addormentarmi. Se fosse rimasto con me, be'..." Si strinse nelle spalle. "Ma è arrivato Viktor. Il mio principe delle tenebre, come lui si definisce. Non saprei nemmeno da che parte cominciare a descriverti come mi fa sentire, Sarah."

"Quando me lo farai conoscere?"

"Questa settimana è impegnato a seguire dei lavori sulla costa. Conto le ore della sua assenza, e ogni istante che passo con lui quando è qui. Pazzesco, vero? Io che divento molle e tremolante come gelatina al tocco di un uomo!" Fece una breve risata, ma quando riprese a parlare aveva la voce colma di tristezza. "Mi manca tanto mamma, sai."

"Come stanno andando le cose laggiù?" domandò Sarah.

"C'è stata una grossa svolta, con Smith e la sua Dichiarazione Unilaterale d'Indipendenza."

"Non so. C'è così tanta violenza. Papà deve uscire sempre più spesso di pattuglia, e suo cugino lo recluta ogni volta che c'è qualche scaramuccia nella zona. Mamma dice che quell'uomo è completamente pazzo. Lei sembra sempre avvilita, quando ci sentiamo. Mi sento ancora in colpa per averla lasciata. Ma non potevo restare, e non prevedo che loro tornino qui per il momento."

"Quindi tutto il tuo tempo è assorbito dalla fattoria. E da Viktor."

"Più o meno. E Piet è pesante quanto Lars. Sono come fratelli, quei due. A nessuno di loro va giù l'idea che io stia con Viktor. O con chiunque altro, in effetti. Piet una volte ha preso a pugni uno che mi stava baciando al Nanyuki Club, figurati. È peggio di un pastore della Chiesa Riformista Olandese!"

Risero forte, spaventando un paio di facoceri in cerca di una pozza di fango in cui rotolarsi.

"A proposito di Piet, hai niente da raccontare?" indagò Hannah, inarcando eloquentemente le sopracciglia.

"Ne sai quanto me." Sarah si passò le dita nella massa di capelli impolverati, evitando di guardarla negli occhi.

"È un tale zuccone!" Hannah scosse la testa. "Però ti ama davvero. Lo so, e lo sa anche lui, sebbene non lo abbia ancora detto a se stesso in questi termini. Devi solo dargli tempo. È così preso, tra la fattoria, il lodge e tutto il resto."

"Secondo te gli è davvero passata la fissa per Camilla?" domandò Sarah, più che titubante. Sulla rupe lui l'aveva baciata. Però non le aveva detto di amarla. Invece, si era sentita elencare i suoi guai.

"Tu e Piet siete fatti l'una per l'altro, Sarah", le assicurò Hannah. "Siete anime gemelle. Lui tiene alla tua opinione, ti dice cose delle quali non discute mai con nessuno. Sa che lo capisci, e parla di te in continuazione quando non ci sei. Ho visto il modo in cui ti guarda. Come oggi, quando ho interrotto il vostro momento di intimità." Sorrise maliziosamente. "Non darti pensiero per quel testone di mio fratello. Ci arriverà. E allora ti converrà stare attenta!"

Il weekend volò via, ore e minuti divorati a una velocità inesorabile. Sarah lavorò assieme ad Hannah al dispensario, visitò la latteria, contò sacchi di mangime e fertilizzante nei magazzini, fece l'orlo alle tende per il lodge e incorniciò fotografie usando legnetti che aveva raccolto nella foresta. Il mattino presto usciva a cavallo con Piet, e quando il sole si alzava ad arroventare la terra si fermavano all'ombra di un'acacia e si stringevano l'uno all'altra, toccando, esplorando, accarezzando. Poi lui andava al lavoro con Lars. Lei e Hannah spesso udivano i colpi delle loro esercitazioni di tiro col fucile.

L'ultimo giorno della sua permanenza, Sarah si accorse che l'atmosfera tra Lars e Hannah era più tesa del solito. Hannah era stata nervosa fin dal mattino: Viktor non aveva chiamato, lei non sapeva quando sarebbe tornato a Langani. Quando finalmente, nel pomeriggio, era arrivata la tanto attesa telefonata, era stato Lars a rispondere. Non sapeva dove fosse Hannah, aveva detto a Viktor. In seguito c'era stata una litigata furiosa davanti all'ufficio. Lars se n'era andato imbufalito e non era riapparso fino all'ora di cena.

"Tornerai qui per Natale, Sarah, e per l'apertura del lodge", disse Piet, rompendo il silenzio gelido intorno al tavolo. "Forse i Briggs vorranno unirsi a noi per il *ngoma*. Sarà una bella festa per tutti, i braccianti, i vecchi del villaggio, le mogli e i *toto*."

Quando la cena finì, Piet si alzò e le propose di prendere il caffè di fuori con lui.

"Fa freddo", le disse, "ma sempre meno che là dentro."

"Hai ragione", concordò lei, ridendo. Erano appoggiati alla ringhiera della veranda, spalla a spalla. "Sembri un po' preoccupato. È per via di Lars e Hannah?"

"No." Piet si accese una sigaretta e scrutò il buio di fronte alla casa. "Oggi ha telefonato Jeremy Hardy. Sai, potrebbe avere ragione sul fatto che gli incidenti siano tutti collegati. Nessun altro qua attorno ha avuto problemi come i nostri di recente. E se dovessero essercene altri in arrivo, non ho ancora nemmeno la garanzia di una sorveglianza adeguata. Mi sto convincendo sempre di più che papà avesse ragione quando diceva che non avremmo ricevuto alcun appoggio dalle organizzazioni inglesi, perché siamo *afrikaner.*" Picchiò il pugno contro il palo della veranda. "E i nuovi bianchi assegnati ad affiancare temporaneamente il governo sono quasi peggiori della vecchia guardia. Non hanno mai messo piede in Africa prima d'ora, però sono armati di manuali, pregiudizi e soluzioni prefabbricate che non possono funzionare qui. E non vogliono ascoltare quelli che vedono come bianchi conservatori."

Piet aspirò un'ultima boccata di sigaretta, poi schiacciò irosamente il mozzicone sotto il piede. Si girò a guardare verso la sala da pranzo vuota. Hannah si era ritirata presto nella sua stanza, Lars era in ufficio a sbrigare del lavoro arretrato.

"Ricordi l'ultima volta che abbiamo ballato qui?" le domandò. "Quando Camilla cercava di insegnare il twist a Lars. Te lo ricordi? Mi chiedo che cosa le sia successo, per non essersi più fatta sentire. Non può averci semplicemente mollati. Secondo me suo padre ha deciso di ignorarci, come tutti gli altri. Camilla sapeva quanto contassimo su di lei, ma è presa in mezzo tra noi e lui. Oppure ha un problema con il taglio alla testa. È orribile pensare che possa restare sfregiata a vita. So che hai cercato di parlarle prima di partire. Forse è senza lavoro, o spaventata o depressa. Saresti dovuta andare a trovarla, a vedere se stava bene. Povera Camilla, lei..."

Quelle parole diedero fuoco alla miccia del senso di colpa che già tormentava Sarah. L'insicurezza e la frustrazione esplosero in un accesso di rabbia impotente.

"Camilla! Sempre Camilla, accidenti a lei, e che cosa starà pensando e che cosa starà facendo! Scommetto che in questo momento è in qualche locale alla moda di Londra a bere champagne e avvinghiarsi a qualche fotografo arrapato. Quando lo capirai che non le importa un bel niente di nessuno di noi? L'unico che le interessasse era Anthony, e probabilmente solo perché non è caduto nella sua trappola. Perché non riesci a vedere oltre la punta del tuo naso? Non ne posso più di sentir parlare di Camilla e quel che potrebbe o non potrebbe fare! Io ti amo dal primo momento che ti ho visto. Farei qualunque cosa per te. Tu sei stato fin troppo pronto a dichiarare il tuo amore per lei, ma non hai detto che mi ami. Anche sulla rupe, quando mi hai baciata, non lo hai detto. E non sei riuscito a dire che è finita, questa cosa di Camilla." Attraverso le lacrime umilianti che le annebbiavano gli occhi poté vedere l'espressione attonita di Piet, che servì solo ad alimentare la sua rabbia. "Puoi tenerti la tua grande passione non corrisposta, allora. Io non potrei mai competere con lei. Ma ti dico una cosa: quel che avevo io da offrirti, se tu lo avessi voluto, non lo avrai mai con Camilla. Io non ti avrei mai messo in ridicolo, o usato e messo da parte quando non mi servivi più. Mai!"

Si bloccò, inorridita per quel che aveva detto. Troppo tardi per rimangiarselo, ormai. Piet la stava guardando, la bocca aperta per lo stupore.

"Oh, merda!" Sarah si allontanò da lui furiosa, gridando nella notte. "Merda, cazzo e 'fanculo!" Lo udì emettere un suono strozzato e si girò di scatto, gli occhi fiammeggianti di sfida. "Chiedo scusa. Di solito non impreco. La verità è che io ti amo, Piet van der Beer. Ti amo, e non mi importa di chi mi senta dirlo. Però non sono certo all'altezza della raffinata, bionda lady Camilla. Per cui domani mattina toglierò il disturbo e tu potrai tornare a essere uno stupido contadinotto, come hai detto!"

Stava per correre a rifugiarsi nella sua stanza quando Lars sbucò dall'ufficio, inquadrando la sua faccia furente e rigata di lacrime.

"Spiacente di avere interrotto la vostra conversazione", si scusò. "Juma dice che c'è uno *shauri* agli alloggi dei braccianti. Una rissa. Penso faremmo meglio ad andare là prima che la cosa ci sfugga di mano."

Piet lasciò la veranda senza una parola, e di lì a un attimo Sarah udì lo scricchiolio della ghiaia sotto le ruote della Land Rover, vide la luce dei fanali balenare tra gli alberi. Pensò di andare a sfogarsi con Hannah, ma l'idea di confidarle la propria stupidità quando lei era così magnificamente innamorata era troppo dolorosa. Raggiunse in fretta la sua stanza e si chiuse la porta alle spalle. Era fatta. Qualunque germe di sentimento Piet nutrisse per lei, lo aveva stroncato sul nascere. Gli si era scagliata contro come un'arpia, aveva tradito Camilla in un accesso di rabbiosa gelosia, e ottenuto soltanto di fare una figura ignobile. Si lasciò cadere sul letto con un gemito e picchiò i pugni sul cuscino, furiosa per la propria insensatezza.

19

Kenya, novembre 1965

Non c'era segno di Piet al tavolo della colazione. Sarah sperò che fosse già al lavoro alla fattoria, così non avrebbe dovuto affrontarlo. Non riusciva a pensare a nulla che potesse dirgli per rimediare alla débâcle della sera prima. Lars e Hannah erano seduti alle estremità opposte del tavolo.

"Uova fritte con salsiccia e bacon per *memsahib* Sarah?" Mwangi conosceva le sue preferenze.

"Soltanto caffè, Mwangi, grazie." Sarah fece un sorriso forzato. "Con del pane tostato, magari."

"Stai bene, Sarah?" Hannah la guardò con attenzione. "Mi sembri pallida. E hai l'aria stanca."

"Sei un po' sbattuta, in effetti", concordò Lars. "Dovresti mangiare. Il viaggio fino a Isiolo sarà lungo, specialmente se ricomincia a piovere. Io devo andare a Nanyuki per fare provviste, se vuoi ti do un passaggio."

"Grazie. E non preoccupatevi, non ho niente. È solo che non ho dormito troppo bene. Che cosa è successo agli alloggi dei braccianti ieri sera?"

"Spero non sia stato questo a tenerti sveglia", disse Hannah. "Non era niente di importante. È tutto sistemato."

"C'è stata una rissa?"

"Lo sai come sono fatti." Hannah si strinse nelle spalle. "Pieni di superstizioni. Kamau e David hanno trovato una gallina morta fuori di casa, con la testa mozzata e le interiora sparse tutt'attorno. Una specie di sortilegio, secondo loro. Kamau era veramente sconvolto."

"Quando Piet e io siamo arrivati, tutti stavano urlando, lanciavano le accuse più assurde", raccontò Lars. "Probabilmente infiammati da alcuni litri di qualche liquore illegale. David sosteneva che Simon avesse gettato una maledizione su suo padre.

Poi hanno cominciato ad azzuffarsi. Il povero Simon ha negato tutto, ma lui è l'ultimo arrivato, così tutti sono pronti a dargli addosso. Inoltre David è geloso di lui."

"Pensavo che David fosse orgoglioso di essere diventato il vostro cuoco", osservò Sarah, perplessa.

"Lo è", confermò Lars. "Però lui e Kamau non hanno mai accettato Simon. Pensano ancora che abbia avuto il lavoro migliore al lodge scavalcando la gerarchia. A ogni modo, sembra che Simon sia stato nella sua capanna a bere con Kipchoge per buona parte della serata, quindi non vedo come potesse essere responsabile del fatto. Ha provato a convincere David, ma forse erano tutti un po' troppo ubriachi. Sono ancora scombussolati per quello che è successo al bestiame, e David cercava un pretesto per attaccare briga. Quando siamo arrivati, Simon aveva già un occhio pesto, ed era parecchio impaurito. Dio solo sa chi abbia ammazzato quel disgraziato uccello, o perché. Era un tipico atto sacrificale. Piet pensa che possa averlo fatto lo stesso David, per mettere Simon nei guai. È una possibilità come un'altra. Comunque, adesso si sono calmati. Per il momento."

"Povero Simon." Sarah scosse la testa. Ma era grata che l'incidente l'avesse salvata da una figura ancora più meschina.

"Sono uscita a cercarti quando Piet e Lars sono andati via", disse Hannah, "eri già in camera tua...".

"Avevo bisogno di una buona dormita." Sarah si sentì avvampare per l'imbarazzo. "Solo che poi non sono riuscita a prendere sonno. Sai, tutti i cambiamenti... E non sono mai al massimo della forma il mattino presto. Dovresti ricordare com'ero sempre ingrugnata a scuola fino al termine della prima ora."

Mescolò lo zucchero nel caffè, concentrandosi sul cucchiaino che girava nel liquido nero, creando un gorgo cupo e torbido. Come quello in cui era stata risucchiata la sera prima. La porta della sala da pranzo si aprì, e a lei si fermò il cuore vedendo il riflesso di Piet nello specchio sopra la credenza. Canticchiava qualcosa sottovoce. Sarah bofonchiò un saluto. Lui sembrava non avere una preoccupazione al mondo, pensò. Evidentemente l'aveva liquidata come una gelosa isterica, decidendo di riservare al suo comportamento il disdegno che meritava. Le passò alle spalle con la massima disinvoltura per raggiungere il suo posto al tavolo, e Sarah poté distinguere le parole che stava canticchiando.

"*Merda, cazzo e 'fanculo, la verità è lì da vedere...*"

La faccia le andò in fiamme, e lui cantò un po' più forte, così che tutti potessero sentire.

Hannah lo fissò. "Piet! Insomma! Non lo vedi che stai mettendo Sarah a disagio?"

"Davvero?" Piet guardò Sarah con un sorriso innocente. "Ah, certo. Dimenticavo... lei non userebbe mai un simile frasario. Ci mancherebbe! Una brava signorina cattolica che ha studiato in convento."

Sarah si alzò di scatto. "Vado a preparare la mia roba. Quando sei pronto per andare dammi una voce, Lars."

Scappò via, le parole della canzoncina di Piet ancora echeggianti nelle orecchie. Al sicuro nella sua stanza si lavò i denti con furia e cacciò le ultime cose nella valigia. Mentre la chiudeva udì un rumore dietro di sé, si voltò. Piet la stava osservando, appoggiato allo stipite della porta. Chiuse gli occhi per un attimo, poi si lanciò in un fiume di parole di scusa, ma lui la interruppe.

"Non posso accompagnarti a Nanyuki oggi", disse. "C'è molto da fare qui prima che arrivi il tizio del Ministero della Caccia. Ti affiderò a Lars."

"Grazie", replicò lei con un filo di voce.

"Bene, adesso devo andare."

"Sì. Certo. Be', allora ti saluto. Senti, Piet, io..."

Si bloccò. Aveva rovinato l'amicizia con la persona che per lei contava più di chiunque altro al mondo, lo sapeva. Lui attraversò la stanza a grandi passi e la afferrò per un braccio. Sarah lo guardò allarmata, ma Piet stava ridendo mentre la attirava a sé per baciarla.

"Non sei la più sorprendente delle ragazze, Sarah Mackay? E immensamente desiderabile, anche, malgrado il tuo linguaggio spaventoso. Immagino tu lo abbia imparato da tuo fratello. O dalle suore? No, per qualche motivo non credo siano state loro a insegnartelo. Ti converrà fare attenzione a non scioccare i tuoi nuovi datori di lavoro!" Le sorrise e la baciò di nuovo. "Buona fortuna, Sarah. Chiamaci via radio quando sarai arrivata. Tornerai presto, vero? Io sarò qui ad aspettarti."

Prima che lei potesse riprendere fiato, se n'era già andato, lasciandola confusa. Aveva voluto semplicemente prendersi gioco della sua scenata infantile? Poté udirlo canticchiare allegramente mentre si allontanava lungo la veranda.

"*Merda, cazzo e' fanculo...*"

"Si può sapere che cos'era la storia di prima in sala da pranzo?" domandò Hannah. La stava accompagnando al pick-up dove Lars l'aspettava.

"Che storia?" Sarah tentò di avere un tono vago, ma era negata per le bugie.

"Perché mio fratello è così strano stamattina? E quella sua orribile canzoncina era chiaramente indirizzata a te. Che sta succedendo?"

"È uno stupido scherzo. Ti spiegherò un'altra volta, Han." Non sapeva come interpretare il comportamento di Piet, e quello non era il momento per le confessioni. Lars aveva già avviato il motore.

"E va bene. Tienitelo per te, se preferisci."

"Ti racconterò tutto quando tornerò." Sarah diede una stretta alla mano dell'amica. "Grazie di tutto. Mi farò sentire appena mi sarò sistemata."

Mentre lasciavano Langani Lars le lanciò uno sguardo indagatore, e lei si domandò quanto avesse sentito del suo scoppio di rabbia la sera prima. Avrebbe voluto dirgli qualcosa a proposito di Hannah, ma non osava interferire, col rischio di peggiorare ulteriormente la situazione. I problemi taciuti erano sospesi tra loro nell'abitacolo. Quando si fermarono davanti al Silverbeck, Sarah si protese a prendergli la mano tra le sue.

"Sei un uomo meraviglioso, Lars. E so che le cose sono difficili in questo momento, però se puoi tieni duro ancora per un po'. Piet conta su di te, sei il suo braccio destro. E Hannah ti ama, sai? Solo non in quel modo. Non ancora, almeno. Cerca di avere pazienza. Non rinunciare a lei. E prenditi cura di Piet per me, d'accordo? Io so come ti senti, Lars, perché ci sono passata. Tu sei il migliore, forte come una roccia. E non importa come ti senti oggi, c'è sempre speranza. Sempre."

Lo abbracciò, poi scese per prendere il bagaglio dal retro del pick-up. Lars la raggiunse dopo un momento, borbottando qualcosa che lei non riuscì a capire; ma stava sorridendo quando tirò giù le sue valigie.

La Land Rover di Allie Briggs, inzaccherata di fango e stracarica di provviste, era già parcheggiata all'ombra di un grande albero fiamma. Due africani in divisa kaki erano seduti sulla sponda posteriore. Sarah trovò la sua nuova datrice di lavoro nell'atrio; Lars si presentò sbrigativamente, si accomiatò e andò via. Allie strinse con vigore la mano di Sarah.

"Lieta di rivederti", disse. "Ho ordinato curry per due per pranzo, spero vada bene. Conosci già questo posto?"

"No. Non ero mai..."

"La linea dell'equatore in teoria passerebbe proprio lì, attraverso il bar." Allie indicò la direzione con un cenno della mano. "Si dice che nei bagni delle stanze su un lato dell'equatore l'acqua defluisca in senso orario nello scarico del lavandino, mentre nelle altre si formi un mulinello che gira in senso antiorario. Sospetto che questo sia particolarmente vero se guardi a tarda notte, dopo avere alzato un po' il gomito", aggiunse ridacchiando. "Appena avremo pranzato ci converrà metterci in viaggio."

Il pick-up di Langani era scomparso. Sarah si sentiva intimorita, impacciata, e le mancava la presenza rassicurante di Lars. Si domandava che cosa avrebbe potuto dire a quella donna esperta e sagace durante il viaggio verso nord. Nella sala da pranzo parecchie persone salutarono Allie e lei presentò la nuova ricercatrice. Sarah iniziò a rilassarsi un poco. Stava facendo domande sul campo e il lavoro quando la conversazione fu interrotta da un grido festoso. Un uomo alto e magro sulla quarantina stava puntando dritto verso di loro. Aveva la carnagione olivastra e un'ombra di barba intorno alla bocca e sul mento. Stava fumando un sigaro e teneva un drink in una mano, l'altra alzata in un saluto reboante.

"Allie! Che cosa ti ha portata qui, lontano dai tuoi elefanti e dal tuo carissimo marito?"

La sua voce era stentorea, con un accento marcato. Raggiunse il loro tavolo, appoggiò il bicchiere e stritolò Allie in un abbraccio dal quale lei si divincolò ridendo.

"Viktor! Dovrei chiederti che cosa ci fai tu qui, piuttosto, a tenere su il bancone di questo posto sgangherato invece di essere fuori a fare una giornata di onesto lavoro."

Viktor. Quello doveva essere l'architetto di Piet. E l'amante di Hannah. Era senz'altro sgargiante come Sarah lo aveva immaginato dalle loro descrizioni. La stava fissando attraverso una cortina di fumo con occhi molto scuri, quasi neri. Sarebbe stato un ottimo soggetto per un ritratto fotografico, pensò.

"E chi è questa splendida creatura, Allie? Non vuoi presentarci?"

"Questa è Sarah Mackay, la nostra nuova ricercatrice. Una celta come me, ma irlandese. Da oggi starà al campo con noi. Sarah, ti presento..."

"Lei è Viktor Szustak." Sarah gli tese la mano. "Langani Lodge. Vengo proprio da lì, e devo dirle che è il posto più bello che io abbia mai visto. Sono molto lieta di conoscerla."

"Bene, bene", commentò lui. "Un'ammiratrice. E così graziosa! Questa è la mia giornata fortunata."

Si chinò a baciarle la mano. Sarah fu intensamente consapevole delle sue labbra calde indugianti sulle nocche, e percepì la magnetica energia sessuale che sprigionava. Poteva capire perché Piet fosse così apprensivo riguardo la relazione di sua sorella con quell'uomo. C'era un che di ferino in lui. Viktor raddrizzò la schiena e la guardò negli occhi.

"Come mai conosce Langani e il mio lodge?"

"I van der Beer sono miei vecchi amici", spiegò lei. "Hannah e io siamo andate a scuola insieme. Ho passato molto tempo alla fattoria nel corso degli anni."

"Gente meravigliosa. Sto andando là proprio adesso, a vedere come procedono i lavori." Non aveva fatto alcun accenno alla sua relazione con Hannah, notò Sarah, sebbene dovesse immaginare che lei ne era al corrente. "Che peccato avere perso l'occasione di incontrarla lì", continuò lui. "Ma ci rivedremo presto. Allie, devi assolutamente portare questa tua *protégée* a Nairobi con te la prossima volta che avrai voglia di una boccata di mondanità."

"Non ci farei molto conto, se fossi in te", replicò Allie. "Io evito Nairobi come la peste. Troppo rumore e umanità in fermento. È questo il problema con i vecchi fossili come me e Dan. Abbiamo perso l'arte di socializzare, se mai ne siamo stati in possesso. Perché non vieni tu a Buffalo Springs, invece? Dan sarebbe felice di farsi qualche birra in tua compagnia."

Allie stava flirtando un poco, si accorse Sarah. Viktor era chiaramente un amico prediletto. Lui aveva spento il sigaro e ora prendeva le mani di Allie nelle sue, rigirandole per baciarle l'interno dei polsi. Poi rivolse di nuovo l'attenzione a Sarah.

"Vedo che sarò costretto a sfidare la natura selvaggia, se voglio approfondire la mia conoscenza con la signorina Mackay." Inarcò le sopracciglia corvine e le rivolse un largo sorriso. Poi buttò giù d'un sorso il resto del drink e fece segno al cameriere di portargliene un altro.

"Voi signore che cosa prendete? Pensate che abbiano dello champagne degno di essere ordinato, qui? No. Non sarà di qualità sufficientemente buona, né ghiacciato a dovere. Pimm's. Che ne direste di un Pimm's? Si accompagna bene al curry, e darà grinta alla tua guida, Allie."

"Non dire sciocchezze, Viktor", rimbeccò lei. "Comunque prenderei volentieri un Pimm's. Vuoi unirti a noi per pranzo?"

Lui prese una sedia e si accomodò al loro tavolo. L'appetito non gli mancava, constatò Sarah vedendolo spazzare due porzioni enormi di curry innaffiate con una quantità considerevole di gin. Era meravigliata di quanto potesse mangiare e bere, eppure restare così magro e apparentemente inalterato dall'alcool. Lei centellinò con cautela il suo drink: a quell'ora del giorno temeva di ubriacarsi o star male, o tutt'e due. Le piacque essere sollecitata dalle domande di Viktor, e si ritrovò a raccontare a lui e ad Allie della sua infanzia in Kenya, degli anni del college a Dublino, del suo struggente desiderio di tornare in Africa. Non era mai riuscita a parlare liberamente con estranei, e fu sorpresa di se stessa. Allie sembrò limitarsi di buon grado a un ruolo passivo, sorseggiando un secondo drink e fumando uno dei sigari di Viktor. Forse era il suo modo di studiare la nuova assistente, pensò Sarah. Ma poi fu proprio lei a menzionare le fotografie con le quali aveva vinto il concorso. Viktor volle immediatamente vederle.

"Dove sono questi capolavori? Le hai portate con te? Allie, perché non le chiedi di andarle a prendere? Dobbiamo vederle subito. Artista e scienziata, che incredibile connubio! Ti sei trovata un vero gioiello con cui abbellire le tue pianure polverose."

"Io ne ho già viste alcune, e sono eccellenti", affermò Allie. "Ma mi piacerebbe vedere anche le altre, se è possibile."

Sarah si arrese alle loro insistenze e andò a recuperare il suo portfolio. Oltre alle fotografie che le avevano fatto vincere il concorso, conteneva quelle che aveva scattato durante il safari a Samburu. Lo consegnò timidamente, preoccupata del loro giudizio. Viktor esaminò le foto in una rara parentesi di silenzio, poi le passò ad Allie senza commenti. La fiducia di Sarah in se stessa colò a picco. Non avrebbe dovuto lasciarsi convincere a mostrarle. Quando finalmente lui parlò, quel che disse giunse del tutto inaspettato.

"Siamo davanti a un talento eccezionale. Non lo credi anche tu, Allie? Ha un occhio capace di catturare lo spirito di un uomo, di un animale, di un luogo. Se riesce a fotografare in questo modo i tuoi elefanti assicurerà fama mondiale al tuo progetto. E a se stessa, ovviamente."

"Hai ragione", annuì Allie. "Sono di alta qualità. Davvero notevoli. Dan sarà entusiasta di usare materiale così efficace per i nostri archivi fotografici."

"Qualunque tecnico è in grado di realizzare immagini nitide", replicò Viktor. "Ma queste hanno un'anima. Ha saputo stabilire il collegamento con i suoi soggetti e coglierne l'essenza. Guarda questo ritratto. Rivela la verità."

Sarah fissò trattenendo il respiro la fotografia che aveva scelto fra tutte. Era un ritratto di Piet, il suo preferito. Lo aveva fotografato di sorpresa sopra una rupe a Samburu, con il sole del tardo pomeriggio che gli indorava i capelli e il viso, gli occhi rivolti all'obiettivo con umorismo e stupore.

"Ecco il volto dell'amore", disse Viktor con semplicità. Le puntò addosso i suoi occhi scuri, e lei distolse lo sguardo, incerta se si stesse riferendo al soggetto o a chi lo aveva fotografato.

"C'è l'incanto dell'amore in questo ritratto", continuò lui. "Quel tratto inconfondibile. Risplende nell'aria tutt'attorno. Posso vederlo. Poiché sono un poeta, io posso vederlo."

Sarah sfiorò brevemente la fotografia. Era stupita dell'intuito di Viktor, della sua sensibilità. Lui comprendeva davvero il suo lavoro e la sua passione, e questo le infuse sicurezza. Si fece animata, prese a descrivere le fotografie in termini di luce e terreno, di quel che stava cercando di ottenere. Infine, la voce asciutta e recisa di Allie li interruppe.

"Spiacente di intromettermi in questa comunione d'anime", disse, divertita, "ma abbiamo un lungo viaggio davanti a noi, e non vorrei ci ritrovassimo bloccate nel *bundu* su una jeep carica di provviste, con una masnada di banditi Shifta alle calcagna. Senza parlare delle possibili piogge."

Viktor abbracciò Allie e si inchinò su un ginocchio davanti a Sarah, sospirando e baciandole di nuovo la mano.

"Conterò ogni attimo fin quanto ti rivedrò", dichiarò. "Ti seguirò nel deserto, e sottrarrò il tuo cuore a quel tuo *afrikaner*. È un semplice uomo della terra, Piet van der Beer, mentre tu e io... ah! Tu e io siamo fatti per l'aria!"

Sarah ritrasse di scatto la mano, mentre una visione di Hannah con gli occhi sognanti affiorava alla sua memoria. Hannah che aspettava alla fattoria il ritorno del suo amore.

"Oh, sparisci, Viktor Szustak!" Allie stava ridendo. "Lascia in pace la ragazza. Non ha bisogno dei tuoi voli di fantasia intrisi di gin!"

Gli diede una spinta affettuosa, e lui lasciò che lo rovesciasse all'indietro sul pavimento, dove rimase steso ai suoi piedi, serrando le lunghe dita intorno alla sua caviglia ed emettendo un sonoro gemito. Parecchie delle persone nel ristorante si erano girate a guardare. Sarah era imbarazzata, ma si ritrovò a ridere suo malgrado.

"Allie, Allie! Sempre così crudele. Va', dunque! Va'!" Viktor balzò in piedi, lanciò un addio oltre una spalla e si avviò con sussiego verso il bar, dove lo udirono ordinare un altro drink.

Le due donne si misero in viaggio. Non avevano percorso più di quindici chilometri quando Sarah capì che cosa intendesse dire Viktor a proposito della guida di Allie. Sembrava stessero partecipando all'East African Safari Rally. Chiuse gli occhi mentre prendevano una curva in velocità – che costrinse i due africani sul retro ad aggrapparsi con tutte le loro forze – e si domandò se sarebbero arrivati vivi a Palm Springs. Allie gridò qualche commento sagace su Viktor sopra il rombo del motore, ma Sarah era troppo terrorizzata dall'altalenare della strada per darle ascolto. Stordita dagli effetti combinati della notte insonne, del Pimm's e del curry, alla fine si assopì nonostante l'apprensione, sonnecchiando a intermittenza mentre la malridotta Land Rover sobbalzava attraverso la polvere e il caldo del pomeriggio.

Si svegliò al suono della pioggia che martellava sul tettuccio della Land Rover. Quando era stata lì – appena due mesi prima – la terra era bruciata dal sole, riarsa, crepata. Adesso, nel pieno della stagione delle piogge, il paesaggio si era trasformato in un mare d'erba verde brillante, con fiori selvatici che esplodevano ovunque in un tripudio di colori. L'acquazzone che le aveva sorprese durò più di un'ora; in certi punti, la strada era diventata un pantano. Nei letti rocciosi dei corsi d'acqua in secca scorrevano torrenti impetuosi che intersecavano il percorso verso il campo dei Briggs, rendendo il viaggio ancora più malsicuro mentre sussultavano, slittavano, sbandavano lungo la pista accidentata e scivolosa. Diverse volte i due africani che viaggiavano con loro dovettero scendere per aiutare a tirar fuori il veicolo dal fango, spingendo e grugnendo per lo sforzo, mentre Allie imprecava, dava gas e impartiva ordini dal finestrino. Sarah si offrì di scendere e dare una mano, ma le venne detto di restare dov'era.

"Una volta fuori da questa buca dovrò tirare dritto", gridò Allie sopra lo stridore lamentoso del motore. "Non posso fermarmi a farvi salire. I ragazzi ci sono abituati. Salteranno su al volo appena sarò ripartita."

Sarah fu stupefatta della loro agilità. Un momento erano praticamente piegati in due dietro le ruote annaspanti nella melma, urlandosi incoraggiamenti l'un l'altro, e il successivo stavano saltando come gazzelle oltre la sponda posteriore, mentre i battistrada riuscivano finalmente a fare presa sul terreno e la Land Rover balzava fuori dalla sua trappola vischiosa. Atterrarono su una pila di sacchi e scatole di cartone, ridendo e fregandosi le mani. Allie applaudì quella prodezza, gridando loro un elogio tra il raschio degli ingranaggi del cambio, ma la risposta dal retro della jeep andò perduta. Ripresero il viaggio, con Allie che cantava una canzone stonata mentre guidava a tutta birra attraverso il paesaggio fangoso, incontro alla prossima crisi.

Raggiunsero il campo al tramonto. Pesanti nuvolosi neri si erano addensati sopra di loro, rovesciando un altro violento acquazzone mentre entravano nel recinto. Allie suonò il clacson e si fermò davanti al magazzino. Due africani corsero fuori e cominciarono a scaricare le provviste, affrettandosi a portare al riparo i voluminosi sacchi di granaglie, farina e *posho* prima che si inzuppassero. C'erano pacchi di cibi in scatola, parecchie casse di birra e bibite. Sarah notò anche una cassa di whisky scozzese e gin. A quanto pareva, Viktor non era l'unico a cui piacesse bere forte, pensò.

Lungo la zona giorno dell'abitazione correva una profonda veranda che dava ulteriore ombra alle stanze, anche se Sarah presumeva dovesse esserci un caldo soffocante per la maggior parte del tempo. Nessuna delle finestre era munita di vetri, ma c'erano rudimentali persiane attaccate alle pareti esterne che potevano essere chiuse per tenere fuori la pioggia o attenuare il sole spietato. La cucina e gli alloggi dello staff africano erano dietro la casa e i magazzini.

Dan Briggs uscì sulla veranda mentre correvano verso di lui sotto le grosse gocce di pioggia.

"Venite dentro", disse. "Piacere di conoscerti, Sarah. Avete fatto molto tardi. Stavo cominciando a chiedermi se foste rimaste bloccate nel fango da qualche parte. Abbiamo avuto piogge torrenziali stamattina. Vi è andata bene che le strade abbiano avuto il tempo di asciugarsi un po'."

Batté affettuosamente una mano sulla spalla di Allie e tese una lunga mano ossuta a Sarah. Era un americano alto e smilzo con i capelli brizzolati, baffoni spioventi e occhi scaltri ma gentili, un bel po' più vecchio della moglie.

"Abbiamo incontrato Viktor a Nanyuki", spiegò Allie.

"Ah! Questo spiega tutto. Su, entrate." Si rivolse a Sarah. "Hai già visitato il campo, l'altra volta che sei stata qui? Come puoi vedere, il nostro soggiorno funge anche da ufficio. Di solito mangiamo fuori, a meno che diluvi. Il tuo alloggio è laggiù." Indicò una capanna circolare sulla sinistra della costruzione principale. "Niente di lussuoso. E ti suggerisco di controllare sia il letto sia le scarpe prima di saltarci dentro, nel caso ci sia qualche scorpione."

"A questo sono abituata", gli assicurò Sarah. "Sono stata qui in safari con Anthony Chapman qualche mese fa."

"Un ragazzo in gamba, Anthony. Ma se sei stata in uno dei suoi padiglioni da safari, troverai il nostro campo alquanto spartano al confronto." Dan frugò nei tasconi dei suoi bermuda e ne tirò fuori una pipa.

"Sono certa che mi troverò benissimo, dottor Briggs. Non sono una *safi memsahib* che non sa adattarsi a stare nel bush."

"Chiamami Dan", la invitò lui con un sorriso affabile. "Niente formalità qui. Ora, che ne dite di un drink? Allie? E tu, Sarah? Qual è il tuo veleno?"

La stanza dove i Briggs vivevano e lavoravano era spaziosa, con un tetto di canne intrecciate ad arte e illuminata da una lanterna alla paraffina che gettava un chiarore morbido su mobili essenziali e casse di libri e carte. La pioggia scrosciava con impeto mentre Dan apriva la bottiglia di whisky e ne versava due dosi generose per lui e Allie, aggiungendo un goccio d'acqua da una caraffa coperta.

"Sarah?"

"Magari una birra, dopo tutto quel fango e il caldo."

Dan prese una Tusker da un frigorifero sgangherato e la versò in un boccale.

"Ho saputo che sei cresciuta in Kenya, ma hai studiato in Irlanda", disse. "Troverai questo posto alquanto differente dalle aule dell'università."

"La difficoltà per me è stata adattarmi al college in Irlanda", replicò lei. "Qui è dove ho passato buona parte della mia vita, e dove voglio stare." Lo guardò dritto negli occhi. "Vorrei ringraziarvi per avermi dato questa chance. So di non avere alcuna esperienza nel tipo di ricerche che state svolgendo, ma lavorerò sodo, e posso imparare se avrete pazienza con me per un po'."

Allie mosse il bicchiere in direzione di suo marito. "Ti ho detto che si interessava di fotografia, ricordi? E avevo anche visto alcune delle sue foto. Oggi Viktor le ha chiesto di mostrarci l'intero portfolio. Sono buone. Più che buone, in effetti. Viktor ne era estasiato, e lui ha occhio per queste cose. Se Sarah iniziasse a creare un archivio fotografico ben fatto che documenti il nostro lavoro, ci sarà utile la prossima volta che richiederemo fondi. E anche per il tuo viaggio negli States."

"Mi sembra un'ottima idea." Dan si alzò. "Ora, immagino sarete affamate dopo quel lungo viaggio. Andiamo a mettere qualcosa sotto i denti."

Prese un campanaccio dal tavolino e lo scosse vigorosamente. Un ometto piccolo e grinzoso in tunica e calzoncini kaki apparve alla porta.

"Ahmed, questa è la signorina Sarah. Ahmed è il nostro cuoco. È con noi da dieci anni, quando eravamo ancora a Tsavo. Fa parte della famiglia. Per cortesia, Ahmed, vorremmo cenare subito."

Andarono a mettersi a tavola, e Allie accese due candele. Venne servita una minestra indiana piccante a base di carne e curry, seguita da francolino al forno e, per dessert, frutta fresca con panna confezionata (mentre Sarah si domandava come Ahmed riuscisse a far arrivare lì i piatti ancora fumanti dalla cucina esterna nonostante l'acqua che veniva giù a dirotto). Durante la cena Dan raccontò aneddoti spassosi dei suoi giorni di studente a New York, e il suo incontro con Allie a una conferenza a Edimburgo. Le aveva proposto di sposarlo dopo appena cinque giorni, davanti alla gabbia dei leoni nello zoo della città, e descrisse l'allarme che il loro fidanzamento aveva suscitato nella solida, tradizionalista famiglia scozzese di Allie.

"Per loro ero come un marziano", disse. "Un americano squattrinato senza alcuna prospettiva eccetto l'offerta di qualche dollaro al mese per seguire gli elefanti a spasso per la savana, e una tenda nel cuore dell'Africa. Non certo il genere che avevano in mente. Ma furono generosi. Ci diedero un assegno come regalo di nozze, col quale comprammo una vecchia Land Rover malandata. E venivano a trovarci ogni anno allo Tsavo National Park, il che è più di quanto i miei genitori abbiano mai fatto. Mio padre è morto cinque anni fa, mia madre preferisce far visita a mia sorella a Palm Beach, dove ci sono saloni di bellezza a ogni angolo di strada. L'Africa ormai è troppo dura per lei."

"Ora di andare tutti a nanna." Allie si alzò dopo un'ultima tazza di caffè. "Sono cotta. Eccoti una lanterna, Sarah. C'è anche una pila accanto al tuo letto per le emergenze. Se esci per andare al bagno durante la notte, bada a chiudere la porta. Al tuo ritorno potresti trovare qualche ospite non gradito che annusa in giro attorno al letto. *Chai* alle sei, e poi qui per colazione. Dormi bene."

Sarah prese la lanterna e corse al suo alloggio sotto la pioggia. La capanna sembrava acquattata a terra, sotto l'ombrello di un albero di acacia. Aprì la porta e udì il fruscio di lucertole sul tetto di canne mentre entrava in quella che sarebbe stata la sua casa per il prossimo futuro. Contro la parete c'era una branda di legno e corda con un materasso di stoppa, lenzuola bianche inamidate e due pesanti coperte verdi dell'esercito, protetto da una zanzariera. Una rozza sedia e uno scrittoio con due cassetti erano sistemati accanto alla finestra, e sul lato opposto c'era un piccolo armadio. Il pavimento era fatto di fango essiccato e levigato, di fianco al letto era stesa una stuoia di paglia intrecciata. Tra il tamburellare incessante della pioggia e il rumore del fiume in piena oltre il recinto le giunsero i brontolii di alcuni ippopotami. Cominciò a disfare il suo bagaglio, riponendo ogni cosa nell'armadio e nei cassetti dello scrittoio, poi si svestì e tirò indietro le coltri, controllando che non ci fossero intrusi prima di infilarvisi dentro con un sospiro di sollievo. Rimase per qualche momento ad ascoltare gli strani suoni della sua nuova dimora, mormorando una preghiera per le persone che amava in Irlanda e a Langani, e sperando, più di ogni altra cosa, che Piet andasse presto a trovarla in quel luogo meraviglioso.

Il mattino seguente si svegliò quando Mathenge venne a portarle il vassoio del tè.

"*Maji moto* di fuori", le disse.

Sarah udì il gorgoglio dell'acqua calda che veniva versata nel secchio appeso in un piccolo recinto dietro la capanna. Bevve il suo tè dolce e bollente e mangiò un biscotto che aveva preso un vago sentore di paraffina dal magazzino del campo, poi uscì per fare la doccia, salutata dal fischio liquido di un oriolo e dai richiami dei buceri, e respirò il profumo del mattino africano. La pioggia era cessata, lasciandosi dietro l'odore penetrante di terra bagnata, e le foglie erano imperlate di gocce scintillanti come cristalli iridati nei raggi del sole. Allie e Dan stavano facendo colazione quando li raggiunse. Avevano spiegato alcune mappe sul tavolo, ed erano intenti a stabilire il percorso del giorno e ad assegnare gli incarichi allo staff. Sarah si mise a sedere quietamente e stette ad ascoltare.

"Oggi daremo un'occhiata ai rinoceronti, intanto che seguiamo i nostri elefanti", le spiegò Dan. "Ken Smith, il soprintendente alla caccia di Garissa, ci ha chiesto di segnalare ogni esemplare che incontriamo. È preoccupato del loro numero calante e sta cercando di farne un censimento. Vuole proibirne la caccia, ma non sarà una cosa facile da attuare, perché le licenze portano in cassa parecchio denaro, e sul lato illegale il corno di rinoceronte ha un ricco mercato."

"Allora è vero che è un afrodisiaco?" Non appena le parole le furono uscite di bocca, Sarah si rese conto della sciocchezza che aveva detto.

"Soltanto se lo si usa come rinforzo", replicò ironicamente Dan.

Allie scoppiò in una risata scrosciante e Sarah diventò paonazza.

"Però è vero che, ridotto in polvere, viene venduto per tale scopo", aggiunse Dan, andandole in soccorso. "E nel Medio Oriente è anche ricercato per fare manici di pugnale. Comunque, è tragico vedere le carcasse lasciate a marcire, con solo il corno rimosso. Faremo tutto il possibile per sostenere il programma di protezione di Ken."

"È un uomo lungimirante", commentò Allie. "Ha fatto in modo che il denaro delle licenze di caccia resti al governo locale, invece di andare a Nairobi. In questo modo, i Samburu possono constatare i benefici diretti di una buona regolamentazione della caccia. Tu lavorerai con uno di loro, qui nella nostra équipe. Si chiama Erope."

"I Samburu non riuscivano a capire perché i ricchi dovessero essere liberi di andare in giro ad ammazzare animali con la benedizione del governo, mentre a loro erano proibite le proprie tradizionali attività venatorie", disse Dan. "Specialmente quando il ricavato delle licenze andava a qualche ufficio governativo lontano centinaia di chilometri, e la gente del posto non vedeva un penny."

"Pensavo che l'idea fosse fermare la caccia tribale per via del confine sottile che la separa dal bracconaggio", osservò Sarah.

"Il piano sarebbe trasformare i cacciatori nomadi in agricoltori", replicò Allie. "Ma non funzionerà. Significa distruggere la loro cultura e il loro modo di vivere. Stanno opponendo resistenza, e hanno ragione."

"Non hanno il senso della realtà, a Nairobi." Dan scosse la testa. "Vogliono proibire la caccia tradizionale con lance e frecce avvelenate, però ci sono bracconieri e banditi che vendono fucili alle tribù locali, così adesso abbiamo un problema ancora più grande. È un bel dilemma. Comunque, tornando a noi: prenderemo un paio dei nostri ragazzi e ti porteremo a fare un giro per mostrarti il territorio."

Erope era un Samburu alto e ben educato. Indossava la stessa divisa kaki del resto dello staff, ma era adorno di orecchini e bracciali di perline che si combinavano stranamente con i suoi vestiti occidentali. La seconda guida era un muscoloso Kamba, di nome Julius, che portava al collo una grossa croce di legno appesa a un laccio di cuoio. I Briggs e Sarah lasciarono il campo con Erope e Julius appollaiati sulla sponda posteriore della jeep. Nelle poche ore da quando la pioggia era cessata la superficie del terreno si era indurita in una crosta di fango corrugata sulla quale il veicolo sobbalzava e si inclinava pericolosamente. Dan non sembrava farci caso: pareva avesse imparato a guidare alla stessa scuola della moglie. Sarah si aggrappò al telaio del finestrino aperto.

"Tu guidi?" le domandò Allie.

"Ho preso la patente in Irlanda."

"Bene. Te ne faremo ottenere una locale", disse Dan. "E dovrai imparare a portare uno di questi vecchi macinini in ogni condizione. Cominceremo domani."

Per buona parte della mattinata seguirono piste secondarie attraverso la savana. Non c'era un solo cartello segnaletico in vista, e Sarah domandò come facessero a orientarsi. Era sicura che lei si sarebbe persa in pochi minuti, puntualizzò.

"Si impara a trovare dei punti di riferimento", le spiegò Allie. "Se non riesci a vedere le montagne, o qualche grossa sporgenza rocciosa, allora guardi un albero particolare o un cespuglio dalla forma strana, o il colore della terra in un certo punto: cambia da un posto all'altro. E c'è la linea del fiume, dove la vegetazione è differente e gli alberi sono più alti e robusti. Oltre alla posizione del sole, naturalmente. Sei una fotografa, dunque hai uno spiccato spirito di osservazione: dovrebbe risultarti abbastanza facile. Comunque imparerai molto da Erope e Julius. L'uno o l'altro saranno quasi sempre con te."

"È impressionante la loro capacità istintiva di trovare la strada ovunque si trovino", affermò Dan. "In particolare Erope. È fenomenale. Non solo ha ereditato un senso dell'orientamento infallibile dai suoi antenati, ma nota assolutamente tutto e lo registra in qualche recesso della mente. È una delle migliori guide che abbia mai conosciuto."

"*Kifaru, bwana*. Una grossa femmina, e un cucciolo", annunciò Erope dal retro della jeep.

Sarah non riusciva a scorgere niente nel folto degli arbusti attorno a loro. Dan rallentò e si sporse dal finestrino: una serie di tracce conduceva a un boschetto. Valutò le dimensioni e il peso degli animali dalle depressioni nel suolo sabbioso.

"Sono recenti", stabilì. "Il terreno si è asciugato dalla pioggia della notte scorsa, vedi? E sarebbero state molto più profonde se fossero state lasciate quando il fango era ancora molle. Il cucciolo è molto giovane. La signora è bella grossa, accidenti! Secondo me non sono lontani."

Indietreggiarono un poco per avere una visuale migliore. Sarah osservava tutto, col cuore in gola; si chiedeva che cosa avrebbe fatto Dan se l'enorme bestia preistorica fosse improvvisamente uscita alla carica dalla macchia di alberi. Poi la udirono. La vegetazine scricchiolò e tremò sotto il suo peso mentre si apriva un varco tra i rami spinosi, sbucando tutto a un tratto sul sentiero dietro di loro, seguita dal suo piccolo. Sbirciò verso il gruppetto e abbassò la testa, sbuffando come una locomotiva.

"Meglio togliere il disturbo. Non promette di essere un incontro amichevole." Dan premette sull'acceleratore e ripartì a tutta velocità.

Il rinoceronte esitò, agitando la testa gigantesca su e giù, cercando di localizzarli. Poi si lanciò all'inseguimento a testa bassa, il corno puntato minacciosamente in avanti, col piccolo che le trottava appresso. Sarah alzò la macchina fotografica e si puntellò contro il telaio del portello mentre la jeep sobbalzava sulla pista accidentata. Il rinoceronte stava guadagnando terreno, quasi arrivava a toccare la sponda posteriore con i rebbi del suo micidiale forcone. Erope gridava una cronaca in diretta per Dan, nel caso dovesse sterzare perché non li speronasse. Era stupefacente come un animale di quella stazza e in apparenza così goffo potesse essere tanto veloce. Infine, l'imponente bestia cominciò a rallentare;

mentre loro si allontanavano, agitò un'ultima volta il testone corazzato prima di voltarsi e trottare indietro, a raggiungere il figlio.

"Perché ci ha caricati?" chiese Sarah. "Pensava potessimo essere una minaccia per il suo cucciolo?"

"Forse", rispose Dan. "Oppure era semplicemente di cattivo umore. Hanno un certo caratterino, questi bestioni, e non è il caso di stare lì ad aspettare di scoprire che cosa hanno deciso di fare o perché. Ho visto macchine e autocarri sfasciati da rinoceronti infuriati. L'impatto dei loro corni è devastante."

Proseguirono, fermandosi di tanto in tanto per permettere alle guide di perlustrare il terreno. Dan e Allie mostrarono a Sarah alberi, uccelli, animali, e le indicarono elementi del paesaggio che potevano servire come punti di riferimento. Videro due piccoli gruppi di elefanti, ma solo in lontananza. Dan descrisse le abitudini di una tipica unità famigliare e Sarah ascoltò, cercando di memorizzare una quantità scoraggiante di informazioni. Dal modo in cui parlavano degli elefanti, era evidente l'amore e il rispetto che provavano per i soggetti del loro studio. Lei si augurò di poterne vedere presto un branco da vicino. Nel frattempo la sua attenzione era catturata da branchi di antilopi d'acqua, zebre e giraffe, e da un albero gremito di chiassosi babbuini. Il tempo per il momento reggeva, ma nuvole cariche di pioggia si stavano ammassando all'orizzonte, e l'aria era appiccicosa per l'umidità. Sarah sentiva il sudore colarle a rivoli lungo la schiena sotto la camicia.

"Abbiamo bisogno di rinfrescarci", disse Allie all'improvviso. "Andiamo a farci una nuotata."

Tornarono indietro lungo la pista che stavano seguendo e raggiunsero Buffalo Springs. Le due guide restarono di guardia alla macchina, sedute all'ombra di un albero. Allie e Dan si diressero al bordo di una profonda pozza, si tolsero i vestiti, lasciandoli ammucchiati sulle rocce, e si tuffarono nell'acqua verde e fresca. Sarah era rimasta indietro, imbarazzata, a chiedersi che cosa dovesse fare. Non era stata nuda davanti a nessuno da quando era piccola, e ora se ne stava lì, le braccia incrociate, stringendosi addosso la camicia, incapace di rinunciare anche ai suoi indumenti esterni in presenza di estranei.

"Che fai lì impalata? Vieni dentro!" la esortò Allie. "L'acqua è pulitissima, e deliziosamente fredda." Si scostò dagli occhi le ciocche di capelli bagnati, poi si tuffò di nuovo mentre Dan nuotava verso la riva.

“Mai fatto il bagno nuda prima?” le domandò.

Sarah scosse la testa, mortificata.

“E tu saresti una laureata in zoologia, e la figlia di un medico? È ora di mollare gli ormeggi, ragazzina. Levati i vestiti, chiudi gli occhi e buttati! Non ti guarderemo.”

Nuotò via e Sarah lanciò un’occhiata indietro verso la macchina. Erope e Julius sonnecchiavano sotto l’albero, apparentemente disinteressati ai pazzi *wazungu* che sguazzavano nell’acqua. In ogni caso, gli africani avevano un’attitudine rilassata verso la nudità, pensò. Le loro donne stavano a seno nudo nella maggior parte delle tribù, e spesso né gli uomini né le donne coprivano il proprio corpo. Non era niente di trascendentale. E faceva talmente caldo... Prese un bel respiro e si sfilò la camicia, i pantaloni kaki e la biancheria. Poi chiuse gli occhi e si tuffò. L’impatto dell’acqua fredda sulla pelle le diede un sussulto di piacere mentre nuotava verso la sponda opposta della pozza, tenendosi accuratamente alla larga da Allie e Dan. Era strano, quel senso di totale libertà. Meraviglioso. Prese coraggio e nuotò verso i suoi compagni.

“Brava ragazza!” Dan schizzò un getto d’acqua in aria, imitando il rumore di un ippopotamo che emergesse nel fiume. Sarah rise, e sentì dileguarsi anche gli ultimi residui di timidezza. Dopo essersi spruzzati a vicenda galleggiarono a fior d’acqua per un po’, poi si arrampicarono sulle rocce e restarono lì ad asciugarsi prima di rivestirsi. Sarah si stese a pancia in giù, ancora lievemente impacciata. Allie e Dan sembravano perfettamente a proprio agio, ma era facile per loro: erano sposati. Lei sperava che presto avrebbe acquisito la stessa naturalezza, la stessa apertura mentale. Non aveva senso comportarsi come una pudibonda collegiale, non era più nell’ambiente protetto di un convento di suore. Mentre si rivestiva, Erope e Julius continuarono a stare distesi immobili, all’ombra dell’albero. Infine, ristorati, salirono di nuovo sulla Land Rover e ripresero il viaggio. Sarah si domandò se anche le guide avrebbero gradito una nuotata, ma nessuno vi aveva accennato e decise di lasciar perdere. Costeggiarono senza fretta un *lugga* ora pieno di acqua lenta e melmosa, finché, con sua grande contentezza, incontrarono un branco di elefanti che bevevano e pascolavano quietamente nel bush.

“Ecco uno dei nostri gruppi”, mormorò Allie. “Chiamiamo questa famiglia i Dame Nelly Melba, in onore della capobranco. È un’autentica diva, e le piace il suono della propria voce. Aspetta di vedere come fa filare tutti quei giovani maschi strafottenti con i suoi barriti. Di solito vanno avanti con la loro normale routine senza fare caso a noi. Sono abituati al rumore della nostra jeep."

Prima di mettersi al lavoro con la macchina fotografica, Sarah stette semplicemente lì a guardare gli elefanti, affascinata dalla loro immensa mole, dalla grazia dei movimenti. Alcuni erano così vicini che poteva distinguere ogni rilievo, solco e setola sulla pelle grinzosa, cogliere la luce nei piccoli occhi intelligenti, vedere le pieghe delle enormi orecchie sventolanti. C'era in loro un eccezionale senso di armonia, affetto e soddisfazione mentre incedevano pacati e maestosi in un silenzio rotto solo dallo scricchiolio di rami spezzati, sollevando nuvole di polvere a ogni passo lento e cadenzato, scegliendo con cura i cespugli e gli arboscelli più giovani, strappando le parti tenere, spesso sradicando l'intera pianta e mettendosela in bocca con un solo, fluido movimento della proboscide per poi mangiarla placidamente. Tutta quella forza, e così controllata. Alcune delle femmine più vecchie erano scese sulla riva del *lugga*, intente a scavare con le zampe e le zanne ampie buche che riempivano d'acqua un po' alla volta.

"Guarda come usano la proboscide per raccogliere la terra sul margine e ammassarla da una parte", le fece notare Dan. "Se ci fai caso, vedrai che una zanna di solito ha la punta più consumata dell'altra. È quella che utilizzano di preferenza come arnese da scavo. Anche loro possono essere destri o mancini."

Il branco aveva circondato la jeep, e Sarah avvertì il cuore batterle più forte. Alzò lentamente la macchina fotografica e inquadrò un giovanissimo maschio molto vicino mentre risucchiava acqua nella proboscide e se la spruzzava sul dorso per rinfrescarsi, schizzando la lente dell'obiettivo. Le femmine e i piccoli facevano gruppo a sé, mentre i giovani maschi stavano a una certa distanza. Di tanto in tanto un anziano si faceva avanti, e i membri più giovani del branco ricevevano un gentile tocco della sua proboscide, come un vecchio che posasse una mano benevola sulla testa di un bambino.

"Quello è Samson", bisbigliò Allie. "È il grande *bwana*. Nessuno dei giovani maschi osa ancora sfidarlo. È molto forte. Finché non lo affrontano, però, non possono avvicinare le femmine come fa lui. È una società molto matriarcale. Le femmine frequentano i maschi solo durante la stagione degli accoppiamenti.

Per il resto del tempo, il loro è un circolo esclusivamente femminile. I giovani maschi vanno in giro insieme a gruppi, e un *mzee* è sovente accompagnato da due ascari più giovani che badano a lui. Le femmine più anziane sono i capi, guidano il branco a cibo e acqua e difendono i più giovani. Sono animali incredibilmente protettivi e affettuosi, di una lealtà ammirevole. Vedi come usano la proboscide per accarezzare, consolare o giocare? Ma può anche rivelarsi un'arma molto efficace."

"Più li conosco e più mi meravigliano", commentò Dan. "Che creature straordinarie! Sapevi che a volte addirittura seppelliscono i loro cari? Non mi risulta che nessun'altra bestia lo faccia."

"Però sono aggressivi, non è vero?" osservò Sarah. "Si dice che l'elefante africano sia pericoloso. L'ultima volta che sono stata qui siamo stati caricati da un giovane maschio. Decisamente non è stato un incontro amichevole."

"Non sono da prendere sottogamba, questo è certo", rispose Allie. "I giovani maschi spesso sono un po' degli smargiassi, vogliono mettere alla prova la loro forza e dimostrare il loro coraggio come dei ragazzotti adolescenti. E non dimentichiamo che gli elefanti in questa zona sono insidiati in modo pressante dai cacciatori di frodo, così sono diventati più diffidenti. In genere attaccano solo se vengono provocati. I turisti fanno molto rumore, mandando su di giri il motore dei fuoristrada per ottenere una reazione, oppure si mettono tra una sezione e l'altra di un branco. Questo può rendere aggressivo un elefante. E c'è sempre la possibilità di imbattersi in un esemplare solitario incattivito, un maschio rimasto ferito o esiliato dal branco. Ma questi sono incidenti isolati."

"Naturalmente, un agricoltore locale che conta su un acro o due di mais per il sostentamento della propria famiglia non sarà troppo ben disposto a riceverne le visite", intervenne Dan. "Con la loro massa corporea, hanno bisogno di mangiare in continuazione. Nel giro di un'ora possono radere al suolo un intero campo, e i loro vicini umani si ritrovano senza più risorse, e magari con la casa distrutta. Chiedi a Erope e a Julius delle incursioni di elefanti nelle loro *shamba*."

"Però nei parchi naturali non possono fare nessun reale danno, no?" domandò Sarah. "Voglio dire, finché non sconfinano dal loro territorio."

"Un elefante può fare cose terribili agli alberi", replicò Dan.

"Se ce ne sono troppi nella stessa area sono capaci di distruggere un'intera regione, trasformarla in una steppa desertica. Così ci sono problemi di protezione della specie, convivenza pacifica con la gente del luogo, e conservazione dell'habitat. È a questo che mira la nostra ricerca. Vogliamo indicare un modo che permetta a uomo e bestia di vivere della terra insieme, senza entrare in conflitto. Ma la popolazione umana è in continua crescita, c'è sempre meno spazio per gli animali. Non è facile."

Rimasero col branco per diverse ore, osservando e registrando i suoi movimenti. Poi la pioggia cominciò a cadere, dapprima spruzzandoli di una minuta acquerugiola, e piano piano aumentando di intensità, finché si rovesciò su di loro in scrosci torrenziali che li fecero affrettare a chiudere i finestrini e il portello del tettuccio. La luce si oscurò rapidamente e la macchina fotografica non poteva più essere usata, così se ne andarono.

Per Sarah era stata una giornata straordinaria. Sembrava un sogno poter osservare quei complessi e magnifici miracoli della natura, in compagnia di persone competenti come Dan e Allie. E sarebbe persino stata pagata per farlo! La strada era diventata un pantano quando finalmente scorsero le luci del campo ammiccare tra gli alberi. Inzaccherati di fango ed esausti, aspettarono che i secchi venissero riempiti per le loro docce, e dopo cena Dan e Allie andarono immediatamente a dormire. Nella sua capanna, Sarah si sedette a scrivere lettere alla luce della lampada a paraffina. Voleva catturare nero su bianco la magia di quel primo giorno, e condividere con la sua famiglia l'eccitazione che la colmava. Scrisse anche a Piet, ad Hannah e a Lars, e quando si ritrovò con la testa ciondolante sul foglio si trascinò a letto, addormentandosi all'istante, senza curarsi di eventuali scorpioni o altri intrusi velenosi.

Per le prime due settimane uscì ogni mattino con Dan e Allie, finché il territorio cominciò a diventarle familiare. Dan la fece mettere al volante, e un po' per volta imparò a maneggiare la Land Rover, suscitando ilarità e preoccupazione con i suoi iniziali tentativi di destreggiarsi tra gli ostacoli del bush, tirarsi fuori dal fango e attraversare *lugga* nei quali poteva scorrere un rigagnolo d'acqua o un torrente in piena, a seconda della forza dell'ultimo rovescio. Arrivò ad ammirare la coppia eccentrica e coraggiosa per cui lavorava e a rispettare lo staff. Presto ebbe la sensazione di essere lì da sempre. Ogni giorno, cercare di assimilare tutte le nuove informazioni e comprenderne il significato era una nuova sfida. Non passò molto prima che fosse in grado di prendere la jeep accompagnata solo da Julius o Erope e sbrigare incombenze come andare a ritirare la posta o fare telefonate per conto dei Briggs. Non appena ne ebbe l'occasione, dopo avere svolto gli incarichi che le erano stati affidati, chiamò Langani. Le rispose Hannah.

"Sono così felice!" le disse Sarah. "Non so da dove cominciare a raccontarti quanto sia tutto meraviglioso qui. Devi venire a trovarmi presto, ci sono talmente tante cose che voglio mostrarti. Come state tutti? Piet?"

La vita a Langani procedeva normalmente. Piet come al solito era fuori, le disse Hannah, a spaccarsi la schiena di lavoro nella fattoria. Era stato immensamente contento delle lettere che Sarah gli aveva scritto.

"È così lampante!" Hannah stava ridendo. "Lui è troppo zuccone per ammettere di avere trovato la donna della sua vita, ma per me è chiaro come il sole. Non smette mai di parlare di te, Sarah. E quando qualcuno comincia a infilare un nome in ogni discorso, allora sai per certo che è innamorato cotto."

Sarah avrebbe voluto correre fuori e gridare la propria gioia al mondo; invece rimase lì a sorridere come un'ebete al telefono.

"E che mi racconti di te e Viktor?" domandò. "Ti ho detto che l'ho incontrato? Conosce bene Dan e Allie. Avevi ragione sul suo fascino, ne sprizza da tutti i pori. Allora, come vanno le cose tra voi?"

L'esitazione di Hannah suonò come un allarme, ma le sue parole furono risolutamente ottimistiche.

"Lui va e viene. Sai com'è. Ha molto lavoro in questo periodo, così non può stare con me quanto vorrei, e mi pesa. Però vale la pena di aspettarlo, perché quando è qui mi ricompensa abbondantemente di ogni suo attimo di assenza."

"E Lars?"

Il sospiro di Hannah fu eloquente. "Mi dispiace tanto per Lars, sul serio. Vorrei che potessimo essere amici come prima, invece è cambiato tutto. Quel che provo per Viktor... è come essere travolta da un fiume in piena. E non voglio che si fermi. Viktor ha cambiato la mia vita. Non so dirti che cosa lui significhi per me."

"Be', quel che conta è che tu sia felice." Sarah cercò di nascondere la preoccupazione. Non le sembrava il caso di esprimere i propri dubbi per telefono.

Tornò al campo, cantando mentre guidava. Piet l'amava. Così le aveva detto Hannah. Parlava di lei in continuazione. E lo avrebbe visto a Natale. Nel frattempo, aveva un lavoro soddisfacente oltre ogni aspettativa. La vita era meravigliosa.

Più tempo passava tra gli elefanti, più il suo legame con loro si rafforzava. Dan aveva assegnato Erope a lavorare con lei, e Sarah lo trovava un maestro saggio e paziente. Le insegnò a seguire le tracce degli animali, a interpretare i segni del loro passaggio, e a muoversi inosservata nel bush, tenendosi controvento per avvicinarsi ai suoi soggetti senza disturbarli. Presto fu capace di individuare specifici gruppi famigliari all'interno del branco, e riconoscere ciascun individuo per nome. Fotografò gli elefanti e ne annotò le caratteristiche, illustrando le sue osservazioni con schizzi. Si ritrovò a condividere in cuor suo le proprie esperienze con Piet, immaginando che camminasse con lei nel bush, o stesse seduto al suo fianco su una roccia sopra il fiume o sovrastante la palude dove gli animali sguazzavano nella calura di mezzogiorno. La sera, quando aveva finito di lavorare ai suoi appunti, gli scriveva raccontandogli tutto quello che aveva scoperto sugli elefanti durante le lunghe, torride ore nel bush, poi riponeva le lettere in un cassetto dello scrittoio.

Una sera, mentre era seduta su un masso con Erope, lo splendore del paesaggio davanti a loro la meravigliò oltre ogni dire. Il tramonto gettava una luce mielata sulle cime delle palme dum, tingendo il cielo di un pallido lavanda striato di rosso. Stavano seguendo una famiglia di elefanti guidata da una magnifica matriarca chiamata Judith. Durante il giorno aveva condotto il suo gruppo via dal branco principale in un'area che riteneva un pascolo migliore. Di norma al calare del sole i vari gruppi si ricongiungevano. Il piccolo seguito di Judith, però, avanzava lentamente, e Sarah si rese conto che non sarebbero riusciti a raggiungere la palude prima che scendesse la notte.

"È ora di tornare, Sarah", le disse Erope. "Non c'è più abbastanza luce per le tue fotografie."

Lei scese con riluttanza dal loro punto di osservazione, e insieme si diressero verso la Land Rover. Quando vi arrivarono, gli ultimi residui del giorno si erano dissolti e una enorme luna gialla era sospesa nel cielo notturno. Sarah aveva portato la jeep in mezzo a un boschetto, dove l'ombra era più profonda, nella speranza che l'abitacolo non diventasse una fornace. Aprirono le portiere, abbassarono i finestrini e si sedettero nell'oscurità a bere del tè dal thermos.

Stava per mettere in moto quando giunse loro un rumore inconfondibile di spari, proprio dalla direzione da cui erano venuti. Poi udirono il grido acuto di dolore di un elefante, i barriti furiosi dei suoi compagni, il fracasso di animali in fuga. E voci umane concitate. Sarah rimase impietrita per qualche istante, e un attimo dopo un turbine di collera si scatenò in lei all'idea che il suo amato branco fosse stato attaccato. Ingranò rabbiosamente la marcia e girò la chiavetta di avviamento, intenzionata a inseguire i bracconieri. Ma Erope le afferrò il polso, costringendola a spegnere il motore, facendole segno di fermarsi. Sarah lo fulminò con lo sguardo, lui però si accostò un dito alle labbra e scosse la testa. Continuava a trattenerla per il braccio, e lei non poté fare altro che starsene lì seduta a ribollire per la frustrazione, ascoltando gli echi del massacro. Passò un po' di tempo prima che capisse le ragioni di Erope, quando l'autocarro dei banditi sbucò da dietro una svolta della pista. C'erano almeno dieci uomini a bordo, diversi dei quali di guardia sul cassone e armati di grossi fucili. Shifta provenienti dalla frontiera somala. Se avesse rivelato la loro presenza, lei ed Erope sarebbero stati già morti. Mentre i banditi passavano oltre, Sarah vide due paia di zanne sul pianale ed ebbe un sussulto di orrore. Erope non allentò la presa sul suo braccio finché fu certo che i bracconieri se ne fossero andati. Poi si avviarono con cautela, a fari spenti, tornando indietro lungo il percorso accidentato verso il posto dove avevano lasciato Judith e la sua piccola corte.

Fermarono la jeep sul sentiero e proseguirono a piedi. La luna continuava a disegnare il suo arco nel cielo, remota e imperterrita. Quando furono sul luogo del massacro, Sarah si lasciò cadere in ginocchio e pianse. La magnifica vecchia signora era riversa sul fianco, la fronte bucata da un proiettile di grosso calibro, gli occhi velati ma ancora colmi di accusa, tracce come di lacrime ai lati del muso. C'erano squarci insanguinati al posto delle zanne, già infestati di formiche e altre creature che vivono nel terreno. Accanto c'era Jacintha, una femmina più giovane. Anche a lei erano state strappate le zanne.

Sarah protese la mano a toccare la pelle rugosa. Poi udì uno schiocco di rami spezzati alle sue spalle. Erope le fece freneticamente segno di muoversi; lei si alzò e lo seguì nel folto della vegetazione al margine della radura. Nel bagliore della luna che illuminava la scena come un riflettore, stette a guardare ipnotizzata i membri superstiti della famiglia materializzarsi all'improvviso, imponenti ombre spettrali emerse dalle tenebre, e radunarsi attorno alle compagne cadute, cercando di farle rialzare, scavando sotto i corpi con le zanne, spingendo con le zampe. Quando infine fu chiaro che non c'era più niente da fare, si allinearono quietamente al loro fianco, mastodontiche guardie d'onore, silenti e inamovibili, che rendevano omaggio alle vittime sul campo di battaglia. Sarah ed Erope rimasero acquattati nel boschetto, intrappolati nella nicchia tra i cespugli in cui si erano nascosti. La notte si fece gelida, ma loro due non si mossero. Non era il momento per verificare fino a che punto fossero stati accettati dagli elefanti, e se avessero tentato di svignarsela si sarebbero trovati sottovento. Così rimasero lì, intirizziti e rattrappiti, sonnecchiando di tanto in tanto, osservando il silenzioso rituale con rispetto e tristezza. Durante le lunghe ore di buio vennero iene e sciacalli, attirati dall'odore del sangue, ma gli elefanti si strinsero in una solida falange ricacciandoli indietro. Verso l'alba le due femmine più anziane si staccarono dal gruppo e andarono al margine della radura, dove iniziarono ad abbattere rami e sradicare arbusti e alberelli e trasportarli ai corpi delle compagne morte, posandoli su di loro come un sudario. Quindi presero a scalciare zolle di terra, ciuffi d'erba e piccoli sassi sulle carcasse fino a ricoprirle. Anche i membri più giovani del branco parteciparono all'opera di sepoltura, e al levare del sole le elefantesse uccise erano quasi scomparse sotto due montagnole.

Appena ci fu luce sufficiente Sarah alzò la macchina fotografica, consapevole di ogni piccolo rumore che faceva, di ogni scricchiolio di ramoscelli, degli scatti dell'otturatore. Gli elefanti si girarono verso la macchia dove stava accucciata dietro il suo apparecchio, e per un momento si domandò se sarebbero diventati pericolosi. Ma rimasero dov'erano, i piccoli al centro, protetti dalle femmine più grosse, tutti rivolti verso di lei mentre documentava quella veglia funebre. Quando il primo raggio obliquo di sole toccò gli alberi, i sopravvissuti si voltarono e scomparvero in un grigio silenzio tra gli alberi. Sarah ed Erope aspettarono un po', poi uscirono allo scoperto, senza parole dinanzi alla prova di coraggio e lealtà a cui avevano assistito. Sarah si inginocchiò sulla sabbia, scattò fotografie ai due tumuli. Sentiva che gli elefanti erano stati consapevoli della sua presenza, le avevano permesso di restare come testimone della loro cerimonia. Quando ebbe finito, lasciò la sua personale offerta di fiori d'acacia su ciascuna delle tombe.

In macchina, riconobbe la rabbia di Erope dalla sua postura contratta, dall'espressione torva mentre borbottava nella propria lingua. Non c'era alcuna tolleranza in lui per uno scempio come quello che avevano visto, motivato solo dall'avidità. Il giovane Samburu era uno straordinario misto di culture, e lei ammirava la maniera in cui si spostava da una parte all'altra della linea di confine tra le due aree della sua vita con la stessa fluidità e intelligenza che dimostrava nel seguire le tracce degli animali. Aveva studiato in una scuola di missionari, e i suoi appunti di ricerca erano ben scritti e ordinati. Quando non era al campo di Buffalo Springs tornava al suo *manyatta*, abbandonando la divisa e vivendo, come la sua gente aveva fatto per secoli, in una capanna di fango e paglia, buia e greve dell'odore di capre, sterco e fumo di legna. Aveva lavorato per un certo tempo a Nairobi prima che i Briggs lo trovassero, ma non aveva alcun desiderio di tornare là. Nonostante la sua istruzione e l'esposizione al modo di vivere occidentale, conservava le abilità ancestrali necessarie per sopravvivere nella regione arida che era la sua casa. Sarah invidiava la grazia con cui sapeva muoversi nel mondo che si era scelto, comprendendo quel che gli veniva richiesto nelle differenti arene del campo e del *manyatta*.

Dan, Allie e Sarah si erano laureati presso un'università accreditata, ma a dispetto di tutta quell'istruzione formale i loro sforzi sarebbero stati inefficaci senza l'apporto di un uomo come Erope, col suo bagaglio di conoscenza atavica. Sperava che lui lo sapesse, e voleva fargli capire che lo sapeva anche lei. Non trovando le parole adatte, si limitò a sorridergli e ad allungare la mano, a toccargli il braccio in un gesto di solidarietà. Fu ricompensata da un balenare di denti bianchi e dal breve cenno del capo con cui le rispose.

"Lieta di rivedervi vivi e vegeti", disse Allie con sollievo quando Sarah ed Erope arrivarono al campo. "Siamo stati fuori a cercarvi, ma non avevamo idea di quale direzione potesse avere preso il branco ieri. Pensavo che aveste avuto problemi con la macchina. Dan stava per organizzare una squadra di ricerca col dipartimento della caccia."

"Dovrete contattarli comunque", la informò Sarah. "C'è stato un raid di Shifta."

Avvertirono il guardacaccia e tornarono sul posto ad aspettarlo. Sarah stette a guardare mentre lui fotografava le tracce di pneumatici lasciate dal mezzo dei bracconieri e raccoglieva bossoli e altre prove, e si sentì rabbrividire. La mancanza di sonno e la reazione agli eventi della notte si stavano facendo sentire. Così tanta morte, così tanta distruzione. Era questa la principale realtà dell'Africa?

Il guardacaccia interruppe i suoi pensieri. "Le sarei grato se potesse scrivermi una deposizione. Con ogni ulteriore osservazione che la sua guida possa avere da aggiungere."

Sarah annuì, pensando a quel che avrebbe dovuto scrivere, udendo ancora nella mente le grida degli elefanti, rivedendo le carcasse martoriate degli animali che aveva imparato ad amare. Si sedette sul predellino della Land Rover e cominciò a dondolare avanti e indietro, presa dalla nausea e dallo sconforto. Dopo qualche momento Dan andò ad accovacciarsi davanti a lei.

"Adesso basta", le disse con voce ferma ma gentile. "Devi rimetterti insieme, Sarah. Ci sono cose da fare."

"Vorrei che Judith avesse caricato quei bastardi. Che li avesse calpestati e ridotti in poltiglia. L'ho sentita gridare, Dan. Avrei riconosciuto la sua voce ovunque. Quando era arrabbiata e barriva aveva quella particolare nota acuta, hai presente? Saliva di tono alla fine. Nessuno degli altri lo faceva."

"Lo so. È un casino. Ci si affeziona, e diventano come di famiglia. Senti, hai avuto una nottata dura. Torniamo al campo, così potrai farti una doccia e dormire un po', va bene? E poi scriverai la tua deposizione. Hanno bisogno di tutte le informazioni che puoi dare."

Sarah fece un lungo respiro, cercando di calmarsi. "Pensi che li prenderanno?" domandò.

"Ne dubito", rispose stancamente Dan. "Sono svelti, quelli. Vanno e vengono attraverso la frontiera a loro piacimento per un po' di caccia di frodo o una scorreria in qualche *manyatta* dove possono rubare il bestiame e fare i loro comodi con le donne. A volte uccidono un paio di *moran* e si portano via gli scroti, come trofei. Poi se ne tornano di corsa in Somalia. Una volta venivano a piedi. Adesso sono motorizzati, e sono abbastanza sicuro che abbiano anche appoggi locali, specialmente per quel che riguarda lo smercio di corni di rinoceronte e avorio. Si tratta di soldoni, e puoi scommettere che parecchia gente da questa parte della frontiera è coinvolta nel traffico. Politici e commercianti, oltre a comuni *watu*."

"Ma deve pur esserci qualcosa che si possa fare per fermarli!" La voce di Sarah suonò stridula alle sue stesse orecchie.

"È sempre la solita vecchia solfa. Abbiamo bisogno di più pattuglie, che il Ministero della Caccia non può permettersi, e il governo è troppo inefficiente o corrotto per organizzarsi. E urge un programma di conservazione che vada a beneficio delle tribù locali, in modo che comincino a capire il valore della fauna e la proteggano invece di sterminarla."

Il tono di Dan era pratico, e Sarah si rese conto che stava usando la discussione per darle il tempo di riprendere il controllo. Si alzò, ripromettendosi di non crollare più a quel modo. Lui le stava scrutando il viso rigato di lacrime e polvere, visibilmente preoccupato. La aiutò a salire sul fuoristrada.

"So quello che provi per gli elefanti", le disse mettendosi al volante. "Vuoi proteggerli a qualunque costo. Però devi ricordare che sei in primo luogo una scienziata." Lei fece per obiettare, ma Dan non gliene diede il tempo. "No, adesso ascoltami, ragazzina. Il tuo lavoro è guardare e registrare. Siamo qui per osservare la vita quotidiana di questi branchi, capire che cosa fanno e perché, vedere come reagiscono a situazioni differenti. Possiamo assicurare la loro tutela solo se sappiamo di quale tipo di ecosistema hanno bisogno per sopravvivere, e quali condizioni presentano i maggiori rischi. Malattia, siccità, bracconaggio. Quel che è. Ma non possiamo interferire, altrimenti i dati raccolti non sarebbero reali. Stiamo registrando il ciclo naturale della vita degli elefanti nel loro habitat."

"Quel che è successo la scorsa notte non è stato *naturale*."

"No, non lo è stato, e va fatto tutto il necessario per fermare il bracconaggio. Ma l'uomo uccide gli animali fin dalla notte dei tempi, Sarah. Qui abbiamo a che fare con animali allo stato brado, e oggi i loro predatori includono bracconieri e banditi. Non abbiamo le risorse per creare un utopistico paradiso della fauna selvatica, una sorta di gigantesco, benevolo zoo. Non puoi essere emotiva quando succedono cose del genere, altrimenti ti distruggerà."

Lei fissò dritto davanti a sé, cercando di impedire al proprio sguardo di tornare ai due tumuli. Sebbene le carcasse fossero ricoperte di terra, col caldo del giorno l'odore nauseabondo di carne in putrefazione aveva cominciato a invadere la radura. Si morse il labbro, costringendosi a rispondere con calma a quel che Dan aveva detto.

"È stato uno choc, trovarmi davanti a tanta ferocia così all'improvviso", disse. "Capisco dove vuoi arrivare. È necessario mantenere un certo distacco, come i medici con i loro pazienti. Il fatto è che finora era stato così magico osservare gli elefanti giorno dopo giorno, imparare a conoscerli. Ero fuori di me per la rabbia. Volevo prendere la macchina e inseguire quei bastardi, immagino che Erope te lo abbia detto. Era una follia, ovviamente. Ci avrebbero ammazzati entrambi. Meno male che lui ha ragionato per tutti e due."

"Ha fatto lo stesso per me, talvolta", ammise Dan.

"Ho davvero molto da imparare", riprese lei. "Vedrò di tenere a mente le tue parole, di essere razionale e non farmi venire una crisi di nervi ogni volta che accade qualcosa di brutto. Però non so se potrò mai raggiungere il distacco di cui parli. Non posso fare a meno di sentirmi coinvolta, e questo tu forse lo consideri di intralcio alla tua ricerca."

"No. Avere passione per quel che si fa è sempre una buona cosa. Ma devi essere certa che incidenti come quello della notte scorsa non offuschino la tua capacità di giudizio, o ti mandino in pezzi. Perché temo che ne vedrai altri, se resterai con noi."

"Che cosa stai cercando di dire esattamente, Dan?" domandò Sarah, guardandolo dritto negli occhi.

"Ti sto chiedendo se sei abbastanza forte per tutto questo, suppongo. Non vorrei vederti distrutta dalla crudeltà che questa terra può metterti davanti quando meno te lo aspetti. So che la ami, che hai vissuto qui da quando eri bambina. Ma può essere peggio che aspra. Devi avere una certa quantità di ferro nell'animo per sopravvivere. Sei una ragazza sensibile e generosa, Sarah. Non vogliamo che tu dia troppo e, nel farlo, perda te stessa."

Lei rimase in silenzio per un po', riflettendo. Dan aveva ragione a mettere in discussione la sua tempra. Era abbastanza dura per quel tipo di lavoro, là fuori nel bush, dove la vita sarebbe stata sempre pericolosa e imprevedibile? Quella era una realtà in cui non c'era posto per la debolezza e i sentimentalismi. Ma sapeva di volere restare, avere la possibilità di mettersi alla prova.

"Non so ancora di quale fibra io sia fatta", disse infine. "Però mi piacerebbe scoprirlo qui con voi, se siete disposti a tenermi sulla giusta strada."

"Così mi piaci!" esclamò Dan, sorridendo. "Farai un ottimo lavoro, vedrai. E sentirai di avere contribuito in modo determinante."

20

Londra, novembre 1965

"Hai saltato il tuo appuntamento." Edward era seduto dietro la scrivania con i polpastrelli congiunti, l'espressione interrogativa ma meno che incoraggiante.

"Sembri un preside." Camilla cercò di scherzare sul suo atteggiamento severo. "Devo tornare accompagnata dai genitori?"

Lui si protese in avanti senza sorridere. "Se ho ben capito, tu vuoi che ti sistemi la faccia, altrimenti la tua carriera di modella sarà stroncata. Ora, io sono pronto a impiegare il mio tempo e la mia professionalità per ottenere il migliore risultato possibile. Ma sembra che tu non stia prendendo la situazione con altrettanta serietà."

"Mi dispiace."

"Be', hai motivo di dispiacerti, perché ora le cose si dimostreranno un po' più complicate. Sono passate più di due settimane dall'ultimo controllo, e adesso ti presenti con un nuovo problema." Le porse uno specchio ingranditore perché potesse vedere lei stessa a che cosa si riferisse. "La ferita stava guarendo bene, l'ultima volta che ci siamo visti. Ma adesso il taglio si è aperto, hai la fronte gonfia e livida, e c'è un'infezione."

"Ho usato una pomata antisettica, e cambiato regolarmente la medicazione."

Lui fece un gesto spazientito. "Non stiamo giocando al piccolo chirurgo, qui. Se mi avessi chiamato subito avrei potuto occuparmene prima che fosse troppo tardi. Avrebbe reso la vita più facile a entrambi."

"Non mi ero resa conto..."

"Il danno è nel peggior punto possibile, dove la ferita si incurva verso il basso. Dovrai prendere degli antibiotici, ed è necessario che io intervenga al più presto. Potrei vedere di trovare il tempo domani mattina, prima delle operazioni già in lista. Purché tu ti presenti."

"Ci sarò."

"Posso chiederti come è successo?"

Camilla si strinse nelle spalle, evitando il suo sguardo. "Ho inciampato e sbattuto contro qualcosa. Poi sono andata in campagna con mia madre."

"Come sta Marina?" Edward era sicuro che ci fosse un motivo serio dietro la sparizione di Camilla, e ora si domandava se sua madre ne sapesse qualcosa.

"Il solito. Non potremmo parlare d'altro?" Voleva comprensione, una traccia del calore che aveva visto in lui al loro ultimo incontro. Aveva bisogno di qualcuno a cui importasse di come si sentiva lei, e invece Edward non trovava di meglio da fare che chiedere di Marina.

"Scusami. È solo che non mi è sembrato avesse un'ottima cera, quando l'ho vista."

"Marina sta morendo." Era la prima volta che diceva quelle parole ad alta voce, e all'improvviso quello che era stato un concetto astratto si solidificò nella sua mente. Si sentì sul punto di vomitare tutta la rabbia e la confusione sulla moquette chiara e i tappeti persiani dello studio.

Carradine era visibilmente scosso. "Camilla, ho un paziente questo pomeriggio. Dovrò solo dargli una rapida occhiata. Ti va di aspettarmi? Potremmo andare a bere una cosa da qualche parte. O a cena, se ti va."

"Non ti preoccupare per me. Sto bene." Le era difficile accettare la sua compassione senza che le venisse da piangere. "E non ho bisogno di una balia."

"Non ne sono molto sicuro, visto il pasticcio che hai combinato con la tua fronte", replicò lui con un debole sorriso. "Quindi, a meno che tu abbia qualcosa di urgente da fare, dirò alla mia segretaria di portarti un tè e il giornale della sera. E poi andremo in qualche posto dove io possa tenerti d'occhio, almeno per un'ora o due."

Mentre stava seduta nella sala d'aspetto i pensieri di Camilla andarono a Marina, alle scelte che aveva compiuto nei primi anni del suo matrimonio. Non c'era dubbio che avesse dimostrato tenacia nel tenere insieme la propria vita. La sua educazione l'aveva programmata per accasarsi bene e occupare un buon posto in società, e lei aveva fatto tutto quel che era in suo potere per proteggere la carriera del marito. Adesso era troppo tardi per le recriminazioni; Camilla era disposta a mettere da parte le vecchie ferite e vivere nel presente.

"Doveva ben sapere perché ti ha sposata", aveva detto Camilla a Marina durante la loro prima sera a Burford. "Eppure ha scelto di nascondersi dietro di te per proteggere la sua rispettabilità."

"No, Camilla, non..." Sul viso di sua madre, una smorfia di dolore.

"Forse sperava che avrebbe funzionato, che sarebbe riuscito a seppellire quella parte di sé." Camilla era determinata a trovare una ragione. "Ovviamente, non era possibile. Oppure lui era talmente egoista da non provarci nemmeno."

"Ero così giovane." Le mani di Marina erano inquiete. "Avevo vent'anni. L'ho amato dal primo istante. E anche lui mi amava, lo so. Quando mi chiese di sposarlo ero così felice, tutto era perfetto... Poi ho scoperto di essere incinta, e..."

"Non voglio più parlarne", l'aveva interrotta Camilla. "Mi farà piacere farti compagnia, però per favore risparmiami i dettagli, la colpa, le scuse. Quel che è accaduto ormai appartiene al passato. Non voglio essere costretta a vedere George. Se me lo prometti, starò con te tutto il tempo che mi sarà possibile."

L'atteggiamento gelido della figlia aveva sconvolto Marina. Era terribile che avesse una visione tanto distorta della vita insieme dei suoi genitori. Dunque, non ci sarebbe stata riconciliazione tra padre e figlia. Le si spezzava il cuore. Avrebbe dovuto scegliere tra George e Camilla. La considerò una punizione per tutta l'infelicità che aveva causato nel corso degli anni. E si ripromise che non avrebbe fatto lo stesso errore, negli ultimi mesi che le restavano.

In campagna le due donne si erano incanalate in una routine abbastanza distesa, considerando le circostanze. Passavano il tempo leggendo, guardando la televisione, facendo brevi passeggiate o semplicemente condividendo la quiete della piccola casa. C'erano giorni in cui Marina era sopraffatta dalla spossatezza, a corto di fiato e sofferente. Allora stava a letto o seduta accanto al fuoco con un plaid sulle ginocchia, infreddolita sebbene la casa fosse riscaldata al punto di risultare soffocante. Non portava più gioielli: le dita erano diventate troppo sottili per i suoi anelli, e la pelle era quasi trasparente. A volte Camilla le leggeva qualcosa finché si addormentava, poi infilava un giaccone e un paio di scarponcini e lasciava i confini oppressivi della casa, andando a camminare nei campi con la pioggia sottile di inizio inverno sulla faccia e il gelo nel cuore. Si domandava come se la sarebbe cavata se le condizioni di Marina fossero peggiorate, sapendo che avrebbe per forza dovuto telefonare a suo padre e chiedergli di raggiungerla. Le ronzava attorno un fastidioso senso di colpa per avere posto il veto alle visite di George quando lei era al cottage, ma ai suoi occhi i peccati del padre erano troppo grandi perché le si potesse chiedere di ignorarli. Del resto, non aveva dimenticato nemmeno quelli di sua madre: era stata clemente in virtù della sua malattia, ma questo non significava che fosse pronta a canonizzarla. In particolare quando Winston Hayford aveva telefonato per parlare con lei.

"Che ne è stato del tuo ammiratore ghanese?" le aveva domandato Camilla più tardi.

"Lo vedo ogni tanto", aveva risposto Marina con uno sguardo diretto. "Ma non posso più andare a ballare con lui."

"Avevate una relazione?" Una volta posta la domanda, Camilla si era resa conto di non volere realmente una risposta schietta.

"È un caro amico, e spero che continuerà a starmi vicino. Ed è anche un buon medico. Mi rivolgo spesso a lui per un parere. E a proposito di medici, Camilla, vorrei che ti facessi vedere da Edward. Non mi piace quella contusione sopra il tuo occhio, e la pelle attorno sembra infiammata."

"Ci andrò un giorno di questi", aveva annuito lei, sapendo che suo padre sarebbe arrivato a rimpiazzarla.

Aveva saltato l'appuntamento con Edward. Ed effettivamente la ferita era infiammata nel punto in cui aveva battuto la fronte durante il suo sfortunato incontro con Johnson Kiberu. Si era esaminata il taglio aperto allo specchio del bagno e vi aveva applicato uno spesso strato di pomata antisettica prima di rifarsi la medicazione. Era ora di tornare a Londra.

Arrivata al suo appartamento aveva trovato ad aspettarla una pila di posta, tra cui un messaggio alquanto seccato di Tom Bartlett. Le aveva telefonato un'infinità di volte, scriveva, e poteva scordarsi che la cercasse ancora. Si facesse viva lei, se voleva. Camilla non aveva l'energia per affrontare una discussione con il suo agente, sebbene il fatto di essere senza lavoro gettasse un'incertezza angosciante sulle sue prospettive di carriera. Si era sentita svuotata. La ferita stava pulsando quando aveva alzato il telefono per chiamare lo studio di Edward e prendere un nuovo appuntamento.

"Vogliamo andare?" La voce di Edward la riscosse dai suoi pensieri. Era in piedi davanti a lei, porgendole il cappotto. La portò al bar del Connaught, scelse un tavolo appartato e ordinò da bere. Corrugò le sopracciglia quando Camilla aprì la borsa per prendere il pacchetto di sigarette. Lei ne accese comunque una, e sorseggiò la vodka.

"Mia madre ha la leucemia. Dice che non c'è niente da fare."

"Ci sono nuove terapie, sebbene abbiano innegabilmente spiacevoli effetti collaterali. Ma lei è una donna giovane. Se fossi il suo medico curante la incoraggerei a tentare."

"Lei non vuole. E lo specialista dice che difficilmente farebbe qualche differenza. Il cancro è a uno stadio troppo avanzato."

"Non dovrebbe arrendersi. Che ne pensa tuo padre?"

"Non lo so. Non l'ho visto né sentito. È stato via, ed è molto impegnato." Il tono di Camilla si era fatto brusco; schiacciò irosamente la sigaretta nel posacenere. "Grazie per il drink. Devo andare, Edward. Ho delle cose da fare a casa stasera. E ho dimenticato di chiederti se non potresti prescrivermi dei tranquillanti. Continuo ad avere gli incubi e ho sempre i nervi a fior di pelle."

"Camilla, mi rendo conto di avere toccato un tasto delicato tirando fuori il discorso della malattia di Marina. Mi dispiace. Pensavo che potesse esserti di sollievo parlarne."

"Lo è. Non ne avevo ancora detto niente a nessuno, e stava cominciando a logorarmi", ammise lei.

"So che sembra tutto in una spirale discendente in questo momento. Ma devi fare attenzione con i tranquillanti, perché possono creare dipendenza. Te ne prescriverò una piccola quantità, però dovremo discuterne meglio prima che io te ne dia ancora. Nel frattempo, ho bisogno che tu sia fresca e riposata per il nostro lavoretto di domani mattina. Quindi, proporrei una cenetta rapida da qualche parte, poi ti accompagnerò sana e salva a casa. Perché non sarebbe saggio che tu passassi la serata a fumare, bere e preoccuparti per tua madre."

Il ristorante che Edward aveva scelto era affollato, e Camilla si sentì assurdamente rassicurata quando il direttore di sala la riconobbe e trovò loro un tavolo in un angolo tranquillo.

"Vedevi spesso i miei genitori durante i tuoi viaggi in Kenya?" domandò dopo che ebbero fatto le ordinazioni.

"Sì, abbastanza. Ci siamo conosciuti a un cocktail alla residenza del governatore, la prima volta che sono stato là per degli interventi chirurgici. Da allora ho incontrato Marina piuttosto di frequente. Era impegnata in un'organizzazione benefica che procurava posti in ospedale ai bambini che operavo."

"Sì, è tipico di lei... Per lei non è mai valsa la regola che si comincia in casa propria."

Lui rilevò l'acredine ma non fece commenti. "Sono sempre stati entrambi molto gentili con me, ospitali. Tuo padre è un uomo estremamente affascinante, generoso e lungimirante."

"Ha tradito sua moglie per anni, l'affascinante George. E in questo non è stato molto lungimirante."

Edward non disse niente, aspettando che andasse avanti.

"La tradiva con uomini. L'ho appena scoperto."

"Ah. Deve essere stata una rivelazione molto dolorosa per te", commentò lui. "L'infedeltà è già abbastanza difficile da mandare giù, ma l'altro aspetto... immagino ti ci vorrà del tempo per scendere a patti con questo. Hai avuto davvero troppo da affrontare ultimamente."

Durante la cena lei gli raccontò l'intera storia. Gli descrisse come era cresciuta e la strana esistenza che i genitori avevano condotto insieme, come una coppia di scorpioni impegnati in un interminabile passo a due. Lui fu toccato dal suo modo, senza sentimento, di spiegare la solitudine della propria infanzia, quando l'amore per il padre e le amicizie che aveva stretto a scuola erano i soli punti fermi che conoscesse. Non si era mai sforzata di capire sua madre o le ragioni della sua infelicità.

"Papà era l'unica persona nella mia vita in cui io avessi riposto la mia totale fiducia e ammirazione. Amore incondizionato, penso lo definiscano così. Era il mio eroe." Camilla si sporse in avanti, voleva enfatizzare come George fosse stato il suo faro in un mare di turbinose correnti sotterranee e onde anomale. Purtroppo alla fine anche lui si era rivelato un inganno. Era un uomo colpevole e perseguibile che si nascondeva dietro la maschera di un matrimonio infelice.

"Avevo due amiche dai tempi della scuola che erano i soli sostegni veramente solidi sui quali avrei sempre potuto contare", aggiunse. "Io però le ho usate come scudo per ripararmi dalla realtà, per non dover imparare lezioni troppo dolorose. E di recente ho fatto il peggiore sbaglio di tutti e le ho allontanate da me."

Gli lanciò un'occhiata per vedere la sua reazione, ma Edward stava studiando il vino nel bicchiere; temeva che un contatto troppo diretto tra loro potesse inibire il suo sfogo, farla richiudere nel guscio. Se a lui era bastato un attimo per sapere di amarla, lei aveva bisogno di tempo semplicemente per capire che poteva fidarsi di lui.

"Sembra che tu abbia su di me l'effetto del siero della verità." Un sorriso le illuminò gli occhi, facendoli splendere come cristalli azzurri, e lui immaginò come dovesse essere stata da bambina. "Sei un Edoardo il Confessore dei giorni nostri." Fece una piccola smorfia. "Comunque, a questo punto tanto vale che tu sappia anche il resto. Giusto per completare l'opera, ho appena preso una cantonata solenne con un uomo. Pensavo mi amasse, invece ho scoperto, troppo tardi, che per lui ero soltanto un capriccio passeggero. Così eccomi qua, respinta, fallita, ferita in ogni senso. Davvero sistemata per le feste."

"Sei troppo dura con te stessa", replicò Edward. "Tutti fanno degli sbagli di tanto in tanto, e in retrospettiva ne soffrono. Come bruciori di stomaco dopo avere mangiato qualcosa di acido. E tutti siamo colpevoli di dire a noi stessi quel che vogliamo sentire. Io lo faccio in continuazione. L'ho fatto anche questa sera, quando mi sono detto che tu non avevi di meglio da fare che venire a cena con me."

"Be', sono qui, come vedi", disse Camilla, non sapendo bene come prendere quella sua strana ammissione. "E in apparenza nemmeno tu avevi di meglio da fare. Grazie di avermi ascoltata. Suppongo sia il prezzo che paghi per socializzare con le tue pazienti."

"Per lo più le mie pazienti non vogliono socializzare con me, nel caso qualcuno vedendoci insieme deduca che si sono fatte un lifting. Inoltre, vengo sempre accusato di essere troppo preso dal lavoro."

"Ed è vero?"

"Sto imparando a dare il giusto spazio a ogni cosa." Edward fece segno al cameriere di portare il conto. "Adesso ti riaccompagnerò a casa, signorina. E devi promettermi che andrai a dormire presto e sarai alla London Clinic domani mattina alle sette in punto."

"Promesso", rispose lei solennemente. "È il minimo che possa fare, dopo averti scaricato addosso tutta la litania delle mie pene. Di solito non sono così, e non voglio che tu provi compassione per me. Lo detesterei."

"Non è assolutamente quel che provo per te", affermò lui.

Camilla si alzò per andare, e mentre si voltava udì qualcuno chiamarla per nome.

"Camilla, dove ti eri cacciata, santo cielo? Non rispondi mai a quel dannato telefono, e ti ho persino scritto una lettera che evidentemente non ti sei presa il disturbo di leggere. Ti sei persa un ottimo lavoro." Era Tom Bartlett.

"Penso che tu conosca già Edward Carradine", disse Camilla. "Aggiusterà questo disastro sulla mia fronte tra qualche settimana, e poi dovrei essere come nuova."

"Mi fa molto piacere. Ma non avrai più bisogno di preoccuparti troppo per la tua faccia, se non ti tieni in contatto con il tuo agente."

"Vado a ritirare i nostri soprabiti." Edward si allontanò con tatto.

"La memoria è corta nel nostro mondo, sai?" Tom era davvero arrabbiato. "Si può sapere dove sei finita? Presumo tu avessi accesso a un telefono occasionalmente, ovunque ti fossi nascosta."

"Sono stata in campagna. Mia madre non sta bene e ho dovuto stare con lei."

"Puoi fare un servizio all'inizio della prossima settimana? Per Biba? Qualcuno ha dato forfait all'ultimo minuto e sono disperati."

"Molto lusinghiero", commentò Camilla.

"Non essere così spocchiosa. Sparisci senza nemmeno lasciarmi un recapito telefonico, e hai anche da ridire perché ti ho procurato un buon lavoro. Li ho informati che hai tagliato i capelli, e hai la frangia. Ho spiegato loro tutta la storia, in effetti. Ma è un servizio in studio, quindi non ci sarà vento, e ci sono cappelli nella collezione. La fronte non sarà un problema."

"Ti chiamerò domani mattina, così potrai darmi le date e l'indirizzo." Protese la mano ad accarezzargli il braccio. "Grazie, Tom. Grazie mille."

Edward tenne il taxi ad aspettare di sotto mentre accompagnava Camilla fino alla porta del suo appartamento. Non le chiese di entrare, e lei ne fu sollevata. Si domandava che cosa le fosse preso, per confidargli tutti i suoi pensieri privati. Forse era il fatto che lui non aveva preconcetti. Stette seduta sull'orlo del letto per qualche momento prima di alzare il telefono e chiamare la madre a Burford. Marina non aveva cambiato i suoi ritmi: stava ancora su fino a tardi la notte, e si alzava tardi al mattino.

"Sono stata dal tuo amico Edward", le comunicò. "Dovrò tornare da lui domani mattina presto, quindi non sarò a casa prima delle dieci. Tu stai bene?"

"Sì. Tuo padre è qui, cara. Torneremo in città domani. Non vorresti..."

"No. Ti chiamerò domani. Buona notte."

Camilla si mise a letto, ma il sonno rimaneva ostinatamente lontano. Pensò ai suoi genitori insieme nel piccolo cottage a contemplare il risultato degli errori di calcolo del loro passato in comune e la prospettiva di separazione eterna del futuro. Si chiedeva se suo padre fosse segretamente, colpevolmente sollevato all'idea che presto sarebbe stato tutto finito, che non sarebbe più stato intrappolato nella farsa che aveva inscenato. Che cosa mai potevano dirsi l'uno all'altra, ora? Lui chiedeva a Marina se si sentisse bene, sapendo che il tessuto spugnoso che produceva le sostanze vitali del suo sangue le stava marcendo nelle ossa? Lei lo salutava con un tocco lieve da farfalla, gli domandava come fosse andata la settimana, si informava del suo amante? Dopo un po' Camilla andò in bagno e aprì l'armadietto a specchio. Restavano soltanto due tranquillanti nella boccetta, e Edward aveva dimenticato di darle la prescrizione. Glielo avrebbe ricordato l'indomani.

Fuori la notte era fredda, contornata dal bagliore arancione delle luci della città. Il cielo era pesante, denso di nebbia. Camilla ripensò al luccichio delle stelle di una notte africana danzante tra le fronde delle palme e il pizzo dei rami di acacia, splendente sulla sua gioia di essere viva e innamorata. Si domandò dove fosse Anthony, e se pensasse mai a lei. Le era arrivata una cartolina in cui diceva che forse sarebbe passato da Londra. Ma non aveva fatto alcun accenno al suo compleanno o lasciato intendere in qualunque modo di volerla vedere. Sia Sarah sia Hannah le avevano scritto, chiedendo della sua ferita alla fronte, evitando però ogni riferimento ad Anthony, o a Langani e i suoi problemi. Camilla era addolorata di averle deluse, ma come poteva giustificare, l'impossibilità di intercedere per gli aiuti alla fattoria senza mettere in piazza il segreto di suo padre? Per un momento fu tentata di telefonare a Langani per chiedere come stessero tutti, se Sarah fosse contenta del nuovo lavoro, e spiegare quel che era successo, raccontare della sordida scoperta che l'aveva estraniata dalle sole persone che amasse davvero. Ma in Kenya era mezzanotte passata, troppo tardi per chiamare. Forse era meglio così. Non era sicura di poter sopportare la loro reazione, lo choc che Hannah avrebbe cercato di dissimulare, la pietà che c'era da aspettarsi da Sarah, e la probabile repulsione di uomini come Piet e Lars. Tornò a letto e si rannicchiò sotto le coperte, le lacrime che cominciavano a scivolarle sulla faccia. Un qualche Dio implacabile le aveva portato via ogni cosa, e si addormentò chiedendosi se meritasse una punizione così crudele per tutti i suoi torti.

Il mattino seguente Edward le medicò la fronte e le disse che sarebbe dovuta tornare dopo dieci giorni per un controllo.

"Andrai di nuovo a Burford?" le domandò.

"No. Mamma tornerà a Londra oggi."

"Be', cerca di non fare troppa vita mondana. E soprattutto evita di andartene in giro annebbiata dalla vodka e sbattere contro qualcos'altro."

La ferì che lui desse per scontato che fosse stata ubriaca quando era caduta.

"Io sarò a una conferenza a New York per tutta la prossima settimana", continuò Edward, lavandosi le mani. Si lava le mani delle mie beghe, del mio autolesionismo, pensò Camilla. "Ti darò il numero di un collega. Se dovesse esserci qualche problema con la fronte voglio che lo chiami immediatamente. Si occuperà lui di qualunque emergenza. Ti chiamerò al mio ritorno. Tanto per pungolare la tua coscienza e tenerti in riga."

Fu un sollievo essere di nuovo al lavoro, e alla fine della prima mattinata Camilla si domandò perché si fosse mai lamentata della carriera in cui si era incanalata senza volere. Ritrovò con piacere persino il caldo dei riflettori e la polvere, scoprendo di avere avuto una nostalgia per il set fotografico che non avrebbe mai creduto possibile. Sorrise e imbronciò le labbra, dondolò i fianchi a tempo con la musica assordante degli Stones, si girò a lanciare sguardi intensi oltre una spalla, consapevole che la sua seduttività avrebbe bucato l'obiettivo.

"Sei meglio di quanto tu sia mai stata", disse il fotografo, James Mann. "Assolutamente meravigliosa. Adesso metti le mani sui fianchi, spingi in fuori quel culetto. Sorridi come se volessi darmi proprio quello che voglio. Ecco, così. Perfetta."

Per la fine della settimana aveva una quantità di nuovi ingaggi, e il suo morale si era risollevato. Non era finita come modella, anche se avrebbe dovuto pazientare tre o quattro mesi prima che si potesse intervenire per ridurre la cicatrice. C'era la possibilità che venisse richiesta per lanciare una nuova linea di costumi da bagno, e Tom era impegnato con le trattative.

"Non sembra vero", commentò Tom. "Un attimo sembri svanita nel nulla, e poi all'improvviso riappari come la modella che ogni fotografo sogna, sempre puntuale, piena di idee per il make-up e su come ottenere il meglio da un servizio. Mi piace questa nuova versione."

"Avevo sempre pensato di essere finita per caso a fare questo lavoro", ammise Camilla. "Lo consideravo un misero ripiego. Adesso invece mi rendo conto che è qualcosa che so fare davvero bene, e se il mio mestiere è questo, allora voglio farlo meglio di chiunque altro."

Sperimentò una serie di parrucche e posticci che le permettessero di cambiare radicalmente aspetto, pur tenendo la fronte coperta, e studiò la propria immagine allo specchio, inventando nuovi modi per enfatizzare gli occhi, la bocca e i piani del volto, affinché i fotografi si rendessero conto di quanto lei fosse speciale e versatile, e se la contendessero. Non si lagnava più di dover posare in studi pieni di spifferi, o aspettare seduta su un furgone al margine di un prato che il set venisse allestito o che uscisse il sole. Oltre alla sua sacca zeppa di cosmetici, bigodini, spazzole e vari ferri del mestiere, portava con sé una valigetta di libri da leggere tra una session e l'altra, ingollando avidamente narrativa e saggistica.

Quando Edward tornò a Londra le tolse i punti, e poco tempo dopo Camilla poté applicare uno strato di fondotinta coprente sulla cicatrice e portare i capelli indietro dalla fronte. Il risultato non era abbastanza buono per i primi piani, ma più che soddisfacente negli shooting in cui lei camminava, ballava e saltava, o posava in una luce tenue che la faceva apparire eterea e divina. I giornalisti di cronaca parlavano di lei nelle loro rubriche, le riviste volevano intervistarla, uomini facoltosi la invitavano in palchi riservati all'opera, sui loro panfili, nelle loro ville in Costa Azzurra. La combinazione di bellezza e professionalità presto creò una nuova forma di pressione su di lei. Le proposte fioccavano, riempiendo la sua cassetta della posta e la scrivania di Tom Bartlett, finché si sentì intrappolata dal proprio successo.

"Non posso accettare altri inviti per party e apparizioni per questo mese", disse a Tom. "Non ce la faccio più, non ho nemmeno il tempo di dormire. Mi sembra di essere su una giostra impazzita, e non avere altro modo per scendere che buttarmi di sotto. Devi lasciarmi un po' di tempo libero. E ho anche bisogno di stare qualche giorno con mia madre."

Quando Marina era a Londra ogni tanto si vedevano per pranzo o cena, e occasionalmente passavano un pomeriggio al cinema o a teatro, se lei si sentiva bene e Camilla era libera. Per tacito accordo, George non era mai presente, e non discutevano mai di lui. C'erano momenti in cui Camilla ne sentiva la mancanza con il dolore acuto della perdita, ma ogni volta che era tentata di telefonargli si bloccava, incapace di confrontarsi con la sua diversità. In cuor suo, cominciava a interrogarsi sulla propria intransigenza. Nel suo ambiente di lavoro c'erano molti omosessuali dichiarati, e non si faceva problemi a frequentarli. Spesso erano artisti di talento, tipi estrosi e sensibili, e persone piacevoli con cui uscire a cena: condividevano lo stesso interesse per la musica e il teatro, il gusto per gli oggetti belli e i vestiti, e soprattutto sapeva che alla fine della serata non avrebbero insistito per ottenere favori sessuali. Si sentiva rilassata in loro compagnia, ed era divertita dalla loro gestualità talvolta teatrale, dal modo in cui ostentavano la loro sessualità. Ma non erano suo padre.

Edward le telefonò due volte per invitarla a cena, lei però non aveva tempo per una serata tranquilla e declinò, con qualche rimorso. Era stato gentile, pratico, disponibile ad ascoltarla senza giudicare, e voleva sapesse che apprezzava il suo aiuto. L'unica occasione in cui lo vide di nuovo al di fuori dello studio fu a una cena di beneficenza, ma al suo arrivo Camilla era stata bersagliata dai flash dei fotografi, e quando più tardi lo aveva cercato lui non c'era più. Comunque, le sue raccomandazioni di adottare uno stile di vita più sano non erano cadute nel vuoto: aveva ridotto drasticamente la vita notturna, si limitava a cinque sigarette al giorno, beveva soltanto champagne e un po' di vino. Ogni tanto fumava ancora un po' d'erba, ma rifiutava le sostanze più forti, nonostante l'ampia offerta.

"Cara, tra dieci giorni compirai ventun anni. Stai per diventare maggiorenne, e per colpa di questa seccante malattia non abbiamo ancora organizzato niente." Marina alla fine aveva intavolato l'argomento che Camilla stava facendo di tutto per evitare. "Il tempo stringe, e ho bisogno di sapere che cosa ti andrebbe di fare. Qualcosa all'Annabel's, forse?"

"Per carità. Non voglio un ricevimento con la buona società di Londra. E tanto meno voglio fare baldoria tutta la notte in qualche locale con gente della moda. Non c'è nessuno che consideri un vero amico tra loro, eccetto forse Tom Bartlett. Sono solo conoscenti, punto e basta. Comunque, non vedo perché fare tante storie per un compleanno. Va bene, sono a quota ventuno. E allora? Non cambia niente."

"E se ce ne andassimo via a festeggiare da qualche parte?" suggerì Marina. "Potremmo prendere un aereo per qualche posto meraviglioso e soggiornare nel migliore albergo."

"Dove, per esempio?"

"Una città d'arte. Parigi, forse. Anche se potrebbe piovere per tutto il tempo. O Roma. Roma sarebbe incantevole. Ovunque tu voglia, Camilla."

"Ti senti abbastanza bene per viaggiare, mamma?"

"Be', immagino che non potrei scalare il Kalahari. Ma fino in Italia posso arrivare. Il dottor Ward ha detto che mi darebbe un contatto, per ogni evenienza."

Il tono di Marina era quasi implorante. Camilla si rese conto che doveva avere quell'idea in mente già da un po', e poteva anche essere la sua ultima opportunità di fare un viaggio.

"D'accordo. Roma. Non siamo più state in Italia da quando ho seguito il mio corso a Firenze. Facciamoci questa vacanza."

"Camilla, non prenderesti in considerazione di...?"

"Se stai per chiedermi quello che penso, non farlo. Per favore, mamma. Non me lo chiedere."

Atterrarono a Roma in un pomeriggio di sole. Trovarono ad aspettarle all'aeroporto una limousine mandata dall'albergo e si sistemarono sul confortevole sedile posteriore a guardare la magnificenza della Città Eterna scorrere oltre il cristallo affumicato dei finestrini. L'hotel era lussuoso, con distese di marmo lucido e soffici tappeti che attutivano ogni rumore. Marina era esausta per il viaggio, pallida e senza fiato mentre camminavano lungo il corridoio verso le loro camere comunicanti.

"Ora della siesta per te, mamma", disse Camilla. "E anch'io

mi farò un sonnellino. Poi decideremo che cosa vogliamo fare per cena. Ma per me il servizio in camera va benissimo."

"Oh, io penso che faremo di meglio", replicò Marina. "Ne sono sicura. Vedrai."

Camilla lasciò la porta socchiusa e cominciò a disfare la valigia. In bagno sollevò la frangia per guardarsi la fronte allo specchio. La linea rossa era ben chiusa e pulita, ma i segni dei punti erano ancora visibili. Adesso avrebbe dovuto aspettare finché Edward avesse ritenuto che era il momento di intervenire. Ventun anni domani. Le erano arrivati per posta gli auguri di Sarah e Hannah, poche righe stringate che lasciavano trasparire il disappunto. Anthony le aveva mandato un grosso mazzo di fiori con l'Interflora, senza però darle alcuna indicazione su dove si trovasse e che programmi avesse. Le era stato consegnato all'appartamento un pacchetto di Asprey accompagnato da un biglietto di suo padre, ma non lo aveva nemmeno aperto. Scostò le tende e guardò la girandola del traffico serale, la vita della città in cui non poteva immergersi, isolata dietro i vetri della stanza d'albergo che la escludevano dalla sua chiassosa realtà. Comunque, almeno era sfuggita per un po' alla pressione del lavoro e della celebrità. Ciò di cui aveva davvero bisogno era dormire, e forse in quella breve vacanza se ne sarebbe potuta concedere il lusso. Stava per prepararsi un bagno caldo quando il telefono nella stanza di Marina suonò. Corse a rispondere sperando che non avesse svegliato sua madre.

"Marina? Cara! Ah... Camilla? Splendido. Sono Claudia Santini, cara, ti ricordi di me? Ero un'amica di tua madre a Nairobi. E poi ci siamo ritrovate quando tuo padre era all'ambasciata qui a Roma, dopo che hanno lasciato il Kenya. Abbiamo passato periodi belli insieme. Mio marito Franco è un diplomatico, come tuo padre. Siamo dispiaciuti che George non sia qui... Comunque, Marina mi ha telefonato da Londra per spiegarmi del tuo compleanno. Lo festeggeremo insieme, no? Ho prenotato un tavolo in un ristorantino di Trastevere per stasera. Una cosa molto informale, in famiglia, così Marina potrà andare via in qualunque momento se dovesse essere troppo stanca. E domani pranzeremo nella nostra casa in campagna."

Camilla sospirò. Non c'era modo di sfuggire al piano che sua madre aveva architettato. Era stata una stupida a credere che sarebbero state davvero loro due soltanto. In ogni caso, dovette riconoscere con una punta di rimorso, in fondo non le dispiaceva l'idea di un po' di svago. Se non altro, avrebbe impedito alla malattia e alla morte di gettare le loro ombre lugubri sull'intero weekend.

"Oh, al diavolo", disse al proprio riflesso nello specchio. "Alla fine, chi se ne frega del mio compleanno?"

Il ristorante era nascosto in un dedalo di stradine acciottolate dietro la piazza. Claudia Santini abbracciò Marina con le lacrime agli occhi. Suo marito la strinse con altrettanto calore, anche lui senza fare alcun tentativo di nascondere la propria emozione. C'era un giovane uomo al tavolo, bruno ed esile, ad aspettare quietamente che saluti e presentazioni facessero il loro corso.

"Camilla, cara. Sei bella come tua madre." Claudia le passò un braccio robusto intorno alle spalle. "Questo è Roberto, nostro figlio. Forse ti ricordi di lui... dovreste esservi già incontrati a Nairobi."

I due si guardarono, scambiandosi un'occhiata di solidarietà che riconosceva il loro ruolo secondario nella rimpatriata dei genitori. Camilla si sedette accanto a lui. Franco ordinò prosecco e antipasti per tutti.

"Io mi ricordo di te, per la cronaca", le disse Roberto, gli occhi neri ridenti. Stava già flirtando con lei. "Impossibile e snob. I ragazzi della mia classe alla St. Mary ti chiamavano la Regina dei Ghiacci, e tutti noi volevamo riuscire a scioglierti e conquistarti."

"Voi avreste voluto conquistare qualunque ragazza vi capitasse a tiro", rise Camilla, contenta del clima spensierato che si stava creando. "Voi ragazzi avevate in mente una sola cosa, tutti quanti. La stessa cosa che avevano in mente le suore. Sesso. Voi la pratica, loro l'astinenza, ma era sempre quello."

"Non è cambiato niente", osservò lui, sorridendole. "Sono contento di rivederti, di avere un'altra chance. Forse potrei portarti un po' in giro per la città? So che sei stata a Firenze quando i tuoi erano a Roma, ma non mi pare che tu sia venuta molto qui."

Quel che in seguito Camilla ricordò principalmente della serata fu Marina, risplendente di un qualcosa di indefinibile che la rendeva luminosa nella sua fragilità. Le fece venire in mente la particolare luce che circonda una donna quando porta in grembo una nuova vita, e si meravigliò di come sua madre ora portasse in sé l'imminenza della morte. La gioia e la tristezza con cui era stata accolta erano state davvero toccanti, una sorprendente visione di una donna amata dai suoi amici. Una donna che sua figlia non aveva mai conosciuto.

"Verrò a prendervi all'albergo domani verso le undici, se per voi va bene", disse Claudia scrutando l'amica. "Non devi stancarti troppo stasera, Marina. Chiamiamo un taxi."

"No, ho voglia di camminare un po'", replicò lei. "L'aria è così tiepida, e amo questa parte della città."

Raggiunsero una piazza e si sedettero per lasciarla riposare. Tutt'attorno a loro la gente passeggiava o beveva ai tavolini allineati sulla strada fuori dei bar, godendosi la dolcezza della notte. Coppie di innamorati si baciavano sotto le stelle che baluginavano nel velluto scuro del cielo e si riflettevano nell'acqua tremolante della fontana illuminata. Camilla pensò ad Anthony, poi lo scacciò dalla propria mente prima di prendere la mano di Roberto.

Marina dormì fino a tardi il mattino seguente, e quando arrivò la macchina non era ancora pronta.

"Va' a raggiungere Claudia di sotto", disse a Camilla. "Mi ci vorranno altri dieci minuti per rendermi presentabile. Sono diventata così lenta, ed è anche peggio quando c'è qualcuno che aspetta e guarda."

"Non c'è problema", assicurò Claudia quando lei le spiegò la situazione. "Deve prendersi tutto il tempo che le serve. Aspetteremo insieme al bar. Che cosa ti va di bere?"

"Un espresso, per favore", rispose Camilla.

"Cento di questi giorni, mia cara. Ti auguro ogni bene."

"Grazie."

"È un momento difficile per te, lo so. Dovresti essere con gente della tua età a festeggiare i tuoi splendidi ventun anni. L'inizio della vita adulta. Ma la tristezza della malattia di tua madre è giunta nello stesso momento."

"Il tempismo non è mai stato il mio forte."

"Tuttavia, hai il tempo dalla tua parte adesso, quando è così importante."

"In che senso?" Camilla aveva cominciato a rimpiangere di essere scesa prima per fare compagnia a Claudia. Sospettava che quello fosse un altro dei trucchi di Marina. Doveva essersi messa in combutta con la sua vecchia amica perché le facesse un predicozzo.

"Tu non hai conosciuto mia figlia", disse Claudia. "Giovane e bella come te, piena di vitalità, con così tanti progetti. Discuteva in continuazione con me e il padre perché non voleva studiare, andare all'università, essere come le sue amiche. Voleva l'indipendenza, un modo di vivere più libero. Voleva scappare da noi, come tutti i giovani vogliono staccarsi dai genitori, perché eravamo antiquati, fuori dal mondo. Due anni fa se ne è andata in India. Un giorno semplicemente ha preso ed è partita. Non abbiamo avuto nemmeno la possibilità di dirle addio."

"Ho tante amiche a Londra che hanno fatto la stessa cosa." Camilla cercò di suonare rassicurante. "È diventato di moda trovare un guru da seguire, cercare un modo di vivere alternativo. Ma di solito è una fase transitoria che si supera crescendo."

"Non per Gina. Lei non potrà superarla crescendo. È morta in un incidente, tre settimane dopo essere arrivata in India. E adesso non avremo più l'opportunità di dirci quanto ci amiamo."

"Mi dispiace tanto. Non riesco a immaginare..." cominciò Camilla, ma non le venne in mente nessuna frase adeguata.

"Tua madre mi ha aiutata tanto", continuò Claudia. "Lei sapeva qualcosa di figlie che vogliono rompere i vincoli. Non so che cosa avremmo fatto senza di lei. I miei amici italiani non riuscivano veramente a capire. Non avevano vissuto all'estero come noi, e per lo più appartenevano a vecchie famiglie romane legate alla tradizione. Penso che alcuni di loro addirittura ci biasimassero per avere fatto crescere i nostri figli in altri Paesi, averli fatti studiare in scuole dove imparavano più di culture straniere che della loro. Siamo stati via così a lungo che i legami di un tempo si erano spezzati. Invece George e Marina capivano, ed è per questo che siamo diventati buoni amici."

"Mi stai dicendo che io ho l'opportunità di dire addio."

"Può sembrare banale, ma sì, è quello che sto dicendo. E nel frattempo puoi rendere tua madre felice e darle conforto."

"Non sono mai stata molto brava in questo."

"È diventata talmente gracile!" Claudia sembrò non avere sentito. "Dev'esserci un modo per aiutarla a nutrirsi di più. Non può consumarsi così, lasciarsi andare. Deve combattere. Deve farlo per lui."

"Per chi?" domandò Camilla, perplessa.

"Per tuo padre. So perché non è qui con lei. Ovviamente non è via per lavoro, certo non è troppo impegnato per festeggiare il compleanno della figlia. Tua madre non si aspettava che ci credessimo. E noi sappiamo bene che non è vero, che lo sta proteggendo."

"Voi sapete?" Camilla era attonita. Forse lei era stata l'unica a non conoscere i reali termini del rapporto dei suoi genitori.

"Sappiamo che il suo cuore si sta spezzando, povero George. Che per lui è impossibile accettare quel che sta succedendo. Ma almeno gli resterà la figlia di cui parlava sempre, la sua principessa, così bella e intelligente. Almeno tu gli sarai accanto quando lei se ne sarà andata. E deve essere fiero di te, della tua fama, del successo."

"Non credo proprio che lui..."

"Non devi pensare che non ti ami abbastanza", la interruppe Claudia, la faccia tonda ansiosa. "È solo che non può essere coraggioso. Non può affrontare l'idea di una vita senza di lei. Hanno passato dei begli anni qui in Italia. Marina ha detto che sono stati i migliori della loro vita. Quindi è facile capire che lui non se la sia sentita di tornare qui adesso, sapendo che non potranno mai più stare di nuovo a Roma insieme. Sono sicura che vorrà festeggiare il tuo compleanno a Londra, quando tornerai."

Camilla tacque, l'amarezza che le inondava la bocca. Claudia si protese attraverso il tavolo a prenderle la mano.

"Sembra così forte, George. Ma la verità è che si affida a Marina in tutto e per tutto. Ha sempre bisogno della sua guida e del suo sostegno. Non so come farà senza di lei, perché è lei quella forte, dei due. Quindi lo aiuterai tu, anche se è difficile, perché sei molto giovane e il dolore per la perdita di una persona cara ancora non è entrato a far parte della tua vita. È qualcosa che imparerai. Ma per oggi siamo felici come lo è Marina, per tutte le speranze che può vedere in te. Questo è molto prezioso."

"A volte le cose sembrano diverse viste dall'esterno", commentò Camilla. Era irritata dal sermone di Claudia, così retorico e lontano dal vero. La sua analisi non poteva essere più fuori strada, e non faceva che confermare l'abilità di George nell'ingannare gli altri, e la disponibilità di Marina a interpretare a perfezione il ruolo di comprensiva moglie del diplomatico, a stendere un velo di illusione sulla realtà. "A volte non sono quelle che appaiono e lo si scopre solo quando si guarda da vicino."

"No, mia cara. Io penso sia il contrario. Più spesso sono quelli all'interno che non riescono a vedere, perché sono o troppo giovani o troppo vecchi, o troppo vicini al quadro, o perché hanno sofferto. Spero perdonerai le mie parole, ma lei è mia amica e le voglio bene. Ah, eccola che arriva. Non è bella?"

La casa dei Santini era su un lago a mezz'ora dal centro della città. La campagna era immersa in quella speciale luce dorata che Camilla associava sempre all'Italia. Il cielo appariva di un azzurro sorprendente nella cornice dei rami spogli che si aprivano a svelare il paesaggio, lasciando intravedere campi e vecchie imponenti proprietà che in altre stagioni erano celate dal fogliame. Percorsero un viale bordato di cipressi fino a una villa di proporzioni perfette collocata tra le aiuole geometriche di un immenso giardino all'italiana, con una scala di pietra che saliva all'ingresso principale. All'interno, i tacchi di Camilla batterono un ritmo leggero sul marmo dei pavimenti mentre seguiva Claudia e sua madre attraverso vasti corridoi che facevano pensare più a un museo che a un'abitazione.

"Impossibile, questo posto della famiglia di Franco." Claudia alzò un braccio in un gesto di amore ed esasperazione. "La conservazione di questi vecchi muri e dei pavimenti è una battaglia quotidiana, e poi c'è l'umidità, lo stucco che si sgretola, e le cornici delle finestre... Certe volte mi metto a strillare con Franco, gli dico di lasciare che vada tutto in malora, di andarcene a stare in un appartamento moderno in città, così potrei passare le giornate a fare shopping in via Veneto, a giocare a bridge e a bere il caffè con le mie amiche. Ma poi vado in giardino e sono di nuovo innamorata."

Uscirono dalla grandiosità sbiadita dal tempo e dalla cupa penombra dell'interno su un'ampia terrazza affacciata sul parco. L'elemento centrale era una fontana dalla quale si ergeva la figura di un giovane uomo, nudo e bello, a cavalcioni di un leone con una criniera di pietra che era stata lentamente erosa da secoli di zampilli. Il pranzo era stato imbandito all'aperto, al riparo dei pini marittimi al margine del prato; un gruppetto di persone stava bevendo champagne sotto il sole di tardo autunno che danzava sul luccichio di cristalli e porcellane, e delle grandi fruttiere e dei vasi di fiori disposti sul lungo tavolo. Roberto alzò una mano in un cenno di saluto e corse su per i gradini ad accoglierle, girandosi a mangiare Camilla con gli occhi mentre scortava Marina sul prato. Franco Santini fece le presentazioni: per il sollievo di Camilla, molti degli invitati erano giovani. Dopo una partenza stentata il suo italiano tornò spedito e fluente, e presto fu contagiata dall'allegria degli amici di Roberto, socievoli e comunicativi come gli italiani che aveva conosciuto a Firenze durante il suo anno di studi d'arte e lingua.

Il pranzo fu lungo e languido. Marina mangiò poco, ma sembrò non avere problemi con lo champagne e i vini di cui un maggiordomo in guanti bianchi provvedeva a non lasciarli mai sprovvisti. Era nel suo elemento, girava la testa nel modo studiato che Camilla conosceva bene, faceva commenti arguti con voce lieve e affaticata. Si sarebbe detto che non avesse una preoccupazione al mondo, come se la vita l'avesse trattata con stupefacente generosità, riversando a piene mani su di lei bellezza, intelligenza e ricchezze di ogni genere. Erano quasi le sei di sera quando venne fatto l'ultimo brindisi. Il tavolo era ingombro di tazze di caffè e bicchieri di brandy; giacche e stole erano state posate sulle spalle delle donne mentre l'imbrunire stagliava le sagome degli alberi in controluce e gettava lunghe ombre oblique sull'erba. Camilla rabbrividì.

"Adesso lasceremo i dinosauri", le disse Roberto. "Vieni con me, ti mostrerò Roma."

Claudia annuì, incoraggiante. "Va' con lui. Io accompagnerò Marina all'albergo. Resterò a farle compagnia per un po', e quando sarà stanca la aiuterò ad andare a letto."

Camilla cercò di esprimerle il proprio apprezzamento sia per l'ospitalità sia per il pensiero che vi stava dietro. Al suo arrivo era stata sulla difensiva, aspettandosi da parte degli altri invitati un'impacciata compassione per la ragazza di Londra che avrebbe dovuto festeggiare il suo ventunesimo compleanno tra estranei. Ed era anche consapevole che il pranzo era stato organizzato in onore di Marina, oltre che per lei. Adesso le sembrava che fosse stato giusto.

"Grazie, Claudia", mormorò, abbracciandola. "Grazie per tutto quello che hai fatto, e per le parole sagge che hai fatto entrare nella mia testa dura."

Diede un bacio sulla guancia alla madre, prese la giacca e la borsa e seguì Roberto al garage sul fianco della casa. Lui aveva una macchina bassa e sportiva e guidava velocemente, con i finestrini abbassati. La mano di Camilla andò involontariamente alla fronte dove la frangia si era aperta, scoprendo la cicatrice. Roberto le lanciò un'occhiata, ma non fece commenti. La città correva loro incontro nella luce della sera, e il traffico si riversava sulle strade da ogni direzione. Parcheggiarono l'auto in una via del centro ed entrarono in un locale fumoso, vibrante di energia e musica ad alto volume. Roberto la pilotò a un tavolo in un angolo dove il soffitto a volte era illuminato da grosse candele gocciolanti cera fusa. Lei si sentì lusingata quando diverse persone la riconobbero: mesi prima era apparsa su diverse riviste di moda italiane. Parlarono, bevvero champagne, ballarono, fumarono e parlarono e ballarono ancora. Roberto la teneva tra le braccia stringendo leggermente, con quel misto di sfrontatezza e charme caratteristico del seduttore latino.

"Dimmi della tua fronte", le chiese.

"Ero in vacanza in Kenya. C'è stata una rapina e sono stata ferita da un *panga*."

"Senz'altro guarirà, col tempo. Ma nella tua mente... rivedi ancora quel momento? Lo rivivi nei sogni?"

Camilla fu sorpresa dalla domanda. "Sì. Mi è andata bene. Siamo stati tutti quanti fortunati, quella notte. Però sì, continuo ad avere incubi. Prima o poi finiranno anche quelli, immagino, ma sono ancora terrorizzata quando sento dei passi dietro di me, e ogni volta che chiudo gli occhi vedo le facce di quegli uomini."

"Io ho incubi su mia sorella e su come è morta. Penso che non se ne andranno mai. La mia è una cicatrice che non potrà mai guarire del tutto."

"Tua madre me ne ha parlato", annuì Camilla. "Mi dispiace tanto. Io sono figlia unica, ma avevo due amiche che per me erano come sorelle. Adesso le ho perse, e questo è molto più doloroso dei brutti sogni, o della mia ferita."

Era un po' ubriaca, e le stava venendo da piangere. Roberto si sporse in avanti per baciarla, ma il momento di flirtare era passato. All'improvviso, lei sentiva solo una grande stanchezza.

"Roberto", disse, "potresti riportarmi all'Hassler? Compiere ventun anni mi ha fatta invecchiare di colpo. O forse sarà che mi sono bevuta almeno tre bottiglie di champagne tutta da sola. Posso anche prendere un taxi, se fossi così gentile da chiamarmene uno. Mi dispiace, davvero."

"Non è proprio possibile", replicò lui, ridendo. "Devo portarti a una festa a casa di un amico. Lì ti sveglierai, e starai di nuovo a meraviglia. Non puoi andare a letto a quest'ora la sera del tuo compleanno, come una vecchia signora."

E così andarono. La sala dell'antico palazzo era gremita di giovani del bel mondo romano agghindati con costosa stravaganza. Roberto le presentò il padrone di casa. Camilla non afferrò il suo nome per intero nel chiasso della festa, ma era un principe di qualche specie. Tutt'attorno a lei c'era musica e gente che ballava, coppie avvinghiate su divani di velluto che si baciavano, bevevano champagne e liquore, fumavano marijuana, tiravano fuori pillole dai colori vivaci da scatoline d'oro e smalto.

"Non posso fermarmi per molto, Roberto", lo avvertì. "Sto davvero crollando."

Il principe era al suo fianco. "Ah, ma sei arrivata giusto per il dessert", le disse. "Bevi un po' di champagne, e ti darò qualcosa che ti farà dimenticare di essere mai stata stanca." Chiamò con un cenno un cameriere che stava offrendo in giro un vassoio carico di minuscoli, lucenti cubetti di zucchero. Ne prese uno e lo fece cadere nel suo bicchiere.

Camilla lo guardò allontanarsi, poi sorrise a Roberto alzando il bicchiere in un brindisi e bevve il cocktail. Lui la condusse al centro della stanza per ballare un lento e lei seguì i suoi movimenti, lasciando che la stringesse contro di sé, finché le sue dita cominciarono a formicolare e si sentì girare la testa. Appena ci fu una pausa nella musica si sciolse dal suo abbraccio e andò alla finestra a respirare l'aria della notte e a guardare un'antica piazza con una fontana al centro. Roberto la raggiunse, mormorandole all'orecchio qualcosa che non riuscì a cogliere. Sotto di lei la fontana all'improvviso balzò in aria, gli zampilli d'acqua che schizzavano verso il cielo in un caleidoscopio di forme e colori, trasformandosi in enormi, iridescenti pesci volanti. Camilla sussultò e si voltò di nuovo verso la stanza: le pareti si dilatavano e si restringevano, a ogni suo respiro. Le persone fluttuavano attorno a lei, indescrivibilmente belle, tanto che voleva allungare le mani per toccarle. La musica si dissolse in stelle filanti variopinte, e lei poteva sentire il sapore di ogni nota di sassofono, ogni battito di percussioni nello stomaco.

"Acido?" Guardò Roberto, vide i suoi occhi splendenti come laghi bui, la bocca rosso ciliegia e scintillante. "Oh, Dio. Non ne avevo mai preso."

Cominciò a ridere, tendendo le braccia verso le persone che le volteggiavano intorno, tracciando in aria cerchi colorati con la punta delle dita. Il suo cuore batteva rapidamente e avrebbe voluto abbracciare tutti, ma rideva troppo forte. Una sorgente di gioia le gorgogliava dentro, aveva la sensazione che avrebbe potuto spiccare il volo e librarsi fuori dalla finestra, attraverso la piazza, per entrare nella girandola di suoni e colori all'orizzonte.

"Vieni, cara. Usciamo." La testa di Roberto oscillava sulle spalle, la sua voce era stranamente acuta mentre la guidava attraverso il vortice pulsante della stanza e giù, sulla piazza sottostante. Lei stava ancora ridendo quando si arrampicò sul bordo della fontana, protendendosi per prendere le gocce d'acqua che saltellavano, ruzzolavano e si rincorrevano disegnando un arco argenteo nell'aria.

"Vieni con me", le disse lui tirandola via dall'acqua. "Ho del buon hashish a casa, possiamo fumarlo e giocare insieme. Vieni."

Camilla lo seguì alla macchina e scivolò sul sedile. Ma adesso gli edifici attorno a lei avevano iniziato a curvarsi in giù, e fu presa da un improvviso terrore che potessero cadere e schiacciarla. C'erano persone sulla strada con la faccia coperta da maschere, eppure riusciva a scorgerne lo scintillio degli occhi e l'invidia nei loro sguardi. Figure grottesche e crudeli si materializzarono dalla nebbia luminosa che l'avvolgeva. Quando si fermarono a un semaforo si voltò e vide un uomo fissarla attraverso il finestrino. Mentre lo guardava il suo viso si scurì fino a diventare nero, e lei si accorse che aveva in mano un coltello, un *panga* dalla lama affilata, e lo stava alzando per colpirla; ma in quel momento scattò il verde e ripartirono. Camilla si rannicchiò sul sedile, gemendo, aggrappandosi al braccio di Roberto. Strizzò gli occhi per non vedere la fila di facce ostili e minacciose che le si accalcava attorno, quelle però si insinuavano sotto le sue palpebre. Roberto le stava parlando, ma non riusciva a capire che cosa dicesse nel brusio rabbioso di altre voci. Mentre percorrevano le strade della città vide i lampioni piegarsi e oscillare sopra la macchina, come giganteschi ganci protesi verso di lei per afferrarla e scaraventarla in qualche remoto abisso.

Quando lui fermò l'auto e la aiutò a scendere, Camilla si rese conto che erano arrivati all'albergo. Roberto le mise un dito sulle labbra; lei lo guardò terrorizzata.

"Non parlare mentre siamo nell'atrio", le disse. "Chiedi soltanto le tue chiavi, e io ti accompagnerò di sopra. Non preoccuparti, Camilla, capita a tutti di fare un brutto trip. Non durerà per molto, e starò con te finché sarà tutto passato."

Alla reception, l'uomo dietro il banco la sbirciò con sospetto; la sua testa si rattrappì fino a ridursi alle dimensioni di un pisello, poi squittì con voce stridula mentre ghermiva le banconote che Roberto gli stava premendo nel palmo. Nella sua stanza Camilla cominciò a tremare per la paura quando le immagini dei quadri alle pareti si espansero e volarono verso di lei. Dondolava avanti e indietro sull'orlo del letto, premendosi le mani sugli occhi per sbarazzarsi dei demoni che le avevano invaso il cervello. All'improvviso fu chiaro che doveva scappare, e scattò in piedi, correndo alla finestra. Le sue mani erano viscide di sudore e le dita scivolavano e annaspavano mentre armeggiava convulsamente con la serratura, scuotendo le maniglie e battendo i pugni contro i vetri finché riuscì a spalancare un battente, e si arrampicò sul davanzale, sedendosi con le gambe penzolanti nel vuoto. Era cosciente che Roberto le aveva afferrato un braccio, le parlava, la scongiurava di non saltare. Nessuno dei due udì il lieve scatto quando la porta della stanza comunicante si aprì.

"Che diamine sta...?" Marina girò lo sguardo tutt'attorno. "Oh! Buon Dio, aiutami. Ti prego, solo per questa volta, non mi abbandonare." Venne avanti attraverso la stanza, imponendosi di mantenere i passi misurati, calmi, di non fare movimenti bruschi. "Ora vieni dentro, cara", disse con voce bassa. "Fa terribilmente freddo là fuori. Vieni giù, Camilla. Ci sono qua io a occuparmi di te. Ti aiuterò a metterti a letto, perché è molto tardi. Su, vieni a letto. Ti prego."

Nessuno si mosse. Camilla era in equilibrio sul davanzale, le braccia protese in fuori come per volare, mentre guardava le cupole, i campanili e i comignoli della città, incurante del traffico in strada, sotto di lei, o della voce suadente e implorante alle sue spalle.

"Hai preso anche tu questa robaccia, qualunque cosa sia?" Marina si rivolse a Roberto, la voce fredda e dura come acciaio. Il ragazzo scosse la testa e lei lo afferrò per il braccio. "Vattene", sibilò. "Sparisci senza fiatare, e non avvicinarti mai più a mia figlia. E sia chiaro, non ne faremo parola con nessuno, meno che mai con i tuoi sfortunati genitori."

Passarono momenti interminabili prima che Camilla si girasse a prendere la mano tesa di sua madre. Marina strinse forte e continuò a parlare in tono dolce e rassicurante, finché sua figlia lentamente scavalcò il davanzale con una gamba e poi con l'altra, rientrò nella stanza, si lasciò condurre al letto.

Quando si svegliò a metà mattina era fiacca e svogliata. Aprì la porta comunicante con la stanza accanto e vide che Marina stava ancora dormendo. Era troppo difficile decidere se vestirsi e uscire a fare una passeggiata, o semplicemente tornare a letto e cedere alla sensazione liquida che le appesantiva i muscoli. Il servizio in camera sembrava un'opzione ragionevole, e quando fece per prendere il telefono notò un pacchetto confezionato con molta cura sopra il comodino. Era accompagnato da un biglietto, e lei lo lesse diverse volte prima di metterlo da parte.

Mia adorata Camilla,

tuo padre mi ha fatto questo dono il giorno in cui sei nata, perché ci amava tanto entrambe, ed eravamo così felici. Ora vogliamo che lo abbia tu, perché ancora ti amiamo e teniamo a te più di ogni altra cosa al mondo. Speriamo che lo porterai e penserai a noi nella meravigliosa vita che hai davanti.

Ti voglio bene, mio tesoro, mia preziosa, bellissima figlia, nel giorno del tuo ventunesimo compleanno e per sempre.

M

Camilla sciolse il nastro e scartò l'involto. La scatola piatta era di pelle verde scuro e recava le iniziali della madre incise in oro sul coperchio. All'interno, il gioiello era posato su un letto di velluto. Era un collier di squisita fattura, complesso e delicato, con fili di perle e corallo e un elemento centrale composto di fiori e foglie di smalto in una trama di minute catenelle d'oro. Camilla lo riconobbe come un pezzo autentico del Rinascimento. Non lo aveva mai visto prima, e non ricordava che sua madre lo avesse mai indossato. Lo prese dalla custodia con dita tremanti e andò allo specchio per metterselo al collo, agganciando il fermaglio sotto la nuca. Guardò con gli occhi rigati di lacrime il monile scintillante spiccare contro la pelle diafana della sua gola, finché la commozione la travolse. Tornò a letto e scivolò sotto le lenzuola. Nel giro di pochi istanti si era addormentata, una mano posata lievemente sul collier, e una ridda di immagini dell'infanzia ad affollarle i sogni.

21

Londra, dicembre 1965

"Non capisco perché passi così tanto tempo con quella gente orribile e volgare, Camilla. Anche nell'ambiente della moda ci sono persone educate e dignitose, con un qualche tipo di background accettabile. Non potresti scegliere meglio le tue frequentazioni?" Benché fosse all'altro capo della linea, il tono di Marina riecheggiava la sua contrarietà. "Eri così elegante e ammodo nelle fotografie che ti ha scattato John French."

"Non posso apparire sempre uguale, mamma. I clienti hanno bisogno di una varietà di immagini e stili per mostrare i loro vestiti."

"David Baxter e il suo giro sono così sciatti, cara! Passi lavorare con loro, ma nel tuo tempo libero non hai alcun bisogno di stare con gente che chiaramente non sa comportarsi. E non riesco a immaginare perché tu debba comprare roba come quell'orribile cappotto di astrakan e i pantaloni dozzinali che indossavi nella fotografia sul *Daily Mail*..."

"Al giorno d'oggi ci si può vestire come si vuole. È liberatorio, proprio come lo è stato gettare via i bustini e i corsetti all'inizio del secolo." Camilla stava sorridendo. Marina poteva essere malata, ma l'essenza restava la stessa.

"Ho visto di nuovo il tuo nome sul giornale stamattina", continuò la madre, la voce ora velata di paura. "Sembra che sabato tu sia stata all'Ad Lib fino alle quattro del mattino. Mi hanno detto che quel posto è pieno di gente che fa uso di droga."

"Io non prendo nessuna droga, mamma, eccetto un occasionale spinello che potrebbe persino farmi bene. Ho imparato la lezione a Roma, lo sai."

"Comunque non penso tu sia abbastanza prudente, cara. Hai sempre attorno un codazzo di persone indesiderabili. Puoi essere molto 'in', come dicono, ma devi pur sempre preoccuparti della tua reputazione e del tuo futuro."

"Nessuno ha più quella che tu definisci una reputazione", replicò Camilla. "È tutto cambiato, mamma. Il contegno inamidato dei ceti alti è anticaglia. Ormai metà aristocrazia inglese fa la coda per entrare all'Ad Lib e farsi vedere con Baxter. Come ti senti oggi?"

"Come un'orribile vecchia megera con i reumatismi. Mi ci manca solo un bastone e un bel paio di calze di lana che fanno le grinze sulle ginocchia." La risata di Marina fu esile e acuta. "Ho un appuntamento con lo stregone alle quattro."

Camilla si girò nel letto e guardò la sveglia. Erano quasi le undici e doveva essere allo studio per mezzogiorno. Si sentiva uno straccio, e immaginava di averne anche l'aspetto, dopo la nottata da cui era reduce. C'era stato un party per il lancio di una nuova linea di gioielli e la serata era andata per le lunghe.

"Tra mezz'ora devo uscire per andare al lavoro. Se finirò in tempo allo studio ti raggiungerò dal dottor Ward."

"Non andrò da lui questo pomeriggio." Marina esitò. "Vado a fare un altro tipo di esame del sangue."

"Magari dopo potremmo andare al cinema", suggerì Camilla.

"Non credo, cara. Sono un po' stanca e penso che l'appuntamento col medico sarà una botta di vita sufficiente per me. Ma se ti va potresti venire qui a cena. Credo tu abbia già girato abbastanza locali notturni per questa settimana. I miei amici Willoughby ti hanno vista all'Annabel's martedì. Non puoi stare fuori tutta la notte ogni notte, Camilla. Mi pareva che Edward ti avesse raccomandato di darti una regolata. Il fumo di per sé nuoce alla tua faccia."

"La mia faccia sta benissimo, eccetto per lo sgorbio rosso che mi solca la fronte. Ci vediamo a cena."

Camilla depose il ricevitore. George evidentemente era via da qualche parte. Marina faceva in modo che padre e figlia non si incontrassero mai a casa, sebbene fosse un compromesso che scontentava tutti, e generava un crescente stato d'ansia in Camilla. Con tutta la sua apertura mentale, ancora non riusciva ad accettare il fatto che il padre fosse un omosessuale, oltre che un adultero e un traditore, e aveva un violento rifiuto alla sola idea di trovarselo davanti. Marina aveva tentato a più riprese di sbloccare la situazione, piangendo, usando la malattia per ricattarla, supplicandola di tornare sulla sua decisione, ma la reazione di Camilla era sempre la fuga: o se ne andava sbattendo la porta, o si chiudeva in se stessa, sprofondando in un pozzo di tristezza e confusione.

"Dobbiamo cercare di parlarne, una buona volta", aveva cercato di farla ragionare. "Perché non possiamo discuterne con calma e trovare una soluzione? Non so dove o come tu sia venuta a sapere tutto, e vorrei essere stata capace di spiegarti io stessa come stavano le cose. Forse però posso aiutarti a trovare un modo per superarne l'impatto."

Camilla aveva scosso la testa, incapace di raccontare a sua madre quel che aveva visto, l'orrore visivo della scoperta. Del resto, non credeva che Marina avesse mai veramente trovato il modo di superarlo lei stessa. Così non aveva detto niente, finché il discorso era rientrato ancora una volta e il loro rapportò era tornato a navigare in acque più calme.

Si alzò dal letto di malavoglia, gemendo per il mal di testa. Quando si guardò nello specchio del bagno vide ombre scure sotto i suoi occhi che avrebbero richiesto una buona dose di correttore. Aveva bevuto davvero troppo la sera prima, incastrata tra due dirigenti di una casa di maglieria con cui aveva firmato un contratto. Entrambi ci avevano provato pesantemente, e lei non era riuscita a dissimulare il proprio fastidio senza un generoso aiuto da parte del cameriere con lo champagne. Esaminò la cicatrice sulla fronte e corrugò le sopracciglia: era ancora di un rosso acceso e difficile da camuffare completamente col fondotinta. Poi si scrollò di dosso l'ansia con un'alzata di spalle e si preparò in fretta, cacciando spazzole, bigodini, cosmetici e una mela in una grossa sacca, assieme a un romanzo da leggere nei tempi morti. Era tutt'altro che entusiasta del servizio per il quale avrebbe posato quel giorno, ma era ancora limitata nei lavori che poteva accettare. Niente primi piani in esterni, nel caso il vento le scostasse i capelli dal viso. Niente cover story per le più importanti riviste di moda, perché non poteva cambiare la propria acconciatura abbastanza radicalmente per il contrasto richiesto dai migliori fotografi. Aveva la sensazione di essere merce danneggiata, e la cosa la rendeva nervosa.

E c'era anche il problema dell'appartamento. Marina non poteva più fare tre piani di scale a piedi, e dovevano incontrarsi in qualche caffè o ristorante, o a casa dei genitori quando George era via per affari. Ma Camilla non voleva venderlo, e del resto sapeva che presto sua madre non sarebbe stata comunque in grado di andarla a trovare da nessuna parte, salvo una miracolosa remissione spontanea. Un calcolo deliberato che la fece vergognare; si domandò se altre persone con un famigliare in fin di vita fossero tanto spietate da ragionare in quel modo.

Mancavano meno di due settimane a Natale, e sapeva che nei prossimi giorni sarebbe stata sollevata di nuovo la questione del periodo delle feste. Il solo pensiero le metteva lo stomaco in subbuglio. Alcuni amici del *Tatler* l'avevano invitata ad andare in Marocco con loro, ma stava prendendo tempo. Il suo bisogno di evadere rasentava la disperazione, non chiedeva di meglio che andare via, essere lasciata in pace, dimenticare per un po' tutti i guai; concedersi una vacanza in un luogo esotico che desiderava visitare da tempo era proprio quel che le ci voleva. Però poteva immaginare come l'avrebbe presa Marina se fosse partita per Marrakesh, sapendo che non ci sarebbe stato un altro Natale da passare insieme. E c'era George, naturalmente. Era solo questione di tempo prima che la madre tornasse alla carica, rinfocolando i suoi sensi di colpa per quell'ostinato rifiuto di contemplare una riconciliazione.

Era esausta e avvilita quando suonò alla porta dell'appartamento dei genitori. La governante venne ad aprire e la prese in disparte nel corridoio. Era una donna gentile, a dispetto dell'aria arcigna e dei capelli grigi raccolti in un austero chignon.

"Tua madre non è stata affatto bene né ieri né oggi, cara", le disse. "Mi sono offerta di accompagnarla all'appuntamento questo pomeriggio, ma non ha voluto saperne. Il dottor Hayford ha telefonato più tardi per accertarsi che fosse arrivata a casa. L'aveva fatta mettere su un taxi dall'infermiera, ma ha detto che era preoccupato per come l'ha trovata a terra. Tuo padre tornerà per il fine settimana. Forse allora si sentirà meglio." Imbronciò le labbra, sottolineando la strana mancanza di comunicazione tra padre e figlia persino in circostanze così gravi.

"Grazie, signora Maskell. L'infermiera arriverà verso le nove, e io mi fermerò qui a dormire stanotte."

Marina era a letto. Aveva un colorito terreo, le nocche e i polsi gonfi e lividi. Camilla le prese la mano e la sentì pesante di dolore e di fatica.

"Mi dispiace di avere fatto così tardi. Non riuscivo più a venire via da quello studio. La stilista era una primadonna che faceva un sacco di capricci per dei vestiti assolutamente mediocri." Si sedette sull'orlo del letto. "Avresti dovuto portare la signora Maskell con te, mamma. Non puoi uscire da sola se non ti senti bene. Che cosa ha detto il medico?"

"Niente di nuovo", rispose lei quietamente, senza aprire gli occhi. Poi le sue labbra tremarono e cominciò a piangere. "Ho i globuli bianchi molto alti, le giunture gonfie, e sono tutta un livido. È troppo doloroso per me, cara. Non voglio finire la mia vita così, costretta a letto e di peso a tutti, inutile e brutta. Sono così orribile che non posso guardarmi. Tutto ciò che io abbia mai avuto era la bellezza, e adesso mi è stata portata via anche quella. Non voglio che tutti mi ricordino appassita e impotente. Oh, Dio, non posso sopportarlo! Semplicemente non posso."

I singhiozzi scossero il suo fragile corpo. Camilla prese una pezzuola di spugna e vi spruzzò sopra acqua fredda e colonia, poi la passò con gentilezza sul viso e sulle braccia di Marina. Non cercò di infonderle fiducia o incoraggiarla a reagire: sapevano entrambe quale fosse la cruda realtà della situazione, e nessuna delle due era incline alle frasi di circostanza. Quando sua madre si fu calmata andò in cucina a riscaldare un po' della zuppa di verdura che la signora Maskell aveva preparato e fece tostare del pane. Le venne in mente di non avere mangiato che una mela in tutto il giorno e divorò due fette di pane spalmate di burro e marmellata, quindi portò il vassoio della cena a Marina e trascorse mezz'ora blandendola perché si sforzasse di nutrirsi un po'.

"Devi mettere qualcosa nello stomaco prima di prendere la medicina, altrimenti ti verrà anche il mal di pancia, oltre al resto. Vuoi la borsa dell'acqua calda? Ti metto un paio di calze? Mamma, sei sicura che non dovresti stare in ospedale, giusto finché ti passa questo gonfiore alle articolazioni? E se facessi un'altra trasfusione?"

Marina scosse la testa. "Non ancora. Andrò di nuovo da David Ward la prossima settimana, ma non voglio essere ricoverata. Non ancora, ti prego. Dammi le mie pillole contro il dolore e poi dormirò. È l'unica cosa che voglio. Dormire."

"Io resterò qui stanotte. Va bene?"

C'era un'altra domanda nella domanda, e Marina annuì, rassegnata. Camilla la accompagnò in bagno, poi la riportò a letto quasi di peso, le sistemò le coperte e spense la luce.

"Chiamami se ti serve qualcosa. Sarò nella stanza accanto."

Si versò un drink e si lasciò cadere sul divano davanti al televisore, esausta e con una gran voglia di piangere. Era stato un pomeriggio tremendo. Passò da un canale all'altro cercando un po' di svago, ma non c'era niente che le andasse di guardare.

Sentì suonare alla porta e andò ad aprire all'infermiera, quindi tornò in soggiorno ad ascoltare il ticchettio implacabile dell'orologio a pendolo nel silenzio tetro dell'appartamento.

"Devi mettere la tua vita in pausa per un po'", le aveva detto Tom Bartlett nel suo modo brusco. "Ti è arrivato addosso tutto insieme, la ferita e la malattia di tua madre. Non c'è molto che tu possa fare eccetto aspettare che passi questo momentaccio, e poi, *caramba*, la vita ricomincerà."

Intendeva essere gentile e Camilla era stata sorpresa da tanto sforzo. In genere aveva scarsa compassione per le pene e gli affanni altrui, e non gli piaceva che le sue modelle portassero con sé al lavoro i problemi personali. Tuttavia aveva incontrato Marina parecchie volte, ed era sinceramente rattristato all'idea che quell'incantevole creatura fosse condannata a morte senza possibilità di appello. Camilla aveva apprezzato la sua buona volontà, ma mettere in pausa la sua vita era qualcosa che non stava né in cielo né in terra. I giorni continuavano a passare e nessuno poteva esserle restituito, né vissuto daccapo. Marina stava morendo, il suo futuro le era stato strappato, e anche con la sua maestria nell'autoinganno non poteva sfuggire a questo sciocante dato di fatto, o negare il rapido degrado del suo corpo.

Si alzò e chiuse le tende del soggiorno, infastidita dalla pioggia che batteva contro i vetri. Non aveva voglia di andare a letto, ma non voleva nemmeno starsene lì a piangersi addosso nella quiete sepolcrale del soggiorno. Cominciò a camminare avanti e indietro, cercando una qualunque distrazione, qualcosa che la tenesse occupata per un po'. Quando il telefono squillò corse a rispondere senza pensarci.

"Marina? Stai bene, cara?" La voce di George era piena di tenerezza. "Scusami se chiamo così tardi, ma sono stato bloccato tutta le sera a uno strazio di banchetto e questa è la prima opportunità che ho di..."

"Sta dormendo. Puoi chiamare domani mattina. Non troppo presto."

Riattaccò bruscamente e andò ad affacciarsi alla stanza della madre. L'infermiera alzò lo sguardo dal libro che stava leggendo seduta in poltrona e sorrise.

"Io esco per un po'", le comunicò Camilla. "Torno più tardi. Dormirò qui stanotte."

Uscì nella pioggia torrenziale, agitando un braccio per fermare un taxi, e si fece portare a Chelsea, dove c'era una festa alla quale era stata invitata. Aprì un portone e fu accolta da un fragstuono di musica e risate proveniente dal piano superiore. Salì le scale schivando gente seduta sui gradini a fumare erba e bere champagne, vodka e vino, scavalcò una coppia semivestita aggrovigliata sul pianerottolo, e qualche attimo dopo era in mezzo alla ressa, a scolare il suo primo drink e a tendere il bicchiere per farselo riempire di nuovo. Parecchie coppie si stavano dimenando a tempo con la musica, altre si muovevano allacciate seguendo un ritmo soltanto loro. Qualcuno la afferrò per un braccio e si ritrovò a ballare con Tom Bartlett. Si gettò nella mischia e si esibì in un twist sfrenato, piroettando e ancheggiando, piegando le gambe fin quasi ad accucciarsi a terra, inarcando la schiena all'indietro e spingendo in avanti il bacino, le braccia aperte come ali mentre oscillava sinuosamente. La gente attorno stava gridando il suo nome, la incitava con urli e fischi mentre lei si sforzava di mantenere l'equilibrio, usando ogni muscolo del corpo, alzandosi con lenta grazia in posizione eretta. Ci fu uno scroscio di applausi quando reclamò il suo drink e accettò lo spinello che qualcuno le stava offrendo, aspirando una lunga boccata.

"Sembri davvero messa bene, in qualunque modo tu voglia prenderla." Tom la guidò via dal centro della stanza e la scrutò per un momento con espressione criptica. "Com'è andato il pomeriggio?"

"Uno strazio. Vestiti orrendi, e una megera che piantava grane per ogni cosa. Mi sarò dovuta cambiare cinquanta volte."

"Ho qualcosa per te che dovrebbe essere un po' più interessante. Pubblicità per una nuova linea di gioielli. Roba di stile etnico. Vogliono fare le foto in Marocco. E una grossa rivista vuole intervistarti. Passa da me domani mattina." Si allontanò, lasciandola sola nel rumore e nella confusione.

Camilla si guardò attorno, rivolgendo brevi cenni a facce conosciute, salutando persone che non aveva particolare voglia di vedere con un entusiasmo che certamente non provava. L'erba stava cominciando a fare effetto; si sentiva calma e benevola nei confronti della folla palpitante in cui si destreggiava facendosi strada verso il bar, in cerca di un posto dove sedersi. Si lasciò cadere su una poltrona, abbandonandosi contro la morbida imbottitura a osservare le persone nella stanza con gli occhi socchiusi. Fu allora che lo vide. Era in piedi accanto a una finestra, abbronzato e biondissimo, il volto animato di intelligenza e interesse mentre ascoltava quel che la ragazza di fronte a lui stava cercando di dire in mezzo al frastuono. Camilla si alzò di scatto, un po' barcollante, rovesciando il drink. Il primo pensiero fu di andarsene immediatamente, prima che lui la notasse. Si chinò a prendere la borsa, ma quando rialzò la testa se lo trovò davanti.

"Te ne stai andando?" le domandò. "Ti accompagno."

"Stammi lontano." Camilla mise avanti la mano aperta per fermarlo e sgusciò via nella ressa per guadagnare l'uscita. Corse giù per le scale, agguantò il cappotto e uscì nella notte piovosa. Non c'erano taxi in vista, e si avviò a piedi verso King's Road; sentì la rabbia montarle dentro quando udì i suoi passi dietro di lei.

"Sei sordo? Ti ho detto di starmi lontano. Sparisci."

"Devo parlarti." Lui protese una mano nel tentativo di trattenerla.

"No. Vattene." Camilla si fermò, si voltò per sibilargli le parole in faccia. "La tua sola vista mi fa star male."

"E tu stai facendo star male tuo padre. Non sai che tiene a te più di chiunque altro? Vorrei che amasse me soltanto la metà. Lo stai distruggendo." La afferrò per un braccio e la scrollò. "Cristo santo, non capisci proprio niente al di là della tua superficiale esistenza?"

"Non mi toccare, e non osare mai più avvicinarti." Camilla si liberò con uno strattone e corse via sul marciapiede scivoloso. Alzò un braccio per fermare un taxi di passaggio, ma il conducente non la vide nella cortina di pioggia e tirò dritto.

"Torna indietro, per l'amor del cielo." Lui l'aveva di nuovo raggiunta. "Per favore. Dobbiamo parlare."

Camilla si fermò. "No. Non abbiamo niente di cui parlare. Vattene e non farti più vedere."

"Ti prego", insisté l'uomo. "Mi devi ascoltare. Tu..."

"Ma tu chi credi di essere, si può sapere?" La voce di Camilla vibrava di rabbia e disprezzo. "Sei soltanto uno che lui usa per vivere la sua doppia vita. Una scappatella extraconiugale. Immagino ti paghi, anche. Levati di torno, e non permetterti mai più di venirmi vicino. Hai capito, piccolo stronzo?"

Lui stette perfettamente immobile per un momento, e Camilla si accorse che era uscito senza soprabito. Era bagnato fradicio, i vestiti zuppi di pioggia.

"So che tua madre sta morendo." C'era una nota di disperazione nella sua voce. "Lui vuole passare questi ultimi mesi con voi due. Vuole che lei finisca la propria vita circondata dall'amore della sua famiglia. È semplice. Come fai a non capirlo? Sei così spietata, così maledettamente rigida nei tuoi giudizi da ottusa moralista che non puoi accettare nemmeno questo? Perché non concedi loro qualche settimana insieme, invece di tenerli separati? Non stanno già soffrendo abbastanza, senza che ti ci metta anche tu?"

Camilla vide apparire un altro taxi in fondo alla strada e alzò il braccio, saltando giù dal marciapiede per intercettarlo, ma scivolò sull'asfalto bagnato e cadde. Aveva perso una scarpa, la borsa le era volata via e tutto il contenuto si era sparpagliato attorno. Sentì un dolore lancinante alla caviglia mentre si rialzava affannosamente per recuperare almeno il borsellino e le chiavi di casa, ma lui fu più svelto. Raccattò tutte le sue cose e la aiutò a salire sul taxi, sgusciando sul sedile accanto a lei e dando all'autista l'indirizzo dei suoi genitori. Ovviamente sapeva bene dove abitassero, pensò Camilla, era lì che lo aveva visto la prima volta, nella camera da letto del padre. Si girò dall'altra parte, ribollente di rabbia per tanta sfacciataggine.

Quando furono arrivati lui la aiutò a scendere e la scortò su per i gradini fino all'entrata del palazzo, le dita serrate sul suo braccio come una morsa d'acciaio, sorreggendola.

"Mi chiamo Giles Hannington", le disse. "Mi dispiace di averti sconvolta. Credimi, non volevo. So che per te è una cosa difficile da accettare, e non sarai costretta a vedermi di nuovo. Ma spero che quel che ti ho detto ti faccia riflettere, prima che sia troppo tardi. Buona notte."

Lei non si voltò a guardare mentre il taxi si allontanava nella pioggia. Nell'appartamento zoppicò fino alla camera della madre. Marina era ancora nella stessa posizione in cui l'aveva lasciata. Si sedette per qualche momento accanto al letto e le prese la mano. L'infermiera mormorò una rassicurazione e le disse con gentilezza di andare ad asciugarsi, prima di prendersi un malanno. In bagno, Camilla esaminò la caviglia dolente mentre si toglieva di dosso i vestiti bagnati. Si era gonfiata, e sospirò prevedendo l'esasperazione di Tom quando gli avesse telefonato il mattino dopo dicendogli che ne aveva combinata un'altra delle sue. Riempì la vasca da bagno, vi versò dentro mezza boccetta di olio profumato e si immerse nell'acqua calda, imponendosi di rilassarsi. Il pensiero di Giles Hannington non le dava tregua. Era evidente che aveva preso suo padre all'amo e non intendeva lasciarlo andare. Senza dubbio immaginava di avere un futuro garantito, una volta che Marina fosse morta lasciandogli l'attenzione di George in esclusiva. Forse era un ricattatore, e già viveva di rendita sulla paura della sua vittima di essere scoperta. Era di bell'aspetto e sembrava istruito, a giudicare dal modo di esprimersi. Si domandò se fosse un attore disoccupato, o qualcosa del genere. George doveva essere il suo buono pasto, un cliente disposto a pagare profumatamente per soddisfare i propri sordidi desideri. Forse Giles Hannington era soltanto uno di molti individui simili nella vita del padre.

Camilla uscì dalla vasca e zoppicò in cucina a prepararsi un po' di latte caldo. A letto stette sveglia ad ascoltare la pioggia incessante, inveendo contro il padre e il suo amante, maledicendo la malattia di sua madre e la posizione in cui l'aveva messa, e soprattutto detestando se stessa.

"Mi sono fatta male alla caviglia", disse al telefono a Tom Bartlett il mattino dopo.

"Oh, santo cielo, Camilla!" sbottò lui. "Riesci a camminare, almeno? La pubblicità dei gioielli è stata confermata. Ce la fai ad andare a quell'intervista oggi pomeriggio?"

"Sì. È solo una storta. Adesso vado dal medico, e con una buona fasciatura dovrei potermi muovere discretamente."

"Bene. Chiamerò *Good Housekeeping* per avvertirli."

"*Good Housekeeping*? È uno scherzo?"

"Vedremo se lo troverai tanto comico quando avrai l'assegno. Questo è un editoriale, e pagano molto più di tutte quelle riviste patinate. Se accetti l'intervista ti offriranno la copertina. Vogliono una storia sulle tue avventure in Africa. Il coraggio davanti alle avversità e cazzate simili. A proposito, che mi dici del tuo ammiratore Edward Carradine? Pensi che si farebbe intervistare raccontando di come intende cancellarti dalla faccia ogni segno della cicatrice, restituirti la tua impareggiabile bellezza, eccetera?"

"Sai che i medici non possono parlare di sé sui giornali: è considerato farsi pubblicità, il che è contro le regole. E dubito che lo farebbe comunque", rispose Camilla, immaginando il disgusto di Edward all'idea.

"In tal caso, dovrai fare qualche commento suggestivo e riconoscente su di lui. Dimmi, di solito va a cena con le sue pazienti in ristoranti chic?"

"Che vuoi che ne sappia?"

"Da come ti guardava l'altra sera, direi che non stava solo studiando la tua faccia per ragioni professionali. Pensa che bella storia: la modella sfigurata e il brillante chirurgo plastico che salva la sua bellezza e finisce per innamorarsi di lei. Sarebbe perfetto per la rivista in questione."

"Non essere ridicolo, Tom. Aveva saputo di mia madre, e mi ha invitata a cena per tirarmi su."

"Non occorre che tu ti metta così sulla difensiva, a meno che ci sia del vero in quello che sto dicendo. Nessun uomo può resistere all'idea di uscire con una splendida modella. Mi stupisce sempre, Camilla, come tu non ti accorga delle cose più ovvie, per quanto sembri sveglia. Sono pronto a scommettere che vuole portarti a letto. Come ogni altro uomo che conosci."

Lei scoppiò a ridere. "Tu hai la mente bacata."

"Lo so. Pranziamo insieme, tesoro? Facciamo all'una. E poi verrò con te alla rivista. La direttrice editoriale è pazza di me, creta nelle mie abili zampette. Ci vediamo più tardi."

Dopo la telefonata con Tom, Camilla chiamò un taxi e si fece portare all'ambulatorio del suo medico in Sloane Street. Lui esaminò la caviglia gonfia, la tastò e manipolò, e infine la fasciò ben stretta.

"È solo una lussazione", le disse. "Non camminare troppo o continuerà a gonfiarsi. Più avanti dovrai fare degli esercizi. Ti darò il nome di un fisioterapista. Dovresti essere a posto in un mese."

Terminata la visita si fiondò su un altro taxi. Arrivò al ristorante con qualche minuto di ritardo e si gingillò svogliatamente col cibo mentre Tom spazzava un piattone di pastasciutta e mezza bottiglia di vino.

"Di', che fine hai fatto ieri sera?" le domandò. "Volevo presentarti un fotografo tedesco che non vede l'ora di lavorare con te, ma eri sparita. Qualcuno ha detto che te n'eri andata a un altro party con Giles Hannington. Ti avverto: non arriverai lontano con lui. Non è sensibile al fascino femminile."

"Lo conosci?" Camilla buttò giù un sorso d'acqua, colta da un improvviso senso di nausea.

"Sì, lo conosco. È un banchiere della City. Viene da una ricca famiglia del Dorset, ha vissuto a Hong Kong e in Italia. Anche a

Roma, credo. Un tipo in gamba. Ha tutto quel che una donna possa desiderare. Peccato che sia finocchio. Ci farei un pensierino io stesso, se avessi inclinazioni in quel senso. È intelligente e simpatico; ha un appartamento favoloso, pieno zeppo di costosissime opere d'arte, e un sound system stratosferico. Mi sorprende che tu non sia mai stata ai suoi party... frequenta gli stessi giri altolocati dei tuoi genitori. Allora, non sei andata da nessuna parte con lui ieri sera?"

"No." Camilla lasciò andare un altro dei suoi preconcetti, ormai a brandelli. "Ho passato la notte da mia madre. Non è messa molto bene."

"Non è una novità, purtroppo. Su, bevi il tuo caffè e finisci il vino. Poi andremo a conquistare il mondo di *Good Housekeeping*. Proprio la rivista giusta su cui puoi apparire, con le tue eccezionali doti di casalinga. Di', hai mai messo un grembiule in vita tua? Anche solo per trenta secondi?"

Quando lasciarono la redazione della rivista Camilla andò direttamente a Hyde Park. Sua madre stava riposando sul divano.

"Che cosa è successo al tuo piede?" le domandò, vedendola entrare nel soggiorno zoppicando.

"Non è niente. Sono scivolata sul marciapiede stamattina."

"Resterai qui stanotte?" La voce di Marina era querula. "Ha telefonato tuo padre. Non tornerà da Ginevra prima di domani pomeriggio. La signora Maskell ha lasciato della zuppa e un'insalata di pollo in frigorifero e ha preparato il pudding."

"Sì, starò con te. Ma prima devo andare a casa. Ho bisogno di prendere dei vestiti e ho un po' di faccende da sbrigare."

Camilla sentiva l'esigenza di starsene in santa pace nel proprio spazio privato, stendersi sul divano con il piede appoggiato sul cuscino e non fare nulla. Salì su un taxi e guardò dal finestrino le strade scintillanti di addobbi natalizi.

Le luminarie davano un'atmosfera festiva al pomeriggio che andava rapidamente imbrunendo e i marciapiedi brulicavano di gente in giro a fare compere. Aveva in borsa una lista di cose da acquistare, ma non poteva nemmeno pensare di affrontare la ressa nei negozi e le code alle casse zoppicando sulla caviglia slogata. Cercò di decidere che cosa comprare a sua madre. Gli armadi di Marina già traboccavano di camicie da notte di seta, scialli di cashmere e pantofoline fatte a mano. Un altro capo di costosa lingerie non avrebbe fatto altro che ricordarle l'imminente momento in cui sarebbe stata costretta a letto definitivamente.

Le uniche persone per le quali Camilla avrebbe comprato regali con autentico piacere erano Hannah e Sarah. Ma temeva che a quel punto un tentativo di riprendere i contatti avrebbe incontrato un rifiuto. Si domandava se parlassero mai di lei, se si chiedessero che fine avesse fatto. Non riusciva a ricordare che cosa aveva detto a Sarah in quell'ultima conversazione telefonica: era troppo sconvolta per suo padre, e troppo ubriaca. Poi non aveva risposto alle sue lettere, e adesso né lei né Hannah le scrivevano più. Era comprensibile, tuttavia la addolorava che le sue migliori amiche non avessero intuito che doveva esserci qualcosa che non andava nella sua vita, a parte la ferita del *panga*, e Anthony, e gli incubi.

Mentre arrancava su per le scale del suo appartamento si domandò perché mai si fosse presa la briga di tornarvi. La caviglia protestava vivamente, e a ogni pianerottolo doveva fermarsi a riposarsi, maledicendosi per la propria stupidità. Quando finalmente raggiunse la quiete e il silenzio del suo soggiorno cercò di accantonare il ricordo del confronto con Giles Hannington. L'amante di suo padre. In cucina si preparò del tè nero e si sedette a dare un'occhiata alla posta. Poi andò in camera da letto e scelse i vestiti e gli accessori per il giorno dopo, infilandoli alla rinfusa in una sacca assieme ai libri. Aveva sforzato troppo la caviglia, e stilettate di dolore le salivano su per la gamba. Si mise a sedere sul divano con un drink e accese il televisore per guardare il notiziario. Lo squillo del telefono interruppe l'annunciatore mentre intonava la litania dei disastri del giorno.

"Come stai, Camilla? Ho provato a chiamarti ieri, ma dovevi essere uscita."

Non aveva molta voglia di parlare con Edward, e le sue risposte furono quasi brusche. Lui però era garbatamente insistente, e Camilla aveva già dimestichezza con il suo modo sottile ma determinato di cavarle informazioni. Non riusciva a spiegarsi perché finisse sempre per rispondere alle sue domande; era qualcosa che la irritava, la faceva sentire vulnerabile.

"Sono stata da mia madre la notte scorsa", gli disse infine. "Tornerò lì tra poco. Sta passando un brutto periodo."

"Pensi che le dispiacerebbe se facessi una scappata lì a bere qualcosa? Potrebbe tirarla un po' su, secondo te?"

"Perché non telefoni e glielo chiedi direttamente? E se vai lì, allora potrò prendermela un po' più comoda ed evitare il traffico della sera."

"Mi piacerebbe che ci fossi anche tu, Camilla. Speravo di vederti."

Tutto sommato, l'idea della compagnia di Edward sembrava preferibile a una serata da sola con Marina, guardandola mangiucchiare a stento porzioni di cibo che non sarebbero bastate a un uccellino e sonnecchiare davanti al televisore.

"La governante prepara sempre la cena prima di andare via, quindi se ti va potresti fermarti a mangiare qualcosa con noi", gli disse. "Però dovrai accontentarti di quel che c'è, e non è neanche detto che mia madre venga a tavola. Io mi sono slogata una caviglia, tra l'altro, così non sono molto in forma."

"Passerò a prenderti. Dovrei essere lì tra circa quaranta minuti, a giudicare dal traffico che vedo dalla finestra."

Edward aveva portato champagne e un'impressionante quantità di caviale, e andò direttamente in cucina a preparare le tartine. Marina ne fu deliziata. Sorseggiò il vino e flirtò con il chirurgo; lui le ricordò episodi divertenti che avevano condiviso a Nairobi e Londra nel corso degli anni. Non nominò George, né si informò di dove fosse. Era stata una buona idea farlo venire, pensò Camilla. Sua madre aveva la faccia accaldata e gli occhi febbricitanti, ma il suo umore era allegro. Erano le dieci passate quando si arrese alla spossatezza e lasciò che l'infermiera la accompagnasse a letto. Edward non accennò ad andarsene.

"Vado a darle la buona notte. Se vuoi fermarti ancora un po' puoi baloccarti con questo mentre aspetti." Camilla si sentì in obbligo di versargli un bicchiere di brandy; lui ringraziò con un cenno del capo. Era infastidita da come desse per scontato che lei avesse voglia di stare lì a intrattenerlo, ma non le riuscì di trovare un modo educato per metterlo alla porta. Quando tornò si era piazzato comodamente sul divano, le lunghe gambe distese davanti a sé. Camilla aveva chiuso la porta della stanza di Marina, e mise su un disco.

"Sono contento che ti piaccia la musica da camera francese", le disse Edward. "Devo mandarti dei trii di Ravel veramente sublimi. Forse vorrai venire a un concerto alla Wigmore Hall una sera? Io ci vado in continuazione, è ad appena cinque minuti da dove abito. Che cosa è successo alla tua caviglia? Hai inciampato in qualche altro oggetto inamovibile?"

"A quale domanda vuoi che risponda per prima?"

"L'ultima."

"Sono caduta dal marciapiede ieri sera, mentre stavo fermando un taxi. Pioveva e l'asfalto era scivoloso." Si accorse che non le credeva, e si ritrovò suo malgrado a dargli spiegazioni. "Non potevo sopportare di stare qui da sola tutta la sera, così sono uscita per un paio d'ore."

"Sei proprio una nottambula, eh?" commentò Edward. "Quand'è che dormi? Ogni volta che ci vediamo hai tirato l'alba a qualche party o in un nightclub. E ho letto delle tue abitudini notturne su un giornale che mi sono trovato a sfogliare in treno. Spero tu non abbia molte sedute fotografiche al mattino presto."

Lei si strinse nelle spalle e si versò un brandy prima di sedersi su una poltrona di fronte a lui. Edward si sporse in avanti per guardarla negli occhi. Non disse niente, ma c'erano domande sospese nell'aria tra loro. Camilla sospirò.

"Veramente, ero uscita perché aveva telefonato mio padre. Ho risposto e ho subito messo giù perché sono una codarda e non sapevo che cosa dire." Si portò una mano alla fronte, accarezzando lievemente la riga rossa. Edward si domandò se toccare la cicatrice fosse diventato un inconscio gesto abituale.

"Non potevo restare qui." Camilla si alzò e lo guardò corrugando le sopracciglia. "Avevo paura che richiamasse. Vuoi un altro brandy?"

"Voglio baciarti."

"Cosa?" domandò stupidamente lei.

Edward posò il suo bicchiere e si alzò per prenderla tra le braccia. La baciò, lentamente e con tenerezza, e lei sentì il suo respiro sulla guancia, sulle palpebre. Aveva le labbra turgide, molto calde. Camilla schiuse la bocca e subito sentì la pressione della sua lingua e l'aroma del cognac. Il bacio si fece appassionato e per un momento lei si lasciò andare a quella sensazione, prima che il ricordo di Anthony si catapultasse all'avamposto della sua mente. Si riscosse di colpo, mettendo una mano avanti come per respingere sia Edward sia l'idea stessa di una possibile intimità. Lui si allontanò immediatamente, andando alla finestra a guardare le luci delle macchine nella pioggia.

"Ti chiedo scusa", mormorò. "Non avrei dovuto..."

"Non hai niente di cui scusarti", lo interruppe Camilla. "È solo che non sono pronta. Ho delle cose in testa che ancora bruciano, e ho già fatto abbastanza danni, senza bisogno di illudere anche te."

“Spero che il mio desiderio di baciarti non ti abbia scioccata. Sono un bel po’ più vecchio di te, oltre che un amico dei tuoi genitori, quindi probabilmente non hai mai pensato a me in questi termini.” Non la stava guardando mentre parlava, e lei si rese conto di quanto fosse vulnerabile, e come sarebbe stato facile farlo sentire ridicolo.

“Questo non ha niente a che fare con la tua età o la mia”, gli assicurò. “Ne ho avuto abbastanza di ragazzi che non sanno quello che vogliono, a parte divertirsi un po’ per una settimana o due. Il fatto è che sto ancora cercando di venire fuori dalla mia storia con quell’uomo in Kenya. Probabilmente è solo vanità, ma non riesco a rassegnarmi all’idea che per lui sia stata solo un’avventura senza importanza.”

Appariva così sconsolata che Edward poté trattenersi a stento dall’abbracciarla. Avrebbe voluto dirle che si era innamorato di lei, perdutamente e follemente, che era successo nell’istante in cui l’aveva vista e non sapeva che farci; confessarle che pensava a lei per ore ogni giorno, facendo piani per incontrarla e poi recedendo dai suoi progetti perché non voleva correre troppo e rovinare le proprie chance; ammettere di sentirsi patetico, perché era un uomo maturo e di successo che si stava comportando come un ragazzino alla prima cotta. Invece tornò a sedersi e cercò di sembrare padrone della situazione.

“Ti va di raccontarmi della telefonata con tuo padre?” le domandò.

“Non c’è niente da dire. Non potevo parlare con lui, tutto qui. Poi però è successo qualcosa di peggio. Avevo paura che richiamasse per cercare di parlarmi, così sono andata a un party a Chelsea. È stato orribile.”

“E stamattina ti sentivi uno straccio.”

“No. Be’, sì, in effetti. Ma non è questa la cosa orribile. L’amante era là.”

Edward corrugò le sopracciglia, non riusciva a seguirla.

“Be’, uno dei suoi amanti, comunque.” Camilla si morse il labbro. “Quello con cui l’ho sorpreso quel giorno, quando sono capitata qui all’improvviso e ho scoperto che cos’era mio padre. Che cos’è. Ieri sera l’ho riconosciuto immediatamente. Si chiama Giles Hannington, e ha cercato di parlarmi. Sono scappata via, ed è così che mi sono presa la storta alla caviglia.” Era sul punto di piangere.

“Forse sarebbe ora che tu parlassi con tuo padre, per quanto possa essere difficile", disse Edward. "Almeno avresti superato l'ostacolo peggiore. Sconfitto qualunque cosa sia quello che hai paura di affrontare."

"Per dire cosa? 'Ciao, papà, è tutto perdonato, quindi perché non vieni a prendere il tè e porti anche il tuo amante, così possiamo fare una bella chiacchierata tutti insieme con tua moglie moribonda'? Mi sento male ogni volta che ci penso. E non è che con mia madre vada tanto meglio. Mi ha lasciata per tutta la vita ad arrangiarmi da sola, ignorandomi eccetto criticare qualunque cosa io facessi. E adesso tocca a me starle accanto finché morte non ci separi, mentre il meraviglioso George è via a fare Dio solo sa che cosa. Non è una beffa, per non dire di peggio?"

"A questo punto, quel che ti viene richiesto va oltre quel che la maggior parte della persone possa sopportare. Ma tuo padre non può cambiare, anche se deve averci provato. È quello che è, e senza dubbio ha pagato mille volte per questo."

"Oh, adesso sei dalla sua parte", replicò lei irosamente. "Mi stai dicendo che non può fare a meno di essere un invertito, e ha fatto bene a sposare mia madre e nascondersi dietro di lei per non perdere le sue rosee prospettive di carriera. Immagino dovrei traboccare di compassione per lui. E per mia madre, naturalmente. Mi hanno fatto vivere un'infanzia d'inferno, ma pazienza, adesso dovrei essere superiore a tutto questo, no?"

"No. Sto solo suggerendo..."

"Be', non provo pena per nessuno dei due, né per il modo in cui hanno incasinato la loro vita, e la mia di riflesso. Mia madre sta morendo di leucemia e sono prontissima a fare tutto quel che posso per aiutarla, ma se le circostanze fossero diverse eviterei volentieri qualunque contatto con lei. E certamente non voglio nessun contatto con lui."

"Però tuo padre ti manca. Eravate molto legati, non è vero?"

"No, non lo eravamo. Non era vero niente. Era soltanto un'illusione. Una crudele messinscena, come il resto della sua maledetta vita. È questa la realtà, che piaccia o no. E non mi lascerò costringere a qualche commovente ricongiungimento. Né da lui né da quella manipolatrice di mia madre."

"Allora dovranno entrambi rispettare la tua scelta su questo punto", disse Edward. Desiderava aiutarla a raggiungere una visione più pacata della situazione, però era riluttante a fare pressione per paura di compromettere il proprio tenue legame con lei. "Tuttavia, devi stare attenta a non farti più male di quanto già ti sia stato fatto."

"Io sono una che sopravvive a tutto", affermò Camilla in tono di sfida. "Me la sono cavata sinora, e continuerò a farlo. E tu non cominciare a parlarmi come il medico di famiglia o uno zio premuroso. Non potrei accettarlo."

"Che programmi hai per la prossima settimana? Se puoi perdonare le mie goffe avance, vorrei invitarti da qualche parte. Magari a pranzo domenica? Potremmo andare fuori città e mangiare in un ristorante in un vecchio castello dove fanno cucina tradizionale. Mi piacerebbe vederti soccombere alla zuppa inglese. Che ne dici?"

"Sai che non posso... che non sono...?"

"Lo so. Considerami un vero amico e qualcuno con cui puoi confidarti. Il resto non ha importanza. Allora, domenica a pranzo?" La gioia che provò fu del tutto sproporzionata al dubbioso cenno di assenso che ricevette in risposta. "Bene. Verrò a prenderti verso mezzogiorno." Le diede un bacio sulla guancia. "Buona notte, Camilla. Stammi bene."

Lei stette a guardarlo dalla finestra mentre saliva in macchina e si allontanava nella pioggia. Era disorientata dalla strana piega che avevano preso gli eventi, e sorpresa che lui l'avesse baciata. Era una sua paziente, la figlia di vecchi amici. E, come lui stesso aveva fatto notare, aveva la metà dei suoi anni. Sembrava tutto piuttosto di cattivo gusto. Ripensò a quel che le aveva detto Tom Bartlett e le venne da considerare che forse aveva commesso un altro dei suoi clamorosi errori di valutazione, che la sua fiducia in Edward fosse malriposta. Era un'idea deprimente e cercò di scacciarla, ma il dubbio persisteva, facendola sentire insicura. Per la prima volta si domandò che cosa ne fosse stato di sua moglie. Lui vi aveva accennato una sola volta, quella prima sera in cui l'aveva portata al cinema e a cena, e lei non aveva mai indagato sul suo matrimonio o sul suo passato. Forse Marina sapeva qualcosa. Si strinse nelle spalle e guardò l'orologio. Era molto tardi. Per fortuna suo padre sarebbe tornato a casa solo nel pomeriggio, quindi non era necessario che si alzasse presto per non incontrarlo.

Andò a letto e prese il romanzo che si era portata da leggere. Il libro sembrava assurdamente pesante nelle sue mani. Lo posò sul comodino e spense la luce, sperando di scivolare nel sonno e non pensare più a niente. Non riusciva però a togliersi dalla testa Giles Hannington. Il ricordo della sua disperazione continuava a punzecchiarla. Possibile che lui amasse veramente suo padre, come affermava? Si domandò quanti altri uomini ci fossero nella vita di George, se fosse incline a relazioni puramente fisiche. I maschi omosessuali sembravano sempre a caccia, e le poche coppie che lei aveva conosciuto non erano rimaste insieme per molto. Per lo più Camilla li considerava estremamente promiscui. Era difficile immaginare George Broughton-Smith, così dignitoso, affascinante e rispettato, in mezzo ai chiassosi travestiti e ai giovanotti effeminati e azzimati che le era capitato di incontrare. Quando finalmente riuscì ad addormentarsi sognò che sua madre e Edward erano scappati insieme su un treno, lasciandola a spiegare la loro scomparsa al padre singhiozzante sul marciapiede della stazione.

Il mattino dopo si sentiva stanca e sfasata. Marina dormiva ancora e la signora Maskell stava trafficando in cucina mentre lei beveva il caffè seduta al tavolo, leggendo senza interesse i titoli del giornale, riluttante ad affrontare la giornata.

"Più tardi devo lavorare", disse alla governante. "Ma mio padre tornerà prima di sera, quindi dovrebbe essere tutto sotto controllo per questa notte. Appena arriva dovrebbe telefonare al dottor Ward. Può dirglielo lei per favore, o lasciargli un messaggio?"

"Che cosa stai facendo di bello, cara?" La signora Maskell amava raccontare alle amiche versioni ricamate delle sedute fotografiche di Camilla.

"Oggi? Oh, qualcosa di molto eccitante. Foto pubblicitarie per cornflakes. Più chic di così non si può, vero? A meno che vogliamo considerare le foto della settimana scorsa per un giornale di lavori a maglia... Ho ancora la schiena irritata per tutti i maglioni di lana che ho dovuto mettere e togliere, e mi sento prudere dappertutto ogni volta che ci penso." Camilla rise. "La vita della modella non è scintillante come si potrebbe credere. Dica alla sua bella figlia di non lasciarsi tentare."

Tom la stava aspettando nel suo ufficio. Era in un edificio fatiscente di Soho, con scale anguste e male illuminate. Gli incontri con i responsabili delle riviste li teneva altrove.

"Perché non ti trasferisci in un posto decente?" gli domandò Camilla per la centesima volta. "O almeno prenditi una donna delle pulizie e una brava segretaria. Dio sa se guadagni abbastanza per potertelo permettere. Guarda quelle disgustose tazze del caffè: sono ancora lì da lavare dall'ultima volta che sono stata qui. Sei uno sciattone."

"Grazie al cielo non voglio sposarti", replicò lui allegramente. "Saresti una bisbetica insopportabile come moglie. Ci sono tazze pulite in quell'armadietto nell'angolo, quindi fa' la brava ragazza e prepara del caffè. Ti è stato offerto di fare un altro catalogo, ma i vestiti fanno pietà e penso che dovresti rifiutare."

"Non sono in condizioni di rifiutare nessun lavoro, al momento."

"Non puoi accettare qualunque cosa, o comincerà a girare la voce che sei disperata. Non hai bisogno urgente di quattrini, e ti aspetta un servizio ben pagato a Parigi all'inizio dell'anno nuovo. Ho qui il contratto."

"Potrei essere disperata tra non molto. Tra marzo e aprile dovrò farmi operare alla fronte, e allora non potrò lavorare del tutto. Non guadagnerò niente per settimane." Camilla aveva una paura tremenda di restare senza soldi ed essere costretta a vendere l'appartamento, o ad affittare la stanza degli ospiti a un estraneo. Era escluso che tornasse a vivere con i suoi genitori, e mantenere la propria indipendenza per lei era essenziale.

"Hai guadagnato soldi a palate nell'ultimo paio di anni."

"E li ho anche spesi. In safari e altre scemenze."

"Non preoccuparti, tesoro. Ci sarò sempre io a prendermi cura di te. In qualunque modo vorrai. Di questo puoi essere certa."

C'era qualcosa di insolito nel suo tono, e Camilla si voltò dal lavello. Tom la stava fissando con aria indifferente, smentita però da una contrazione nervosa all'angolo della bocca. Ci fu un silenzio impacciato tra loro, poi lui si alzò.

"Su, diamoci una mossa", disse. "Vediamo di concludere questa cosa dei gioielli e facciamo le foto per la rivista, così non finirai al rifugio per i senzatetto la prossima settimana. Hai delle occhiaie spaventose, a proposito. Fossi in te farei una corsa in bagno a mettere un altro strato di qualcosa. Tra gli occhi pesti e il piede zoppo sei ridotta da far pietà. Fortuna che hai me a proteggerti."

Tornata al suo appartamento, Camilla si preparò una tazza di tè e accese una sigaretta. Prima Edward Carradine e adesso Tom.

Possibile che uno o l'altro provasse davvero qualcosa di speciale per lei? E in tal caso, perché non riusciva a prendere nemmeno in considerazione nessuno dei due? Aveva cercato di togliersi Anthony dalla testa, ripetendosi di essere stata solo un'altra ragazza sprovveduta finita in pasto all'appetito insaziabile del cacciatore bianco. Non gli importava niente di lei, non gliene era mai importato, non aveva telefonato né scritto per sapere che cosa le fosse successo, nel fisico o nell'animo. Avrebbe voluto poterlo odiare, disprezzarlo per la sua insensibilità. Ma era troppo onesta per raccontare a se stessa che lui non contava più niente. La caviglia slogata pulsava, e si stese col piede sollevato mettendosi un plaid sulle gambe. Stava sonnecchiando da una buona mezz'ora quando il telefono squillò.

"Cara, tua madre non sta affatto bene." La signora Maskell era palesemente spaventata. "Ha la febbre alta, e respira in modo strano. Il dottor Ward sta arrivando. Tuo padre ha telefonato per dire che il suo aereo è bloccato dalla nebbia e non sa a che ora riuscirà a partire da Ginevra. Penso faresti meglio a venire qui, se puoi."

Quando arrivò, Marina era a letto, madida di sudore. Aveva le braccia e la schiena coperte di petecchie, il respiro superficiale e stentato, e ogni volta che si muoveva le articolazioni gonfie la facevano gemere di dolore. Il dottor Ward la visitò brevemente e diagnosticò una polmonite.

"Temo che sarà uno dei rischi principali d'ora in avanti", disse a Camilla. "Penso dovremmo portarla subito all'ospedale. Tuo padre è qui?"

"Sta cercando di tornare da Ginevra. È bloccato all'aeroporto per la nebbia."

"Be', sono certo che tu vorrai stare con lei. Francamente, non si sta mettendo troppo bene."

Camilla era seduta accanto al letto d'ospedale, i pugni serrati, le mascelle contratte. Non voleva affrontare tutto quanto da sola, non voleva che non ci fosse nessuno con lei quando sua madre fosse morta. Era troppo spaventoso, troppo angosciante. Marina girò la testa e aprì gli occhi, lucidi per la febbre e il dolore.

"Mi fa così male il petto", bisbigliò. "Penso sia la fine, mia cara, perché è troppo difficile continuare a respirare. E non ce la faccio a lottare. Non ne ho più la forza. Lui dov'è? Non è ancora arrivato?" Cercò la mano di Camilla, bisognosa di conforto e rassicurazione.

"Sta arrivando, l'aereo è in ritardo. Sta' tranquilla, mamma. Sarà qui presto, molto presto."

Nonostante il potente farmaco che le era stato iniettato per alleviare il dolore, ogni respiro era un rantolo travagliato che Camilla credeva sarebbe stato l'ultimo. Poi le infermiere vennero a prendere Marina per portarla in radiologia. Cercarono di usare la maggiore delicatezza possibile, ma ogni movimento era un tormento a sé, e il breve tragitto lungo i corridoi lucenti diventò una sequenza di momenti intollerabili.

"Temo abbia una doppia polmonite", disse il dottor Ward un'ora più tardi, dopo avere visto le lastre. "E sinceramente non so se abbia la forza per combattere l'infezione. Inizieremo subito la terapia antibiotica, e staremo a vedere."

Camilla tornò a sedersi accanto al letto, ammutolita per lo choc e la paura, pregando che il padre la raggiungesse presto, e allo stesso tempo temendo l'attimo in cui avesse sentito i suoi passi nel corridoio. Le ore scivolarono via una dopo l'altra senza che riuscisse a tenerne il conto, persa in una foschia irreale. Infermiere andarono e venirono, offrendole tè, caffè e una cena leggera che rifiutò. Avrebbe voluto qualcosa di forte da bere, una delle sue piccole pillole gialle, qualunque cosa potesse darle sollievo dall'ansia di quell'attesa solitaria nella camera sterile. La sua mente era in subbuglio, come se fosse stata invasa da uno sciame di api che ronzavano e pungevano senza posa, impedendole di seguire il filo dei pensieri.

Era impossibile immaginare che cosa avrebbe potuto dire a suo padre quando fosse arrivato, o che cosa avrebbe fatto se sua madre fosse morta mentre era lì da sola con lei, aspettando l'uomo che entrambe avevano tanto amato. Non c'era più alcun risentimento nel suo cuore. La rabbia che aveva provato verso i genitori era svanita, lasciando il posto a un senso di isolamento. Avrebbe voluto alzarsi e uscire nella sala d'attesa a fumare una sigaretta, ma non osava allontanarsi. Da fuori le giungeva il brusio sommesso delle infermiere, e l'occasionale rumore di una porta che si chiudeva su un'altra stanza, dove un altro paziente attendeva qualche improbabile miracolo. C'era un'atmosfera innaturale nel reparto che la faceva sentire staccata dal proprio corpo, alla deriva. Senza bussola né timone.

Non aveva idea di che ora fosse quando Marina aprì gli occhi e mosse le labbra aride, cercando di dirle qualcosa. Camilla si chinò su di lei.

"Camilla?"

"Sono qui, mamma."

"Non lasciare che muoia prima che lui arrivi", bisbigliò. "Ti prego, non lasciarmi morire senza averlo visto."

Qualche minuto dopo Camilla udì dei passi avvicinarsi. Il cuore le balzò in gola e fece fatica ad alzarsi. Non era pronta, quando la porta si aprì. Lui rimase immobile per un momento, guardando Marina senza una parola, gli occhi colmi di lacrime. Poi spalancò le braccia a sua figlia. Lei corse a rifugiarsi contro il suo petto e scoppiò in singhiozzi come una bambina.

"Papà! Oh, Dio, papà! Oh, grazie a Dio sei qui."

22

Kenya, dicembre 1965

Durante le prime settimane di Sarah a Buffalo Springs ci furono chiamate via radio da Langani, ma la voce di Piet le arrivava distorta, le sue parole spezzettate da crepitii e interferenze. Ogni volta che lui concludeva una comunicazione, il suo "passo e chiudo" faceva sembrare Langani molto lontana. Non aveva modo di valutare i suoi sentimenti per lei, e il loro rapporto stagnava in modo frustrante. Poi ricevette la lettera. Un singolo, striminzito foglio di carta.

Langani Farm,
9 dicembre 1965

Sarah,

speravo di venirti a trovare, ma non sembra possibile per il momento. C'è così tanto da fare qui. Tutte le solite faccende della fattoria, e gli ultimi dettagli al lodge. Le rifiniture sono sempre la parte più difficile in un'opera di costruzione. Naturalmente, Viktor è stato qui a lavorare, il che ha creato alcune complicazioni. Adesso la situazione tra Lars e Hannah è molto tesa, e questa è un'altra ragione per cui non è il momento ideale perché io mi allontani.

Non ci sono stati altri incidenti alla fattoria, però c'è ancora cattivo sangue tra David e Simon. Infantile, vero? Grazie al cielo c'è Kipchoge che ha la testa sulle spalle. Come me! Sono stato felice di ricevere la tua lettera. Sembra che il nuovo lavoro sia tutto quel che speravi. Forse non vorrai nemmeno più lasciare gli elefanti e tornare a Langani. Ma spero di poterti ancora convincere, perché tutti noi non vediamo l'ora di averti qui per Natale.

Sto aspettando con impazienza il tuo ritorno, perché ho

così tante cose che voglio dirti. Cose che so tu capirai. Cose che spero vorrai sentire.

Ho già iniziato il conto alla rovescia.

Piet

Era poco, ma le dava comunque qualcosa per andare avanti, e ne fece tesoro. Al campo le ore del giorno non erano mai abbastanza e ogni notte stava su fino a tardi a scrivere, annotando scrupolosamente tutte le sue osservazioni e deduzioni. I Briggs le avevano insegnato a non saltare mai alle conclusioni né a tentare analisi affrettate, sia nel lavoro sia in altri campi. Le discussioni con loro erano stimolanti e basate su fatti concreti. I commenti di Dan erano un misto di determinazione e umoristica rassegnazione, e le sue opinioni equilibrate sull'evoluzione politica del Kenya erano ottimistiche ma temperate dal realismo. Tutti i collaboratori li ammiravano e si fidavano di loro, questo era chiaro. Tornati al campo dopo le lunghe ore torride nel bush si sedevano con Erope e Julius sotto gli alberi a bere tè al latte zuccherato, confrontandosi sugli esiti delle ricerche della giornata.

"Ascolta con grande attenzione tutto quel che dicono le guide", aveva raccomandato Dan a Sarah fin dall'inizio. "Impara da loro, perché conoscono l'importanza di ogni piccolo segno e suono. Come i loro antenati, possono ricavare tutto quel che occorre sapere da un'impronta o un ramo spezzato, orientarsi seguendo una stella o uno stormo di uccelli nel cielo. Penso che rechino in sé una memoria collettiva, e la loro sapienza ha radici ben più profonde di qualunque bagaglio di nozioni a cui tu o io potremo mai aspirare."

Sarah era stata in Kenya per buona parte della sua vita, eppure non aveva mai incontrato africani come Erope o Julius. La loro armonia con l'ambiente era di per sé un insegnamento. Ogni giorno assimilava qualcosa di nuovo osservando il modo con cui raccoglievano informazioni, apprendendo l'arte di aspettare e guardare, di confondersi nel bush senza disturbare gli animali.

"Tutti gli africani che ho conosciuto nella mia infanzia lavoravano come cuochi o giardinieri o braccianti", aveva detto una sera mentre stava seduta davanti al fuoco del campo con Dan e Allie. "Non tenevamo in considerazione le loro origini, né cercavamo di scoprire molto della loro saggezza, perché eravamo così sicuri che le nostre idee fossero migliori."

"Lo sono. Finché siamo nel nostro ambito", aveva replicato Allie. "Non bisogna generalizzare. Io non vorrei mai essere una terza moglie circoncisa, macinare *posho* o pascolare capre."

"Questo è certo", Sarah era d'accordo. "Ma quando ero a Dublino ho cominciato a sentirmi in colpa per come i bianchi trattavano il personale. Tuttavia, ho visto Piet e Hannah alle prese con i braccianti, e i loro *watu* sembrano effettivamente infantili e primitivi dal nostro punto di vista. È complicato."

"Non proprio. Siamo arrivati qui all'inizio del diciannovesimo secolo e abbiamo immediatamente imposto la nostra mentalità alla gente e alla terra", aveva spiegato Allie. Abbiamo portato scuole, medicine e altri vantaggi, ma non abbiamo ascoltato abbastanza, perché questo era percepito come un segno di debolezza. Se noi bianchi volevamo dominare, allora dovevamo comportarci come se sapessimo tutto."

"La stessa cosa succede dappertutto, a ogni livello", era intervenuto Dan. "Tutti noi tendiamo a voler cambiare gli altri, adattarli alla nostra idea di come dovrebbero essere."

"Ci vorrà pazienza, e buona volontà", aveva concluso Allie. "Dobbiamo abituarci a muoverci su un terreno di parità con gli africani. E comunque stiamo parlando di generazioni, non di un paio di anni di transizione."

Tornando al campo una sera tardi, stanca morta e desiderosa soltanto di farsi una doccia e andarsene a dormire, Sarah trovò Allie ad aspettarla. Hannah aveva chiamato alla radio, le riferì, e doveva mettersi in contatto con Langani. C'era stato un altro raid? si domandò Sarah, allarmata. Un altro massacro di bestiame?

No, non si trattava di niente del genere, la rassicurò Hannah con enfasi tra le scariche che disturbavano la comunicazione. Voleva soltanto invitarla da loro per il weekend.

"Non mi è possibile", dovette declinare Sarah. "Verrò lì a Natale, e ormai manca poco. Non potrei chiedere altri giorni liberi adesso. Mi dispiace, Han. È tutto a posto?"

"Non preoccuparti di niente", le rispose l'amica. "Ci si vede presto. Passo e chiudo."

Il pomeriggio seguente stava lavorando ai suoi appunti quando arrivò una Land Rover. Ma era così assorta che nemmeno alzò gli occhi per vedere chi fosse, finché Allie la chiamò.

"Sarah! Hai visite. C'è Lars."

Lasciò il suo lavoro sullo scrittoio e corse fuori, vagamente allarmata. Gli gettò le braccia al collo, felice di vederlo, poi si ritrasse a scrutarlo un po' preoccupata. Non si era fatto la barba e aveva i vestiti stazzonati e sudati, e l'aria stanca e tirata.

"Lars! Sono contenta di vederti." Fece una pausa, aspettando che lui dicesse qualcosa. "È tutto a posto? Piet? Hannah? La fattoria?"

"Per quel che ne so", rispose. Il suo tono era reticente e non la guardava negli occhi. "Sono via da ieri."

Non aggiunse spiegazioni, e Sarah si domandò che cosa le stesse nascondendo. Vide il suo sguardo guizzare verso Allie, intenta a consultare alcune mappe aperte sul tavolo. Chiaramente qualcosa non andava, e lui non voleva parlarne in sua presenza. Sarah ripensò alla chiamata di Hannah e sperò che le due cose non fossero collegate.

"Vieni, non stiamocene qui sotto il sole", gli disse. "Questo caldo è micidiale."

Lo guidò all'ombra della veranda e prese due sedie da campeggio. "Siediti. Lascia che ti porti qualcosa, devi essere disidratato. Allie, posso prendere una birra per Lars? La bevi volentieri, Lars? Ne abbiamo addirittura di fredde. Il frigo ha fatto i capricci per un paio di giorni, ma il nostro *fundi*, Amos, è riuscito a sistemarlo. Non so come potremmo sopravvivere senza di lui."

Sapeva che stava parlando a vanvera, ma quell'arrivo inaspettato l'aveva messa in agitazione. Lars accettò la birra. Parlarono della ricerca per qualche minuto, poi Allie con molto tatto inventò una scusa e si dileguò. Lars rimase seduto imbronciato e silenzioso, le mani contratte sui braccioli.

"Lars..." Sarah si protese verso di lui, "dimmi che succede. Non hai semplicemente deciso di lasciare il lavoro e venire fin qui per una birra."

"No." La sua espressione era torva. "Ho lasciato Langani per sempre."

"Che cosa?" Sarah era incredula.

"Ho fatto fagotto, Sarah." Bevve una lunga sorsata dal suo boccale. "Hannah non te lo ha detto?"

"No. Ci siamo sentite per radio ieri sera, e mi ha chiesto di andare lì, ma non mi ha detto perché."

"Ho resistito finché ho potuto. Ho fatto come dicevi tu, Sarah. Ho aspettato, fatto il mio lavoro, cercato di avere pazienza.

Ja." Annuì lentamente. "Ho fatto del mio meglio. Quando arrivava quel bastardo di Viktor me ne andavo a Nanyuki a giocare a tennis e a farmi una birra al club, giusto per togliermi dai piedi. Poi però non ce l'ho più fatta a starmene lì a guardare senza far niente. È un predatore, e lei non se ne accorge. So che ha altre donne. Ne parlano tutti, anche a Nanyuki, Hannah però non vuole ascoltare. Mi fa star male vederlo aggirarsi attorno a lei come una pantera, vedere come lei ne è letteralmente ipnotizzata. Mi fa troppa rabbia." Batté le palpebre come se gli fosse entrata della sabbia negli occhi. "L'ho visto portarla nella sua stanza. Ho detto a Piet che doveva far finire quella storia. Ma lui non può, naturalmente. E ho cercato di dire a Hannah che cos'è quell'uomo, di avvertirla che non resterà. Le ho persino detto che la amo." Distolse lo sguardo, lasciandolo vagare verso gli alberi spinosi ai margini del campo. In viso, un sorriso esile. "E a che è servito?"

"Hannah è testarda", disse Sarah. "Ma..."

"Stupido! Sono stato uno stupido a parlarle. Lei si è infuriata. Ha detto che qual che faceva non era affar mio. Se non mi piaceva come si comportava, potevo anche andarmene." Intrecciò le mani dietro la testa e fissò il cielo sbiadito. Non voleva vedere la compassione negli occhi di Sarah. "Così ho detto a Piet che non potevo più restare. Sono stato molto male a lasciare il mio amico Piet. Ma non potevo continuare a lavorare in quelle circostanze. Non dopo che lei mi aveva detto di andarmene."

"Mi dispiace tanto, Lars."

"Ho trovato un sostituto provvisorio", continuò lui. "Il figlio di Bill Barton è tornato per aiutare suo padre a occuparsi dell'azienda. Così il loro direttore, Mike Stead, sta cercando un altro posto. Andrà a lavorare per Piet e magari resterà, se andranno d'accordo. O forse Jan e Lottie torneranno, adesso. Questa sarebbe la cosa migliore. Comunque sia, eccomi qua, senza lavoro e senza prospettive."

Sarah lo guardò finire la sua birra. Era sinceramente dispiaciuta per quell'uomo leale e generoso. Non poteva credere che Hannah fosse stata tanto idiota da mandarlo via, privando Piet dell'amico e del direttore in cui aveva piena fiducia. E che cosa avrebbe fatto quando Viktor si fosse stancato di lei, come Sarah temeva sarebbe successo molto presto? I pensieri le sciamarono nella mente senza che potesse esprimerli.

"Hai qualche progetto, Lars?" domandò alla fine.

"Tornerò in Norvegia, immagino."

"Per sempre? Ma non puoi farlo. Il tuo posto è qui, in Africa."

"Non ne sono più sicuro, ormai. A ogni modo, per il momento tornerò a casa. Non faccio una vacanza da più di tre anni, in fin dei conti."

Aveva ragione. Era sempre rimasto a Langani mentre tutti gli altri andavano via a studiare, o per affari, o per un safari. Nessuno sembrava avere mai considerato che potesse avere anche lui altre esigenze. Un viaggio in Europa gli avrebbe fatto bene. E forse mentre lui era via Hannah avrebbe ritrovato la ragione. Sarah si scusò per un momento e andò a cercare Allie, le raccontò quel che stava accadendo. Lei scosse la testa.

"Che idiota, quella ragazza. Ma non è la prima a cascarci con quel lupo solitario. Un po' di cattiveria può essere attraente in modo devastante, ed è questo il problema. Non è giusto, eh? Be', cerchiamo di trattenere il povero Lars per stanotte. Faremo in modo di aiutarlo ad annegare i suoi dispiaceri. Cena e whisky, e quattro chiacchiere da uomo a uomo con Dan. Sono certa che mio marito si sacrificherà volentieri."

Lars sembrò grato dell'invito. La partenza da Langani era stata precipitosa e non programmata. Aveva caricato la sua roba alla rinfusa sulla Land Rover, ammassando sul sedile posteriore libri, vestiti e tutta l'accozzaglia di cose accumulate nel tempo passato alla fattoria. Non era incline ad agire d'impulso e l'attuale situazione lo destabilizzava, oltre a farlo soffrire. Sarah lo mandò a darsi una rinfrescata nella stanza degli ospiti. Dopo cena Dan tirò fuori il whisky, e presto i due uomini erano ubriachi fradici. Allie e Sarah si scambiarono un'occhiata e se ne andarono a letto, lasciandoli a cantare a squarciagola, a scambiarsi pacche sulla schiena e a ricordare tempi più felici. Avrebbero raccattato i pezzi il giorno dopo.

Lars se ne andò di buon'ora il mattino seguente. Nonostante i postumi della sbornia era più su di morale, e promise di tenersi in contatto. Sarebbe andato per qualche giorno alla fattoria di suo zio a Kiambu, disse a Sarah, prima di partire per la Norvegia. Quando avesse avuto piani a lungo termine le avrebbe fatto sapere. Lei lo guardò allontanarsi, sperando che si sarebbero rivisti. Piet doveva essere sconvolto. Fu tentata di chiamare Langani, ma in quel caso avrebbe dovuto spiegare che Lars era andato direttamente a Buffalo Springs, il che rischiava di metterla in una posizione imbarazzante con Hannah. Sospirò e prese la macchina fotografica. Meglio andare nel bush e mettersi al lavoro. Raccolse i blocchi per appunti e partì con Erope, in cerca dei suoi elefanti.

Qualche giorno dopo Sarah fece un salto al Samburu Lodge per bersi una birra fredda al bar. Era un piacevole diversivo alle bevande spesso tiepide del malandato frigorifero alla paraffina del campo. Stava sulla veranda a guardare i turisti andare e venire e si sentiva una veterana, una del posto: era così fiera di quella nuova identità. Fece una telefonata a Langani, e rimase delusa quando le rispose Mike Stead, il nuovo direttore. Piet e Hannah erano fuori, ma se desiderava poteva lasciare un messaggio. Lei disse che non importava, avrebbe chiamato un'altra volta. Stava tornando alla jeep quando udì chiamare il suo nome. La voce era inconfondibile.

"Ma guarda un po', la scienziata irlandese! Che ci fai qui tutta sola? Ti hanno concesso una tregua dai lavori forzati e lasciata scendere dalla tua torre di guardia?" Voltandosi, si ritrovò a guardare negli occhi scaltri di Viktor Szustak. "Devi restare a pranzo con me e raccontarmi di tutte le tue scoperte."

"Viktor." Sarah lo sbirciò con sospetto e antipatia. "Per la cronaca, la mia torre è una piccola capanna col tetto di paglia in condivisione con un esercito di gechi. E ti ringrazio dell'invito, ma devo tornare subito al campo."

"Bene. Stavo giusto andando là."

"Ah, sì? E che cosa ti porta al Samburu?"

"Sono qui per te. Unicamente per te. Ho una stanza", disse, indicando alle proprie spalle. "Vieni a letto con me, adesso. Potremo andare insieme al campo più tardi, dopo un pomeriggio di passione!"

"A quante donne hai fatto la stessa proposta oggi?" lo derise Sarah. Non stava parlando sul serio, ne era certa, ma sentiva comunque che non avrebbe dovuto flirtare con lei, sapendo che era amica di Hannah. Né con nessun'altra, del resto.

"Qui non ci sono donne attraenti quanto te." Mentre lei apriva la portiera della jeep le dita di Viktor si strinsero sulla sua mano, massaggiandole il palmo. "Ma posso aspettare. Ti seguirò fino al campo. Ho una bottiglia di Jack Daniel's per Dan. Ne sarà felice, qui non se ne trova."

Lasciarono il Samburu Lodge in convoglio. Al campo tutti

sembrarono contenti del suo arrivo. Pareva fosse gradito allo staff africano non meno che ai suoi ospiti. La cena fu chiassosa, dopo che Viktor ebbe aperto la bottiglia di Jack Daniel's. Sarah si astenne, ritenendo più prudente limitarsi al vino. Stettero su fino a tardi, parlando e ridendo, ed era già mezzanotte quando Sarah si alzò e prese la lanterna per andare a letto.

"Ti scorterò al tuo alloggio, per impedire che tu sia divorata dalle bestie feroci", annunciò Viktor, scattando in piedi. Sembrava perfettamente padrone di sé nonostante la quantità di alcool che aveva ingerito. Quando raggiunsero la capanna le prese la lanterna di mano ed entrò per posarla sul tavolo, poi tornò alla porta, tirando Sarah con sé.

"Ascolta", le disse. "Riesci a sentire la notte parlarti? Devi imparare a capire quel che ti dice il buio, scoprire la bellezza dei suoi segreti."

Sarah stette al suo fianco in ascolto, incantata dalla sua capacità di identificare i suoni del bush che lei ancora non conosceva, di spiegarle i fruscii e i richiami attorno a loro. Ma poi all'improvviso lui la girò verso di sé, e fu assalita dall'odore greve di fumo di sigaro e alcool nel suo alito. Sapeva che avrebbe cercato di baciarla e sentì una furia gelida montarle dentro. Quell'uomo non aveva davvero alcuna moralità. Piet aveva detto che era un donnaiolo e un beone. Sembrava lo sapessero tutti, eccetto Hannah.

"Buona notte, Viktor", disse, spingendolo via. "Ho bisogno di dormire."

"Dormirai, certo. Pensando a me, rimpiangendo quel che avremmo potuto darci, e mi sognerai."

"Tu farnetichi", commentò seccamente lei. "Proverò a lasciar correre, considerato quello che hai bevuto. Presumo che tornando a Nairobi andrai alla fattoria, dalla mia amica Hannah?"

Lui rise. "La regina guerriera. Ahimé, non la vedrò per un po'. Il mio lavoro a Langani è terminato, e ho una commissione in Tanzania. Un nuovo hotel che ho progettato. Andrò laggiù la prossima settimana, e prevedo che ci resterò per diverso tempo."

"Lei lo sa?" La rabbia di Sarah era sempre più difficile da trattenere.

"Le donne sanno tutto", replicò Viktor con leggerezza. "Sono la fonte della conoscenza. Ora vieni, la notte è appena cominciata e abbiamo così tanto da scoprire."

"Grazie, ma ho già scoperto abbastanza per stanotte. È meglio che tu vada, Viktor." Gli diede uno spintone, facendolo barcollare all'indietro mentre lei sbatteva la porta della capanna con abbastanza forza da spaventare le lucertole. Poté udire Viktor di fuori grattare sul legno delle persiane, bisbigliando in tono teatrale.

"Bambina, bambina, fammi entrare, o soffierò e soffierò fino a buttar giù la tua casetta!"

Sarah stette dietro la porta, infuriata dalle sue pagliacciate. Alla fine lui se ne andò fischiettando allegramente, e lei andò a sedersi allo scrittoio. Pensava ad Hannah. Scaricata, proprio come Piet aveva temuto. E forse lo stava ancora aspettando, ignara che lui non sarebbe più tornato. Come avrebbe fatto a dirglielo? Si domandò se dovesse chiamare Piet alla radio, spiegargli quel che era successo. Desiderava tanto sentire il suono della sua voce, anche solo per un momento. Ma sarebbe stato meglio scrivere, decise. Avrebbero avuto tempo a Natale per parlare.

Quando il mattino dopo si presentò per la colazione, Viktor se n'era già andato. Allie le disse che era partito presto per recarsi a un appuntamento a Nyeri, e la guardò divertita mentre si preparavano per la loro spedizione. Quel giorno avevano in programma una visita a un *manyatta* dei Samburu per discutere le tradizionali pratiche venatorie con gli anziani, e Sarah avrebbe potuto scattare fotografie. Dan sarebbe rimasto al campo a scrivere rapporti per gli sponsor. Sarah trovava che i Briggs fossero piuttosto malmessi, dopo la bottiglia di whisky di Viktor. Quando lasciarono il campo, notò che Allie guidava più lentamente del solito. Tirò fuori un paio di aspirine dal suo zaino e gliele porse assieme alla borraccia.

"Grazie." Allie le buttò giù con una sorsata d'acqua e si asciugò la bocca col dorso della mano. "Mi riprometto sempre di non bere il whisky di quell'uomo, ma poi il giorno dopo mi ritrovo puntualmente con un martello pneumatico nella testa." Si girò a guardarla, strizzando gli occhi dietro le lenti scure degli occhiali da sole. "Così, lo hai spedito via con le orecchie basse, eh? Non gli capita spesso di ricevere un rifiuto. Bel colpo, ragazza."

"Non vorrei offendere un tuo amico", disse Sarah, "però lo sai che Viktor ha in ballo una storia con Hannah. Eppure ieri ha flirtato con me tutto il giorno. Sarò anche una bacchettona, ma certe cose non mi piacciono."

"Viktor è il classico sciupafemmine", commentò Allie. "Un

lupo perennemente a caccia. Il fatto che tu non abbia ceduto alle sue avance probabilmente non farà che attizzare il suo interesse. Che vuoi che ti dica? Lui è così, e non ne fa mistero. Mi dispiace per la tua povera amica Hannah che si è fatta fregare."

"Lei ne è innamorata cotta. Non riesco a capire come faccia a non vederlo per quello che è."

"Per lei è irresistibile, evidentemente. Ed è fantastico a letto. Questo posso assicurartelo." Allie sorrise dello stupore provocato dalla sua affermazione.

"Tu e Viktor? Non dirai sul serio! Ma quando...?" Sarah si interruppe, imbarazzata e confusa. "Scusa. Non sono affari miei."

Allie rise forte. "Non c'è problema. Non te lo avrei detto se poi avessi dovuto mettermi a fare la vergognosa. E non c'è bisogno di sembrare così sorpresa. Non sono poi da buttare via quando mi tiro a lucido per andare in città."

"Non intendevo... Dio, Allie, sono proprio una frana. È solo che pensavo che tu e Dan foste così..." Annaspò, incapace di sbrogliarsi.

"Era un momento di crisi. Dan pensava soltanto al lavoro. Io volevo andare a Nairobi perché era il mio compleanno, ma lui non ci pensava nemmeno, ed ero molto arrabbiata. Eravamo a Tsavo all'epoca, e non avevamo ancora ottenuto le sovvenzioni che abbiamo adesso. Sgobbavamo senza sosta da mesi, e in condizioni alquanto disagevoli, accampati in tende e con ben poco per vivere. Dan non ci faceva caso.. Lui è sempre un po' tra le nuvole, in questo senso. Io volevo... be', immagino che volessi essere viziata per qualche giorno. Essere femminile. Essere la cosa più importante per lui, anche se solo per il mio compleanno. Comunque, Dan non voleva saperne di andare da nessuna parte, e litigammo di brutto. Io presi la macchina e andai a Nairobi da sola. Incontrai Viktor quella sera, a casa di amici dei quali ero ospite. Era parecchio ubriaco, e anch'io, ma ci intendemmo subito. Passammo il weekend insieme e fu stupendo. Con lui ho fatto cose mai provate prima, né mai più da allora!"

Allie stava ridacchiando, ma c'era una sfumatura, nel suo tono solitamente brusco, che suscitò la simpatia di Sarah. E la aiutò a capire meglio quella donna minuta e in apparenza dura.

"Il lunedì mattina, era ora di andare. E io andai, naturalmente. Per tornare da Dan, che è l'uomo con cui voglio passare la mia vita. Viktor è pazzo e meraviglioso, e ho trascorso un paio di altre notti con lui. Poi però mi sono resa conto che stavo giocando col fuoco, che rischiavo di ferire qualcuno che vale dieci volte lui. Viktor è un uomo molto attraente, interessante e di talento. Ma c'è un lato oscuro in lui. Va bene giusto per un weekend a luci rosse. Divertiti con lui, concediti un'avventura, ne vale assolutamente la pena, ma non farti nemmeno passare per la testa di cercare qualcosa di più. È uno che vive sempre al limite, e beve come una spugna. Ho sentito dire che può perdere le staffe e diventare violento, anche se non l'ho mai visto con i miei occhi. Può amare una ragazza alla follia un giorno, convincersi che è l'unica cosa che possa desiderare nella vita, e poi andarsene il giorno dopo. È la sua natura."

"Io ho già trovato un uomo straordinario", affermò Sarah, "quindi non posso immaginare di avere un'avventura di questo tipo, né con Viktor né con nessun altro." Esitò, chiedendosi se Allie le avesse raccontato l'intera storia. Forse Viktor l'aveva scaricata, e lei era tornata da Dan perché non aveva altra scelta. "Ma a te non dispiacerebbe? Voglio dire, se lui si presentasse al tuo campo con un'altra?"

"No, non me ne importerebbe. Viktor mi piace. Abbiamo vissuto dei bei momenti. È stata una parentesi eccitante, niente di più, e ormai è chiusa. Dan non ne sa niente, e loro due vanno d'amore e d'accordo. Così, tutti sono felici. Però voglio dirtelo: se lui fosse il tuo primo uomo, sarebbe un'esperienza da ricordare."

Sarah arrossì. "È così evidente?"

"Per nulla. È che io sono esercitata a osservare il comportamento animale, ed è il mio lavoro cogliere i particolari. Non sentirti a disagio, è una cosa davvero speciale. Al giorno d'oggi molte ragazze vanno in fregola appena vedono un uomo attraente, ma secondo me è un peccato buttarsi via così."

"Io voglio aspettare finché sarò sposata. Voglio che sia con l'uomo col quale passerò la vita."

"Accidenti! E dici di averlo trovato?"

"Sì." Sarah aveva bisogno di confidarsi con qualcuno. "È Piet van der Beer, il fratello di Hannah. È onesto, leale, bello dentro e fuori. Lo amo da quando ero una bambina."

"Allora, qual è l'intoppo?"

"Lui era innamorato di un'altra. Ma penso che ormai sia tutto finito. Almeno, lo spero proprio. Hannah dice che mi ama, e che però è rimasto scottato. Forse è per questo che un attimo sembra coinvolto, e distaccato il successivo. Mi ha baciata. Eppure, quando sono da sola, penso sia impossibile che lui possa sentire per me quel che provava per l'altra ragazza. Così forse mi sto illudendo, ed è solo lo strascico di un sogno infantile. Tutto soltanto nella mia testa."

"Penso tu abbia abbastanza criterio per distinguere i sogni dalla realtà", disse Allie.

"Quando si tratta di amore, nessuno di noi sembra avere abbastanza criterio", replicò Sarah. "Piet ha preso un abbaglio. E guarda Hannah. Avrebbe potuto avere Lars, che è un uomo di gran lunga migliore di Viktor. E non so che cosa io possa dirle per farla ragionare."

"Dille di scegliere quello buono." Allie non ebbe esitazioni. "Quello che le resterà al fianco quando i suoi capelli diventeranno grigi e la pelle comincerà a essere rugosa e coperta di macchie scure. Forse Lars avrebbe dovuto fare prima la sua mossa. Forse lui era troppo affidabile, troppo solido, mentre lei aveva bisogno di un po' di eccitazione. Ma deve capire che con Viktor hai il tuo momento di brivido, poi passi oltre. Oppure torni alla rassicurante stabilità."

"Devo trovare un modo per dirglielo", annuì Sarah. "Anche se non sarà facile."

"E tu, ragazza mia, non dovresti perdere troppo tempo a chiederti se Piet ti ama meno, altrettanto o più di quell'altra ragazza. Afferra quel che ti offre con tutt'e due le mani, e goditelo! Il resto verrà da sé." Diede a Sarah una spintarella affettuosa. "Io ringrazio Dio ogni giorno per avermi dato Dan. Lo amo, con tutti i suoi difetti. Lui è l'uomo giusto per me e non vorrei passare la mia vita con nessun altro. Ma sesso strepitoso? Hmmm. E qui finisce il sermone."

Stava ridendo mentre guidava verso il *manyatta*, il sole alto sopra le loro teste. Sarah la guardò e sorrise, felice della fiducia e dell'affetto che stavano crescendo tra loro. Ho fatto la scelta giusta, si disse. Ho avuto ragione a tornare in Kenya, e ho ragione a credere che Piet sia l'uomo giusto per me, non importa quanto tempo possa volerci.

23

Kenya, dicembre 1965

Le mani sudate di Sarah scivolavano sul volante mentre varcava i cancelli di Langani Farm. Aveva cercato di non fare congetture sul suo incontro con Piet, ma adesso non poteva più tenere a bada le speranze. Il tetto della fattoria apparve oltre l'ultima curva, con il caprifoglio che si arrampicava sui comignoli, la distesa di prato e il vivace mosaico del giardino di Lottie. I cani corsero incontro alla macchina, e Hannah stava aspettando sui gradini. Con Lottie.

"Oh, Lottie! Lottie, che meravigliosa sorpresa!" Sarah cercò di abbracciarle tutt'e due in una volta. "Hannah non mi aveva detto che eri tornata!"

"Aveva giurato di mantenere il segreto." Lottie la scostò da sé, tenendola per le spalle. "Lasciati guardare!"

"Sorpresa, eh?" Hannah gongolava per il successo del suo sotterfugio.

"C'è anche Jan?" Sarah lesse la risposta sul viso di Lottie.

"Cercherà di essere qui per Natale, o almeno per capodanno." Il sorriso di Hannah fu un po' troppo brillante.

La veranda e il soggiorno erano decorati con ghirlande natalizie e lanterne. Tutto appariva festoso, accogliente, e Sarah sentì un enorme rigurgito d'amore per quel posto dove si sentiva a casa, e per la famiglia che da tanto tempo considerava come la sua. I cani le correvano attorno, le fecero le feste, e mentre si chinava per accarezzarli si sentì cingere da due braccia forti.

"Piet!" Fu tutto quel che le riuscì di dire prima che lui la stringesse in un abbraccio, baciandola sulla bocca.

"È bello che mamma sia a casa, eh? C'è mancato poco che mi tradissi quando hai chiamato per dire a che ora saresti arrivata."

"Lo avrei ucciso!" rise Hannah.

"Abbiamo comprato dello champagne per festeggiare l'arrivo

di mamma, ma lei ha insistito per tenerlo da parte finché ci fossi stata anche tu." Piet versò un bicchiere per ciascuno di loro. "Adesso berremo tutti insieme al nostro futuro. A tutti quelli che sono qui e hanno reso il presente quello che è."

"E a papà, che ci raggiungerà presto." Hannah alzò il suo bicchiere verso la madre.

"Il *bwana* sta tornando a casa? Iiih!" Mwangi, apparso dalla cucina, emise l'esclamazione con cui i Kikuyu esprimevano approvazione o stupore. "Lo dirò a tutti, così saremo pronti!"

"Questo è il mio primo Natale a Langani", disse Sarah. "In effetti, è il primo Natale che non passo a casa. Ovunque sia la mia casa adesso."

"È ovunque sia la tua famiglia. Le persone che ami di più", rispose Lottie. "Non importa dove sia geograficamente. Quindi, adesso la tua casa è qui con noi, Sarah. Noi siamo la tua famiglia."

A tavola, l'apertura del lodge e il *ngoma* per l'inaugurazione occuparono buona parte della conversazione.

"Piet ha in programma di unirsi ai danzatori", annunciò Hannah. "Io penso che dovrebbe stare con i Maasai piuttosto che con i Kikuyu, alto com'è. Starebbe bene con i capelli impiastricciati di ocra e sterco, e tutte le perline e le piume, non credi anche tu, mamma? Un autentico guerriero."

Lottie sorrideva, ma le linee che ora le solcavano il volto raccontavano di un tempo che aveva messo a dura prova la sua sopportazione e lasciato il segno su di lei. Era guardinga, taciturna, si teneva un po' a distanza dal resto del gruppo. Finito il pranzo uscì sulla veranda, e Sarah la seguì.

"Va tutto bene, Lottie?"

"Certo, cara. Sono solo un po' stanca."

"Spero tanto che Jan riesca a essere qui per Natale", disse Sarah. "Sarà così bello ritrovarci."

"Ha già spostato due volte la data della partenza." Lottie sospirò. "Io penso che abbia paura di tornare. È talmente cambiato, Sarah, e non riesce a immaginare come possa riprendere da dove ha lasciato. Non so se ho fatto la cosa giusta a venire."

Sarah esitò, poi decise che sarebbe stato meglio essere aperta su quel che sapeva. "Lottie, Hannah mi ha detto di com'era laggiù. Del motivo per cui se n'è andata. So che è stata dura per te."

"Quando abbiamo lasciato il Kenya, Janni ha detto che si stava sradicando per aiutare suo figlio." Lottie si girò verso di lei, la guardò dritto negli occhi. "Ma adesso penso che stesse scappando. Non si stava preoccupando solo del bene di Piet. Da quando siamo andati via dalla fattoria ho cercato di dimenticare quanto sia bello questo posto, e so che ci ha provato anche Jan. Forse non sarei dovuta tornare indietro, vedere tutto quel che abbiamo perso, solo per sentire che dovremmo andarcene di nuovo. Piet è il giovane *bwana* qui, adesso. Si è guadagnato il suo posto, e deve gestire la fattoria come ritiene opportuno."

"Sì", annuì Sarah. "E anche Hannah ha trovato il proprio ruolo."

"Abbiamo perso Lars, però. E per quanto Mike Stead sia volenteroso, non è certo dello stesso calibro."

"Dov'è Mike Stead, a proposito?" Sarah si rese conto di non avere visto il nuovo direttore.

"Piet gli ha dato qualche giorno di vacanza per passare le feste con i suoi genitori sulla costa." Lottie scosse la testa. "Oltretutto, sacrificare Lars non è servito a niente, perché Viktor se n'è andato e Hannah è molto infelice."

"Pensa che se ne sia andato definitivamente?" La prima reazione di Sarah fu il sollievo, per non dover essere lei a dare la cattiva notizia.

"Era arrabbiata con me perché non sono tornata a casa dopo la rapina, quando era così sconvolta per quel che era successo a voi tutti." Le spalle di Lottie erano incurvate, contratte. "Pensava che non mi importasse di quel che stava passando. Io però non potevo lasciare Jan in quel momento. Adesso mi chiedo se avrei potuto impedire tutto il disastro con quel Viktor se avessi dato a lei la priorità e fossi saltata sul primo aereo per venire qui."

"Mi è capitato un paio di volte di trovare Viktor sulla mia strada", disse Sarah. "Vorrei averlo investito, francamente. Ma non credo che qualcuno avrebbe potuto evitare quel che è successo tra lui e Hannah. È un peccato che Lars ci sia andato di mezzo."

Scesero a passeggiare sul prato che Lottie aveva curato amorevolmente per così tanti anni. "Sai, mi ritrovo a farmi la stessa domanda che hai fatto tu prima, Sarah. Dov'è la mia vera casa? Ti ho detto che è dove sono le persone che ami di più. Ma io non so se quello che provo per Jan sia amore, e non so se lui sia ancora capace di amare. È morto dentro, cara. Da quando quella vipera della madre di Camilla, quell'orribile donna..." Sputò le parole come veleno. "Non ho più ritrovato mio marito da quella notte, e non sono sicura che riuscirò mai ad amarlo ancora."

"Oh, Lottie! Jan è sempre stato un brav'uomo, un buon padre, e sono sicura che tornerà quello di prima. Pregherò Dio perché te lo faccia ritrovare."

"Spero tu abbia ragione. E spero di essere abbastanza forte per qualunque cosa mi aspetti."

"Venite dentro, voi due!" Hannah le stava chiamando dalla veranda. "Basta spettegolare."

"Io andrò in camera a leggere e riposare per un po'", disse Lottie. "A più tardi, ragazze."

"Okay. Ti va di venire nella mia stanza, Han?" domandò Sarah. "O magari fare due passi da qualche parte?"

"Vuoi chiedermi di Viktor." Hannah lo intuì immediatamente. "È finita, Sarah. Proprio come dicevano tutti che sarebbe successo. Andiamo a parlare in camera tua."

Nella stanza dell'amica, Hannah, si lasciò cadere su una sedia, il viso tra le mani. Era così difficile raccontare com'era andata, ma aveva bisogno di sfogarsi. Sapeva che Sarah avrebbe ascoltato senza giudicarla, e continuato a volerle bene malgrado i suoi stupidi errori.

Era dappertutto, Lars. La sua faccia era di pietra quando la guardava, o irosa e piena di un dolore che Hannah non voleva vedere. Non importava dove lei andasse alla fattoria, sembrava impossibile evitarlo.

"Mi segue ovunque", si era lamentata con Piet. "Non puoi dirgli di lasciarmi in pace? Di starmi lontano?"

"Ti segue dove?" aveva domandato lui. "Quando?"

"Me lo vedo piombare in ufficio tutte le mattine."

"È normale che lui vada in ufficio al mattino."

"E me lo trovo davanti nei magazzini. Alla latteria. Dappertutto!"

"Hannah, avete sempre lavorato insieme, e dovrete continuare a farlo. Lui è il mio direttore, santo cielo, cerca di non dimenticarlo. Sai bene quanto sia vitale per la fattoria. Quindi, fa' in modo che non ci siano attriti, sorellina. Abbi un po' di tatto e buon senso, smettila di parlare in continuazione di Viktor, e va' avanti a fare il tuo lavoro."

In ufficio aveva cercato di concentrarsi sui conti della settimana, ma era una mattinata grigia e la sua mente rifiutava di piegarsi a qualunque disciplina. Dopo un'ora aveva rinunciato ed era uscita, chiamando i cani. Era a metà della carraia quando si era imbattuta in Lars che usciva dai magazzini.

"Dove stai andando?" le aveva domandato.

"Pensavo di portare i cani a fare un giro."

"Ti accompagno, dobbiamo parlare."

Non le era venuta in mente nessuna scusa ragionevole per rifiutare, e si erano incamminati insieme in silenzio.

"Hai in programma di andare a trovare Sarah prossimamente?" le aveva chiesto lui, infine.

"No. Preferisco stare qui per il momento."

"Ad aspettare che lui ritorni, suppongo. Così che possa divertirsi con te, creare screzi tra noi, e poi lasciarti."

"Per l'amor del cielo, Lars, non ricominciare! So che provi qualcosa per me, ma questo non ti autorizza a fare continuamente irruzione nella mia vita privata. Sei stato assunto per occuparti di questa azienda, non della mia custodia!"

"È così che mi vedi, ancora adesso?" Lars era furioso. "Come un dipendente che deve starsene zitto e buono al suo posto, mentre un gigolò da strapazzo arriva da Nairobi e ti porta nel suo letto?"

Hannah si era fermata di colpo, facendosi paonazza per la rabbia. "Non osare parlarmi in questo modo, Lars Olsen!" era sbottata. "Sono una donna adulta e decido da me che cosa fare della mia vita. Se vuoi lavorare qui dovrai avere più rispetto."

"Rispetto? E che rispetto hai tu per me? Ho cercato di prendermi cura di te dopo il raid, e anche prima. Ho cercato di aiutarti a superare i giorni difficili, i brutti sogni. Sembra che tu non ricordi niente di tutto questo. Mi sono quasi fatto uccidere quella notte, e non te ne importa. Non ti importa niente di me, Hannah, se non come bestia da soma. Dovrei andarmene, è questa la verità. Ma mi sento in obbligo con Piet di restare e fare il mio lavoro. Non come dipendente, ma perché è mio amico. E sarebbe ora che tu pensassi un po' anche a lui."

"Questa terra è mia quanto sua", aveva ribattuto lei. "E ci sono tanti direttori in giro. Quindi se devi incombere su di me come una nuvola di temporale solo perché sono innamorata di un altro, allora dovresti davvero andartene. Anzi, vorrei che lo facessi. Almeno potremmo tutti andare avanti con la nostra vita."

Non appena ebbe pronunciato quelle parole avrebbe voluto rimangiarsele, ed era restata a guardarlo costernata mentre le voltava le spalle e si allontanava a passo di marcia verso la casa. Poi aveva chiamato i cani con un fischio e aveva proseguito lungo il sentiero, decidendo di risolvere le loro incomprensioni quando fosse tornata in ufficio. Gli avrebbe dato un'oretta per calmarsi. Era difficile per Lars, e Hannah non aveva dato abbastanza peso ai suoi sentimenti per lei. Ovviamente era geloso, e avrebbe dovuto essere più comprensiva. Aveva continuato a camminare, e presto Lars era svanito dalla sua mente, rimpiazzato dall'immagine di Viktor che si chinava su di lei.

Quando il sole era tornato, aveva trasformato l'aria del mattino in un miraggio baluginante di calore e turbini di polvere. I terreni da pascolo si erano già rinsecchiti, e in breve il bestiame avrebbe avuto bisogno di costoso foraggio. Hannah era andata direttamente all'ufficio, ma non c'era segno di Lars. Né lo aveva visto all'ora di pranzo.

"*Pole*, *memsahib*. Mi dispiace. *Pole sana*." La faccia di Mwangi era mesta.

"Ti dispiace di che cosa?" aveva domandato lei, perplessa. Non se la sentiva di affrontare altri problemi. "Non è la giornata giusta, Mwangi. Se c'è qualche *shauri*, forse può aspettare fino a domani."

"Siamo tutti dispiaciuti che *bwana* Lars se ne sia andato", avea detto lui. "Era un buon uomo."

Hannah lo aveva fissato, sforzandosi di mantenere una parvenza di compostezza nonostante lo sgomento che l'aveva assalita. Le veniva da vomitare. Non sarebbe riuscita a mandare giù un solo un boccone.

"Sì. Be', non sempre queste cose sono per molto, Mwangi. Andremo avanti come abbiamo sempre fatto, poi si vedrà."

Lo stomaco le si era chiuso del tutto quando aveva udito i passi di Piet sulla veranda.

"Parleremo in ufficio." L'espressione di suo fratello era tesa.

"Non sapevo che se ne sarebbe andato", aveva detto Hannah, mettendosi sulla difensiva appena lui ebbe chiuso la porta alle loro spalle.

"Ti rendi conto di quanto sia seria la situazione? Lars è stato qui come amico, a uno stipendio che sarebbe stato risibile per chiunque altro. È mio amico, il mio consigliere, e il miglior direttore che potremo mai avere."

"E io non sono responsabile delle sue crisi di gelosia", aveva affermato lei, dimenticando tutti i buoni propositi di fronte all'ira del fratello.

"Sapevi che era innamorato di te. D'accordo, tu non lo ami. Sono cose che succedono. Ma tu gli hai fatto strofinare il naso nella tua relazione con Viktor. Flirtavi e amoreggiavi con Viktor, con lui seduto lì di fianco. Nessuna considerazione. Nessuna discrezione. Non un pensiero, Hannah. Per nessuno eccetto te stessa. Hai fatto una cosa molto stupida."

"Piet, mi dispiace. Pensi che potremmo farlo tornare indietro?"

"Ha telefonato da Nanyuki mezz'ora fa. Andrà a stare da suo zio a Kiambu. Poi pensa di tornare in Norvegia."

Hannah aveva cominciato a piangere.

"Risolveremo anche questa, in qualche modo", l'aveva rassicurata Piet dopo qualche momento. "Lars ha raccomandato Mike Stead come suo sostituto, quindi mi converrà contattarlo appena tornerò da Nairobi. Sta cercando un lavoro ed è un brav'uomo. Forse potremo trovare un accordo con lui, almeno per tappare la falla mentre aspettiamo gli sviluppi. Tu starai bene qui da sola stanotte, a proposito? Avevo programmato di andare via questo pomeriggio, ma posso rimandare."

Hannah aveva dimenticato che sarebbe andato via.

"Non preoccuparti", aveva risposto, ansiosa di fare la pace. "Devi rispettare i tuoi appuntamenti a Nairobi, e a me non dispiace stare qui per un paio di giorni. Davvero."

Poi si era ritirata in camera sua. C'era una lettera sul tavolo da toeletta; l'aveva aperta malvolentieri, con una mano alla bocca mentre realizzava appieno le conseguenze di quel che era successo.

Cara Hannah,

avevi ragione tu. La tua vita personale e le tue questioni private non hanno niente a che fare con me. È un peccato che io abbia permesso ai miei sentimenti di oltrepassare il limite tra datore di lavoro e dipendente, tra amicizia e amore.

In queste circostanze non posso continuare a lavorare a Langani. Non è bene per nessuno dei due, né per la fattoria. Ma non lascerei mai te e Piet nei pasticci. Ho trovato un valido rimpiazzo, e spero che tutto funzioni per il meglio. Ho detto a tutti che me ne sto andando a causa di un problema di famiglia in Norvegia. Ed è là che andrò.

Hannah, spero che tu sia al sicuro e che troverai la felicità. Sei piena di coraggio e bellezza, e non smetterò mai di ammirarti e amarti per tutto quel che sei.
Grazie di questi begli anni a Langani Farm.

Il tuo devoto amico,
Lars

L'aveva riletta due volte, tremando ma determinata a non piangere. Lui sarebbe tornato. Ne era sicura. Avevano avuto altre discussioni, e gli era sempre passata. Questo era proprio ciò che Hannah aveva cercato di evitare: che un coinvolgimento sentimentale tra loro potesse mettere a repentaglio il buon funzionamento del lavoro alla fattoria. Adesso, per ironia della sorte, era stata la mancanza di un tale coinvolgimento a provocare la crisi. Aveva passato un po' di tempo in ufficio e poi era andata alla latteria, dove aveva trovato Juma.

"Ci sono novità di *bwana* Lars?" le aveva domandato. "Tornerà presto?"

"Lo spero, Juma. Ma ha uno *shauri* con la sua famiglia in Norvegia, e deve andare là. Staremo a vedere."

Il pomeriggio le era sembrato interminabile. Non c'era nessuno con cui lei potesse parlare. Eccetto Sarah. Quando però era riuscita a collegarsi via radio col campo c'era soltanto Allie. Si era seduta, la faccia tra le mani, e aveva pianto. Finché il telefono aveva squillato, costringendola a riscuotersi. Era Viktor; il cuore le era balzato in gola solo a sentire la sua voce.

"Voglio che tu venga a Nairobi domani", le aveva detto. "Vieni, mia regina guerriera, e conquista la città. Voglio portarti all'inaugurazione di una mostra. L'artista è un amico, quello che ha fatto il tuo leopardo di bronzo. Poi balleremo all'Equator Club e faremo l'amore per tutto il resto del tempo."

"Non posso andarmene di qui, Viktor", gli aveva risposto con l'amaro in bocca. "Piet starà via per un paio di giorni, e c'è bisogno di me a Langani. Forse potresti venire tu per il weekend."

"Su, Hannah. Lascia alla fattoria la tua parte seria e vieni a giocare con me. Parti subito. Voglio toccarti e vedere quell'espressione sulla tua faccia, e guardarti mentre ti apri per me."

"Viktor, non posso", con la voce strozzata.

"Be', mio dolce vaso di marmellata, sono desolato. Ci vedremo presto."

Aveva chiuso la comunicazione. Perché Viktor non poteva raggiungerla a Langani, se provava dei sentimenti veri per lei? Aveva detto di non averne mai abbastanza di lei, che non poteva resistere a starle lontano per nessuno spazio misurabile di tempo. Ma come misurava il tempo, Viktor? E certamente, doveva considerarla più importante di una mostra. Si era domandata dove potesse essere Lars in quel momento, e si era sentita profondamente triste all'idea di non rivederlo più. Un'oretta dopo aveva deciso di chiamare Viktor. Se non poteva vederlo, almeno gli avrebbe parlato. Il telefono aveva suonato a lungo prima che qualcuno rispondesse.

"*Bwana* Szustak non è in casa", aveva detto la voce. "È andato via. Io sono il domestico, può lasciare un messaggio."

Di pessimo umore, era andata a sedersi davanti al fuoco nel silenzio uggioso. Si era versata una robusta dose di whisky e aveva acceso la radio. Poi si era preparara un altro drink e aveva aspettato che la cena fosse servita, per nulla incoraggiata dalla prospettiva del pasto solitario sotto lo sguardo compassionevole di Mwangi. Quando il cuoco aveva annunciato che era pronto, si era alzata svogliatamente per mettersi a tavola. Mentre spiegava il tovagliolo aveva udito il rumore di una macchina di fuori. La paura le era strisciata sulla pelle. Si era alzata, aveva preso il fucile che stava accanto alla credenza, e l'aveva puntato contro la porta, i piedi saldamente piantati sul pavimento. Qualche attimo dopo la risata fragorosa di Viktor aveva colmato la stanza mentre entrava con irruenza e la sollevava da terra.

"Avrei potuto ucciderti", gli aveva detto lei, ancora stordita e incredula. "Mio Dio, Viktor, che ci fai tu qui?"

"Vieni, Hannah. Ho portato dello champagne. Poi mangeremo."

Lei non riusciva a pensare a niente al di là della sua apparizione. "Devo vedere che cosa c'è in cucina e..."

"Gradirei mangiare alla svelta", l'aveva interrotta. "E poi gradirei portarti nella tua camera e scoparti finché sarai esausta e implorerai pietà. Allora la mia fame sarà soddisfatta. È questo che mi piacerebbe."

Più tardi, mentre Hannah stava stesa al suo fianco, felice e sazia, lui si era sollevato su un gomito.

"Dov'è il tuo guardiano vichingo stasera?" aveva domandato. "Mi sono abituato ad averlo attorno a guardarci in cagnesco, gettando la sua tetraggine del nord sui nostri piaceri."

"È andato via."

"Andato dove? Per quanto?"

"È tornato in Norvegia", aveva risposto Hannah, la voce vuota. "Qualcuno della sua famiglia sta molto male ed è dovuto andare a casa. No. Non è vero." Non c'era ragione di mentire con lui. "Se n'è andato per sempre. Lars ha lasciato la fattoria."

"Pensavo avesse messo radici qui." Il tono di Viktor era tagliente. Si era alzato, allontanandosi dal letto.

"Era geloso", aveva replicato lei. "Lo sai anche tu. Era innamorato di me, e non ne faceva mistero. Sulle prime è stato uno choc, ma adesso mi rendo conto che è stato meglio così. Almeno non devo più nascondere quel che provo per te. Quel che proviamo l'uno per l'altra."

Viktor però non stava più ascoltando. Aveva aperto la doccia in bagno, e stava cantando a gran voce. Quando era tornato a letto l'aveva presa tra le braccia e si era addormentato immediatamente. E il mattino dopo se ne era andato di buon'ora, sventolando il braccio in un saluto stravagante mentre correva via.

Hannah si asciugò gli occhi. Adesso aveva raccontato a Sarah l'intera, orribile storia, per quanto umiliante fosse.

"Non dire niente di gentile", la avvertì. "Non potrei sopportarlo."

"Quell'uomo ti ha abbindolata, Hannah. Non è di grande consolazione, lo so, ma succede in continuazione. È successo anche a me, in proporzioni più ridotte. Con Mike a Dublino, ricordi?"

"Tu non gli sei corsa dietro."

"Non mi importava abbastanza di lui", replicò Sarah. "Altrimenti, Dio sa che cosa avrei potuto fare."

"Viktor non si è più fatto sentire dopo essersene andato quel mattino." La voce di Hannah era distante, in un altro tempo e luogo, assorta nel ricordo. "Ma io volevo sapere se mi amava. Volevo essere sicura. Così sono andata a Nairobi. Un paio di giorni dopo che Piet è tornato dal suo giro di incontri, ho detto che avevo bisogno di fare delle compere natalizie. Era tardi quando sono arrivata, ma so dove abita Viktor, così mi sono presentata lì, pensando che gli avrei fatto una sorpresa. E gliel'ho fatta", disse con amarezza. "È stato davvero molto sorpreso. E anche la donna nel suo letto."

"Han, che cosa orribile. Che modo tremendo di scoprirlo." Sarah le cinse le spalle con un braccio.

"Era una nera", aggiunse Hannah, lo stupore e lo choc ancora echeggianti nella sua voce. "E io ero lì a urlare contro tutti e due, finché lui mi ha trascinata fuori. Mi stava davanti, sul vialetto di casa con indosso solo un asciugamano, e mi ha detto che non voleva più vedermi. È questo che ha detto. Non so nemmeno come ho fatto a guidare fino a casa, ma quando sono arrivata Piet è stato meraviglioso. Il massimo, davvero. Non mi ha chiesto dove fossi stata, o perché fossi tornata nel cuore della notte, e non ha tirato fuori il discorso neanche in seguito. Nessuno sa niente eccetto te. Neanche mamma."

"E adesso?" domandò Sarah.

"È Natale", rispose Hannah. "E come ha detto mamma, siamo un gruppo di persone che si amano. Dovremmo concentrarci su questo, per il momento. Ti voglio bene, Sarah, sei mia sorella, e sono così felice che tu sia qui con noi. Adesso però ti lascio riposare un po', hai l'aria di averne bisogno. Ci vediamo più tardi."

Sarah si stese sul comodo vecchio letto, pensando ad Hannah e Lars, domandandosi se fosse ancora possibile rimediare a tutto quel disastro. Con un sospiro, tirò fuori del materiale che Dan le aveva dato da leggere sulle abitudini di accoppiamento degli sciacalli, ma nel giro di pochi secondi le si chiusero gli occhi, e dormì come la bambina fiduciosa che era stata un tempo in quella stessa stanza. Si svegliò sentendo bussare alla porta.

"Vieni con me alla rupe", disse Piet. "Portati un maglione o qualcosa di caldo."

Piet prese una stuoia e dei cuscini dalla macchina, e insieme si sedettero a guardare la distesa d'erba mossa dal vento, verde brillante dopo la provvidenziale pioggia improvvisa, mentre il sole iniziava a scendere verso il confine del loro mondo, cambiando i colori del cielo e tingendo di rosa i picchi innevati del monte Kirinyaga. Infine, lui le mise la mano dietro la nuca.

"Ti amo", le disse con semplicità. "Ti ho sempre amata, ma ero troppo tardo di comprendonio per rendermene conto. Voglio che mi perdoni per questo, Sarah, perché io ti amo davvero, più di qualunque cosa. Più della mia stessa vita. E so che sei l'unica per me."

Lei si voltò a guardarlo, ed emise un piccolo suono quando la prese tra le braccia e la baciò più e più volte.

"Ti amo, ti amo, ti amo", le ripeté, accarezzandole i capelli, toccandole le palpebre e le guance, passandole teneramente le dita sulle labbra. “Non ricordo un momento in cui tu non sia stata una parte di me, e non posso vedere un futuro in cui tu non sia con me.”

Sarah cercò di rispondergli a parole, ma era stordita per la felicità e lo stupore. Si lasciò andare all’indietro sulla stuoia, dissolvendosi in una gioia estatica quando lui baciò e toccò per la prima volta il suo corpo. Stettero distesi fianco a fianco, senza fiato per l’emozione, guardando le prime stelle trapuntare il buio.

“Ti amo, Piet”, gli disse infine. “Da sempre, dal primo giorno in cui sei arrivato e sei saltato nel fiume vicino a me. E ti amerò sempre.”

“Ci ameremo e ci prenderemo cura l’uno dell’altra per il resto della vita, piccola Sarah, e il nostro mondo sarà un luogo felice.” Si alzò e le tese la mano. “Ora vieni, mia bellissima donna. Si sta facendo freddo quassù sulla nostra rupe, e voglio portarti a casa alla nostra fattoria.”

Ripiegarono la coperta, presero i cuscini e si fermarono ancora un momento ad ammirare dall’alto la bellezza del loro universo condiviso.

“Questa è la nostra parte di terra”, disse Piet. “Tutto quel che vediamo laggiù è stato costruito con coraggio, forza di volontà, speranza. Io credo ci sia stato donato da Dio, e faremo sempre del nostro meglio per proteggerlo, tu e io, a qualunque costo. So che tu lo ami quanto me, e so che sarai sempre al mio fianco ad aiutarmi.”

“È così. E così sarà per sempre”, gli promise Sarah.

Quando si guardò allo specchio prima di cena, Sarah constatò di essere veramente bella quella sera, la pelle luminosa, gli occhi splendenti per la consapevolezza dell’amore di Piet, del futuro che avrebbero costruito insieme. Appena raggiunse gli altri nel soggiorno, lui la prese per mano.

“Vorrei dire qualcosa a voi tutti”, annunciò. “Per anni sono stato un ottuso ragazzotto *afrikaner* che non sapeva vedere al di là del naso, non aveva un po’ di buon senso per le cose che contano davvero. Ma alla fine mi sono svegliato. Ho trovato la cosa più importante per un uomo: qualcuno da amare e a cui affidare la propria vita. Per questo, Sarah Mackay, vorrei chiederti se accetteresti di prenderti cura di questo povero zoticone. Vorrei chiederti se accetteresti di sposarmi e rendermi l'uomo più felice al mondo. Pensi che potrai farlo?"

Sarah udì le esclamazioni e le grida eccitate mentre gli volava tra le braccia.

"Sì, ti sposerò. Sì. Ti amo, e ti amerò sempre." Poi si rivolse a tutti gli altri per ricevere le loro congratulazioni attraverso un velo di lacrime. "Amo ciascuno di voi", disse. "Sono così felice, e vi voglio così tanto bene che non ci sono parole."

In quel momento la porta si aprì e apparve Mwangi assieme a Kamau, le facce scure illuminate da larghi sorrisi di approvazione mentre stringevano la mano a Piet. Lui li abbracciò entrambi, e loro mormorano parole kikuyu di felicitazioni e benedizione per il giovane uomo del quale si erano occupati da quando era nato. Dopo qualche momento li raggiunse Kipchoge, offrendo con un sorriso timido due bracciali di perline che aveva fatto per Piet e Sarah nella speranza che quel giorno sarebbe venuto. Li mise loro al polso con solennità, e poi tutti applaudirono mentre Piet la baciava di nuovo. Sarah si voltò a cercare Hannah con lo sguardo; la colse in un momento di indissimulata desolazione, e condusse Piet da lei, per coinvolgerla nella loro gioia. Quella notte stettero alzati fino a tardi, parlando e ridendo e facendo progetti, e infine si radunarono tutti attorno al telefono mentre Sarah chiamava i genitori in Irlanda.

"Verremo a trovarvi con l'anno nuovo", promise Raphael. "Ora, buona notte, mia cara ragazza, e Dio vi benedica entrambi. Anche Hannah e Lottie. Vi vogliamo bene."

Poi gli altri andarono a letto, lasciando Piet e Sarah da soli.

"Voglio fare l'amore con te adesso, subito", le disse lui. "Diventare veramente un'unica cosa. Ma forse tu preferiresti aspettare... Quindi farò qualunque cosa tu scelga, perché non ci vorrà molto prima che tu sia mia moglie, e per tutto il resto della nostra vita."

"È antiquato e sciocco, lo so", replicò lei, domandandosi perché mai dovesse esserci bisogno di aspettare ancora, quando il suo intero corpo era percorso da scariche di eccitazione e desiderio. "Però penso sia meglio così."

"Domani faremo i nostri programmi." Piet prese tra le mani le sue guance brucianti e la baciò. "Dobbiamo fissare la data del matrimonio. Voglio che sia molto presto. E tu dovrai pensare a che cosa farai col tuo lavoro, perché so che significa molto per te. E per inciso, niente più nuotate col tuo capo senza *brookies*, intesi? Non per la mia ragazza."

Quella notte, tutti dormirono avvolti in un senso di pace e dolcezza, sentendo che erano a un punto di svolta. La cappa opprimente che gravava su Langani si era finalmente sollevata. Natale sarebbe stato un momento di gioia che si era fatto attendere fin troppo. Quando Anthony chiamò da Nairobi, Piet lo persuase a raggiungerli alla fattoria per festeggiare il fidanzamento.

"Questa sì che è una bella notizia, ragazza mia", disse a Sarah quando arrivò. "Piet è un uomo fortunato. Che cosa farai con i tuoi elefanti?"

"Non so. Dan sta cercando di ottenere fondi per espandere il nostro programma, e mi piacerebbe farne parte. Non ci ho ancora pensato concretamente."

Anthony guardò a terra, come riflettendo prima di parlare. "A proposito di fondi, mi sono imbattuto in George Broughton-Smith un paio di settimane fa, mentre ero con qualche cliente al New Stanley Grill."

"George, a Nairobi?" si stupì Hannah. "E Camilla? Ti ha detto niente di lei? Le ho mandato un biglietto il mese scorso per il suo compleanno, ma non si è fatta sentire. Come al solito."

"Non so niente di preciso", disse Anthony. "Anch'io ho perso un po' i contatti con lei, tra il mio viaggio di rappresentanza e i safari. E ho la sensazione che suo padre non pensi troppo bene di me per questo."

"Forse no." Sarah gli puntò addosso una sguardo penetrante.

"Non ho avuto alcuna risposta alla cartolina che le ho scritto", si difese lui. "E le ho anche mandato dei fiori per il suo compleanno. Però ho avuto un cambiamento di programma e mi sono ritrovato a Cincinnati intorno a quella data. Così non sono più andato a Londra, alla fine. Be', a parte una notte, di passaggio", aggiunse, impacciato. "Comunque, George non aveva molto da dire. Ha visto Camilla una sola volta da settembre. Non è stato con lei nemmeno per il suo compleanno. Pare fosse andata da qualche parte con Marina."

"Questo è molto strano." Sarah aggrottò la fronte, improvvisamente certa di essersi fatta sfuggire qualche indizio essenziale nella sua frustrante conversazione telefonica con l'amica. "Sono sempre stati così uniti. Che novità ci sono sulla sua cicatrice?"

"Lui non sembrava sapere che cosa stia facendo, a questo o a nessun altro riguardo. E sembra che Marina sia stata malata. Ho tirato fuori il discorso dei finanziamenti per la conservazione, e mi ha detto che Camilla non gli ha mai accennato niente. Adesso però è a conoscenza dei problemi di Langani, e vi contatterà per vedere quanto si può far saltare fuori. Era molto ottimista, in effetti. Non si può fare niente fino all'inizio del nuovo anno, ma si è impegnato a occuparsene."

"Sapevo che sarebbe successo", commentò acidamente Hannah. "Si è dimenticata di noi."

"No. Non è questo. C'è decisamente qualcosa che non va, lo so", disse Sarah. "Forse la sua ferita era più grave di quanto credessimo. In tal caso, potrebbe avere perso il lavoro, il denaro, tutto. Forse ha anche dovuto vendere il suo appartamento. O forse George e Marina stanno divorziando. Non so di che si tratti, ma deve per forza esserci sotto qualcosa che non sappiamo."

"Tu sei sempre pronta a giustificarla", replicò Hannah. "La verità è che Camilla non è capace di entrare in contatto con nessuno. È un peccato, e probabilmente non poteva che essere così, essendo cresciuta con quella donna orribile. Ma è ora di essere realistici su di lei, Sarah."

La vigilia di Natale, Sarah prese la macchina e andò con Lottie alla più vicina missione, dove si teneva una messa di mezzanotte. Mentre prendeva posto sulle panche della piccola chiesa, seppe di essere il più fortunato e felice essere umano al mondo. Attorno a lei le voci si innalzavano assieme all'incenso nel freddo stellato della notte, dando ai vecchi inni il tono acuto e struggente e il ritmo tipici dei canti africani. La congregazione era per lo più composta di braccianti, vestiti per l'occasione in giacche di misura sbagliata e scarpe senza lacci. Le donne portavano pesanti maglioni fatti a mano, e i bambini erano infagottati in coperte legate alla loro schiena, le teste tonde e le facce curiose sormontate da berretti di lana dai colori vivaci. Sarah accese candele per la sua famiglia in Irlanda; avrebbe tanto voluto che i genitori e Tim fossero lì con lei, comunque avevano promesso che sarebbero venuti per il matrimonio. Lottie le prese la mano mentre univano le loro voci a quelle dei Kikuyu, e Sarah seppe che per il resto della sua vita avrebbe cantato così, in armonia con tutte le razze che la attorniavano, contribuendo con Piet alle coraggiose speranze della loro nuova nazione. Poi Lottie si inginocchiò accanto a lei, la testa china in preghiera, il viso composto, triste. Jan non era venuto per Natale, aveva promesso che sarebbe stato lì per festeggiare con loro il nuovo anno.

Quando tornarono a casa Piet le stava aspettando alzato, e si sedettero davanti al fuoco a bere della cioccolata calda finché Lottie decise di ritirarsi. Allora lui baciò Sarah e la condusse alla sua camera. Si stesero insieme sul letto e Piet la tenne stretta a sé, facendo scorrere le mani sul suo corpo. Sarah lo udì gemere mentre si slacciava il vestito per permettergli di accarezzarla, di esplorare le sue cosce nude, il ventre e i seni. Aveva la pelle in fiamme, si sentiva ubriaca per l'intensità delle sensazioni che generava in lei. Non avrebbe voluto lasciarlo andare quando lui si ritrasse e infine si alzò dal letto, chinandosi ancora una volta a baciarla e a bisbigliarle il suo amore all'orecchio prima di uscire e chiudere la porta dietro di sé. Rimase a lungo sveglia, bruciante di desiderio, confusa. Erano destinati l'uno all'altra, sarebbero stati insieme per sempre. Voleva ringraziare Dio per il dono che le aveva fatto, esaudendo il suo più grande desiderio. Voleva che tutto fosse perfetto. E del resto non avrebbero dovuto aspettare molto.

Si scambiarono i regali di Natale dopo colazione. Quando ebbero finito di scartare i pacchetti Piet tirò fuori di tasca una piccola scatola e chiese a Sarah di porgergli la mano. Il diamante scintillò attraverso le sue lacrime di gioia mentre le infilava l'anello al dito, poi lui la baciò, e tutti si assieparono attorno a loro per rinnovare gli auguri di felicità. Ci furono telefonate a Jan e alla famiglia di Sarah in Irlanda, ma nessuno rispose all'appartamento di Camilla a Londra. Quando più tardi Sarah si trovò da sola ritentò, e di nuovo il telefono squillò in una stanza vuota a migliaia di chilometri di distanza. Riagganciò triste, decidendo che avrebbe scritto a Camilla prima della fine della giornata e cercato di persuaderla a tornare a Langani per il matrimonio. Si erano fatte una promessa, e in cuor suo sapeva che la loro amicizia doveva resistere. In qualche modo sarebbe riuscita a salvarla.

24

Kenya, dicembre 1965

Subito dopo Natale iniziarono i preparativi per il *ngoma*. L'evento aveva assunto un nuovo e più ampio significato, poiché ora avrebbe celebrato sia l'apertura del lodge sia il fidanzamento di Piet e Sarah. Il telefono suonava incessantemente per le congratulazioni e le adesioni. Piet aveva organizzato che venisse arrostito un bue per i lavoratori della fattoria, e un'enorme buca era stata scavata a una certa distanza dagli alloggi affinché la bestia potesse essere cucinata intera su uno spiedo. Un'atmosfera eccitata pervadeva l'intera Langani, e Sarah passava ore in giro per la fattoria a fotografare i braccianti, il personale domestico, i cuochi, i *toto* che aiutavano in cucina, le donne nelle loro capanne ad adornarsi i capelli a vicenda e a fare collane di perline per la grande festa. Non c'era segno di indifferenza o disaffezione, e un senso di pace e contentezza scese su di lei mentre cominciava a fare i piani per la sua vita lì. Non aveva ancora deciso che cosa fare a proposito del suo lavoro con Dan e Allie; probabilmente avrebbe dovuto passare almeno parte dell'anno in arrivo a Buffalo Springs, ma non era poi così lontano, e confidava di poter venire a casa a weekend alterni, o che Piet l'avrebbe potuta raggiungere al campo finché fosse stato possibile trovare una soluzione permanente.

Tre giorni prima dei festeggiamenti, Piet apparve nel magazzino dove lei e Lottie stavano scegliendo le tovaglie in vista dell'invasione di invitati.

"Potete lasciare che se ne occupi Simon", disse. "Vorrei che andassimo tutti su alla rupe. Potremmo portare qualche bottiglia di birra e del vino, e qualcosa da sgranocchiare. Che ne dite? Hannah e Anthony pensano sia una magnifica idea."

"Io resterò qui a finire con Simon, perché tra un po' voglio telefonare a Janni", replicò Lottie. "Voi ragazzi andate. Vi aspetterò per cena."

"Mi sento come un vecchio leone, seduto quassù a sorvegliare il mio territorio", disse Piet, appoggiando la schiena contro un masso. Dietro di lui l'oro rosso delle rocce e gli arbusti fulvi che vi crescevano sopra erano immersi nella luce del tramonto, e gli incorniciavano la testa come una criniera. La sua posizione illustrava la disinvoltura con cui possedeva il proprio spazio, e l'orgoglio che sgorgava in lui contemplando il luogo in cui aveva riposto i sogni di tutta una vita. Sarah puntò la macchina fotografica per catturare la bellezza dell'immagine; Piet era così assorto che nemmeno si accorse dello scatto e del ronzio dell'otturatore.

"Dicono che i faraoni egizi cominciassero a cercare il luogo dove costruire le loro tombe non appena ascendevano al trono", continuò. "Questo è il posto che io sceglierei, se me lo chiedessero. Nessuna opera costruita dall'uomo potrebbe competere con la grandiosità di questo punto. Il modo in cui guarda alla fattoria, alla montagna, alle pianure. Si può vedere ogni parte del nostro mondo da qui. Mille volte meglio di qualunque piramide!"

"Gli egizi non avevano il beneficio di questi contorni naturali per i loro monumenti funebri", osservò Anthony. "Immagino che se avessi davanti una piatta distesa di deserto, vorresti creare qualcosa che si innalzi dalla sabbia e sopravviva alle intemperie. Che domini la terra affinché tutti ricordino le tue grandi opere, e tremino di soggezione..."

"*Il mio nome è Ozymandias, re dei re:*
Guardate alle mie opere, o potenti, e disperate!"

Piet declamò con voce stentorea, e Sarah lo guardò sorpresa.

"Non sapevo che leggessi Shelley", disse.

"C'è molto di me che ancora non conosci." Le rivolse un lungo sguardo. "Ho imparato a leggere, oltre che a lavorare la terra. E non soltanto Shelley. Ci sono libri nella mia stanza che leggeremo insieme. E alcuni che leggeremo ai nostri bambini. Ho anche iniziato una collezione di ottimi dischi. A Edimburgo sono stato a diversi concerti con amici, e alla fine ho imparato a capire che Beethoven, Mahler e Mozart possono essere trascinanti quanto Elvis." La trasse al suo fianco per accarezzarle i capelli, e lei ebbe un fremito. Alla fine, per rompere il silenzio, Sarah terminò la citazione.

"Nient'altro resta. Attorno alle rovine
Di quell'enorme relitto, nude e sconfinate
Sabbie deserte e piatte si estendono lontano."

"Proprio quello a cui volevo arrivare", annuì Piet. "I monumenti creati dall'uomo si sgretolano e scompaiono, come la città della poesia di Masefield che hai citato quel giorno a Gedi, Sarah. Ma questo..." abbracciò con un ampio gesto il paesaggio davanti a loro, "questo è qui da milioni di anni e ci sarà ancora per altri milioni, a meno che distruggiamo l'intero pianeta con le nostre gigantesche nuvole a forma di fungo. Se vogliamo essere ricordati per quel che abbiamo fatto nel nostro insignificante briciolo di tempo, dobbiamo mettere la bellezza di questa terra al centro dei nostri sforzi. Allora sì, lasceremo dietro di noi qualcosa che valga, e potremo persino meritare di restare nella memoria."

"E questa è la nostra lezione di filosofia di stasera." Hannah finì la sua birra. "Sarà meglio tornare indietro."

"Avviamoci." Anthony prese la borsa termica. "Questi due potranno seguirci. Ma se ci fanno aspettare troppo, li lasceremo andare a casa a piedi."

Scomparvero tra gli alberi, lasciando soli Piet e Sarah. Nella luce turchina del crepuscolo, lei poté vedere i suoi occhi splendere d'amore. Lui le prese il mento tra le mani e la baciò con una tenerezza che le fece venire da piangere. In lontananza risuonò il primo grido di una iena che chiamava i suoi compagni di caccia. Il coro che risuonò di rimando fu più vicino alla rupe di quanto si aspettassero. Piet prese Sarah per mano, e imitando i richiami – e ridendo delle risposte – scesero lungo il ripido sentiero verso il posto dove avevano lasciato la jeep.

Lottie era sui gradini di casa ad aspettarli, la faccia trasformata. "Ho parlato con Janni e sta davvero per venire! Ha già il biglietto e arriverà a Nairobi il 30. Sarà qui per il *ngoma* a festeggiare con tutti noi!"

Dopo cena Sarah tirò fuori le sue fotografie per mostrarle a Lottie: i ritratti di Dublino, le immagini del safari di settembre e i reportage realizzati durante il suo periodo a Buffalo Springs. Aveva saputo catturare perfettamente l'asprezza del paesaggio e la bellezza innata dei pastori Samburu con le loro greggi di capre. Il suo obiettivo aveva preservato la luce che colpiva gli steli appuntiti di erba secca trasformandoli in una selva di bacchette d'oro, screziata da una nuvola di passaggio o chiazzata dall'ombra di un'acacia o da un gruppo di palme dum. C'erano immagini delle pianure, con le punte feroci della savana spinosa in primo piano, e le forme pazze dei termitai che si ergevano dalla terra. Ma soprattutto aveva saputo cogliere persone e animali in momenti rivelatori, con un'incisività da far trasalire. L'ultimo gruppo di foto documentava vividamente il rito funebre degli elefanti.

"Accidenti, Sarah!" L'esclamazione di Piet fu sommessa, come se avesse paura che le enormi creature che stava guardando potessero sentirlo e andare via. "Non credo che nessuno abbia mai fotografato questa straordinaria cerimonia prima d'ora. Dev'esserci qualcuno che voglia pubblicare queste immagini."

"Un giorno sarai famosa per fotografie come queste", predisse Anthony. "È garantito."

Piet aveva preso in mano la serie di foto scattate durante il safari di settembre, aveva iniziato a sfogliarle lentamente. Sarah lo osservò di nascosto. Sarebbe stato interessante vedere la sua reazione alla luminosità che Camilla possedeva, che faceva innamorare di lei ogni macchina fotografica. C'erano molte istantanee che la ritraevano con Anthony. In una erano immersi in una discussione; lui le stava spiegando qualcosa, le mani gesticolanti, l'intero corpo animato di un'eccitazione giovanile. Camilla aveva un'espressione così avvinta negli occhi che guardandola si poteva percepire la scossa del suo desiderio. Una mano era alzata verso di lui, come se avesse voluto estrarre la sua essenza dall'aria. Erano incorniciati da un traforo di rami, e in primo piano le fiamme del fuoco da campo danzavano nell'aria della sera, così che l'atmosfera attorno a loro baluginava di scintille e volute di fumo. Dalla foto appariva chiaro che erano totalmente presi l'uno dall'altra. Piet la fissò a lungo, poi la posò e scosse lievemente la testa.

"Che c'è?" domandò Sarah, incapace di restare zitta.

"Tu vedi troppo attraverso il tuo occhio magico", le disse. "A volte lascia il soggetto troppo esposto, troppo scoperto. Tanto che si possono vedere le linee."

"Che linee?" Sarah era perplessa.

"Le linee invisibili che collegano le persone. Linguaggio del corpo, lo chiama qualcuno. L'inclinazione della testa o un braccio proteso. Come in questa foto." Indicò l'istantanea di Anthony e Camilla. "O la linea tra un predatore e la sua preda, come in questa immagine del ghepardo a caccia."

"Non sono sicuro di essere pronto per questo tipo di esposizione", mugugnò Anthony, scartabellando in fretta le foto. "Ma qui c'è un ritratto di Hannah che mostra tutta la sua forza e il suo coraggio, e ti fa capire che c'è anche una dolcezza traboccante in lei. Che è vulnerabile e deve essere amata e protetta."

Hannah voltò la testa dall'altra parte, l'espressione indecifrabile. Anthony tossicchiò, rendendosi conto di avere toccato un tasto delicato, e sparì in cucina a chiedere dell'altro caffè.

"Dovremmo tutti essere ripresi da un genio di tanto in tanto", rifletté Piet. "Ci insegnerebbe ad affrontare molte verità su noi stessi che cerchiamo di evitare. E c'è una cosa di cui sono sicuro. La mia ragazza avrà un pubblico per le sue fotografie, e diventerà famosa. Più grande dietro la macchina fotografica di quanto Camilla lo sia mai stata davanti."

"Mi piacerebbe che venisse per il matrimonio", sospirò Sarah.

"Sei proprio inguaribile." Il tono di Hannah suonava rassegnato, ma stava sorridendo. "Non accetti mai di arrenderti."

"No, ha ragione lei, Han. Camilla dovrebbe essere qui", affermò Piet. "In qualche modo la rintracceremo, nei prossimi giorni. Ora ascoltate, io andrò al lodge domattina presto e resterò lì per la notte. Voglio assicurarmi che le luci funzionino a dovere sia dentro sia fuori, e controllare l'impianto idraulico. Deve essere tutto in ordine per quando arriveranno i nostri invitati."

"Vuoi che qualcuno di noi venga con te?" domandò Hannah.

"No. Avete abbastanza da fare qui. Porterò con me Kipchoge e Simon. Ole Sunde, il guardiano notturno, è già sul posto e potrà darci una mano." Sorrise a Sarah. "Comunque, sarò di ritorno sabato mattina, perché non posso stare lontano dalla mia ragazza più a lungo di così. Dovresti dare al nostro amico un paio di quelle foto, Sarah", aggiunse, dando una pacca sulla spalla a Anthony. "Guardale attentamente, vecchio mio. Potrebbero metterti un po' di sale in zucca. Sei ancora più tardo di quanto lo sia stato io. E tieni in riga queste donne domani, intesi?"

Il mattino seguente Sarah si vestì in fretta e uscì. Voleva fare colazione con Piet prima che se ne andasse. Sembrava non esserci nessun altro attorno, soltanto gli uccelli davano il benvenuto al nuovo giorno con chiassoso entusiasmo. Tutto appariva così fresco a quell'ora, pensò, incantata dalle sfumature tenui dell'alba e dalla luna evanescente nell'azzurro del cielo. Mentre si dirigeva alla sala da pranzo vide Simon, immobile a osservarla. Non lo aveva sentito arrivare.

"Buon giorno, Simon. Sei qui prima del solito."

"Buon giorno, signora. *Bwana* Piet mi ha detto di essere pronto alle sette per andare al lodge."

"Ah, sì. Sembri esserti inserito molto bene nel lavoro al lodge", gli disse tanto per fare conversazione. "E devi esserti fatto degli amici qui, ormai."

"Adesso voglio solo fare il mio lavoro qui con *bwana* Piet", rispose il ragazzo. "Spero di riuscirci bene. Allora lui sarà contento. Poi potrò pensare a farmi degli amici, ma non vado d'accordo con i clan di Kikuyu di qui." Fece un gesto sdegnoso con la mano. "Non sono buona gente", aggiunse, e Sarah notò un piccolo nervo tirarsi sul suo collo.

"Allora che cosa fai nel tuo tempo libero?" Si sentiva dispiaciuta per lui. Era già abbastanza difficile essere un estraneo, un orfano senza una famiglia che lo supportasse all'interno della gerarchia tribale, senza subire anche l'ostracismo di compagni di lavoro invidiosi.

"Leggo, signora", rispose Simon. "Il padre alla missione mi ha dato dei libri. Mi diceva: 'Leggi, Simon, leggi sempre, fa bene alla mente'. Così io leggo, per migliorare il mio inglese e il mio cervello."

"Il tuo inglese è già estremamente buono, Simon. Hai fatto bene a seguire il suo consiglio. Era lo stesso prete che ha scritto la tua lettera di referenze?"

"No, signora. Era un vecchio padre. Un *mzee* che mi ha dato lezioni quando non sapevo niente. Mi ha insegnato a leggere e scrivere, e mi ha dato i libri."

Il pensiero del bambino abbandonato alla missione, ignorante, solo e impaurito, e del vecchio prete gentile che gli aveva dato il dono prezioso della parola scritta, aprendogli un nuovo mondo, la commosse. All'improvviso ebbe un'ispirazione.

"Simon, aspettami qui un momento."

Corse nella sua stanza e rovistò nella sua collezione di libri: cercava un'antologia di letteratura inglese rilegata e illustrata con bellissime incisioni che aveva ricevuto in premio al quarto anno di scuola, e ancora portava con sé dappertutto. Una targhetta sul risguardo attestava che aveva vinto il primo premio nel concorso scolastico di lettere. Pensava che a Simon sarebbe piaciuto averla, e avrebbe capito che gli stava donando un libro che significava qualcosa per lei. Scrisse una dedica sotto la targhetta:

A Simon. Spero che questa lettura ti dia grande piacere, e ti aiuti ad approfondire il tuo sapere. Con i migliori auguri, Sarah Mackay.

Poi cercò nel suo portfolio una foto che gli aveva scattato il primo giorno in cui erano andati a cavallo al lodge, e la infilò assieme al libro in un sacchetto delle compere di Natale.

"Spero ti piaccia, Simon", gli disse quando tornò da lui. "Lo conservo dal giorno in cui l'ho ricevuto, e contiene splendidi brani di prosa e poesia."

Simon guardò il libro con reverenza, lo aprì e lesse la targhetta, poi la dedica. Infine alzò gli occhi verso di lei, e Sarah si rese conto di non averlo mai visto sorridere prima.

"Mi sta dando una cosa così importante?" domandò, accarezzando con le dita la rilegatura in pelle e la goffratura dorata sulla copertina. "Perché, *memsahib* Sarah?"

"Perché è una lettura che mi ha dato molto, e so che sarà lo stesso per te. E perché voglio ringraziarti per l'impegno con cui stai lavorando per *bwana* Piet. Lui ora conta su di te perché lo aiuti a fare della fattoria e del lodge un luogo dove tutti possano lavorare insieme e vivere contenti. E poi", concluse, "è Natale."

Lui annuì e Sarah lo vide serrare le labbra e battere rapidamente le palpebre. Abbassò gli occhi a guardare la fotografia, e quando li alzò di nuovo erano lucidi.

"Nessuno mi aveva mai fatto un regalo per Natale", disse. "*Memsahib* Sarah è molto gentile."

Si interruppe all'improvviso e il suo sguardo balenò oltre di lei. Voltandosi, Sarah vide Piet arrivare attraverso il prato.

"Sei già in piedi!" esclamò, deliziato. "Fai colazione con me?" La baciò e poi le mise la mano sotto il gomito per pilotarla verso la casa. Mentre la portava via, si girò a lanciare un'occhiata a Simon. "Carica l'attrezzatura sulla Land Rover, Simon. Kipchoge ti darà una mano." Poi guardò di nuovo Sarah. "Che cosa ci faceva qui, davanti alla casa?"

"Gli ho chiesto di aspettarmi sul prato. Volevo dargli un libro. Dice di leggere molto."

"È un bravo ragazzo. Però non voglio che prenda troppa confidenza e faccia cose che gli altri dipendenti non fanno. Ha già abbastanza guai perché sono gelosi di lui, e deve rispettare i limiti. A volte è troppo sveglio per il suo stesso bene."

Lei provò disappunto per quel tono critico. "Quindi dovrebbe tenersi in disparte, rassegnarsi a essere un emarginato?"

"Be', ho intenzione di trasferirlo al lodge per la prossima settimana. Là abbiamo soltanto il guardiano notturno al momento, e non è un Kikuyu, quindi non dovrebbero esserci tensioni. Simon si è scioccamente messo nei pasticci con Kamau e David, e un periodo lontano dalla fattoria dovrebbe dare a tutti il tempo di sbollire."

"Ma è stato David a iniziare questo *shauri*, pungolato da suo padre", osservò Sarah. "Non deve essere divertente averli contro."

"Non è qui per divertirsi. È qui per fare il lavoro che è venuto a pregarci di dargli. Ed è una buona scelta per il lodge, perché non ha famiglia, quindi non si lamenterà di essere lontano dalla moglie e dai suoi *toto* mentre è lassù."

"Gli tocca la pagliuzza più corta, solo perché ha la sfortuna di non avere una famiglia?" Sarah aggrottò le sopracciglia.

"Ha la fortuna di avere un lavoro con buone prospettive. Gli è toccata la pagliuzza più lunga, in questo senso. Non ha di che lamentarsi, nel complesso, sono sicuro che sarebbe il primo a riconoscerlo. E adesso ha anche il tuo libro."

Le sorrise, e tutta la sua irritazione si dissolse in un istante. Avrebbe dovuto riconsiderare le sue opinioni, e tenere a freno la lingua finché avesse imparato a trattare con i dipendenti, tenendo conto che avevano le proprie tradizioni e aspettative, e un sistema gerarchico differente.

"Non volevo interferire", si scusò. Lui le prese la mano, dandole una stretta affettuosa alle dita.

"Mi piace quando ti infiammi per qualcosa", le disse. "Come una leonessa, tutta un turbine fulvo di artigli e zanne!"

"Oh, smettila", protestò Sarah. "Non ho morso né graffiato nessuno, che io ricordi. Non nell'ultimo paio di settimane, almeno."

"Ah, ma la minaccia... È questo a renderlo eccitante." Piet ringhiò.

"Piantala di prendermi in giro." Lo guardò da sopra il bordo della sua tazza di caffè, gli occhi colmi di felicità. "Tu, piuttosto... hai fatto alcune osservazioni abbastanza pungenti a Anthony, ieri sera."

"Anthony è un eterno giovane esploratore, si diverte solo se può vivere una vita di avventure e imprese rischiose. Ha avuto una serie interminabile di ragazze, ma non è mai riuscito a dare vita a qualcosa di stabile con nessuna di loro."

"Forse non è pronto per questo. Forse ci arriverà col tempo, e per lui non è ancora il momento."

"Non so se crescerà mai abbastanza per essere pronto." Piet scosse la testa. "Non pensa mai al di là del prossimo viaggio nel bush, dove può starsene con i suoi *watu*, che non pretendono niente da lui eccetto la sua protezione e la paga. Ha clienti che lo pagano per portarli a spasso, e ogni tanto qualcuna che lo paga anche perché se la porti a letto. Immagino sia l'ideale, per un giovane esploratore. O Peter Pan."

"Finché ignora qualcuno che prova dei sentimenti reali per lui", aggiunse Sarah. "E poi arrivano i pianti."

"È per questo che dovrebbe guardare quella fotografia che hai scattato a lui e Camilla. Forse allora comincerebbe a capire quel che gli stava offrendo. Quel che è stato troppo stupido per riuscire a vedere prima che lei se ne andasse. Sarebbero stati una bella coppia, quei due. Lei avrebbe potuto incantare i suoi clienti, e aiutarlo a rendere i campi più confortevoli e di classe. Aggiungere il tocco femminile. È un bravo ragazzo, Anthony, ma un po' superficiale. Non coglie l'importanza delle altre persone, specialmente se sono donne che ripongono la loro fiducia in lui."

"E tu saresti stato diverso, Piet, al suo posto? Avresti afferrato quel che lei ti offriva con tutt'e due le mani?" Sarah si maledisse per avere fatto la domanda. Era follia rischiare di rovinare la loro felicità solo per esorcizzare il fantasma di Camilla.

Lui la studiò con molta serietà prima di rispondere. "Lei non mi ha mai guardato in quel modo", disse. "Le linee non andavano mai nella mia direzione. Ho avuto una cotta adolescenziale che si è trascinata troppo a lungo, senza accorgermi che c'era un vuoto dentro di lei. È uguale ad Anthony, in questo. Quindi forse sono troppo simili perché tra loro funzionasse. Forse nessuno scoprirà mai che cosa li rende veramente felici, sempre che siano capaci di esserlo. D'altra parte, forse avrebbero potuto colmare a vicenda il loro vuoto, darsi l'un l'altra la parte mancante. Sarebbe stato bello, no?"

“Tu pensi che ci sia una persona speciale per ciascuno di noi, con la quale si è destinati a stare, a costruire la propria vita?” domandò Sarah.

Lui annuì, sorridendo. “Assolutamente sì.”

“Lo credo anch’io. E penso che Anthony fosse l’anima gemella di Camilla. Lei lo aveva capito, ma lui no. Vorrei che fosse andato a cercarla, invece di fare un paio di telefonate e scriverle una cartolina. Sembravano così coinvolti quando eravamo a Samburu. Ero convinta che fossero innamorati. E poi lui è scappato via spaventato, suppongo.”

“Sì”, concordò Piet. “Ha paura di perdere la sua libertà prendendo un impegno, ma sarebbe un uomo migliore se avesse qualcuno che tenga davvero a lui. E la libertà non è tutto quel che lui crede. Continua a sprecare tempo in scemenze, cercando nei posti sbagliati, comportandosi come un maschio in calore. Accidenti, quanto sono fortunato ad avere aperto gli occhi. Ho trovato l’unica donna per me, ed è qualcosa di molto, molto più dolce e meraviglioso di quanto potessi osare immaginare.”

La fece alzare in piedi per baciarla.

“Sto interrompendo qualcosa? Simon dice di avvertirti che è tutto pronto.” Anthony era nel vano della porta. Sarah si appoggiò allo schienale della sedia e il suo sguardo si fece vitreo mentre tendeva la mano a toccare il braccio di Piet.

“Devi proprio andare?”

“Sì. Ma ti chiamerò stasera alla radio.”

“Non potrei...?” Il suo tono era supplichevole.

“La lontananza ravviva il desiderio, dicono.” Piet stava ridendo. “Ci sentiamo stasera. Di sicuro per le cinque. Forse prima, se avrò finito di fuori. Promesso.”

La baciò ancora e lasciò la sala da pranzo, facendo un fischio al suo cane preferito, un grosso ridgeback che arrivò a grandi balzi e saltò sulla Land Rover. Sarah stette sulla soglia a seguire con lo sguardo il veicolo finché scomparve in una nuvola di polvere. Adesso avrebbe cominciato a contare le ore che mancavano al calare del sole, quando si sarebbero sentiti per radio. C’era sempre la possibilità che nel frattempo lui cambiasse idea e le chiedesse di raggiungerlo al lodge. Incapace di sostenere una normale conversazione con chiunque, andò a prendere la macchina fotografica, poi uscì a fare una passeggiata con gli altri due cani.

La giornata si trascinò in una insensata processione di ore che le ricordò i tempi del collegio, quando stava di vedetta ad aspettare l'arrivo dei suoi genitori. Come quella volta che aveva scambiato Lottie per sua madre, mettendo in moto tutto il treno di eventi che l'aveva portata a essere lì oggi. E adesso Piet l'amava, e lei stava per diventare sua moglie. Quella sera avrebbe chiamato, o forse sarebbe tornato prima del previsto, o le avrebbe chiesto di prendere la macchina e raggiungerlo. Intanto, l'impazienza e la frustrazione dell'attesa stavano diventando insopportabili. Il sole ci mise un'eternità a raggiungere lo zenith, restando lì sospeso all'infinito nel mezzo del giorno, per poi iniziare con lentezza innaturale la sua discesa verso il margine del mondo. Erano più o meno le cinque quando Sarah prese a gravitare attorno alla casa per non rischiare di perdere la chiamata. Ma il telefono rimaneva ostinatamente muto.

Al tramonto apparve Lottie con una pianta in un vaso di terracotta. "Guarda, Sarah, ho piantato delle talee, e stanno giusto cominciando a fiorire. Voglio metterli sulla veranda fuori dalla tua stanza. Te li ricordi?"

Sarah toccò i tre fiori, uno bianco, uno azzurro e uno viola, e annuì sorridendo. "Ieri, Oggi e Domani. Tre fiori di colore diverso sullo stesso arbusto. Sono quelli che ti hanno sempre ricordato Hannah, Camilla e me. È così che li chiami, vero? Sono bellissimi, e hanno un profumo celestiale." Sentì un'ombra di rammarico aleggiare sulla sua felicità. "Vorrei che Camilla fosse con noi, così saremmo come prima, e lei potrebbe condividere quello che abbiamo."

"Camilla se n'è andata, mia cara. Per il momento, almeno. Spero che la povera ragazza un giorno sarà felice, ma sarà difficile per lei."

Sarah prese il pesante vaso e lo posò sul tavolino del soggiorno, immerso nella luce cremisi del tramonto. L'arbusto sembrava essere nel centro di un incendio.

"Un cespuglio in fiamme", mormorò. Una nuvola passò all'orizzonte, oscurando il disco rosso del sole, e la stanza si fece quasi buia. Sarah rabbrividì involontariamente e guardò l'orologio. "Lottie, ti dispiacerebbe se provassi a chiamare il lodge? Piet aveva detto che avrebbe chiamato alle cinque, però non lo ha fatto. Forse ha deciso di tornare alla fattoria, nel qual caso ci sarà da calcolare uno in più per cena."

"Ma certo, cara." Lottie le sorrise con una luce affettuosa e comprensiva negli occhi. "Chiama il tuo ragazzo. Io stavo giusto andando in cucina a parlare con Kamau della cena, quindi fammi sapere se ci sarà anche lui."

Lasciò la stanza e Sarah alzò il telefono, tamburellando con le dita sul tavolo mentre aspettava di collegarsi con il lodge. Si sentiva il crepitio delle onde radio, ma nessuno rispose. Strano, pensò. Piet di sicuro sarebbe dovuto essere rientrato a quell'ora, per accendere le luci e verificare che funzionassero tutte. Mise giù il telefono e andò a cercare Hannah. Trovò Anthony, intento a leggere un libro sugli uccelli rapaci.

"Sai, Piet ha detto che avrebbe chiamato, invece non si è fatto sentire. Ho provato a contattare il lodge un attimo fa, ma..." Adesso che lo stava mettendo in parole, si rese conto che in realtà non c'era niente da dire, e si sentì sciocca.

"Non puoi aspettare di sentire l'amata voce, eh?" Anthony la canzonò con indulgenza. "Probabilmente sta tornando là. Doveva controllare la recinzione attorno al lodge e la zona dei magazzini dove sono passati gli elefanti la settimana scorsa. Riprova tra mezz'ora."

"Hai ragione. Andrò a vedere se posso dare una mano ad Hannah." Mentre si dirigeva a piedi lungo la carraia verso la latteria, Hannah svoltò la curva sul suo pick-up.

"Ehilà!" la apostrofò allegramente. "Vuoi un passaggio?"

"Piet doveva chiamare alla radio per le cinque", la informò Sarah. "Ho provato a contattarlo, però non ha risposto nessuno. Dovrebbe esserci qualcuno al lodge, no? Simon o Kipchoge, o il guardiano notturno..."

Non c'era un motivo concreto per il disagio che stava crescendo in lei, e si sforzò di controllarsi. Doveva smettere di comportarsi come una ragazzina. Hannah le mise una mano sul braccio, sentì la sua tensione.

"Sarah, rilassati!" le disse, sorpresa. "Probabilmente è seduto sulla rupe con Kipchoge a fare le sue disquisizioni filosofiche e pensare a te. Ho un paio di cose da lasciare in ufficio, poi riproveremo a chiamare. Ma non farci troppo conto, perché il collegamento la metà delle volte non funziona a dovere."

Tornata a casa Sarah si sedette in soggiorno e tentò di stare calma mentre Mwangi accendeva il fuoco e le lo offriva del tè. Erano passati venti minuti quando Hannah arrivò dall'ufficio e girò la manovella per caricare il radiotelefono. La linea crepitò, ma ancora non ci fu risposta.

"Non dovrebbe rispondere, adesso? È quasi buio." Sarah si

sforzò di avere un tono ragionevole. "Potrebbe esserci un problema, secondo te?"

Il viso di Hannah era turbato. "Anthony, so che sembra assurdo e potresti pensare che Sarah sia troppo apprensiva, però a volte, be', lei sente le cose. Il guardiano adesso dovrebbe essere là, non importa che cosa stia facendo Piet. E gli ho insegnato io stessa a rispondere a una chiamata alla radio."

"Potrebbero avere avuto un guasto alla Land Rover e avere bisogno di essere rimorchiati", disse lui, pensieroso. "Prenderò un paio di *watu* e andrò a vedere."

"Vengo con te." Il tono di Sarah non ammetteva repliche.

"Anch'io", le fece eco Hannah.

"Anthony, prendi un fucile." Lottie era apparsa sulla soglia. "Non si sa mai."

Anthony si strinse nelle spalle e aprì la custodia delle armi, prelevò un fucile e un revolver. Adesso che stavano andando, Sarah pensò che probabilmente aveva messo tutti in allarme per niente. Piet sarebbe stato furioso. Ma era grata che Hannah l'avesse presa sul serio. Anthony chiaramente credeva che stesse sragionando, annebbiata dall'amore. Non le importava, purché stessero andando là.

La notte era limpida e la luna piena si stava alzando mentre arrancavano su per l'ultimo tratto del sentiero fino al lodge. Non c'erano luci accese e Anthony suonò tre lunghi colpi di clacson, aspettandosi che qualcuno uscisse con una lanterna, ma non si mosse nulla. Saltò giù dalla jeep, diede una pila a ciascuno dei due braccianti che aveva portato con sé dalla fattoria e fece loro segno di seguirlo sul retro della costruzione. Un minuto dopo era di ritorno.

"La Land Rover non c'è", riferì. "Pare che qualcosa sia andato storto e Piet non sia tornato. Sembra non esserci nemmeno nessuno degli altri."

Adesso il suo fucile era carico, e Hannah era già scesa dal fuoristrada con la pistola in pugno. Sarah li seguì con le gambe tremanti e un'ansia crescente che minacciava la sua capacità di logica. Percorsero in fretta l'area della reception, facendo balenare il fascio di luce delle loro pile negli angoli e dietro il bancone del bar. La piattaforma di osservazione era immersa nel buio, nessuno dei riflettori che illuminavano l'abbeverata era stato acceso. Il posto era deserto. Nel silenzio, Sarah sentiva il cuore martellarle contro la cassa toracica, il respiro entrare e uscire a scatti. Ispezionarono di nuovo il bar, la sala da pranzo, la cucina e i magazzini. Niente. Anthony si diresse al capanno del generatore per accendere le luci. Fu allora che scoprirono che tutti i fili e il cavo del collegamento radio erano stati tagliati.

"Oh, Dio, fa' che mi sia sbagliata." Sarah non poté più tenere a freno il panico mentre bisbigliava la sua disperata preghiera. "Ti prego, buon Dio, fa' che lui adesso arrivi e chieda che cosa diavolo ci facciamo qui e si arrabbi con me. Fa' che non gli sia successo niente."

Tornò di corsa alla piattaforma, aguzzando gli occhi per vedere che cosa ci fosse di sotto. Per un attimo le parve di scorgere un movimento nell'ombra profonda vicino alla conca d'acqua, e si sporse in avanti. In quel momento una mano pesante calò sulla sua spalla da dietro. Lanciò un urlo, girandosi di scatto, e si trovò faccia a faccia con Kipchoge. Aveva gli occhi stralunati, e le stringeva la spalla con forza tremenda. Le sue labbra si mossero e ne uscì un suono gorgogliante misto a un fiotto di sangue scuro, poi stramazzò a terra ai suoi piedi.

"Kipchoge! Kipchoge! Oh, mio Dio! Kipchoge, rispondimi, per l'amor del cielo! Dov'è *bwana* Piet? Kipchoge, ti prego... Oh, Dio, non morire adesso. Ti prego, dimmi cos'è successo!" Sarah gridò e singhiozzò china sul suo corpo inerte, mentre continuava a scrollarlo.

Anthony le si inginocchiò accanto e sollevò la testa di Kipchoge. Aveva gli occhi sbarrati, e alla luce della torcia videro che una serie di coltellate omicide gli aveva dilaniato l'intero corpo, quasi tranciandogli un braccio di netto.

"È morto, Sarah." Anthony la strinse a sé, cercando di calmarla. "Non so come sia sopravvissuto abbastanza a lungo per arrivare qui. È riuscito a dire qualcosa?"

Lei scosse la testa, ingoiando conati di paura e repulsione. Lui stava guardando a terra.

"Devono essere bracconieri", disse. "Ma non sembra che siano armati. Soltanto *panga*, a meno che abbiano voluto risparmiare le munizioni per qualcosa di più grosso."

Hannah era in ginocchio accanto a Kipchoge, la faccia bianca come pergamena nella luce della luna.

"Da dove è venuto? Non può avere fatto molta strada così conciato. Piet non deve essere lontano, perché Kipchoge non lo avrebbe mai lasciato, specialmente se era ferito anche lui." Si mise a chiamare il nome del fratello con tutto il fiato che aveva in gola, la voce stridula per l'angoscia. "Piet? Piet, dove sei? Piet, rispondimi, per l'amor del cielo! Piet!" Si rivolse ad Anthony: "E Simon? Forse Piet e Simon sono andati dietro ai bracconieri. Se sono troppi, dovranno nascondersi. Oh, Dio. Oh, Dio, che cosa sta succedendo qui, che cosa sta succedendo a tutti noi?"

Aveva cominciato a singhiozzare istericamente quando uno dei braccianti apparve accanto ad Anthony.

"*Bwana*, la Land Rover è tra gli alberi dietro i magazzini. C'è stato un combattimento. Ole Sunde, il guardiano, è là."

"Dov'è? Che cosa ha detto?" Senza aspettare risposta, Anthony aiutò Hannah ad alzarsi e corsero giù per i gradini verso i depositi. La jeep di Piet era parcheggiata nella radura. Di fianco alla portiera aperta era riverso il suo cane, il corpo squarciato da violente coltellate. Stringeva ancora tra le mascelle brandelli di stoffa e quel che pareva carne.

"Ha dato il fatto suo a qualcuno prima che lo finissero", commentò Anthony, posando la mano per un momento sulla grossa testa marrone dell'animale. "Spero lo abbia conciato molto male."

Vicino agli alloggi del personale trovarono il guardiano. Disteso a terra a faccia in giù, con una pozza scura di sangue che si stava formando intorno alla testa.

"Cristo Dio Onnipotente", mormorò Anthony quando rivoltò il vecchio Maasai, gli occhi sbarrati nella morte.

Si rialzò di scatto e corse verso le scuderie, seguito da Hannah e Sarah. Erano vuote, ma anche lì trovarono segni di lotta, e c'erano macchie di sangue sul terreno. Sarah afferrò la mano di Hannah e la strinse forte, sentendola tremare, udendo i suoi denti cominciare a battere. In lontananza, le iene avevano iniziato la loro cacofonia notturna; quegli sghignazzi osceni le gelarono il sangue.

"Presto! Presto, Anthony. Se le iene sentono l'odore del sangue... Se Piet è ferito... O Simon..." La voce di Hannah era spezzata dal panico. "Oh, Dio, Anthony, presto!"

Tornarono di corsa alla jeep di Anthony e cominciarono a seguire le tracce lasciate dai fuggitivi alla luce dei fanali e delle torce, guidando con esasperante lentezza sul terreno sconnesso, combattuti tra la smania di raggiungerli e la paura di perderne la pista nel buio. Quando sbucarono dagli alberi lungo il fiume, udirono sulla destra della strada i latrati eccitati del branco di iene farsi sempre più vicini. Poi uno dei braccianti indicò uno stretto sentiero che saliva nella direzione opposta.

"*Bwana*! Sono andati da quella parte!"

"Da qui si va alla rupe!" si rese conto Sarah dopo un momento. "Dev'essere lì che sta andando Piet. Forse conoscono un posto sicuro dove nascondersi lassù. Oh, Dio. Anthony, potremmo andare più svelti?"

"Non posso rischiare." Lui era curvo sul volante, teso e accigliato. "Il terreno qui è molto duro e potremmo perderli, se per qualche motivo hanno lasciato il sentiero."

Più salivano, più Sarah era convinta di avere ragione. Appena furono ai piedi della rupe saltò giù dalla macchina.

"Andiamo. Presto! Non possono essere tanto davanti a noi."

"Sarah, torna qui!" intimò Anthony. "Sta' dietro di me. Non puoi andare avanti senza un'arma."

Lei però, ormai, era al di là della paura. E continuò a correre, incurante dei rami che la sferzavano e delle spine che le graffiavano la pelle. Poteva udire dietro di lei Anthony e Hannah chiamarla, ma soffocò le loro voci con le proprie preghiere.

"Dio, fa' che non sia lui a essere ferito. Fa' che non gli sia successo niente. Oh, Dio, ti supplico, se ci ami, non portarmelo via adesso. Ti prego..."

Uscì dalla macchia di arbusti che circondava la sommità e stette sul punto più alto della rupe, guardando freneticamente attorno. Niente. Poi avvertì qualcosa – una raggelante malevolenza – e si voltò. Una iena la stava fissando acquattata sulle rocce, pronta a spiccare il balzo. Era un grosso maschio, così vicino che il puzzo fetido del suo fiato le raggiunse le narici, facendole venire da vomitare. Indietreggiò lentamente, chiedendosi se Anthony e Hannah avrebbero fatto in tempo ad arrivare prima che attaccasse. Inutile tentare di scappare, su quel terreno. Rimase dov'era, ipnotizzata dai muscoli contratti nelle spalle possenti, dalle mascelle massicce, dalle labbra arricciate a scoprire i denti. Poi udì un suono sibilante e vide il guizzo di una lancia. L'animale si avvitò a mezz'aria e proseguì per forza d'inerzia la sua traiettoria prima di schiantarsi a terra, travolgendola, così che si trovò a ruzzolare lei stessa sui sassi verso la fitta macchia di arbusti dall'altra parte della rupe. Mentre cadeva, Sarah fece in tempo a scorgere l'uomo per una frazione di secondo. Un guerriero Kikuyu in piedi sull'orlo di un crepaccio, il braccio ancora tirato indietro dopo avere scagliato la lancia, nudo eccetto per gli ornamenti sulle braccia e le gambe, un perizoma di pelle, e la collana e il copricapo di piume delle cerimonie tribali. Poi atterrò con un violento tonfo alla base delle rocce, sentendo un sonoro scricchiolio di ossa e un dolore lancinante che dalla spalla le saettò lungo il braccio. Ma nei secondi che seguirono se ne dimenticò completamente.

Di fronte a lei, in uno spiazzo di terreno ripulito dalla vegetazione, era stata scavata una buca. In essa giaceva un uomo legato con le braccia e le gambe aperte. Aveva il corpo squarciato dalla gola in giù, le viscere e la virilità asportate, così che l'odore dolciastro di sangue e organi indugiava nel vento. Squassata da aspri, convulsi singhiozzi, Sarah si trascinò verso l'atroce apparizione. Le mani, inchiodate al suolo con picchetti di legno e tralci di rampicanti, erano spalancate come in una supplica. Il sangue versato nell'orrido sacrificio aveva impregnato la terra, rendendola scura e viscida. La sua faccia era rivolta alla luna, e la luce splendeva nelle orbite vuote. Piet van der Beer era morto.

Sarah poté udire il proprio ululato di animale ferito mentre strisciava nella conca accanto a lui, cercando con l'unico braccio funzionante di sciogliere i legacci che lo trattenevano a terra. Gli si rovesciò sopra, imbrattandosi dappertutto del suo sangue, dicendogli parole sconnesse, toccandogli i capelli e le rovine del volto e del corpo. Fu solo vagamente cosciente di Anthony e dei braccianti che la tiravano fuori di peso dalla buca, e degli strilli acuti, pietrificati, di Hannah. Sapeva solo che la stavano strappando da Piet, e combatté con tutte le forze per impedirlo, dibattendosi, gridando il proprio orrore. Poi si ritrovò a vomitare nel bush, riversando bile e furia e sconfinato dolore, a mescolarsi nel suolo con il sangue del suo amore morto. Barcollò verso il sentiero e andò ad aggrapparsi ad Hannah, che stava arretrando come in trance, la faccia paralizzata in uno spasmo di orrore, dal luogo della barbara uccisione di suo fratello.

25

Kenya, dicembre 1965

La notte passò in una sequenza di immagini fratturate, come inquadrature fotografiche illuminate da flash frastornanti di suoni e luci. Alla fattoria Lottie li stava aspettando, la faccia terrea. Fu Anthony a prenderla tra le braccia e a cercare di spiegarle l'inimmaginabile accaduto. Poi guidò Sarah e Hannah nel soggiorno e le mise a sedere accanto al fuoco. Voci indistinte si confondevano a pianti straziati. Kamau e Mwangi andavano e venivano, con le lacrime che scorrevano liberamente lungo le guance, portando tè e caffè, piattini di cibo che Hannah aveva amato da quando era bambina, e tartine che Lottie aveva insegnato loro a preparare una generazione prima. Kamau si mise alle spalle di Sarah mentre stava seduta stordita e silenziosa sul divano, e di tanto in tanto le posava una mano sopra la testa in un gesto di affetto e solidarietà. Ogni minimo movimento del braccio le dava una stilettata di dolore alla spalla, ma ci faceva caso a malapena. Qualcuno stava facendo domande che lei non riusciva a comprendere. Hannah era seduta con lo sguardo fisso nel vuoto e il corpo rigido. Lottie teneva sua figlia tra le braccia, mormorando qualcosa. Anthony andò al telefono; dopo un po' arrivò la polizia e Jeremy Hardy stava parlando. Il telefono suonò di nuovo, e Lottie stava singhiozzando nel ricevitore, sorretta da Anthony. Probabilmente stavano parlando con Jan.

Il dolore alla spalla di Sarah cominciò a penetrare nell'ottundimento della mente e si concentrò su quello, imponendosi di non pensare ad altro. Il dottor Markham arrivò da Nanyuki. Cercò di persuaderla ad andare nella sua stanza perché potesse visitarla, ma lei rifiutò di muoversi dal posto che aveva scelto accanto ad Hannah. Il medico tastò delicatamente la spalla per qualche momento, poi le si sedette vicino, dicendole con voce gentile che l'articolazione era slogata, che capiva che non volesse essere portata all'ospedale in quel momento. Le avrebbe somministrato un anestetico locale e cercato di rimettere l'osso in sede. Più tardi ci fu un grido di dolore che Sarah si rese conto era scaturito dalla sua stessa gola, poi il medico le stava immobilizzando il braccio contro il fianco, raccomandando di andare all'ospedale per una radiografia il mattino seguente. Per tutta risposta lei scosse la testa facendo capire che doveva restare con Hannah e Lottie. Markham rovistò nella sua borsa, le diede due pillole e le porse un bicchiere d'acqua accostandoglielo alle labbra.

Dopo di che si rivolse ad Hannah dandole qualche leggero schiaffetto sulle guance, cercando di ottenere una reazione. Sembrava solo ieri che aveva fatto venire al mondo lei e suo fratello. Jan e Lottie erano così giovani allora, come lui stesso. Erano tutti talmente speranzosi, ottimisti sul loro futuro in quella terra bella e promettente. Adesso Hannah lo trapassava con lo sguardo, senza battere ciglio ed esternamente calma. Lui riempì una siringa e le fece un'iniezione, lei nemmeno sembrò accorgersene quando l'ago le bucò la pelle. Lottie le accarezzava i capelli, piangendo silenziosamente: il ritratto della desolazione e dello sconforto. Sarah le guardò e un freddo improvviso la fece tremare incontrollabilmente.

Anthony le fece scorrere un sorso di brandy fra le labbra. Lei sembrava essere fuori del proprio corpo, sospesa da qualche parte oltre la realtà, astratta da quel che le accadeva attorno mentre Anthony si muoveva per la stanza, dando quiete istruzioni, rispondendo al telefono, occupandosi di loro. Sarah osservò se stessa come da una grande distanza, semidistesa sul divano, sostenuta dai cuscini per impedirle di muovere il braccio. Le sue scarpe erano infangate, i suoi vestiti strappati e macchiati di sangue. Il sangue di Piet. *No! Non andare là. Non dire il nome. Non guardare. Non guardare.* Sentì un'ondata di nausea, ebbe un conato e cercò di mettersi a sedere. Anthony fu al suo fianco con in mano una bacinella, apparentemente capace di anticipare sul nascere ogni nuova crisi. Le sostenne la testa sopra il catino, ma le venne su solo un po' di bile. Aveva già rigettato tutto sulla rupe. *Non pensare alla rupe. Non guardare. Non guardare...* Anthony le terse la faccia e le sistemò addosso una coperta. Lasciò la bacinella sul pavimento accanto a lei e tornò da Hannah. Il poliziotto stava di nuovo parlando. Quando era tornato? Era mai andato via? Sarah cercò di concentrarsi su quello che stava dicendo, ma il suono era distorto, come se lui stesse parlando attraverso un lungo tunnel.

"C'era qualcuno sulla rupe, ad appena pochi metri da noi."

Adesso era Anthony a parlare. "Ha scagliato una lancia, ha abbattuto una grossa iena che stava attaccando Sarah, il capo di un branco. Ho colto il movimento quando la lancia è sfrecciata nell'aria. Ho visto Sarah cadere, poi ha cominciato a strillare e quando siamo arrivati lì abbiamo visto il..." Si interruppe, incapace di continuare, passandosi la mano sugli occhi.

Jeremy Hardy aspettò che riacquistasse il controllo. Dopo qualche momento lo sollecitò con gentilezza: "Quindi, non sei riuscito a vederlo? L'uomo sulla rupe?"

"No. Il mio primo pensiero è stato soccorrere Sarah. Quando ho guardato in su se n'era andato."

Sarah fece uno sforzo per parlare, cercando prima di schiarirsi la gola senza successo. Poi la voce le uscì roca e strozzata. "Io l'ho visto. La iena mi stava attaccando e lui l'ha uccisa con la sua lancia." Anthony, Lottie e Hardy la guardarono attentamente.

Hannah rimase immobile, lo sguardo fisso. Sarah sentì la gola chiudersi mentre si costringeva a continuare.

"Doveva essere lì ad aspettare. Aspettava che noi arrivassimo lassù. Era vestito come un guerriero e ha tirato la lancia contro la iena. Poi sono caduta." Si sentì di nuovo soffocare. L'altro orribile ricordo che aveva rimosso all'improvviso si fece largo nella sua mente, e la nausea crebbe. "Ma l'ho visto in faccia. Portava un copricapo di piume e ho visto la sua faccia." Lo rivide distintamente, stagliato contro l'orizzonte con la luce fredda della luna che gli brillava negli occhi. Alzò lo sguardo su Anthony e Hardy.

"Io lo conoscevo, sapete", bisbigliò. "Lo conoscevo. Era Simon."

"Simon?" Hardy si protese in avanti. "Cara, ne sei assolutamente sicura? La luce potrebbe averti giocato qualche scherzo. E c'era il pericolo della iena, e poi stavi cadendo."

"No. Era Simon. Aveva ucciso..." Non poté dire il nome. "So che è stato lui. Stava aspettando il nostro arrivo." La sua voce si spezzò per l'orrore rivedendo se stessa prostrata sopra la buca nella terra dove il suo amore era morto dissanguato. "È stato Simon", ripeté. "Ma non posso... perché può averlo fatto?" Scoppiò in singhiozzi, dondolando avanti e indietro, tremante per lo choc, la paura e il tremendo dolore della perdita. "Oh, Dio, perché? Perché glielo hai lasciato fare? Buon Dio, perché me lo hai portato via?"

"Simon è scomparso, Jeremy", disse Anthony. "È andato via con Piet stamattina ed è l'unico che non si sa che fine abbia fatto."

Hannah parlò per la prima volta, e le sue parole uscirono in un bisbiglio sibilante. "Lo voglio morto", disse, calma e fredda all'inizio, ma mentre ripeteva la frase la voce si fece un grido. "Lo voglio morto. Lo voglio morto. Lo voglio morto..."

Lottie prese la figlia tra le braccia e Anthony si chinò a metterle le mani sulle spalle, cercando di offrirle forza e conforto. Hannah lo guardò, di nuovo silenziosa, gli occhi vitrei, i pugni serrati.

"Lo voglio morto."

Più tardi quella notte Sarah aprì gli occhi, accorgendosi di avere dormito a intermittenza. Nel focolare la legna scoppiettava diffondendo un intenso calore, ma tremava di nuovo. Hardy se n'era andato per un po', adesso però era tornato e stava parlando con Anthony e Lottie di portare il corpo di Piet giù alla casa. Hannah alzò di scatto un braccio, fece per tirarsi su.

"No! Non dobbiamo portarlo via da lì", disse. "Lo avete sentito tutti ieri quando eravamo sulla rupe." Guardò Sarah, e la sua faccia sembrò afflosciarsi, sgonfiata dal ricordo. "Era soltanto ieri. Oh, Gesù! Gesù!"

Anthony la fece tornare a stendersi sui cuscini e lei gli afferrò le mani, guardandolo implorante.

"Il suo sangue ha già intriso la terra nel posto che gli era più caro. Adesso anche il suo corpo dovrebbe fare lo stesso. Lui dovrebbe essere parte della rupe dove è morto. Ha detto che voleva stare lì quando fosse morto. Lo hai sentito anche tu, Anthony." Lo stava scrollando, mentre le sue parole si alzavano in un urlo di disperazione. "Tu eri con noi quando lo ha detto. Non lasciare che nessuno lo porti via, Anthony. Non lasciare che lo chiudano in qualche posto freddo lontano dal suo mondo."

"Hannah, che cosa vuoi che faccia? Vuoi che lui sia seppellito lassù? È questo?"

Lei si alzò. "Dovremmo fare una pira. Dovremmo arderlo lassù e spargere le sue ceneri sulla rupe. Adesso." La voce le stava uscendo in un gemito raggelante. “Adesso. Stanotte. Per mettere fine al dolore. Il suo terribile dolore...”

Si strinse le braccia intorno al corpo e iniziò a ondeggiare, gli occhi chiusi, mormorando qualcosa in *afrikaans*. Lottie cercò di calmarla, di tenerla ferma. Hardy tossicchiò.

“Hannah, mia cara ragazza, capisco quello che stai chiedendo, ma non possiamo farlo. Primo, non sarebbe legale. Secondo, c’è l’indagine in corso. Dobbiamo prendere in consegna il corpo. E terzo, dovrà esserci un’inchiesta del coroner. Mi dispiace Hannah, ma...”

“No! Tu non capisci affatto.” Si protese a prendergli il braccio. “A che vi serve il suo corpo, eh? Volete farlo a pezzi ancora un po’? Distruggere quello che resta di lui, con coltelli e strumenti di acciaio in qualche laboratorio? Dannazione, Jeremy, hai visto come è stato ucciso, e non c’è nient’altro che abbiate bisogno di sapere. L’unica cosa che possiamo fare adesso, per dargli pace, è bruciarlo sulla rupe dove voleva stare. E poi le sue ceneri si disperderanno sulla nostra terra e lo renderanno libero. Per favore, Jeremy, non portarlo in un obitorio, non chiuderlo in un posto buio dove lui odierebbe stare. Ti prego.”

Il suo respiro si era fatto ansimante. Il dottor Markham si avvicinò per controllarle il polso e persuaderla a rimettersi a sedere. Poi prese in disparte Hardy sulla veranda per parlare in privato.

“Non è un’idea così strana come tu potresti pensare, vecchio mio. Se portano via il corpo per un’autopsia potrebbero volerci settimane prima che lo riconsegnino per la sepoltura. Nel frattempo, un’intera famiglia in stato di choc potrebbe avere conseguenze molto serie. È impossibile prevedere gli effetti di quello a cui queste ragazze hanno appena assistito, e prolungare i ricordi potrebbe causare danni irreparabili. Per il bene di tutta la famiglia, ti invito a prenderlo in considerazione. Una cremazione sul luogo dove è morto potrebbe essere un atto di misericordia per tutte. Sarebbe una catarsi, un modo di mettere fine a una situazione sconvolgente. Avrebbero un’opportunità per elaborare il lutto a modo loro.”

“È altamente irregolare, e c’è qualcosa di profondamente primitivo in questo”, replicò Hardy scuotendo la testa. “Dio, che cosa orribile. Persino durante l’Emergenza non ho mai visto niente del genere, anche se ha tutte le caratteristiche di quei bastardi e della loro barbarie.”

"Andiamo, Jeremy." Markham abbassò la voce per essere certo che soltanto l'ispettore potesse udirlo. "Sarei veramente preoccupato per lo stato mentale di Hannah se questa situazione dovesse trascinarsi, e per Sarah Mackay, anche. Quella poveretta si era appena fidanzata con lui. Quello che hanno visto va oltre ogni ragionevole capacità umana di assorbire e sopravvivere. Non vorremo avere un'altra vittima indiretta in una di quelle giovani donne, no? Sono entrambe a rischio già così. Senti, io sono disposto a firmare il certificato di morte e a rilasciare una dichiarazione dicendo che il corpo era troppo mutilato per essere rimosso. Non è così lontano dalla verità, del resto. Quel ragazzo è là sulla rupe, legato come un capretto sacrificale, con gli organi amputati e gli occhi cavati dalle orbite. Se il corpo viene sequestrato in attesa dell'autopsia, è a questo che la famiglia sarà costretta pensare giorno dopo giorno. Perché non sarebbe finita. Non penso che una mente giovane e impressionabile possa reggere in circostanze simili. Sono certo che tu potresti sistemare le cose con le autorità."

"Non so. Sono d'accordo con il tuo ragionamento, conosco Hannah e Piet da quando erano ragazzini, ho ammirato l'intera famiglia per il loro duro lavoro. Però ci sono regolamenti da rispettare." Il poliziotto si massaggiò gli occhi, esausto e nauseato dagli eventi della notte.

"Bada, potresti già sapere chi è il responsabile di questo, se quel che dice la povera Sarah è vero. Dio solo sa quale fosse il suo movente, e potrebbe volertici un po' a scoprirlo. Intanto, dovresti permettere alla famiglia di cremare Piet, poi potrai concentrarti a prendere questo bastardo e chiudere il caso."

L'ispettore esitava, profondamente turbato. In quel momento Anthony uscì dall'ombra per raggiungerli.

"Perdonatemi, ma vi stavo ascoltando. Se posso dire la mia sarei d'accordo con il dottor Markham. Se ci dai il nullaosta, Jeremy, posso preparare io la pira. Stanotte stessa. Hai tutti i testimoni che ti servono sulle condizioni in cui è stato trovato, e suppongo tu sia già stato lassù con i tuoi uomini a fare fotografie, o ci andrete alla prima luce. Sicuramente puoi consegnare il corpo alla famiglia, in tali circostanze."

Hardy li guardò entrambi, riflettendo, poi tornò nel soggiorno e si rivolse direttamente a Lottie. "E tu, mia cara?" la interpellò. "Che cosa vuoi fare per tuo figlio? Vuoi che sia cremato lassù sulla rupe? È questo che vuoi?"

Lei annuì, gli occhi colmi di lacrime mentre accarezzava la testa della figlia. "Sì", rispose a voce bassa. "È quello che voglio, è giusto."

"Ma non pensi che dovresti aspettare Jan? Hai già parlato con lui, mi pare. Quando riuscirà ad arrivare qui? Immagino che tu lo voglia qui per... be', per qualunque cerimonia."

"Lui non ha potuto parlare con me. Ho dovuto telefonare a un'amica per chiederle di andare lì e stare con lui per la notte. Le ho detto di chiamarmi domani mattina." Lottie cominciò a piangere. "Lui non sarà qui, Jeremy. Ho paura che non verrà."

"E va bene, allora." Hardy sospirò e si chinò a toccare la mano ghiacciata di Lottie. "Lascerò un paio di ascari sulla rupe assieme ai vostri uomini per stanotte, per proteggere il... per proteggere tuo figlio. Era un ragazzo fantastico, Piet, e lo ammiravo enormemente. Mi è sempre piaciuta la sua compagnia ed ero orgoglioso di essere suo amico."

"Non possiamo aspettare a lungo", lo incalzò il dottor Markham. "Per ovvie ragioni. Se intendi permetterlo, prima si farà e meglio è."

"Dovrò fare un rapporto stanotte. E devo tornare lassù a dare istruzioni agli ascari. Se questo Simon si stava ancora aggirando lì intorno invece di scappare, potrebbe essere ancora una minaccia. Metterò agenti di polizia di guardia alla fattoria finché non lo avremo preso. Potresti darmi un paio di buoni battitori per l'alba, Anthony, per vedere se riusciamo a rintracciarlo?"

Hardy se ne andò. Il medico invece rimase, sorseggiando una tazza di caffè mentre sorvegliava premurosamente Hannah, che era sprofondata di nuovo in uno stato catatonico e non sembrava registrare nessuna parola o azione. Sarah si tirò su a sedere, puntellata dai cuscini; il dolore alla spalla non le dava tregua.

"È ora di prendere un altro antidolorifico, Sarah", le disse Markham. "E vorrei che ti mettessi giù e cercassi di dormire. Sarebbe meglio se andassi a letto, ma capisco che vogliate stare qui tutte insieme. Posso darti un sedativo se vuoi, come quello che ho dato ad Hannah."

Lei rifiutò, e per il resto della notte scivolò dentro e fuori da un sonno leggero e popolato di incubi, destandosi di soprassalto a ogni nuovo rumore. Mwangi e Kamau andarono e venirono durante le lunghe ore, le facce afflitte mentre cercavano di assistere la famiglia che amavano, condolenti per la perdita del giovane *bwana* il cui futuro era stato intrecciato al loro. Il corpo di

Sarah era irrigidito a forza di combattere con il dolore e la spossatezza. Qualunque cosa il dottor Markham avesse dato ad Hannah, l'aveva fatta cadere in un sonno profondo: stava stesa sull'altro divano con addosso una coperta, la testa poggiata sul grembo di sua madre. Lottie non sembrava essersi mossa. Fissava le braci nel focolare, gli occhi oscurati dalla tragedia. Non c'era segno di Anthony. Più tardi, quando Sarah si svegliò di nuovo al leggero tonfo di un ciocco caduto, Lottie aveva la testa china in un atteggiamento di sconfitta, e i suoi occhi si erano finalmente chiusi.

All'alba Anthony ritornò con Hardy. Sarah cercò di mettersi a sedere, la spalla in fiamme per il dolore, la mente vorticante tra le immagini barbare della notte. C'erano domande che voleva fare, ma Anthony le toccò gentilmente le labbra con un dito sedendosi accanto a lei.

"Lo abbiamo avvolto in lenzuola che ho preso dal lodge", mormorò per non svegliare Lottie e Hannah. L'espressione provata dopo il macabro servizio che aveva svolto per l'amico. "E ho costruito una pira in cima alla rupe. Sono arrivati *watu* da tutte le parti per aiutarmi. Jeremy non ci intralcerà. È un brav'uomo e un vecchio amico di famiglia, e farà tutto quel che può perché i vostri desideri siano rispettati."

"Ma perché Simon può avere fatto questo? Perché? Piet gli ha dato ogni opportunità. Ne parlavamo proprio ieri, prima che andassero via. Io avevo dato un libro a Simon. Oh, Dio." Non poté trattenere la raffica di singhiozzi, e si premette le mani sul viso per soffocarne il suono.

"Abbiamo visto le impronte", disse Anthony. "Proprio nel punto dove hai detto che stava quando sei caduta. E c'è la iena, con la lancia, sulla quale ci saranno di sicuro delle impronte digitali. Però, nessun segno di Simon. I *watu* sono terrorizzati, dicono che ha preso lo spirito della iena ed è svanito nel bush. Con la luce del giorno dovremmo riuscire a trovare le sue tracce. Lo prenderemo, te lo prometto." Le scostò i capelli dalla fronte. "La spalla ti fa molto male?"

"È sopportabile, finché non faccio movimenti troppo bruschi. Il dottor Markham dice che dovrei andare all'ospedale per una radiografia, ma non voglio allontanarmi da qui. Ci sono cose più importanti."

"E Hannah? Ha dormito tutto il tempo?"

"Sì. Mi sono svegliata diverse volte, ma non si è mai mossa. La povera Lottie è rimasta sveglia fino a un'ora fa. Oh, Dio. Oh, Dio, Anthony!" Un'ondata di desolazione la travolse, e ricominciò a piangere, senza più trattenersi, questa volta. "Non posso sopravvivere a tutto questo! Vorrei essere morta lassù con lui. Vorrei essere andata con lui ieri mattina, così avremmo potuto finire la nostra vita insieme. Perché io non posso andare avanti senza di lui. Eravamo appena all'inizio, e non posso farcela da sola. Non voglio continuare da sola, sapendo che non ci sarà mai più. Io voglio soltanto morire, Anthony."

"No", ribatté lui. "Non puoi pensare così. Nessuno di noi deve pensare in questo modo. Adesso devi essere coraggiosa per lui, per aiutare Hannah e Lottie. Dovete sostenervi a vicenda. Promettimi che non dirai mai più cose del genere, e mai davanti a loro."

"Tu non puoi capire", gemette lei, sconsolata. "Non puoi sapere, e spero che non lo saprai mai. Lui mi amava, Anthony. Noi due ci amavamo così tanto. Eravamo come una sola persona, una vita che iniziava con lo stesso sogno." Sarah chiuse gli occhi. "Aveva detto che avrebbe chiamato verso il tramonto. Era difficile stare lontani anche solo per un momento, perché avevamo appena trovato la nostra strada. È per questo che ero così a disagio. Sapevo che non avrebbe tardato senza un motivo serio. Sarei dovuta andare lassù immediatamente. Quando ho cominciato a sentire che qualcosa non andava, mi sarei dovuta fidare del mio istinto. Andare subito alla rupe invece di..."

"Non potevi sapere. Nessuno di noi avrebbe potuto immaginare una cosa del genere. Era con Simon e Kipchoge. Nessuno poteva sospettare..." Si interruppe, e voltandosi vide Hannah seduta sul divano a fissarlo. "Han, sei sveglia."

Lei continuò a guardarlo in silenzio ancora per un momento prima di parlare. "Se fossimo andati là prima, se avessimo dato retta a Sarah e fossimo partiti subito, avremmo potuto salvarlo, non è vero?" La sua voce si alzò, e gettò da parte la coperta con uno scatto. "Non è così?"

Anthony guardò Sarah con una supplica muta negli occhi. Poi prese Hannah per i polsi, la fece girare verso di lui, costringendola a guardarlo dritto in faccia.

"Ascoltami, Hannah", le disse. "Sarebbe stato comunque troppo tardi. Quando siamo arrivati là Piet era morto già da un po'. E con quelle lesioni, non penso che nessun medico avrebbe potuto fare qualcosa per lui. Non credo che Piet avrebbe voluto...” Abbassò la testa, le parole intrise di una terribile tristezza. “Han, mi dispiace tanto doverti dire queste cose. Ma se lo avessimo raggiunto, avremmo potuto tenerlo con noi soltanto per poco tempo ancora... un'ora o due al massimo. E non sarebbe servito che a prolungare le sue sofferenze.”

Hannah lo fissò, poi rivolse lo sguardo a Sarah. La sua faccia era di un pallore spettrale. “Ha ragione?” le domandò, la voce sforzata e roca.

Sarah trasse un lungo respiro. Lei era stata nella buca. Lo aveva tastato, toccato, aveva abbracciato la sua forma mutilata. Il sangue colato a terra dalle sue terribili ferite non si era ancora rappreso, e aveva potuto sentirne l'odore dolce e nauseante. Non c'erano insetti attorno o dentro il corpo. La iena era appena arrivata, attirata dal sangue fresco. Ma non c'era ragione perché Hannah si tormentasse con inutili, strazianti rimorsi e rimpianti per quello che sarebbe potuto essere. Era chiaro quel che Anthony le stava chiedendo silenziosamente, e chiaro che Piet sarebbe potuto sopravvivere soltanto per ore di ulteriore tortura, cieco e mutilato e irreparabilmente scempiato.

“Han, era già troppo tardi”, disse con voce bassa e ferma. “Non c'era niente che avremmo potuto fare anche se fossimo partiti da qui immediatamente...”

Le lacrime le sgorgarono dagli occhi mentre pronunciava quelle parole. Avrebbe dovuto insistere per andare a cercarlo appena aveva avvertito quell'inquietudine, quando lui non aveva chiamato. Ne avrebbe portato in sé la colpa e il rimorso per tutti gli anni a venire. Se fosse arrivata là in tempo, almeno qualche piccola cosa forse avrebbe potuto farla per lui. Quanto meno avrebbe potuto dirgli addio, bisbigliare il proprio amore nella sua coscienza morente, alleviare il suo inimmaginabile dolore. Ma Anthony aveva ragione. Se fosse sopravvissuto, il suo adorato Piet sarebbe stato un relitto, storpio e invalido. Che vita avrebbe potuto avere? Con una staffilata di orrore, si domandò per quanto tempo avesse sofferto, se fosse stato cosciente fino alla fine, quanto dolore avesse dovuto sopportare. Si piegò in due, lacerata dentro dallo strazio dell'agonia di Piet, e quando cominciò a vomitare nella bacinella, Hannah le cinse le spalle con un braccio. Restarono sedute in silenzio, strette l'una all'altra, finché il telefono squillò, facendole sobbalzare.

Rispose Anthony, poi chiamò Lottie e le passò il ricevitore. Lei ascoltò per qualche momento, scuotendo la testa. “Janni?”

disse poi. "Sì, Janni, sto tornando, caro. Sarò lì appena possibile. Adesso sta' tranquillo e aspettami. Arriverò presto. Molto presto, vedrai. Te lo prometto."

Hannah scattò in piedi e le strappò di mano il ricevitore. "Papà? No, papà, no!" La sua voce era stridula per l'angoscia e la rabbia. "Non puoi farmi questo. Non puoi portarmi via mamma. Non adesso! Devi venire qui ad aiutarci. Non puoi lasciarmi qui da sola!" Ascoltò per un momento, poi si mise a gridare. "No! Io non me ne andrò da qui. Non scapperò come hai fatto tu. E ho bisogno di mamma adesso. Non puoi portarmela via, bastardo!"

Lottie riprese il telefono e parlò con calma per qualche momento. Hannah tornò al suo posto accanto al fuoco, la faccia inespressiva, e quando sua madre le si avvicinò, girò la testa e chiuse gli occhi.

Quando più tardi Hardy tornò alla casa, l'atmosfera era così pesante che poté sentire l'angoscia posarglisi addosso non appena varcata la porta. Anthony lo prese da parte.

"Dobbiamo muoverci, Jeremy. Non c'è nessuna possibilità che Jan torni qui ormai. Lottie vuole prendere un aereo il più presto possibile per raggiungerlo. Lui è messo molto male, fuori di sé per la perdita del figlio, sull'orlo di Dio sa cosa. Lottie probabilmente vorrà partire domani stesso per gestire la situazione. Voglio che tu mi dica che posso andare sulla rupe adesso, Jeremy. Procedere con la cremazione. Farla finita oggi. Subito. È tutto pronto."

Il poliziotto annuì senza fare commenti, sgomento per il caos e la tragedia che dilagavano attorno a lui.

"So che non c'è niente che io possa dire che sia di qualche aiuto. Non ci sono parole. Lottie, mia cara, sistemerò le pratiche più tardi. Adesso andiamo su alla rupe e tributiamo i nostri ultimi omaggi a Piet. Tuo figlio e mio amico."

Uscendo sulla veranda furono accolti dal personale domestico e dai lavoratori della fattoria al gran completo. Erano radunati da ore sul prato di fronte alla casa, in piedi, silenziosi, a capo chino. C'erano doni posati a terra e sugli scalini della veranda: uova, cesti di frutta e verdura, pane fresco, fiori di montagna, collane e bracciali di perline, vassoi e zucche intagliati e orci di terracotta pieni di cibo. La folla si fece avanti protendendosi a toccare le mani di Lottie, Hannah e Sarah mentre scendevano nel giardino, precedute da Anthony. Hannah rimase immobile sulle scale della veranda, lo sguardo vacuo, mentre Lottie si muoveva fra la sua gente, stringendo la mano a ciascuno, ringraziando tutti per la solidarietà e i doni, assicurando che *bwana* Piet sarebbe stato onorato dei loro pensieri, esprimendo il proprio cordoglio alle famiglie di Kipchoge e Ole Sunde che erano morti con suo figlio. Anthony tornò indietro e mise la mano sulla spalla di Hannah, parlandole all'orecchio.

"Lascia che partecipino al tuo dolore, Hannah. Gli volevano bene anche loro e hanno bisogno di dimostrartelo."

Lei si mosse come una sonnambula e Anthony la seguì, sostenendola con una mano sulla schiena, come se temesse che sarebbe crollata in mezzo alla ressa. Sarah camminava dietro a Lottie, sentendo dentro sé l'isolamento di essere soltanto un'amica, non ancora un membro della famiglia. Non lo sarebbe mai diventata, adesso. Era quasi stata la moglie di Piet. C'era mancato così poco. Chiuse gli occhi contro il dolore e poi udì la voce gentile di Mwangi.

"*Memsahib* Sarah, sono tanto addolorato per te. Lui era il tuo uomo. Eravamo tutti così felici per voi."

"Grazie, Mwangi." Lei prese le sue mani nodose, traendo forza dalla comprensione, dall'affetto e dalla lealtà che le offriva, appoggiandosi a lui, lasciando che la scortasse tra la folla verso le macchine in attesa. Tutto attorno a loro le voci intonarono un sommesso coro che aumentò gradualmente di ritmo e volume fino ad alzarsi in un inno in memoria del giovane uomo che aveva dato loro sicurezza e speranza.

Sarah in seguitò non avrebbe ricordato niente del viaggio in auto fino alla rupe, né del percorso dalla fine del sentiero alla sommità. Anche inerpicandosi sull'ultimo ripido tratto poté a stento concentrarsi sul mettere un piede davanti all'altro, incurante del dolore alla spalla e dei rovi che le graffiavano le gambe, impigliandole i pantaloni nelle loro spine così che di tanto in tanto doveva strappare la stoffa per poter proseguire. Infine si ritrovò ancora una volta nel punto in cui lei e Piet avevano passato la loro ultima sera insieme, guardando verso le pianure. Sotto di lei la curvatura del fiume rimaneva la stessa, il lodge stava ancora sul *kopje*, in lontananza poteva vedere il tetto di Langani e la sagoma severa e immota della montagna. Poteva udire i richiami mattutini degli uccelli, i fruscii delle scimmie che raccoglievano bacche e semi fra gli alberi attorno a lei e il gracidio incessante delle rane, il frinire delle cicale. Tutto sembrava così normale, eccetto per i respiri travagliati di Hannah e Lottie, mentre stavano ai piedi della pira funebre di Piet.

Anthony aveva costruito una catasta molto alta. Il corpo di Piet, avvolto nel suo sudario di lino, era stato collocato al centro della pira, con altri strati di legna sopra di lui. I rami secchi erano legati in fascine e disposti a forma di croce con una precisione non priva di una sua bellezza. Il terreno era stato sgombrato dagli arbusti per una certa distanza per evitare che le fiamme potessero raggiungere gli alberi. Ai margini della radura c'era una serie di grossi bidoni pieni d'acqua, nel caso minacciasse di propagarsi un incendio. Quattro degli ascari più fidati di Hardy stavano sull'attenti come guardia d'onore con i fucili carichi. Juma, Kamau e Mwangi entrarono nello spiazzo seguiti dagli altri dipendenti della fattoria, e tutti stettero insieme a capo chino davanti alla pira.

Il sole del mattino splendeva sulla scena silenziosa, facendosi incandescente mentre saliva in un cielo senza nuvole. Anthony e Sarah si tennero stretti ad Hannah e a Lottie, e ciascuno di loro si protese a toccare il legno. Lottie infilò un mazzo di fiori del suo giardino nel graticolato. La sua voce era bassa e tremante, ma attinse alle proprie più profonde risorse di amore e coraggio per pronunciare le sue parole.

"Dormi ora, mio diletto figlio. Ti terrò sempre nel mio cuore, Piet, così come ti ho tenuto al mio seno quando sei nato. Tu non hai mai voluto lasciare questo posto e ora riposerai qui per sempre. Sii tutt'uno con questa terra che hai amato, mio primo figlio, mio primogenito, mio adorato ragazzo."

Le lacrime le scorrevano a rivoli sulle guance quando si voltò per abbracciare sua figlia e Sarah. Hannah stava eretta, la testa alta, lo sguardo fisso alla cima della catasta, le braccia rigide lungo i fianchi. Anthony le mise una mano sulla spalla, ma lei si ritrasse. In alto sopra di loro Sarah poté vedere un avvoltoio girare in tondo, curioso, attento, pronto a chiamare gli altri becchini del bush. Rabbrividì. Forse adesso avrebbero dovuto recitare le preghiere per Piet, chiedere a Dio di accoglierlo. Ma la sua anima era un deserto, le sembrava che Dio fosse morto, che fosse tutto inutile, poiché le sue precedenti preghiere per la salvezza di Piet erano rimaste inascoltate, le sembrava che i cieli fossero vuoti e che la sua fede fosse ridotta in polvere. Ora lo avrebbero bruciato, se ne sarebbe andato da lei nel vento caldo e non lo avrebbe mai più rivisto. Non gli aveva detto abbastanza chiaramente, abbastanza spesso, quanto fosse grande il suo amore per lui. Il dolore era come una spada conficcata nel suo ventre. Aveva paura che se solo avesse aperto bocca avrebbe gridato e gridato finché la terra si fosse incrostata del suo strazio così come la terra sotto Piet era incrostata del suo sangue. Serrò le labbra, mordendole finché sentì in bocca il sapore del proprio sangue.

Jeremy Hardy si schiarì la voce. "Volete dire qualcosa prima di... Lottie, Hannah? O tu, Sarah? Anthony?"

Anthony le guardò, ma loro rimasero in silenzio. Lottie scosse la testa. Hannah non si mosse.

"Allora dirò questo per tutti noi." Anthony parlò in swahili a voce alta, in modo che tutti i braccianti potessero udirlo. "L'uomo che è morto qui era un grande uomo. Era il mio socio e il mio più caro e più rispettabile amico. Conoscerlo è stato un privilegio. *Bwana* Piet era un uomo di grande integrità e lungimiranza. Vedeva questa nazione e la sua terra come un dono da valorizzare e condividere, e ha fatto tanto per tutti noi, fino al suo ultimo respiro. Non possiamo comprendere la ragione della sua morte." La sua voce si incrinò e ci fu una pausa, mentre si ricomponeva. "Il senso di una tale perdita è qualcosa che non ci è ancora stato rivelato. Non sappiamo perché sia accaduto, ma troveremo l'uomo che ha commesso questo terribile atto e lo consegneremo alla giustizia. Ora, noi affidiamo Piet van der Beer, l'amato figlio di *bwana* Jan e *mama* Lottie, il fratello di Hannah, l'uomo promesso a Sarah, e il mio migliore amico, alla terra che ha amato dal giorno della sua nascita, e gli auguriamo pace dopo la sua prematura scomparsa."

Fece segno a Juma di venire avanti con le latte di benzina, che sparsero sopra la legna. Poi Kamau e Mwangi portarono fiaccole accese e le infilarono nella pira. La torre divampò in un ruggito di fiamme; tutti indietreggiarono dal calore rovente che formava una palla arancione e si alzava nel mattino africano. Gli uomini Kikuyu cominciarono a cantare, un gutturale coro a bocca chiusa punteggiato da suoni che ricordavano gli animali della savana, e le voci delle donne si unirono a loro innalzandosi in un lungo lamento ondulato. Un gruppo di pastori Maasai si fece avanti a deporre lance e scudi cerimoniali nel fuoco. Hardy diede un segnale e i suoi ascari spararono in aria. Versi frammentati dei salmi che Sarah aveva recitato a scuola affiorarono alla sua mente. Prese fiato, e sopra il crepitio e i sibili della legna che ardeva declamò le parole con voce forte e chiara.

"*Si dissolvono in fumo i miei giorni,*
E come brace ardono le mie ossa.
Il mio cuore abbattuto come erba inaridisce;
Sono come l'avvoltoio nel deserto,
Come un gufo tra le rovine;
Di cenere mi nutro come di pane
E alla mia bevanda mescolo il pianto,
Perché mi sollevi e mi scagli lontano.
I miei giorni sono come ombra che declina;
E io come erba inaridisco...
Mio Dio, mio Dio, perché mi hai abbandonato?"

Stettero insieme sulla rupe finché gli ultimi tizzoni si smorzarono e non rimasero che le ceneri. Allora Juma fece un cenno ai suoi uomini e versarono sabbia e terra sui residui del fuoco per soffocarli. Mentre le ultime volute di fumo si dissolvevano, si avviarono in processione giù per il sentiero.

26

Londra, dicembre 1965

“Non voglio essere qua a Natale. A Londra, intendo.” Marina guardò il marito mordendosi il labbro, prossima alle lacrime. “È troppo per me, George. Sono stanca. Non immaginavo che mi sarei sentita così debole. Ero così contenta quando mi hanno lasciata andare a casa! Pensavo sarei stata in grado di fare qualunque cosa. Ma soltanto ricevere visite oggi mi ha fatto rendere conto che non ho la forza di parlare con la gente. Non voglio vedere altri amici. Ho un aspetto spaventoso. Non sopporto lo sconcerto e la compassione sulle loro facce. Ti prego, George, andiamocene a Burford domani e restiamo lì fino al nuovo anno.” Le sue mani strinsero la seta trapuntata del copriletto.

Camilla si sedette ai piedi del letto. “Mamma, non possiamo prendere e sparire in campagna. È già tutto organizzato, come ti ha detto papà.”

“Potete telefonare a tutti e dire che non mi sento bene. Abbiamo invitato soltanto gli amici più intimi, cara. Capiranno.”

“Non è questo il punto”, replicò Camilla. “Il dottor Ward ha detto che ieri ti hanno lasciata venire a casa soltanto perché puoi avere assistenza medica a domicilio. Non è qualcosa che possiamo predisporre a Burford, due giorni prima di Natale.”

Marina si alzò a sedere e sorrise. “Lo so, cara. Ma ho pensato a tutto. Edward potrebbe venire con noi.” C’era un trionfo infantile nelle sue parole, e per l’effetto che ebbero su sua figlia.

“Sono certa che Edward abbia altri programmi per Natale”, obiettò Camilla. “E del resto, non c’è posto per ospitarlo.”

“C’è sempre il Bear.”

“Non possiamo chiedere a Edward di passare il Natale in un’orribile stanza sopra un pub di Burford. È un’idea ridicola. Mandiamo a monte il cocktail di domani e stiamocene qui in pace per conto nostro.”

"George, ti prego, fallo per me." Marina si rivolse al marito con un'espressione mirabilmente tragica. "Per favore! Non voglio che il nostro ultimo Natale sia in questo appartamento. Non mi piace più la città. Mi mette l'ansia, con tutto il rumore, la fretta... e poi le ambulanze che passano in continuazione a sirene spiegate! So che sono fuori e non dovrei farci caso, ma mi spaventano. Voglio stare in un posto calmo e tranquillo. Ti prego, George." Aveva incominciato a piangere.

"Vado a preparare del tè", disse Camilla.

Provava una terribile compassione per sua madre, mescolata però con l'irritazione per la sua smisurata capacità di manipolare. Persino adesso, con la morte che la guardava in faccia, aleggiante accanto a lei a ogni lento, instabile passo, riusciva a controllare la loro vita e i loro pensieri. Il dottor Ward era stato contrario alle sue dimissioni dall'ospedale; la paziente era ancora debole per la polmonite, rispondeva troppo lentamente agli antibiotici. Era stata la pura forza di volontà, aveva detto, a tenerla in vita. D'altra parte, la cosa più importante era farla sentire a proprio agio e tenerla su di morale. Marina aveva insistito con veemenza, aveva cercato di impietosirlo e usato il suo fascino, finché lui aveva concesso che forse sarebbe stato meglio per il suo stato mentale passare il Natale a casa. Ma adesso questo non era abbastanza, e voleva essere portata in campagna.

George uscì dalla camera da letto. "Pensi che potremmo farlo?"

"Non è fattibile, santo cielo!" L'irritazione di Camilla venne a galla vedendo che lui era deciso ad assecondarla. "Io di sicuro non intendo telefonare a Edward e far leva sulla sua compassione per convincerlo a passare il Natale con noi in quel buco di posto."

"Tua madre dice che è innamorato di te", osservò George.

"Sembri avere convenientemente dimenticato che io ero innamorata di qualcun altro, molto di recente. Non puoi chiudere l'amore come un rubinetto, o cambiare amanti come si cambia la camicia. Be', almeno io non posso." Vide lo sconcerto nei suoi occhi e provò un arcigno compiacimento nell'averlo ferito. "Edward è il medico che deve mettermi a posto la faccia. Ed è abbastanza vecchio per essere mio padre, come ha fatto notare lui stesso."

"Davvero? Quindi il discorso è già venuto fuori?" George accennò un sorriso, cercando di incoraggiarla a confidarsi. Ma l'espressione di Camilla si indurì. Era ancora troppo presto. Prima doveva riguadagnarsi il suo amore e il suo rispetto. “Be’, di certo dobbiamo disdire il cocktail. Poi vedremo. Ho detto a tua madre che ne riparleremo più tardi... e per il momento è sembrata accontentarsi di questo. Adesso riposerà per un’oretta e poi si alzerà per la cena.”

Camilla prese il soprabito. “Allora ti occupi tu di telefonare ai tuoi amici? Io ho bisogno di uscire per un po’. La signora Maskell ha già preparato tutto.”

Lui la guardò dispiaciuto, consapevole che non aveva nessuna voglia di stare da sola con lui. “Sì, lo farò. Ci vediamo più tardi.”

Camilla non aveva nessun posto dove andare, e gironzolò tra le orde di gente in giro per negozi. Non aveva ancora comprato il regalo per il padre. Non che ne avesse voglia, ma si infilò in un negozio di articoli di lusso e scelse una fiaschetta da tasca d’argento in una custodia di capretto, e una borsa da viaggio in pelle italiana che avrebbe potuto usare nei suoi incessanti andirivieni. O per le notti fuori con il suo amante. Quando tornò all’appartamento trovò Marina vestita e seduta sul divano con un drink in mano. Aveva il viso cereo, ma gli occhi le brillarono quando salutò Camilla.

“Cara, bevi una coppa di champagne con noi. Stiamo festeggiando perché papà ha sistemato tutto a meraviglia. Andremo a Burford domani, verso mezzogiorno. Mi aiuterai a mettere alcune cose in valigia stasera?”

“Ho prenotato una macchina con autista per portarci là”, disse George. “Se dovessi avere bisogno di tornare in città prima del nuovo anno prenderò un treno. Ma è improbabile.” Si interruppe e trafficò più del necessario per versare lo champagne a Camilla. Lanciò un’occhiata a Marina. Lei però sembrava avere trovato qualcosa di molto interessante sul giornale, e lo lasciò a cavarsela da solo. “Edward ci raggiungerà domani sera. Ha parlato con il dottor Ward e si sono messi d’accordo sul da farsi in caso di emergenza. È sembrato molto contento dell’invito.”

Camilla non sapeva decidere se fosse più un incubo o una farsa. Provò a immaginare tutti loro insieme nel soggiorno a Burford, deliberatamente e falsamente allegri, recitando una messinscena per una donna viziata e morente. Ormai non aveva modo di defilarsi. Era di nuovo una pedina nella partita a scacchi dei genitori, e non poteva fare altro che accettare il proprio ruolo.

“Non avresti dovuto farlo”, disse dopo cena mentre metteva in valigia i vestiti di Marina. “Penso dovresti telefonare a

Edward e dirgli che hai cambiato idea. È così ingiusto nei suoi confronti."

"Lui ha detto che sarebbe stato felice di venire." Marina mise il broncio.

"Che altro avrebbe potuto dire, santo cielo? Sul serio, mamma, tu non hai proprio limiti."

"Se Edward non ha voglia di unirsi a noi e pensi che sia un sacrificio per lui, allora inviteremo Winston Hayford. So che è libero per Natale, e a lui non dispiacerebbe stare con me."

"Tu hai la mente malata." Camilla girò sui tacchi e uscì dalla stanza, infilandosi al volo il cappotto mentre passava davanti a suo padre, seduto sul divano a fissare il televisore acceso.

All'appartamento di Tom il party era in pieno svolgimento, ma lui la vide subito e si fece largo per raggiungerla. La prese in disparte. "C'è qualcuno che voglio presentarti. Si chiama Saul Greenberg ed è stato nel mio ufficio per metà del pomeriggio. Ha una proposta per noi."

"Non stasera, Tom. È Natale, nel caso tu non lo avessi notato, e domani andrò in campagna a fare il mio dovere di infermiera. Stasera voglio soltanto farmi un drink e fumare un po' per prepararmi psicologicamente."

"È una cosa importante", insisté lui, porgendole un bicchiere di vodka con ghiaccio.

"Sono Saul Greenberg. Mi occupo di prêt-à-porter." Un uomo robusto con la faccia gradevole e carnosa li aveva raggiunti. "Tom ti ha detto della mia proposta?" Aveva un'espressione aperta e bonaria e i capelli grigi tagliati a spazzola. La sua giacca di seta pregiata era di ottima fattura, anche se un po' stretta. Dall'accento pareva americano.

"No, Tom non mi ha detto niente. Non vorrei sembrare scortese, ma non sono interessata a parlare di lavoro stasera. Sono qui esclusivamente per divertirmi. Forse con l'anno nuovo..."

Lui fece finta di non avere sentito. "Mi piacerebbe creare una nuova linea di abbigliamento usando il tuo nome come marchio. Tu saresti la modella dell'intera collezione, e i vestiti sarebbero messi in vendita nei principali grandi magazzini. Io ho un'altra compagnia, e un socio negli Stati Uniti entusiasta di questa idea. Sono originario di New York, ma sto a Londra da vent'anni. Saresti pagata bei dollaroni per il lavoro di modella e in più avresti una percentuale sulle vendite. I vestiti sono pronti a essere commercializzati per la stagione primaverile, quindi ho bisogno di sapere subito se sei interessata. Potremmo incontrarci domani mattina per discuterne."

Tom le aveva messo una mano sul braccio, stringendo forte. "Potrebbe essere un progetto interessante per te, Camilla", disse. "Saul vorrebbe che andassimo nel suo ufficio e al magazzino domani, per mostrarci le linee che già produce e la qualità della merce. Sono articoli destinati a un target giovane, in linea con la tendenza di comprare vestiti alla moda a basso costo e poterli sostituire più di frequente. Stiamo parlando di centinaia di migliaia di capi e della relativa pubblicità."

"Io domani mattina andrò in campagna", replicò Camilla. "Starò lì fino a dopo Capodanno."

"Potresti partire nel pomeriggio. Subito dopo pranzo." Tom la stava fulminando con lo sguardo.

"Certamente", annuì Greenberg in tono affabile. "Ho una macchina con autista che può portarla ovunque. Basterebbero un paio d'ore nella mattinata, per discutere il tutto esaurientemente. Prenderò un aereo per New York domani sera."

"Mi dispiace", disse Camilla. "Dopo Natale, forse."

Voltò le spalle a entrambi e se ne andò a raggiungere un piccolo gruppo immerso in una nebbia di fumo dall'odore dolce. Mentre accettava lo spinello e tirava una boccata, udì la voce irritata di Tom nell'orecchio.

"Sei pazza? Quest'uomo può farti guadagnare soldi a palate, conosco le sue linee e vendono bene. Tutto quello che devi fare è mettere il tuo nome sulla dannata etichetta e avrai una percentuale su ogni vestito che ogni piccola commessa compra per assomigliarti. Non solo qui ma anche negli States. E in più c'è il servizio che lui vorrebbe fare a New York. Tu stai sragionando. Renditi conto di cosa questo può significare per te."

"O di quello che vorrebbe dire per te, piuttosto."

"Non essere idiota, tesoro. Non hai molti ingaggi al momento, e quando sparirai per farti sistemare la faccia a marzo non ne avrai del tutto per qualche settimana, come minimo. Sono stufo marcio di provare a venderti a fotografi e riviste. Devi rimetterti in carreggiata, Camilla. Ne ho abbastanza di inventare scuse quando non rispondi al telefono e non posso confermare se sei disponibile o no. A quel tipo non importa niente di tutto questo. In effetti, gli va benissimo che i suoi vestiti e la campagna pubblicitaria escano quando tu non potrai prendere nessun altro lavoro. Gli dà un'esclusiva, dice. E anche io devo guadagnarmi da vivere, nel caso tu lo abbia dimenticato. Ovviamente prenderò una percentuale sul contratto e la gestione delle trattative. Sono il tuo agente, in fin dei conti. Ma tu farai una fortuna, Cristo santo. Per cui scendi dal tuo fottuto piedistallo e sii gentile con quell'uomo."

Lei lo fissò per un momento attraverso una spirale di fumo. "Non avevo nessuna voglia di fare il viaggio con i miei, in ogni caso", disse improvvisamente. Non c'erano molte persone disposte a occuparsi di lei. Forse nessuna. "A che ora domani?"

"Undici in punto in Golden Square. Ecco il suo biglietto da visita con l'indirizzo. Ci vediamo là."

Camilla finì il drink e lasciò il party. Quando aprì la porta di casa fu felice di vedere che le luci del soggiorno erano spente: suo padre era andato a letto. Dopo l'iniziale sollievo di averlo visto all'ospedale, aveva evitato ogni occasione in cui lui potesse essere tentato di provare a spiegarsi. George, da parte sua, aveva capito che doveva procedere con estrema cautela, se voleva salvare qualcosa dalla catastrofe del loro precedente incontro. Per ora non c'era alcuna reale comunicazione tra loro, al di là della cruciale priorità di Marina. Camilla si versò una vodka e alzò il telefono.

"Spero non sia troppo tardi per chiamarti", disse.

"Non è nemmeno mezzanotte, quindi certamente non è tardi per te", replicò Edward. "Immagino tu stia chiamando per domani. Marina mi ha adetto che saresti stata furiosa, ma credimi, sono contento di avere un'occasione per andare via. Non amo il Natale. Di solito mi rinchiudo in casa a guardare la televisione. Non è un periodo dell'anno ideale per un vecchio scapolo solitario."

"Sarai molto meno contento quando vedrai il Bear Inn di Burford con le sue travi finte e la moquette da commesso viaggiatore", lo avvertì Camilla. "E Dio solo sa come devono essere i bagni."

Lui rise, sollevato. Aveva temuto che la sua presenza potesse metterla in imbarazzo, invece sembrava che avesse accettato l'idea senza difficoltà.

"A che ora pensi di partire domani?" domandò Camilla. "Potresti darmi un passaggio là? È saltato fuori un appuntamento di lavoro all'ultimo momento, quindi non andrò con i miei. Comunque potrei sempre prendere un treno."

"Io non posso partire prima delle quattro. Sarei lieto di accompagnarti, però devo avvertirti che il traffico sarà tremendo. Tutti scapperanno dalla città per Natale e potresti ritrovarti bloccata in un ingorgo con me per giorni." Il suo cuore si era messo a fare le capriole. Si sentiva un idiota, ma un'idiota contento. "Dove devo passare a prenderti?"

"All'appartamento dei miei", rispose Camilla. "Verso le cinque andrebbe benissimo. Grazie. Buona notte."

Ci volle un'ora per trovare un accordo con Saul Greenberg e poi altre tre per pranzare con lui. Camilla trovò di proprio gradimento il suo scaltro senso degli affari e il suo umorismo nero, e soprattutto i lauti guadagni che le si prospettavano. Le sue entrate sarebbero raddoppiate se i vestiti che portavano il suo nome avessero avuto successo. Sarebbe stata al centro di una campagna pubblicitaria sulle due sponde dell'Atlantico, le sue fotografie sarebbero state su copertine di riviste e cartelloni. Con l'arrivo del nuovo anno sarebbe andata a New York per uno shooting. Tom era a stento in grado di contenere l'esultanza mentre alzavano i bicchieri per brindare.

Ma era evidente che l'interesse di Greenberg non si limitava agli affari. Fece molte domande a Camilla sui suoi trascorsi famigliari, sull'infanzia in Africa, la vita a Londra. All'inizio la irritarono quei tentativi di curiosare nella sua vita privata; lui però era simpatico, schietto, e le fu difficile mostrarsi altera o scontrosa. Tom stette in silenzio per buona parte del pranzo, ascoltando cose di cui lei non gli aveva mai parlato sebbene lavorassero insieme già da parecchio, domandandosi come quell'uomo fosse riuscito a cavarle tante informazioni personali in così poco tempo. Si separarono in Berkeley Square, dopo che Camilla ebbe rifiutato l'offerta di una limousine con chauffeur che la accompagnasse a casa o persino a Burford.

"Mi piace", commentò quella sera mentre lei ed Edward avanzavano nel traffico a passo di lumaca. "È molto astuto, ma ha la reputazione di essere onesto. Diretto, quanto meno. E se questa cosa avrà successo darà una nuova dimensione alla mia vita. Non dovrò contare soltanto sul mio viso o sul mio corpo. Il suo avvocato preparerà un contratto da sottoporci per la firma. Andremo a New York a metà gennaio per il servizio fotografico: Tom verrà con me come mio manager. Dovrebbe essere divertente."

Camilla era euforica. La nuova impresa era qualcosa a cui non aveva mai pensato, e ora era impaziente che Natale e Capodanno fossero passati per potersi lanciare in quell'avventura. Le si stava aprendo la possibilità di acquisire una conoscenza negli affari che non aveva mai considerato necessaria prima, e aveva menzionato il suo interesse a disegnare i vestiti, oltre che indossarli: Greenberg si era mostrato entusiasta su ogni fronte.

"E in primavera potremo occuparci della tua cicatrice", disse Edward.

"Sì. Sono così limitata in quello che posso fare, messa come sono. Potrei farmi operare a New York, immagino. Vedremo come si combinano le cose."

Lui fu scioccato da quell'annuncio. Voleva disperatamente guarirla con le proprie mani, renderla lui di nuovo perfetta, così gli sarebbe stata grata, avrebbe visto quanto tenesse a lei. "Possiamo fissare una data fin d'ora, sai. A marzo magari." Ma lei non rispose, e quando la guardò vide che si era addormentata.

Quando raggiunsero Burford Marina stava riposando, esausta per il viaggio. Quando la vide, però, Camilla fu costretta ad ammettere che tutto quel trambusto era stato una buona idea. La faccia di sua madre era rilassata ed esprimeva una contentezza che le era nuova.

"Dormo così bene qui", disse. "Tutto a posto con Edward? Siete già stati al Bear?"

"No. Siamo venuti direttamente qui. Papà andrà lì con lui dopo cena e si berranno un bicchierino insieme."

"Edward è un uomo affascinante", commentò Marina. "Pensi che tu e lui...?"

"No, mamma. Non ci penso proprio." Si domandava perché nessuno potesse capire il suo senso di perdita, la sua nostalgia di Anthony, l'infelicità e l'umiliazione di essersi sentita respinta. "Le cose si stanno mettendo bene nel lavoro. Stamattina ho avuto un colpo di fortuna grazie a Tom: ho incontrato un uomo che produce vestiti e vuole dare il mio nome a un'intera collezione. Andrò a New York all'inizio del nuovo anno per fare le foto e preparare tutta la campagna pubblicitaria. Secondo lui potremo avere una buona copertura sia in televisione sia sulle grosse riviste."

"Spero tu sia abbastanza avveduta per capire il suo modo di fare le cose", osservò Marina. "Sarà parecchio differente da tutte le esperienze che hai avuto finora, specialmente se andrai a

New York. Sono tutti volgari là. Così smaniosi di accumulare sempre più soldi. Dovrai tenere gli occhi aperti, Camilla."

"Mi risulta che lui abbia una buona reputazione. E dopo New York potrò farmi togliere la cicatrice. Forse lo farò addirittura là."

"Edward ci resterebbe malissimo, tesoro. È così evidente che è innamorato di te."

"Mamma, non puoi cercare di capire che io non voglio un coinvolgimento con *nessuno*? Né adesso né nel prossimo futuro."

Per un momento Marina rimase con gli occhi chiusi, e Camilla si domandò se si fosse addormentata. Poi però allungò il braccio a prenderle la mano. "Lui non ti meritava, cara. Andava bene per un'avventura romantica durante una vacanza, ma non ha spessore. Un giovanotto vuoto. Tuo padre ha detto di averlo visto a Nairobi durante il suo ultimo viaggio là, mi ha detto della ragazza. È ora che tu ti lasci alle spalle l'Africa, che dimentichi tutta la tristezza, il pericolo, la violenza."

"Papà ha visto Anthony?"

"Non te lo ha detto?" Marina chiuse di nuovo gli occhi. "Be', immagino che non lo abbia ritenuto molto importante. Camilla?"

"Sì?"

"Non starai via per lunghi periodi alla volta, vero?"

"No, mamma. Non preoccuparti."

Per tutta la cena Camilla fu distratta, i suoi pensieri tornavano continuamente all'incontro di George con Anthony. Non riusciva a trovare alcun modo di portare la conversazione sull'argomento senza tradire l'ansia, e non voleva mostrare la sua vulnerabilità di fronte a Edward. Quando i due uomini uscirono per andare al Bear Inn decise con riluttanza di aspettare che suo padre tornasse per poterlo interrogare. Lui rientrò poco più tardi e fu visibilmente felice di trovarla ancora in piedi.

"Bicchierino della staffa?" le propose. "Ho preso un drink con Edward, ma un altro goccetto di whisky non guasterebbe. Fa un bel freddo là fuori. Ho del Glenfiddich invecchiato dodici anni nella credenza." Versò da bere e stette in piedi, la schiena rivolta al fuoco.

"Mamma dice che hai visto Anthony Chapman a Nairobi."

"Senti, cara, mi dispiace che tra voi non abbia funzionato, spero non ti importasse troppo di lui." George era palesemente a disagio. "Comunque l'ho incontrato, sì."

"E?"

"C'era una ragazza con lui. Un'americana. Sembrava essere, be', erano chiaramente... oh, Dio. Quell'uomo è un vero mascalzone. Lei gli stava addosso e immagino sia difficile tenere a bada quel tipo di donna, ma non era proprio niente di speciale. Non volevo parlartene, Camilla, e vedo che sei sconvolta. Mi dispiace, cara, tu non ti meriti questo." Fece ondeggiare il liquore sul fondo del bicchiere, evitando il dolore negli occhi della figlia.

"Mi aveva detto di non volere niente a lungo termine. Ho fatto la figura dell'idiota, se vuoi sapere la verità", disse Camilla con amarezza, asciugandosi le lacrime. "Se sono sottosopra è per la stanchezza e per via di mamma. E ancora non posso credere di essermi fatta fregare da questa cosa trita e ritrita del grande cacciatore bianco. Mi passerà."

"Hai notizie di Sarah e Hannah?"

"Non mi sono più tenuta in contatto con loro."

"Perché no? Mi pareva che fosse andato tutto bene in Kenya fino a quel terribile incidente. Quando ci siamo visti a Nairobi dopo la vostra vacanza sulla costa eravate così felici di essere di nuovo insieme."

"Io vado a letto", tagliò corto Camilla. "C'è qualcosa di cui mi piacerebbe parlarti domani. Qualcosa che forse potresti fare per me. Per loro, in effetti. Buona notte."

Non ci fu l'opportunità di parlare di Langani la vigilia di Natale. Camilla si ritrovò a fare compere con Edward, impigliata nella frenesia di compilare liste della spesa e rastrellare il villaggio a caccia degli ingredienti per la cena di Natale.

"La prima cosa di cui ho bisogno è un libro di cucina", affermò decisa. "Non ho mai fatto un tacchino arrosto in vita mia, e potresti dover scappare al Bear o in qualche altro localino chic nei paraggi."

La sera si riunirono nel soggiorno per un aperitivo a base di champagne, caviale e foie gras che Edward aveva portato da Londra. Marina si era messa un vestito elegante e Camilla l'aveva aiutata con i capelli e il trucco. Era quasi spettrale, eterea nella sua bellezza, mentre si appoggiava leggermente contro George e alzava gli occhi a guardarlo con un'espressione rapita. Lui mise il braccio attorno alle sue spalle esili e poi si chinò a baciarle la sommità della testa. Aveva le lacrime agli occhi, notò Camilla. In quel momento si rese conto che lui amava veramente Marina, e ammise con se stessa di non avere mai visto sua madre davvero felice prima d'ora. Ma era una constatazione crudele, e si ritrovò incapace di sopportarne l'ironia. Andò in cucina, dove Edward stava dando i tocchi finali alla cena. Era venuto fuori che cucinare era una sua passione, e in qualche ora aveva messo insieme un menù che sarebbe stato abbastanza leggero per Marina, e comunque festivo. Camilla aveva apparecchiato la tavola con candele e decorazioni che avevano trovato in paese, suo padre si era occupato della scelta dei vini, Marina aveva sistemato i fiori nel suo vaso preferito. Era la prima volta che lavoravano insieme per creare una semplice occasione famigliare che fosse piena di amore e armonia; sapevano che il loro tempo insieme sarebbe stato breve e non avrebbero avuto un altro Natale da condividere.

C'era una spruzzata di neve a terra quando Camilla si svegliò il mattino di Natale. Si sentiva di buon umore e piena di energia mentre beveva una tazza di caffè e tostava del pane. Dopo colazione, seguendo un impulso del momento, uscì di casa e camminò a passo svelto fino alla piccola chiesa al centro del paesino. Lesse l'orario delle funzioni in bacheca: ci sarebbe stata una messa alle dieci. Era in anticipo di mezz'ora, ma fuori faceva freddo; così spinse il pesante portone e scivolò dentro. Si mise a sedere su una delle ultime panche, trovando un insolito senso di sicurezza e un'inaspettata nostalgia nell'odore di incenso, nelle candele e nei fiori, e nel tradizionale presepe. Dopo qualche momento si inginocchiò e mormorò una preghiera per la prima volta dai tempi del collegio, chiedendo la forza di occuparsi di Marina nei suoi ultimi giorni, e il coraggio di ricostruire un rapporto col padre e tentare di capire la sua sofferenza. Più tardi quel giorno gli avrebbe parlato di Langani. Poi avrebbe telefonato alla fattoria per dire a tutti che non li aveva dimenticati, che erano e sarebbero stati sempre nel suo cuore. Finita la messa, andò al Bear Inn e chiamò la stanza di Edward.

"È splendido fuori, col sole e la neve. Ti andrebbe di scappare da qui e venire a fare due passi?"

"Scendo subito."

Telefonò al cottage per avvertire George di dove fosse, poi si incamminò con Edward. Passeggiarono senza fretta, godendosi il bel tempo e lo scricchiolio della neve scintillante sotto i piedi. Pettirossi saltellavano sulle siepi e pennacchi di fumo si alzavano dai comignoli di graziosi villini dalle cui finestre si scorgeva il luccichio delle decorazioni natalizie, attraverso il velo delle tende lavate di fresco.

"Ma tu non hai proprio nessun parente?" gli domandò Camilla.

"Sono figlio unico. Come te. Mio padre è morto da anni, e mia madre diciotto mesi fa. Erano persone fantastiche."

"Mi dispiace." Lei esitò, non voleva essere troppo indiscreta. "Però sei stato sposato. Mi sembra tu lo abbia detto quella prima sera che siamo andati a cena insieme, no?"

"Sì." Non offrì ulteriori informazioni. Affondò le mani nelle tasche e Camilla vide un muscolo contrarsi lungo la linea della sua mascella. Per un po' camminarono in silenzio, poi Edward si fermò all'improvviso e si voltò verso di lei. "La mia ex moglie è un'americana. Ci siamo sposati molto giovani. Lei odiava il mio lavoro. Be', non il mio lavoro in sé, ma il tempo che vi dedicavo. Diceva che per me era un'ossessione. Litigavamo in continuazione per questo, e per il fatto che lei voleva subito dei bambini mentre io volevo prima farmi una posizione. Cose di cui avremmo dovuto parlare prima del matrimonio, immagino."

"Mi hai detto qualcosa di saggio sul senno del poi, una volta", gli ricordò Camilla.

"Lei aveva una relazione. Con un americano conosciuto a Londra. E poi rimase incinta. Così mi chiese il divorzio e se ne andò con lui a Boston."

Riprese a camminare, incupito e triste. Camilla avrebbe voluto trovare un modo per cambiare discorso.

"Quando nacque il bambino, lei ebbe un ictus massivo", Edward continuò il suo racconto. "È ridotta a un vegetale. Il bambino sta con il padre. I suoi genitori sono enormemente ricchi, e l'hanno messa in una casa di cura, dove la tengono in vita nella speranza che un giorno un miracolo possa risanarla. Non vogliono vedermi mai più perché pensano che sia stata colpa mia, che se io non l'avessi trascurata lei sarebbe ancora piena di vita e felice, con una nidiata di bambini perfetti."

Camilla gli mise una mano sul braccio. "Mi dispiace tanto", mormorò, sconvolta dalla sua triste storia. "E vorrei dirti che ti sono grata di tutta la tua gentilezza. Sia verso di me sia nei confronti di Marina. Ora, andiamo a fare un po' di festa. Perché ce lo meritiamo tutti, e penso che fossimo destinati a essere qui insieme, ad aiutarci l'un l'altra. Forza, Edward, muovi quei piedi.

Quando avremo cucinato quell'uccello saranno le cinque, e io starò morendo di fame. Mi metterò a rosicchiare le gambe del tavolo, e sai quanto poco garberebbe a Marina."

Marina aveva portato un piccolo albero di Natale da Londra. Era addobbato di decorazioni e lucine a forma di stella, e sotto erano ammucchiati dei pacchetti. Si scambiarono doni e abbracci, e Camilla fu felice di avere trovato il tempo di comprare un libro a Edward prima di lasciare Londra. Lui era arrivato con regali per tutti loro, scelti in modo ragionato e confezionati con molta cura. Camilla scartò il suo pacchetto e vi trovò dentro un bracciale di forma ovale e composto di tanti fili d'oro intrecciati. Era un regalo impegnativo, e colse lo sguardo di suo padre e il sorriso sagace di Marina mentre lui glielo metteva al polso.

"Grazie", gli disse. "È molto più di quel che avresti dovuto..." Abbassò gli occhi al bracciale, senza parole, confusa, e fu colta alla sprovvista quando lui le sollevò il viso per poterla baciare. Indietreggiò rapidamente, cercando di scherzare sull'incidente, consapevole degli sguardi di approvazione dei genitori. Fu Edward a trarla d'impaccio.

"Ora fila in cucina. Ho bisogno di un'assistente. Marina, faresti bene ad andare a stenderti per un'ora o due. Ordine del medico."

"Andrò a prendere altra legna dal capanno per alimentare il fuoco", si offrì George con un po' troppo entusiasmo.

Nel tardo pomeriggio Edward tornò al Bear per darsi una rinfrescata e Camilla si sedette con suo padre, versandogli una tazza di tè.

"Vorrei parlarti di Langani Farm e di quel che sta succedendo là", cominciò. "Piet ha costruito questo splendido lodge, probabilmente ne avrai sentito parlare a Nairobi. Aprirà presto."

George aveva già discusso la questione di Langani con Anthony, ma non voleva che il suo nome saltasse fuori in quella conversazione. Così ascoltò senza fare commenti mentre Camilla raccontava degli incidenti e dei problemi che interessavano la fattoria e il lodge.

"Piet non può sostenere le spese per la fattoria e il lodge, proteggere la riserva faunistica, e in più organizzare un servizio di ranger tutto da solo. Così mi chiedevo se la tua organizzazione non potrebbe aiutarlo. Se fate questo genere di cose."

"È possibile", annuì lui. "Partirò per Nairobi verso la metà di gennaio. Forse potrò promuovere un finanziamento allora, anche se ci vorrà qualche settimana prima che il denaro cominci a entrare concretamente. Trasformare Langani in un'area protetta è un'idea che merita di essere sostenuta, e alla nostra organizzazione piace che allevatori e proprietari di aziende agricole prendano questo genere di iniziative. Darò la priorità alla pratica non appena tornerò in ufficio."

Quelle parole diedero a Camilla una sorta di assoluzione dalle sue mancanze, e un barlume di speranza di poter ancora riallacciare il legame spezzato con le persone che più amava. Il resto delle feste di Natale passò in fretta. Edward partì per Londra due giorni dopo. Voleva che lei lo raggiungesse per l'ultimo dell'anno, quando ci sarebbe stato un piccolo party al suo appartamento, Camilla però non si sbilanciò. Marina se l'era cavata notevolmente bene, ma era ora di tornare a Londra e alla più attenta supervisione del suo medico.

"Sono stata così bene", disse. "E adesso mi sento abbastanza forte per godermi la visita dei Santini. Verranno da Roma per alcuni giorni. Potremmo fare una cena tranquilla con loro per Capodanno. A te farebbe piacere, non è vero, George? E Camilla è stata meravigliosa, ma presto non farà che saltare da un aereo all'altro."

Lo chauffeur lasciò Camilla al suo appartamento il pomeriggio seguente. Lei telefonò subito a Tom.

"Saul tornerà domani da New York", le annunciò lui. "Ho fissato un appuntamento per lunedì. Nel frattempo, il mio avvocato ha dato un'occhiata alla bozza del contratto e ha qualche appunto da fare, ma niente di sostanziale. Direi che si mette bene, bambola."

Camilla si sedette sul divano, contenta di essere nel proprio spazio, ottimista sul nuovo progetto, e grata del clima disteso che si era creato con i suoi genitori. La malattia di Marina aveva portato una sorta di pacificazione, permettendo a tutti e tre di scrollarsi di dosso il problematico passato. Pensò di telefonare a Langani, ma decise di no. Suo padre le avrebbe fatto sapere entro la settimana se fosse stato possibile erogare i finanziamenti. Sarebbe stato meglio aspettare di conoscere il responso. Non le dispiaceva la prospettiva di una serata da sola, e tirò giù una scatola da sopra il guardaroba, estraendone le collane e i bracciali di perline che aveva comprato dai Samburu. Scovò in un cassetto un gilet di pelle scamosciata italiana e si sedette al tavolo del soggiorno, cominciando a disfare le cuciture. Erano quasi le tre del mattino quando finì il lavoro. Lo esaminò con occhio critico. Era buono. Aveva studiato i motivi e gli accostamenti di colore tradizionali prima di smontare i monili africani. Poi aveva cucito pazientemente le perline e i piccoli ciondoli di metallo sulla pelle morbida, creando bordi decorativi lungo il collo, l'orlo e le cuciture. Il gilet aveva un odore un po' forte, e Camilla sorrise pensando alla schizzinosa buyer in Bond Street alla quale avrebbe mostrato la sua creazione il giorno dopo.

Il mattino seguente si svegliò sentendo bussare con decisione alla porta. Si alzò pigramente e si infilò una vestaglia mentre andava ad aprire. Nel corridoio c'era suo padre, l'espressione angosciata. Lo tirò nel soggiorno, temendo che Marina avesse avuto una ricaduta, o peggio. Lui si lasciò cadere su una sedia e si prese la testa tra le mani, cercando di farsi forza. La guardò.

"Camilla, ho una terribile notizia da darti. Non so come dirtelo, quindi lo farò e basta. Piet van der Beer è stato assassinato. Alla fattoria. Era sui giornali stamattina, e non volevo che tu lo sapessi in quel modo. Oh, cara, mi dispiace così tanto."

Lei lo guardò ammutolita, stentando ad assimilare quel che stava dicendo. Suo padre fece per abbracciarla, ma lei lo respinse e andò a sedersi su una poltrona mentre le riferiva quel che sapeva. Il delitto rimandava ai giorni dell'Emergenza, diceva il *Daily Telegraph*, quando gli agricoltori europei temevano per la propria vita e i membri del Mau Mau avevano giurato di uccidere chiunque, bianco o nero, non fosse della loro idea. Appariva come un'uccisione rituale, un atto barbarico come non se ne vedevano da molti anni nella ex colonia, e sottolineava la precarietà in cui vivevano i coltivatori bianchi rimasti. C'era assoluto bisogno di maggiori misure di sicurezza, e un potenziamento delle forze di polizia. Sebbene *afrikaner* di origine, Piet van der Beer era un cittadino britannico, e non era escluso che Scotland Yard affiancasse la polizia keniota nelle indagini sulla sua morte.

Camilla fissò a lungo dritto davanti a sé, cercando di scacciare dalla propria immaginazione la ferocia che aveva strappato Piet a tutti loro.

"E gli altri?" domandò infine, asciugandosi gli occhi.

"Nessun altro di loro è rimasto coinvolto. Ma il giornale dice che è stata la sua fidanzata a trovarlo."

"Sei sicuro? Sei assolutamente certo che dicesse proprio così?" Quando lui annuì, Camilla si alzò, instabile sulle gambe. "Oh, Dio... Oh, mio Dio! Deve essere Sarah. Si erano fidanzati, e nemmeno me lo ha detto. Nemmeno lo sapevo. Oh, Dio! È troppo orribile da sopportare, da credere. E adesso..." Rabbrividì. Le mancò la voce.

"Cara, vorresti telefonare? Adesso, intanto che sono qui?"

"È colpa mia", mormorò lei. "Mi avevano chiesto di aiutarli e io non ho mosso un dito. Se avessi parlato con te mesi fa, appena sono tornata, questo non sarebbe mai successo. Tu avresti potuto fare qualcosa per loro, perché ottenessero il denaro che sarebbe servito a farli stare al sicuro. E adesso lui è morto, ucciso da qualche bracconiere sulla sua terra, perché io non li ho aiutati in tempo. Oh, Dio!" Proruppe in singhiozzi violenti, appoggiandosi al davanzale della finestra.

"Camilla, non è stata colpa tua. Non puoi pensare di essere in alcun modo responsabile. Questa è un'idea folle, cara. Penso dovresti parlare con Hannah e Sarah, così potreste venirne fuori insieme. Che ne dici, tesoro? Vuoi che ti faccia io il numero?"

"No, no." Lei scosse la testa, lasciandosi cadere su una sedia e torcendosi le mani, devastata dal peso del proprio dolore. "Non posso, non posso più chiamare quel numero perché so che lui non risponderà mai più al telefono. Nessuno di noi sentirà mai più la sua voce. E loro non mi perdoneranno mai. Mai."

George aprì la credenza e trovò una bottiglia di brandy. Ne versò una dose generosa in un bicchiere e glielo porse, ma lei rifiutò di prenderlo. Restò seduta con le spalle curve, le braccia strette attorno al corpo. Dopo un po' si fermò e finalmente si voltò a guardare suo padre, lo sguardo spento e disperato.

"Fammi vedere il giornale", gli disse.

Lui glielo consegnò e attese mentre leggeva l'articolo. Quando ebbe finito, lei si alzò e gli si piazzò davanti, guardandolo negli occhi. "Dimmi... questo ha a qualcosa a che vedere con quel che ha fatto Jan van der Beer?"

"Camilla, non posso divulgare..."

"Dimmelo, dannazione!" gridò lei. "Dimmi che cosa sapeva mamma. Dimmi la verità, o non avrò più pace."

George si sedette stancamente. "Jan ha ucciso un uomo", disse. "Negli anni del Mau Mau quando era sugli Aberdare, a dare la caccia alle bande nella foresta."

"Era una guerra", commentò lei. "I soldati inglesi hanno ucciso persone, la polizia africana ha ucciso persone..."

“Quella era stata un’uccisione particolarmente brutale”, la interruppe George. “L’uomo è stato torturato. Jan sarebbe stato processato per omicidio se non fosse stato per l’amnistia. C’era una lista nera che circolava appena prima dell’Indipendenza, e vi compariva il suo nome.”

“Quindi la morte di Piet... si è trattato di vendetta?”

“Ne ha tutta l’aria, anche se non posso esserne certo. E se è così, nessuno di noi avrebbe potuto fare qualcosa per evitarlo.”

Camilla camminò avanti e indietro per la stanza prima di fermarsi di nuovo davanti a lui. “Hannah avrà bisogno di sapere che cosa è successo. Devo dirglielo. E sarà di aiuto alla polizia, darà una direzione alle indagini, un movente.”

“No. Non penso che dovresti dire niente ad Hannah. Ha appena perso suo fratello. Vorresti dirle che suo padre ha commesso un omicidio? Che potrebbe essere responsabile della morte atroce di suo figlio? Né Jan né Lottie hanno mai parlato ai figli di quel che è accaduto, questo si è capito chiaramente quella disgraziata sera a Mombasa. A che servirebbe dirlo ad Hannah adesso?”

“Potrebbe servire a fare giustizia, a trovare chi ha ucciso Piet.” Camilla stava di nuovo piangendo.

“E distruggere quel che resta della famiglia di quella povera ragazza. Vuoi davvero farle questo? Quei fascicoli ormai sono chiusi. Non credo abbia senso riaprirli.”

“Adesso è meglio che tu vada, papà. Voglio andare a stendermi. Ho bisogno di stare sola per un po’. No, non dire niente... non me la sento più di parlarne. Non adesso.”

George se ne andò con riluttanza, e lei passò il resto della mattinata in un luogo buio dal quale sentiva non ci sarebbe stato ritorno. Stava annegando in un pozzo di disperazione e rimorso, e non trovava le forze per venirne fuori. Ma alla fine si vestì e provò a pensare a qualcosa da fare, a qualche posto dove andare per alleviare il dolore. Non le venne in mente nulla. Mentre infilava il cappotto, il telefono suonò.

“Camilla, tuo padre mi ha appena rintracciato per informarmi. Dimmi che cosa posso fare.”

La voce di Edward fu il solo suono normale in quella terribile mattinata. Lei cercò di adeguarsi al suo tono calmo e misurato, ma quando provò a parlare le parole non vennero, riuscì soltanto a singhiozzare. Dopo un momento mise giù il telefono e si buttò sul letto, tenendosi lo stomaco dove il dolore era diventato una cosa fisica. Non avrebbe saputo dire quanto tempo fosse passato quando udì bussare alla porta. Si trascinò attraverso il soggiorno, passandosi bruscamente una mano sulla faccia gonfia e rigata di lacrime. Non fu sorpresa di trovarselo davanti.

"Sono venuto per portarti in Charles Street", le disse senza preamboli. "Ti darò un sedativo che ti aiuti a superare la giornata, e la mia governante sarà lì per qualunque cosa tu abbia bisogno. Io tornerò a casa verso le sei. Poi potremo parlare. O quel che vuoi tu. Ma non dovresti stare da sola."

L'appartamento di Edward era spazioso e sobrio, come il suo studio. La sistemò nella stanza degli ospiti e le diede due pillole e un bicchiere d'acqua. Camilla si stese sul letto, esausta, svuotata, e lui le sistemò addosso una coperta. Nel giro di qualche momento si era addormentata. Al suo ritorno, poco prima delle sei, la trovò seduta in soggiorno a guardare fisso nel suo inferno privato di dolore divampante. Le prese le mani e baciò gentilmente i palmi, e lei gli mise le braccia al collo e gli si appoggiò contro, non più capace di piangere o anche solo pensare.

"Non c'è nessuno", disse con voce atona. "Nessuno che io possa amare. Nessuno che possa amarmi o fidarsi di me o contare su di me. Ecco che cosa ho fatto a tutti loro, e a me stessa."

Edward ebbe un attimo di esitazione, poi si alzò, prendendola per mano. Lei non obiettò quando la condusse nella sua camera e la adagiò sul letto. Le si stese accanto, accarezzandole i capelli e il viso, baciandola teneramente sulla fronte dove la cicatrice ancora formava una brutta riga. Camilla gli si aggrappò e nascose la faccia contro di lui, senza dare segno di resistenza quando cominciò a baciarla con più veemenza, lasciando che la guidasse mentre dall'empatia passava alla passione. Le tolse lentamente i vestiti e lei si sollevò a prenderlo nel proprio corpo. Mentre metteva le mani sotto di lei, la udì mormorare tra sé.

"Ti voglio ancora, ti voglio ancora. Oh, ti prego, torna da me. Vieni. Vienimi dentro, adesso..."

Sapeva che le sue parole non erano per lui, ma non gliene importava. Adesso era sua, e le rimase accanto sveglio a vigilare su di lei mentre dormiva.

27

Kenya, gennaio 1966

Anthony chiamò l'operatore e tenne la mano a Sarah mentre aspettava la connessione con i suoi genitori a Sligo. Le loro voci scioccate e le affettuose condoglianze non bastarono ad alleviare il suo dolore. Ascoltarono increduli mentre le tratteggiava la storia a grandi linee, spesso con frasi spezzettate e incoerenti, incapaci di comprendere appieno quel che era successo a Piet. Raphael provò principalmente gratitudine. Sua figlia era stata risparmiata. Era viva, illesa, e la sua incolumità era la sola cosa che contasse davvero per lui. Soltanto in un secondo tempo pensò allo strazio dei van der Beer. Per Sarah, raccontare la morte di Piet fu una prova ardua, e più volte dovette passare il telefono ad Anthony finché le riusciva di riprendere il controllo della propria voce e ricominciare. Cercò di spiegare che sarebbe stato impensabile lasciare Hannah da sola adesso. Solo la condivisione del lutto poteva dare a entrambe la forza di andare avanti. Raphael e Betty non seppero nascondere la loro preoccupazione. Non c'era stato alcun arresto, e qualunque fosse la motivazione, chiunque avesse ucciso Piet poteva tornare a colpire. Ma Sarah fu irremovibile: li pregò di accettare la sua decisione, e non ci fu verso di farle cambiare idea. Quando Tim venne al telefono, insistendo perché tornasse in Irlanda, lei disse addio e tornò all'incubo nel quale era intrappolata.

Il telefono squillava incessantemente. Vicini e amici cominciarono ad arrivare e la casa si riempì di gente. C'era da fare, bisognava provvedere a offrire da mangiare e bere. Era il crepuscolo quando Lottie decise che avrebbe passato la notte a Nairobi e preso un aereo per la Rhodesia il mattino dopo. Hannah si chiuse in uno sconsolato mutismo, ignorando la silente richiesta di comprensione della madre, rifiutando di accettare che il padre avesse più bisogno del suo aiuto di lei.

Quando gli ultimi visitatori se ne furono andati, Lottie andò in camera a prepararsi per la partenza e Sarah la seguì. Voleva fare qualcosa per mitigare il suo dolore. Non c'erano parole che potesse dire, ma stette con lei a offrirle il tocco di una mano, a piegare un vestito, piccoli gesti che potessero dimostrare il suo affetto. Lottie si sforzò di sorridere mentre chiudeva la valigia.

"Ho pregato Hannah di venire con me, lei però sembra non sentirmi nemmeno", disse. "D'altra parte, forse è meglio così, perché non so proprio come farò con Janni. Ho paura che questo gli darà il colpo di grazia." Si mise a sedere sul letto. "È tutto così inutile, così insensato. Per che cosa abbiamo lottato in tutti questi anni? Solo per costruire qualcosa per cui mio figlio sarebbe dovuto morire, mentre io dovrò continuare a vivere? Come potrò andare avanti, Sarah?"

"Non lo so, Lottie. Non so immaginare come tutti noi potremo vivere ogni giorno che comincia e finisce senza di lui. Non so come potrò superare questa notte o vedere il sole sorgere domani mattina. Ma Hannah e Jan hanno bisogno di te, e forse puoi trovare uno scopo in questo."

"Hannah si è isolata. È arrabbiata con me perché la sto lasciando, perché ho dato la precedenza a Janni. Immagino che provare rabbia sia parte dell'affrontare la morte. Ma devo andare, e non penso che potrò mai tornare qui, mentre lei ha scelto di restare. Siamo sui lati opposti di uno spartiacque che nessuna delle due può attraversare. Forse il tempo guarirà tutto, per ora ti chiedo di avere cura di lei, finché sei qui. Amo mia figlia più di quanto potrò mai farle capire, ma c'è troppo dolore in questo posto. Non credo potrò ancora trovare pace a Langani. Mai più."

Si alzò e andarono insieme nel soggiorno. Hannah stava fissando il fuoco, un bicchiere di brandy che non aveva nemmeno toccato sul tavolo accanto a lei.

"Vieni con me, Hannah", bisbigliò Lottie, stringendola un'ultima volta. "Vieni via con me, cara. Almeno per un po' finché avremo deciso che cosa fare con la fattoria."

Hannah rispose senza esitazione, severa e distante. "Ho già deciso, mamma. Non lascerò Langani. Devo andare avanti per Piet. Non lascerò che distruggano quel che abbiamo costruito qui. Non mi scacceranno dalla nostra terra."

Si scansò, e Lottie abbracciò brevemente Sarah prima di uscire per raggiungere la macchina che la stava aspettando fuori. Non si voltò a guardare indietro. Mwangi e Kamau piansero quando prese commiato da loro. Poi la luce dei fanali balenò sulle pareti e infine il rumore del motore si dissolse nella notte. Nel soggiorno, Hannah si lasciò cadere sul divano con la testa tra le mani, e un lamento acuto le sfuggì dalle labbra.

"Aiutami a portarla nella sua camera, Sarah", disse Anthony.

Stette seduto accanto al suo letto, mormorandole parole che lei non udì, accarezzandole la mano finché si fu calmata. Sarah li osservò dalla soglia, vide come Hannah traeva conforto dalla presenza di Anthony. Invece, tutto quello che lei aveva mai voluto era in cenere sulla rupe. Era completamente sola. Si voltò e scappò via. Sul prato c'era un ascaro di guardia, avvolto nel suo giaccone pesante, il fucile al fianco, il respiro condensato nell'aria fredda. Come una sonnambula che si destasse da un sogno, si ritrovò nella stanza di Piet, circondata dalle sue cose, le fotografie degli anni di scuola, i libri che aveva amato e aveva in mente di condividere con lei. Prese la sua camicia dalla spalliera di una sedia e se la infilò. Poi si stese sul suo letto e affondò la faccia nel cuscino per respirare il residuo del suo odore.

Due giorni dopo la cremazione ci fu una funzione commemorativa a Nanyuki, e da allora Hannah si mosse attraverso ciascun interminabile giorno come se vivesse in un mondo a sé. Non poteva rispondere al telefono né affrontare le domande e la preoccupazione dei suoi amici. Passava il tempo nella latteria, o guidando per la fattoria, trovando lavoretti secondari di cui occuparsi, invece di delegarli come avrebbe fatto una volta. Sebbene Mike Stead stesse dando una mano, gli era stato offerto un posto permanente e meglio pagato, e aveva detto ad Hannah che sarebbe potuto restare a Langani soltanto per due mesi. Non era arrivata una parola da Lars, nessun segno che avesse saputo la terribile notizia di Piet. Sembrava avesse perso ogni contatto col Kenya, oppure aveva scelto di tagliare ogni ponte con il suo passato in Africa.

Sia Hannah sia Sarah si gettarono in un eccesso di attività nelle ore diurne, sperando che per il calare della notte sarebbero state stremate e pronte a sprofondare nell'oblio del sonno. Sarah andava ogni giorno al dispensario, disperatamente bisognosa di qualcosa che la tenesse impegnata. Il piccolo ambulatorio era sempre pieno di gente, i loro malanni dimenticati di fronte alla tragedia che aveva colpito Langani. Erano lì per offrire le loro condoglianze. Sarah accettava quei mormorii di partecipazione, e la sua sofferenza cresceva. Ogni momento di veglia comportava la minaccia di un ricordo che facesse deragliare i suoi zoppicanti progressi, crepando la fragile parvenza di controllo. La paura gettava lunghe ombre attraverso i giorni e le notti. Anche i suoni più familiari creavano ansia. Insinuazioni sinistre stavano in agguato tra le righe di discorsi consueti mentre Hannah discuteva di raccolto del frumento o di bestiame con dipendenti dei quali in passato si era sempre fidata. E la notte era anche peggio. Il sonno era insidioso, pieno di incubi che aspettavano Hannah e Sarah al varco per sfondare le loro deboli difese e trascinarle in un vortice di terrore.

Anthony trovò un collega che lo sostituisse per il successivo safari e rimase alla fattoria. Cercava di anticipare le loro necessità, senza mai essere invadente. Era un aspetto di lui che Sarah non aveva mai visto prima, e fece del proprio meglio per mostrargli il proprio apprezzamento. Hannah sembrava non accorgersi di lui. Era distante da tutti, l'espressione di pietra, il tono secco. E mangiava poco. Mwangi la covava con lo sguardo come una chioccia trafficandole intorno e scuotendo comprensivamente la testa quando lei non rispondeva a una domanda, o non dava indicazioni sulle questioni domestiche che le venivano poste. Aveva preso in mano la conduzione della casa, rivolgendosi a Sarah nelle rare occasioni in cui aveva bisogno di una guida. Per lei era un sollievo fare qualcosa di utile. Era consapevole che Mwangi e Kamau erano perfettamente capaci di occuparsi da sé di buona parte delle incombenze che le affidavano, ed era toccata dal loro desiderio di farla sentire necessaria. Un mattino durante quella prima settimana, Sarah entrò nella sala da pranzo mentre Mwangi stava apparecchiando la tavola. Vide che senza pensarci aveva messo un coperto anche per Piet e adesso lo stava togliendo con le lacrime agli occhi, curvo sulla sedia che un tempo era stata di Jan e poi del giovane uomo che lui aveva visto crescere. Gli si avvicinò e si abbracciarono, traendo conforto dalla tristezza condivisa.

I pasti divennero una serie di frasi smozzicate e pesanti silenzi mentre tutti aggiravano potenziali campi minati nella loro conversazione. Anthony diceva qualcosa di leggero e divertente e c'era un momento di respiro prima che una parola o un gesto portassero la crudele staffilata del ricordo. Allora Hannah si immobilizzava, gli occhi cupi, Sarah disegnava ghirigori con la forchetta sulla tovaglia, concentrandosi sulla posizione del bicchiere e del piatto sul tavolo, mentre Anthony si affannava a cercare un nuovo argomento. Erano come un gruppo di ballerini in qualche elaborata ma incompiuta coreografia, giravano l'uno attorno all'altro, si avvicinavano e si ritraevano, toccandosi brevemente le mani ma incapaci di stabilire un contatto durevole.

Lottie telefonò e quando Hannah le chiese di parlare con suo padre disse che le dispiaceva tanto ma non era possibile. Janni non stava bene, spiegò. Lei stava cercando di trattenerlo dal bere ma era diventata un'impresa praticamente impossibile. Supplicò ancora una volta Hannah di andare lì, così che potessero portare insieme il fardello della perdita.

"Raggiungimi a Johannesburg, cara", la pregò. "Non occorre che tu torni qui. Tu, io e papà potremmo stare dallo zio Sergio. Insiste tanto perché andiamo là tutti insieme."

Ma Hannah non voleva saperne di lasciare Langani, anche per un breve periodo. Vicini e amici passavano per vedere se ci fosse qualcosa che potessero fare per lei. Hannah era cortese ma ferma nel suo rifiuto di ogni offerta di aiuto, e dopo un po' le visite si ridussero a sporadiche telefonate. Nessuno poteva valicare la barriera che aveva eretto intorno a sé. Ci sarebbe voluto tempo, commentavano rassegnati tra loro. Era meglio lasciarla alla privatezza del lutto. Quando fosse stata pronta ad accettare il loro affetto e appoggio li avrebbe cercati lei, e loro sarebbero stati disponibili.

Dopo che la polizia ebbe finito con tutti i rilievi sul luogo del delitto, Anthony predispose la rimozione e la sepoltura di Kipchoge e Oli Sunde, e persuase Hannah ad assistere al funerale. Lei stette immobile e rigida durante il servizio funebre, intrappolata nella camicia di forza del proprio dolore, stringendo convulsamente la mano di Sarah mentre le semplici bare venivano calate nella terra e Anthony pronunciava il discorso di elogio e gratitudine a nome dei van der Beer. Quando le ultime palate di terra furono gettate sulle tombe, si avvicinò alle vedove e le abbracciò, offrendo loro doni in cibo e denaro. Il lodge venne chiuso finché lei avesse deciso cosa farne. Le autorità non avevano alcuna informazione che potesse gettare luce sul movente del massacro o condurre a Simon. Il giovane Kikuyu sembrava essere svanito nella foresta. Polizia e battitori avevano seguito la sua pista nella boscaglia quasi impenetrabile alla base della rupe, e là ogni traccia era scomparsa. Era stato molto abile, disse Hardy, a sfruttare le caratteristiche del terreno per muoversi senza lasciare segni. La frustrazione del poliziotto era evidente. Aveva interrogato la manodopera di Langani e delle fattorie dei dintorni, ma nessuno aveva potuto o voluto fornirgli alcun indizio. Simon era sempre stato sulle sue, non aveva mai parlato con chicchessia del proprio passato. Dalle indagini alla missione di Nyeri non erano emersi maggiori dettagli, e quando avevano provato a rintracciare l'uomo che lo aveva portato lì da bambino si era scoperto che aveva dato un nome falso. Il ragazzo era stato uno studente modello, quieto e diligente, desideroso di imparare e migliorarsi. I preti che lo avevano educato non si capacitavano dell'accaduto. Simon Githiri era un enigma.

"Non possiamo essere certi che abbia finito, Jeremy", disse Anthony. "Potrebbe essere nascosto da qualche parte ad aspettare, progettando altre atrocità. Hannah ha il terrore che ritorni. Non lo dice, ma ci pensa in continuazione, e anche Sarah. Finché lui sarà libero non potranno avere pace."

"È per questo che ho lasciato qui una pattuglia di guardia. Pensavo che tutti gli incidenti fossero parte di una vedetta mirata specificamente a Langani, però non ne sono più così sicuro. Simon potrebbe stare meditando di attaccare altri proprietari terrieri bianchi. E deve avere avuto qualche aiuto esterno, il che mi preoccupa molto. Quel primo raid è stato compiuto da un gruppo organizzato. Come gli episodi di bracconaggio, anche se potrebbe non trattarsi della stessa gente. In ogni caso, Simon non ha organizzato da solo quegli attacchi. Ma se pensiamo all'insensato massacro del bestiame in settembre, e al modo..." Si interruppe vedendo Hannah entrare nella stanza.

Lei gli puntò addosso uno sguardo intenso e finì la frase al suo posto. "Se pensiamo al modo in cui ha fatto a pezzi mio fratello? È questo che stavi per dire, Jeremy? Pensi che fosse un rituale, una specie di sacrificio, non è vero?"

"Simon potrebbe essere semplicemente uno squilibrato", ipotizzò Hardy, ma era chiaro che non era una teoria alla quale desse molto credito.

"Simon non è pazzo", affermò Hannah. "Sono certa che ha programmato tutto con fredda logica, in ogni particolare. A partire da quando è venuto qui a chiedere lavoro. Ora mi domando se fosse venuto espressamente per questo. Per uccidere."

"Non abbiamo trovato nessuna famiglia di nome Githiri che sia imparentata con lui. E se anche ci fosse qualcuno che sa chi sia, adesso si guarderà bene dall'ammetterlo, per paura di essere coinvolto. C'era un vecchio prete che lo aveva preso particolarmente a cuore", aggiunse Hardy, "purtroppo è in ospedale a Nairobi, con un piede nella fossa, e la sua memoria fa cilecca. E a ogni modo, nessuno alla missione pensa che avrebbe avuto qualcosa di più da dirci."

"Da qualche parte ci sarà pure un qualche straccio di informazione che possa metterci sulla pista giusta!" esclamò Hannah, esasperata. "*Deve* esserci!"

"Prima o poi verremo a sapere qualcosa che si ricollega alla nostra indagine." Jeremy le passò un braccio sulle spalle. "So che sembra una speranza piuttosto fioca, Hannah, ma credimi: di solito è così che va. Spesso l'assassino lascia una traccia, perché vuole essere riconosciuto per quello che ha fatto."

Hannah si lasciò cadere sul divano. "Io non penso che qualcosa possa fare qualche differenza. Però voglio che Simon sia arrestato. Lo voglio morto, per quello che ha fatto a Piet e a tutti noi. Ogni volta che chiudo gli occhi vedo la scena di quella notte sulla rupe, e non so se riuscirò mai più a dormire."

"Jeremy lo troverà", affermò Sarah. "Dobbiamo avere fiducia, Han, e tenere duro ancora per un po'."

"Ma io non ce la faccio più... Se penso che sono stata proprio io a portare qui Simon, ad accoglierlo in casa nostra..."

"Non sei stata solo tu, Hannah", ribatté Anthony. "Ci aveva abbindolati tutti. Tu non hai nessuna colpa."

"Sì, invece", replicò lei ostinatamente. "Se non avessi mandato via Lars... Se Piet..." Non riuscì a proseguire.

"Troveremo Simon." Sarah le si inginocchiò davanti, guardandola negli occhi. "Non smetteremo mai di cercare, non ci arrenderemo mai. Non è vero, Jeremy?"

L'espressione del poliziotto era torva. "Ho il massimo contingente di uomini a lavorare a questo caso. Ragazzi in gamba, esperti. Li ho mandati nelle riserve e nei sobborghi dei neri a fare domande. Prima o poi salterà fuori qualcosa." Si alzò e prese il cappello, poi si chinò a baciare goffamente la guancia di Hannah. "Mi terrò in contatto. Buona notte."

Nel silenzio che si lasciò dietro, Sarah tossicchiò. "Ho telefonato a Dan e Allie oggi pomeriggio", disse. "Per chiedere se posso rinviare di un po' il ritorno al campo. Sempre che tu voglia che resti, Han."

L'amica annuì. Si era ritratta di nuovo nel suo altro mondo, e

Sarah era sempre più preoccupata di quel che sarebbe successo quando lei e Anthony se ne fossero dovuti andare. Ma c'erano momenti in cui poteva trattenere a stento il suo bisogno di stare tra gli elefanti, via dall'atmosfera opprimente di quella casa. Ovunque si voltasse a Langani lui era lì, in primo piano nella sua memoria, negli oggetti e nei luoghi familiari che erano stati l'ordito della vita di Piet, e di quella che avevano progettato insieme. Un paio di stivali, un libro, il suo maglione su una rastrelliera nella scuderia, la sua incerata appesa al gancio all'interno della porta dell'ufficio. Aveva costantemente l'impressione di doverselo trovare davanti da un momento all'altro, di udire il suono della sua voce. Ma per il momento Hannah aveva bisogno di lei, e doveva restare.

La situazione si fece ancora più pesante quando Anthony se ne andò, e la loro separazione non fu come Sarah avrebbe voluto.

"Sono già stato a salutare Hannah", le annunciò il mattino della sua partenza. "Siete entrambe le benvenute a usare il mio appartamento a Nairobi in qualunque momento, che io ci sia o no. Potrebbe farvi bene passare un paio di giorni nella città corrotta."

"Grazie", rispose Sarah. "Grazie di tutto, Anthony."

"Probabilmente vedrò George Broughton-Smith entro una settimana o due", tagliò corto lui, preferendo evitare professioni di gratitudine e addii lacrimosi. "Solleverò ancora il discorso dei fondi per Langani. Hannah ne ha bisogno più che mai, adesso."

"Sì. E se lo vedi, potresti chiedergli di Camilla? Sento che abbiamo sbagliato a mollarla così, specialmente io. Avrei dovuto telefonarle. Bisognerà che mi faccia forza e la chiami. O forse potresti provare tu a rintracciarla. Tu eri molto speciale per lei, lo sai."

Le dita di Anthony stavano tamburellando sulla portiera della jeep, sul viso un'espressione poco incoraggiante. Era stato sempre evasivo su Camilla, e il suo disagio era palese.

"Ascolta", disse, spingendo indietro il cappello e grattandosi la testa. "Camilla è una delle creature più incantevoli su questo pianeta. Ma non è alla mia portata, davvero. Come ha fatto notare lei stessa, io sono un figlio della savana. Passo buona parte del tempo nel *bundu*, e non cambierei questa parte della mia vita per nessun motivo. Lei è nel suo elemento nella grande città, dove io mi sento un pesce fuor d'acqua. Abbiamo fatto scintille insieme, poi però è venuto il momento di andarcene ciascuno per la propria strada."

"Glielo hai detto, questo?"

"Sì. Certo che gliel'ho detto. Non sono tagliato per fare il buon padre di famiglia. E ho cercato di mettermi in contatto con lei in novembre, ma è come hai detto tu: non ha mai risposto al telefono, né alla cartolina che le ho mandato. Così ho deciso di defilarmi elegantemente. Più facile rispetto a un lungo addio e via discorrendo."

"Più facile per chi? È più facile per chi non vuole saperne di amore o impegno, certo." Sarah gli puntò addosso uno sguardo accusatore. "Una creatura incantevole? Stili di vita diversi? Queste sono le più grosse stronzate che io abbia mai sentito! Tu sapevi che era innamorata di te, e non avresti dovuto approfittartene."

"Ehi! Frena un attimo. Io non l'ho mai portata a credere che fosse qualcosa di più che un momento di elettricità tra noi. Ci siamo divertiti entrambi, tutto qui."

"Oh, davvero? E quando glielo hai detto? L'ultimo giorno della sua vacanza, quando avevi già preso tutto quel che volevi da lei. A quel punto potevi accantonarla come una camicia che ti fosse venuta a noia e andare a cercartene una nuova, no?"

"Sarah, so che per te è un momento difficile, e..."

"Dimmi, dove sta il rispetto per i sentimenti degli altri nel tuo ordine delle cose? Non ti fermi mai a chiederti se per caso stai facendo soffrire qualcuno, succhiandogli tutto e risputandolo fuori in questo modo? Ma tu non ci credi proprio nell'amore? L'amore che trascende ogni ostacolo, che rende tutto possibile? Sapevi perfettamente che era questo che lei provava per te. E non te ne importava un accidente, vero, Anthony? Ti sei divertito finché ne hai avuta voglia, e poi sei passato oltre. Peccato che in questo tuo bel gioco lei si sia fatta male, e parecchio. Solo che probabilmente era troppo orgogliosa e troppo ferita per dirtelo, e tu troppo egoista e superficiale per capirlo."

"Non sono pronto per un impegno definitivo ed esclusivo", ribadì lui.

"In tal caso non avresti dovuto illuderla. Persino tu avresti potuto renderti conto che per lei era diverso, che ti amava. Non è qualcosa da prendere alla leggera, o buttare via come niente fosse." Sarah era incapace di frenare la rabbia, e le lacrime avevano cominciato a sgorgarle dagli occhi. "È la cosa più preziosa che una persona possa mai dare o ricevere. E tu avresti dovuto riconoscerlo come qualcosa di cui essere grato. Sei proprio il classico mascalzone, Anthony."

"Sarah, tu sei sovreccitata. Non c'è da stupirsi, con tutto quel che è successo. Non stai..."

"Tieni, ho qualcosa per te." Tirò fuori la foto che aveva scattato a lui e Camilla davanti al fuoco del campo di Samburu. "È stato Piet a dire che avrei dovuto dartela. Quel che lei ti offriva non era una cosetta di poco conto. Era un dono inestimabile che non meriti di trovare di nuovo. Quindi prendi questa come ricordo." Gli mise la fotografia in mano. "Da parte di Piet e mia."

Lui rimase a fissarla a bocca aperta mentre scappava via. Poi salì sulla Land Rover e avviò il motore. Nella scia di polvere che si lasciò appresso non la vide correre dietro alla macchina, agitando le braccia e gridando.

"Anthony! Anthony, fermati! Ti prego, aspetta! Mi dispiace... non volevo..."

Sarah rimase in mezzo alla strada, le braccia afflosciate lungo i fianchi, a chiedersi come avesse potuto trattarlo a quel modo dopo tutto quel che lui aveva fatto negli ultimi dieci giorni. Quando andò a dormire si stava ancora rimproverando la scenata. Appena spense la luce l'immagine di Simon colmò la sua memoria. Ricordò il suo sorriso luminoso nell'accettare il libro che gli aveva regalato, vide la gioia nei suoi occhi, gli stessi occhi che aveva visto scintillare alla luce della luna sulla rupe mentre si girava verso di lei e scagliava la lancia contro la iena. I suoni della notte la assediavano, i furtivi fruscii e gli scricchiolii della casa che un tempo aveva amato e ora temeva. Si mise a sedere e accese la lanterna alla paraffina, i nervi frementi alla vista delle ombre minacciose nella luce sibilante. Il freddo della notte e della sua solitudine le fecero mancare il respiro.

Voleva Piet, aveva bisogno di udire la sua voce, vedere il suo viso, sentire le sue braccia strette attorno a lei. Andò a mettersi davanti alla finestra e chiuse gli occhi, rivivendolo, immaginando di essere avvolta nel suo abbraccio, e sollevò il viso nell'oscurità vuota per ricevere il suo bacio. Poi fu di nuovo sulla rupe davanti all'orrida visione del suo corpo squarciato, le braccia e le gambe divaricate picchettate al suolo, le orbite vacue, e le sue narici si colmarono del puzzo fetido della iena pronta ad attaccare. Le sfuggì un grido e si premette le mani sulla bocca. Per qualche momento rimase tremante in mezzo alla stanza. Poi prese la lanterna e uscì sulla veranda, rivolgendo un cenno del capo alla guardia notturna mentre andava in soggiorno. Alzò il telefono, chiamò l'operatore e attese di avere il collegamento, appoggiata contro la parete, ansiosa di sentirsi rispondere.

"Pronto?" La voce era assonnata, ma l'accento cantilenante era inconfondibile. Deirdre. Non chi aveva sperato di sentire.

"Deirdre, sono Sarah. Ho bisogno di parlare con mamma o papà. O Tim, se loro non sono lì. Qualcuno." Oh, Dio, pregò mentalmente, fa' che uno di loro venga a parlare con me. Aiutami, ti prego. Aiutami.

"Sono tutti a letto, Sarah. È l'una di notte."

Oh, accidenti, chi se ne frega di che dannata ora è, chiama qualcuno! "Qui sono le tre."

"Le tre! Stai bene, Sarah? Hai un tono strano."

"Va' a chiamare qualcuno. Per favore."

"Aspetta."

Sarah rimase lì ad attorcigliare il filo del telefono. Il suo unico tramite con la consolazione, per quanto distante.

"Sarah? Che succede, piccola?" La voce di Tim, familiare e confortante.

"Tim?" Sarah pianse per il sollievo. "Tim, continuo ad avere gli incubi, solo che sono completamente sveglia. Non ce la faccio più. Ho paura. Se potessi la farei finita in questo momento. So che è terribile, ma è così che mi sento. Non posso andare avanti. Aiutami, Tim, ti prego. Parlami e aiutami."

Le parole del fratello fluirono su di lei carezzevoli e rassicuranti mentre cercava di calmarla. Non provò a convincerla a tornare a casa; si concentrò invece a ripristinare un certo equilibrio, a tirarla indietro dall'orlo dell'abisso. Poi ci furono le parole amorevoli di Raphael e Betty, e pian piano la conversazione passò a un quieto scambio di notizie. Quando infine mise giù il ricevitore, era esausta. Non ricordava esattamente che cosa le avessero detto, solo che le avevano dato la forza di affrontare un altro giorno, e forse un altro e un altro ancora. Uno alla volta. Non era vita, ma era almeno sopravvivenza, e per il momento sarebbe dovuto bastare.

Le giornate presero un ritmo in cui Sarah si immerse. Mike Stead era gentile nei suoi sforzi di aiutare e proteggere Hannah, e lavorava sodo per mandare avanti la fattoria, ma non aveva lo stesso occhio per i dettagli e la passione che Lars aveva messo nel suo lavoro a Langani. Un pomeriggio Sarah entrò in ufficio e trovò Hannah seduta accanto al suo direttore con un fascio di fatture in mano.

"Non volevo darti altri pensieri in questo momento", le stava dicendo, "ma il bilancio sta precipitando, dobbiamo pensare a qualche modo per aumentare le entrate, altrimenti avremo di nuovo la banca alle calcagna. Così mi domandavo se tu avessi intenzione di riaprire il lodge. Sono stato là un paio di giorni fa, e c'è già qualche segno di deterioramento. Materiali naturali come quelli si degradano in fretta senza un'adeguata manutenzione."

"Il lodge non aprirà. Io non posso andare lì." La voce di Hannah era stridula.

"Sta a te decidere, naturalmente", replicò Mike, comprensivo. "Però dovrai affrontare presto il problema. Ne riparleremo quando avrai avuto modo di pensarci. Ci vediamo più tardi."

Quando se ne fu andato Hannah rimase lì con le fatture in mano, fissandole con sguardo opaco. Sarah si mise a sedere.

"Quanto è grave, Han?"

"Non ho fatto il bilancio dello scorso mese, quindi non sono sicura." Hannah si strofinò gli occhi stanchi. "E non so dove troverò un direttore quando Mike se ne andrà alla fine del prossimo mese. Non so più niente ormai."

Sarah pensò alle parole di Mike. Non era tipo da ingigantire i problemi, e non stentava a credere che presto l'opera di Piet avrebbe cominciato a sprofondare sotto la morsa e la spinta dei rampicanti, la pietra spaccata dalle radici invasive, le travi smangiate dagli insetti e delle intemperie. Se la figurò ridotta in rovine soffocata dalla giungla. Come le rovine di Gedy, pensò con un brivido. Ma era difficile immaginare come il lodge potesse aprire senza una gestione professionale. Hannah stava già giostrando da sola molti dei compiti di cui si erano occupati Piet e Lars. E adesso avrebbe dovuto sostituire anche Mike. D'altra parte, il lodge era stato il sogno di Piet, era il suo monumento, e Sarah non poteva sopportare di vederlo disintegrarsi.

"Potrebbe avere ragione lui, Han," osservò. "Il lodge rappresenta un'enorme quantità di denaro, ed è lì inutilizzato." Vide la bocca di Hannah contrarsi, ma sentiva di dover continuare. "Non pensi che Piet vorrebbe che il lodge fosse usato? Vi ha messo dentro tutto quel che aveva. Doveva essere per te e anche per me, e per gli animali. Ricordi quel che ha detto quell'ultimo giorno quando..." La voce le si spense in gola.

Hannah stava guardando verso il giardino, voltata di spalle. Non fece alcun commento. Sarah cercò di riprendersi e ricominciò con difficoltà.

"Se non vuoi condurlo come un lodge da safari, allora forse potrebbe diventare un centro di formazione. Vi si potrebbero tenere corsi di zoologia, ornitologia, botanica e via dicendo. O istruire gente come David che vuole lavorare negli alberghi. E le donne potrebbero imparare a produrre artigianato di migliore qualità. Come Camilla suggeriva quando eravamo nel Samburu, ricordi? Forse potresti invitare etologi famosi, studiosi e guardiacaccia a tenere dei seminari in cambio di un piccolo compenso e una settimana di soggiorno al lodge. Potresti creare una fondazione a nome di Piet e ottenere finanziamenti esterni. Questo lo renderebbe un monumento vivente alla sua memoria. Che ne pensi?"

Hannah si voltò di scatto. I suoi occhi erano duri, gli angoli della bocca rivolti in giù. "Credi davvero che dovrei fare del lodge un'istituzione benefica per istruire la stessa gente che lo ha ucciso? Una ricompensa per il suo assassinio?" La sua amarezza saturò la piccola stanza. "Piet è morto lassù. È stato massacrato. E lo hanno fatto loro. I suoi presunti fratelli e sorelle. Hanno cacciato i nostri animali, ammazzato il nostro bestiame, razziato la nostra casa e ucciso mio fratello. E adesso vuoi che io trasformi quello che lui ha costruito in qualcosa per loro. Sei pazza? Hai completamente perso la ragione, Sarah Mackay?"

"Non puoi colpevolizzare tutti. I vostri *watu* non sono responsabili di quel che è successo. Non vi hanno avuto nulla a che fare. Anzi, potresti cominciare proprio con loro."

"Come facciamo a sapere chi era implicato, se qualcuno di loro ha aiutato Simon, se non lo ha persino portato qui?" sbraitò Hannah. "Sei così ingenua, Sarah. Un'idealista. Come Piet. Ma io non mi fido più di uno solo di quei *kaffir*. E nessuno di loro guadagnerà niente dalla sua morte. Nessuno. Non se parla."

Uscì dall'ufficio sbattendosi la porta alle spalle. Sarah era sgomenta. Dio, che stupida era stata! Non avrebbe dovuto tirare fuori quel discorso così presto. E forse Hannah aveva ragione. Non poteva essere sicura che nessuno a Langani fosse coinvolto. Simon doveva avere avuto dei complici. Si appoggiò contro la scrivania, affranta. Sarebbe mai finito quel terribile ciclo, o tutti a Langani sarebbero stati costretti a vivere nel sospetto e nell'odio finché l'intera azienda sarebbe di nuovo scomparsa dal suolo africano dal quale era sorta? Mentre lasciava l'ufficio, uno dei cani spinse il naso umido nella sua mano e scodinzolò, strappandole un sorriso.

Andò a sedersi sulla veranda fuori dalla sua camera da letto, e Mwangi le portò un vassoio con del tè. I cani si allungarono ai due lati della sua sedia. Solo il cane di Piet mancava. Mancava Piet. Non si sarebbe mai più rivolto a lei pieno di sogni, progetti e ottimismo per il futuro. Il loro futuro. Si mise a piangere e i cani alzarono lo sguardo, uggiolando sommessamente, leccandole la mano. Accarezzare quelle teste morbide e parlare con loro l'aiutò a diluire l'angoscia. Guardando verso l'orizzonte poté distinguere il profilo della rupe. Sarebbe dovuta andare là, un giorno. E al lodge. Era qualcosa che avrebbe dovuto affrontare se voleva che gli incubi cessassero. Parte del processo di accettare le realtà. Ma non ancora. Era troppo presto. Soltanto guardare quel pezzo di terra la faceva star male.

Fu sollevata quando Hannah le chiese di uscire a cavallo, il mattino dopo. Scesero alla scuderia in un silenzio teso. Sarah prese le redini del castrone sauro dallo stalliere e si concentrò sulla regolazione del sottopancia, cercando di non pensare al chiacchierio allegro di Kipchoge mentre sellava le bestie. Hannah fece girare la sua cavalcatura e trottarono fuori dal cortile. Era la prima volta che cavalcavano insieme senza Piet. Fu Hannah a dare il passo quando raggiunsero il terreno aperto, e galopparono attraverso la distesa di erba corta. Quando si fermarono all'ombra di un fico selvatico e smontarono, tirò fuori un thermos e due tazze smaltate dalla sua bisaccia e versò il caffè.

"Voglio chiederti scusa per ieri", cominciò. "Quel che ho detto è stato orribile. So che stavi cercando di aiutarmi, e non potrei andare avanti senza di te. Ho cercato di pensare a lui, a quello che devo fare, ma non ci riesco. Non so che altro dire, eccetto che mi dispiace tanto."

Alzò lo sguardo e Sarah poté vedere le lacrime trattenute nei suoi occhi, la bocca serrata nello sforzo di mantenere il controllo.

"Dovrai lasciare che qualcuno ti aiuti, Han," le disse. "Devi ricominciare a vivere. Non alla stessa maniera, perché nessuno di noi sarà mai più come prima. Però devi reagire."

"Sono intrappolata!" Il suo fu un grido di disperazione. "Non posso scappare da questo buio, è sempre lì pronto a inghiottirmi, a trascinarmi a fondo. Pensavo di poter mandare avanti la fattoria. Ma è troppo per me da sola, e non so proprio che cosa fare."

Stava guardando verso la rupe, notò Sarah, e rabbrividì. Fece per prenderle la mano ma Hannah trasalì e si scansò.

"Hai mai pensato di chiedere a Lars di tornare?"

"No!" Hannah sembrò sgomenta. Strappò un ramoscello da un cespuglio e punzecchiò irosamente il terreno. "Non potrei mai chiedere a Lars di tornare. Mai."

"Perché provi ancora qualcosa per Viktor?" indagò Sarah.

"Diavolo, no!" Hannah conficcò con rabbia il bastoncino per terra, che si spezzò in due con uno schiocco. "A dire il vero, non penso di avere mai avuto sentimenti profondi per lui." Scosse la testa. "È arrivato in un momento in cui tutto era così difficile, tra la rapina e il resto. Avevo bisogno di una fuga dall'infelicità, dalla solitudine, dalla paura. E l'ho trovata in Viktor." La sua espressione era avvilita. "Più che altro è stato il mio orgoglio a esserne ferito. Una rotolata nel fieno con una ragazza di campagna disponibile. Era tutto quel che voleva, e se devo essere onesta è quel che volevo anch'io. Lui era fantastico a letto, però non mi ha mai fatto nessuna promessa." Riprese a tormentare il terreno con un pezzetto di legno. "Sono stata io a infiocchettare tutto per farla sembrare chissà quale storia romantica. Ma era tutto solo nella mia testa." Abbassò lo sguardo alle proprie mani, torcendosi le dita. "Senti... c'è qualcosa che devo dirti, Sarah. Non l'ho detto prima perché non sapevo come fare."

Andò a sedersi su un masso e fissò a terra per qualche momento, accigliata. Sarah aspettò mentre l'amica strappava un filo d'erba e ne mordicchiava l'estremità, schiarendo i propri pensieri. Quando cominciò a parlare le parole uscirono come sporadiche raffiche di proiettili.

"Quando andai a casa di Viktor a Nairobi quella notte – la notte in cui lo trovai con la nera – avevo qualcosa in mente. Qualcosa che avevo bisogno di dirgli." Si prese la testa tra le mani, incapace di continuare.

"Cosa?" la esortò Sarah. "Che cosa, Han?

"Che avevo saltato il mio... che pensavo di essere incinta." La sua voce fu a stento udibile.

"Un bambino? Tu aspetti un bambino?" Sarah era attonita. "Quando? Quante settimane? Lui come l'ha presa?"

"Non gliel'ho detto. Quando ho visto il modo in cui mi guardava ho capito che non significavo proprio nulla per lui, così alla fine sono stata zitta." Il suo sorriso fu triste. "Mi avrebbe detto di sbarazzarmene. Ci ho pensato anch'io, ma ero troppo spaventata e non potevo farlo. Sono di circa due mesi, e non ho idea di come me la caverò. Non l'ho mai detto nemmeno a Piet. Vorrei averlo fatto, invece adesso non lo saprà mai." Hannah cominciò a piangere come una bambina smarrita. "Non so che fare. Non ne ho parlato nemmeno a mamma, perché pensavo che si sarebbe arrabbiata, mi avrebbe detto che ero stata sventata e stupida. E avrebbe avuto ragione. Forse dovrei veramente abortire, Sarah. Non è troppo tardi. E che altro potrei fare? Adesso sono da sola, senza nessuno che si occupi di me, e figurarsi di un bambino."

"Ma non puoi abortire." Sarah era inorridita. "Questo è il tuo bambino, Han. Sì, Viktor è il padre ed è un farabutto, tu però pensavi che ti amasse e questo è comunque tuo figlio. Non te lo perdoneresti mai se lo facessi. Inoltre, io voglio essere la sua madrina e viziarlo disgustosamente."

"Oh, Sarah, so come la pensi sull'aborto. Ma io non sono una cattolica come te. Sono una contadinotta *afrikaner* che sta per avere un figlio senza un padre. Senza un marito. È diverso."

"No, non lo è", insisté Sarah. "Questa è una nuova vita, una nuova persona da amare. E Lottie non sarà arrabbiata o sdegnata, non più di quanto lo sia io. Sarà felice perché tuo figlio scaccerà la tristezza. Tu sarai la migliore madre del mondo, Han."

"No. Non penso di potercela fare." Hannah asciugò le lacrime con il dorso della mano. "Tu fai sembrare tutto così semplice, quando non lo è. Fra poco te ne tornerai a Buffalo Springs, mentre io resterò bloccata a Langani da sola a cercare di mandare avanti la fattoria e tutto il resto. Non posso occuparmi anche di un bambino. È troppo complicato. E Mike se ne andrà presto, perché non posso pagarlo abbastanza. Sto cercando di trovare qualcun altro, ma è difficile."

"Qualcuno come Lars", ritentò Sarah.

"Ho rovinato tutto con Lars. Ho perso il miglior direttore possibile e ho distrutto la nostra amicizia. Saremmo stati una buona squadra se io non avessi perso la testa. Ormai è troppo tardi. Non si è più fatto sentire da quando è andato via. Non vuole più saperne di Langani, questo è chiaro."

"Non so, Han. Potresti convincerlo a tornare", replicò Sarah. "Io penso che..."

"E che dovrei dirgli?" la interruppe Hannah con una punta di asprezza. "'Vorresti tornare a gestire la mia fattoria, Lars? Vedi, io aspetto un bambino da un uomo che mi ha presa in giro. In effetti, è lo stesso uomo dal quale mi hai messa in guardia quando ti ho detto di andartene. Ma sono sicura che non ti dispiacerà venire a tirarmi fuori dai guai in cui mi avevi avvertita che mi stavo cacciando.' È questo che dovrei dirgli, eh?"

"Potrebbe volerci un po' più di tatto e una buona dose di umiltà." Sarah stava sorridendo. "Non le tue qualità più spiccate."

"Lars non è un santo, Sarah. Lui lavorava qui ed era innamorato di me, e io ho avuto una relazione proprio sotto il suo naso. E poi l'ho buttato fuori. Ha il suo orgoglio, sai."

"Tentar non nuoce", replicò Sarah.

"Lui non vorrebbe mai lavorare per me, sapendo che avrò il bambino di Viktor." Hannah disegnò un cerchio sulla terra polverosa. "Non vedo perché dovrebbe volere ancora avere qualcosa a che vedere con me o con la fattoria. E chi può biasimarlo?"

"Non puoi esserne sicura", disse testardamente Sarah.

"Senti, questa è una delle tue fantasie." Hannah scosse la testa. "Non credo che io e Lars potremmo essere di nuovo amici, o lavorare insieme. Non me la sento di parlargli. Non so nemmeno dove sia."

"Allora troveremo un'altra soluzione", la tranquillizzò Sarah. Lars era chiaramente un tasto delicato. "Possiamo superare ogni cosa insieme. Come ci siamo sempre promesse. Ti voglio bene, Han."

Mentre Hannah stava facendo la sua visita pomeridiana alla latteria, Sarah andò in ufficio e si sedette alla scrivania, trovò l'elenco del telefono e lo sfogliò in fretta. C'era soltanto un abbonato di nome Olsen a Kiambu, e fece il numero. Dopo aver parlato con lo zio di Lars chiamò l'operatore chiedendo di collegarla con un numero in Norvegia. La conversazione fu ostica. La madre di Lars non parlava bene l'inglese, e ci volle un po' prima che Sarah capisse che lui era partito per la Danimarca il giorno dopo Natale per fare visita alla sorella che viveva lì. Sarah mise giù il telefono, ora timorosa che Hannah rientrasse e scoprisse il suo piano. Lo alzò di nuovo e si innervosì un poco quando l'operatore ai collegamenti internazionali commentò che non aveva mai inoltrato chiamate a nessuna di quelle nazioni fino ad allora. Aveva voglia di chiacchierare. Sarah tamburellò le dita. Finalmente le arrivò la voce di Lars.

"Sono Sarah", disse. "Ho qualcosa di terribile da dirti."

Lui ascoltò, poi lei udì le sue lacrime mentre parlava del suo amico, e chiedeva di Hannah.

"A te come vanno le cose, Lars?" gli domandò.

"Questo Paese sembra così piccolo adesso, dopo l'Africa. E decisamente troppo freddo." Abbozzò una risata. "Sto pensando di andare in Australia."

"Non saresti intenzionato a tornare a Langani? Hannah ha bisogno di qualcuno."

"Non potrei essere io", affermò lui recisamente. "Questo lo ha reso ben chiaro."

"Le cose sono cambiate."

"Lei vuole vedermi?"

"Ha paura." Sarah fece una pausa, chiuse gli occhi e prese la rincorsa. "È incinta, Lars." Avvertì il suo choc, lo udì tirare in dentro il fiato. "Lars?"

"Aspetta il figlio di quell'uomo?"

"Sì."

"Be', e lui dov'è?"

"È finita. Era già finita prima che lei si rendesse conto di essere incinta. E non intende dirgli del bambino."

"E così ha pensato a me. Dovrai dirle di no."

"Lei non sa nemmeno che ti sto telefonando." Sarah era disperata, costernata per la sua amarezza. "Posso capire la tua reazione, Lars. Davvero. Ma mi piacerebbe che tu ci pensassi."

"Non sono un uomo così buono, Sarah. Spero che le cose si sistemeranno per lei, però non posso aiutarla in questo."

Parlarono ancora per qualche minuto; lui comunque fu inamovibile. Non poteva tornare a Langani.

Tre giorni dopo Lars telefonò da Nanyuki.

"Ti va di raggiungermi qui?" disse a Sarah. "Non posso lavorare a Langani, forse però potremmo parlare."

"Hannah, verresti a Nanyuki con me oggi pomeriggio?" Sarah tentò senza successo di avere un tono noncurante.

"A far che?" Hannah alzò lo sguardo dal libro contabile, i lineamenti tirati, gli occhi cerchiati. "Non mi piace più andare a

Nanyuki. Non voglio incontrare gente. Ascoltare le loro parole di cordoglio e vedere il loro imbarazzo quando mi incontrano. Va' tu, se devi."

"Non voglio andarci da sola. Per favore, Han."

Arrivate in città parcheggiarono al Silverbeck. Sarah ricordò la prima volta che era stata là, andando a Buffalo Springs, quando la vita era così luminosa e piena di promesse. Spense il motore e si girò a guardare Hannah.

"Lars è qui," le annunciò. "E tu adesso gli dirai tutta la verità e gli chiederai di tornare a Langani."

La prima reazione di Hannah fu di sgomento e rabbia, ma dopo qualche minuto aprì la portiera senza una parola ed entrò nell'albergo, la faccia rigida come il granito. Faceva fatica a respirare, aveva la gola secca e non riusciva a deglutire. Da dove era saltato fuori Lars? Era stata Sarah a farlo tornare indietro, e in tal caso che cosa gli aveva detto? E che cosa avrebbe potuto dirgli lei? Si fermò, voltandosi verso l'ingresso. Sarah la stava guardando dalla macchina, mimando esortazioni. *Diglielo.* Hannah si girò di nuovo e se lo trovò accanto. Si sedettero a un tavolino nella saletta del bar affacciata sul giardino.

"Piet mi manca", disse Lars. "Non posso credere che se ne sia andato. Non posso immaginare come possa essere per te, o per Sarah. Oh, Hannah..."

Lei non voleva piangere. Deglutì a fatica. "Ti trovo bene", disse, rendendosi conto di che frase insulsa e fuori luogo fosse, e facendone seguire un'altra. "Non mi aspettavo di vederti."

"Come vanno le cose alla fattoria?" domandò lui.

Hannah si guardò attorno, presa dal panico. Poteva vedere Sarah, ancora seduta in macchina, senza accennare a volerli raggiungere. "Si tira avanti", rispose. "Va benino. No, non è vero. Per la verità, ho bisogno di chiederti... pensavo..."

Stava annaspando. Lars studiava il suo bicchiere di birra, evitava di guardarla. Lei raddrizzò la schiena e sporse il mento in fuori in un atteggiamento di sfida che la faceva somigliare tanto a suo padre. "Senti, Lars", riprese, "c'è qualcosa che devi sapere."

Sarah poteva vederli dal fuoristrada, seduti rigidamente ai lati opposti del tavolo. *Dio, fa' che quella testona non rovini tutto*, pregò tra sé. *Fa' che lui non la respinga. Ti prego, Dio, fa' che da tutto questo venga fuori almeno una cosa buona. Per favore, non lasciare che lui se ne vada.*

Erano passati venti minuti quanto Hannah tornò, la faccia pallida e gli occhi rossi. Vedendola, Sarah ebbe un tuffo al cuore. "Han? Tutto bene?"

"Gli ho raccontato tutto, come mi hai detto. E gli ho chiesto di tornare a dirigere la fattoria. Gli ho detto che ho bisogno di lui, che mi dispiace di quel che è successo. E lui ha accettato di venire in prova, per qualche mese, per vedere se può funzionare. Vuole stare nella casetta dove adesso alloggia Mike, non in casa come prima. Comunque tornerà. E dice se adesso vogliamo entrare tutt'e due a prendere un tè con lui."

La prima notte che Lars passò a Langani fu anche la prima in cui Sarah riuscì a dormire. Il mattino dopo seppe che era venuto il momento di tornare a Buffalo Springs. Avrebbe potuto osservare gli elefanti muoversi nell'arida bellezza del paesaggio settentrionale, seguendo i loro percorsi tra le macchie spinose in una lenta processione verso le montagne cilestrine in lontananza. Alla fattoria non ci sarebbe stata pace finché Simon non fosse stato preso e consegnato alla giustizia, e lei non poteva fare niente per accelerare le cose in quel senso. Alzò lo sguardo all'azzurro cristallino del cielo, attingendo alle sue ultime riserve di coraggio per fare quello che aveva deciso.

"Sarò fuori per buona parte della giornata", avvertì Mwangi. "Di' a *memsahib* Hannah che ci vedremo stasera."

Le tremavano le mani mentre avviava la Land Rover e guidava lungo la carraia. Il sentiero non veniva usato da un po' e le piogge occasionali avevano creato un mosaico di crepe e sgretolato i bordi, così che le ruote schizzavano sabbia e sassolini mentre la jeep arrancava gemendo su per la china. I rami grattavano contro le portiere, e lo stridio delle spine sulla carrozzeria le faceva venire la pelle d'oca. Alla fine della pista parcheggiò e proseguì a piedi, ansimando un poco per la salita ripida e il sole impietoso. In cima alla rupe si fermò, asciugandosi il sudore dalla fronte, e lasciò spaziare lo sguardo sulle pianure screziate dalle nuvole.

Si sedette sulla stessa roccia dove l'aveva portata Piet a guardare il mondo che aveva tanto amato. Tutt'attorno a lei era un'armonia di canti di uccelli e grilli. Si vedeva ancora l'area bruna dove era stata eretta la pira, e a ogni respiro le sembrava di inalarlo mentre fluttuava sulla rupe, eternamente presente ma perduto per sempre. Adesso che era là con lui, non sapeva che cosa dire o fare. Forse non c'era bisogno di cercare parole, perché lui già sapeva che era venuta per dire addio. La sua percezione di Piet non sarebbe più cambiata ormai. Non avrebbero visto i loro bambini crescere sulla terra che sarebbe dovuta essere la loro casa e la loro eredità, non sarebbero invecchiati insieme, ciechi l'uno alle rughe dell'altro, incuranti della senilità che intaccava le loro energie e la loro memoria.

Dopo un po' si stese al sole e chiuse gli occhi. Non si aspettava alcuna insidia da parte della fauna, anche se era possibile che fosse osservata da un paio di dik-dik o da un'antilope nascosti nel fogliame. Non le avrebbero fatto alcun male, e i predatori con quel caldo stavano senz'altro dormendo. Piet l'avrebbe protetta. Di questo era sicura. Per un momento udì l'eco della sua voce nel vento, vide il suo volto nel gioco del sole in una nuvola. Poi non ci fu più nulla. Quando riaprì gli occhi e guardò l'orologio trasalì per la sorpresa. Si era addormentata ed erano passate più di due ore. Si era alzato un vento freddo, il cielo era grigio, cosparso di nuvole scure che correvano veloci sopra di lei. Si alzò e rassettò i vestiti, poi andò al punto in cui Piet era stato arso.

"Adesso devo andare", disse con voce piena d'amore e tristezza. "Devo lasciarti per un po', anche se non sono pronta. Ma penso sia l'unica cosa che io possa fare. È la cosa giusta. Ti prego, veglia su Hannah e aiutala a trovare pace. So che sarai con me ovunque andrò, e che non devo dirti addio. Non te lo dirò mai."

Piangendo, si chinò a raccogliere una manciata di terra bruciata e se la mise in tasca. Poi corse via dalla rupe, scivolando sul sentiero scosceso, aggrappandosi ai rami secchi e spinosi per non cadere. Quando raggiunse la jeep sentì le prime gocce di pioggia. Le nuvole si erano ammassate e un segmento di luce rosa saettò nel cielo. Ci fu un brontolio di tuono mentre guidava giù per il sentiero, sobbalzando sul terreno accidentato, slittando pericolosamente verso il ciglio della scarpata. Gli alberi incombevano cupi e desolati nel torrente d'acqua che batteva sul parabrezza. In pochi minuti la Land Rover stava sbandando di qua e di là mentre lei guidava a velocità sostenuta per non restare impantanata nel fango. Una volta dovette scendere sotto il temporale per infilare dei pezzi di legno sotto le gomme, trattenendo il fiato mentre le ruote giravano a vuoto prima di riuscire a fare presa. Quando finalmente arrivò alla fattoria, era zuppa di pioggia e inzaccherata di fango.

"Sarah! Dove sei stata? Stavo per uscire a cercarti!" Lars la prese per un braccio. "Pensavo fossi rimasta bloccata da qualche parte. Ci aspetta una sera tempestosa, questo è certo. È arrivata una telefonata per te. Ti dirà Hannah. Adesso sbrigati, va' a metterti qualcosa di asciutto."

"Una telefonata?"

"Dopo, o ti beccherai il raffreddore."

Dopo essersi fatta la doccia e infilata un paio di pantaloni e un maglione, tornò in soggiorno. Hannah era seduta accanto al fuoco, ma non rispose al sorriso di Sarah.

"Mi sono preoccupata quando ha cominciato a piovere", la rimproverò. "Non sapevo dove fossi andata, e avevo paura che fossi rimasta impantanata da qualche parte."

"Ho pensato di fare un giro a cercare qualche animale da fotografare", mentì Sarah. "Chi ha telefonato per me?"

"George Broughton-Smith." L'espressione di Hannah era torva. "Gli ho detto che non eri qui. Voleva venire per vederti. Per vedere entrambe. Ma gli ho detto di no. Non lo voglio qui, né adesso né mai. Quindi se vuoi vederlo, dovrete incontrarvi da qualche altra parte."

"Ha detto qualcosa di Camilla?"

"Se aveva qualcosa da dire su sua figlia, non sono stata al telefono abbastanza per scoprirlo. Aveva saputo dai giornali di quel che è successo qui. Ne ha parlato la stampa in Inghilterra, quindi doveva saperlo anche lei, eppure non si è degnata di scrivere o di prendere in mano il telefono."

"Ti ha lasciato un recapito?"

"No." Hannah stava di nuovo fissando il fuoco, i pugni serrati.

"Hannah?" Sarah esitò un momento. "Han, oggi sono andata su alla rupe. Sono andata da Piet."

Han si girò di scatto a guardarla con occhi innaturalmente brillanti, ma non disse nulla.

"Penso sia ora che io vada, Han", continuò Sarah. "Che torni al lavoro. E tu hai bisogno di un po' di tempo e spazio per te stessa. Lars è qui ad aiutarti, io non sarò lontana. Verrò ogni volta che avrai bisogno di me, o potrai venire tu al campo, in qualunque momento tu voglia."

Silenzio. Hannah incrociò le braccia, come per proteggersi. I suoi occhi guizzarono verso la porta quando Lars entrò a raggiungerle. Lo guardò come se non lo avesse mai visto prima. "Sarah sta andando via", disse con un'espressione impenetrabile.

"Lars, in origine avevo pensato di andare la settimana prossima, ma a meno ci sia qualche motivo particolare perché io resti, preferirei partire domani." Sarah colse il suo sguardo sorpreso. "Tornerò presto. Magari per un weekend."

"Bene." Hannah raddrizzò le spalle. Era chiaro che stava cercando di farsi animo. "Un giorno verrò a trovarti là. Come arriverai a Buffalo Springs?"

"Dan o Allie potrebbero venire a prendermi a Nanyuki. Uno dei due andrà lì domani a fare rifornimenti."

"Bene", ripeté Hannah. "Puoi prendere la mia Land Rover e lasciarla al Silverbeck. Mi farò accompagnare da Lars a riprenderla. Dovresti portare con te un po' delle nostre verdure, e uova, miele e marmellata, per nutrirti in quel deserto. Domani ti aiuterò a prepararti."

Era metà mattina quando Sarah lasciò la fattoria. Indugiò a lungo a chiacchierare con Hannah, rinviando il momento della separazione. Quando infine si abbracciarono, Hannah si ritrasse in fretta dal contatto e si allontanò. Era impossibile valutare le sue emozioni, ma Sarah sentì un senso di liberazione lasciando la fattoria.

"Avrò cura di lei", promise Lars chiudendole la portiera. "Penso stia cominciando a riprendersi. Lo spero, perché presto saremo costretti a prendere delle grosse decisioni, e non posso farlo senza di lei."

"Ti riferisci al lodge?"

"Buona parte del capitale della fattoria è investito là dentro, e avremo seri problemi di liquidità se non lo mettiamo in funzione. O facciamo qualcos'altro, come affittarlo."

"È un pensiero orribile."

"Lo so. Ho provato a parlarne con lei, ma è troppo presto." Sorrise e le diede una stretta alla mano. "Non preoccuparti, troverò una soluzione. Adesso torna al tuo lavoro. È la cosa migliore che tu possa fare per te stessa, e anche per Hannah. Le cose andranno meglio quando tornerai qui a casa la prossima volta."

Poté vederlo nello specchietto retrovisore, in piedi nel prato di Lottie, finché svoltò la curva, lasciandosi la fattoria alle spalle.

28

Rhodesia, febbraio 1966

Jan van der Beer si fermò nell'ombra stentata di una sporgenza di roccia. Era senza fiato, stremato dal sole impietoso. Si tamponò la faccia e il collo e cercò di scrollare via i rivoli di sudore che gli colavano lungo la schiena sotto la camicia. L'acqua che stava bevendo aveva un gusto salmastro, ma la ingollò a lunghi sorsi, asciugandosi le gocce residue dal mento ispido col dorso della mano. Poi frugò nella giacca mimetica e ne tirò fuori la fiaschetta del whisky, voltando la schiena ai suoi compagni mentre lo tracannava avidamente. La pattuglia avanzava a passo spedito dall'alba, ma la temperatura e il bagliore accecante di mezzogiorno li avevano alla fine costretti a fermarsi. Il sentiero che stavano seguendo era temporaneamente scomparso sul crinale cosparso di rocce, e i battitori stavano ispezionando la boscaglia alla ricerca di recenti segni di passaggio umano. Jan li osservò in silenzio, imprecando sottovoce, risentito di essere ancora una volta fuori con suo cugino, a dare la caccia nel bush alla banda che aveva attaccato la fattoria dei Maartens. Avevano ammazzato la vecchia coppia, incendiato l'abitazione e gli altri edifici prima di darsi alla macchia sul confine con lo Zambia. Era stato il domestico a dare l'allarme, correndo nel buio fino alla più vicina casa colonica. Erano le quattro del mattino quando il telefono era suonato nel bungalow di Jan.

"Ci sono altri guai", aveva detto Kobus. "Il vecchio Maartens e sua moglie sono morti. Sto mettendo insieme una pattuglia. Partiremo tra un'ora per prendere i bastardi."

Si erano messi in marcia prima dell'alba, approfittando della temperatura fresca, muovendosi lentamente all'inizio perché i battitori non perdessero niente di significativo nella luce scarsa. Adesso era pieno giorno e il caldo si era fatto intollerabile. Nella mente di Jan non c'era alcun dubbio che gli assassini fossero ribelli di uno dei partiti politici neri messi al bando dal primo ministro. Dopo la travolgente vittoria elettorale del partito nazionalista di Ian Smith, la maggior parte dei leader neri dell'opposizione era stata messa in carcere. Le eccezioni erano quelli che erano fuggiti oltre la frontiera con lo Zambia dove avevano organizzato gruppi di guerriglia, attuando frequenti raid armati nella loro patria.

"È solo una cosa temporanea", aveva detto Kobus van der Beer quando Jan aveva espresso per la prima volta dubbi sulla politica oltranzista del governo. "Smith conosce questi *munt* che organizzano le incursioni. Il loro intento è terrorizzare noi bianchi per farci scappare, ma lui sa bene quali siano i loro limiti. Non ha nessuna intenzione di dare il diritto di voto a qualunque nero e tradire la nazione. Noi quaggiù sappiamo ciò che facciamo e non cederemo come hanno fatto in Kenya, consegnando le nostre fattorie ai *kaffir*."

"Hanno dato loro abbastanza terra per farli contenti", osservò Jan. "È stata una mossa politica che col tempo potrebbe dare i suoi frutti."

"Non funzionerà mai", aveva replicato rabbiosamente Kobus. "Quei *kaffir* vogliono soltanto stare seduti sui loro culi neri e coltivare giusto abbastanza per avere da mangiare per qualche giorno, o comprare altro bestiame che non possono nutrire. Ma puoi scommettere che non lo faranno su nessuna delle mie terre. Sto organizzando una pattuglia con i miei vicini: prenderemo i bastardi quando arrivano qui per colpire le nostre fattorie, gli faremo vedere contro chi si sono messi. Tu sei il mio supervisore, Jan, un membro della mia famiglia. E per tutto il tempo che sei qui mi aspetto che tu metta molte energie in questo."

"Tu non sei venuto qui per combattere la guerra di qualcun altro", aveva obiettato Lottie quando Jan era stato reclutato per l'ennesima spedizione. "Kobus può dire quello che vuole, ma tu sai benissimo che questo è solo il principio di grossi guai."

"Devo andare con lui. Per proteggere la sua terra e impedire che gente come noi venga ammazzata nel sonno."

"Abbiamo perso nostro figlio, Janni, a causa di una guerra per la terra." Lottie aveva alzato la voce e gli si era attaccata al braccio, scuotendolo, costringendolo a guardarla. "Non cercare di scappare da quello che sto dicendo. Sappiamo entrambi che cosa c'è dietro la morte di Piet. Non hai imparato niente? O hai deciso di andare là fuori e farti uccidere anche tu?"

"Ho imparato che i sogni di Piet non sarebbero mai potuti durare, perché a quei *kaffir* non interessa la collaborazione e la pace. Ci vogliono tutti fuori dalle nostre terre, o morti."

"Questa non è la nostra terra, Janni. Se vuoi combattere, allora torna a Langani e aiuta Hannah a proteggere la nostra fattoria, perché qui non abbiamo nulla da guadagnare tranne la tua distruzione, e di riflesso anche la mia. In questa nazione non c'è nessuna speranza, perché non esiste un compromesso. Questi ribelli hanno denaro e armi dati loro da altri Stati africani e da Paesi comunisti. Alcuni di loro sono stati mandati in Russia e Cina per essere addestrati. È una situazione terribile, Janni. Dovremmo andarcene a casa in Kenya, dove sei nato. Abbiamo fatto un errore spaventoso venendo qui."

Ma lui non poteva tornare là. Non poteva tornare nel posto dove aveva strisciato nelle fredde foreste e vissuto come un animale, dove aveva passato notti sveglio con l'orecchio teso allo scricchiolio rivelatore di una canna di bambù, o al movimento spaventato di un animale che segnalava la presenza di fuggiaschi. Di uomini che doveva braccare e uccidere. Non avrebbe mai dimenticato il corpo selvaggiamente mutilato di suo fratello, con le mosche che sciamavano in un ronzante alone nero accanto alla testa tranciata per metà dal collo. Poteva ancora vedere gli uomini nelle loro pelli di animali acquattati accanto al fuoco, che mangiavano e ridevano nella prima luce. Che ridevano mentre lui precipitava nella follia. Non poteva tornare a Langani dove il fantasma del figlio lo avrebbe seguito a ogni passo, e la figlia lo avrebbe guardato con silenzioso disprezzo. Aveva preso il whisky e bevuto direttamente dalla bottiglia, ascoltando il suono dei singhiozzi di sua moglie oltre la porta della camera a letto. Poi era uscito a raggiungere suo cugino.

Kobus van der Beer amava la pattuglia di vigilanti che aveva organizzato con i suoi vicini, e le loro scorribande stavano diventando più frequenti. Era tronfio come un tacchino per il numero di ribelli che aveva scovato, e le aspre punizioni impartite. Jan era stato rigido con i suoi braccianti a Langani, severo nei provvedimenti contro ogni lavoratore che lo ingannasse o non rispettasse le regole. Ma era sempre stato giusto, assicurando buone razioni di cibo, denaro per l'istruzione, consigli assennati e assistenza medica ai dipendenti. Il cugino trattava i trasgressori come se fossero animali, li buttava fuori dalla sua terra, gridando e scaraventando i loro averi fuori dalle capanne. Jan lo aveva visto battere uomini che aveva trovato addormentati nei campi di tabacco. E da quando erano iniziati gli attacchi alle fattorie, Kobus era nel proprio elemento. La sua pattuglia partiva armata pesantemente per andare a "caccia di *kaffir*", come diceva lui. Traeva un piacere malvagio nel fare il tiro al bersaglio con le sue prede. Le iniziali obiezioni di Jan si erano scontrate con minacce malcelate di togliergli il lavoro. E da quando Piet era morto, non gli importava più.

"Cugino, tu sei necessario qui", diceva Kobus. "Questi *terr* non sono diversi da quelli che hanno ucciso tuo figlio."

Kobus adesso stava abbaiando ordini al gruppo perché si preparasse a ripartire. Jan sputò nella polvere e si calcò il cappello sulla fronte vedendo il cugino avvicinarsi. Bevve un'ultima sorsata d'acqua dalla borraccia e vi fece seguire un altro goccio di whisky, sapendo benissimo che era folle bere a quell'ora del giorno. La combinazione di caldo e alcool avrebbe prosciugato ogni energia e acuito la sete. Ma l'alcool attutiva la sua miseria. Era l'unico modo in cui potesse costringersi ad andare avanti. Quando tutta questa agitazione politica si fosse placata avrebbe ripreso il controllo di se stesso, si era giurato. Nel frattempo, il liquore era il carburante che teneva in movimento le gambe e impediva alla sua vita di cadere in pezzi. Il battitore segnalò di avere trovato la nuova direzione della loro selvaggina, e la pattuglia partì al trotto tra arbusti e rovi con i fucili imbracciati.

Ci volle un'altra ora prima che raggiungessero le loro prede. I guerriglieri si erano resi conto di non potere seminare gli inseguitori, e avevano teso loro un'imboscata tra le rocce. Quando iniziarono gli spari la pattuglia si sparpagliò, gettandosi al riparo nella fitta vegetazione. Jan era in testa, gridando ordini, correndo verso l'area dove la banda era nascosta, avanzando a zigzag tra le rocce, sparando all'impazzata. Davanti a quella gragnola di colpi, gli inseguiti si voltarono per scappare. Fu tutto finito in pochi minuti. Kobus camminò tra i corpi, contando i trofei. Era un drappello scalcinato, cinque uomini di età disparata in lise uniformi mimetiche. Soltanto due di loro portavano scarpe, gli altri erano a piedi nudi. Le armi erano vecchie, avevano poche munizioni.

"Hai corso un bel rischio, amico, ma è andata bene", disse Kobus a Jan, chinandosi a portare via le armi ai cadaveri.

Jan si strinse nelle spalle, bevve un altro sorso dalla fiaschetta e accese una sigaretta. "Non molti di questi disgraziati sono abbastanza ben addestrati per tenere le loro posizioni in un attacco frontale", commentò. "Hanno scelto un posto dove pensavano di prenderci di sorpresa e farci fuori. Non erano preparati a una carica. Difficilmente hanno un piano d'azione che vada al di là dei primi cinque minuti."

"E se avessero deciso di sostenere lo scontro?"

"Ci avrebbero fatto il tiro alla quaglia contro. Anzi lo stavano facendo in ogni caso."

Kobus emise un grugnito e rivoltò un altro corpo con il piede. Non poteva avere più di quindici anni, pensò Jan. Per un attimo vide le sue palpebre fremere. Il ragazzo era rimasto immobile, fingendosi morto. Jan si voltò deliberatamente dall'altra parte, ma anche Kobus aveva colto il movimento. Alzò il fucile e puntò la canna contro la fronte del ragazzo. Il giovane ribelle spalancò gli occhi colmi di terrore, in una muta supplica. Poi Jan vide una nuvola scarlatta di sangue, frammenti ossei e tessuto cerebrale sparpagliarsi sul terreno polveroso. Kobus rise, pulendo l'arma sui suoi calzoni kaki.

"Cristo, era solo un ragazzo!" protestò Jan, disgustato.

"Uno in meno a crescere come un terrorista. Schifosi *tsotsi*!" Kobus si allontanò per raggiungere i compagni. Tirarono fuori le razioni di cibo e si sedettero a mangiare, indifferenti alla vicinanza dei cadaveri e agli avvoltoi che già volteggiavano sopra di loro. Jan sentì il vecchio incubo tornare a ossessionarlo, ed estrasse la fiaschetta, scolando fino all'ultimo goccio. Lasciarono i corpi dov'erano. Un avvertimento per gli altri, disse Kobus mentre iniziavano la lunga marcia di ritorno.

Era già notte quando Jan entrò vacillando in casa. Lottie era seduta al tavolo da pranzo, ancora con davanti il piatto della cena toccata a stento.

"Che cosa è successo?" domandò.

"Un'altra operazione pienamente riuscita", borbottò lui andando dritto alla credenza per versarsi da bere.

Lottie si alzò di scatto. "La tua cena si è rovinata, ma non credo ci farai molto caso."

Lui si girò a guardarla con occhi annebbiati. "Non è una mia scelta, sai, passare ore là fuori nel bush a dare la caccia a quei dannati *munts*. Hanno ucciso il vecchio Marteens e sua moglie. Qualcuno deve fermarli."

"Non tu. Non è compito tuo." Gli occhi di Lottie mandavano lampi. "Sono stata qui da sola tutto il giorno, senza sapere se fossi vivo o morto nel cassone del camion. Qualcuna di quelle bande sarebbe potuta venire qui e attaccarmi mentre tu eri via. Io non merito la tua protezione? E adesso ti presenti qui ubriaco e...” Jan fece per andarsene, ma lei non demorse. “No, tu adesso mi ascolti. Puzzi come un caprone, e sei pieno di whisky. Lo sento nel tuo alito, e ti tremano le mani. Guardati, Janni! Non sei più un ragazzo. Nelle fattorie qui attorno ci sono tanti uomini più giovani che possono fare questo. Non è una tua battaglia. Mi dispiace per Marteens e sua moglie, è ovvio. Ma tu non devi loro nulla, e niente che tu possa fare li riporterà indietro. Kobus ti sta sfruttando. Ti usa come carne da cannone affinché lui e suo figlio vivano per combattere un altro giorno. E tu ne sembri ben contento, come se non vedessi l’ora di farti ammazzare.”

“Lottie...”

“Adesso è veramente troppo, Janni.” I suoi occhi si riempirono di lacrime. “Non ce la faccio più. Sei venuto qui per il bene di Piet. Per dargli una chance alla fattoria. Ma lui adesso è morto, Janni. Morto. E Hannah sta lottando per tirare avanti da sola. Che senso ha restare per vivere in questo modo? Io non faccio che lavorare per meno di niente, tu stai fuori tutto il giorno, e quando torni a casa sei ubriaco.”

“Pensi che io non detesti quello che sta succedendo qui?” Jan traballava sulle gambe. “Non ho scelta. Ho bisogno di questo lavoro. Se non esco di pattuglia Kobus mi licenzierà, e allora non avremo più niente del tutto. Niente.”

“Deve pur esserci qualche altro posto dove puoi lavorare, se non vuoi tornare a casa.” La voce di Lottie era esausta. “Quel che Kobus ti sta facendo fare ti distruggerà, Janni. L’altra volta era per la nostra fattoria, per la nostra famiglia. E c’è stato un prezzo terribile da pagare. Ma questa non è una causa giusta per cui abbia un senso combattere. Ian Smith è un pazzo che precipiterà questo Paese nella guerra. Dovremmo andarcene prima che sia troppo tardi.”

Jan fece un passo verso la moglie e tentò di prenderla tra le braccia, ma lei si ritrasse disgustata.

“Va’ a farti un bagno”, gli disse con freddezza. “Non posso sopportare l’odore di morte che hai addosso. O il puzzo di alcool. È sui tuoi vestiti, sulla tua pelle, nei tuoi occhi. Vatti a lavare mentre cerco di rimediarti qualcosa per cena.”

Tirò fuori la casseruola da forno, gettò le patate nella salsa di carne e scaldò un piatto. Quando Jan tornò era immusonito, e non parlò sedendosi a tavola.

"Janni, ti prego, ascolta quel che continuo a dirti."

Lui spinse via il piatto. "Non è tutto così male qui."

"È una situazione senza speranza", ribadì Lottie. "Ian Smith si è isolato da tutti eccetto il Sudafrica. Nessun'altra nazione spalleggerà la Rhodesia finché lui rifiuta di considerare un futuro in cui i neri abbiano voce in capitolo. La polizia e l'esercito non possono tenere fuori la gente che è stata esiliata e adesso sta tornando qui per combattere. I russi, i cinesi e i cubani li aiuteranno a creare disordini. E i nativi pensano che quei politici esiliati un giorno cacceranno Ian Smith e daranno loro tutta la terra che adesso è proprietà dei bianchi. È solo questione di tempo prima che ci ritroviamo a vivere in mezzo a una guerra vera e propria."

"Cambierà, se teniamo duro per un po'."

"Sei un illuso se pensi che possa venire fuori qualcosa di buono dal modo in cui stanno andando le cose qui. Kobus e quelli come lui un giorno saranno espropriati di tutto, forse anche massacrati. E noi faremo la stessa fine, se restiamo a sostenerlo. Stai impiegando il tuo tempo a difendere l'indifendibile. E per che cosa? Per un uomo che disprezzi, per la sua terra, e per un Paese che non è il nostro!"

Jan si alzò scuotendo la testa e andò a versarsi un altro whisky. Lottie si sedette, passandosi la mano sugli occhi. Quando parlò di nuovo la sua voce era bassa e disperata.

"Non hai bisogno di bere ancora, Janni. Ti prego. Adesso basta. Se mi ami, non farlo."

Lui si portò il bicchiere alle labbra con aria di sfida e buttò giù il liquore in un solo lungo sorso. Poi sbatté il bicchiere sul tavolo e lasciò la stanza. Lottie si alzò, sparecchiò la tavola e gettò in pattumiera la cena di Jan. Lui russava sonoramente quando andò in camera da letto. Stette a guardare le linee incise dalla stanchezza sul suo viso, i capillari rotti sul naso, i lineamenti gonfi e la bolla di saliva che gli si era formata all'angolo della bocca aperta. Era arrivata a odiare il suo alito pesante di alcool quando gli si stendeva al fianco. E i suoi sogni erano agitati. Era come nei mesi dopo il Mau Mau e l'inchiesta, quando si era rinchiuso in una spirale di disperazione e lei aveva temuto per la sua sanità mentale. In fondo era un uomo di buon cuore, disse a se stessa mentre gli stava accanto sveglia. Era stato un marito e un padre amorevole. Adesso però era niente più di uno schiavo. Kobus godeva nel vedere il graduale declino di suo cugino, gli dava un senso di potere. E come se non bastasse, quell'uomo orribile aveva tentato diversi ripugnanti approcci con lei, e la guardava con uno sguardo scaltro e rapace che le faceva accapponare la pelle. Lottie sprofondò nell'angoscia ripensando a suo figlio, ammazzato, e a quel che poteva essere di suo marito.

Ma non c'era modo di andarsene da quel posto tremendo senza soldi. I suoi magri risparmi avevano preso il volo quando Hannah era scappata, e non sarebbero stati comunque sufficienti. Jan guadagnava una miseria e non aveva speranza di mettere da parte il denaro per tornare a casa in Kenya, anche se avesse smesso di bere. Lo udì digrignare i denti, borbottare qualcosa nel sonno, e pregò sommessamente di trovare il modo per portarlo via da lì e restituirgli la sua dignità. Si alzò dal letto e infilò la vecchia vestaglia per andare in cucina a farsi un tè e riflettere. Aveva un solo alleato sul quale potesse contare. Forse lui le avrebbe prestato il denaro necessario per tornare in Kenya con Jan. Il giorno dopo avrebbe telefonato a suo fratello a Johannesburg. Tornò a letto e si addormentò all'istante, nonostante il russare da ubriaco di Jan.

Il mattino seguente chiamò Sergio e non riuscì a trattenere le lacrime mentre gli spiegava la situazione. Lui le offrì immediatamente il suo appoggio.

"Portalo quaggiù, Carlotta. Gli farà bene, e tu hai bisogno di un po' di conforto. Anche solo per una settimana. E una volta che sarà qui, vedremo cosa fare. Se proprio non vuole saperne di tornare a Langani, potrebbe trovare lavoro a Natal in una piantagione di canna da zucchero, o in una delle fattorie nella Cape Province... troveremo una soluzione."

"Non verrà, se pensa che ti ho telefonato io." Lottie aveva un groppo alla gola che le permetteva a stento di parlare.

"Non piangere, cara. Ti manderò i biglietti. E scriverò a tutti e due, dicendo che mi mancate tanto, che è troppo tempo che non vi vedo. Sistemeremo Jan una volta che sarete qui."

Rincuorata, uscì per consegnare del lavoro di cucito a una signora inglese con un giardino pieno di fiori e una linda casa colonica, che le fecero venire voglia di gridare per il dolore e il senso di perdita. Non disse niente a Jan della telefonata a Johannesburg, ma attese con impazienza che arrivassero la lettera e i biglietti. Jan era molto affezionato al cognato. Se avesse ascoltato qualcuno, sarebbe stato Sergio. E lei si rese conto di quanto desiderasse vedere il fratello, essere accudita da qualcuno affettuoso e forte. Dopo la morte di Piet aveva represso il suo strazio, e pianto soltanto quando Jan non c'era o dormiva e non poteva vederla o sentirla. Si era sforzata di essere forte per lui, ma non poteva farcela ancora per molto.

Johannesburg non era una città che le piacesse in modo particolare, sebbene vi avesse trascorso l'infanzia. Però offriva una possibilità di fuga dalla situazione disperata in cui si trovava ora. I biglietti arrivarono cinque giorni dopo. Lottie aprì la busta e lesse con gratitudine la lettera del fratello. Rinfrancata dalla prospettiva della vacanza, si diede da fare più del solito per il pranzo, mettendo una tovaglia pulita e un vaso di fiori freschi sul tavolo. Ma quando Jan arrivò suo cugino era con lui.

"Lottie, mia cara." Kobus la guardò nel solito modo e le mise una mano sulla spalla, indugiando un po' troppo a lungo prima di farla scivolare lungo la sua schiena e sui fianchi. "Ti trovo bene. Davvero in forma."

Lei sgusciò fuori dalla sua portata. Forse era un bene che fosse lì. Avrebbe potuto approfittarne per chiedergli di dare un permesso a Jan e fissare subito la data della partenza.

"Ciao, Kobus. Mi fa piacere che tu sia venuto. Ho appena ricevuto una lettera da mio fratello a Johannesburg. Vuole che Janni e io andiamo laggiù per qualche giorno. Avremmo veramente bisogno di un po' di respiro. Per noi è stata dura, dopo... dopo quel che è successo a casa."

Kobus aggrottò la fronte. "Una vacanza? Be', forse verso la fine dell'anno. Adesso è fuori discussione, Jan ha troppo da fare. Ne riparleremo a novembre. Nel frattempo, berrei volentieri qualcosa. Lottie, versami un whisky, sii gentile."

"Sarebbe abbastanza una settimana, dieci giorni", insisté lei, porgendo la lettera di Sergio al marito. Jan la prese, ma invece di leggerla andò a riempire due bicchieri di whisky, e ne portò uno al cugino.

"Ci penserò", disse Kobus. "Non sono solito concedere vacanze così da un momento all'altro ai miei dipendenti, nemmeno se sono di famiglia."

"Jan ne ha diritto." Lottie non riuscì a trattenere la rabbia che le stava montando dentro. "Sta soffrendo per la morte di suo figlio, e sono due anni che lavora per te senza sosta, giorno e notte, tra la fattoria e le tue spedizioni punitive."

"Diritto, eh? Non è una parola che conosco." Kobus stava sorridendo, ma i suoi occhi erano freddi e irosi. "E ci sono problemi di sicurezza. Partiremo per una delle mie spedizioni punitive, come tu le chiami, questo pomeriggio. Non so quanto staremo via stavolta. È una cosa grossa. Abbiamo informazioni in base alle quali dobbiamo agire immediatamente." Ingollò il whisky e posò il bicchiere vuoto sul tavolo. "Tornerò a prenderti tra un'ora, Jan. Fatti trovare pronto."

Lottie lo seguì alla porta. "Aspetta un momento", gli disse. "Dove hai intenzione di portarlo questa volta? E per quanto tempo? Non vedi in che condizioni è, Kobus? Ci saranno altri uomini che puoi usare... Lo hai detto tu stesso, c'è tanto lavoro da fare alla fattoria. Non puoi lasciarlo qui a occuparsi di quello?"

"Ho bisogno di tutti gli uomini per questa missione, Lottie. A meno che tu faccia in modo che io abbia il mio tornaconto a lasciarlo fuori." Lei trasalì e fece un passo indietro. "Bene. Allora partirà con noi tra un'ora. Tutti devono fare la propria parte qui, se vogliono tenersi il loro posto."

Jan era in camera da letto a infilare qualche indumento in uno zaino. Senza parlare le passò davanti per andare in soggiorno, dove aprì l'armadietto delle armi e prese un fucile, due pistole e scatole di munizioni. Guardandolo, Lottie sentì venire a galla tutta l'infelicità degli ultimi due anni, e la voce le si ruppe in una supplica.

"Jan, ti prego. Devi convincere Kobus a lasciarti venire via. Ho bisogno di andarmene da qui. E Sergio ci sta aspettando, perché ho parlato con lui la settimana scorsa. Dice che potrebbe trovarti un lavoro laggiù, se davvero non vuoi tornare a casa a Langani. E anche un consulente che ti aiuti a risolvere il problema col bere. Andiamocene via, Janni, andiamo a stare da Sergio per un po'. E poi vedremo che cosa possiamo fare."

"Hai parlato di me a Sergio? Avete discusso di me, tuo marito, alle mie spalle? E adesso ha mandato quei biglietti perché mi considera un caso pietoso." Le scagliò contro lo zaino attraverso la stanza colpendola allo stinco.

Lottie era scioccata dalla violenza della sua reazione.

"E che gli hai raccontato? Che tuo marito è un incapace

ubriacone che non sa tenersi il suo lavoro o avere cura di sua moglie?"

"Janni, lui è mio fratello. Mi vuole bene e tiene a te. A tutti e due. Gli ho detto che non potevo più andare avanti, giorno dopo giorno, pensando a Piet e a tutto ciò che è successo. Gli ho detto che stai soffrendo e che bevi troppo. Che hai bisogno di aiuto."

"Gli hai detto questo? Gli hai spiattellato tutte le nostre questioni private?" Adesso lui stava urlano. "E che cosa credi che il tuo caro fratello mi troverà da fare a Johannesburg? Io sono un agricoltore, Cristo santo. Vorrebbe mettermi a lavare i piatti nel suo ristorante, o pelare le sue carote? Eh?" La faccia di Jan era livida, le vene sporgenti sulla fronte e sul collo, gli occhi strabuzzati per la rabbia. "E così intanto tu potresti tornare alla vita di signora di città. Be', io non accetterò la sua maledetta carità, e non ho bisogno della sua pietà, hai capito?"

Lottie lo guardò sgomenta. Quello non era il suo Janni. Era il whisky a parlare. Protese una mano per toccargli il viso, ma lui la spinse via rabbiosamente.

"Io sto facendo il lavoro che sono venuto qui a fare: gestisco la piantagione di tabacco di mio cugino. Lui si rivolge a me per consigli su quei maledetti terroristi *kaffir* che arrivano dalla frontiera. Perché io so come operano, come pensano, come prenderli. Almeno questo lo so fare bene. E lo farò per impedire che uccidano altri della nostra gente. Hanno in programma un grosso raid nei prossimi giorni. Ieri notte i ragazzi di Kobus hanno preso un *terr*, una guida, e glielo hanno tirato fuori. Così saremo lì ad aspettarli quando attraverseranno il confine."

Lottie andò alla finestra a guardare l'erba riarsa e la staccionata rotta attorno al loro piccolo cortile. Poteva udire il fruscio delle foglie di tabacco scosse dal vento caldo. Pensò alla guida, e si chiese con quali metodi i ragazzi di Kobus lo avessero costretto a parlare. La fece rabbrividire il pensiero che suo marito fosse coinvolto in cose del genere. Tentò un ultimo appello. "Naturale che sei bravo in quel che fai, Janni. Ma non c'è pace né orgoglio nel tendere agguati ad altri uomini e programmare di ucciderli, non importa quale sia il colore della loro pelle. Non si può andare avanti a uccidere, indipendentemente dalla provocazione. Perché in questo modo non sarà mai finita questa follia del lavare il sangue con altro sangue. Vieni via con me, ti prego. Soltanto per una settimana. Poi vedrai quel che è giusto fare. Sai che ti amo. Ti ammiro. Ma l'uomo che ho sposato sta per essere sepolto vivo in questo posto orribile. Andiamocene via, lasciamoci alle spalle tutto questo odio. Vieni via con me, Janni, ti prego."

Gli mise la mano sul braccio, e per un secondo sembrò che lui stesse per acconsentire. All'improvviso però le si rivoltò contro, la afferrò con tutte e due le mani e la sbatté contro la parete come una bambola di pezza. Poi raccolse il suo zaino e uscì nel sole abbagliante per aspettare il camion. Lottie si rialzò, stordita e nauseata, e andò alla porta a guardarlo. Jan non si voltò.

"Va', allora", disse Lottie singhiozzando. "Ma io non sarò qui al tuo ritorno. Se te ne vai su quel camion con quel porco di tuo cugino, io partirò da sola. E non so se tornerò."

Lui non rispose. Lei rientrò e si mise a sedere, e presto sentì il rumore del vecchio Bedford che si fermava davanti alla casa. Le giunsero grida, il clangore della sponda posteriore richiusa con un colpo e infine il rombo del motore che si allontanava. Rimase a lungo lì seduta, svuotata, senza sentire nulla, né dolore né rabbia, niente. Poi andò al telefono e chiamò suo fratello.

Mentre il camioncino rombava giù per la strada sterrata allontanandosi, Jan sbirciò fuori da sotto il telone cerato, strizzando gli occhi, aspettandosi di vedere apparire Lottie. Adesso sarebbe di sicuro corsa fuori, prima che loro imboccassero la strada principale. Avrebbe agitato le braccia, gridato quanto fosse pentita per averlo tradito. Fino all'ultimo aspettò di scorgerla, ma il Bedford svoltò la curva senza che lui avesse colto anche solo una fugace visione della moglie. La collera si insediò nel suo cuore. Lei non gli aveva parlato con il dovuto rispetto. Come diceva Kobus, nessuna donna doveva permettersi di rispondere al marito. Era sempre stata una linguacciuta, Lottie. E aveva discusso dei loro problemi con suo fratello, un atto di slealtà inammissibile. Si domandava se avrebbe messo in pratica la minaccia di partire per Johannesburg senza di lui... ma no, lei non se ne sarebbe mai andata lasciandolo solo in quel posto, non adesso. Si girò a guardare un'ultima volta la sua casa prima che scomparisse alla vista. La porta rimase chiusa.

Kobus fermò il camioncino davanti a un deposito al margine della sua proprietà. Il figlio maggiore, Faanie, saltò giù dal cassone del pick-up e aprì la saracinesca del capanno. Ne emersero due uomini bianchi, e dopo qualche parola Faanie li seguì dentro. Il resto della pattuglia rimase nel cassone, fumando e bevendo birra. Jan prese il whisky dal suo zaino. Dopo un po' Faanie e gli altri due uscirono dal capannone trascinando qualcosa che sembrava un sacco. Girarono sul retro del pick-up e caricarono il loro fardello issandolo oltre la sponda posteriore e lasciandolo cadere sul pianale con un tonfo sordo. Si udì un gemito, e soltanto allora Jan si rese conto che era un corpo. Il nero era una massa ansante di piaghe e carne lacera su cui le mosche stavano già banchettando. La faccia era ridotta in poltiglia. Jan ebbe un soprassalto, e la bile gli salì alla gola. Doveva essere il guerrigliero che Kobus e i suoi ragazzi avevano interrogato. Si chiese quanto potessero rivelarsi accurate delle informazioni strappate in quel modo. Una visione cupa aleggiò alla periferia della sua coscienza e sentì il vecchio orrore attanagliargli la bocca dello stomaco. Nessun altro prestò attenzione al corpo martoriato o ai rantoli penosi che gli sfuggivano. Continuarono a fumare, bere e discutere il potenziale del raccolto del tabacco e il futuro della nazione come se fossero seduti al tavolo di un bar. Faanie e i suoi due compagni salirono a bordo e il Bedford ripartì.

"Siamo diretti a un punto vicino al confine", gridò Faanie sopra lo sferragliare del camioncino. "Questo *munt* dice che c'è un accampamento là, e il leader ha una trentina di quei bastardi che si preparano a un raid in grande stile. Gli tenderemo una trappola e li prenderemo tutti. Jan, papà conta su di te per progettare l'operazione e assumere il comando."

Kobus aveva già discusso la strategia dell'imboscata con il cugino. Se Jan nel frattempo aveva litigato con sua moglie, tanto meglio. Avrebbe cercato un po' di azione per ripristinare la sua autostima. Altrimenti sarebbe stato inutile, sia di pattuglia sia alla fattoria. Mentre il camioncino avanzava sobbalzando, Jan sentiva ondate di nausea investirlo ogni volta che abbassava lo sguardo. L'uomo era rotolato sulla schiena e stava fissando dritto verso di lui. Il dolore e la paura gli avevano distorto la bocca in una smorfia che sembrava un grottesco sorriso, come se volesse tentare di ingraziarselo. Perché continua a guardarmi? si domandò Jan. Pensa che io sia quello debole che potrebbe lasciarlo andare? Si merita tutto questo. *Tsotsi* schifoso. Pescò una sigaretta da una tasca e la accese con dita tremanti, detestandosi per la compassione che non riusciva a reprimere. In un angolo della mente gli risuonava un grido acuto e incessante, impresso a fuoco nel suo cervello. Gli uomini accanto a lui si erano assopiti. Aprì furtivamente la borraccia, si chinò in avanti come per riallacciare la stringa di una scarpa e versò qualche goccia d'acqua nella bocca insanguinata del prigioniero. Le palpebre dell'uomo batterono due volte: un silenzioso segno di gratitudine per il piccolo gesto di misericordia. Jan si tirò su e bevve dalla fiaschetta di whisky. Appoggiò la schiena contro la sponda laterale e chiuse gli occhi. Meglio provare a dormire, almeno non avrebbe dovuto guardare il prigioniero. Rimase a lungo risolutamente cieco a ciò che aveva attorno, finché la sua coscienza cominciò ad andare alla deriva.

Era di nuovo nel luogo di tenebre e fiamme guizzanti risonante di grida. Voleva scappare ma le sue gambe erano troppo pesanti, voleva guardare ma non osava, da qualche parte oltre il suo campo visivo c'era quel che temeva di vedere più di qualsiasi altra cosa. Sapeva che quello era un sogno che aveva fatto altre volte, ma la consapevolezza non ne diminuiva l'angoscia, o i suoi frenetici sforzi di svegliarsi e fuggirne. Si dibatté mentre l'apparizione lo avviluppava, una mano si protendeva dalle ombre per afferrarlo in una morsa d'acciaio e costringerlo a voltare la testa verso quello che non voleva vedere...

"Ehi, Jan! Sta' buono, amico!"

"Eh?" Jan aprì gli occhi. Faanie lo aveva afferrato per le spalle e stava ridendo forte.

"Sbattevi di qua e di là come se stessi lottando con un bulldog. O un dannato *terr*, forse. Ma certo, è questo! Stavi sognando quel che farai quando prenderemo quei *kaffir*. Non vorrei essere al loro posto!"

Adesso l'intero gruppo lo stava guardando con curiosità. Jan si asciugò i rivoli di sudore che la paura gli aveva fatto scorrere lungo la faccia.

"Dev'essere qualcosa che mia moglie ha messo nel pranzo", disse, e fu sollevato quando sentì le risate e il braccio pesante di Faanie che si allungava a dargli una pacca sulla schiena. Bevve un'altra sorsata di whisky e accettò una sigaretta mentre il camioncino continuava a sussultare nello sfolgorio polveroso del pomeriggio. Viaggiarono per buona parte della notte, inoltrandosi nella savana, dandosi il cambio alla guida, fermandosi solo per riempire il serbatoio e mangiare. Quando il Bedford si fermò al loro campo base, Kobus saltò giù dalla cabina.

"Da qui si prosegue a piedi", annunciò. "Comincia il divertimento! Adesso ci riposeremo per un paio d'ore e poi faremo una lunga camminata fin dove questo *munt* ha detto che doveva incontrare i suoi amici."

Montarono una tettoia di tela e presto molti di loro stavano dormendo stesi su stuoie o con la schiena appoggiata a un albero. All'alba cucinarono la colazione su un piccolo fornello a petrolio e prepararono l'equipaggiamento, impazienti di iniziare l'operazione. Faanie scaricò dal camion il prigioniero, lo trascinò sul terreno roccioso e lo legò a un albero. Non che ce ne fosse bisogno: non sarebbe più riuscito ad andare da nessuna parte. Aveva già una schiuma rossastra alla bocca, avrebbero fatto meglio a mettere fine alle sue sofferenza. Jan si allontanò e cercò di concentrarsi sui rumori della selva: il fruscio di piccoli animali, il richiamo degli uccelli, il ronzio degli insetti e il vento che sibilava tra i rovi. Poi udì Kobus chiamarlo e tornò a raggiungere il gruppo, aprendo la sua mappa per mostrare loro il percorso che aveva scelto attraverso il bush.

"Ci muoveremo in gruppi di tre", spiegò. "Io aprirò la strada, c'è abbondante copertura tra qui e il punto dell'imboscata. È circa un chilometro e mezzo. Una volta appostati, nessuno si muova, intesi? Niente sigarette da adesso in poi, niente chiacchiere e niente cazzate. Chiaro? Alcuni di questi *terr* sono buoni battitori, e se ci fiutano siamo fregati."

"Faremo pian pianino", annuì Kobus. "Li voglio tutti, dal primo all'ultimo. Potrebbe essere utile prenderne un paio vivi da interrogare. Ma l'unico *tsotsi* buono è un *tsotsi* morto. Perciò massimo silenzio finché cadono nella trappola, e poi facciamo fuori i bastardi."

La marcia sotto il sole fu faticosa, l'attesa interminabile nel calore soffocante del pomeriggio. Acquattati al riparo di rocce e arbusti, i fucili già armati, stettero ad ascoltare i suoni nella boscaglia circostante per cogliere segni rivelatori di movimento. Jan tenne la fiaschetta di whisky in una tasca esterna, approfittando di frequente del conforto che offriva. Aveva infilato una seconda bottiglia nello zaino, dove avrebbe potuto raggiungerla in caso di bisogno. Non poteva volerci ancora molto prima che le loro prede apparissero e lui potesse farli fuori e tornarsene a casa. Preferiva non ricordare quanto spesso avesse fatto tutto questo anni prima, appostandosi in attesa che i guerriglieri del Mau Mau arrivassero strisciando attraverso la foresta di Aberdare. Presto sarebbe stato tutto finito e lui sarebbe potuto andare a casa a cercare di rimettere le cose a posto con Lottie. Avevano entrambi provato a soffocare il dolore per la perdita del figlio, e il suo nome era impronunciabile tra loro. Ma Jan pensava fosse giunto il momento di condividere il dolore e darsi reciproco conforto. Gli faceva male la testa per il caldo e l'alcool, e per un attimo gli si annebbiò la vista.

Il sole calò dietro gli alberi e il calore assorbito dalle rocce cominciò a disperdersi. Con l'inoltrarsi della sera Jan iniziò a pensare che la guida catturata avesse dato informazioni false. Le zanzare gli ronzavano nelle orecchie e un'orda si insetti invisibili gli si insinuò sotto la camicia e su per il naso, pungendo e mordendo. Finì il whisky della fiaschetta e tirò fuori dallo zaino la bottiglia di scorta, se la mise in tasca.

I ribelli non apparvero fin dopo mezzanotte. Sbucarono furtivi tra le rocce e la fitta boscaglia, circa una ventina, armati di fucili e un assortimento di coltelli. Quando Jan diede il segnale di aprire il fuoco i guerriglieri erano circondati, senza alcuna speranza di difendersi. Alcuni scapparono in direzione della frontiera, ma furono inseguiti e abbattuti, altri tentarono di spingersi avanti ma rimasero presi in un micidiale tiro incrociato. Un piccolo gruppo riuscì a sfuggire, e Jan gridò le sue istruzioni.

"Sono diretti dove abbiamo lasciato il camion, se riusciamo a spingerli nella radura non hanno scampo."

Cominciò a correre sparando. Un uomo stramazzò a terra e Jan gli piantò un altro proiettile nel petto senza nemmeno rallentare il passo. Kobus e suo figlio correvano subito dietro di lui. Urlarono di trionfo quando un altro dei ribelli cadde, poi Faanie raddoppiò l'andatura e superò suo padre e Jan. Fu il primo a raggiungere la radura dove il pick-up era nascosto, mimetizzato fra rami e arbusti. Uno dei terroristi superstiti apparve al limite della radura e scorse l'informatore legato all'albero di mopani. Con un urlo di dolore e furia corse verso il corpo inerte, ma Faanie gli sparò. La forza dell'impatto scaraventò l'uomo in aria, poi ricadde ai piedi del compagno che li aveva traditi. Jan fece un segno al cugino.

"Ce ne sono altri, appena oltre quegli alberi."

Kobus annuì e trotterellò via curvo in avanti, seguito dal figlio. Jan rimase solo vicino all'albero dove la guida ancora gemeva e si agitava, debolmente. Tirò fuori la bottiglia di whisky e bevve un lungo sorso, sentendolo bruciare nella gola e poi salirgli alla testa. Il prigioniero si lamentò più forte, come se volesse attirare la sua attenzione. Jan lo guardò, e si accorse che stava cercando di parlare.

"Mio fratello." Le parole uscirono in un rantolo tra i denti rotti e le labbra insanguinate. Mosse la testa in direzione del corpo riverso a terra. "Mio fratello."

In un improvviso impeto di pietà, Jan sfoderò il coltello e recise i legacci. La guida si rovesciò in avanti e cominciò a strisciare nella polvere verso il cadavere del fratello. Adesso era buio pesto, ma Jan colse un movimento alla sua sinistra. Sparò. Una figura barcollò al margine della radura, lanciando un grido di dolore mentre una chiazza scura si allargava sulla sua camicia lacera. Faanie era alle spalle dell'uomo, gli spinse la canna del fucile contro la schiena e lo fece cadere in ginocchio.

"Finisco io il lavoro, Jan", sghignazzò.

Ma mentre le sue dita si contraevano sul grilletto si udì un suono sibilante seguito da un lieve tonfo e da una sorta di gorgoglio, e Jan lo guardò inorridito accasciarsi a terra con un coltello piantato nella gola e un fiotto di sangue che gli zampillava sul petto. Da dove era arrivata l'arma? Si voltò, vide il prigioniero che aveva liberato. Era riuscito a prendere il pugnale del fratello, si era sollevato un poco da terra, e con un ultimo, straordinario sforzo, l'aveva scagliato contro il suo torturatore.

"È colpa mia", mormorò Jan. "Cristo, è stata colpa mia."

Era responsabile della morte di Faanie. Kobus aveva perso suo figlio. Proprio come lui e Lottie avevano perso Piet. Se non avesse liberato il *kaffir* non sarebbe successo. Cercò a tastoni la bottiglia e stette lì nell'oscurità, la testa rovesciata all'indietro, la bocca aperta, versandosi il whisky nella gola, ingoiando, tossendo e ingoiando ancora finché ne ebbe bevuto quasi la metà. Gli girava la testa mentre cercava di mettere a fuoco il corpo di Faanie e chinarsi a estrarre il coltello. Poté udire spari in lontananza e gente che correva, e si voltò con la pistola in pugno. Aveva la mente annebbiata e tutt'attorno a lui gli alberi avevano cominciato a vorticare, danzare e piegarsi in un grande cerchio nero, i rami protesi a ghermirlo mentre cadeva battendo la nuca sul sasso che lo aveva fatto inciampare. Si sentì fluttuare in uno strano silenzio, poi la radura fu piena di gente e udì Kobus gridare, ascoltò i suoi urli desolati levarsi nella notte mentre si inginocchiava accanto al figlio morto. Per un momento Jan fu sul punto di spiegare che era lui il responsabile della sua morte. Ma era troppo stanco per parlare. Poteva ancora vedere gli occhi di Faanie, malevoli e crudeli mentre puntava il fucile, e poi la sua espressione di sorpresa e terrore mentre il sangue gli defluiva dal corpo, si riversava sul suolo africano. Da qualche parte al margine della sua coscienza l'informatore stava a guardare compiaciuto. Poi tutto si fece buio.

Quando Jan si svegliò era in un letto di ospedale. Lottie era seduta vicino a lui. Si era addormentata, la testa ciondolante sul petto, le mani intrecciate in grembo. Jan vide le sue dita contrarsi involontariamente nel sonno. Emise un suono e gli occhi della moglie si aprirono di colpo.

"Acqua." Fu sorpreso dello sforzo che gli costò formare la parola.

Lottie si alzò e corse alla porta. "Infermiera! Infermiera! Si è svegliato!"

"Acqua", ripeté Jan.

"Te ne darò appena un po', con questa cannuccia", disse Lottie. "Soltanto un goccino, altrimenti potrebbe farti male. Su, Janni. Ti aiuto io." Gli sollevò la testa e lasciò che l'acqua gli gocciolasse nella bocca, poi gliene tamponò un poco sulle labbra riarse. "Janni?"

Ma lui era scivolato di nuovo nell'incoscienza. Lottie rivolse uno sguardo interrogativo all'infermiera.

"Non si preoccupi, cara. D'ora in avanti farà progressi. È tornato tra i vivi. E riesce a parlare. Il resto è solo questione di tempo. Vado ad avvertire il dottor Jackson."

Lottie annuì e si rimise a sedere. Era stata costantemente al fianco del marito, guardandolo lottare tra la vita e la morte. Aveva ancora un colore spaventoso, la pelle chiazzata, il respiro stentato. Era setticemia, aveva spiegato il dottore. La ferita alla testa aveva fatto infezione e la sepsi si era diffusa. A rigor di logica sarebbe dovuto essere morto. Era arrivato in condizioni terribili dopo ore sul camioncino, cosciente solo a sprazzi, gridando e piangendo in preda al delirio finché lo avevano sedato. Poi era andato in coma, ed erano passati giorni prima che Kobus rintracciasse Lottie a Johannesburg. Lei era tornata immediatamente per vegliarlo, aspettando un segno di miglioramento, rimuginando il dolore per la propria decisione e l'incertezza del futuro. Un futuro senza Mario.

La prima sera a Johannesburg aveva cambiato il suo modo di pensare, il suo senso di giusto e sbagliato, messo sottosopra il suo mondo e tutto quello che le era stato caro per così tanti anni. Sergio l'aveva incoraggiata a sfogarsi, a parlargli della tragedia del figlio e dei problemi in Rhodesia, a riversare fuori tutta la sofferenza e le emozioni represse. Poi aveva insistito perché si riposasse per un paio d'ore prima di andare a cena.

"Guardami. Ho gli occhi gonfi e il naso rosso, e tutti i vestiti spiegazzati", aveva obiettato Lottie. "Non posso uscire stasera."

Era stata Elena a convincerla a prepararsi, mettendole del ghiaccio sugli occhi, aiutandola col trucco e i capelli, facendo stirare i suoi vestiti dalla domestica. Poi aveva offerto alla cognata un drink. "Stai benissimo", l'aveva rassicurata. "La serata ti piacerà. Ci raggiungeranno degli amici, ma saremo soltanto in otto."

Lottie conosceva già tutti gli invitati eccetto uno. Elena l'aveva fatta sedere accanto a un uomo alto, con gli occhi scuri e la faccia profondamente segnata. La prima impressione che ne aveva avuto era stata di una personalità intensa e seria, di un riserbo che le avea fatto desiderare di essere stata messa accanto a qualcuno di più allegro. Il suo nome era Mario, aveva scoperto, e quando lui aveva sorriso inaspettatamente le aveva ricordato l'alba sopra il profilo scuro della montagna che poteva vedere dalla sua finestra a Langani. All'inizio si era sentita impacciata dopo un'assenza così lunga da situazioni sociali come quella, ma la conversazione attorno al tavolo si era rivelata stimolante, e il suo timore di non avere niente di interessante da dire si era dissolto quando tutti avevano preso a confrontare il Kenya e la Rhodesia, discutendo delle condizioni precarie generate dalla politica di Ian Smith e del sistema di apartheid in Sudafrica. Nessuno aveva accennato all'assassinio di suo figlio, e Lottie aveva apprezzato di non essere oggetto di pietà. Quando aveva raccontato di come Jan fosse costretto a partecipare a ronde di vigilanti e lei temesse per la sua incolumità, l'angoscia e la rabbia erano tornate ad assalirla. Poi si era accorta che Mario l'ascoltava con intensa partecipazione.

"È una cosa terribile dover vivere con la paura che succeda qualcosa alle persone che amiamo", aveva detto. "Non c'è angoscia peggiore."

Osservandolo con maggiore attenzione Lottie aveva scorto in lui una tristezza che rispecchiava la sua, e aveva percepito che per qualche ragione poteva capirla. Dopo cena erano andati tutti quanti a casa di Sergio, dove si erano radunati attorno al pianoforte. La voce di Lottie era un ricco mezzo-soprano, Mario invece aveva un esteso repertorio di canzoni d'amore e arie che intonava in un bel baritono. E poi era arrivato Mozart. Per Lottie era stato come se tutti gli altri nella stanza fossero scomparsi mentre cantava il duetto di Zerlina, con Mario come suo Don Giovanni. Alla fine lui le aveva preso la mano e le aveva sfiorato le dita con un bacio.

"Bellissima", le aveva detto. "Una donna incantevole che canta musica sublime. Non esiste niente di meglio."

Lottie aveva sorriso, consapevole per la prima volta da anni di essere ammirata. Era colma del piacere della musica, del suono delle risa e delle voci italiane. E Mario ancora le teneva le dita. Girando attorno lo sguardo si era accorta che Sergio la stava osservando; aveva ritratto di scatto la mano, confusa. Più tardi, mentre si preparava per andare a letto, si era sorpresa a domandarsi come sarebbe stato se Mario l'avesse baciata, e si era data della sciocca... Una donna di mezza età che fantasticava su un fascinoso sconosciuto... Ma almeno per una sera aveva potuto librarsi sopra il pantano di angoscia, sciatteria e solitudine in cui si era trasformata la sua vita. Le era stato concesso un momento di spensieratezza in cui essere una persona senza responsabilità, senza ricordi tragici né paure, e si era sentita come Cenerentola al ballo. Era una reazione normale. Era stata attratta da Mario per il netto contrasto con l'alcolizzato malinconico e irascibile che suo marito era diventato, e non c'era bisogno che se ne vergognasse. Tra una settimana o due sarebbe stata di nuovo circondata dalla desolazione dei campi di tabacco e tutto sarebbe tornato come prima. Si era domandata se Mario avesse una moglie, e in tal caso dove fosse quella sera. Il mattino dopo aveva dormito fino a tardi, qualcosa che non faceva da anni. Elena e Sergio erano già usciti per andare al ristorante, quando si era alzata. La cameriera aveva bussato alla porta della sua stanza mentre stava pregustando una mattinata di relax in giardino.

"C'è una persona al telefono per lei, signora", aveva detto.

Lottie aveva avuto un tuffo al cuore. Doveva essere Jan, tornato da ovunque fosse andato con Kobus e furioso perché lei era partita per Johannesburg, lasciando solo un succinto messaggio e il suo biglietto d'aereo sul tavolo della cucina. Era l'unico a sapere che era lì. Si era fatta forza per affrontarlo.

"Carlotta? Sono Mario."

Il suo respiro si era fatto più rapido. Si era sentita scioccamente impacciata. “Mario? Temo che Sergio ed Elena non siano in casa. Sono andati presto al ristorante.”

“Lo so. Ho già parlato con loro. Avevo in mente di organizzare un pranzo tutti insieme, ma loro sono troppo occupati. Così pensavo che forse ti andrebbe di farmi compagnia. A meno che tu abbia già altri programmi...”

“No. No... voglio dire, sì. Be’, non so. Pensavo di andare al ristorante verso l’ora di pranzo per vedere se potevo dare una mano. Ma forse sarei solo d’intralcio e...” Si era sentita ridicola.

“Allora perché non troviamo un posto carino dove pranzare?”

L’aveva portata in un piccolo albergo con una terrazza piena di fiori, dove erano stati seduti al sole a bere vino. Lei gli aveva parlato di Langani, dell’intollerabile perdita di suo figlio e della spaventosa determinazione di Hannah a restare là. Aveva le lacrime agli occhi, e mentre lui la guardava la sua espressione era di una tale tristezza che lei l’aveva percepita come al di là della normale compassione.

“Tu hai una famiglia, Mario?” Aveva cercato di sorridergli. La faccia di lui era cambiata in un istante, gli occhi si erano incupiti.

Non le aveva risposto, concentrandosi invece sul versare il vino nei bicchieri. “Non conosci la mia storia, quindi?” aveva detto infine.

Lottie aveva scosso la testa, rammaricata per avere tirato fuori quello che era evidentemente un argomento delicato.

“Ero sposato, sì. Avevo una moglie e una figlia. All’epoca ero proprietario di un ristorante a Cape Town. La mia ragazza stava per iniziare il college e Angela la stava accompagnando a incontrare il suo tutor all’università. Era un giorno di ricevimento per i genitori dei nuovi studenti. Io non ero potuto andare con loro. Al ristorante avevamo un grosso banchetto nuziale, c’era molto da fare. Era importante, o così credevo. E poi la polizia si presentò alla mia porta dicendo che erano morte.”

Lottie si era fatta sfuggire una piccola esclamazione, si era protesa a mettere la mano sulla sua.

“In quei pochi attimi morì anche il mio futuro, schiacciato come la macchina sulla quale viaggiavano. Era ubriaco, l’autista del camion. Non c’era niente che Angela avrebbe potuto fare per evitarlo. L’unica grazia è che sono rimaste entrambe uccise sul colpo, senza soffrire. Ma nessuno può sapere quali siano stati i loro pensieri in quegli ultimi secondi. Continuo a immaginare come si debbano essere sentite vedendo quel bisonte della strada riempire il parabrezza, sapendo che non potevano sfuggire. Ho dovuto identificarle. Era irriconoscibile, Angela. La sua faccia..." si era interrotto. "Ma Paola... le sue ferite erano solo interne. Appariva ancora così perfetta, una bella ragazza all'inizio della sua vita adulta. Mi avevano detto qualcosa mentre stavano lasciando il ristorante quel mattino. Io stavo controllando i menù, e non ricordo cosa risposi. Le ultime parole che ho detto loro, e nemmeno ricordo quali fossero."

"Mario", aveva bisbigliato Lottie, "io so come ti senti. Ti capisco."

"Non l'ho mai detta a nessuno questa cosa delle ultime parole. Ma l'ho detto a te, perché tu sai che cosa sono il dolore e la sopportazione. E sei una donna splendida, Carlotta. In ogni senso." L'aveva guardata intensamente. "Ho la sensazione di conoscerti da sempre. Ora, dimmi, vuoi parlare di Jan?"

Lottie si era ritrovata a tirar fuori tutta la miseria della sua vita in Rhodesia, cercando di descrivere ciò che provava per il marito quando si lasciava sprofondare nelle sabbie mobili della disperazione, soffrendo in solitudine, senza alcun pensiero per lei o per il loro futuro.

"Regaliamoci qualche giorno di allegria mentre siamo qui", aveva detto Mario. "Proveremo a gettarci la tristezza alle spalle per un po', che ne pensi?"

"Penso sia l'idea migliore che abbia sentito da molto tempo", aveva risposto lei.

Il resto della giornata l'avevano passato a raccontarsi le rispettive vite, scoprendosi un po' per volta. Lui le aveva parlato del suo ristorante a Cape Town, di quanto fosse in voga e di come non avesse più potuto sopportare di metterci piede dopo la disgrazia. Aveva capito subito, anche nello stordimento iniziale, che doveva andarsene, se non voleva perdere la ragione. Era tornato dalla sua famiglia in Toscana, senza sapere bene che cosa fare di se stesso. Ma l'anno prima aveva trovato per caso un antico cascinale nella campagna vicino a Siena, lo aveva comprato e restaurato, e adesso era un ristorante che si stava guadagnando una buona reputazione per l'ospitalità e la buona cucina.

"È un modo di passare il tempo", aveva detto stringendosi nelle spalle. "Forse un giorno ne trasformerò il resto in un piccolo albergo. Per adesso mi va bene così."

I giorni erano passati in fretta, e Lottie li aveva trascorsi per lo più con Mario, incurante di quel che pensassero gli altri, lasciandosi conquistare dal fascino di quell'uomo meraviglioso che capiva i suoi bisogni e cercava di anticipare ogni suo desiderio. Sergio era in ansia, lo sapeva. Ma non le aveva fatto pressioni per discuterne, ed era chiaro che Elena non era critica riguardo la relazione. Lottie non si sarebbe mai sognata di poter essere infedele al marito. Però quando Mario l'aveva baciata e aveva cominciato ad accarezzarla aveva scoperto in sé una passione esaltante che le aveva impedito di guardare più in là dei loro momenti insieme e pensare a ciò che sarebbe successo in futuro. Era come se fosse stata trasportata in un'altra dimensione, e poteva riconoscersi a stento. Ogni accenno di senso di colpa veniva cancellato sul nascere dal sollievo e dalla gioia di essere di nuovo una donna desiderabile.

Cinque giorni dopo erano stesi nel letto della stanza d'albergo di Mario, sazi e mezzo addormentati, quando era suonato il telefono. E un uragano si era abbattuto sulla fragile struttura della sua felicità.

"Carlotta..." Era Sergio, la voce molto seria. "È arrivata una telefonata dalla Rhodesia. Il cugino di Jan, Kobus."

Lei si era impietrita, il lenzuolo stretto al seno, la mano contratta sul ricevitore.

"C'è stata un'imboscata. Jan è rimasto ferito. Lo hanno portato all'ospedale a Bulawayo diversi giorni fa, ma non sapevano dove trovarti."

"Quanto è grave?" Lottie si era ritrovata a bisbigliare senza che ce ne fosse motivo. Mario si era alzato a sedere, le aveva messo una mano sulla schiena per darle sostegno, la guardava preoccupato.

"Ha riportato una ferita alla testa che si è infettata. Ha la setticemia, sta molto male. Non so cosa tu voglia fare, ma se pensi di dover partire posso prenotarti un volo per domani mattina."

Lei era come tramortita mentre Mario la aiutava ad alzarsi, recuperava i suoi indumenti, le abbottonava il vestito, come un genitore con una bambina malata.

"Potrebbe non essere così grave", aveva cercato di rassicurarla. "Da quel che mi hai detto è un uomo forte."

"Sì." L'aveva guardato, addolorata di doverlo lasciare.

"Carlotta, so che lui adesso ha bisogno di te. Noi però abbiamo trovato qualcosa..."

Il dolore della separazione era lacerante, il senso di colpa per avere lasciato Jan e non voler tornare da lui lo era altrettanto. Aveva soffocato un singhiozzo e si era aggrappata a Mario.

"Non voglio tornare indietro. Ho il terrore che non riuscirò mai a scappare da lì. Ma anche se non dovessimo più rivederci..."

"Ci rivedremo, cara. Quel che abbiamo trovato è soltanto un inizio. Credo che noi due siamo destinati a stare insieme. Ci scriveremo, e tu mi devi promettere che non rinuncerai, che non dimenticherai."

Lei aveva promesso, eppure la doccia fredda della realtà già sciacquava via la sua gioia. L'aveva baciato un'ultima volta.

"Lascia che ti accompagni a casa di Sergio", si era offerto lui.

"No. Prenderò un taxi. Non potrei dirti di nuovo addio, di fronte ad altri. È adesso il momento."

Si erano tenuti stretti per qualche minuto, bisbigliando l'uno all'altra, memorizzando ogni linea del volto, ogni curva del corpo, ogni sfumatura nella voce. Poi Lottie aveva telefonato alla reception per chiedere di chiamarle un taxi.

Nel candore asettico della stanza di ospedale si mise di nuovo a sedere accanto al marito, cercando di scacciare il ricordo della passione e del senso di completezza che aveva provato con Mario. Ma che cosa le era passato per la testa, poi? Non ci sarebbe mai potuto essere un lieto fine alla loro storia romantica. Lui sarebbe tornato in Italia e l'avrebbe archiviata come una piacevole parentesi, qualcosa che per un breve tempo aveva alleviato il suo dolore, riempito il vuoto della perdita. Lei si era lasciata coinvolgere in quella relazione senza considerare l'inevitabile esito, e adesso doveva metterla da parte e occuparsi di suo marito. Era finita.

Prese la mano di Jan. "Sono qui, Janni, se vuoi un altro sorso d'acqua. Sono qui."

Lui voltò la testa e le sue dita si chiusero su quelle di Lottie. Come manette, pensò lei, sforzandosi di sorridere mentre suo marito apriva gli occhi.

29

Kenya, febbraio 1966

Quando arrivò a Buffalo Springs Sarah si sentiva stordita e sollevata. Il senso di oppressione che aveva gravato su di lei sino ad allora sembrò evaporare nel caldo del pomeriggio, lasciandola libera di adattarsi. Non aveva più bisogno di andare coi piedi di piombo, di badare a ogni parola, né di cercare di nascondere i propri pensieri. Dan era andato a prenderla a Nanyuki, la comprensione e la solidarietà evidenti sulla suo viso magro e nella stretta ferma della sua mano mentre la salutava.

"Non ti farò domande", disse. "So che per te sarebbe troppo doloroso rispondere. Ma voglio tu sappia che non c'è niente che Allie e io non faremmo per aiutarti a superare questo momento. Non devi fare altro che chiedere."

Sarah annuì deglutendo il nodo che le chiudeva la gola mentre saliva sulla Land Rover accanto a lui. Allie li aspettava al campo; abbracciò Sarah con le lacrime agli occhi, senza una parola. Dan le mise un braccio sulle spalle e la guidò a una poltrona prima di prepararle un drink. Nessuno dei due parlò, lasciando che fosse Sarah a indicare come si sarebbero dovuti regolare. Lei fu grata di quel silenzio e contenta di essere in loro compagnia.

"Ne vuoi parlare?" le domandò Allie dopo un po'. "O vogliamo rimandare a un altro momento?"

"Sarebbe meglio un'altra volta. Oggi non me la sento. Ditemi che cosa c'è di nuovo qui."

La conversazione si concentrò sulla prossima fase del lavoro e sui recenti incontri di Dan con i finanziatori a Nairobi. Sarah tirò fuori il suo portfolio ed esaminarono insieme le fotografie degli elefanti, scegliendo le migliori da allegare al rapporto annuale che Dan avrebbe dovuto presentare alla commissione della African Wildlife Federation, che li aveva finanziati negli ultimi tre anni. I fondi per l'anno successivo sarebbero dipesi in gran parte dall'impatto della prossima relazione.

"Abbiamo avuto un cenno d'interesse da parte del *National Geographic.*" Gli occhi di Allie brillarono di orgoglio. "Manderanno qualcuno qui a dare un'occhiata al nostro progetto nei prossimi mesi. Sarebbe una cosa magnifica per tutti noi. Naturalmente ci farebbe comodo il denaro in più, e una collaborazione con la rivista darebbe a Dan il riconoscimento che merita. Forse vorranno usare le tue fotografie, Sarah. Sarebbe un bel colpo."

Sarah passò il pomeriggio aggiornandosi sugli ultimi appunti di Allie e Dan e preparando l'equipaggiamento per il giorno dopo. Allie aveva programmato che lei e Sarah impiegassero le settimane a venire a osservare un nuovo gruppo, imparando a riconoscere i singoli elefanti dai segni particolari e dalle loro abitudini. Dopo cena, quando tornò alla sua capanna, Sarah aprì la valigia e cominciò a riporre abiti e libri. Mentre metteva i blocchi di appunti nel cassetto della scrivania, le sue dita toccarono un involto voluminoso. Quando lo tirò fuori, le gambe le si fecero di piombo. Piegate con cura nella busta c'erano tutte le lettere che aveva scritto a Piet nelle prime settimane che aveva trascorso a Buffalo Springs. Una continua conversazione con lui che documentava in parole e disegni le sue scoperte. C'erano descrizioni di animali e persone, schizzi di fiori e alberi e uccelli, parole che rivelavano i suoi pensieri, le sue fervide speranze e l'immenso amore per lui. Non gliele aveva spedite perché allora non sapeva se lui la amasse davvero, ed erano una testimonianza troppo personale per offrirla da amica. Quando lui le aveva chiesto di sposarlo aveva deciso di raccoglierle tutte in un album assieme a una selezione delle sue migliori fotografie, e darglielo il giorno del loro matrimonio. Si sedette alla scrivania e lesse lentamente ogni riga, indugiando su come lo avesse sempre sentito accanto a sé in quel primo periodo. Rimase lì seduta tenendo i brandelli dei suoi sogni tra le mani. Finché il sole sorse offrendole un altro giorno.

Una settimana dopo il suo ritorno una jeep si fermò davanti all'entrata del campo e ne scese George Broughton-Smith. Era stupefacente, pensò Sarah, come potesse arrivare in una nuvola di polvere ed emergerne fresco e lindo come sempre. Proprio come Camilla. Era abbronzato e in forma, di un'eleganza disinvolta nella sua camicia di lino con le maniche rimboccate.

"Non volevo comparire all'improvviso senza avvertire", esordì. "Sono stato nel Samburu a dare un'occhiata attorno e a parlare col guardacaccia dei loro problemi. Sapevo che eri qui, Sarah, e volevo tanto vederti. Sono davvero dispiaciuto per quel che è successo a Langani. So che ti eri appena fidanzata con quel ragazzo eccezionale. Non ci sono parole adeguate... posso dire solo che ti sono vicino."

"Sono tornata al lavoro solo da qualche giorno", disse lei, certa che si sarebbe messa a urlare se ancora un'altra persona le avesse detto quanto era dispiaciuta. A che serviva che tutti si dispiacessero adesso che Piet se n'era andato per sempre? Ma la sua offerta di solidarietà era sincera, si vedeva che era sgomento per la tragedia che l'aveva colpita.

"Ammiro molto il tuo coraggio." George aveva notato che la sua compostezza stava dando segni di cedimento. Si spostò su un terreno meno pericoloso. "Senti, cara, io stanotte mi fermerò al Samburu Lodge, e mi chiedevo se potremmo cenare insieme. Potresti restare a dormire là e tornare domani mattina."

Sarah non rispose subito, non era sicura di voler parlare con lui.

"Vorrei discutere qualcosa di importante con te", aggiunse George, e ci fu qualcosa nel suo tono che le fece accettare l'invito.

Lui la stava aspettando al bar, ma Sarah già rimpiangeva di essere venuta. Non c'era niente che volesse dirgli. Ormai era troppo tardi, per Piet e per Langani e per tutto quello che avevano sperato di costruire insieme. L'espressione di George era tesa, come se si accingesse a svelare qualche segreto vitale.

"Voglio parlarti di Camilla", cominciò quando ebbero ordinato la cena.

"So già che lei non vuole più avere niente a che fare con me o col Kenya. Le ho scritto dopo la... dopo che Piet..." Sarah batté le palpebre per ricacciare indietro le lacrime e cercò di continuare con voce ferma. "Lei però non si è fatta sentire. Immagino sia a causa di quel che le è successo a Langani. Deve essere stata dura per lei. La ferita alla faccia, la preoccupazione di come avrebbe inciso sul suo lavoro..."

"Sarah, ti devo confessare che è colpa mia se lei non si è tenuta in contatto con voi. Abbiamo avuto un dissidio piuttosto serio, appena dopo che è tornata dal Kenya. È stata per lo più opera mia. Anzi, diciamo pure che ne sono stato l'unico artefice. E dopo non ci siamo più visti né parlati per quasi tre mesi. Lei si sentiva male per non essere riuscita a discutere con me di Langani e spiegarmi dei problemi di Piet, ma non era colpa sua. Non ha proprio avuto alcuna opportunità di farlo. E poi Marina si è ammalata."

"Non sapevo niente di tutto questo." Sarah cominciava a sentire qualche rimorso. "Ho anche telefonato a Burford cercando Camilla, una volta. Avevo chiesto a Marina di riferirle un messaggio, ma forse non lo ha mai fatto."

"Marina ha la leucemia", le disse George. "È straordinariamente coraggiosa. E Camilla sta passando molto tempo con lei. È per questo che non è saltata su un aereo per venire qui appena ha saputo della morte di Piet. Per lei è stata una scelta terribile, però Marina era molto debole e pensavamo... be', si è un po' ripresa da allora, ma non sarà per molto."

"E il viso di Camilla?"

"Le è rimasta una cicatrice, farà una plastica per eliminarla. Non sa ancora quando... Dipenderà dalle condizioni di Marina."

"Mi dispiace tanto", mormorò Sarah, usando le stesse parole che solo qualche ora prima avrebbe voluto cancellare dal vocabolario.

"Sono stati mesi difficili. Specialmente per Camilla, tra la ferita, la malattia della madre e la sua storia d'amore andata male."

"Parla di Anthony?"

George scosse la testa. "L'ho visto a Nairobi. Era con la sua ultima conquista. Una brunetta che non poteva avere più di diciassette anni. Malgrado tutta la sua ammirevole passione per la tutela dell'ambiente e la fauna, il suo atteggiamento verso l'umanità lascia alquanto a desiderare. Si è comportato molto male con lei."

"Tutti noi ci siamo comportati male con lei." Sarah sentiva di dover essere onesta. "Sapevo che doveva esserci qualcosa che non andava, ma Hannah era convinta che avesse voluto cancellarci dalla sua mente dopo la rapina, e io stupidamente mi sono fatta influenzare. Ed ero così presa dalla mia felicità, il fatto che Piet e io ci saremmo sposati, e..." Non poté continuare.

George mise la mano sulla sua, addolorato per lei e per la tragedia che aveva strappato via ogni gioia alla sua giovane vita. E anche a quella di sua figlia. "Penso che Camilla abbia qualcuno che la ama", disse. "È il chirurgo che l'ha in cura. E adesso Hannah ha i fondi per Langani, il che potrebbe cambiare un po' le cose anche per lei."

"La vostra organizzazione ha stanziato finanziamenti per Langani?" Sarah cercò di nascondere il proprio sconcerto. "Non mi ha detto niente."

"Per lei è difficile", la giustificò George. "Posso capire che le sembri ormai troppo tardi. Non ha nemmeno voluto parlare con me. Comunque sono riuscito a ottenere che la mia fondazione sovvenzioni Langani, e questo la aiuterà ad andare avanti. Se è quel che vuole fare."

"È una notizia magnifica." Sarah si sentiva girare la testa. Aveva parlato con Hannah via radio due giorni prima, e non si capacitava che lei non vi avesse fatto alcun accenno. "Vorrei mettermi in contatto con Camilla", disse. "Dove posso trovarla?"

"Potresti provare al nostro appartamento in Hyde Park Gate. Marina ultimamente è troppo debole per stare a Burford. Ti darò l'indirizzo e il numero di telefono."

Sarah lo salutò subito dopo cena e si ritirò nella sua camera. Aveva deciso di andare via all'alba, per non perdere un'altra giornata di lavoro. Ma poi non riuscì a prendere sonno, e rimase sveglia fino a notte fonda sotto la zanzariera, sperduta nel grande letto matrimoniale, pensando a Camilla. Che cosa doveva provare adesso, con sua madre in punto di morte? E che cosa poteva avere causato una frattura così seria tra lei e il padre? Lei lo adorava, aveva sempre cercato il suo amore e la sua approvazione. C'era qualcosa di molto strano in tutta la storia. Se soltanto avesse seguito il suo istinto, si disse. Ma l'indomani sera, quando fosse tornata al campo, le avrebbe scritto.

Lasciò il Samburu Lodge molto presto e guidò velocemente, Allie la stava aspettando. Non le chiese niente di George Broughton-Smith né il motivo della sua visita. Più tardi, quando si sedettero all'ombra di un albero a mangiare la colazione al sacco, Sarah le riferì quel che lui aveva detto.

"Sono contenta che il denaro della Wildlife Federation vada a Langani", commentò Allie. "È un'ottima opportunità per dimostrare a questo Paese, e al mondo intero, quel che si può fare se i proprietari terrieri riservano parte delle loro tenute e del loro tempo alla conservazione dell'ambiente. Pensi che Hannah adesso aprirà il lodge?"

"Non so. Per il momento non riesce ad accettare l'idea. Le ho suggerito di utilizzarlo come centro di formazione. Istituire una fondazione in nome di Piet, per portare avanti il suo lavoro. Ma è stato un errore. Ho mancato di tatto, ed era troppo presto. Si è molto arrabbiata con me."

"La rabbia è l'arma che la gente usa per combattere il dolore. Può causare problemi, se la si lascia crescere troppo."

"Lo so", annuì Sarah. "Spero che Lars la possa aiutare, adesso che è tornato."

Quando rientrarono al campo, quella sera, Sarah ebbe un moto di disappunto vedendo la macchina di Viktor parcheggiata di fuori.

"Bene, bene", commentò ironicamente Allie. "Stai ricevendo la tua buona parte di visite questa settimana."

"Ne faccio volentieri a meno", ribatté Sarah. "Ho bisogno di tempo per me stessa. Non ho voglia di socializzare, e specialmente non con Viktor."

Lui per la verità si mostrò sorprendentemente sensibile, le porse le sue condoglianze e poi tenne la conversazione su elefanti, politica e architettura. Sarah però trovava difficile controllare la rabbia quando pensava al modo in cui aveva scaricato Hannah. Durante la cena rimase silenziosa, finché Dan non la chiamò in causa accennando alla sua notte al Samburu Lodge.

"Hai passato la notte al Samburu Lodge?" Viktor sembrò sorpreso.

"Era a cena con l'uomo dei soldi", spiegò scherzosamente Dan. "George Broughton-Smith è stato qui. Ho saputo che la sua combriccola farà una donazione per la tutela dei rinoceronti in quest'area."

"È un uomo in gamba", affermò Allie. "Solido. Non si fa prendere la mano da eccessi di idealismo né intimorire dai politici. Lo si vede spesso a Nairobi ultimamente?"

"Non frequentiamo gli stessi ambienti", replicò Viktor. "So che è ancora in buoni rapporti con il giro della diplomazia, ma credo trascorra il suo tempo libero occupato in altre attività che non sono di mio interesse."

"Che attività?" domandò Sarah, perplessa.

"Sei troppo giovane e innocente per certe cose." Viktor ammiccò furbescamente e si accese un sigaro. "E comunque non sono discorsi da fare a tavola. Mi si guasterebbe l'appetito."

Finita la cena, Sarah rifiutò il caffè e salutò la compagnia. Era stanca e voleva rileggere i suoi appunti, e pensare a quel che avrebbe detto a Camilla. Se fosse riuscita a scriverle quella sera, forse avrebbe potuto dare la lettera a Viktor da impostare a Nairobi. Accese la lanterna, si sedette allo scrittoio e prese in mano la penna. Aveva scritto appena qualche riga quando sentì bussare alla porta.

"Viktor." Non provò nemmeno a nascondere il proprio fastidio nel trovarselo davanti. "Sto cercando di scrivere una lettera importante. Adesso che ci penso, forse potresti impostarla per me a Nairobi domani?"

"Mi hai a stento rivolto la parola stasera", le fece notare lui. "E io che ho attraversato deserti infuocati e terre popolate di bestie divoratrici di uomini per trovarti."

"Viktor", disse Sarah, mettendogli con decisione una mano sul petto per respingerlo, "sono sicura che tu stia cercando di tirarmi su il morale, ma francamente non funziona. È già tanto se riesco ad aprire gli occhi ogni mattino e comportarmi come un normale essere umano. Qualunque altra cosa sarebbe chiedere troppo."

"Certo, lo capisco", le assicurò lui. "Però ci sono tante forme di consolazione, e..."

"No, Viktor. Non per me. Fammi il piacere di lasciarmi in pace. Domani ti darò la mia lettera da spedire a Camilla. È tutto quel che voglio da te."

"Ah, la figlia." Il sorriso di Viktor fu molto sgradevole. "Strano come cerchino di nasconderlo, quegli uomini. Ma alla fine viene sempre fuori."

"Viene fuori che cosa?" Sarah avvertì un vago fremito di inquietudine nello stomaco.

"Lui è come molti di quei raffinati inglesi di nobili natali... Sai, imparano fin dal collegio a divertirsi tra maschietti."

"No, non può essere vero. A Nairobi circolano tante di quelle voci infondate, e più qualcuno è in vista, più le maldicenze si sprecano."

"Sei così ingenua, Sarah. E piuttosto cieca, per essere una scienziata allenata a osservare il comportamento animale. Dammi pure la lettera domattina. Nel frattempo..."

Le si avvicinò di nuovo, stavolta insistente, tirandola a sé. Le sue braccia le si strinsero attorno e chinò la testa a bisbigliarle qualcosa a proposito di portarla via dal dolore in un luogo dove avrebbe potuto dimenticare ogni tristezza. Sarah schiumava per la rabbia. Era in lutto per il suo adorato Piet. Come poteva quell'uomo disgustoso pensare che sarebbe bastato un po' di sesso occasionale a darle sollievo da una perdita così immane? E che razza d'uomo poteva abbandonare una donna in un batter d'occhio e poi avere la faccia tosta di provare a sedurre la sua migliore amica? Tentò di divincolarsi, ma lui era troppo forte. Per un attimo gli si lasciò andare contro, e lui le sorrise, certo che stesse cedendo. Poi Sarah alzò di scatto la gamba, gli sferrò una ginocchiata nei testicoli, e allora fu lei a sorridere trionfante guardandolo afflosciarsi, senza fiato per il dolore e la sorpresa. Mentre si rialzava vacillando, lo buttò fuori con una pedata e sbatté la porta con abbastanza forza da far tremare la piccola capanna. Poi si sedette sul letto, attonita per la violenza della propria reazione. Ma non era dispiaciuta: il porco aveva avuto quel che meritava.

Nel silenzio che seguì pensò a George Broughton-Smith, incapace di credere all'insinuazione di Viktor. George era un marito normale, un padre amorevole. Era rimasto sposato per oltre vent'anni con la stessa donna. D'accordo, non era un matrimonio felice, ma certamente non poteva essere quella la causa dell'animosità tra lui e Marina... E ammettendo che fosse così, Camilla lo sapeva? Forse era venuta a saperlo da altri? Era a questo che si riferiva George dicendo di essere stato la causa del dissidio tra lui e sua figlia? Andò alla scrittoio e guardò la lettera che aveva cominciato a scrivere. Che cosa avrebbe potuto dire a Camilla adesso? Non c'era fine a quella sconvolgente catena di eventi e rivelazioni? Stracciò il foglio, poi si mise a leggere i suoi appunti della giornata: le relazioni tra gli animali erano decisamente più semplici di quelle tra esseri umani.

Quando il mattino seguente andò a fare colazione fu lieta di constatare che non c'era segno di Viktor. Per il resto della settimana lavorò con Allie, facendo la conoscenza del nuovo gruppo di elefanti. Non le disse niente della visita di Viktor alla sua capanna, né del motivo per cui se n'era andato così precipitosamente. In qualche modo, era certa che Allie lo sapesse.

Qualche giorno dopo Dan la incaricò di andare a Isiolo a ritirare un pacco e la posta in giacenza. Sfogliando il fascio di corrispondenza fu piacevolmente sorpresa di vedere che c'erano due lettere per lei, una di sua madre e una di Tim. Resisté alla tentazione di aprirle subito: sarebbe stato meglio leggerle al campo dove avrebbe potuto assaporarle senza fretta. Allie aveva lasciato un biglietto appuntato alla porta della sua capanna. *Ti sarei grata se potessi battere a macchina gli appunti di Dan. Sono nel vassoio della corrispondenza. Buona fortuna con la sua scrittura a zampa di gallina. A più tardi. A.* Sarah si versò una tazza di tè dal thermos e si sedette a leggere le notizie della sua famiglia. La lettera di sua madre era in un chiaro corsivo. Tim e Deirdre avevano deciso di sposarsi. Stavano progettando un matrimonio semplice subito dopo Pasqua. Sarah doveva andare a casa, anche soltanto per una settimana o due. Raphael le avrebbe mandato il denaro per l'aereo. Le avrebbe fatto bene staccare un po', allontanarsi dai fatti traumatici delle ultime settimane. Desideravano tanto vederla, averla con loro, alleviare il dolore con cui era costretta a convivere giorno e notte. Lo studio medico e la casa procedevano bene, si sarebbe meravigliata di quanto fosse già splendido il giardino, e i cavalli la aspettavano alla scuderia. La lettera di Tim, scarabocchiata nella sua grafia illeggibile, era tipicamente breve. Non poteva concepire di doversi sposare con la sua sorellina all'altro capo del mondo. Forse era matto, diceva, ma Deirdre lo amava e aveva bisogno di lui, così si era deciso a fare il grande passo. E voleva più di ogni altra cosa che Sarah fosse lì.

Lei seppe immediatamente che non ci sarebbe andata. Non poteva lasciare Buffalo Springs. Non voleva nemmeno tornare a Langani, per il momento. Soltanto nella bellezza aspra e rigorosa di quel luogo remoto avrebbe potuto trovare un qualche senso di pace e riconciliazione. Soltanto lì poteva imparare a ricordare Piet senza sentirsi morire dentro ogni volta che pensava a lui. Lì poteva cercare di scendere a patti con la sua perdita e recuperare la visione di lui integro, vitale e felice, cancellando quell'altra prima che la distruggesse. Non voleva essere influenzata da idee esterne su come dovesse vivere ora che lui non c'era più. Se avesse lasciato il campo le sarebbe stata sovrapposta un'immagine di se stessa vista attraverso gli occhi degli altri, una vittima da compatire. Sarebbe stata soffocata. Qui aveva un obiettivo, qualcosa di importante da fare, qualcosa per cui Piet sarebbe stato fiero di lei. Sarah piegò le lettere con cura e le mise nel cassetto dello scrittoio. Poi andò al piccolo ufficio e iniziò a decifrare gli appunti di Dan. Fu la chiamata alla radio di Lars che la riportò a Langani. Jeremy Hardy era stato da loro, diceva, portando notizie sorprendenti.

"Non c'è stato nessun arresto", aveva esordito Hardy. "Però c'è qualcosa che devo dirvi." Aveva preso a camminare per la stanza con le mani dietro la schiena. "Stamattina abbiamo avuto una segnalazione da una delle pattuglie nell'area boscosa appena oltre il confine orientale della proprietà. C'è una radura nella foresta dove hanno trovato una capanna abbandonata. Più che altro un rudimentale rifugio, del tipo usato dai cacciatori di frodo." Si era fermato, voltandosi a guardare Hannah. "Sul terreno c'era un mucchio di ossa. Resti umani."

Hannah era trasalita e Lars le aveva messo una mano sulla spalla. Lei era immobile, lo sguardo rivolto verso la rupe.

"Sono andato là immediatamente", aveva continuato Hardy. "Volevo vedere io stesso. C'erano le ceneri di un fuoco, e parecchie ossa sparse per la radura. E abbiamo trovato anche alcuni oggetti cerimoniali dei Kikuyu. Conchiglie di ciprea, strisce di cuoio e pezzi di rame che dovevano essere degli ornamenti da braccia e gambe, e un *panga*. E soprattutto abbiamo trovato un copricapo di piume impigliato negli arbusti a qualche centinaio di metri da lì. Come quello che ci ha descritto Sarah. Sembra che chi lo portava si sia fermato nella radura a preparare qualcosa da mangiare. Crediamo che l'uomo morto stesse cucinando un pasto perché abbiamo trovato anche le ossa di una piccola antilope."

"Dunque, è morto." La voce di Hannah era dura e piatta.

"Questo non posso dirlo con certezza", aveva replicato Hardy, "ma non è stata denunciata la scomparsa di nessuno in questa zona, e il posto concorda con la direzione che Simon deve avere preso quella notte. È logico presumere che sia sceso dalla rupe avanzando sulle rocce e poi rasentando il margine della pianura finché ha raggiunto un tratto della foresta che potesse offrirgli un buon nascondiglio."

"Come... come è morto?" Hannah aveva potuto trovare a stento la voce per fare la domanda.

"Le iene, si direbbe. Sembra che fosse un intero branco. Lui deve avere venduto cara la pelle, perché il terreno attorno era parecchio smosso, e ne ha uccise un paio prima di essere sopraffatto dalle altre. La mia teoria è che avesse corso da quando è andato via da qui, e fosse esausto. Probabilmente ha ucciso una giovane antilope per mangiare, e si è distratto mentre la scuoiava per metterla sul fuoco. Il branco di iene doveva avere seguito la sua pista... Immagino avesse parecchio sangue addosso."

Hannah si era portata la mano alla bocca, mordendosi le nocche.

"Mi dispiace di non poter dire niente di più preciso", aveva proseguito Hardy. "I battitori che hanno trovato i resti ritengono che l'uomo sia stato ucciso a poca distanza di tempo dalla morte di Piet, a giudicare dallo stato delle ossa e del terreno circostante. Sembra che tutto coincida. Non so se potremo mai asserirlo con assoluta certezza, però sono abbastanza sicuro che quelli fossero i resti di Simon Githiri. Una brutta fine, ma ha avuto quel che meritava. Abbiamo consegnato tutte le ossa alla scientifica, anche se temo non ci sia molto altro che potranno dirci."

Hannah aveva alzato gli occhi a guardarlo, terrea in volto. "Allora è finita?" La sua voce era poco più di un bisbiglio. Aveva alzato una mano a toccare le dita di Lars, cercando il conforto di un contatto fisico.

"Se Dio vuole, sembrerebbe di sì." Hardy l'aveva guardata negli occhi. "Però se quelli sono i resti di Simon, non sapremo mai le ragioni di quello che ha fatto qui. Può darsi che Langani sia stata la prima di una serie di proprietà che intendeva attaccare. Ci sono tante giovani teste calde che vogliono farsi giustizia da sé. Pensano di essere stati defraudati delle loro terre dai bianchi, poi traditi dai loro stessi politici che avevano promesso di restituirgliele dopo l'Indipendenza e invece non gli hanno dato niente."

"Io volevo che morisse." Lo sguardo di Hannah era opaco. "Ma volevo che prima rispondesse di quel che aveva fatto, e poi pagasse."

"È morto in un modo terribile", aveva detto Lars. "Ha avuto la sua punizione. E anche se non abbiamo tutte le risposte, Hannah, è sufficiente sapere che non può più farti del male. È finita, e puoi ricominciare a vivere."

"Tu credi?" Hannah gli stava ancore tenendo la mano, e lui poté sentirne il tremito.

"Devi", le aveva detto con semplicità. "Adesso devi lasciarti tutto alle spalle e concentrarti sul portare nuova pace e nuova vita a Langani."

"Ci sarebbe una possibilità di avere un'ulteriore conferma", aveva aggiunto Hardy. "Sarah quella notte ha visto Simon sulla rupe. Ha visto il suo copricapo e i suoi ornamenti. Mi piacerebbe che guardasse i reperti trovati per vedere se coincidono con quello che ricorda."

"La chiamerò alla radio", aveva proposto Lars. "Ti farò sapere quando può venire, Jeremy. Intanto ti ringrazio di essere venuto a dircelo di persona e di tutto quello che hai fatto dall'inizio di questo caso."

Hannah si era alzata e aveva rivolto ad Hardy un piccolo sorriso. "Lars ha ragione... Ti dobbiamo molto. Grazie, Jeremy." Era rimasta sui gradini a guardare la jeep allontanarsi.

"Dovremmo chiamare Lottie e Jan." Lars l'aveva raggiunta fuori, mettendosi al suo fianco. "E contatterò subito Sarah."

Il giorno dopo Sarah lo raggiunse alla stazione di polizia di Nanyuki. Il copricapo di piume era posato sul tavolo nell'ufficio di Hardy, assieme ai resti del perizoma di pelle e agli ornamenti che Simon portava alle braccia e alle gambe. Si era aspettata di provare qualcosa vedendoli, una sorta di liberazione, un senso di conclusione. Invece sentì soltanto una pesantezza nel cuore che le fece venire di nuovo da piangere.

"Quello è il suo copricapo", affermò. "E riconosco anche il resto."

"Allora penso che ora si possa dire che Simon è morto." Hardy tirò un sospiro. "Ed esserne grati."

Hannah la stava aspettando a Langani. Si strinsero in un lungo abbraccio e poi, con Lars, andarono a sedersi in giardino sotto l'albero fiamma.

"C'è qualcosa a cui ho pensato molto in queste ultime settimane", esordì Hannah. "Mi piacerebbe riaprire il lodge, Lars. Come voleva Piet. Tu e Sarah me lo avevate detto, io però non ero pronta. Adesso credo che dovremmo farlo. Se avrò un bambino, devo fare in modo che ogni parte di Langani sia in attivo."

"È una buona decisione, Hannah", approvò Lars.

"Vorresti venire lassù con me? Accompagnarci là?" La voce di Hannah era scossa, ma la sua espressione risoluta, quasi di sfida. "Mi piacerebbe andare là con voi. Tutti e due."

Al lodge, c'era un silenzio innaturale. Sembrava che persino il vento si fosse fermato mentre entravano. Lars si era occupato della manutenzione delle strutture: adesso erano di nuovo pulite, libere dalla vegetazione che le aveva ricoperte. Due gru coronate all'abbeverata guardavano la propria bellezza riflessa nell'acqua. Sarah e Hannah stettero là mano nella mano, a stento capaci di tenere a bada le emozioni.

"Inizierò la prossima settimana", disse Hannah. "Verrò con

David a rimettere a posto i mobili e a pulire tutto, e terrò dei colloqui per scegliere il personale. Stavo pensando che alcune delle mogli dei braccianti potrebbero imparare a occuparsi delle stanze e aiutare in cucina. E adesso voglio andare al posto speciale di Piet. A dirgli quel che è successo. Che è finita e andremo avanti, proprio come lui voleva."

Andarono sulla rupe e stettero lì, a girare lo sguardo sull'ultimo luogo di riposo di Piet.

"Hannah, ho un'idea." Sarah tentò un tono leggero. "Sono stati gli elefanti a farmici pensare, quando li ho visti coprire i loro morti così amorevolmente con sassi e rami. Non penso che Piet avrebbe voluto un monumento funebre, ma forse un tumulo fatto con i sassi di questo posto...? Potremmo innalzarlo dov'era la pira e piantare anche un albero. Qualcosa che faccia ombra. Un luogo dove gli uccelli possano fare il nido. Così avrebbe sempre compagnia."

"Un'acacia", suggerì Lars. "Crescerebbe bene quassù, e potremmo vederla dalla casa."

Hannah non disse niente. Sarah la guardava con apprensione; forse era stata ancora una volta troppo precipitosa.

"Un'*Acacia tortilis* sarebbe perfetta." Il viso di Hannah si addolcì. "Diventerà molto alta. Ha quella meravigliosa chioma larga e piatta come un grande ombrello, e quando fiorisce è così bella. A lui piacerebbe. È una splendida idea." Si chinò a raccogliere due sassi bianchi e levigati. "Questi andrebbero benissimo per il tumulo", disse. "Cerchiamone altri."

Cominciarono a scegliere sassi e ciottoli in base alla forma e al colore, posandoli uno a uno sulla terra annerita. Era come una forma di meditazione, una sepoltura simbolica della violenza che aveva ridotto la vita di Piet a un mucchio di ceneri. Adesso quelle stesse ceneri avrebbero riposato sotto il peso gentile di sassi sbiaditi e scaldati dal sole.

"Bene", disse infine Hannah, contemplando il risultato della loro fatica. "Sono sicura che Piet ne è contento." Si terse il sudore dal viso con il fazzoletto. "Ho bisogno di bere qualcosa di fresco. Prendiamo il thermos e andiamo su in cima alla rupe."

Si sedettero con la schiena appoggiata contro la roccia preferita di Piet, fianco a fianco, cercando pace. Mentre il tramonto cominciava a striare l'orizzonte e il dio del Kirinyaga li osserva-va dalla sua vetta ghiacciata al margine delle pianure.

"Ho visto George Broughton-Smith", disse Sarah durante la cena.

"Ci ha assegnato delle sovvenzioni, che inizialmente non volevo accettare", ammise Hannah. "Non ne avevo nemmeno parlato a Lars fino a una settimana fa. Però ci saranno di aiuto, e se ci penso razionalmente dovrei esserne grata."

Sarah rifletté per un momento, chiedendosi se dovesse parlare in presenza di Lars. Poi spiegò quel che George le aveva detto di Marina e infine riferì quel che aveva sentito dire di lui, senza però rivelarne la fonte.

L'espressione di Lars fu di chiara incredulità, Hannah invece non mostrò alcun segno di sorpresa.

"Se è vero e Camilla non lo sapeva, allora deve essere stato un brutto colpo per lei scoprirlo", commentò. "E adesso dobbiamo scriverle, tutte e due, o telefonare. Forse potremmo farlo insieme mentre sei qui, Sarah. Dobbiamo chiederle di venire appena può. Di tornare indietro in modo che possiamo essere di nuovo insieme."

Più tardi quella sera telefonarono sia a Londra sia a Burford, ma non ebbero risposta. Conclusero che Marina dovesse essere all'ospedale, oppure le cose erano migliorate e Camilla era andata da qualche parte con lei.

Il mattino dopo Lars le accompagnò entrambe a Nanyuki, dove Hannah aveva un appuntamento col dottor Markham.

"Come stanno andando le cose alla fattoria?" si informò Sarah mentre erano sedute nella sala d'attesa.

"Bene", rispose Hannah. "Meglio di quanto mi aspettassi. Lars sembra di buon umore. Si è sistemato nel cottage dove alloggiava Mike Stead, e sta lavorando fin troppo. Non lo vedo molto, se non per discutere della fattoria. Tiene le distanze." L'aveva detto con una nota triste nella voce. Poi però la sua espressione si era rischiarata. "Sono così grata che lui sia qui."

Hannah aveva un bell'aspetto, pensò Sarah. La gravidanza le donava. La sua carnagione era luminosa, e i capelli dorati brillavano alla luce del sole. Indossava una camicia da uomo portata fuori da un paio di jeans abbondanti. Sarah sussultò. rendendosi conto che era di Piet. Hannah notò il suo sguardo.

"Non ho abiti pré-maman", le spiegò stringendosi nelle spalle. "E quasi tutti i miei vestiti mi sono diventati un po' stretti. Pensavo che potremmo dare un'occhiata al *duka* di Patel dopo la visita per vedere se c'è qualcosa che posso comprare in taglie più grandi." Si batté una mano sulla pancia, ridendo. "Presto diventerò enorme, e non potrò più nasconderlo. Ma non importa. L'importante è che il bambino stia bene."

Stava parlando in fretta, apparentemente felice e sicura. Sarah però si accorse che era nervosa. Presto vicini e amici avrebbero saputo che era incinta e non sarebbe stato facile affrontare gli inevitabili pettegolezzi. La porta dell'ambulatorio del dottor Markham si aprì e il medico fece segno ad Hannah di entrare. Lars arrivò dopo essere stato in banca e alla stazione di servizio, e si sedette ad aspettare con Sarah.

"Dice che sono disgustosamente sana", annunciò Hannah uscendo. "Dovrò tornare fra un mese per un altro controllo. Andiamo al *duka*."

L'emporio era zeppo di roba di ogni genere, e odorava di sacchi di juta, carne secca e paraffina. In un angolo, dietro il bancone di legno, erano ammucchiati pacchi di cellophane pieni di vestiti. Sarah e Hannah esaminarono le possibilità senza entusiasmo. Lars stava ordinando provviste per la fattoria dall'altra parte della bottega, evitando ogni coinvolgimento con gli acquisti di Hannah. Le ragazze ridacchiarono selezionando due voluminosi camicioni, e Hannah scelse della stoffa per confezionare altri vestiti. Poi presero i loro pacchetti e si diressero alla porta. Improvvisamente, Hannah imprecò sottovoce.

"Maledizione, proprio lei, tra tutti quelli che potevo incontrare!" Batté in ritirata verso il retro del negozio mentre una donna grande e grossa entrava, ma era troppo tardi. Hettie Kruger stava puntando dritto verso di loro, gli occhietti a cui non sfuggiva nulla pieni di malizia.

"Hannah, mia cara ragazza. Che piacere vederti in giro. Ti trovo molto bene, nonostante tutto."

"Nonostante che cosa, Hettie?" Hannah sollevò il mento.

Il donnone le rivolse un sorriso condiscendente. "Nonostante i tuoi guai, mia cara. Ho saputo che tua madre se n'è andata. Deve essere dura per te essere tutta sola nelle tue condizioni. È una fortuna che abbiamo il dottor Markham ancora qui con noi, ma mi sarei aspettata che Lottie restasse ad aiutarti. D'altra parte, considerando come stanno le cose..."

Lars si era materializzato dalle ombre della bottega. Andò a piazzarsi al fianco di Hannah, le cinse le spalle con un braccio e prese a fissare la signora Kruger con uno sguardo freddo.

"Piacere di vederti, Hettie. Spero tu stia bene."

Lei gli indirizzò un sorriso stucchevole, gli occhi luccicanti nella faccia tonda, e a Sarah venne in mente un ippopotamo nella palude, pronto ad attaccare l'incauto che gli si fosse avvicinato credendolo inoffensivo.

"Sto molto bene, Lars. Avevo sentito che eri tornato. Dev'essere difficile a Langani, con tutto quel che è successo. È molto generoso da parte tua continuare a lavorare là, date le circostanze. Pensi di restare?"

"Quali circostanze sarebbero, Hettie?"

Lo sguardo di Hettie Kruger scivolò lentamente su Hannah. "Non ci sono segreti nella nostra piccola comunità", disse. "Ma siamo tutti ben disposti a perdonare gli errori e ad aiutare chiunque sia stato abbandonato nei pasticci."

Hannah si fece paonazza e aprì la bocca per rispondere, ma Lars le strinse forte la spalla. Scrutò per un momento la signora Kruger aggrottando le sopracciglia, poi sembrò prendere una decisione. Il suo viso si rischiarò come se all'improvviso avesse compreso qualcosa che lo aveva lasciato perplesso.

"Ah! Ti riferisci al nostro lieto evento, vero? Hannah e io siamo al settimo cielo. Arriviamo giusto dalla visita di controllo, e sarai contenta di sapere che tutto procede a meraviglia. Naturalmente avevamo pensato di sposarci prima. Però non potevamo farlo, avevamo bisogno di un po' di tempo dopo tutta la tristezza. Comunque adesso abbiamo deciso che è venuto il momento. Sarà una cerimonia che riporterà la gioia nella nostra vita. Non è vero, Hannah?"

Hannah lo stava fissando attonita. Lars la sollecitò di nuovo, facendole pressione sulla spalla con le dita. "Non abbiamo ancora fissato la data precisa, ma sarà molto presto, vero Han?"

Lei guardò la faccia dura e incredula di Hettie Kruger e poi di nuovo Lars, che le stava sorridendo con enorme tenerezza e una punta di umorismo. Si rivolse a Hettie tirando fuori a fatica la voce. "Sì. Sì, Lars e io ci sposeremo molto presto. E siamo così felici", aggiunse con più decisione. "Davvero tanto felici."

Mentre Hettie Kruger se ne andava indispettita, Lars fece voltare Hannah verso di lui, la prese tra le braccia e la baciò sulla bocca.

"Sì, lo siamo", affermò sorridendole. "Molto, molto felici."

30

Londra, febbraio 1966

Camilla era a pezzi, reduce da una settimana massacrante di shooting, un'intervista per un settimanale femminile, due apparizioni televisive e una cena di beneficenza. Il suo unico desiderio era scappare in un posto dove nessuno l'avrebbe riconosciuta. Il cielo era smorto e nuvoloso. La notte calava prima ancora che fosse sera, e lei si ritrovava a rimpiangere il sole sfolgorante dell'Africa, l'odore della polvere arroventata, lo sprazzo scarlatto di un pastore Maasai che guidava il gregge attraverso una pianura gialla. Soprattutto, voleva essere assieme a Sarah e Hannah per poter condividere il loro dolore. Ma era intrappolata a Londra, impossibilitata ad andare via per più di pochi giorni, correndo avanti e indietro tra impegni di lavoro e visite a sua madre.

Passava molte serate all'appartamento di Edward, sebbene spesso fosse già notte quando lui tornava a casa. Negli ultimi mesi aveva un po' ridotto gli impegni per stare di più con lei, però capitava ancora di frequente che si trattenesse allo studio per una visita oltre il normale orario, che fosse via per una conferenza o restasse bloccato alla clinica per una complicata emergenza. Camilla provava sentimenti contrastanti riguardo la sua divorante dedizione al lavoro. C'erano volte in cui arrivava al suo appartamento esausta alla fine di una lunga giornata di pose in studio, o logorata psicologicamente dopo un pomeriggio con Marina. Allora aveva voglia di compagnia, una cenetta con chiacchiere e risate, un'uscita decisa all'ultimo momento per andare al cinema. Certe sere invece era contenta che lui fosse occupato, così non avrebbe dovuto pensare ad altro che godersi un lungo bagno caldo e un'ora o due davanti al fuoco con un libro, e l'eventuale distrazione di un po' di TV.

"Io ti amo, Camilla", le diceva spesso. "Vieni a vivere con me. Potrei occuparmi meglio di te, vederti di più se abitassimo nella stessa casa."

Ma lei rifiutava, incapace di spiegare a lui o a se stessa la propria riluttanza a rinunciare al suo appartamento e alla sua indipendenza. Era il suo rifugio, l'unico posto dove potesse ancora rilassarsi, salire le scale e chiudere la porta a chiave e scrollarsi di dosso l'artificiosità della sua immagine pubblica. Non voleva vivere con Edward più di quanto volesse soddisfare la speranza di sua madre di averla a casa in permanenza, invece di accontentarsi delle sue visite quotidiane. Aveva promesso a Marina che avrebbero cenato insieme quella sera; nel frattempo, aveva un appuntamento per pranzo con il padre. Lui era stato in Kenya per dieci giorni ed era ansioso di vederla.

Al club di George in Pall Mall fu divertita dagli apprezzamenti ammirati del vecchio portiere sulla sua minigonna abbinata agli stivali di vernice, mentre la scortava al bar. Lì suo padre la stava aspettando. La loro conversazione saltò dai teatri e le gallerie di Londra alle foreste dell'India, dove era stato di recente a studiare la tutela delle tigri e il loro habitat. Ogni discorso riguardante la salute di Marina fu rimandato a un altro momento. L'avrebbero vista entrambi più tardi.

"Ho ricevuto lettere sia da Sarah sia da Hannah", gli disse Camilla. "Non so come riescano ad andare avanti, dove trovino tanta forza."

"Non ho visto Hannah", replicò lui, "comunque entro il mese dovrebbe esserle accreditata la prima rata del finanziamento che ho ottenuto per Langani, e ha Lars ad aiutarla. Sarah esternamente è molto coraggiosa, anche se si capisce che è una scorza sottile. È una ragazza davvero eccezionale."

"Sarei dovuta andare da loro quando Piet è morto, ma..."

"Non potevi, cara", la interruppe George. "Dovevi essere qui per tua madre."

"Non farlo, papà. Non devi trovarmi delle scusanti. La verità è che ho avuto paura. Mi vergognavo troppo, dopo essere stata tutti quei mesi senza farmi sentire. Ma ci andrò, quando sarà possibile. Non appena..." Non ci fu bisogno che finisse la frase.

"Ho un'altra novità", le disse suo padre. "Sposterò la mia base operativa. Non adesso, ovviamente. Più avanti."

"Dove?" Camilla era sorpresa.

"A Nairobi, abbastanza stranamente. Lavorerò a stretto contatto col ministro del Turismo, e seguirò da vicino i progetti che abbiamo finanziato, per vedere dove va a finire il denaro."

"Non lo stai già facendo da qui, con le tue visite periodiche in Kenya?"

"Sì, certo. Ma abbiamo quattro o cinque nuove iniziative in cantiere nell'Africa Orientale, e adesso occorre che qualcuno sia sul posto a tempo pieno." Esitò un momento. "Sono stato io a candidarmi all'incarico, veramente. Ho avviato io buona parte di quei progetti, e mi piacerebbe seguirli di persona."

"Non posso credere che tornerai a vivere a Nairobi", commentò Camilla. "Sembra così strano."

"Sono entusiasta della prospettiva", affermò lui. "E spero di poter vedere di più le tue amiche mentre sono lì, aiutarle in qualunque modo mi sia possibile. Allora, che ne pensi?"

"Be', se puoi passare del tempo nei parchi e nelle riserve naturali, piuttosto che seduto a una scrivania... Certo che è strano, come la vita va a zigzag in direzioni inaspettate. Tu te ne vai nei grandi spazi selvaggi dell'Africa, e io resto nella grande città, imprigionata davanti all'obiettivo di una macchina fotografica. La falena che vola verso la fiamma."

George si domandò se dovesse dirle di avere visto di nuovo Anthony Chapman, e che in futuro avrebbero lavorato insieme come membri di una commissione per la tutela dell'ambiente, ma decise che era meglio evitare. Probabilmente era lui la vera ragione per cui Camilla non aveva voluto tornare in Kenya. C'erano troppi ricordi dolorosi là.

"Come sta Edward?" domandò invece.

"Indaffarato."

"Proprio non ti sfiora l'idea di sposarlo?"

"Non mi sfiora l'idea di sposarmi in genere", rispose seccamente Camilla. "Ho già troppe cose per la testa. Quando potrò infilarlo nel mio programma, c'è una azienda italiana che vuole fare delle foto alle Bahamas e a New York. La prossima settimana sarò a Parigi per un paio di giorni, e poi di nuovo tra un mese, se le condizioni di mamma restano stabili. E ho trovato qualcuno di veramente professionale che potrà realizzare ricami e decorazioni di perline, pendagli e piume per me. Ho proposto i miei modelli di giacche e borsette in pelle scamosciata con decori tipici del Kenya a una buyer di Bond Street, ma prima che si decidesse li ha comprati Saul Greenberg. Vuole produrre una linea esclusiva e limitata per una boutique di New York. Io voglio avere la supervisione della prima collezione, quindi sto facendo fare tutto qui a Londra perché non posso andare là adesso."

"Non pretendere troppo da te stessa, però", la ammonì George. "Stai passando molto tempo con tua madre, e questo ha delle ripercussioni, anche se forse non te ne accorgi. Potrebbe essere saggio rallentare un po' con gli altri tuoi impegni."

"Nel mio lavoro non si ha altra scelta che stare costantemente sotto i riflettori, papà", replicò lei. "Altrimenti ti dimenticano in un attimo. C'è sempre qualcuno di nuovo, differente e migliore pronto a emergere e soppiantarti, e ho bisogno di consolidare il mio conto in banca prima di essere messa da parte per qualche teenager ossuta. Disegnare vestiti è il mio investimento per il futuro."

"Lo sarebbe anche concederti un po' di respiro di tanto in tanto."

Camilla osservò più attentamente il padre. I suoi capelli si stavano diradando, il viso era più affilato, e c'erano inconfondibili linee di tristezza agli angoli della bocca. Ma era ancora un bell'uomo, e i suoi occhi brillavano di vivacità e intelligenza.

"Sei dimagrito", commentò. "Devono essere tutte quelle cene a base di zuppa di verdura e crostini con mamma. Ti farebbe bene qualche pasto un po' più calorico ogni tanto. Come la roba meravigliosamente indigesta che servono qui. E forse avresti bisogno tu stesso di rilassarti un po' ogni tanto."

"Io vengo qui per vedere i miei amici. E per la lista dei vini." George stava sorridendo. "Mai per il cibo. Vai a trovare tua madre adesso?"

"Sarò lì per cena. Se così la si può chiamare."

"Non le ho detto niente di questa faccenda di Nairobi", la avvertì lui.

"Naturalmente. Non avrebbe senso farla agitare per una cosa che non è immediata."

George la abbracciò forte sulle scale del club. Quando Camilla si girò a guardarlo dal finestrino del taxi le sembrò un po' sparuto, mentre camminava lungo Pall Mall, curvo nel vento freddo del pomeriggio. Si domandò come andasse la sua vita privata, e subito decise che non voleva realmente saperlo.

A casa si preparò del tè e cominciò a leggere un romanzo, ma era difficile concentrarsi. Si sentiva irrequieta, fuori posto e isolata da tutto. Suo padre sarebbe tornato in Kenya dove avrebbe visto le persone che lei amava di più. L'uomo che lei amava, ma che non l'amava. La pioggia di Londra batteva sulla finestra mentre ricordava le inebrianti notti africane con Anthony. L'amore faceva sempre soffrire così? Poi pensò a Sarah, e il proprio senso di perdita sembrò farsi piccolo per la vergogna. Fu sollevata quando il trillo del telefono interruppe il corso dei suoi pensieri.

"Camilla? Non mettere giù, ti prego."

"Chi è?" C'era qualcosa di familiare nella voce, ma non riuscì ad abbinarla a un volto.

"Sono Giles Hannington."

"Sto uscendo", mentì.

"Per favore, ascoltami", le disse. "Ho bisogno di parlare con te."

"Io invece non ho bisogno di parlare con te", ribatté. "Sono già in ritardo. Quindi adesso riattacco, e ti sarei grata se non mi telefonassi più."

"Hai pranzato con tuo padre, oggi. Voglio parlarti di lui."

"Lasciami in pace." Camilla troncò la comunicazione.

Ma lui chiamò di nuovo. E poi ancora. "Dobbiamo parlare", le disse quando lei rispose per la terza volta, adirata e brusca. "Soltanto per qualche minuto. So quanto lui conti per te. È una cosa importante, credimi. Se accetti di vedermi soltanto per questa volta, hai la mia parola che non ti disturberò mai più."

"Dove sei?"

"Appena dietro l'angolo, in Brompton Road."

"Puoi venire qui", disse Camilla, andando contro quel che le suggeriva il buon senso.

Gli diede l'indirizzo e si preparò una vodka con ghiaccio, buttandola giù d'un sorso. Quando il campanello suonò aprì la porta e gli fece segno di entrare, poi si sedette sul divano e gli indicò una poltrona. Lui scelse di rimanere in piedi, le spalle rivolte alla finestra, le mani affondate nelle tasche.

"George è molto depresso", disse senza preamboli. "Devi avere notato il suo cambiamento. Non mangia, beve un po' troppo. Passa tutto il tempo a rimuginare e crucciarsi, in lutto prima del tempo, colpevolizzandosi per la malattia di tua madre. È convinto che sia dipesa in parte dall'infelicità che lui le ha causato. Sta quasi morendo con lei. Non vuole andare da nessuna parte, vedere nessuno."

"Suppongo tu intenda dire che non vuole vedere te." La voce di Camilla era fredda e tagliente.

"Intendo dire né più né meno quel che ho detto", ribatté Giles, spazientito. "Tuo padre sta attraversando una brutta crisi.

Ha passato buona parte della sua vita cercando di essere quel che gli altri volevano lui fosse. Leggi e regole e ipocrisia lo hanno costretto a questo, lo hanno fatto vergognare di quello che è. E adesso ha deciso di lasciare Londra e andare in Africa perché ha paura di quel che tu potresti pensare se restasse qui. Con me. Ma la verità è che tu non pensi affatto a lui."

"Non osare parlarmi dei miei sentimenti per mio padre, o di quello che penso." La rabbia rischiò di soffocarla.

"Oh, santo cielo, ascoltami. Tu hai la tua vita. Tutti vogliono conoscerti, essere visti con te. Non hai abbastanza ore nella giornata per tutti gli ammiratori, e gli adulatori, e di sicuro non metti da parte nessuno di loro per lui. George ha bisogno di qualcuno che gli stia vicino in questo momento. Qualcuno che tenga davvero a lui. Merita di essere amato e accettato per chi è veramente."

"E chi è, secondo il tuo esperto giudizio?"

"È un uomo eccezionale, pieno di integrità e dignità. È la persona migliore che io abbia mai incontrato. Però è ingabbiato, schiacciato dai tuoi pregiudizi. Lo condanni per la sua omosessualità, eppure ti ho vista nei club, mangiare e bere e ballare con uomini che hanno i loro amichetti al seguito. Non sembri così bacchettona, con loro. Ma per tuo padre hai tutto un altro metro di giudizio. E lui è devastato dal tuo disprezzo. Perciò, ti sto chiedendo di offrirgli una chance, di tendergli una mano, incoraggiarlo in qualche modo ad andare avanti con la sua vita."

"Stai parlando della sua vita con te, immagino. È questo che vuoi? Che io dica a mio padre che per me non c'è problema se si prende come amante un femminello disposto ad andare a letto con lui il giovedì pomeriggio?"

"Sei disgustosa", disse Giles. "Ho sbagliato a venire qui. Ma per la cronaca, sì, io vorrei che lui stesse con me. Sarei la persona più felice al mondo se potessi avere cura di lui per il resto della mia vita. Comunque è inutile cercare di spiegarlo a te. Buona notte." Raggiunse la porta a grandi passi e se ne andò prima che Camilla avesse il tempo di alzarsi dal divano.

Finì il suo drink. In camera da letto aprì il cassetto del tavolo da toilette e ne tirò fuori una fotografia dei suoi genitori, sorridenti e abbracciati. Una splendida coppia, dicevano tutti, entrambi così belli, brillanti e sofisticati, e talmente affiatati. Si erano davvero amati, in qualche modo contorto? Era questo che li aveva tenuti insieme attraverso gli anni? Mentre si faceva quella domanda, Camilla si rese conto di non avere alcuna esperienza di amore incondizionato. Con un sospiro di frustrazione ripose la fotografia. Non serviva a niente tormentarsi su quel che era stato. Prese il cappotto e l'ombrello e uscì per andare da sua madre.

La cena si trascinò con lentezza tra parole sporadiche mentre Marina si sforzava di mangiare esigue quantità di cibo. Guardò la televisione per un po', avvolta in una coperta sul divano, le dita intrecciate a quelle di George, la testa sulla sua spalla. Quando arrivò l'infermiera e la mise a letto, Camilla lasciò il padre da solo davanti al televisore. Lui la guardò dirigersi alla porta e alzò la mano in un triste saluto.

Camilla andò al club più animato che conoscesse. Edward era a una cena formale di qualche genere, e non aveva voglia di stare da sola. C'era una folla impaziente davanti all'entrata, ma l'uomo che faceva la selezione all'ingresso la scorse e la fece passare davanti alla coda, nella confusione pulsante e fumosa di gente che come lei voleva perdersi nel divertimento. Tom Bartlett si sbracciò in un saluto da un tavolo al margine della pista da ballo.

"Bisogna festeggiare", le annunciò appena lo ebbe raggiunto. "Abbiamo concluso il contratto con la casa dei cosmetici. Prima i profumi, poi la loro nuova linea di pozioni miracolose per il viso. Per cui, speriamo che Edward si metta alla svelta al lavoro con il tuo."

"Non posso farlo finché mamma è ancora qui, lo sai."

"Non preoccuparti. I Frogs sono disposti ad aspettare. Questa nuova linea di costose schifezze non è ancora pronta comunque." Ordinò champagne e si rilassò sulla sedia, un largo sorriso di soddisfazione sulla faccia. "Penso che dovremmo organizzare una cena per loro. I Frogs, voglio dire. Non troppa gente, meglio qualcosa per pochi intimi. Una ventina di persone al massimo, scelte tra quelle che sono state coinvolte nella tua carriera dall'inizio. Potremmo prendere una sala privata all'Annabel's. Una cosa sofisticata ed esclusiva."

Camilla lo guardò, riflettendo. La proposta le aveva suggerito un'idea. "Forse", disse. "Ti farò sapere domani."

Il mattino dopo telefonò a suo padre e fu contenta di apprendere che non aveva nessun immediato programma di viaggio. Poi chiamò Tom.

"Prendi un servizio di catering", disse. "Daremo la cena nel mio appartamento."

"È un po' piccolo", osservò lui dubbioso.
"Si farà da Edward allora. A lui non dispiacerà. Ha un drago di governante che supervisionerà tutto. Non preoccuparti degli inviti. Li manderò io stessa."
Edward fu piacevolmente sorpreso. "Ovvio che puoi dare qui la cena", disse. "Ma pensavo non ti piacesse mescolare le nostre rispettive vite professionali con la nostra vita privata."
"Di quale vita privata stai parlando?" domandò lei. "Nessuno dei due ha tempo per una vita privata."
Lui la guardò, poi si sedette su una poltrona e la prese in braccio. "Mi dispiace tanto, cara", disse, la voce incrinata. "Mi dispiace terribilmente."
Lei fu spiazzata dalla sua reazione. "Va tutto bene, Edward. È solo che volevo..."
"No. Non va tutto bene", replicò lui. "Io ti amo, Camilla. Ti adoro, e non sto passando abbastanza tempo con te. Ma rimedierò da questo momento."
Lei gli sorrise. Lui la baciò e fece scivolare le mani sotto la camicetta, chiudendo gli occhi, ricordando a se stesso il miracolo che lei era nella sua vita. Quando fecero l'amore, si rese conto di una acuita tenerezza dentro di sé. Dopo, la tenne fra le braccia e la strinse fino a quando si fu addormentata.

La sera del party Camilla si preparò con grande cura, perfettamente conscia della propria bellezza. Edward stava al suo fianco, e di tanto in tanto le sue dita la sfioravano. C'erano già cinque o sei persone, quando suo padre arrivò. Gli porse un bicchiere di champagne, fece le presentazioni, poi lo lasciò con Edward e si piazzò vicino alla porta. Giles Hannington arrivò un po' in ritardo. Lei lo accompagnò dall'anticamera nel soggiorno, osservò George voltarsi a guardare, incapace di mascherare la propria confusione. Camilla gli sorrise attraverso la stanza e poi si diede da fare con gli altri invitati, tenendo discretamente d'occhio Giles. Lui accettò un drink e andò a parlare con Tom, il quale la stava fissando con le sopracciglia alzate, in un'espressione interrogativa. Ma lei aveva fatto quel che riteneva giusto, e non era pentita. Era un po' brilla e stranamente emozionata mentre assegnando i posti sistemò suo padre verso un'estremità della tavola, e fece sedere il suo cliente francese alla propria destra, e Giles alla sinistra. Edward guardò perplesso il giovane uomo, domandandosi perché Camilla avesse dato proprio a lui il privilegio. Forse era un nuovo modello. Era di bell'aspetto, anche se non molto alto. Mentre la serata avanzava e i vini ammorbidivano i suoi modi un po' taglienti, Giles si dimostrò un ospite gradevole e interessante; Camilla fu impressionata dalla sua conoscenza dell'arte e della musica, dal suo amore per il teatro nel cui ambiente era ben introdotto. George osservava sua figlia, perplesso. Dopo la cena lei lo prese in disparte e gli diede un bacio sulla guancia.

"Non sapevo come dirti che qualunque cosa tu faccia, per me va bene", gli spiegò. "Ti voglio bene, papà, e voglio che tu sia felice."

Lui aveva le lacrime agli occhi, e lei si affrettò ad allontanarsi. Solo per incontrare un altro degli sguardi curiosi di Tom. Quando tutti gli invitati se ne furono andati, Tom si lasciò cadere sul divano accanto a Edward.

"È andata bene", disse. "Molto sportivo da parte tua, Edward, lasciarci dare la cena qui. I nuovi clienti di Camilla ne erano entusiasti. Non è consueto per degli uomini d'affari francesi essere intrattenuti in una casa privata."

"Sì. È stata una bella serata, ma appena avrò finito questo caffè farò bene ad andare a dormire. Devo operare domani mattina presto."

"Non avevo capito che Giles Hannington fosse tuo amico, Camilla", disse Tom. "Sono stato sorpreso di trovarlo qui."

"È l'amante di mio padre", replicò lei, divertita nel vederlo quasi strozzarsi col suo brandy. Edward stava sorridendo.

"Tu non finisci mai di stupirmi, Camilla," commentò Tom. "Sei la tipa più tosta che abbia mai incontrato. Anche troppo. Non importa che cosa ti succeda, non c'è mai nessun effetto duraturo. Il disastro con la tua faccia, la rapina, la malattia di tua madre, il tuo amico che è stato ucciso in Africa, e adesso questa cosa con tuo padre. Come riesci a farti rimbalzare sempre tutto addosso?"

Lei lo guardò con tristezza. Non aveva capito niente di lei. "Mi preoccupo soltanto delle cose sulle quali ho un qualche controllo", replicò con noncuranza. "È inutile sprecare tempo col resto."

"È stato molto generoso e coraggioso da parte tua", le disse Edward più tardi, facendole scivolare un braccio attorno per tenerla più vicina. Camilla gli stava distesa accanto, svuotata di ogni energia, come se se ne fossero andate tutte con gli invitati. Si domandò dove fosse adesso suo padre, ed evitò la risposta. Il gesto di quella sera era sufficiente. Le conseguenze si sarebbero viste col tempo. Si girò sul fianco e si premette contro la figura allampanata di Edward, rannicchiandosi nella sicura forma di amore che le offriva. Si addormentò.

Il mattino dopo aprì gli occhi a un'altra giornata invernale, svegliata dalla pioggia e dai rami spogli che tamburellavano lievemente contro i vetri della finestra. Edward era già uscito. Camilla infilò un paio di jeans e un maglione e andò in cucina a fare colazione. Bevve il caffè cercando deliberatamente di non pensare a nulla in particolare. I giornali del mattino erano già stati consegnati e Edward glieli aveva lasciati sul tavolo. L'articolo era in quarta pagina e occupava molto poco spazio, ma il titolo le balzò agli occhi: *Kenya, indagine omicidio coltivatore inglese. Polizia trova resti umani.*

Secondo l'articolo, i resti che si riteneva appartenessero all'assassino, Simon Githiri, erano stati rinvenuti nella foresta nelle vicinanze della fattoria del proprietario terriero bianco ucciso a dicembre. Le ossa dimostravano che il Kikuyu era stato attaccato da animali selvaggi durante il suo tentativo di fuga. Piet van der Beer era stato massacrato selvaggiamente nella sua proprietà, Langani Farm, e lasciato morire. L'assassinio rievocava le barbare uccisioni che si erano verificate dopo le cerimonie votive durante l'Emergenza del Mau Mau. Piet van der Beer era stato amico intimo della modella di fama internazionale Camilla Broughton-Smith. Lei stessa era stata ferita durante una vacanza nella sua proprietà durante l'autunno precedente.

I ricordi le esplosero nel cervello, e con essi venne a galla la paura repressa, riversandosi a fiotti nel suo corpo mentre riviveva la notte del raid, l'irruzione degli uomini con i coltelli, la sensazione calda del sangue che le colava dalla fronte. Pensò ad Hannah, in lutto per suo fratello, inconsapevole che la sua morte era probabilmente un atto di vendetta per qualcosa in cui Jan van der Beer era stato implicato anni prima. George aveva ragione: a che serviva rinvangare il passato, adesso? Piet era morto, e per Hannah era già un'impresa abbastanza ardua andare avanti senza di lui, trovare il modo di continuare a vivere nell'ombra della sua terribile morte. Non le si poteva buttare addosso l'ulteriore fardello dei peccati del padre. E c'era Sarah, che si era vista strappare il suo amore e futuro marito proprio nel momento in cui la loro felicità era divampata in tutto il suo fulgore. Alzò il telefono. Ci fu una lunga attesa. E poi il disappunto: il numero in Kenya era occupato.

Camilla decise di aspettare mezz'ora prima di ritentare. Si sedette in poltrona e accese un'altra sigaretta. Il trillo del telefono la fece sobbalzare e alzò in fretta il ricevitore, ansiosa di dissipare l'orribile atmosfera che aveva avvolto la sua mattinata.

"Ho visto l'articolo sul giornale", disse Edward. "Devi essere terribilmente sconvolta."

"Sto bene." Sapeva che la sua voce suonava scossa. "No, a dire il vero non sto bene. È stato uno choc. E non posso immaginare che cosa stiano passando loro. Come questo debba avere riportato tutto a galla."

"Ti va di raggiungermi allo studio stasera? Potremmo andare in qualche posticino tranquillo per cena."

"Sì. Mi piacerebbe. Sarò lì verso le sei. Prima andrò a trovare Marina."

Era del tutto impreparata ai lampi dei flash e alle grida dei reporter che le si fecero incontro quando scese dal taxi davanti all'appartamento dei genitori.

"Ha qualcosa da dire sull'omicidio di Piet van der Beer?"

"Simon Githiri faceva parte della servitù quando lei era lì?"

"Può darci qualche particolare sull'omicidio? Questo Githiri era implicato nella rapina in cui lei è stata ferita?"

"Il movimento del Mau Mau è ancora attivo in Kenya? Simon Githiri faceva parte dell'organizzazione?"

"È vero che Piet van der Beer era il suo amante?"

Camilla entrò di corsa nel palazzo e andò a rifugiarsi nella camera da letto di Marina.

"Che cos'è tutto quel baccano là fuori?" chiese lei. "Non riesco a capire che cosa stia succedendo... vorrei che tutta quella gente se ne andasse."

Camilla cercò di ingoiare le lacrime di rabbia e frustrazione mentre spiegava i macabri sviluppi alla madre.

"Non so come mi abbiano trovata qui", disse irosamente. "Quelli sono peggio degli avvoltoi. Dovevo andare a fare un po' di shopping e poi incontrarmi con Edward, adesso però non posso più andare da nessuna parte. Mi hanno rovinato la giornata."

"Cara, il custode ti farà uscire dalla porta di servizio. Non preoccuparti. Mi dispiace tanto... Deve avere riportato a galla tutti quei ricordi terribili."

Camilla si sedette sul bordo del letto. "Mamma, che cosa avevi letto in quel fascicolo su Jan van der Beer?"

"Oh, Camilla." Gli occhi di Marina si colmarono di lacrime. "Non avrei mai dovuto tirare fuori quella storia, e mi sento terribilmente in colpa da allora. Ero gelosa, perché tu li amavi molto più di quanto tu avessi amato me. Ma tutto questo è passato, e non voglio più pensarci, cara. Pensiamo soltanto alle cose buone, adesso." Un singhiozzo le salì alla gola, provocando un attacco di tosse che la lasciò esausta e incapace di parlare.

"Va tutto bene, mamma. Hai ragione tu, non ha più importanza", le disse Camilla. "Vuoi che ti legga qualcosa?"

Più tardi, nel pomeriggio, Camilla guardò fuori dalla finestra. I reporter erano ancora lì. Fece un sospiro e telefonò a Edward per spiegargli la situazione.

"Sono stati anche fuori dal mio studio", la informò lui. "Ma il mio personale è abituato a scacciarli, quando qualche celebrità deve venire qui per un consulto senza essere vista. Che ne dici se ti raggiungo tra un'oretta? Potemmo cenare con George e Marina e poi andare a casa. Non è quello che avevamo in programma, però almeno potrò stare con te."

Lei gli fu grata, e ancora di più quando lui insisté perché accettasse la proposta di andare a Roma tre giorni per un servizio fotografico.

"Verrò a trovare Marina mentre tu sei via", le promise. "E cenerò con George. Dovresti andare, tesoro. Ti farebbe bene cambiare un po' aria."

Lei era a Roma quando arrivò la telefonata.

"Tua madre è all'ospedale", disse George. "Penso dovresti tornare, Camilla. Credo che siamo alla fine. È molto debole ma tranquilla, non sta soffrendo."

Marina era quieta nel letto di ospedale, col marito seduto accanto. Aveva insistito perché l'infermiera le portasse uno specchio e la sua trousse del trucco.

"Mettetemi un po' di questo fondotinta. Sono troppo pallida. E il rossetto." Guardò il risultato mentre George le reggeva lo specchio e sorrise. "Camilla sta tornando", mormorò a fatica. "Voglio essere carina. Voglio che lei mi ricordi bella."

Furono le sue ultime parole. Le sue palpebre palpitarono per un momento mentre le applicavano il mascara e spazzolavano i capelli. Il respiro le si impigliò in gola e sollevò la mano esile in un gesto allarmato. Se n'era andata.

George si voltò mentre sua figlia entrava nella stanza alcuni minuti dopo. Lei capì immediatamente che era troppo tardi. Il padre le andò incontro tendendole le braccia, e Camilla gli si aggrappò addosso, singhiozzando tutto il suo rimorso, il dispiacere. Poi suonarono il campanello per chiamare l'infermiera, misero in moto il meccanismo delle formalità da espletare prima che Marina fosse seppellita.

L'invito arrivò lo stesso giorno del funerale. Camilla vide immediatamente il timbro postale del Kenya. Aprì la busta e lesse il biglietto con piacere. Lars e Hannah. Stava sorridendo mentre lo infilava nella borsetta nera. Averlo con sé le diede conforto per tutto il servizio funebre.

Durante il ricevimento che seguì stette accanto a George, accettando parole di consolazione da amici e sconosciuti, ascoltando senza davvero udire, pensando al cartoncino che aspettava una risposta.

"Penso che possiamo andare, cara", disse Edward. "Sono andati via quasi tutti, e George ha alcuni amici stretti attorno. Andiamo a casa."

"Preferirei tornare al mio appartamento", gli rispose lei, implorandolo con lo sguardo di non cercare di farle cambiare idea.

Appena chiusa la porta alle loro spalle, si tolse il cappello e scalciò via le scarpe col tacco alto. "Mi piacerebbe andare via per un po'", disse.

"Penso che dovresti." Edward annuì, porgendole un drink. "Hai bisogno di staccare. E poi potremo occuparci della tua cicatrice. Eliminarla una volta per tutte, così che nessuno si possa accorgere che c'è mai stata. Dopo l'intervento mi prenderò un po' di tempo libero e andremo insieme in qualche posto tranquillo dove tu possa rimetterti. Ti farà un po' male giusto nei primi giorni, poi si tratterà soltanto di avere pazienza. Sarà il momento ideale per una vacanza molto privata."

"No. Non voglio pensare alla cicatrice. Non è importante."

"Non immediatamente. Ma bisognerà che ne parliamo quando ti sarai ripresa da tutto questo." Edward sentì la pressione riconoscente della sue dita. "Vuoi che resti con te?"

Lei scosse la testa. Lui la baciò e le accarezzò i capelli, poi la lasciò sola. Camilla lo guardò dalla finestra uscire sul piazzale sottostante, alzare un braccio per fermare un taxi, e sospirò. Era un uomo gentile, forte, di successo, e le offriva amore e sicurezza. Non l'avrebbe mai abbandonata, né umiliata.

Quando telefonò a Langani fu Hannah a rispondere. Voleva assolutamente che Camilla fosse là per il matrimonio. Sarah era arrivata da Buffalo Springs. Era lì alla fattoria, e voleva parlarle.

"Verrai per il matrimonio?" le domandò Sarah.

"Non so", rispose Camilla. "Ho rifiutato molti lavori ultimamente, perché mamma stava male. Ma adesso se n'è andata. Tre giorni fa. Non so nemmeno io che cosa provo. E devo anche pensare all'intervento alla fronte. Però c'è una cosa che mi piacerebbe fare per sentirmi parte della celebrazione. Devi mandarmi le misure di Hannah. Voglio farle io l'abito da sposa."

"Camilla, lei aspetta un bambino. Nascerà verso la fine di agosto o all'inizio di settembre"

"Che cosa? Ma..."

"Ti scriverò per raccontarti tutto. E ti scriverà anche Han. È così felice. Questo sarà un nuovo punto di inizio per tutti noi."

"Ho letto di Simon."

"Sì. La polizia è sicura che fossero i suoi resti. Ma vorrei che avessimo potuto sentire dalla sua stessa voce perché ha fatto questo... a Piet, che lo aveva accolto, gli aveva offerto un lavoro e un futuro."

Camilla non sapeva che dire. Sarah aveva ragione, però adesso Hannah stava per sposarsi, e aspettava un bambino. Era ora di guardare avanti e lasciarsi dietro le spalle il passato con tutte le sue ombre.

"Sai, pensavo che avrei sentito qualcosa", aggiunse Sarah. "Perché lui ha ucciso Piet, l'altra parte della mia anima. E in qualche modo pensavo che lo avrei saputo quando Simon fosse morto."

"Eri troppo sconvolta", disse Camilla. "È stato subito dopo Piet. Non c'era spazio per altro nella tua mente oltre alla sua morte."

"Hai ragione", sospirò Sarah. "E adesso è ora di ricominciare. Non per dimenticare, ma per andare avanti. Il matrimonio di Hannah e il bambino saranno la luce che ci indicherà la strada."

Le misure arrivarono con un telegramma il giorno successivo, e Camilla si mise immediatamente al lavoro. Lasciò da parte i capi della sua nuova collezione e si concentrò sull'abito da sposa di Hannah. Per tre settimane cercò la stoffa giusta, la passamaneria, le perline e le piume che voleva usare. Supervisionò il taglio del vestito, stette a guardare mentre le perline venivano minuziosamente cucite seguendo il suo disegno, chiese che le maniche venissero scucite e ricucite finché fu soddisfatta. Quando fu finito lo piegò lei stessa e lo mise nella sua scatola. Era pronto per essere spedito a Nairobi. Le si strinse la gola, mentre lo guardava nel suo involto di carta velina. Avrebbe voluto essere là a condividere la loro gioia, avrebbe voluto che fosse anche per lei un nuovo inizio. Stava pensando da un po' di prendersi una pausa, di rinviare o persino disdire alcuni dei servizi fotografici. Telefonò a suo padre.

"Avrei una mezza idea di fare una vacanza, papà. Tra una decina di giorni."

"Sono assolutamente d'accordo", approvò lui. "Dove andrai?"

"Volevo chiederti di venire con me, papà. Ti dirò dove tra un momento. Potremmo andare via insieme, come quando siamo stati in Italia anni fa."

Ci fu un lungo silenzio, e Camilla percepì il suo disagio strisciare verso di lei attraverso la linea telefonica.

"Veramente, cara, avrei in programma di andare via anch'io. La prossima settimana. Temo di avere già organizzato tutto. Sentivo il bisogno di..."

Stava andando da qualche parte con Giles, ne era sicura. Aveva voluto che lui fosse felice, e adesso che era venuto il momento non riusciva a essere contenta per George.

"Aspetta, Camilla, posso disdire. Davvero."

"Dove vai di bello?"

"In Marocco. Ma posso andarci un'altra volta." Stava cominciando ad avere un tono colpevole, disperato.

"Con Giles?" Camilla aveva bisogno di sapere.

"Sì". Lo udì deglutire a fatica.

"Va bene, papà. Dammi un colpo di telefono quando torni. Fa' buon viaggio."

Cenando con Edward, quella sera, tirò fuori il discorso del viaggio in Kenya a cui stava pensando. L'espressione di lui si fece guardinga.

"Non sarebbe saggio andare là così presto dopo l'intervento", disse. "Il volo è troppo lungo, ed è un posto in cui potresti prendere facilmente un'infezione. L'ideale sarebbe che andassimo da qualche parte dove il sole non sia troppo forte. Pensavo che potremmo andare in Svizzera, prendere uno chalet a Klosters o Gstaad."

"Non voglio fare la plastica adesso."

"E il tuo contratto con i francesi? Il tempo stringe e ci vorranno diverse settimane prima che tu possa essere fotografata."

"Non mi importa. Voglio andare in Kenya. La mia amica Hannah si sposa e io voglio essere là con lei. E con Sarah."

Lui si terse gli angoli della bocca con il tovagliolo candido, misurando le prossime parole, controllato come sempre. "Camilla, la tua ultima visita in Kenya non ti ha portato altro che infelicità. E potresti trovarti a rivivere situazioni che faresti meglio a lasciare sepolte nella tua memoria. Nel passato. Non penso proprio che dovresti andare là. Non adesso, in ogni caso. Perché invece non regali un viaggio di nozze a Londra ad Hannah e suo marito? Potrebbero stare qua con noi e..."

"Tu non stai pensando ad Hannah. In realtà stai pensando ad Anthony Chapman."

"Lui ti ha fatto soffrire molto."

"Non hai nessuna fiducia in me", lo accusò Camilla.

Edward si alzò da tavola. "Preferirei che tu non andassi. E ho già messo in lista la tua operazione per la fine della prossima settimana. Dovresti pensarci molto bene. Non avevi detto qualcosa a proposito di andare via da qualche parte con George?"

"Sta per andare in Marocco con il suo fidanzato e dubito che vogliano portarmi con loro."

Quando il mattino dopo Edward si alzò per andare allo studio, Camilla finse di dormire. Appena lui fu uscito, lei si vestì, prese un taxi per il suo appartamento e si sedette davanti allo specchio. La riga rossa nascosta sotto la frangia si era sbiadita, ed era riuscita a coprirla in modo soddisfacente con il trucco, per i servizi di abbigliamento e accessori. Ma il contratto con i francesi richiedeva primi piani del volto. Non poteva permettersi di ritardare l'intervento ancora per tanto. Telefonò a Tom.

"Non puoi andare via!" esclamò lui esasperato. "Siamo pronti per il lancio della tua nuova collezione etnica con Saul. Lui ne è entusiasta, e darà in escandescenze se scantoni dalle interviste e dalla promozione negli States."

"Tornerò in tempo."
"Abbiamo un incontro con lui lunedì prossimo. Che gli racconto?"
"Digli che ho gli orecchioni e potrei essere contagiosa."
"Diglielo tu."
"Oh, piantala, Tom. Non salto un giorno di lavoro da mesi, anche quando c'era mamma ammalata. Non sono mai in ritardo, e non urlo col fotografo se fa cinquecento scatti quando dieci potrebbero bastare. Non mi faccio venire crisi di nervi, non dico che ho l'emicrania o il mio ciclo e poi scappo via dal set. Per una volta potresti anche reggermi il gioco."
"Dove hai intenzione di andare?"
"Via."
"È qualcosa che dovrei sapere? Dovrei preoccuparmi? Per caso tu e Edward...?"
Lei rise e chiuse la comunicazione. E poi la realtà la investì con forza. Che cosa le era saltato in mente? Tom aveva ragione. Lei aveva delle responsabilità, impegni a Londra, a Parigi, negli States. E doveva ammettere che aveva ragione anche Edward. Aveva cercato di fingere che Anthony non contasse più niente, ma adesso non era sicura di poterlo vedere. Aveva combattuto per mesi per toglierselo dalla testa, per riprendersi dalla confusione, dall'umiliazione, dal dolore che le aveva causato. Lui senz'altro sarebbe stato al matrimonio, e di sicuro non era cambiato. Si sedette sul letto, sentendo tutta la sua eccitazione infantile evaporare mentre valutava meglio i pro e i contro. Se George avesse accettato di andare con lei si sarebbe sentita più sicura, lui però aveva già voltato le spalle alla sua lunga e infelice vita famigliare. Le restava soltanto Edward su cui contare, e lui non voleva che andasse. Era meglio sotto ogni punto di vista invitare Hannah e Lars a Londra. Era certa che ne sarebbero stati felici. Lanciò un'occhiata alle valigie sopra il guardaroba e si strinse nelle spalle. La sua vita era a Londra, e non aveva senso riaprire vecchie ferite, tornare a tormentarsi con sogni che non si sarebbero mai potuti avverare.

31

Kenya, marzo 1966

Sarah era a Langani quando arrivò il pacco. Guardò Hannah aprire la scatola, scostare la carta velina e restare a fissare il contenuto prima di tirarlo fuori. Il vestito lungo fino ai piedi era di una splendida seta color crema tagliata in sbieco. L'orlo e le cuciture erano ornati da bordi di nastro di raso e ricami di perline. Ma fu il bolero che la lasciò senza fiato: di una pelle scamosciata incredibilmente morbida, decorato con minuscole piume bianche, perline africane e perle coltivate. Il colletto alla coreana e i polsini erano orlati alla stessa maniera, e al collo c'era una nappa di seta da cui pendevano file di perline di vetro e d'argento, ciascuna con una piuma bianca all'estremità. A completare il tutto c'era una toque di camoscio ricamata nello stesso stile, con una collezione di piume bianche e un corto velo di tulle attaccato dietro. Nel biglietto che accompagnava il pacco Camilla aveva scritto che la pelle e la seta venivano dal Marocco, e tutte le decorazioni erano originarie del continente africano. Aveva disegnato lei stessa il vestito e il bolero: era il suo contributo alla cerimonia nuziale, e ci aveva messo tutto il suo amore.

"È la cosa più bella che io abbia mai visto, Han." Sarah carezzò il vestito. "Su, provalo."

"Pensavo ti stessi occupando tu del mio abito da sposa", disse Hannah. "Avevi preso le mie misure."

"Le ho mandate a Camilla. Teneva tanto a fare questo per te."

Hannah rilesse il biglietto. Aveva sperato che sarebbero state insieme tutt'e tre nel giorno del suo matrimonio. Ma Camilla scriveva che non sarebbe potuta venire. Problemi di lavoro. Era tanto felice della meravigliosa notizia, augurava loro ogni felicità, e avrebbe pensato a loro, ma non sarebbe stata lì.

"Non penso di poterlo mettere", disse, accostandosi il vestito al corpo. "Guardami. Sono una contadinotta *afrikaner*, e pure incinta. Questo è... è da sfilata di alta moda a Parigi. È troppo elegante per me. E hai idea di quanto deve essere costato?"

"Mettitelo, stupida." Lo sguardo di Sarah era severo. "È il suo regalo di nozze. Lo ha creato per te ed è qualcosa che ha a che fare soltanto con l'Africa, non con Londra o Parigi. Sarai la sposa più bella mai vista. Lars resterà ipnotizzato! E pensa a quella balena di Hettie Kruger. Le verrà un travaso di bile!"

Hannah non poté trattenere una risata. E quando il vestito fu allacciato ed ebbe indossato il bolero stentò a riconoscersi nell'immagine che le rimandò lo specchio. "Vorrei tanto che lei fosse qui", disse con gli occhi lucidi. "Il vestito è un sogno, e la sua idea di regalare a me e Lars un viaggio di nozze a Londra mi ha lasciata senza parole. Lei è sempre stata così... fin troppo generosa. Eppure il regalo più bello che potesse farmi sarebbe stato venire al matrimonio, e non riesco a credere che sia tanto impegnata da non poter scappare via per una settimana."

"Ci deve essere una ragione particolare", commentò Sarah. "E io ho una teoria."

"Cioè?"

"Forse ha paura di vedere Anthony." Sarah vide l'incredulità sul viso di Hannah. "Lo so, è famosa e bellissima e il suo chirurgo plastico è innamorato di lei. Ma forse tutto questo non è così importante. Potrebbe essere ancora innamorata di Anthony e spaventata di tornare dopo quel che è successo."

Hannah ripose il biglietto nella scatola. "Se è così, dovrebbe dircelo chiaramente."

"Lo farà, prima o poi."

"Vorrei soltanto che potesse vedermi con questo vestito indosso." Hannah si rimirò di nuovo allo specchio. "Mi sembra di essere Cenerentola."

"Be', io sono la tua fotografa ufficiale, quindi mi assicurerò che ti veda. Comunque stavi benissimo anche in jeans, per inciso. Dovresti avere una sfilza di bambini. Ti dona."

Stettero lì a guardare il loro riflesso, sorridendosi, e Sarah poté quasi vedere l'ombra di Camilla guardarle dall'angolo della stanza. Sarebbero mai più state insieme loro tre, a condividere le speranze, i sogni? Alzò una mano a tirare la lunga treccia di Hannah. "Ora dobbiamo decidere che cosa fare con questa", disse in tono brioso. "Non puoi sposarti con la coda di cavallo."

Ma con sua sorpresa l'amica si allontanò, andò a sedersi e chinò la testa mentre le lacrime le scendevano lungo le guance.

"Han?"

"Mamma mi intrecciava sempre i capelli, quando ero piccola", disse Hannah con voce strozzata. "Litigavamo sempre al mattino prima che io uscissi per andare a scuola, perché li volevo lasciare sciolti e spettinati. E adesso vorrei più di ogni altra cosa che lei fosse qui, a intrecciarmi i capelli il giorno del mio matrimonio. E anche papà. Vorrei che fossero qui."

"Ci saranno col pensiero e con il cuore. Li sentirai qui con te."

"Ma li ho persi", pianse Hannah. "Li ho persi tutti... mia madre e mio padre e il mio meraviglioso fratello. Li amavo così tanto! Certi giorni penso di non poter andare avanti."

"Ce la farai. Con Lars potrai ricominciare daccapo. Hai davanti una vita meravigliosa. E non hai perso Jan e Lottie, Han. Ne verranno fuori proprio come hai fatto tu, e andando avanti vi ritroverete, anche se non sarà nel giorno del tuo matrimonio."

"Lo so, hai ragione." Hannah si asciugò gli occhi. "Allora, che devo fare con questi capelli?"

Passarono la mattinata seguente disponendo i regali di nozze su un tavolo del soggiorno.

"Com'è che non canti più?" domandò Hannah all'improvviso.

"Lo faccio, sotto la doccia", replicò Sarah esaminando un'antica brocca d'argento e sistemandola bene in vista.

"Canteresti qualcosa al matrimonio? Quando andavamo a scuola sognavo sempre di avere una voce come la tua, ed è così tanto che non ti sento."

Sarah la fissò attonita. "E che cosa vuoi che canti?"

"Non lo so. Tu ti inventavi sempre le canzoni. Pensi che potresti farlo? Per Lars e me?"

"Tu sei matta, Hannah! Ma sì, ci proverò."

La casa era piena di fiori, risate ed eccitazione. Anthony era stato scelto come testimone dello sposo. Il fratello di Lottie e la sua famiglia arrivarono dal Sudafrica, i genitori di Lars dalla Norvegia. Amici provenienti da fattorie sparse in tutto il Kenya si radunarono a Langani, montando tende nel campo oltre il giardino. Il giorno del matrimonio il sole sfolgorava in un cielo senza nuvole e il Kirinyaga si stagliava nell'azzurro, i picchi innevati scintillanti. Mwangi disse ad Hannah che la montagna le stava dando la sua benedizione. Alle cinque del pomeriggio i braccianti e le loro famiglie formarono una guardia d'onore attorno alla veranda, e Sergio scortò Hannah giù per le scale nel giardino, dove Lars la stava aspettando. Sotto un arco inghirlandato sul prato c'era il tavolo che Hannah aveva scelto come altare. Era arrivato alla fattoria sul primo carro trainato da buoi dei suoi avi, ed era coperto con una tovaglia di lino bianco ricamata dalla sua bisnonna. Il pastore della Chiesa Protestante Olandese si alzò per celebrare il rito. Fu un'occasione dolceamara in cui la gioia era a tratti adombrata dal ricordo di Piet. Sarah fu trafitta da un dolore lancinante quando seguì Hannah e vide i tratti marcati di Lars addolcirsi mentre prendeva la mano della sua sposa. Fu Anthony a farle forza, passandole con affetto il braccio attorno alla vita mentre lei soffocava un singhiozzo.

Il pastore stava pronunciando le sue prime parole di benvenuto quando un movimento attirò l'attenzione di Sarah. Una piccola esclamazione le sfuggì di bocca e tirò Anthony per la manica. Hannah si voltò, seguendo lo sguardo di Sarah. Camilla era in fondo al corridoio tra le sedie, esitante, cercando un posto dove potesse scivolare inosservata. Un mormorio sorpreso corse tra la folla quando Hannah bisbigliò qualcosa a Lars e si allontanò dal suo fianco. Prese Sarah per mano e andarono insieme ad abbracciare Camilla, poi la condussero con loro all'altare. Sarah aveva temuto il momento in cui Hannah e Lars si sarebbero scambiati i voti che lei aveva sperato di scambiare con Piet. Quando però si promisero di amarsi per tutti i giorni della loro vita fu sommersa da una felicità immensa. Il dolore della sua perdita si dissolse nella tenerezza delle loro espressioni, nella luminosità del sorriso di Hannah, e si fece avanti per cantare.

Aveva lottato con la canzone per giorni, ma alla vigilia del matrimonio le parole e la musica erano venute fuori da sole, e adesso il suo limpido soprano si innalzava nell'aria della sera con tutto il suo amore e le speranze per i suoi più cari amici. Quando l'ultima nota si spense ci fu un momento di commosso silenzio, dal quale emerse dapprima sommesso, per poi salire in un giubilante crescendo, il canto dei braccianti. Il pastore impartì la sua benedizione e tutti si assieparono attorno agli sposi; finché Hannah si aprì un varco tra la folla cercando Sarah e Camilla, ridendo e piangendo per la gioia. Si stavano abbracciando di nuovo.

Mentre la cena nuziale volgeva al termine un suono di tamburi pervase l'aria e tutti si avviarono verso uno spiazzo in cui era stato acceso un grande falò. I lavoratori della fattoria avevano indossato i costumi tribali. Le donne si raccolsero attorno ad

Hannah e Lars ululando e battendo le mani, gli uomini intonarono una cantilena e presero a danzare, i mantelli di pelli di capra e gli *shuka* scarlatti volteggiavano, gli ornamenti e i copricapo brillavano alla luce del fuoco. Lars aveva fatto preparare un bue arrosto e birra in abbondanza, e mentre la sera cedeva alla notte l'intera comunità di Langani ballò insieme in un immenso circolo. Era quasi l'alba quando gli sposi partirono per il Mount Kenya Safari Club, dove avrebbero passato il weekend. Poi avrebbero preso un aereo per la costa, la loro esatta destinazione un segreto ben custodito. Hannah corse verso la macchina cercando con lo sguardo Sarah e Camilla.

"Grazie. Grazie, mie meravigliose, fantastiche amiche. Sarah, so che oggi ci sono stati momenti molto duri per te, ma un giorno avrai la stessa gioia che io provo adesso. Camilla, volevo così tanto che tu mi vedessi nel mio stupendo vestito. Certe volte l'amore è così vicino che non si deve nemmeno guardare oltre l'angolo. Ora lo so. E vi amo tutte e due."

Appena prima di salire in macchina Hannah lanciò dietro le spalle il bouquet nuziale. Mentre Camilla alzava la mano vide Sarah allungarsi per prenderlo e si fece indietro. Poi l'auto partì, tirandosi appresso un rumoroso codazzo di lattine e palloncini legati al paraurti. Sarah stette a guardare gli sposi allontanarsi, stringendo tra le mani i fiori di Hannah, a stento consapevole della ressa di gente attorno a lei.

"Allora, che dici?" Anthony le stava sorridendo.

"Perfetto." Alzò lo sguardo al cielo. Mancava poco all'alba. All'improvviso voleva essere via dalla festa. "Credo che andrò a fare un giro", disse. "Ho bevuto e danzato a sufficienza. Ho bisogno di schiarirmi la testa."

"Stai andando su alla rupe."

Sarah lo guardò sorpresa. "Ci ho pensato, in effetti."

"Posso accompagnarti?"

Stava per rifiutare, ma lui non gliene diede il tempo. "Non ti starò tra i piedi. Mi piacerebbe fare una visita alla tomba di Piet. Quel che avete fatto con il tumulo e l'albero è molto bello. È proprio quel che gli sarebbe piaciuto."

"Vado a cercare Camilla", disse Sarah. "E poi andremo."

Partirono sulla Land Rover nella luce dell'alba, tra i suoni della natura che si svegliava. Quando raggiunsero il sentiero ai piedi della rupe videro la macchina.

"È venuta a dire addio." Gli occhi di Sarah erano colmi di lacrime. Si avviarono su per il sentiero, aiutandosi l'un l'altro a inerpicarsi sul terreno ripido. Arrivati in cima trovarono Lars e Hannah in piedi uno accanto all'altra, abbracciati. Non mostrarono alcuna sorpresa vedendoli arrivare, non parlarono, si limitarono ad accoglierli con un sorriso. Anthony e Camilla si allontanarono un po' per dare a Sarah qualche momento sola con se stessa.

"È magnifico quassù", osservò Anthony, la voce arrochita dall'emozione. "È un posto di autentica pace. Posso sentire la sua presenza qui con noi, come se ci stesse guardando."

Camilla non fece commenti, ma quando le prese la mano gli si fece più vicina e si appoggiò a lui, ascoltando i suoni dell'Africa tutt'attorno, colma della tristezza per la morte di Piet, sentendo la paura e l'eccitazione insinuarsi in lei mentre Anthony la cingeva con un braccio.

Sarah era davanti alla tomba con il bouquet nuziale di Hannah in mano. I suoi occhi si velarono quando guardò i sassi bianchi e udì i canti degli uccelli nell'albero di acacia.

"Questo è per te, Piet", disse con voce bassa ma ferma. "È per dirti che ti amo oggi e sempre. E per farti sapere che Lars è forte e Hannah è felice, e che sono entrambi qui accanto a te nel giorno del loro matrimonio. C'è anche Camilla, e ci aiuteremo sempre l'una con l'altra come abbiamo promesso quando tu eri con noi. Stiamo cercando di ricostruire la nostra vita. Ma non dimenticheremo mai, e ti ameremo finché avremo respiro."

Si chinò a posare i fiori sul tumulo. Quando alzò lo sguardo vide un giovane impala, la testa incoronata dal palco di corna a forma di lira, alto e fiero. Stette immobile e perfetto nella sua bellezza, osservandola dal limitare degli alberi, il manto lucente, brunito e ramato nella luce del mattino. Si fissarono per un momento interminabile, poi lui si voltò, si allontanò ad agili balzi sulle rocce, scomparve nel bush.

GLOSSARIO

afrikaans: lingua degli *àfrikaner*
afrikaner: persona di origine boera del Sudafrica
ascaro: poliziotto o guardia
ayah: bambinaia indiana

banda: bungalow o casupola
bhang: marijuana
biltong: strisce di carne essiccata
boma: recinto per bestiame
breiflies: pasto all'aperto o barbecue
britisher: cittadino britannico
brookies: mutande
bundu: savana steppica
bwana: titolo di riguardo per un uomo bianco, o un capo

chai: tè
coloured: persona di colore, di sangue misto

daktari: medico
djinn: un demone o genietto che può fungere da custode
domkopf: idiota o folle
dorp: luogo isolato e squallido, topaia
duka: bottega

fundi: tuttofare, falegname, esperto

Harambee: tutti spingono insieme
hodi: salve, c'è qualcuno in casa?

jambo: saluti, salve

kaffir: termine spregiativo per un uomo di pelle nera
kali: corrucciato, adirato, pungente
kanga: tessuto di colore vivace indossato dalle donne
kanzu: lunga veste bianca usata come divisa dal personale domestico

kaross: pelle di animale conciata usata come tappeto o coperta
kifaru: rinoceronte
kipande: documento di identità
Kirinyaga: dio Kikuyu che si riteneva risiedesse sul monte Kenya o Kirinyaga
kopje: rilievo roccioso

lekker: meraviglioso, fantastico
lugga: letto di un fiume in secca

mahindi o *mealie*: pannocchia di granturco
maji: acqua
manyatta: abitazione tipica di tribù Maasai e Samburu
Mau Mau: insurrezione violenta della tribù Kikuyu, inizialmente contro i coloni bianchi
memsahib: titolo di rispetto verso una donna bianca
moran: guerriero Maasai o Samburu
moto: caldo
mpishi: cuoco
munt: negro, termine *afrikaans* fortemente spregiativo derivato dal Bantu *umuntu* ("persona")
murram: terra rossa
mzee: titolo di rispetto verso una persona anziana
Mzee: titolo dato a Jomo Kenyatta, che divenne presidente del Kenya

ndio: sì
ndofu: elefante
ngoma: festeggiamento, celebrazione con danze
ngombe: vacca
nguvu: vigore, intraprendenza, grinta
nyati: bufalo

panga: coltello dalla lama larga e piatta simile al machete
pole: lentamente o spiacente
pole sana: molto lentamente o molto spiacente
pombe: liquore distillato illegalmente in proprio
posho: granturco macinato usato come alimento base
purdah: la segregazione e la velatura delle donne

rafiki: amico

safi: lindo, grazioso, elegante
salaam: saluto
shamba: piccolo podere o giardino
shauri: problema, screzio, motivo di discussione

shenzi: fatiscente, meschino
Shifta: banditi somali
shuka: drappo rosso tradizionale indossato da guerrieri Maasai e Samburu
siafu: specie di formiche rosse aggressive che marciano in colonne
sisal: varietà di agave dalle cui foglie si ricava una fibra per fabbricare corde
swala twiga: gerenuk

taka taka: sciocchezze
terr: slang rhodesiano per "terrorista"
toroka: presto, darsi una mossa
toto: bambino (abbreviazione di *mtoto*)
tsotsi: terroristi insorti in Rhodesia

Uhuru: libertà, il termine politico per Indipendenza

veldt: pianura erbosa

wananchi: la gente, il popolo
watu: braccianti, uomini
wazee: persone vecchie, gli anziani
wazungu: gente bianca

yaapie: termine che indica una persona di origini *afrikaner*

Finito di stampare nel mese di settembre 2006
presso Grafica Veneta S.p.A. – Trebaseleghe (Pd)

Printed in Italy